GEORGE ELIOT

ジョージ・エリオットと言語・イメージ・対話

天野みゆき

南雲堂

ジョージ・エリオットと言語・イメージ・対話　目次

ジョージ・エリオットと言語・イメージ・対話

序章
エリオット研究史と本書の位置づけ

本書は、ジョージ・エリオット[1]の小説における言語とイメージの関り、およびその対話性を通して、彼女の作品世界の本質を探る試みである。

彼女の作品の最大の特徴の一つは、その視覚性にあると言えるだろう。長編第一作、『アダム・ビード』（一八五九年）の語り手が自分の物語の規範として十七世紀オランダ絵画に言及することは、エリオットの芸術論の声明として、また十九世紀の小説と絵画の緊密性を示す恰好の例としてよく知られるところである。エリオットは翻訳および評論に携わった後に作家としてスタートしたが、その時すでに自分の小説の手法と題材を擁護する拠として十七世紀オランダ絵画を強く意識していたと思われる。例えば、最初の作、『牧師生活の諸景』（一八五八年）はそのタイトルが暗示するように、『アダム・ビード』以上に十七世紀オランダ絵画を想起させるからである。中期以降の作品は十七世紀オランダ絵画という規範にはおさまりきらないテーマと題材の広がりを示すが、絵画の持つ「静的」な視覚性は全作品に見出される。まるで風景画あるいは肖像画を一枚一枚描き出してゆくかのように、克明な描写によって登場人物とその人生を読者の現前に浮かび上がらせ、その鑑賞者として読者に「見る」ことを促す。このような絵画的描写は、作品の随所で行われる特定の絵画への言及と相俟って「絵画的イメージ」として機能し、他の様々なイメージと関連し合いながら、言葉の意味を明確にすると同時に拡大し、絶え間ない対話を生起させる。それは語り手と読者、当該テクストと他のテクスト、あるいは読者自身の自己との対話である。同時代作家、チャールズ・ディケンズの作品が劇的効果に富む「動的」な視覚性によって読者を物語に引き込んでゆくのに対して、エリオットは「静」なる視覚性によって読者の中に終わりなき対話のダイナミックスを生み出してゆくと言えるのではないだろうか。この対話のダイナミックスを明らかにすることが、本書の主な目的である。

本書の研究方法を具体的に述べる前に、まず、エリオットの小説の言語と視覚性に関するこれまでの研究を概観しておきたい。言語に関する研究は少なく、包括的な研究書は細江逸記氏の『ヂョーヂ・エリオットの作品に用ひられたる英國地方言の研究』（一九三五年）、リーヴァ・スタンプの『ジョージ・エリオットの小説における動きとヴィジョン』（一九五九年）とカレン・B・マンの『ジョージ・エリオットの小説の言語』（一九八三年）ぐらいである。[2] 細江氏は、主として『アダム・ビード』と『サイラス・マーナー』（一八六一年）に用いられた方言についての言語学的研究を行った。スタンプは、常に相対的な意味を持つ「ヴィジョン」（vision）がエリオットの作品の芸術的意味を解する鍵だとみなし、これに関するイメージの分析を通して、「道徳的ヴィジョンへ向かう動きとそれから離れる動き」という二つの動きが読者の「読む」行為にリズムを生み出している点を明らかにし、このリズムこそがエリオットの作品の構造である、と論じた。次のマンは、彼女がスタンプの研究には欠けているとみなした言語理論を援用しつつ、「殻」のイメージを出発点として比喩的言語(figurative language)がどのように人物、プロット、視点といった物語構造を作り出してゆくかを探っている。このようにエリオットの言語に関する研究が一種のイメージ研究となっていることは、エリオットの言語が持つイメージ創造への強い志向性を物語る点で非常に興味深い。

言語そのものを包括的に扱ったものではないが、サリー・シャトルワースの『ジョージ・エリオットと十九世紀科学』(一九八四年)は十九世紀の科学理論がエリオットの小説の発展に与えた影響を考察する中で、『ミドルマーチ』(一八七一―七二年)と『ダニエル・デロンダ』(一八七六年)におけるエリオットの言語意識と、自己の小説にふさわしい新たな言語創造を目指した実験に注目している。[3] また、デイヴィッド・ロッジの『バフチン以後』(一九九〇年)はミハイル・バフチンの思想や方法をこの思想家には知られることのなかった幾つかの文学作品の分析に応用したものであり、『ミドルマーチ』に関して、一見他の言説を完全に統制するかに思われる「介入的な語り手」の言説に潜む曖昧性を示している点が斬新である。[4] これらの論考の関心は後期の作品、とりわけ『ミドルマーチ』に集中しており、エリオットの言語は特に今後の研究を必要とする領域である。後述するように、本書の研究手法はバフチンの小説言語論に依拠するので、本書はある意味ではロッジの研究を発展させるものになるだろう。

エリオット研究において、言語の領域では未だ未開拓の部分が多く残されているのに対し、作品の視覚性に関する研究は長い歴史を持っており、それを概観すると、一作家についての研究という枠を超えた、小説と絵画の関連性についての研究史の動向も見えてくる。ホラティウスの『詩論』における「詩は絵のごとく」(*ut pictura poesis*)という有名な比喩によって、詩と絵画との関係は早くから「姉妹芸術」として広く認められていたが、特に十六世紀半ばから十八世紀半ばまで文学や美術の理論書で盛んに論じられ、やがて小説もそれに加わることになった。[5] 表現媒体の異なる芸術を比較研究する方法の妥当性についての議論を引き起こしながらも、視覚に強く訴える文学作品の研究において、絵画との関連性は重要な視点であり続けた。[6] 近年、ヴィクトリア朝文学の視覚性や視覚的想像力に対する関心が一段と高まっているが、最初のエリオットの読者たちが惹かれたのも、小説の絵画的な視覚性であった。それは、画家たちが絵画の主題、道徳的教訓、物語性を強調する一方で、物語作家たちが詳細な「絵画的」(picturesque) 描写によって物事の生き生きとしたイメージを伝えようとした十九世紀半ばにおいては、むしろ当然の反応だったと言えるだろう。一八五七年に『ブラックウッズ・エディンバラ・マガジン』(以下、『ブラックウッズ・マガジン』と略記) に掲載されたエリオットの三作品がその翌年の初めに『牧師生活の諸景』として出版される直前の一月二日、『タイムズ』は彼女 (当時は男性だと思われていた) の独自性と作風を、現存の小説家には見られぬものとしながら、十九世紀画家、デイヴィッド・ウィルキーとの類似性を指摘した。ウィルキーは十七世紀オランダ風俗画の強い影響を受け、家庭的なものを極めて写実的に描き出す作風を特徴として、ヴィクトリア朝における「物語絵」(narrative painting) の隆盛に貢献した人物とされる。[7] 一八五八年五月二十九日の『サタデー・レヴュー』も、エリオットを迫真性のある「絵」を「描ける」「新しい小説家」として賞賛している。[8]

だが、エリオットの作品の絵画的側面を扱った本格的な研究は、マリオ・プラーツの『ヴィクトリア朝小説におけるヒーローの翳り』(一九五六年) で始まったと言える。十七世紀オランダ絵画は、最初に日常的なものや無名の人々に美を発見してその「無言の荘厳さ」を描き出しただけでなく、ユーモアや風刺の相を呈した最初の絵画であった点においても十九世紀小説の先駆である、とプラーツは論じる。例えば、鋭い観察力や、グロテスクと悲劇の混合といったディケンズの特質は、彼がヘンリー・フィールディングやトビアス・スモーレットから学んで発展させたものだが、そのもとは十八世紀画家、ウィリアム・ホガースであり、ホガース的手法はすでに十七世紀オランダ画家に見出されるのである。エリオットの小説とオランダ絵画との類似性として注目されるのは、いわゆるヒーローやヒロインがいないことと、平凡な生活の細部が注意深く研究される点である。そして、エリオットは風俗画を想起させる描写においてディケンズ、サッカレー、アンソニー・トロロウプらに近く、彼女の描いた「異質の矛盾したものから成る人間の内面世界」の観察から、後のヘンリー・ジェイムズやマルセル・プルーストの作品が生まれたのだ、とプラーツは結論づける。プラーツはエリオットの絵画的描写と十九世紀イギリス風俗画との類似性や、ティツィアーノやラファエロらのイタリア絵画との関連性も指摘しているが、[9] 彼の研究の意義は何と言ってもエリオットを含む十九世紀小説と十七世紀オランダ絵画との緊密性を広く知らしめ、小説と絵画の比較研究の可能性を示した点にあるだろう。プラーツの後には、エリオットのリアリズムがアイディアリズムと調和するものであることが注目され、一九六〇年代にはダレル・マンセル・ジュニアがそれはジョン・ラスキンから継承されたものだと論じた。[10] こうした観点から、エドワード・T・ハーレイは十七世紀オランダ絵画との類似性を強調する批評に異議を唱えて、アイディアリズムを具現するエリオットのリアリズム芸術にはピエロ・ディ・コジモの「現実の可能性を予言する」芸術こそがアナロジーとしてふさわしいと論じたが、[11] 少なくともエリオットの初期の小説と十七世紀オランダ絵画との連想は今日まで脈々と続いている。

エリオットと絵画に関する研究を飛躍的に発展させたのは、一九七〇年代初めに書かれた三つの未刊行の博士論文、ウィリアム・J・サリヴァンの「ジョージ・エリオットと芸術」(一九七〇年)、ノーマ・J・デイヴィスの「ジョージ・エリオットの芸術における絵画性《ピクトリアリズム》」（一九七二年）、バーナード・リチャーズの「十九世紀小説における視覚芸術の使用」（一九七二年）である。[12] サリヴァンは、文学以外の芸術に関するエリオットの個人的な嗜好や教養が彼女の小説を解釈する際の重要な手がかりだとする観点から、彼女の音楽と絵画に対する関心と反応、および主要作品における音楽と絵画の機能を論じ、特に『フロス河の水車場』（一八六〇年）のフィリップ・ウェイケムから『ダニエル・デロンダ』のジュリアス・クレスマーに至る一連の芸術家（あるいは芸術的資質を有する人物）たちに焦点を当てた。それによってエリオットを美学よりも道徳に関心のあった作家だとみなす従来の批評に異議を唱え、彼女は道徳と美学を区別していたのではなく、むしろ両者が内容と形式として相互依存関係にあることを洞察していたのだ、と結論づけた。

　次にデイヴィスは、道徳と美学の相互依存関係を認める点ではサリヴァンと同じ立場だが、エリオットを文学における絵画性（literary pictorialism）の伝統の中に位置づけることに重点を置き、絵画的配置や絵画への翻訳可能性など、描写が「絵画的《ピクトリアル》」であるための条件を厳密に定義する。そして、建築画、風景画、肖像画の三つのジャンルをエリオットがどのように扱っているかを論じて、絵画性が彼女の小説におけるレトリックの本質的要素であることを示した。

　デイヴィスとほぼ同時期のリチャーズの研究は、エリオットだけでなく、サッカレー、ディケンズ、トマス・ハーディについて、絵画の嗜好と教育、小説理論における絵画の役割、小説における絵画の使用を論じたものだが、彼らの独自性よりは共通点を時代の現象として捉え、十九世紀小説と絵画、ひいては小説家と画家の相互影響を明らかにしている。絵画の使用に関してはデイヴィスのように絵画的描写に限定するのではなく、サリヴァンと同様、絵画や画家への言及、登場人物の絵の見方なども含めている。

こうして一九七〇年代の未刊行の博士論文によってエリオットの作品における絵画、および絵画的描写の重要性はかなりのレヴェルまで研究されたが、刊行された論文に関して言えば、一九七〇年代は多くの批評家がエリオットの小説の視覚性に注目したにもかかわらず、否定的にとらえる傾向が強かった。[13] それに抗して、ヒュー・ヴィットマイヤーが先の三つの博士論文が行った研究を継承し、より実証的かつ網羅的な『ジョージ・エリオットと視覚芸術』（一九七九年）を発表した。デイヴィスと同様、「絵画的《ピクトリアル》」に厳密な定義を与え、「視覚的イメージ」が全て「絵画的」とは限らないという立場をとる。[14] そして、絵画に関するエリオットの知識と嗜好、および彼女の小説論における絵画の役割、すなわち、エリオット版「詩は絵のごとく」を論じた後に、彼女が小説で実際に用いた絵画とその効果をジャンルごとに追う。それによってプラーツがかなり単純化していたエリオットと十七世紀オランダ絵画との関係を修正すると共に、エリオットの絵画への関心は十七世紀オランダ絵画に限らず、肖像画、歴史画、風俗画、風景画と広範囲に及び、この四種類の絵画がエリオットの小説で果たす機能の重要性もおよそこの順序であることを示すのに成功している。[15]

ところで、こうした研究はエリオットの著作をめぐる批評史全体の中ではいかなる位置を占めるのだろうか。エリオットは彼女の生きた時代においては、イギリスの代表的作家としての地位を不動のものとし、その作品はフランス語を始め数か国語に翻訳されるほどだったが、死後十年を経た一八九〇年頃から評価が急速に低下して、この現象は二十世紀半ばまで続いた。その主たる原因は、「語ること」よりも「見せること」を重視したジェイムズ流美学が小説批評を席巻したために、エリオットの介入的な全知の語り手の言説は作品の重大な欠点だとみなされたことにある。[16]

そのような状況下、一九一九年にヴァージニア・ウルフがいち早く『ミドルマーチ』の卓越性を論じてエリオット再評価に先鞭をつけたが、それが決定的な動向となるにはF・R・リーヴィスの『偉大な伝統』（一九四八年）とジョーン・ベネットの『ジョージ・エリオット——その精神と芸術』（一九四八年）を待たねばならなかった。[17] 特に、リーヴィスがエリオットをジェイン・オースティンから始まってジェイムズ、コンラッド、D・H・ロレンスへとつながる「偉大な伝統」に位置づけることにより、道徳的次元でエリオットの評価を回復した功績はよく知られるところである。リーヴィスの主張する「偉大な伝統」とは、偉大な作家たちに共通する真摯な道徳意識、芸術家としての責任の自覚、および形式と方法の革新性によって形成されてきた伝統であり、エリオット自身が望んだに違いない観点から再評価が行われたと言えよう。続いて、バーバラ・ハーディの『ジョージ・エリオットの小説——形式の研究』（一九五九年）とW・J・ハーヴィの『ジョージ・エリオットの技法』（一九六一年）が技法の詳細な分析を行ってエリオットの評価を美学的な側面で回復し、さらに、バーナード・J・パリスの『人生における実験——ジョージ・エリオットの価値観の探求』（一九六五年）はフォイエルバッハやコントなどの十九世紀思想がエリオットに与えた影響を明らかにすることで、思想面での研究を推し進めた。[18] そして今日に至るまで、エリオットに対する関心は全く衰えることなく、研究は深化、発展してきた。近年相次いで伝記や日記が出版されたが、それらは作家としてのエリオットと人間（女性）としてのエリオットの葛藤や相関関係を探ることで、より明確でダイナミックなエリオット像を捉えようとしている。[19]

このようなエリオット批評史において、先に見た彼女の作品の絵画的側面に関する研究の持つ意義は、第一に、エリオット再評価が道徳的、美学的、思想的次元で進行する中で、これら三つの要素が別個のものではなく、緊密な相関関係にあることを実証した点、第二に、エリオット研究を学際的な方向に大きく発展させた点にある。

先のヴィットマイヤーの研究によって、エリオットの絵画の知識と嗜好、および作品の直接の材源となった絵画についての研究は極められたという観を呈したが、現代批評における「間テクスト性」(intertextuality) の概念の発展と浸透が学際的研究の新たな有効性と可能性を提供したことにより、エリオット研究も新たな発展の可能性を手に入れた。「間テクスト性」とは、ジュリア・クリステヴァやロラン・バルトが示した広範かつ急進的な解釈によれば、「(意味作用を行うものという広い意味での) あらゆるテクストが、その意味を可能とさせている一定量の知識や潜在的に無窮のコードのネットワークや意味作用の実践などとの間に結ぶ様々な関係」であり、[20]「意味作用を行うもの」という広い意味で、小説、絵画、音楽、演劇はいずれも読まれるテクストと言える。

一九八〇年代から九〇年代にかけては異なる表現媒体を用いる芸術の境界を横断する「間テクスト性」についての研究が積極的に推進され、小説と絵画のみならず、音楽、演劇との間テクスト性も取り上げられた。[21] その流れの中でマーティン・メイゼルの『リアライゼーション――十九世紀イギリスの言語、絵画、劇場の芸術』(一九八三年) は十九世紀イギリス小説、絵画、演劇が共に「物語と絵の複雑な相互作用の場」であるという観点から、媒体とジャンルの違いを超えて構築される共通の様式を明らかにしようとした包括的な研究だが、残念なことに、エリオットに関しては『アダム・ビード』と十七世紀オランダ絵画との類似性に言及しているだけである。[22]

一九九〇年代に行われた研究の中で注目すべきものは、まず、マイケル・コーエンの『姉妹たち――十九世紀イギリス小説と絵画に見られる関係と救出』（一九九五年）であろう。多くの小説と絵画に共通するテーマである「姉妹関係」を取り上げ、それが一つの作品を超えて成立し得るという観点から、作家や画家が他の作品に見出した姉妹関係をいかに修正し新たな女性像を提出しているかを探りつつ、その独創性をも明らかにしようとするフェミニズム批評の実践であり、エリオットの『ミドルマーチ』とオースティンの『エマ』（一八一六年）やディケンズの『リトル・ドリット』（一八五五年）との関連性を論じている。[23] 次に、マレー・ロストンの『ヴィクトリア朝のコンテクスト――文学と視覚芸術』（一九九六年）は、作家と画家は、たとえ意識していなくとも、その時代に特有の挑戦を共有しているという観点から、ヴィクトリア朝文学と絵画に見られる技法、テーマや象徴の類似性を研究したもので、エリオットの初期小説のリアリズムを十七世紀オランダ絵画よりはギュスターヴ・クールべら十九世紀フランスの写実主義絵画に近いものとして捉えている。[24] そして、アリソン・バイアリーの『十九世紀文学におけるリアリズム、表象、芸術』（一九九七年）は、ロマン派詩人たちの美学がいかに後の小説家たちに継承されていったかを考察しつつ、小説家が絵画、演劇、および音楽（実際の作品だけでなく、小説家自身が創作したものも含む）をどのように用いているかを、エリオットを含めて、サッカレー、シャーロット・ブロンテ、ハーディらについて論じたものである。[25] エリオット研究はジャンルの境界を大胆に越え、歴史という大きな枠組み、あるいは十九世紀という時代の潮流の中でのエリオットの位置を捉えようとする方向へと進んでいる。

＊

これまで見てきたように、エリオットの作品の絵画的要素に関する研究は十七世紀オランダ絵画との類似性に着目することから始まり、広く音楽や演劇との「間テクスト性」も視野に入れながら蓄積されてきた。今この領域での新しい視点は何なのだろうか。それは絵画的イメージと言語との関りではないだろうか。エリオットは全作品を通して、飽くことなく言葉による絵画的瞬間や絵画的イメージの創造を続けた。一体、何が彼女をそれほどまでに駆りたてたのか。そこにはどのような言語観が存在するのか。サリヴァンからヴィットマイヤーに至る研究は、時間を停止させる絵画的瞬間が道徳的ヴィジョンを示すこと、また物語の構造やプロットの展開を予示することに注目する点で一致しているが、本書ではそれらを再考すると共に、絵画的イメージの創造がエリオットの言語観と密接に結びついていること、そしてそれが生み出す対話のダイナミックスを明らかにしたい。本書で「絵画的」と言うとき、それはデイヴィスやヴィットマイヤーによる厳密な定義にあてはまるものだけでなく、絵のように情景や人物を彷彿とさせるといった、広い意味によるものも含意する。また、サリヴァンやリチャーズと同様、特定の絵画への言及や、登場人物の芸術に対する反応が果たす物語上の機能をも考慮する。そして、本書で特に強調したいのは、特定の絵画への言及、あるいは絵画的描写によって創造される絵画的イメージが、「絵画性」という枠を超える「イメージ」として実に多様に機能する点である。絵画的イメージは他の多くのイメージと関連し合いながら、言葉の意味を明確にすると同時に拡大し、絶え間ない、そして終わりのない対話を生み出してゆく。語り手と読者、当該テクストと他のテクスト、あるいは読者自身の心の中にどのような対話が引き起こされてゆくのだろうか。

本書が行う、言語とイメージをめぐって生起する対話の分析は、言語を本質的に対話的なものとみなすバフチンの小説言語論、特に「対話性」(dialogism) の概念に手がかりを得ている。彼の「小説の言葉」(一九七五年）によると、言語はその進化のあらゆる瞬間において、厳密な意味での言語学的諸方言に分化しているだけでなく、「社会・イデオロギー的な諸言語」にも分化して「異言語混交」（heteroglossia）の状態にあり、この分化と異言語混交は言語が生きている限り拡大し、深化する。しかも、この異言語混交は常に対話化されており、言葉は「対話化された異言語混交」の中で発展してゆくのである。[26]

さらに、バフチンは「言葉の内的対話性」、換言すれば「他者の言葉との対話的相互作用」が、言葉の意味と表現のあらゆる層を貫いている点を主張する。具体的な言葉が向かう対象はすでに一般的な視点や、他者の評価、アクセントに束縛され、貫かれているので、何かを語ることは、とりもなおさず、そうした他者の言葉、評価、アクセントがすでに対話的関係を結んでいる中に参入し、新たな関係を引き起こすことに他ならないのだ。[27]

だが、言葉が他者の言葉と出会い、対話関係を結ぶのは対象に向かうときだけではなく、「予想される聞き手の応答」とも同様の関係を持つ。なぜなら、言葉は「応答を挑発し、それを予期し、それに向かって構成される」からである。[28] 従って、全ての発話はこうした対話性という観点から理解、考察されねばならない、というのがバフチンの理論の眼目であり、文学テクストも例外ではない。彼は『ドストエフスキーの詩学の諸問題』（一九六三年）でも、文学的言説は「多かれ少なかれ聞き手、読者、批評家を鋭く感じ、その予想される反駁、評価、考え方を反映している。そればかりでなく、自分と肩を並べている他の言説、スタイルを感受する」[29] と述べている。

このような「対話性」の概念は、ロッジが指摘するように、個々の発話あるいはテクストを「固定された起源的意味」を持つものとみなしてそれを追求するという考え方を捨て、「話す主体と主体との間の、作品と読者との間の、テクストとテクストとの間の、対話的相互作用の過程に意味を位置づける」ことを私達に促す。[30] 今日の学際的研究の原動力とも言える「間テクスト性」の概念も、クリステヴァがこのバフチンの「対話性」の概念から発展させたものである。

作家エリオットはテクストの書き手であると同時に、他のテクストの読み手（聞き手）でもある。彼女のイメージ創造は他者のどのような声、あるいはいかなるイメージに挑発されたのか。また、どのような応答を予期して構成されているのか。その答えは一人の作家あるいは語り手、一つの作品やジャンルを超えて探さねばならない。そして、私たち読者は読むという行為を通して、つまり、エリオットのテクストとの対話を通して、新たなテクスト、新たな意味を形成してゆくのである。

様々な対話を生起させるイメージの創造は、エリオットにとって何よりも語りのストラテジーとして重要であった。なぜなら、彼女は人が言葉から連想するイメージが思考の基盤となり、さらなる思考を形成すると考えたからである。エリオットが小説執筆を決意した時期に書いた評論、「ドイツ生活の博物誌」（一八五六年）はドイツの民俗学者、ヴィルヘルム・ハインリッヒ・フォン・リールの著作について論じたものであり、彼女のリアリズムに立脚した芸術論の表明としてつとに知られているが、この評論が彼女の言語観の表明でもあることは十分評価されてこなかったように思われる。[31] この評論の冒頭で、エリオットは言葉から連想されるイメージの重要性を次のように述べている。

抽象的、あるいは包括的な言葉から習慣的に思い浮かべるイメージに注目するのは、心理学的考察の興味深い分野である。こうしたイメージは、言語という、より微妙な記号体系と共に精神が常に有するもので、精神の絵文字とも言える。おそらく、連想されたイメージの定着度や多様性をみれば、ある言葉を同じように使い慣れている二人の人物の場合に、その言葉がそれぞれの精神において表象する具体的な知識と経験の量をかなり公平に測ることができるだろう。[32]

このように人が言葉から連想するイメージ、つまり「精神の絵文字」とも言えるイメージが「言語という、より微妙な記号体系」と共に人の精神に存在し、その人の「具体的な知識と経験の量」を判断する基準であると述べた後、エリオットは「鉄道」という言葉で具体例を示す。二人の人物が「鉄道」という言葉に抱くイメージの違いを比較するのである。例えば、あまり旅行好きでない人物は旅行ガイドブック、自分がよく知る駅、延々と続くレールを思い浮かべ、その三つのイメージの間を行き来するだろうと推察される。それに対して、もう一人の人物、すなわち、海軍軍人、技師、旅行者、駅長、株主、鉄道会社と交渉中の土地所有者といった様々な経験を持つ人は、鉄道に関する本質的な事実全てを含むイメージを想像するだろう。最初の人物（旅行好きでない人）でも鉄道の普及や文明社会における鉄道の機能などを観念的に語ることはできるが、彼の思考は「鉄道」から連想される一つの駅と無限のレールというイメージを超えることがない、とエリオットは指摘する。[33] つまり、言語から連想されるイメージが人の思考の基盤であり、それがさらなる思考を発展させるか、あるいは限定するのである。

さらにエリオットはこの「ドイツ生活の博物誌」の中で、社会の歴史的状況と言語のそれとを比較し、言語の現状と未来の可能性について論じる。「教養ある国家の言語」は「合理的な状態」からは程遠い、互いに「ほぼ理解できる」程度の状態にしかなく、その原因は、言葉の多義性、「微妙な意味合い」、「さらに微妙な連想のこだま」にある。[34] こう分析しながらも、彼女は合理的かつ明快な「普遍言語」（universal language）の実現に対しては、次のように強い懐疑を示す。

> それではこれまでの再三の努力が実を結び、合理性に基づく普遍言語の構築に成功したとしよう。つまり、不明瞭さや気ままな独創的表現、やっかいな形式、気まぐれにきらめく玉虫色の意味、「忘れ去られた時代をよく知る」古風な文体など一切持たない言語を手に入れたとしよう。それは明白で無臭の、余韻を残すこともない言語であり、代数記号のようにすばやく完璧に伝達という目的を果たしてくれる。しかし、この普遍言語は科学にとっては完璧な表現手段かもしれないが、科学よりはるかに重大な生を語ることは決してないであろう。歴史的言語（historical language）の変則性や不便さから解放されると同時に、歴史的言語の音楽性や情熱、各人の個性の表れである活力、機知を生み出す鋭敏な力とも決別し、想像力に対する力を与えてくれるもの全てを失ってしまうだろう。そして、単一化の次の段階は、語り時計の考案であろう。この時計は刻む目盛の調整によって、この上なく容易にすばやく思想伝達を行い、書き記すにはそれに対応した配列に点を並べればよい。何と憂鬱な「未来の言語」であろう！[35]

ここでの「普遍言語」と「歴史的言語」との対比によって、私たちはエリオットが否定する言語と理想とする言語がそれぞれどのようなものかを知ることができる。意味伝達の迅速さと完璧さにおいて「代数記号」にも匹敵する合理的な「普遍言語」は、科学にとってのみふさわしい表現であり、「生」を語ることはない。多義性や意味の不確定性は確かに「歴史的言語」の不便さではあるが、実はそれこそが言語の持つ力の源に他ならないのである。エリオットが言語に見出した力、すなわち「音楽性や情熱」、「活力」、「鋭敏な力」、そして「想像力に対する力」は、彼女にとって「共感の拡張」[36]という作家の使命を果たすために絶対に必要なものであった。こうした力を備え、読者に、ひいては社会に影響を及ぼす言語をエリオットは理想としたのである。

このように歴史的言語がその多義性と不確定性を捨て去って普遍言語に転換することへの懐疑を示した上で、エリオットは、言語と人間の道徳的成長および歴史的発展との相関関係を次のように主張する。

人間の精神がその明晰さ、理解力、共感を増大させてゆくにつれて、言語もその正確さ、完全性、統一性に向かって発展してゆくのに任せねばならない。そして、人間の道徳的性質と彼らが先人から受け継いだ社会的条件の間にもこれと類似した関係が存在する。[37]

言語は人間の道徳的成長と共に発展するものであり、それによって社会も進歩する、とエリオットは考えていたのだ。先のような普遍言語に対する懐疑の後では、ここで言語の発展の方向として示された「正確さ」、「完全性」、「統一性」は普遍言語への到達を意味するのではないことは明らかだが、それにしてもかなり楽観的な雰囲気を漂わせる言語観と歴史観だと言わざるを得ないだろう。

しかし、この楽観的な言語観は安定した、不変のものだったのではない。むしろ、エリオットが作品の中で絶えず疑問を投げかけ、自らに問わずにはいられなかった深刻な問題であった。普遍言語は科学にのみふさわしいと考える一方で、実際にはほぼ同時期に、科学的言語の持つ明晰さにも強く惹かれていたからである。彼女が上記の評論を書いたのは生物学の研究に情熱を傾け始めたジョージ・ヘンリー・ルイスと共にイルフラクームに滞在していた時だが、この調査旅行の一か月後に書かれた回想にはむしろ科学的言語に惹かれる彼女の姿が見出される。この回想で、エリオットは全ての曖昧さや不正確さから逃れて「明確で鮮明な考え」を得たいという欲求がかつてないほどに強くなっていることを述べ、さらに、名づけるという行為を通して曖昧さと不正確さから逃れ、物の概念を確実に把握できるだけでなく、その物を他の物から区別する「記号」を獲得できる、と記している。[38] 微妙な意味あいや連想のこだまを内包する言葉の奥深さに惹かれる一方で、科学的言語の明晰さにも惹かれる。さらに、正確さ、完全性、統一性へと向かう言語の発展を信じる（あるいは信じようとする）一方で、楽観的であることを許さない認識に押し止められる。こうした動揺がエリオットの作品には観察され、その動揺は中期以降の作品において振幅が大きくなってゆく。

従って、言語とイメージをめぐって生起する対話を考察することは、エリオットの言語観に関して、これまで部分的もしくは断片的にしか論じられなかった次のような問題を探ることも意味する。彼女はどのように言語に対して意識的になり、それを作品のテーマとしてとりあげ、いかなる言語観を形成していったのか。また、彼女の言語観はヨーロッパ言語思想史の中でどのように位置づけられるのか。

さらに、本書は、エリオットの全小説をほぼ創作順に分析し、小説に比べて論じられることが極めて少ない詩や詩劇との関連性を考察する点でも、先行研究とは異なった視点からエリオットの作家としての変遷、そして彼女自身の自己との、また他者との対話に光をあてることができるだろう。バルトによって「作者の死」が宣言されて以来、伝記批評に対する批判が高まり、女性作家に注目する多くのフェミニズム批評家たちも伝記批評に対する攻撃を行ってきたが、女性文学の伝統を研究した英米のフェミニズムの第二段階に属する批評家たちは、むしろ積極的に伝記批評的アプローチを行って、時にこの方向での行き過ぎを見せた。[39] 本書は、作家の伝記と作品を短絡的に結びつけることは警戒しつつも、作家の伝記と歴史的コンテクストを考慮に入れることがテクストを鋭敏な間テクスト性の中に展開させ、より深い作品理解を可能にすると考える、チェリル・ウォーカーやアリソン・ブースらと同じ立場に立つ。[40]

エリオットの作品の絵画的側面を扱った研究、とりわけ一九八〇年代以降の「間テクスト性」を基盤とした研究は、時代や文化現象という大きな視点からエリオットの占める位置、および他のジャンルや作家たちとの関係を捉えてきた。しかし、エリオットを中心として、そこから時代と文化を逆照射することで、エリオットの時代性と独自性に関して新たに見えてくるものがあるに違いない。エリオットは子供の頃から無類の読書家であり、彼女の読書範囲は文学に限らず、宗教、哲学、科学、美術、音楽と多岐にわたる。彼女は常に貪欲に読みながら、他のテクストとの対話を繰り返しながら書き、自らの知の地平を広げようとした。エリオットの作品の言説とイメージが喚起する対話は無限とも言えるので、それらを網羅的に記述することはもちろん不可能である。本書では、先行研究への応答として、また新たな応答を引き起こすことを期待して、筆者が興味深いと思う対話を選んだ。エリオットはシャーロット・ブロンテ、ディケンズ、ワーズワスらの作品にいかなる反応を示し、それらを吸収し、書き換えていったのか。また、彼女を支え続けた生涯のパートナー、G・H・ルイスとの対話を通して、いかに自己の思想を形成していったのか。さらに、彼女はどのような点で二十世紀のヴァージニア・ウルフへとつながっているのだろうか。これらの興味ある問題を追求したい。

第一章

『牧師生活の諸景』についての三つの視点　言語意識、絵画的描写、対話性

1　福音主義との葛藤

『牧師生活の諸景』は牧師をめぐる三つの物語、「エイモス・バートン師の悲運」(以下、「バートン」と略記)、「ギルフィル氏の恋物語」(以下、「ギルフィル」と略記)、「ジャネットの改悛」(以下、「ジャネット」と略記)から成る。物語の時代設定はイギリスで福音主義が人々の生活に浸透していた時期で、「バートン」が一八三二年頃、「ギルフィル」はギルフィル老牧師が亡くなった一八二七年から彼の若い時の物語(一七八八年六月二十一日―一七九〇年五月三十日)を回想する形式をとり、「ジャネット」は一八三〇年頃となっており、[1] 登場人物のバートンと「ジャネット」のトライアンは福音主義牧師である。

福音主義運動は、英国国教会に蔓延していた世俗性と精神的浅薄さに対する反動として十八世紀に起こり、この福音主義は着実に力を増大し、十九世紀初めには国教会での支配的な宗派になった。[2] やがて一八三〇年を過ぎると徐々に衰退し始めたのだが、「ジャネット」では一八三〇年頃に福音主義の影響が遅れて到来した田舎町ミルビー、「バートン」ではその信仰生活が危機に瀕したシェパトン(ミルビー近郊の村)

が舞台になっている。それぞれエリオットが生まれ育った場所であるイングランド中部ウォリックシャー州のナニートンと、その近くの教区、チルヴァーズ・コトンをモデルとしたものである。

福音主義は神に対する愛と信仰を強調するが、福音主義者にとって、キリストが人類を救うために犠牲的な死を遂げたことは神のキリストにおける顕現以上に重要な意味を持ち、キリストの贖罪に対する個人的な反応、つまり回心が肝要であった。だが、回心だけでは十分ではなく、聖書への信仰が敬虔な生活において証明されねばならず、聖書こそキリスト教徒が学ぶべき道しるべだ、と福音主義は教えた。

エリオット自身も十代には熱烈な福音主義信者だった。八歳から十二歳までを過ごしたナニートンのウォリントン夫人の寄宿学校で、教師マライア・ルイスの影響を受けて福音主義に親しみ、その後コヴェントリーのフランクリン姉妹の学校に移ってからも、マライア・ルイスとの友情を通して福音主義へと傾倒していったのである。しかし、やがて二十二歳でその信仰を放棄した。[3] トマス・A・ノーブルは、『牧師生活の諸景』の三つの物語が当時のイングランドの地方における信仰生活の実態を忠実に再現しただけでなく、特に「ジャネット」においてエリオットが自らの体験を見つめなおし、福音主義に対する寛容性を示している点に注目する。この作品とエリオットが一八五五年に書いた評論「福音主義の教え——カミング博士」、および一八五九年のフランソワ・ダルベール゠デュラード[4]宛の手紙とを比較すると、評論では福音主義の悪い面だけしか見ていないのが、手紙では「人間の悲しみと純粋さへの憧れが表現されたいかなる信仰に対しても、今では敵対心を持っておりません。それどころか、全ての論争的思わくをしのぐ共感を抱いております」[5]と述べるほど寛容な態度に変わっており、「ジャネット」は後者に近いというのがノーブルの見解である。[6]

確かに、「ジャネット」は福音主義に対する寛容な態度を示しているが、ノーブルが引用したエリオットの手紙からも窺えるように、福音主義に限らず宗派を超えた信仰一般に対する寛容性と言った方がより適切であろう。登場人物のジェロウムが、この立場を体現している。彼自身は非国教徒だが、貧しく無知な人々の魂に救いをもたらす福音主義牧師トライアンの功績を、宗派にこだわることなく称賛する。そして、トライアンの人間的、道徳的影響こそは、エリオットが評論「福音主義の教え――カミング博士」(以下、「福音主義の教え」と略記)においてカミングの教義を批判しながら示した、信仰のあるべき姿である。この評論で彼女は「神が人間の高潔な感情に共感する存在として、また、人間の道徳的特質とみなされる資質全てを無限に有する存在として捉えられるときにおいてのみ、神という概念は真に道徳的な影響力を持ち、人間の内にある最高の善と美を育むのだ」と述べて、神を人間性の理想と捉え、信仰の価値をその道徳的な影響力においてのみ是認する自己の立場を明らかにしている。最も重要なのは「人間の共感」であり、人間的な神への信仰も「人間の共感がもたらす効果の拡張と増大」[7]である点において価値を持つのである。

このように「人間の共感」を第一義とする「人道主義」がエリオットの精神遍歴の到達点であり、そこにはフォイエルバッハとオーギュスト・コントの影響が容易に見てとれる。フォイエルバッハは『キリスト教の本質』(一八四一年)において、「キリスト教の目的と内容は全く人間的なもの」であり、「神性の特質は人間性の特質」[8]だとして人間愛を訴え、コントは知性と感情の相互関係を示すと共に、「人間の真の連帯は何よりも他者のために生きることにある」という利他主義を説いた。[9]エリオットは一八五四年に『キリスト教の本質』の翻訳を出版し、また、本書の第八章で詳述するように、ルイスと共にコントの思想に深く関ったのだった。福音主義から出発し、キリスト教の正統的な教義への懐疑を経てフォイエルバッハやコントの思想を受容しながら人道主義にたどり着いたエリオットの精神的成長の軌跡、それはバジル・ウィリーが述べるように、「時代の決定的な趨勢のパラダイム」[10]でもあった。「ジャネット」は、人道主義の見地から福音主義が持っていた意義を捉えなおす試みである。

「ジャネット」において福音主義が中心的テーマであることは間違いない。だが、この福音主義のテーマに密着する形で言語の問題がもう一つの重要なテーマとして提示され、それは「ジャネット」におけるほど顕在化されてはいないが、「バートン」と「ギルフィル」でも同様であることに注目したい。牧師の務めの核を成すのは聖書の言葉、つまり神の言葉の伝達であり、従って、宗教の問題は言葉の問題でもあるからだ。この点でも、評論「福音主義の教え」は興味深い。そこではカミングの言う「キリスト教の真実」が何であるかよりも、「その真実を強化する方法」、[11]つまり彼が教義を説く際に用いる論理や言葉遣いにエリオットは照準を合わせ、厳密なテクスト分析によってその矛盾を暴露しているからである。そこで、まずエリオット自身にとっても福音主義という宗教との関りが言葉との格闘でもあったことを明らかにし、次に『牧師生活の諸景』に見られる言語意識について考察したい。

福音主義からの離脱と言語意識への目覚め

エリオットにとって、福音主義との葛藤は言語意識に目覚める過程であったとも言える。その葛藤は主として、彼女を福音主義に導いた恩師であり友でもあったマライア・ルイスに宛てた多くの手紙から知ることができる。エリオット自身によれば、福音主義に強く捕えられていたのは十五歳から二十二歳までだったが、一八三七年から一八三九年にかけて、つまり十七歳から十九歳の頃、彼女は聖書と宗教書を読むことを第一義とし、楽しみのための読書や音楽は自らに禁じて徹底的な禁欲的態度をとろうとした。[12]

一八三九年三月十六日のマライア・ルイスへの手紙では、フィクションがいかに有害であるかについて長々と論じている。[13] 鋭い洞察力を持ち、手当たりしだいの読書以外の方法では知的欲求を満たせない人たちや、『ドン・キホーテ』、『ロビンソン・クルーソー』、ウォルター・スコット、シェイクスピアなどの作品は例外としながらも、宗教的な小説でさえ公衆の利益のためには即刻破棄すべきだと言い、ロマンスに関しては「キリスト教徒の闘いのための武器がロマンスという鍛冶場で研がれたことはない」とし、家庭小説に関しては模倣しやすい故に一層危険だと述べる。人は「模倣する生き物」であり、何らかの目的を持った読者はその思想的影響を免れ得ないからである。この手紙についてゴードン・S・ヘイトは、持ち前の作文能力で恩師を困惑させるべく即興的に書かれたものであるから、彼女の言葉をまじめに受け取りすぎてはならないと指摘しているが、[14] 宗教と文学の間で揺れ動くエリオットの激しい葛藤を示すものとして注目すべきであろう。確かに彼女自身、この手紙の初めに、愚かな娘の「ナンセンス」を許してくれるようにと断っているが、この「ナンセンス」は文学の持つ吸引力とその危険性を察知している点においては決してナンセンスではない。むしろ文学の危険性を強調することで自らの文学への欲求を抑圧する試みと言える。小説についての否定的な言葉が繰り返されればそれだけ一層、彼女が小説に魅了され、多大な影響を受けているのが感じられるのである。彼女が最も警戒するのは、文学が現実逃避の手段となる危険性である。同じ手紙の中で、エリオットは幼いときに「自分自身が創り出す世界」で「自分が主役である場面」を想像しながら生きていた体験を語り、この「空中楼閣」を築く「材料」が小説であったことを告白する。幼い頃から親しんだ小説が今や有害な存在となったのは、自分の意にそわぬ現実を神の定める運命として受け入れようとする彼女にとって一種の誘惑者だからである。彼女は小説が培った想像力を「精神の病」とまで言い、それを「墓場まで持ってゆくだろう」と予感しつつ格闘している。文学に対する禁欲的態度は実は、福音主義を通して神に到達しようとしながら果たせず、キリスト教徒としての自己との闘いに苦悩するエリオットが必死に講じた策であったと言えるだろう。

先のマライア・ルイスへの手紙とほぼ同時期の三月五日、エリオットはかつてメソジスト派の説教師であった叔母のエリザベス・エヴァンズに宛てた手紙で、他者に認められたいという「野心」が自分の全ての行為の根源であると同時に最大の「罪」であり、この罪故に決して天国には行けないだろうと告白している。[15] 信仰に生きようとする自己を阻む二つの敵、想像力と野心に抵抗するために、彼女は小説を無理やり捨て去ろうとしたのだ。第三章で考察するように、エリオットは後にこの問題を「女性読者」というテーマとして『フロス河の水車場』で展開させることになる。

無論、エリオットには文学を捨てることはできなかった。それどころか、やがてキリスト教の正統的な教義に懐疑を抱き、一八四二年一月二日、教会に行くことを拒否するに至ったのである。彼女が福音主義から離れてゆく過程は、文学に引き戻される過程であり、それは言語に対する意識の目覚めでもあった。先の手紙の直後から、彼女の手紙には宗教上の論争に関して明確な立場を確立できない、あるいは「宗教的体験」を求めながら得られないといった悩みの告白が頻繁に見出される。[16] 例えば一八三九年十月三十日付のマライア・ルイス宛の手紙には、キリスト教にしがみつこうとしながら、違和感を覚えずにはいられない自分への苛立ちが表れている。

もし、私が真に宗教的な精神を持っているならば、くびきに慣れぬ子牛のように、ほんのわずかに自分の趣味に反するものや、自己の世俗的な精神に対して与えられたほんのわずかな苦行に不平をこぼす代わりに、自己の宗教的体験が本物であることを自らに立証し、救い主の意志に心からの服従を果たせる機会にむしろ喜びを覚えることでしょう。私は、次のように聖パウロがみごとに表現したことを感じたいのです。「キリストの愛が私たちを駆り立てるのです。なぜなら私たちはこのように考えるからです。すなわち、一人の方が全ての人のために死んで下さったのだから、全ての人も死んだことになります。そのお方は全ての人のために死んでくださった。その目的は、生きている人たちが今後は自分自身のために生きるのではなく、自分たちのために死んで復活してくださった方のために生きることなのです。」ここには私たちの魂を天に近づけ、正義の道を行く私たちの歩みを速める、非常に強力な梃子、より正確に言えば、磁石があります。けれど私の性質と態度が不安定なのはこれが欠けているからであり、つまり、私の「知恵、義、聖、贖い」として絶えず「イエスを見る」ことができないからであり、また私の精神が何ものもその持ち主から奪うことのできない、あの平安を絶え間なく享受することができないのもそのせいなのです。[17]

聖書の言葉が持つ強力な「磁石」を感じながらも、そしてそれに完全に自身を委ねたいと願いながらも果たせず、動揺し続ける。その苦しみを深くしているのは、決して妥協することのない探究心と、己の内に潜むエゴイズムを直視する厳格な道徳意識である。この探究心と道徳意識の故に、エリオットは自己のあるべき姿と現実の姿との乖離を痛感せずにはいられなかった。だから、亡き母の代わりにこなさねばならない家事に追われながら聖書を読むことを日課とし、古今の様々な宗教書を貪欲に読み進む日々なのに、信仰はむしろエリオットにとって「くびき」になっていったのである。そして、そのような彼女が心から共感できたのはウィリアム・ワーズワスだった。一八三九年十一月二十二日、二十歳の誕生日にエリオットはワーズワスの六冊本の作品集について「私自身の感情がこれほど望ましく表現されているものに出会ったことはありません」とマライア・ルイスに書き送っている。[18] エリオットにとって宗教と文学の葛藤は、理性と感情の葛藤とも言えるだろう。この頃から彼女は読書範囲を広げて、ロマン派詩人だけでなく、シェイクスピア、ゲーテ、シラー、カーライルなど、再び文学を積極的に享受し始めており、それはまさしく福音主義から離れ始めた兆候であった。[19]

その後一八四一年三月に父親と共に移り住んだコヴェントリーでの読書によって、エリオットは非正統性を深めてゆくが、まだそれを心の内に秘めていた。彼女の方向を決定づけたのは、同年十一月二日のチャールズ・ブレイ夫妻との出会いである。それは十月にチャールズ・ブレイの『必然論』(一八四一年)が上梓されてから間もなくのことだった。

ブレイはユニテリアン派哲学の必然論を楽観的に解釈し、神への祈りに時間を浪費するよりも社会改革を目指すべきだと主張して、自らそれを実践しようとした人物である。[20] ブレイの妻キャロライン(通称キャラ)は一八三六年に彼と結婚した直後にその思想を知って当惑し、彼女の兄チャールズ・クリスチャン・ヘネルにブレイの主張を厳密に評定するよう頼んだ。ヘネルはその結果をすでに一八三八年出版の『キリスト教の起源に関する研究』に結実させていたが、その第二版が先述のブレイの著作よりもやや早く、一八四一年の八月に出版され、エリオットはブレイ夫妻に会う前にこのヘネルの著作の第二版を入手していた。[21] この時すでに読んでいたかどうかは定かではないが、少なくとも関心は持っていたのであり、遅くともブレイ夫妻と知り合った直後には読んだものと推察される。ヘネルもブレイと同じくユニテリアン派として育った人物である。ユニテリアン派は十九世紀前半に繁栄した多くのプロテスタント宗派のうち最も寛容で、理性的、進歩的な宗派であり、三位一体説およびキリストの神性を含め一切の神秘説を否定しただけでなく、ロックとハートリーに知的源泉を持ち、成人の人格形成における教育と環境の重要性を強調した。そして、その社会的急進主義とキリストの神性否定の故に、ユニテリアン派は国教徒や他の非国教徒から無神論者同様にみなされ、警戒されていた。ヘネルの著書は、歴史主義的聖書批評（いわゆる高等批評）の実践である。彼は、キリストの人生に関する歴史的事実と後に付加された神話や空想とを峻別して、各福音書の歪曲や創作を指摘し、キリストの神性を否定すると共に、ブレイと同様、来世の存在は不確かであるが故に人間は快楽の点でも改善の点でも現在に重きを置いて生きるべきだという結論を出した。この結論を受けて、キャラは信じることのできない教義のために教会に行くのは偽善だと考え、教会に行くのをやめて、以後は個人的な読書によって神を探求し続けていた。彼女は真実に従うことこそが義務だと考えたからである。

ブレイ夫妻との出会いから約十日後の一八四一年十一月十三日、エリオットは自己の決定的な変化の可能性を、次のようにマライア・ルイスへの手紙で語る。「この数日間、私の魂の全ては最も興味深い問題に夢中になっています。私の考えがどんな結論に至るのかはわかりません――おそらくあなたを驚かせるようなものになると思いますが、私の唯一の願いは真実を知ることであり、誤った考えにしがみつくことだけを恐れています。」[22] キャラと同様、エリオットも「真実」の探求を第一義としたのである。そして、翌年の一月二日、ついに彼女は教会へ行くことを拒否した。

このように、すでに福音主義から離れ始めていたエリオットは、ブレイ夫妻およびヘネルの著書との出会いがばねとなって大転換を遂げたが、それはユニテリアン派への転向を意味するものではなかった。この点については、彼女自身が信仰をめぐって対立した父親に和解を願う手紙で明言している。さらにその手紙の中で、彼女は歴史主義的聖書批評、すなわち聖書を「真実と虚構の混合から成る歴史物語」だとみなす立場を選択したことを明らかにし、この立場をとることこそ「キリスト教国における最もすばらしい精神」を持つ人々に同意することだ、と述べて父親の理解を求めている。[23] 福音主義を棄てること、それは彼女にとって特定の宗派を離れ、宗教について新たな探究を開始することであった。

さて、もともとエリオットの福音主義はマライア・ルイスの影響を受けて聖書の精読に基づくものだったが、正統的な教義を放棄するに至る最後の段階においても、エリオットは聖書を厳密に読み解くことに徹しようとした。マライア・ルイスに聖書の同じ箇所を読むことを提案して実行したり、聖書のたとえ話を自分自身の言葉で書き換えたりしただけでなく、ヘネルの著書を読む前には再度聖書を通読した。[24] こうした試みの中で彼女は聖書の理解を深めつつ、言語そのものに対する意識に目覚めていったのである。次に引用するマライア・ルイスへの手紙には、言葉の魅力に心躍らせ、言葉の重要性を認識するエリオットの姿が垣間見られる。

……私の気まぐれな精神は言語の魅力を楽しんでおり、言葉の世界での発見に没頭することだってできます。(一八四〇年五月二十八日)[25]

表現に力を与えるために形容詞や副詞、そして名詞さえも繰り返すイタリア語の言い回しが、私は好きでたまりません。英語の婉曲語法、単調な 'very,' 'exceedingly,' 'extremely' などよりもはるかに情熱が感じられます。……精神に靄のようなものがかかって、思想を述べたり書き記した記号にうんざりしたときには、もっと面倒でない伝達様式、もっと直観に近い知覚に惹かれませんか？　それでも、わたしは言葉が大好きです。言葉は精神を鍛える場に備えられた輪投げの輪であり、弓であり、梯子の段です。現在の状況で言葉がなければ、私たちの知力は何の道具も持たぬことになるでしょう。（一八四一年九月三日）[26]

このようにエリオットにとって、言葉は多くの「発見」の場であると同時に、自らの精神を鍛える場でもあった。言葉で表現する難しさに時にうんざりしながらも、言葉は自己表現の手段として不可欠なものだったのである。

言葉による自己表現、とりわけ書くことによる自己表現がいかにエリオットにとって重要だったかは、マライア・ルイスとサラ・ヘネルへの数多くの手紙から明らかになる。キャサリン・ヒューズが指摘するように、この二人の親友との文通も、エリオットにはお互いの考えや感情の交換というよりも、自分自身の考えを探究する手段だった。[27]だが、ここで着目したいのは、エリオット自身がそのことを自覚した点である。先に引用した一八四一年九月三日付のマライア・ルイス宛の手紙で、エリオットは大人にとっても子供にとっても有益な聖書の学び方として、新約聖書のある箇所を選んで「その文が含む、あるいは示唆する一般的な真実を聖書で用いられている言葉以外の言葉で書くこと」を勧め、実際に「種まく人」のたとえ話（「マタイによる福音書」十三章）の解釈を七つ書いてみせている。そして、このように自分自身の言葉で表現することが彼女の「手紙を書く際のルール」でもあった。なぜなら、「自分の研究対象となった問題全てについての概略を、もっぱら記憶という年代記から書くという課題を自らに課すことは、自己の知識を試すのに適切な方法でしょう」と述べているように、書くことは自己の知識が真の知識となり得ているかを試す手段だと信じていたからである。[28] 無論、聖書も神、および聖書を記した人々の意図や、評価、アクセントに貫かれた言葉の集積から成るテクストである。従って、聖書の言葉を自らが選んだ言葉で書き換えることも、「記憶」から書くことも、バフチンが言うところの「他者の言葉の選択的獲得の過程」[29] に他ならない。エリオットは聖書の厳密な読解、および書き換え作業を通して他者の言葉を獲得する訓練を自らに課し、さらに手紙という手段を用いて自己を発信したのである。自らの言葉で「記憶」からのみ書くことによって、それらが真の知識であるかどうかを試す。これこそが後のエリオットの著作全ての根底にある姿勢ではないだろうか。

これまで見てきたように、エリオットは福音主義との格闘の中で言語に対する認識を深め、書くことで自らの思考を探究した。この時期の手紙には聖書からの引用が非常に多く、聖書の言葉は自己の考えや経験を語るのに不可欠な語彙であったと言えるだろう。結果的には彼女は福音主義を棄てた。しかし、やがて人道主義に到達し、作家となった時、かつて聖書の精読を通して獲得した多くの語彙とイメージに新たな意味を付与してゆくのである。

エリオットの作品との関連で考える時、福音主義をめぐる葛藤は彼女の思考形態の原型とも言うべきものを示唆する点でも重要である。若きエリオットは古今の宗教書を手当たりしだいに読みながら、あらゆる方向にアンテナを張り巡らせて自分の信仰を問い正し、信仰のあるべき姿や神の存在について思索を続けた。また、当時の宗教論争に関しては異なる立場から書かれたものを積極的に読み、自分を納得させる言説を探し当てようとしたが、決して一つの見解に安住することができなかった。宗派に関する論争は、高教会《ハイ・チャーチ》を信奉する兄、アイザック・エヴァンズがエリオットの福音主義に対して批判的だったこともあり、[30]非常に深刻な問題であったに違いない。彼女は自己の葛藤を次のように述べている。

> ……私は自分の心を満足させる見解を定めることができません。議論されている問題に結論を下すのに私ほど苦労する人はいないと思います。私に選択したい意見がないのではなく、ある理論がどんなに私の考えと一致したとしても、私は他の人たちがある考えを選び取った後に感じているように思われる、あの不安のない平静さを見出すことができないのです。……目に見える教会の性質という問題は何にもまして、私の心の羅針盤を頻繁に全ての方位に振れさせるのです。ある方向に強く引きつけられてそこに落ち着こうとすると、逆の主張がその位置から私を振り落としてしまうのです。[31]

理論的に納得してもなお割り切れぬ思い、対立する意見の間での絶え間ない動揺を告白するこの言葉に、エリオットの生涯を通じての思考形態の原型とも言うべきものを窺うことができるのではないか。彼女は物事の両極端を含めてあらゆる面を捉えようとする。それで様々な可能性を熟考し、相剋する複数の視点の中でバランスをとるべく格闘するのである。こうした態度を最も象徴的に物語る出来事が、教会へ行くことを拒否したために断絶した父親との和解であろう。彼女はミサの間何を考えていてもよいという条件で、再び父と共に教会には行くことに同意したのだが、それは個人としての自己の良心に忠実であることと、娘としての義務との相剋の中で何とか両者のバランスを維持するための精一杯の妥協であった。[32]これから本書で明らかになるように、この緊張関係を孕んだバランス感覚が彼女の全作品を貫いている。

『牧師生活の諸景』に見られる言語意識

では、『牧師生活の諸景』において、言葉はどのようなものとして描かれているだろうか。「バートン」では言葉と人格の相関関係、「ギルフィル」では自己の言葉を奪われることの悲劇、そして「ジャネット」では言葉の力と共に、意味の不確定性、および言葉では語り得ぬ領域の存在が示されている。

まず、「バートン」から見ていこう。この物語では言葉と人格との相関関係が明確に描き出される。エリオットは評論「福音主義の教え」でカミングの論理やレトリックの矛盾を指摘して、彼の偽善性や共感の欠如を暴露したが、「バートン」では牧師たちの言語を通して彼らを揶揄している。評論で厳密なテクスト分析と議論によって成し遂げたものを、小説では一種のカリカチュアとして提示していると言えるだろう。ただし、エリオットはその諷刺を悲劇に転化させ、且つキリスト教において馴染み深い、重要な語彙を自身の人道主義の観点から定義し直すことで、この評論を超えるのである。「バートン」における牧師の諷刺をこの評論と比較して考察してみよう。

「福音主義の教え」の冒頭で、福音主義牧師とは、レトリックの才を持つ饒舌な人物が家柄や資産に頼ることなく社会的権力や名声を得る方法、換言すれば、わずかな才能で大いなる野望を達成する方法だ、とエリオットは辛辣な皮肉をこめて述べる。彼女がその典型だとみなしたジョン・カミング博士は一八三二年から一八七九年まで福音主義のスコットランド教会の聖職者で、聖書の預言に関する多くの著作を書いた。[33]

彼の著作について、彼女はまず文体がジャーナリスト的であること、そして思考の独創性や感情の深さにも欠ける点を批判するが、特に攻撃の矛先を向けるのは、彼が行う言葉の定義の偏狭さと独善性、および論理の矛盾である。例えば、カミングにとって「キリスト教」はカルヴィン主義プロテスタンティズムを意味し、「無神論者」は「聖書を虚言、捏造だとみなす人」となり、「ローマカトリック教徒」は「悪魔の操人形」でしかない。従って、彼が説く「神の栄光」のための愛は、自己の党派に属さない人々を憎む、憎悪の教義である点、[34] しかも、彼は真実の重要性を強調する一方で、実際には「無神論者」と「ローマカトリック教徒」を都合のよい攻撃対象に仕立て上げて自己の教義を正当化している点を、エリオットは厳しく批判する。さらに、彼が仮想する攻撃対象の定義にはあてはまらない多くの人々の存在について、彼女は次のように述べる。

高い教育を受け、非常にまじめな人々の多くがユダヤ人やキリスト教徒の聖書を歴史主義批評のルールに基づいて扱うべき一連の歴史資料とみなしていること、また、同じだけ多くの人々が、歴史主義批評家ではないけれども、聖書の字句に基づいた教義要綱が自己の心底からの道徳的確信と対立すると感じているという事実について、彼［カミング博士］は無知であるようだ。いや故意に無視しているのである。[35]

ここに示された歴史主義批評の立場も、聖書に基づく教義と自己の道徳的確信との食い違いについての苦悩も、先に見たように、エリオット自身が経験したものである。彼女はヘネルの著書によって知った歴史主義批評の立場から聖書を読み直し、人間が創作した教義に煩わされることなく神を探究するために、教会に行くことを拒否したのだった。エリオットは、カミングによる言葉の定義の独善性を露呈させることによって、同時代人の抱える深刻な問題に全く答えることのできない、あるいは答えようとしない彼の教義への懐疑を呈するのである。

また、エリオットはカミングの論理の矛盾を鋭く追求する。彼の著作からの抜粋を詳細に分析しつつ、彼の主張の一つが別の箇所で彼自らの主張によって反駁される様を明らかにしてゆく。例えば、彼は地質学の発見と聖書の記述との齟齬をごまかそうとするあまり、地質学と聖書解釈との間に矛盾が存在するとしたら、それは聖書解釈が間違っていると主張する一方で、「創世記」を「公平に」、つまり「聖書の観点から、その簡単明瞭な意味において」読めば、地質学者の主張と完全に一致すると言ってのける。また、聖書を絶対的真理だと主張しながら、新たな聖書解釈の可能性を認めることで彼自身の論理基盤を失い、その聖書解釈の独善性を露呈させているといった点である。[36]

こうしてエリオットは厳密なテクスト分析と論理の展開によってカミングの言葉遣いの独善性や論理矛盾を次々と暴き立て、彼の教義の虚偽性を明らかにするだけでなく、彼が巧妙なレトリックによって聴衆の無知につけこみ、虚偽を教える点を糾弾する。彼女は言語の持ち得る力を知るが故に、道徳と切り離された知をこの上なく嫌悪するからである。エリオットは、同じ書く者として、つまり言語によって公衆に影響を及ぼす立場にある者として、カミングがその道徳的、社会的責任を果たさぬばかりか、己の権力を不当に行使するのを決して許せなかったのであり、彼への強い憤りがこの評論の随所に感じられる。

この評論において、エリオットは自分がどの宗派にも属さない単なる「傍観者」としての立場をとることを明言し、カミングの教義そのものには立ち入らないと何度も断りながら、あくまで彼の論理や言葉の分析を通してその独善性を明らかにすることに重点を置く。真理を標榜する彼の教義や聖書解釈の「誤信」よりもその「虚偽性」を弾劾することを主眼とするからである。[37]これは、一つには福音主義に対する偏見を排除して公平であろうとする態度の表れだろう。だが、それ以上に重要なのは、知性と道徳性、言語と道徳性との不可分性を強調することであり、それによって、エリオットの議論は特定の宗派のみならず、宗教という枠すらも超えて人間に普遍の問題を射程に入れる。この評論の最初で、彼女はカミングの人格と著作を切り離して著作のみを論じると言っているが、実際に示したのは、人格と著作、すなわち人格とその人の言葉を切り離すことの不可能性であった。

　同じことが「バートン」の牧師たちについても言えそうである。この物語の第六章、ミルビー周辺の牧師たちが集まる聖職者会議の場面は、人格と言葉の不可分性を端的に示し、一種のカリカチュアともなっている。この会議で牧師たちが「神学や教会組織の問題を論じて（by discussing）自分たちの叡智を磨き、美味しい食事を味わって（by discussing）同胞愛を強めるだろう」（三一、傍点は筆者）という語り手の言葉がすでに彼らの俗物性を暗示している。そして、食事のテーブルについた牧師たち一人一人の外観、思想、言語が皮肉たっぷりに語られるとき、彼らの姿は実に滑稽である。例えば、フェロウズは巧みな話術によって、自分の意見ではなく他者の意見をうまく解説することで聖職禄を手に入れた牧師であり、教区の人々からは信頼されていない。また、詩の才能が評判のファーネスは説教でも独特の比喩を駆使するが、その比喩と対象との間には全く関連性が見出せない有様だ。だが、最も皮肉をこめて描写されるのは、イーリーである。彼は食事を饗する力量のある人物として、また、議長や司会者にふさわしい人物として「テーブルの上座につくと特に上品に見える」、「人の話をよく聞くように見え、異なる成分から成る、優れた混合物である」

（五四）とされる。まず「見える」部分の強調によって、その裏に隠された実態が示唆されている。彼が「人の話をよく聞くように見える」のは、実は「考えられ得ること」（三七）を仄めかしはするが、自分自身の意見はめったに言わないからである。自分の意見を隠すことで他者に対する嘲笑をも隠し、同時に他者にも彼を嘲笑する機会を与えないから、高い評価を得ているのである。「異なる成分から成る、優れた混合物」という形容は、彼のうわべの上品さに隠された俗物性や狡猾さ、首尾一貫性の欠如に対する痛烈な諷刺となっている。

さらに、牧師たちがバートンに関するゴシップを「聖書解釈的に」論じる様を通して、この場面のカリカチュア性が増す。フェロウズが「彼［バートン］は六時に伯爵夫人と二人だけで食事をし、バートンの奥さんは台所で料理人代わりをしている」（傍点は筆者）との噂を報告すると、イーリーは「かなり怪しげな出典」（Rather an apocryphal authority.）（五六）だと判断する。'apocryphal' は、典拠の疑わしい文書や陳述、特に宗教改革時にプロテスタントが旧約聖書の正典から除外した外典を意味する語 'apocrypha' の形容詞である。[38] すると、マーティン・クリーヴズが噂は「改悪版」だとして、「原典」は「あの人たちは皆、六人、つまり六人の子供たちと一緒に食事をした、そしてバートンの奥さんはすばらしく料理がうまい」（五七）とする、といった具合で、この場面は、デイヴィッド・キャロルが指摘するように、聖書解釈法のパロディ化だとみなせよう。[39]

このように諷刺される牧師たちの中で、唯一人の例外がクリーヴズである。上述の聖書解釈的ゴシップの場面においても、彼はバートンへの信頼に基づいた解釈を行おうとする点で批判を免れている。彼は「思想から饒舌な虚飾を取り去る術」（五五）を心得ており、彼の言葉はその実直な人柄を示す。また、自分の教義を一方的に押しつけるのではなく、相手が必要とするものをいち早く洞察して、実際的な問題についての助言を与える。バートンが妻を亡くした時にすぐに駆けつけて力づけるのも、このクリーヴズだ。言葉を「饒舌な虚飾」として操る牧師たちとは対照的に、彼こそがエリオットの提唱する人道主義を実践する人物である。

　では、バートンはどうか。彼はレトリックの才によって名声を手に入れるにはほど遠いが、独善性と傲慢さにおいてはカミングに匹敵する人物である。バートンは低教会派《ロー・チャーチ》の福音主義を説きながらも、聖職者の権限と職務については高教会派《ハイ・チャーチ》の主張を支持して非国教徒を攻撃し、「蛇の賢さ」（一八）を自負している。低教会派も高教会派も英国国教会の一派だが、前者が聖職位や礼典などを重視せず、福音を強調するのに対して、後者はカトリックの伝統を重視し、教会の権威、支配、儀式を重んじる。つまり、バートンは対立する教義から自説に都合のよい部分だけを取り出して主張しながら、その矛盾に気づかないだけでなく、逆に己の能力を過信するのである。ただし、実際にはバートンは人々に対して全く無力であると言ってよい。

　エリオットはバートンに対する諷刺を極限まで推し進めることで、悲劇に転化させる。その第一段階は、彼の内面の分裂に対する諷刺から悲哀への転化である。自分の説教が効力を持たないことに苛立つバートンについて、語り手が「エイモス［バートン］は自分を強いと思っていたが、実感してはいなかった。自然は彼にそう思わせはしたが、その実感はなかったのである」（二五）と、彼の思考と感覚の分裂について述べる時、彼への諷刺はむしろ悲哀を感じさせる。

　悲劇へと転化する更なる諷刺は、バートンの無力さに関る。例えば、宗教的素地の全くない救貧院の聴衆を前に、彼が柔軟な想像力も巧みな話術も持たぬまま、「過ぎ越し祭の小羊」や「とりなしの手段（a medium of reconciliation）としての血」（二七）について説教し、続く「出エジプト記」十二章の種なしパンについての説明が無残な失敗に終わった時、すかさず語り手は次のように言う。

単純な理解力には、馴染みの表象や象徴を用いた教えほどふさわしいものはない。しかし、それには常に危険が伴う。つまり、話し手の崇高な解釈がまさに始まらんとするところで聞き手の興味、あるいは理解が突然止まってしまうかもしれないのである。そして、バートン氏はこの朝、貧困者の想像力をパン生地の捏ね鉢まではうまく運んだものの、運悪くも、そのよく知られたものから、暗示するつもりであった未知の真理へと引き上げることはできなかった。（二七、傍点は筆者）

語り手のこの言葉は、神と人間との間の「とりなしの手段」を説くバートンの説教が人々を信仰心に目覚めさせる「とりなしの手段」にはなり得ぬことを、アイロニーをこめて語っている。また、「馴染みの表象や象徴」を用いることの有効性とその危険性は、作家エリオット自身の課題でもある。読者の想像力を「よく知られたもの」から「未知の真理」へといかに引き上げるか。エリオットは「よく知られた」キリスト教の語彙とイメージを通して、読者を人道主義の高みまで引き上げようとする。キャロルが論じるように、エリオットはバートン自身をシェパトンの社会における「過ぎ越し祭の小羊」、つまり生贄の小羊にすることで、信仰生活が最悪の危機に瀕している人々の心に共感を引き起こし、結集させるのである。[40] 説教では神と人間との間の「とりなしの手段」にはなれなかったバートンが、貧困とミリーの死によって苦しむ人となることで、人間同士の「とりなしの手段」となる。このことは彼の無力さの証明と、彼の説教が彼の意図とは全く別の次元で実現されるという二重の意味でアイロニーを含む。そして、バートンの人々を導く立場から助けられる立場への転落は、牧師としての無力さに対する最大の諷刺であると同時に、牧師としての最大の悲劇だと言えよう。この諷刺から悲劇への転化を通して、エリオットは自らが人道主義を説く者としての地位を獲得するのである。

人道主義を説くためにエリオットが用いるキリスト教の語彙とイメージは、この生贄の小羊だけではない。'faith'、'miracle'、'mediation'、'consecration'、'martyr'、'saint' といったキーワードが全て人間の行為、あるいは人間関係を表現するものとして再定義される。[41] 例えば、'faith' は「錯覚」(一七)を含んだ信頼であり、人間が 'miracle'、すなわち善を行う上で欠かすことのできない原動力である。この 'faith' と 'miracle'、そして 'illusion' との関係について、語り手は次のように述べる。

どんな奇跡も信仰(faith)なしには起こり得ないというのは、意味が深く幅広い言い習わしである——奇跡を行う者は、受け手からの信頼(faith)だけでなく、自分自身への信頼も持たねばならない。そして、奇跡を行う者の自分自身への信頼の大部分は、他の人々が自分を信じてくれているという信頼から成っているのである。だからありがたいことだ、ちょっとした錯覚が我々に残されていて、それが役に立つ好ましい人間に我々をさせてくれるということは! ……親愛なる好意的錯覚のおかげで、我々は人々が自分の才能を賞賛していると夢見ることができる……我々は大いに善を行っていると夢見ることができる——それで少しばかり善を行うことができるのだ。(一七、傍点は筆者)

ここでは人間の本性を見極めようとする冷徹なまなざしと、人間の弱さや愚かさに共感する暖かいまなざしとによって人間の姿が捉えられている。語り手は、自己に対しても他者に対しても「錯覚」を免れ得ない人間の認識の不完全性について皮肉な口調で語りつつも、その不完全性が人間にとっていかに必要であるかも認識しており、その上でそこから生まれる善の可能性を信じる寛容の精神を示している。これこそがエリオットが主張する人道主義の精髄だと言えるだろう。

これまで見てきたように、エリオットは道徳性と分離してしまった言語を駆使して特権的地位を維持する、独善的な牧師たちを痛烈に批判する。しかし、それだけに終わらず、バートンのような人間が抱える悲劇性を描き出して、人道主義とはいかなるものであるかを具体的に示す点において、カミングを酷評したあの評論を超える。しかも、バートンの悲劇性を描く過程でキリスト教用語とイメージを人道主義の観点から定義し直すのである。

＊

では、次に「ギルフィル」では言語がどのように問題にされているだろうか。「バートン」で示されたような言語と人格の相関関係は、老牧師となったギルフィルに明確に体現されている。彼は「バートン」のクリーヴズと同様、相手の心情や要求に応える人物として信頼され、自分のアクセントや話し方を教区民に似せるという言語的融和によって人間関係をより良いものとしている。この物語で言語が特に問題にされるのは、自分の想いを表現する言葉を奪われたカテリーナの苦悩を通してである。

クリストファ卿を頂点とするシェヴァレル邸において、カテリーナは「黒い眼のお猿さん」（一〇〇）、「一家のペット」（一四〇）、「小さなきりぎりす」（一四六）、「歌鳥」（一二三）といった愛称で呼ばれ、可愛がられてはいるが、これらの愛称が如実に物語るように、ペット同然の地位しか与えられていない。それ故クリストファ卿の意志を尊重するという大義名分のもとに、彼女は周囲の者たちそれぞれの思わくによって、自分の感情を表現する言葉を奪われてしまうのである。まずワイブラウは、アシャー嬢との結婚をクリストファ卿への義務として正当化し、カテリーナとの関係は秘密にすることがカテリーナ自身にとっても最良であると主張して、彼女に沈黙を強いる。シェヴァレル夫人はワイブラウに恋するカテリーナの本心には全く気づかないが、カテリーナが時折見せる感情的な態度をたしなめることで、また、自らがプライドによって貫く夫への絶対的な服従を示すことで、間接的にカテリーナへの多大な圧力になっていると言えるだろう。そして、ギルフィルはカテリーナに「家中の平和があなたの自制心にかかっているのです」(一四五)と言い、ワイブラウへの気持ちを隠し通す義務と責任を倍加させる。ギルフィルの言葉の背後には、彼女が傷つくのを最小限に食い止めようとする思いやりと、彼女の愛情を獲得したいという彼自身の欲望とが存在する。いずれの人物の圧力も、カテリーナ自身の弱い立場とクリストファ卿への忠誠心に乗じたものである。

こうして自分の情熱を自分の言葉で表現することを禁じられたカテリーナに、自己表現の手段として唯一残されたのは歌うこと、すなわち、他者の言葉に自己の想いを隠しつつ表現することである。亡き恋人への想いを表現した歌曲を歌う時、「彼女の愛、嫉妬、誇り、運命に対する反逆は、彼女の声の深い豊かな音調となって噴き出す情熱の一つの流れ」(一〇二)となる。そして歌っている間だけは、人々の注目を浴びて勝利感さえ感じ、他者に認められた自己の存在を確認できるのである。

だが、他者の言葉はカテリーナにとって脅威ともなる。クリストファ卿への忠誠心と自己の情熱との間で引き裂かれた彼女の苦悩は、換言すれば、理性と感情との葛藤であり、彼女は前作の主人公バートンが抱えていた悲劇をより自覚的な形で経験する。しかも、バートンとは対照的に、「思考は感情が投げかける束の間の影」にすぎず、他者の言葉は「事実」（一三九）として、たとえ事実に反するとわかっている時でさえ彼女を大きく動揺させるほどの力を持つ。それ故、彼女はワイブラウを批判するギルフィルの言葉には、自己の偶像を脅かすものとして激しい拒絶反応を示し、庭師ベイツがアシャー嬢を称賛する言葉には、ワイブラウから新たに傷つけられたという思いを抱くのである。

このように自分の言葉を奪われ、さらに他者の言葉を脅威として恐れながら、十分なはけ口のない情熱を内に抱え込んだカテリーナは、やがて怒りと憎悪の化身へと変貌する。その過程で、今度は彼女の言葉がその意図以上にワイブラウを傷つけ、窮地に追い込んでゆく。彼女の反抗的な態度がアシャー嬢との緊張関係を生じさせて、ワイブラウに咎められたとき、彼女は思わず次のような言葉を口にする。「あれは哀れな愚かな娘で、僕に恋をして、あなた［アシャー嬢］を妬いているんだよ、とおっしゃればいい。でも僕はあの娘に哀れみ以外の気持ちは抱いたことはないよ――あの娘に友情以上の気持ちで接したことはないよ、とね」（一五一―五二）。カテリーナにしてみれば、この言葉は怒りを精一杯表現したものにすぎず、内心ではワイブラウへの信頼を失ってはいない。つまり、彼が決して口にするはずのない言葉なのである。だが、実はこの言葉はワイブラウがすでにアシャー嬢に語ったものであるという「真実から出る苦味」（一五二）は、彼女の意図以上に彼を傷つけ、不安にさせたに違いない。なぜなら、ワイブラウはカテリーナのこの言葉を聞いた直後に、彼女とギルフィルの結婚をクリストファ卿に提案するという、彼女を沈黙させるための最後の手段に訴えるからである。カテリーナの言葉の意図せぬ真実性が、安楽追求に固執するが故に安楽喪失の不安に怯えるワイブラウの死期を早めることに加担したと言えるだろう。ワイブラウは、二人の女性のどちらとも快適な関係を保ちたいがために二枚舌を用いたのだが、逆にそれが彼女たちの非難と疑いを増大させ、彼はクリストファ卿の後継ぎとしての権利を剝奪されるかもしれぬという最大の危機を招くことになる。そして、全てが露顕しそうになったとき、心臓発作を起こして死んでしまう。カテリーナもワイブラウも、言葉が己の意図に反する効果を引き起こすというアイロニーの中で悲劇へと突き進んでいったのである。

＊

「ギルフィル」が言葉を奪われた情熱の悲劇だとすれば、次の作品「ジャネット」は言葉の力、意味の不確定性、および言語表現の限界に焦点を当てる。「ジャネット」は酒場で弁護士デンプスターが言葉の暴力をふるう場面で幕をあける。彼はその雄弁術を武器として福音主義牧師トライアンを誹謗し、やがて反トライアン派の憎悪を組織的な抵抗へと発展させる。それはトライアンを深く傷つけ、先に見たバートンとカテリーナの場合と同様、彼に思考と感情のずれから生じる苦悩を経験させる。彼は正しいことをしているという強い意識にもかかわらず、憎悪と軽蔑に満ちた言葉に感情は深く傷つくのである。

このデンプスターの言葉の暴力は、権力による搾取を容認するミルビー社会の道徳的堕落と無関係ではない。そこでは法によって人々を守るべき弁護士が逆に人々を搾取し、不徳の限りを尽しながら許されるだけでなく、傲慢さの権化である彼自身が、他者の傲慢さを公然と非難する。しかも、彼は私的領域においては妻のジャネットを虐待し、結婚を「法に保証された搾取の手段」[42]としている。

だが、思考と感情のずれという点では、実はミルビー社会もデンプスターも、トライアンと同じ問題に直面しているのである。ただ、ミルビー社会もデンプスターも「意見が感情をはるかに凌ぐ」（二五〇）時代の波に流され、感情が枯渇状態になっているために、最初はその苦しみの自覚がない。やがてデンプスターは思考と感情との乖離から生じた苦悩を味わうが、最後まで自分の考えに固執する故にその苦しみを克服できず、狂気のうちに死んでゆく。彼の悲惨な死は、社会への警告でもある。

このように言葉の力を前景化し、それが社会の道徳性および権力構造といかに結びついているかを示す点で、この作品においては言語の問題の扱い方が先の二作品よりも深くなっている。言葉の力は、デンプスターと対極にあるトライアンによっても明らかになる。

デンプスターが振りかざす言葉の暴力に対して、トライアンが人々に与えるのは言葉の治癒力とも言うべき影響力である。他人の言葉の裏を読まずにはいられなかったジャネットの心に、トライアンの言葉は「乾ききった地面に落ちる雨のように」届き、「新しい意味」(三〇七)を示す。その影響力の神秘性と強さについて、語り手が次のように述べる。

誠実な愛情あふれる人間の魂が、もう一つの魂に及ぼす神聖なる感化力よ! 代数では計算できず、論理では推論できないが、小さな種が刺激されて、突然丈高い茎となり、広い葉をつけ、輝く房状の花を咲かせるときの、あの見えざる過程のように神秘的だがはっきりとした効果をもたらし、しかも強力である。観念とはしばしば貧弱な幻である。その姿は陽光をたっぷり浴びた目には識別できず、薄い霧に包まれて我々の前を通り過ぎ、その存在を感じさせることができない。しかし、観念は時に肉体を与えられ、その暖かい息吹を我々に吹きかけ、柔らかく敏感な手で我々に触れ、悲しげな誠実な瞳で我々を見つめ、胸に訴える口調で話しかける。その全ての葛藤、信仰、愛を備えた一つの生きた魂という衣をまとっている。そのとき、観念の存在は力であり、熱情のように我々を揺さぶる。そして、我々は穏やかな強制力によって、炎が炎に引かれるように、その後に引き寄せられる。（三〇五―〇六）

単なる抽象的な観念ではなく、人が自らの葛藤の中でわがものとし、信仰と愛をもって実践する考えだけが、人を心底から揺さぶる力を持ち得るのである。トライアンは、かつて純真な娘を堕落させてしまった己の罪の意識と絶望からいかに救われ、現在の生き方を見出したかを告白することで、ジャネットに彼の言葉を信じさせ、生きる希望を与えることができた。その影響力は炎が炎を呼ぶように、限りなく大きく広がる可能性を秘めており、すでにここで、「熱情」、「炎」との連想によって、二人が牧師と信者という関係を超えてゆく可能性が示唆されている。人が身をもって体現する観念、ひいては芸術に具現化された観念によって読者を感化することを、作家エリオットは自己の使命とする。トライアンの言葉がジャネットに及ぼす神秘的かつ強力な影響力は、エリオットがかつて評論「ドイツ生活の博物誌」において述べた、言語の持つ「情熱」と「想像力に対する力」の具現化に他ならない。

ジャネットの例から明らかなように、この物語は福音主義牧師トライアンの影響力を言語のレヴェルでも示すことで、福音主義のテーマと密着させた形で言語の問題をテーマ化している。さらに例を挙げると、福音主義の影響について述べるとき、語り手は宗教的思想を「音楽のメロディーと同じ運命」（二六四）にあるものとして、言葉の意味の不確定性を比喩的に表現する。メロディーが作曲家の手を離れると様々に奏でられ始めるのと同様、宗教的思想、言い換えれば言葉の意味も解釈者しだいで大きく変化する。トライアンの聴衆の中にも宗教的語彙は覚えても、それが真に意味するところとはかけ離れた生活を送る者たちもいた。また、「精神的雰囲気が変わり、人々が新思想の刺激を吸い込もうとしているいかなる時代、いかなる場所とも同じように、愚劣がしばしば自らを賢明だと思い違いをし、無知が知識を気取り、利己主義が目を天に向けつつ自らを宗教と呼んだ」(二六四)のだった。このような意味の不確定性から生じる弊害は時代や場所を超えて常に言語につきまとう問題であることを認識した上で、「ジャネット」では、福音主義がもたらした幾らかの確実な成果の中に、人の魂を吹き込まれた言葉がその真の意味を保持、あるいは発展させながら生き延びてゆくことへの確信と期待が示されていると言えよう。

さらに、言語では表現不可能な領域がある。ジェニファー・ユーグロウが指摘する通り、次のように理性が否定される経験領域に言及する語り手の言葉がそれを示唆する。[43]「我々の最も賢明な予測をしばしば裏切る、見えざる要素がある。それは明敏な医者の予言に反し、愛情から生まれる盲目的な希望をかなえて、苦しむ者を死の淵から立ち上がらせる。そうした見えざる要素を、トライアン氏は〈神意〉と呼び、我々の知識の全てを取り囲む無知という余白を信頼と服従の感情で埋めた」(三二五)。

これまで見てきたように、エリオットは『牧師生活の諸景』の三つの作品において、言語と人格の相関関係から言葉の力、意味の不確定性、言語表現の限界に至るまで、言語の問題をいくつか取り上げている。その提示方法はかなり単純であることは否定できないが、いずれも後の作品で深化させてゆく問題であるという点で注目すべきだと思われる。「ジャネット」において示されているように、言葉の意味は解釈する者によって大きく変動し得るし、合理性が否定される領域では言葉は失われてしまう。だからこそ、言葉の意味を明確にすると同時に深化させるために、また言葉では表現不可能なものを読者に感知させるために、エリオットは様々なイメージを創造するのである。そこで、次にそのイメージ創造の根幹にある絵画的描写について考察したい。

2　十七世紀オランダ絵画——科学と芸術の融合

十七世紀オランダ絵画の最大の特徴は、現実をそのまま写し取ったかのように思わせる描写の技量と、家庭的、日常的なものへの関心である。風景画、肖像画、静物画、風俗画のいずれにも現実を冷静に見つめる眼差しと生きる喜びが感じられる。「本物を見ているとコピーを見ている気がしてくるし、コピーを見ていると本物を見ている気がしてくる」とまでヘンリー・ジェイムズに言わせたこのオランダ絵画は、現代の美術史家、スヴェトラーナ・アルパースによって「描写の芸術」(an art of describing) と定義された。[44] 例えば、メインデルト・ホッベマの『嵐になりそうな風景』(図1) からも、そのことの意味がよくわかる。エリオットを惹きつけたのも、このような写実性と日常性であった。『牧師生活の諸景』を始めとする彼女の初期の小説は、風景画あるいは肖像画を一枚一枚描き出してゆくかのように、克明な描写によって登場人物とその生活を読者の現前に浮かび上がらせる点で十七世紀オランダ絵画を想起させる。まず、『牧師生活の諸景』誕生までの過程を追いながら、エリオットにとってなぜオランダ絵画が重要なものになっていったのかを考察し、次にこの作品の中で絵画的描写が語りのストラテジーとしていかに機能しているかを見てみたい。

科学と芸術の融合

エリオットにとってなぜ十七世紀オランダ絵画が重要なものになったのか、と考えるときに注目すべき点が二つある。その一つは彼女が評論と並行する形で小説を書き始めたこと、もう一つは彼女自身の生活の中で科学が芸術と同等の重みを持っていたことである。

エリオットは小説執筆を決意した頃、一八五六年六月に、彼女の小説論および言語論の表明とも言える評論「ドイツ生活の博物誌」をすでに書いていた。実際に「バートン」を書き始めたのは同年九月二十三日だが、[45]その直前に『ウェストミンスター・レヴュー』のための評論、「女性作家による愚かな小説」を書いている。正確に言えば、小説執筆を決意していたのに、エリオットはこの評論執筆のためにそれを延期しなければならなかったのである。そして、四月から着手していた別の評論「世俗性と超俗性——詩人ヤング」を

図1　メインデルト・ホッベマ『嵐になりそうな風景』(1665年頃)
Meindert Hobbema, *A Stormy Landscape.*
The Wallace Collection, London

十二月に完成させた直後に、二番目の小説「ギルフィル」を書き始めている。このような状況下で評論と小説とが相互影響のもとに形成され、互いを映し出す結果となった。

「女性作家による愚かな小説」は、十九世紀半ばに流行した女性作家の三文小説に対する批判である。これらの小説のヒロインたちが理想化されすぎていること、福音主義が実際に普及した中産、下層階級ではなく上流階級に属するものとして描かれているという批判を、『牧師生活の諸景』はそのまま具体化していると言ってよい。「平凡さの本質的エキス」(四七)であるバートンも、ワイブラウに殺意を抱くカテリーナも、夫の暴力と自身のアルコール中毒に苦悩するジャネットも決して理想化されすぎてはいないし、福音主義牧師のバートンとトライアンは下層階級の人々を信仰に目覚めさせるべく格闘する。

「世俗性と超俗性――詩人ヤング」はエリオット自身が若い頃に愛読した福音主義の詩人、エドワード・ヤングの詩に潜む欺瞞的な信仰と俗心を暴露し、彼が真の知識も感情も表現し得ていないと結論づける。そして、『牧師生活の諸景』は、人間同士の絆を築く上で宗教の教義よりはるかに重要なものとして「共感」(sympathy)を訴えるのである。G・H・ルイスの言葉を借りれば、この作品は牧師の実際の生活を「神学上の意味においてではなく、もっぱら人間的な意味において」描き出そうとしたものであり、それはイギリス文学では「初めての試み」だとする自負がエリオットにはあった。[46] 牧師をも含む「普通の人々」に対する共感を喚起せんとする彼女にとって、十七世紀オランダ絵画はまず主題の点から望ましい規範であった。

だが、たとえ牧師を人間的な点から描くことが革新的な試みだったとしても、ディケンズやギャスケル夫人の小説を考えれば、「普通の人々」を題材にすること自体は特に目新しいことではない。にもかかわらずエリオットが自分の小説の規範としてオランダ絵画を挙げたのは、むしろ小説家としての自己の能力についての認識が深く関っていると思われる。一八五七年十二月六日の日記によれば、彼女は自分の本領が「描写」にあると確信していた。しかし、劇的な表現については力不足を自覚していたため、長い間小説執筆を夢見ながら実現できずにいたのだった。果たして自分には小説が書けるかどうか、その「実験」が『牧師生活の諸景』である。[47] エリオットはすでに二十歳の頃から科学への関心を示しているが、[48] ちょうどこの時期の生活で科学が文学と同様の比重を占めるようになり、それが彼女の「描写」に大きな影響を与えたことは重要な意味を持つ。ハーバート・スペンサーの影響および『ゲーテの生涯と作品』(一八五五年)の執筆を通して生物学の研究に情熱を傾け始めたルイスの調査旅行にエリオットも同伴して各地を訪れ、調査の手助けをした。一八五四年のイルメナウと一八五五年のワージングを経て、一八五六年のイルフラクームとテンビー滞在はルイスが『ブラックウッズ・マガジン』に掲載予定の「海辺での研究」執筆のために行った本格的な調査旅行であり、調査は一八五七年にもシリー諸島とジャージー島で続けられた。エリオットは、これらの調査旅行での経験を後に回想として記録している。この調査旅行と回想執筆、および先に述べた評論と小説執筆の時期は次に示す通りである。一九九八年にマーガレット・ハリスとジュディス・ジョンストン編集の『ジョージ・エリオットの日記』によってこの時期のエリオットの日記が初めて完全な形で出版され、以前よりも克明に彼女の活動の軌跡をたどることができるようになった。[49]

一八五六年五月八日—六月二十六日　イルフラクームに滞在

六月五日　評論「ドイツ生活の博物誌」完成

六月二十六日—八月九日　テンビーに滞在

七月二十二日　「イルフラクームの回想」執筆
九月十二日　評論「女性作家による愚かな小説」完成
九月二十三日[50]　小説「バートン」執筆開始
十一月五日　「バートン」完成
十二月四日　評論「世俗性と超俗性——詩人ヤング」発送
十二月二十五日　小説「ギルフィル」執筆開始
一八五七年三月二十六日—五月十一日　シリー諸島に滞在
四月八日　「ギルフィル」完成
四月十八日　小説「ジャネット」執筆開始[51]
五月十五日—七月二十四日　ジャージー島に滞在
五月三十日　小説「ジャネット」第一部完成
六月二十七日　「ジャネット」第二部完成
六月二十八日付　「シリー諸島の回想」執筆
七月二十六日[52]　「ジャージー島の回想」執筆
十月九日　「ジャネット」完成

このようにエリオットは科学的調査の只中に身を置きながら、かなりのスピードで評論と小説執筆を同時進行させていったのである。そして、その合間に書いた三つの回想が、特に「描写」に関して小説の習作とも言える側面を持つことに着目したい。従来は「イルフラクームの回想」に批評家たちの関心が集中してきたが、他の二つの回想も合わせて日記と比較してみると、作家エリオット誕生の過程が鮮明に浮かび上がってくる。

日記はたいてい数行、長くても十数行の短い記述で、主として旅程、評論や小説の執筆活動の進行状況、読んだ本、友人からの手紙、現地の人々との交流等を簡単に記録しているにすぎない。それに対して、回想の第一の特徴は精緻な自然描写である。海辺の風景、岩場の様子、部屋から見える風景、散歩する道の様子など多様に変化する自然の相が、その地形的特徴、海や空、波や木々の色、光の微妙な色合いを通して写し出されている。その自然主義的描写と光の描き方については、これまでジョン・ラスキンとの類似性が指摘されてきたが、[53] エリオットは動物生態の研究を体験する中で、本来の鋭い観察力と描写力に磨きをかけていったものと推察される。イルフラクームで初めて本格的な生物標本収集、顕微鏡による観察、記述、分類等を経験した彼女は、まずポリプやイソギンチャクといった動物を見つけること自体に苦労し、「知識によるだけでなく、実物によって目を訓練する必要がある」と、実地での観察の重要性を痛感した。[54] そして、名づけること、つまり言葉で表現することの意味と喜びと欲求を次のように回想に記している。

今回のイルフラクーム滞在においてほど、物の名前を知りたいと思ったことはない。この欲求は今私の中で絶えず増大しつつある、あらゆる曖昧さと不正確さから逃れて、明確で鮮明な思考の光の中に入りたいという傾向に属する。単にある物を名づけるという行為が、その物についての私たちの概念を明確にする、つまり、私たちはそのときその特定の物を他の全ての物から区別する特性を直ちに想起させる記号を手に入れるのである。[55]

ここには言葉によって全てのものを正確に表現できるという、言語に対する楽観的な態度と共に、言語表現への強い意志が窺える。

その意志から生まれた回想の第二の特徴は、エリオットがいかに風景を捉えているかを示す点である。本書の冒頭で十九世紀の小説と絵画の緊密性に言及したが、エリオットは絶えず風景を絵画として捉える。例えば、イルフラクームの小道について次のような一節がある。

私はイルフラクームの小道について、描写はしないままで語った。なぜなら小道を描写するには、その土手に群生する美しい野生植物の全ての名前を知らねばならないからである。これらの土手のほとんど一平方ヤードごとが、まさに「ハント」の絵である――芳しく群生する蘚類、色合いの繊細なクローバー、野生のいちご、大小のシダ。[56]

ここで言及される「ハント」はおそらくウィリアム・ホルマン・ハントであろう。彼はエリオットが強い関心を抱き、高く評価したラファエル前派の代表的画家であり、彼女はちょうどイルフラクーム滞在中に書いた「ドイツ生活の博物誌」でも彼の『雇われ羊飼い』（一八五一年）に言及し、そこに描かれた二人の人物には批判的だが、風景描写についてはその「驚くべき迫真性」を賞賛している。[57]

だが、こうした直接的な言及以上に重要なのは、風景の絵画的構図を捉えるエリオットの視線がそのまま風景描写の中に映し出されることである。次の描写を見てみよう。

このキャップストーン岬の端から、絵画にふさわしい見事な風景が眺められる。遠景には、かなり遠くまで海に突出するヒルズバラがそびえ立つ――海に面しているのでごつごつして岩が多く、陸に近い方は緑色で近づきやすい。その正面にランタン・ヒルがある。それは画趣に富んだ緑と灰色のマッスで、その上に、まるで岩から殻を作った貝類（mollusc）の住処のような古い建物が立っている。そして、さらに前景には、他と美しい色彩の対照を成していくつかの低い岩が垂直に立っており、その岩は濃い茶色で所々に鮮やかな緑が混じっている。丘陵の多い地域では、母なる大地の巨大な四肢を背景に家々や集落がいかにも小さく見え、人間は寄生動物――地球という有機的組織の皮膚の上に住処を作る外皮寄生虫だと思わずにはいられない。[58]（傍点は筆者）

エリオットは絵画を描くように「遠景」と「前景」を意識しながら風景を描写し、その中に自分の自然観と人間観を書きこんでゆく。自然の中にあっては、人間も一つの「種《しゅ》」、[59]それも「貝類」や「寄生動物」同然に極めて小さな種にすぎない。

加えて、美を生み出す力という点では、人間は貝類にも及ばないのだ。エリオットによれば、人間と貝類は家（殻）という「建築物」を有する点で「同種」だが、「個体の存在という事実と建築物の完成との間に挿入される段階、あるいは現象の数」に両者の大きな違いがあり、貝類の建築物の方がその美しさにおいて優れ、「人間があちこちに聖堂や宮殿という形ですばらしい殻を築くのは、はるかに多くの段階と現象の後でしかない。」[60]彼女にとって、建築物はそれを創造するもの、特に人間の存在、力、そして歴史の象徴として重要な意味を持っていたことが窺われる。

このように人間を一つの「種」と捉え、建築物を人間の象徴とみなす態度は「イルフラクームの回想」の大きな特徴であり、エリオットが動物生態研究の体験から受けた影響の大きさを物語る。彼女はもともと建築にも強い関心を持っていた。イルフラクームに向かう途中、ブリストルで見た古い教会とエクセターで訪れた大聖堂については日記で例外的に詳しく記し、[61]さらに回想でも、前者がトマス・チャタトンによって「それは人間の技の巨匠であり／ブリストルと西の地方の誇り」と歌われたことに思いを馳せ、後者の建築美に心を惹かれている。[62]つまり教会や大聖堂は「人間の技の巨匠」、言い換えれば、人間の力の大きさや芸術の偉大さの象徴としてエリオットの心を捕えていたのだ。しかし、自然の中で彼女が思い知ったのは、先に見た通り、いかに人間が小さな存在で、微力な「種」にすぎないかということだった。この視点の逆転とも言うべき変化は、この回想の後に書いた評論と小説にもはっきりと表れている。当時彼女が「種」という語や、人間を標本や動物にたとえる比喩を好んで用いたのも、人間を「種」として位置づける見方の表れだと言えるだろう。評論では、女性作家の愚かな小説を三つの「種」に分類して批判し、詩人ヤングを人間の研究という「民族の博物誌」の中の「逆説的な標本」として分析する。[63]そして『牧師生活の諸景』では、バートンが「不恰好な雑種犬」(二〇)にたとえられるだけでなく、後述するように、教会という建築物が人間の象徴として重要な機能を果たしている。エリオットが「待ちわびた」チャールズ・ダーウィンの『種の起源』を入手し、「新時代を切り拓くもの」だと評価するのは、「イルフラクームの回想」を書いてから三年後のことである。[64]

同じ自然描写であっても、「イルフラクームの回想」の関心が自然における人間の存在に向けられているとすれば、「シリー諸島の回想」と「ジャージー島の回想」は自然そのものの形態と豊かな表情を描き出す喜びを伝えている。現地に滞在中の日記には、風景の美しさや野生植物への興味が簡単に記されているだけだが、[65]これらの回想ではエリオットの鋭い観察力と色彩感覚によって島の自然が見事に再現される。例えば、シリー諸島の南海岸の描写では、岩や波、光の色の微妙な変化が捉えられている。

岩の色が変化に富んでとても美しかった。時折、主に岩の海から高く上がった部分が、そこをおおう貝類の毛羽だった分泌物のためにやわらかな灰色がかった緑になる。それから淡い暖かな感じの褐色、黒、時には鮮やかな黄色になり、また、そこここで紫がかっていることもあった。[66]

この海岸に打ち寄せる波は水晶のように澄んでおり、よく私たちは波が強力な海神の馬のように後ろ足で立ち上がって岩に近づき、その上で乳白色の泡の渦に砕ける様を楽しんで眺めていた。[67]

天気の良い午後にはよくここにすわったり横になったりして、波を照らす銀色の光を見つめた――金色ではなく、明るい銀色だ――太陽の光が金色なのは朝と夕方である。[68]

ジャージー島の描写においても、エリオットの科学的観察眼と繊細な感受性が捉えた風景の光と色が印象的である。

いつの光の中でも美しいが、特に夕方の光の中で丘の木々の間から現れる城や港、村、点在する家々を見渡すと美しい。城は美しいピンクがかった灰色の石で築かれ、鮮やかな緑色の蔦が砲塔のある外壁にカーテンのように斜めに這っていて、城はそれが立つ岩と草におおわれた丘から自然に続いているもの、もしくは伸び出たもののように見える。[69]

私たちが最初にこの谷を見たのは最も美しい春で、森は赤と淡い緑と紫色の快い配合であった。それがしだいにあの春の美しさを失い、六月には緑が生い茂って花が咲き誇り、この七月にはもっと単調な夏の色へと変化するのをずっと見守ってきた。[70]

三編の回想が現地を離れた後に執筆されたこと、特にイルフラクームとシリー諸島の回想の執筆は一か月以上もたってからであることを考えると、エリオットの観察力と記憶力、そして描写の力量に改めて感心せざるを得ない。標本採集、観察、分類、記述という研究過程において、エリオットは自然を細かく観察し、それを言葉で再現する技術を体得していったのである。このような彼女にとって、十七世紀オランダ絵画は日常性というテーマ以上に、現実世界や事物の正確な描写を第一義とする点において、さらに言えば、科学と融合した芸術形態として重要な規範だったのではないだろうか。

十七世紀オランダ絵画は、その本物そっくりの外観故に、十七世紀以来現代に至るまでカメラ・オブスクーラの体験と切り離せないものとして論じられてきた。[71] 例えば十七世紀のオランダでは、カメラ・オブスクーラが映し出すイメージが「本当に自然な絵画」として、絵画のあるべき姿を呈示するものだとみなされ、カメラ・オブスクーラが解説される際にも決まって風景画のイメージが使われた。また、十九世紀イギリスの画家、ジョシュア・レノルズは十七世紀オランダの画家、ヤン・ファン・デル・ヘイデンの絵画が

「カメラ・オブスクーラで見られるような効果」、すなわち「非常に精緻な仕上げを持った光の大きな広がり」を持っている、と述べた。[72] だが、カメラ・オブスクーラは単に絵画制作の規範あるいは補助となる光学装置だったのではない。ジョナサン・クレーリーは『観察者の技術——十九世紀におけるヴィジョンとモダニティ』（一九九〇年）において、ライプニッツ、デカルト、ニュートン、ロックらの思想を分析しながら、このカメラ・オブスクーラが人間の視覚の象徴として、また観察者（主体）と外界との関係を説明するモデルとして十七世紀ヨーロッパに浸透していった過程を詳細に論じている。十七、十八世紀ヨーロッパにおいてはカメラ・オブスクーラが「真実の場」であり、また「真実の呈示」、「真実を見るべく位置づけられた観察者」と同意語になったのである。[73] 十七世紀オランダ絵画もカメラ・オブスクーラと結びつけられたとき、このような意味を付与されたものと考えられる。

こうした十七世紀オランダ絵画を自らの小説の規範としたエリオットは、「真実を見るべく位置づけられた観察者」として、平凡な人々の生活の中に見出される「真実」を呈示しようとする。ここで、エリオットの回想での風景描写に見出された一つのパターンをもう一度強調しておきたい。エリオットは絶えず風景を絵画として捉え、そこから自然と人間の歴史を読み取り、こんどはそれを自らが言葉で描く絵に書きこんでゆく。これが彼女の小説において強力な語りのストラテジーとなるのである。

建築物、部屋のイメージ

つとに知られるように、エリオットは評論「ドイツ生活の博物誌」で芸術家の使命を「共感の拡張」[74] だと言明した。それを彼女自身が初めて実践したのが『牧師生活の諸景』である。作品のメッセージを読者が単に理解するのではなく実感する瞬間、つまり思考と感情が一致する瞬間を生み出すこと、それを実現するためのストラテジーとしての絵画的描写を考えてみよう。十七世紀オランダ絵画を想起させるエリオットの描写について考えるとき、これまでは風俗画との関係が強調されてきた。例えばヴィットマイヤーは、オランダ絵画の伝統が現れている場面として、パタン夫人がお茶を準備する場面（「バートン」第一章）、シェヴァレル邸の台所（「ギルフィル」第四章）、ジェロウム夫人のお茶の集い（「ジャネット」第八章）を挙げている。[75] だが、ここでは風景画を思わせる情景描写に注目し、それが一つのイメージとして作品中の他のイメージと関連しながら機能している点を指摘したい。

「バートン」の冒頭で、語り手は郷愁をこめて、シェパトン教会（一八五七年）をその二十五年前の姿と対比させながら描き出す。[76] 過剰なまでに詳細に描写される教会は、人間と社会の象徴となる。

シェパトン教会は、二十五年前、今とは全く異なるたたずまいの建物だった。確かに、今でもその頑丈な石造りの塔は聡明な眼、すなわち時計から昔ながらのやさしい表情をたたえて人々を見ているが、他は全て何と変わってしまったことか！　今は、古びた尖塔の側面に幅広のスレート屋根があり、窓は高くて左右対称、外側の戸は樫の木目塗りで輝き、内側の戸は赤い粗ラシャが張られて敬虔にも音をたてない。そして壁は決して再び苔むすことはないと読者の方々は確信されるだろう――十年前から禿げているのに必要以上に石鹸を使ったエイモス・バートン師の頭の頂のように、すべすべで栄養分がなくなっているからだ……。

計り知れない進歩！　とうまく調整のとれた精神は言う。その精神は新警察法、十分の一税、一ペニー郵便制度、そして人間の進歩を保証する全てをひっきりなしに喜んでいるが、……想像力の方は、あのなつかしい、古びた、褐色の、ぼろぼろになった、絵のような非能率性が、至る所で真新しい、ペンキ塗り立ての、ワニスかけたての能率性に取って代わられていると嘆くあまり、密かに保守主義を実践する。というのも、能率性は図表、計画図、立体図や断面図を限りなくもたらすだろうが、ああ！　絵を生み出すことは全くないからだ。（七）

新しい教会の均整のとれた美しい外観と装飾性は、時代を支配する「能率性」と「進歩」の象徴である。だが、語り手が心惹かれるのは、古びてぼろぼろになっていた昔の教会に象徴される「非能率性」、つまり「能率性」と「進歩」の名のもとに切り捨てられてしまったものである。彼は時流に抗して、無味乾燥な図表ではなく「絵」を求め、それを語ろうとする。だから昔の教会に思いを馳せ、「その外側に塗られた粗い化粧漆喰、赤瓦葺きの屋根、彩色ガラスが飛び飛びにはめられた、異種類の窓」（its outer coat of rough stucco, its red-tiled roof, its heterogeneous windows patched with desultory bits of painted glass）（七―八）を懐かしむ。このとき語り手を強く捕えているのは、'rough'、'heterogeneous'、'desultory' といった言葉が連想させる人の心ではないか。「聡明な眼」（時計）から人々を見守る教会が内に持つ様々な空間もその連想を強める。語り手はかつての教会について、智天使に守られた内陣や、他者の視線を遮断する背の高い羽目板に囲まれた箱型信徒席といった空間を特に懐かしがる。しかも、ジョセフィーヌ・マクドナが指摘するように、この古い教会の描写においてはドアへの言及がなく、それが秘密、すなわち聞き出すべき物語の存在を感じさせる効果を生み出しており、[77] このことからも教会が人の心の象徴であるとわかる。先の引用文で、新しい教会のすべすべした壁が一種のアイロニーをもってバートンの禿げた頭と結びつけられているが、後に語り手はバートンへの共感を喚起すべく、次のように読者に語りかける。「もし読者が、鈍い灰色の目で、外を見、ごく普通の口調で話す人間の魂の経験の中に存在する詩や悲哀、悲劇や喜劇をいくらか知ることを私と一緒に学んで下さるなら、必ずや言葉に尽せぬほどに得るものがあるだろう」（四四、傍点は筆者）。そこではアイロニーは消失し、共に物語を内に秘めたバートンと教会の姿が重なり合う。

　このように教会が示す、秘密を内包する閉ざされた空間のイメージは「バートン」において重要な機能を果たす。例えば、「熱愛の不思議」（三九）という言葉は村人たちの噂話の中で、不器量で財産のない女性と結婚したウッドコックについて発せられたものだが、バートンとその妻ミリーに最もよくあてはまる言葉であろう。平凡そのものではあるが傲慢な面も持つバートンと、彼に献身的に尽す美しいミリーとの絆は、他者には侵入不可能な聖域として描き出される。ツァーラスキー伯爵夫人が牧師館に長逗留し、教区の人々に中傷されていることに気づいたとき、ミリーは夫が苦しみ誤解されているという点でのみ傷つく。このようなミリーについて語り手は「愛する女性の世界は、家庭という四方の壁の中に存在し、彼女が外の世界と刺激的な関係（electric communication）を持つとすれば、それは夫を通じてのみである」（六一）と言う。この「家庭という四方の壁」に囲まれた世界は、十九世紀において理想とされた「家庭の天使」を称揚するイメージであると同時に、家庭に押し込められて社会から隔離された女性の悲劇を暗示するイメージでもある。その両義性の中でバートンとミリーの強い絆、特に性的な関係が‘electric communication’という言葉で暗示されている。[78]

　だが、バートンはミリーを亡くしたときに初めて、この絆がいかに貴いものであったかに気づく。

一時間前にはミリーのいとしい身体が横たわり、窓は半ば暗く閉ざされ、悲しみが世界から締め出されて自らのために聖なる場所と定めたかに思われたが、今はもう彼女はいない。雪に照り返された明るい日の光が全ての部屋に満ちていた。牧師館は再び平凡な日常世界の一部に思われ、エイモスは初めて自分は独りだと感じた……。彼女は彼のもとからいなくなってしまった。だから彼はもう決して彼女に愛情を示すことはできない。未来の日々を優しさで満たして過去の怠慢を償うことは決してできないのだ。（七一）

ミリーの死によって「聖なる場所」を喪失し、「平凡な日常世界」に一人投げ出されたエイモス・バートンにとっての悲劇は、ミリーを失った悲しみよりもむしろ彼女への償いがもはや決してできないということである。この陽光に照らされた部屋は、登場人物の覚醒を示すためにエリオットが好んで用いるイメージとして注目されてきたが、[79] ジョン・ロックが知性の働きを視覚化するために用いたカメラ・オブスクーラのイメージを想起させる点でも興味深い。彼によれば、知性は一種の「暗箱」であり、この暗箱に光が射し込むための唯一の窓が内外の感覚である。そして知性という暗箱には、そこに運び込まれた「絵」が必要なときに取り出せるよう順序良く並んでいるという。[80] ミリーの死の意味はバートンにとって、そうした絵の一枚になったと言えるだろう。

しかも、苛酷な現実をバートンに悟らせた日常世界の光は、彼の悲しみがやがては薄れてゆくという、ある意味ではもう一つの悲劇、ただしバートン自身ははっきりとは認識しない悲劇を予言しているように思われる。シェパトンを去る前、ミリーの墓を訪れて「幸福でかつ不幸な過去の全て」が現実だと確信するためであるかのように墓石の文字を読み返して佇むバートンの心の深層を、語り手が「愛は悲しみの領域を徐々に侵食する無意識と無感覚の狭間に怯え、最初の苦悩の激しさを呼び戻そうと努力するからだ」(七五)と述べる。

「バートン」の教会と同様、「ギルフィル」でのシェヴァレル邸も人間とその歴史の象徴として機能する。クリストファ卿が長い年月と莫大な財産を投じてゴシック様式に改築した邸は、イタリア文化をイギリスに移植した彼の権力を個人的レヴェルと文化的レヴェルの両方で象徴している。クリストファ卿が家長として君臨する家父長制社会において、シェヴァレル夫人は「妻の義務についてのあまりに厳格な考え」(一一五)によって、夫への絶対的服従を貫き通す。夫妻がイタリアからカテリーナを引き取ったのは「この小さなカトリック教徒を立派なプロテスタントとなるようにしつけ、接木をしてイタリアの幹にできるだけ多くのイギリスの果実を実らせることが、キリスト教徒としての務め」(一〇九)と考えたからに他ならない。ただし、彼女を養女にしようなどとは全く思わず、将来自分たちの役に立つことだけを期待する。また、女性であるカテリーナには読み書きと裁縫以上の教育を与えることも考えない。シェヴァレル邸はこうした自国の文化の優位性を主張する傲慢さ、階級意識、および女性蔑視の象徴ともなる。

さらに、シェヴァレル邸の各部屋の様子とその配置も詳細に描写され、それらは登場人物の人間性と関連づけられる。例えば、食堂は「大聖堂のような建築美」で人を魅了するが、食事のための場所というよりも「ただ美しい輪郭のために囲い込まれた空間」(九三)となっている。この建築美と機能のギャップは、そこにいるワイブラウの外見と内面のギャップを強調するかのように描写されている。食堂の描写の直後に、彼の完璧なまでに均斉のとれた容姿と魅力に欠ける表情が詳細に語られ、彼の傲慢さと軽薄さが示唆されるのである。また、邸の画廊はカテリーナが本心をさらけだせる唯一の場所であり、そこに置かれた雑多なコレクションが、まるでイタリアから持ち帰ったコレクションの一つであるかのように扱われるカテリーナの立場と共に、シェヴァレル邸における彼女の異質性を語っている。

このようにシェヴァレル邸はどちらかと言えば否定的な意味を担わされているが、語り手は別の歴史的視点も導入し、周囲の者たちの本心を見抜けなかった点においては批判されるべきクリストファ卿に対する別の見方を示す。ゴシック様式に改築された邸を「不屈の精神と多少白熱した天分の現れ」だとみなし、食堂の建築美と貧弱な家具の対照に「芸術と豪奢とを区別し、美を賛美するあの崇高な精神」(一一六)を見出すのである。クリストファ卿の改築は、十八世紀末イギリスに起こったいわゆる「ゴシック趣味」の建築に先んじるものであった。そして、「ギルフィル」が執筆された一八五七年と言えば、ジョン・ラスキンがゴシック様式の復活を主張した後、『ヴェニスの石』(一八五一―五三年)で、建築の質は人間の質を表すものに他ならないとしてゴシック様式の復活を主張した後、実際にそれが建築界において本格的に実行され始めた時期である。[81] 従って、この作品は時代の動向を巧みに映し出しつつ、建築と人間の関連性、および登場人物に対する複数の視点を呈示していると言えよう。

さて、「ギルフィル」において、シェヴァレル邸以上に重要とも言える空間は、カテリーナの死後に鍵をかけられた部屋である。それは確かに語り手の言葉どおり、「彼［ギルフィル］の心の中にある秘密の部屋の目に見える象徴」(八九)であり、物語の構成も年老いたギルフィルに関するエピソード(第一章とエピローグ)の間に彼の若い時の恋物語が挿入される形になっている。だが、この閉ざされた部屋はカテリーナの秘密の象徴だとも言えるだろう。彼女の心の最も奥深くに隠されていたのは、ワイブラウに殺意を抱いたことについての罪の意識だった。彼を殺そうと決心して約束の場所に行ったときに心臓発作に倒れた彼を発見、彼女は『ダニエル・デロンダ』（一八七六年）のグウェンドレンと同様、「自分の願望が自己の外側で実現したのを見た」[82]のである。「殺すつもりだったのだから、殺してしまったのと同じくらい悪かった」（一八五）と言う彼女に、ギルフィルは次のように答えた。

私たちの考えることはしばしば実際の私たちよりも悪いことがあるのです。ちょうど、実際の私たちよりも良いことがあるように。けれど、神様は私たちの本当の姿を全体的に見て下さいます。他の人間が見るように感情や行動を別々にごらんになるのではないのです……。私たちはお互いの本質全体を見はしない。でも、神様はあなたがあんな罪を犯したはずがないということをご存知ですよ。（一八五）

カテリーナのように、心に抱いた罪を実際に犯したも同然とみなす考え方は、例えば新約聖書でのキリストによる山上の説教に見出すことができる。[83]それに対して、ギルフィルの言葉は人間の視覚（理解力）の不完全さを言い当ててはいても、カテリーナの抱える問題への本当の答えにはなっていない。というより、答えるのが不可能であることを示していると言った方が適切だろう。だが、自分自身ですら完全に把握できない自己のありように絶望から脱出する道を見出そうとする態度は、エリオットにとって、人間の心理と行動を徹底的に解剖することと同じくらい重要であった。もちろん、未知の領域を自己のエゴイズムを正当化する手段としてはならない。だから彼女は繰り返し問いかけることになる。殺意は実際の殺人行為と同じなのか。人はいつ、いかにして、自らを責め苛む気持ちを生きる希望へと転じることを許されるのか。この問題は、カテリーナが亡くなったときの状態のまま閉ざされた部屋と同様、未解決のまま残され、後の作品「引き上げられたヴェール」(一八五九年)と『ダニエル・デロンダ』で再び取り組まれる。

『牧師生活の諸景』の三番目の物語、「ジャネット」でも、トライアンとジャネットに関する描写に「部屋」、「牢獄」、「壁」のイメージが顕著である。[84] 人生に絶望してアルコール中毒に陥ってしまったジャネットが己の絶望感と罪の意識を告白したとき、トライアンは彼自身の罪を告白することで彼女への共感を示す。彼もかつては神に反抗する若者だった。だからこそジャネットの苦悩が理解できる。彼は「私たちが自分自身の思いを通そうとし、神に逆らって生きる限り、……込み合った息苦しい部屋に閉じこもっているようなものです。そこでは毒された空気しか吸うことができません。でも、果てしなく広がる空の下に歩み出しさえすれば、健康や力や喜びを与えてくれる清らかな自由な空気を吸えるのです。聖霊についても同じです。私たちが御心に従えば、……たちまち神から私たちを隔てる壁が崩れ落ちたようになり、私たちは聖霊を送られ、それによって新しい力を授けられるのです」(三〇三)と彼女を励ます。そしてその翌日、「ジャネットの絶望という冷たく暗い牢獄の戸は開け放たれ、黄金色の朝の光がその祝福された戸口から斜めに射し込んでいた」(三一二)のだった。こうした部屋と牢獄のイメージは、人間にとっての最大の苦悩が外的な原因よりもむしろ自分自身が心を閉ざすことから生じることを強調している。

ここまで見てくると、「バートン」の冒頭におけるシェパトン教会の詳細な描写が呈示する人間と社会の象徴としての建築物のイメージは、閉ざされた空間、部屋、牢獄のイメージへと変化しながら『牧師生活の諸景』全体に流れているのに気づく。ダニエル・P・デノウは「バートン」には意味をなすイメージ・パターンは見られないと論じているが、[85] この作品の冒頭のシェパトン教会は三つの作品を結びつけて『牧師生活の諸景』に統一性を与えるイメージだと言えるだろう。

もう一つ、物語のテーマを凝縮して表すイメージとしての風景を見てみよう。「ギルフィル」第二章の冒頭の次の描写だが、シェヴァレル邸の前庭に出るカテリーナとシェヴァレル夫人の姿を追う語り手の視線によって、カテリーナの表情がまるで映画でのようにクローズアップされる。

やわらかい芝生は若い方の婦人の妖精のような歩みにも踏みしだかれる。その小柄な身体とほっそりした姿は、十分に成長したとはいっても随分と小さな足に支えられている。彼女はクッションを持って年上の婦人の前を軽やかに歩いていき、それをお気に入りの場所、ちょうど月桂樹の茂みのそばの斜面に置く。そこからは睡蓮の間に太陽の光がきらめくのが見え、そして食堂の窓からも彼女らが見える。彼女はクッションを置いて、今くるりと向きを変える、するとあなたには年長の婦人がゆっくりとやってくるのを待って佇む彼女の姿がすっかり見えるだろう。たちまちあなたは彼女の大きな黒い瞳に惹きつけられる。言うに言われぬその美しさを意識だにせぬその瞳は、小鹿の瞳に似ている。そして、よくよく注意して見なければ、彼女の若々しい頬には輝きがなく、ほっそりとした首と顔が南国風に黄色味がかっていることには気づかない。(九一)

小さな足で「妖精」のように軽やかに芝生の上を進んでゆくカテリーナがシェヴァレル夫人の方を振り向いた瞬間、「あなた」、つまり語り手に導かれる読者は「小鹿」のような黒い大きな瞳に捕えられる。このカテリーナの軽やかさと自分の美しさを意識しない無邪気さはすでに隠しおおせぬ不安要素を示しているが、それは簡単に見逃されてしまう類のものである。一方、シェヴァレル夫人は「金髪の女性特有の美」を備え、「ジョシュア・レノルズ卿が描く威厳のある貴婦人の一人で、夕涼みを楽しもうと額縁の中から突然歩み出たかのよう」(九二)である。上記引用文における「食堂の窓からも彼女らが見える」という言葉が、語り手と読者以外の視線の存在を示し、実際に、まもなく三人の男性、クリストファ卿、ワイブラウ、ギルフィルの存在が明らかにされる。また、「お気に入りの場所」という言葉が、この光景の日常性と反復性を示唆している。

さらに、二人の女性は広大な庭園に囲まれたシェヴァレル邸という、もっと大きな風景画の中におさめられる。だが、灰色がかった石造りの城郭風邸宅、幅広い砂利道、丈高い松並木、大きな池、その池から流れ出して、遠くに見える遊園地の橋の下で姿を消す小さな流れといった具合に、近景から遠景へと詳細に描き出される風景画の中では、彼女たちはわずかに色が与えられるだけの小さな存在にすぎない。語り手が「庭園を見渡すのに有利な場所に立っている画家ならば、その風景(画)に占める二人の役割を描くのに、赤、白、青の絵の具を二、三回軽く塗りつけるだけだろう」(九三)と述べる。この女性たちの衣装の色である赤と白、青がそれぞれの本質を表しており、赤と白はカテリーナの情熱と純粋さ、青はシェヴァレル夫人の何事にも「穏やかな満足」(一二三、一四七)以上のものは決して感じることのない、情熱とは無縁の性質である。[86] また、一枚の絵画として画家の眼に捉えられ、その枠の中に閉じ込められること自体が「見られる存在」としての女性の立場を示唆していると言える。そして、画家の立つ「有利な場所(立場)」こそが、作品世界で語り手が占めようとする位置である。この風景は最初はシェヴァレル邸の日常的な光景という場面設定にすぎないように思われるが、物語の進行と共に、先に見たシェヴァレル邸および邸の部屋の象徴的意味が明らかになるにつれて、文化の移植、家父長制社会における女性の苦悩、情熱の持つ破壊力といった「ギルフィル」全体のテーマを表す風景画だと気づかされる。この技法は後の小説『急進主義者フィーリクス・ホルト』(一八六六年)の序文に見出される、物語全体の意味を枠付けする風景描写に発展してゆくものである。

以上のように、『牧師生活の諸景』の教会およびシェヴァレル邸は、人間と社会について読み取るべき意味が書きこまれた絵として提示されていた。その風景画は他のイメージを生み出し、それらと関連し合いながら物語のテーマを表すものとなっている。序章で述べたように、エリオットは、イメージが思考の基盤となり、さらなる思考を発展させるか、あるいは限定すると考えた。それ故彼女にとって、イメージの創造は読者の共感を喚起する上で極めて重要であった。「ジャネット」の語り手は、人間の感情が「頑固なほどに不合理」(三一四)であることに触れ、合理性を否定する経験の領域を「我々の最も賢明な予測をしばしば裏切る、見えざる要素」、「我々の知識全てを取り囲む無知という余白」(三一五)として表現する。このような領域では言葉は失われてしまう。言葉では捉えきれないものを伝える、あるいは喚起するために有効な手段の一つとして、イメージが機能していると言えないだろうか。また、空間や部屋のイメージに見られたように、エリオットが創造するイメージは両義性を持つものが多く、読者の視点を安定させることなく、読者の内に次々と自己との対話を生み出してゆく。その対話の中で読者が語り手の示す「真実」、すなわち登場人物たちの苦悩や悲劇の意味を発見すること、そして同じ人間としての共感を実感することが期待されている。

この同じ人間としての共感とは、言い換えれば、人間の思考や活動のあらゆる形態の中に「個々の人間の生死に関る苦闘」を看取する「愛の心」(二六七)であり、これが『牧師生活の諸景』の三つの物語の語り手とエリオットの態度の根底に存在する。語り手は、母親を伴って散歩するデンプスターの姿に、俗臭の中で堕落していった人間の悲哀を感じながらも、デンプスターでさえ母親への愛という「最も聖なる感情」

(二四五)を持っている点では私たちの仲間として認められるべき存在であると希望を見出している。また、平凡な人々の中に「人間性の輝かしい可能性」(四四)を見出すが故に、彼らが社会的に取るに足らぬ存在であることに哀感を覚えずにはいられない。だから、語り手は共感を引き起こす知識こそが「唯一の真の知識」(二六六)だと断言するのである。

3 「女の一生」から逸脱した女性たち――『ヴィレット』との比較からの考察

エリオットが作家としてスタートしたとき、最も意識していた作家はシャーロット・ブロンテであったと言えるだろう。G・H・ルイスが『ジェイン・エア』(一八四七年)を高く評価しつつも、その作者ブロンテにジェイン・オースティンを模範とするよう勧めたことから、それに反発したブロンテとルイスの間に書簡が交されたことは有名だが、エリオットは彼と知り合う前の一八四八年にすでに『ジェイン・エア』を読み、「興味深い」作品だと考えていた。[87] また、『ヴィレット』(一八五三年)も発売直後に読んで「その力に超自然的なものがある」のを感じ、『ジェイン・エア』よりも優れた作品だと評した。ルイスが『ウェストミンスター・レヴュー』に書いた『ヴィレット』評には不満を覚えたほどである。そして、一八五七年四月、シリー諸島で「ギルフィル」を執筆していた時期にギャスケル夫人の『シャーロット・ブロンテの生涯』(一八五七年)を、同年六月のジャージー島滞在中(この時は「ジャネット」を執筆)には『教授』(一八五七年）をルイスと共に読んだ。[88] また、ブロンテはエリオット自身の作家としての成功を見定めるための基準でもあった。というのも、『牧師生活の諸景』出版直後の一八五八年一月末、エリオットはルイスとこの作品の売れ行きを『ジェイン・エア』と比較したことを日記に書いているし、一八五八年十二月、作家「ジョージ・エリオット」のアイデンティティについての噂が広まり始めた頃、ルイスが『ジェイン・エア』の作者が女性だと判明するとその評価が大きく変わったことを引き合いに出して、エリオットが女性だと知られた場合の『牧師生活の諸景』への影響を案じているからである。[89]

では、このようなブロンテへの深い関心が、エリオットの作品にはどのように表れているだろうか。『牧師生活の諸景』には多くの女性たちが登場する。全て無名のごく平凡な女性たちだが、彼女たちの生き方が想起させる一枚の絵を通して、この作品は意外にもブロンテの『ヴィレット』とつながっているように思われる。

『ヴィレット』の第十九章で、美術館を訪れたヒロイン、ルーシー・スノウは女性を描いた二種類の絵画に激しく反発し、それらを拒否する。一つは女性の官能美を謳った「クレオパトラ」、もう一つは女性の生きるべき姿を描いた教訓的な「女の一生」というタイトルの四枚一組の絵である。フェリシア・ゴードンが論じるように、ルーシーはこれらの絵を拒絶する過程で、女性のあり方、生き方について自分自身の考えを獲得してゆく。[90] そして、ゴードンが後者の「女の一生」を連想させる絵画として言及しているのが、ここで注目したいナサニエル・カーリアの『女性の人生と年齢――揺籃から墓場まで女の一生の諸段階』（一八五〇年）（以下『女の一生の諸段階』と略記）（図2）[91] であり、この絵は『牧師生活の諸景』に登場する女性たちをも想起させる。ゴードンは、この絵が十九世紀に書かれた女性向けの道徳的教訓書を視覚化したものだ

図2　ナサニエル・カーリア『女性の人生と年齢——揺籃から墓場まで女の一生の諸段階』(1850年)(註91参照)
Currier & Ives, *Stages of a Woman's Life from the Cradle to the Grave*.
The Schlesinger Library, Radcliffe Institute, Harvard University

と指摘し、その道徳的教訓書の具体例としてサラ・エリス夫人の『イギリスの女性たち――その社会的義務と家庭習慣』（一八三九年）、『イギリスの妻たち――その相関的義務、家庭での感化力と社会的義務』（一八四八年）等を挙げている。確かに、『女の一生の諸段階』はそこに描かれた十一人の女性像だけを見る限り、エリス夫人の著作に代表されるような女性観を表象していると言えるかもしれないが、絵の下に付された韻文を読むと、作品全体としてはむしろそうした女性観に対するアンビヴァレントな態度を示すものだとわかる。『女の一生の諸段階』の下に書かれている韻文を、左からそれぞれ番号を付して引用する。

①　うぶ着の中に蕾を見よ／清らかでやさしい女の蕾を
②　女はままごとで早くも示す／未来の日々での己の務めを
③　満開の花のごとく輝ける／女の力が男心をうつ
④　女の腕が夫にからまり／ぶどうの蔓さながらにまといつく
⑤　実を結び、息子たちを育て／母の苦悩と喜びの味を知る
⑥　ほとばしる噴水のごとき勢いで／女は天の恵みを大地にあらわす
⑦　苦労の絶えぬ忙しき妻となり／日々の食事をその手はまかなう
⑧　やがて老いが忍び寄り、女は神の恵みを求める／絶えず教会に、己の家に
⑨　第二の幼児期で口が軽くなる／愛を語り、若者たちとたわむれる
⑩　この世での無用な者となり／家から家へと追いやられる
⑪　歳月の重みで椅子につながれ／女は物憂げに編物をする、死が訪れるまで

娘時代には男性に女性としての「力」を感じさせるが（③）、結婚すると同時に「ぶどうの蔓」のように夫への依存状態に陥ってしまい（④）、苦労や悲しみを経て年老いたら「無用な者」に成り果て（⑩）、「歳月の重みで椅子につながれた」まま「物憂げに編物をしながら」死を待つしかない（⑪）。上記の韻文の淡々とした筆致には、義務の遂行と忍耐のうちに消耗し、やがて失意の中で死を迎える女性の人生に対する皮肉な視点が感じられる。このように『女の一生の諸段階』は家庭の《ドメスティック》中の女性、自国の《ドメスティック》女性を称揚すると共に、そうでない女性を排除、蔑視する、いわゆるドメスティック・イデオロギー[92]によって構築された女の一生を視覚化すると同時に、韻文によってそれを揶揄することでアンビヴァレントな態度の表明となっているのである。

ブロンテとエリオットはこの絵に表象されるような女の一生から意図的であれ、そうでないにせよ、逸脱した女性たちをいかに描き出したか。それを比較する時、『ヴィレット』の四年後に書かれた『牧師生活の諸景』はエリオットのブロンテに対する一つの反応として読める。この比較を通して両作家の特質を明らかにしたい。

まず、『ヴィレット』におけるルーシーの二種類の絵画に対する反応を通して、いかに彼女が女性としての認識を深めていくかを見てみよう。彼女は名画として仰々しく展示された「クレオパトラ」を次のように揶揄する。

> それは、等身大よりかなり大きいと思われる女の絵だった。彼女は、大荷物用の秤で計れば、間違いなく九十キロから百キロはあるだろう。実に十分すぎるほど栄養をとっていた。これだけの幅や背丈、これだけ多くの筋

肉、これだけ豊かな贅肉の持ち主になるには、パンや野菜、飲物はもちろん、相当大量の肉を消費したに違いない。彼女は寝椅子の上にほとんどねそべっていた。その理由は説明し難い。明るい真昼の光が彼女のまわりに輝いており、彼女はこの上なく健康そうで、普通のコック二人分の仕事をこなせるくらい頑丈そうに見えた。背骨が弱いなどと言い訳はできなかった。立っているか、少なくとも姿勢を正して座っているべきだったのだ。昼間にソファの上でぶらぶらと過ごす権利などなかった。また、彼女はきちんとした衣服——しかるべく体を覆う衣服を着ているべきだったのに、そうではなかった……。それに周囲の乱雑さといったらひどいもので、弁解の余地はなかった。[93]

ルーシーから見れば、「クレオパトラ」は不自然なほど大きく、この上なく健康なのに真っ昼間からねそべっている怠惰な女性、衣服もきちんと着ず、部屋も乱雑に散らかしたままのだらしない女性にしか思われない。D・ロッジが指摘するように、ブロンテはここでルーシーの反応を通して、美術史において名画とされた典型的な裸婦画を異化し、揶揄している。つまり、この絵を現実の生活というコンテクストの中に置くことで、裸婦の不自然な大きさ、横たわるポーズ、陰部だけを隠す布といった、絵画上のコンヴェンションの人為性を暴露するのである。また、この「クレオパトラ」はもう一種類の絵、「女の一生」と共に、後にルーシーと愛し合うようになるポール・エマニュエルを登場させるという、物語上の機能も果たしている。ポールは「クレオパトラ」の前に立つルーシーの姿にショックを受け、直ちに彼女を「女の一生」の所に連れて行く。というのも、彼は、未婚の若い女性は「クレオパトラ」のような絵を見るべきではないと考えるからである。こうして彼は美術鑑賞の慣習的な言説には惑わされていないが、性差に関する固定観念に囚われた人物として登場する。[94]

だが、「クレオパトラ」の場面が持つ意味はこれにとどまらない。ゴードンはこの絵を「ルーベンス的特質を合成した想像画」とみなし、それに類似した具体例としてルーベンスの『キモンとイーピゲネイア』（図3）を挙げているが、[95] これは妥当な見解であろう。ルーベンスは数多くの祭壇画、歴史画や肖像画の大作を製作すると共に、過剰なまでに豊満で肉感的な女性を描いて女性の官能美を高らかに謳いあげた巨匠であった。[96] それに、ルーシーが後に大女優の演じるワシテに圧倒される場面を思い起こしてみよう。旧約聖書（「エステル記」一章九―二十二節）によれば、ワシテは古代ペルシア王クセルクセスの王妃だったが、酒宴でその美貌を披露せよという王の命令を拒否したために追放された。ルーシーは、怒りと憎悪の権化と化した舞台上のワシテに自分自身の姿を重ね合わせ、「クレオパトラ」の絵と共に、こんどははっきりと名指しで「ルーベンス」の絵の「太った女たち」（三四

図3　ピーテル・パウル・ルーベンス『キモンとイーピゲネイア』（1617年頃）
Peter Paul Rubens, *Cimon und Efigenia*.
Kunsthistorisches Museum, Wien

○）を引き合いに出してワシテの真実性に軍配を上げる。ゴードンが主張するように、ルーシーは「理想化された官能性」を拒絶している。[97] さらに言えば、男性の欲望とまなざしによって構築されてきた官能美を拒絶することによって、自らが男性の欲望やまなざしの対象として判断され、あるいは構築され、主体性を奪われることに激しく抵抗するのである。これは、芸術世界のみならず、現実生活においても女性の持つべき第一の特質とされた「美」を持たないルーシーにとって、拒絶される前に拒絶するという自己防衛だったとも言える。

しかも、ルーベンスという画家との関連性を考慮する時、「クレオパトラ」は物語上の機能という点においても新たな意味を帯びてくる。ルーベンスは十七世紀前半に活躍したフランドルの画家である。[98] 十五世紀以来政治的、文化的統一体を保持してきたネーデルラントが、十七世紀初め、新教を奉じる独立国オランダと、スペインの支配下に残ったフランドル（ほぼ今日のベルギーにあたる）に分裂した。カトリック圏のフランドルにおいては、偶像破壊運動によって荒廃した教会の再興が進められ、大規模な祭壇画が次々に発注された。ルーベンスはヨーロッパ中の宮廷や教会からの要求に応じて歴史画、肖像画、宗教画の大作を次々と製作した画家だが、自国、フランドルにも数多くの業績を残している。フランドルの教会関係の主な作品を挙げれば、アントワープ大聖堂の祭壇画『聖母被昇天』、マリーヌの教会の『奇跡的な漁獲』、アントワープのイエズス会教会の祭壇画と三十九枚の天井画の下絵などがある。彼の作品が高く評価されたのは、その力強く壮麗な作風が権力と権威の誇示を好んだ王侯貴族や聖職者たちの趣味に応えたからであり、彼の絵は儀式を重視するカトリックの伝統、および権力の象徴ともなる。

周知のように、『ヴィレット』の舞台である架空の都市、ヴィレットは、ブロンテが一八四二年から一八四四年にかけて滞在したベルギーのブリュッセルをモデルにしている。[99] 従って、ルーシーの「クレオパトラ」との対峙は単に美術史との対峙にとどまらず、ルーベンスという画家に代表される一国の文化と伝統、とりわけカトリック教とそれが象徴する権力との対峙をも含意する。つまり、やがてルーシーのアイデンティティの確立が、プロテスタントであり続けられるか否かという問題に置き換えられていく物語展開の伏線なのである。カトリックへの改宗という誘惑と脅威に抵抗しながらカトリック教徒であるポールを愛し、なおプロテスタントとしての自己の信仰を守りぬくことでルーシーはアイデンティティを確立してゆく。宗教の問題を通して男女関係のあり方を問い、その模索を通して宗教のあり方にも再考を迫る物語である。ブロンテは、この物語の伏線として、最初に「クレオパトラ」を通して暗示的に、次にワシテのエピソードとの関連において明確に言及することで、偉大な宗教画家とされるルーベンスを非現実的な女性を描く画家として徹底的に揶揄し、カトリックとそれが象徴する男性権力へのルーシーの抵抗を示すと共に、アイデンティティと宗教の問題を結びつけるのである。

さて、「クレオパトラ」が男性、ひいては家父長制イデオロギーによって構築された女性の身体の表象であるとすれば、もう一種類の絵、「女の一生」は同様に構築された女性の精神の表象であると言えるだろう。従って、「クレオパトラ」に反発したルーシーが「女の一生」にも嫌悪を抱くのは当然であろう。「女の一生」と題された「若い娘」、「新婦」、「若い母親」、「未亡人」の絵に関してルーシーが反発するのは、第一に、女性を「新婦」、「母」、「未亡人」といった男性中心の観点から公認された役割によってカテゴリー化することに対してであり、第二に、忍耐を女性の精神性の理想とすることでそのカテゴリー化の浸透と定着を企てる社会システムに対してである。社会的抑圧、さらには自己抑圧によって精神的自由と独立を失った、いわゆる「天使」は、ルーシーにとっては「幽霊」(二七七)も同然の存在、つまり真に生きているとは言えぬ存在なのである。ルーシーは女性の自己抑圧による忍耐の中に、むしろ欺瞞性を読む。絵の中の人物たちは「退屈で、生彩がなく、活気に欠ける、堅苦しい」(二七七)画風で描かれた、「不誠実で不機嫌で血の気がなく、頭の悪い、取るに足らぬ女たち」(二七八)である。だが、この軽蔑に満ちた反応も「クレオパトラ」への反応と同じくルーシーの屈折した心理を露呈する。理想化された官能美を拒絶することの裏に、男性から愛されぬであろうという予感と恐怖に対する防衛本能が潜んでいたように、ここでいわゆる女の一生を否定することの裏には、外部から規定されたカテゴリーと精神性から逸脱したいという願望だけでなく、逸脱するであろう自分の生きるべき姿を発見できないでいる故の不安もそこに潜んでいるのである。しかも、ルーシーの「女の一生」を批判する言葉は、ある種のアイロニーを持ってそのまま彼女にはね返るのではないか。というのも、ルーシー自身、傍目には「退屈で、生彩がなく、活気に欠ける、堅苦しい」人間であり、いつも他者から自己を隠しながら、他者が思い思いのルーシー像を作り上げるのを密かに楽しみ、他者から隠した自己を持っている点に自己の存在感と力を見出しているからである。ルーシーは他者には隠された部分の可能性を認めないのか。それとも他者を皮相的に判断することをパロディ化して自ら演じているのか。いずれにせよ、彼女は支配的なイデオロギーの侵食から自己を守ることにあまりにも必死になっており、少なくとも、そのイデオロギーを内面化してしまった女性たちに対してはあまり同情や共感を示していない。

　このようにルーシーは女性の身体と精神を表象する「クレオパトラ」と「女の一生」を拒絶する過程で、その屈折した心理を露呈しつつ、男性の権力と視点から構築された女性像に断固として抵抗する姿勢を確立する。そして、初めは性差についての固定観念に囚われていたポールと、互いの異なる宗教を容認し合うようになる。言い換えれば、それぞれのアイデンティティの独立性を尊重する新たな関係を築くのである。このようなポールとの関係においても、また、やがて彼を失って未婚のまま学校を経営して自立する点でも、つまり精神的にもカテゴリー的にもルーシーは『女の一生の諸段階』が示すような、いわゆる女の一生から逸脱した女性となった。ブロンテは「女の一生」を打破すべき規定枠として、その文化的、宗教的含意と共に、ルーシーの主体的な生き方を示したのである。この作品が出版されたのは一八五三年であり、やがて一八六〇年代から本格的に展開されることになる、女性の参政権獲得を主軸とした女性運動への気運が高まりつつあった時期に、先駆的なフェミニストの立場を率直に表現したと言えよう。

一方、エリオットの『牧師生活の諸景』では『女の一生の諸段階』に表象された女性たちが深い同情をもって描かれている。最も典型的な女性は、いわゆる「家庭の天使」を体現するミリー・バートンである。『女の一生の諸段階』における五番目の段階、「実を結び、息子たちを育て／母の苦悩と喜びの味を知る」(⑤)にぴったりとあてはまり、「大柄で色白の、優しい聖母のような女性」(一九)と描写され、エリオットが理想的な資質を備えた女性として創造してゆくマドンナの系譜における最初の人物でもある。ミリーは困窮の中で身をすり減らして夫に仕え、七人もの子供を生んで死んでしまう。しかも、幸せだったと言い残して。すでに指摘されてきたように、物語途中でのミリーの「病気」(四五)は流産だと思われるが、[100] それにもかかわらず、彼女は間もなく再び妊娠して、七人目を出産後に命を落とすのである。このミリーの死に関して批評家たちの意見は分かれる。例えば、スティーヴン・マーカスは「性的な一致」を基盤とする幸福な結婚の結果だとみなして、ミリーが妻としても母としても満たされていた、と論じる。[101] 一方、バーブロ・A・ノーベライはバートンとミリーの関係を「社会が容認する形式での性的圧制」とみなし、ミリーの死はそうした社会的圧力の犠牲となる「女性の運命」に対するエリオットの「慎重、且つ抑制した批判」だと主張する。[102] だが、語り手がミリーの女性性を称揚する言葉の中に、「ふっくらとした頬にかかる濃い豊かな栗色の巻き毛と近眼の大きな優しい目を持っていた。背の高い彼女の流れるような輪郭は、くたびれきった衣服を優雅に見せ、古びてすりきれた黒絹は彼女の胸や両腕の上に穏やかな上品さと高貴さをたたえて落ち着いていた」(一九)と、控えめではあるが彼女の豊潤な体つきが示されていること、そして愛する対象の不在故に苦悩するジャネットの場合も考え合わせると、ミリーの死は幸福な妻(母)の象徴であると同時に、イデオロギーの犠牲者であることの象徴という両義性を有するとみなすのがより妥当なのではないだろうか。すでに見たように、ミリーの家庭も「家庭という四方の壁」(六一)に囲まれた世界という、「家庭の天使」を称揚すると同時に、社会から隔離された女性の悲劇を暗示するイメージで表象されている。このような両義性にこそ、最も克服しがたい女性の窮境が暗示されていると言えるだろう。男性の支配と圧制が、バートンのように無意識に行われる場合も含めて、女性の苦悩や悲劇の要因になっていることは疑いの余地がないが、それでもなお女性は男性を愛さずにはいられないし、それが本人にとっては幸福であるのもまた事実なのである。

ミリーは従順で、温和、そして愛情深い、いわゆる女性性が内面化された女性である。エリオットがこのような女性の中に見出した強みは、その感化力であり、それを備えた女性たちが彼女の作品でマドンナのイメージを付与される。A・ブースは、一八三〇年代以降、産業化が男女の領域の分断を推し進めるにつれて、「感化《インフルエンス》」のイデオロギーなるものが力を得たことを指摘する。これは、女性は人間的な感情の源に直結しており、その自己犠牲的な愛情が苛酷な運命を和らげるという信仰である。このイデオロギーのもとで、十九世紀の女性運動家や作家は女性に内在する女性性と優越性に対する信仰をそのテクストに秘密裡に持ち込み、生物学上の性《セックス》と文化的に構築されたジェンダーとを融合させていた、とブースは述べて、エリオットもその例外ではないとしている。[103] 確かに、エリオットは一八五五年に書いた評論「フランスの女性――マダム・ド・サブレ」において、十七世紀フランス文学に対するサブレ夫人の貢献をその感化力、つまり自らが作品を生み出すのではなく、偉大な男性作家たちに刺激を与えたことに見ているし、女性の知性を伸ばすことの重要性を認めながらも、彼女が提唱するのは「真に女性的な教養」[104] であり、男女の生物学的、従って本質的とみなされた差異も強調している。また、一八六八年の友人への手紙でも、男女の身体的差異がその心理的発達の基礎であるだけでなく、「道徳的感化」が女性特有の本質であり、穏やかさ、やさしさ、母性を女性の特質だとみなしている。[105] このように男女の本質的な差異を認める立場は現代のフェミニズムの観点からすれば十九世紀フェミニズムの限界を示すものかもしれないが、後述するように、エリオットのたゆまぬ思索は後の作品でこの限界を乗り越える可能性を示唆する動きを見せる。

さて、『牧師生活の諸景』のデンプスターの母親もまた、ドメスティック・イデオロギーを内面化し、いわゆる女の一生を歩んできた女性である。彼女はその人生を全うすべく、まさに『女の一生の諸段階』が描く最後の段階の女性とそれに付された韻文（「歳月の重みで椅子につながれ／女は物憂げに編物をする、死が訪れるまで」（⑪））が示すように、白い帽子をかぶり、安楽椅子にすわったまま一日中編物をしている。そして、亡くなるのも編物の最中である。ひたすら夫に仕えて生きてきた彼女は、息子も自分にふさわしい女性、すなわち彼女自身と同じく「おとなしく、子供を生み、家事をてきぱきとこなす」（二四二）女性と結婚していたら、決して堕落しなかっただろう、と信じている。このように息子夫婦の不和の原因はジャネットにあると考えてはいるが、「しばしば知的能力の欠如を補ってくれる沈黙と忍耐というあの類稀な才能」の故に、夫婦間の争いと苦悩の場面を「編物をしながら」（二四二）断固として見過ごすのである。語り手は女性の沈黙や忍耐に潜む知性の欠如にやや皮肉な視線を向けながらも、夫や子供に期待して生きた長い歳月の果てになお苦悩を抱えて「墓場以外何の希望も残っていない」（二四二）女性たちに対する深い同情を示す。ジャネットの母親も未亡人となって娘を育て上げた忍耐強い女性だが、ジャネットにとって結局は「自分自身の運命を共に苦しむ人」（二八七）でしかなく、彼女に慰めや勇気を与えることはできない。

しかし、こうした「女の一生」が一つの悲劇ならば、そこから逸脱することもまた一つの悲劇である。ジャネットは「女の一生」に夢を託しながら結婚し、挫折した。夫から虐待された末に家から追い出された時、彼女の脳裏に過去と現在が「一幅の絵」（二八六）として立ち現れる。

ジャネットが自分の過去に扉を閉ざし、夜と同じく黒く定かならぬ未来を目の前にして敷居石の上に震えながら座っていたとき、子供時代の、青春時代の、そして女性としての痛ましさの光景が押し寄せるように彼女の意識に蘇り、現在の侘しさと相俟って一幅の絵となった。一番新しいおもちゃを持ってベッドに入る秘蔵っ子——能力と美しさを誇り、人生なんて簡単なもの、不幸なのはかわいそうな弱点なのだと夢見ている若い娘——外庭から女の一生という内なる聖所へと、喜びにうち震えながら進んでゆく花嫁——初めて悲しみを知り、傷つき、恨みながらも、なお希望を抱き、許す妻——つらい年月の間、絶望のただ一つの避難所である忘却を求め続けてきた、哀れな痛めつけられた女……。（二八六）

このように「女の一生」の諸段階を通過したジャネットは、「女性としての痛ましさ」の只中にある。彼女は子供がいないことで、すでに母という女のカテゴリーから逸脱していたが、今やデンプスターが彼女を締め出したことで、法的にではなくとも実質的に妻というカテゴリーからも逸脱する。しかも、デンプスターが戸を閉めた瞬間、彼女の過去と未来は分断されてしまった。彼女は自分の人生という「絵」が今後はどうなるかが全く予測できない不安と動揺の中に放り出されたのである。

このようなジャネットの悲劇を考察するためのキーワードは'blank'である。子供がいないという感覚がジャネットの人生の「致命的な空白」(a fatal blank)(三四一)となっている。また、夫から虐待されている時も、ついには家から追い出された時も、彼女が最も恐れるのは「うつろな未来」(blank future)(二八五)である。彼女にとって夫の虐待ですら、家の外に待ち受ける「空虚」(blank)(二七八)よりはましなのだ。経済的、社会的に自立することなどジャネットの念頭には全くない。「虐待された女」(二九二)として法に訴えることも考えはするが、自分の欠点を自覚するが故に尻込みする。ブロンテが支配的な価値観の転覆を図って現況を脱してゆくヒロインの創造により、そのフェミニスト的視点を明確に打ち出したのとは対照的に、エリオットはむしろ自己の意志に反して「女の一生」から逸脱した女性たちを通して、「女の一生」という規定枠を逸脱することの哀しさや自ら脱出することの難しさに光をあてながら、女性が直面する窮境を描き出していると言えるのではないだろうか。しかも、ジャネットの依存性に積極的な意味を付与している点は着目に値する。『女の一生の諸段階』では「女の腕が夫にからまり/ぶどうの蔓さながらにまといつく」(④)という韻文が既婚女性に付され、「ぶどうの蔓」の比喩が妻の依存状態、つまり夫に対する弱さを強調しているが、「ジャネット」の語り手は「ジャネットの本質はその威厳のある顔や姿に反するものではなかった。活力があり力強さがあったが、それはぶどうの蔓の強さであり、その広い葉と豊かな房はしっかり安定した支柱に支えられねばならなかった」(二九二)と述べる。消極的な依存ではなく、支えられることによって自らの豊かさと力を増し、こんどは他者を支え、潤いをもたらす存在となる可能性への期待が、ジャネットの「ぶどうの蔓の強さ」にはこめられている。「ギルフィル」のカテリーナの場合は「きゃしゃな蔓植物は何か巻きつくものを必要とする」(一九一)と、その依存性のみが強調されていたのとは大きな違いである。

このように、ブロンテとエリオットは対照的な物語を創造しているが、彼女たちは孤独の極限状態に陥った女性の苦悩を共有していたようだ。『ヴィレット』のルーシーはポールと友人関係にあることを確認し合った直後の夏休みに、極度の孤独感と不安から精神的、肉体的異常をきたして、ついにはプロテスタントでありながらカトリック司祭のもとに懺悔に行く。彼女はその苦しみの極限状況を次のように語る。「ついにある日、特に苦しい鬱状態が一昼夜続いた後、体が病気になってしまい、私はやむなく床についた……。神経と血液の奇妙な熱病に冒されて横たわっていた。夜中に起き上がって〈眠り〉を探し求め、戻ってきてくれ、と心から〈眠り〉に頼んだ。窓の鳴る音、強風の叫びが答えるだけだった――〈眠り〉は決して来てはくれなかった!」(二三二、傍点は筆者)。一方、ジャネットはトライアンへの告白によって再生の道を見出しながらも、一人残された時、不安と孤独感の中で再びアルコールの強い誘惑に屈服しそうになる。女性をその意志とは全く逆の方向へ駆り立てる感受性のありようを、語り手が「女の人生で多くの悲劇を決定づけるのは、このような感受性の漠然とした、いわく言いがたい状態――半ば精神的、半ば肉体的な興奮、あるいは鬱状態である」(三三三、傍点は筆者)と述べる。これら二つの引用文は、表現の激しさにおいては異なるが、極度の孤独と不安が精神と肉体の両方を蝕んでゆくさま——昂じると、ヒステリー症状、ついには狂気に発展しかねない状況——を描く点で通底していると言えるだろう。ジャネットもルーシーも愛情の萌芽を内に抱えているからこそ、その満たされぬ想いが一層孤独と不安をかきたて、精神的、肉体的苦痛を増してゆく。十九世紀半ばには、女性と狂気を結びつける一般的風潮の中で、精神医学までがその原因を女性の生殖機能にあると強調して、狂気を女性特有の病気とみなした。ルーシーとジャネットの苦悩は、一つにはそうした見解に対する抵抗であったと言える。女性の狂気を生物学的要因ではなく、むしろ社会的要因から生じるものとして、つまり、ドメスティック・イデオロギーが女性に課す役割の限界に起因するものとして提示し、単なる役割ではなく、生きる力となる仕事や希望、友人の必要性を訴えたのである。だが、それ以上に、たとえルーシーのように仕事を得ても、それだけでは満たされない魂の叫び、愛情を渇望する魂の叫びでもあった。[106]

このように追いつめられた精神が自らを、そして肉体をも蝕んでゆく恐怖を共有しながらも、先に見たように、ブロンテとエリオットがそれぞれのヒロインに与える可能性は大きく異なっている。留意すべきは、この両作家の違いはエリオットの方が保守的だということで簡単に片づけられる問題ではないということだ。エリオットの保守性は今日広く認められるところだが、彼女の保守性は先進性のまさに裏返しであることを筆者は強調したい。彼女は時代を見越して遠い未来を見つめるほどに、過去に思いをはせ、ある方向へ向かう力が強ければ強いほど、逆方向の力を痛切に感じる人なのである。その手紙や評論が示すように、彼女は早くから女性の問題に関心を持ち、女性の教育の不十分さや女性が置かれた状況、女性の生き方について考え続けた。本書の第三章で詳述するように、十八世紀イギリスの急進主義思想家、メアリ・ウルストンクラフトや十九世紀アメリカの女性運動の推進者であったマーガレット・フラーの思想にも深い共感を抱いていた。また実際、十九世紀イギリスの積極的な女性運動家だったベシー・パークスや、女性のための大学、ガートン・コレッジ設立（一八六九年）の中心となったエミリー・デイヴィスらと交流があった。生涯にわたって親交を結んだバーバラ・ボディションも画家でありながら、『イギリスにおける女性に関する法律の摘要書』（一八五四年）という小冊子を出版したり、既婚女性財産法改正の請願書（一八五六年）や女性の選挙権を求める請願書（一八六六年）を議会に提出するなど急進的な政治運動を展開した女性である。エリオット自身は中部イングランドの田舎に地所差配人の娘として生まれながら、やがてロンドンにおける最新の知のサークルに加わり、ついには時代を代表する作家となって、自分が生まれた階級と女性であることが強いる限界を乗り越えて自己実現を果たしたと言える。だが、彼女が最初の作、『牧師生活の諸景』で試みたのは、階級と性という拘束を超えて社会的に上昇しつつある自己が邁進する道を主張することではなく、自分が歩んだかもしれぬ別の可能性の意味を探ることだった。自己の前進と上昇が加速しつつあるからこそ、拘束と停滞に苦しんだ過去の自己についての意味を問う必要があった。『牧師生活の諸景』を書くことで、エリオットはかつての福音主義との葛藤の意味を問い直すだけでなく、同じ時期に経験した女性としての苦悩の意味も問い直そうとしたのである。

若きエリオットは父親と兄に対して全く無力な存在だった。彼らから結婚、あるいは何らかの職業によって経済的に自立することを強く望まれ、また自らもそれを切望した。特に兄アイザックは、彼女が父親や兄に経済的に依存することを利己的だとさえ考えた。だが、現実には住む場所すら父親の意志によるものであり、彼女は自分の将来を自分で決定することができない状態の中で深く悩んだ。[107]「バートン」の語り手は、男性の八割は平凡な人物だと言うが、女性についても『牧師生活の諸景』で読者として想定され、また登場人物として創造されているのは大部分、平凡な女性たちである。こうした女性たちについてのエリオットによる思索は、フェミニストの視点からは簡単に否定されるような存在、つまり『ヴィレット』のルーシーが軽蔑すらする、ドメスティック・イデオロギーを内面化してしまった女性たちのありようを深く洞察することでもあった。このことは確かに、かつての自分のように、あるいは彼女よりはるかに無力な女性に対するエリオットの共感と同情の表れであるが、同時に一種のエリート意識も示唆しているように思われる。無力な者に対しては非常に寛容である一方で、彼女は自立を目指す女性には、自立するための厳しい条件を満たすことを要求するのである。エリオットは『ヴィレット』とほぼ同時期に出版されたジョン・ジェイン・スミス・ウォートンの『イギリスの女性に関する法律の解説』（一八五三年）に注目し、知人への手紙で、「女性の参政権運動の進展が遅いのはよいことです。女性はまだ男性が与える運命よりもはるかに良い運命には値しませんから」[108]と述べている。また、評論「女性作家による愚かな小説」は作家として十分な資質を持たない女性が安易に小説を書くことで経済的自立を果たすことへの警告として読める。この弱き者への共感とエリート意識はしだいにエリオット自身の中で、そして彼女の小説の中でも一つの重要な緊張関係を生み出してゆく。

「女の一生」に対するブロンテとエリオットの態度の違いは、それぞれの作品の構造とも深く関っている。一人称の語りの回想形式をとる『ヴィレット』では、「クレオパトラ」と「女の一生」の絵がルーシーにとって主体性を獲得する過程で打破すべき規定枠であったように、彼女の周囲の女性たちは彼女の分身や反モデル、あるいは対極に位置するものといった機能を担わされている。[109]彼女たちの存在はルーシーの意識せぬ視点も示唆してはいるが、作品全体を通して支配的なのは、語り手ルーシーの視点である。過去の経験の再構築を試みる語り手ルーシーにとって彼女らがどのような意味を持ち得るかが重要なのであり、全てはルーシーという視点を中心、且つ頂点とする意識によって創造されている。それに対して、こうした視点を揺るがそうとする意識が『牧師生活の諸景』においては強く感じられる。一つの視点の絶対性を絶えず疑う意識である。この作品の全知の語り手は、ミリーやジャネットの生き方に、ルーシーが否定するものの肯定的な側面を読み取っていた。また、語り手は人生の「秋」を生きる女性として、ミス・プラット、リネット姉妹、およびトライアンの死後のジャネットを関連づけると同時に、その違いを明らかにすることで、人生の微妙な意味合いや色調を強調しつつ、視点の複数性を示唆する。つまり、「人生のどの時期においても自己の自由を放棄することには同意しなかっただろう」と確信するミス・プラットは、「秋」すなわち「オールド・ミス」の「北極地帯」に位置づけられるが、ふさわしい男性が登場すれば結婚する可能性があるリネット姉妹は同じ秋でも、その「温帯」（二一六）に位置づけられる。そして、トライアンを失ったジャネットは感謝と忍耐強い努力によって厳粛に神に仕えることを人生の目的とし、その人生を「諦めの追憶」に満ちた「秋の午後」（三四九）として捉えるのである。語り手とミス・プラットとの視点のギャップはアイロニーさえ生み出している。

一つの視点を頂点として世界を再構築しようとする意識と、それに揺さぶりをかけようとする意識という、ブロンテとエリオットとの決定的な相違は、第三章で論じるように、『ジェイン・エア』との類似性を有する『フロス河の水車場』において顕在化する。

以上、エリオットが福音主義との葛藤の過程でいかに言語意識を深めていったか、また、なぜ彼女にとって十七世紀オランダ絵画が重要な意味を持つようになったかを明らかにしながら、『牧師生活の諸景』を言語、絵画とイメージ、および同時代作家への反応という観点から考察した。後の作品に比べれば、単純さや未熟さは否定できないが、言語が孕む問題や限界を示唆しつつ、言語では表現し難い、あるいはできないものをイメージによって表現する試みや、異なる視点が生み出す緊張関係の上に築かれたバランスなど、いわゆるエリオットらしさがすでに感じられる。ヴァージニア・ウルフは「第一作は不用意な作品になりがちだが、その中に作者が自己の才能を最大限にうまく処理する術を知らずに示している」[110]と、最初の作品の重要性を指摘しているが、エリオットにも同様な考察があてはまると思われる。一八六〇年二月、『フロス河の水車場』を執筆中だったエリオットは、出版者ブラックウッドへの手紙で「『牧師生活の諸景』が忘れられていないことを望みます。先日、これらの物語をざっと読んで、「ジャネット」の多くの部分が私の成し遂げた最良のものだと思いました」[111]と述べている。この作品で見出されたものが以後の作品でどのように発展してゆくのか。この点について、第二章では初めての長編小説『アダム・ビード』を検証しよう。

第二章
『アダム・ビード』 芸術論の確立

『アダム・ビード』と言えば、まず第十七章が想起されるだろう。というのも、「物語がしばし停止する」と題されたこの章は、エリオットのリアリズムに立脚した芸術論の宣言としての、また十九世紀イギリス小説と絵画との緊密性の象徴としてのこの小説と十七世紀オランダ絵画との連想を根強いものにしてきたからである。そして、前作『牧師生活の諸景』と比較すると、エリオットはこの作品で小説家としての飛躍的な成長の軌跡を示している。例えば、キリスト教の語彙とイメージを『牧師生活の諸景』以上にエリオット自身の人道主義を積極的に訴える媒体としているだけでなく、前作で提示した言語の問題をより明確な形でテーマ化し、前述のオランダ絵画を想起させる作品の舞台となる場所の絵画的な情景描写もより精緻になって、田園生活の息吹とリズムを生き生きと伝えつつ、登場人物の人間性やプロットの展開を示唆する物語上の機能も果たしている。

本章では、まず、エリオットが『アダム・ビード』の第十七章で自己の芸術論をいかなる方法で提示しているかを考察したい。小説の規範としての十七世紀オランダ絵画への言及が言語の問題と並置する形で行われていることに着眼し、言語とイメージの関りを確認する。そこにはジョン・ラスキンの強い影響が見出されるだろう。次に三人の女性たち、ダイナ・モリス、ヘティ・ソレル、ポイザー夫人を通して、言語そのもの、そしてそれを語ることがどのように問題とされているかを明らかにしたい。さらに、この作品をパストラルとして読むことによって、いかにエリオットが伝統的なパストラルに反応したか、また、パストラル様式を用いることが彼女にとってどのような意味を持っていたかを探ってみたい。

1　模倣的表象を超えるリアリズムを目指して——第十七章再考

『アダム・ビード』の第十七章は、予想される読者の反応に対して語り手が抗する形で始まる。アーウィン牧師がアーサー・ドニソーンにヘティへの想いを告白させそこなったことで生じるであろう批判への応答として、語り手はあの有名なリアリズム論を展開し始める。

私は自分の心の鏡に映るままに、忠実に人や物を描きたいと強く思う。確かにこの鏡は不完全なもので、時に輪郭は歪み、映像はぼやけたり混乱することもあるだろう。しかし、あたかも証人席で宣誓して自分の経験を述べるかのように、その映像がいかなるものであるかを、できるだけ正確に語る義務があると感じている。[1]

この言葉が端的に示すように、忠実な描写を第一義とする点、そしてその忠実な描写に内在する主観性を自覚する点が、従来ジョン・ラスキンの影響として強調されてきた。[2] エリオットが一八五六年に書いたラスキンの『近代画家論』第三巻の書評において、彼のリアリズムを「全ての真実と美は自然を謙虚に、忠実に研究することによって獲得されるべきであるという原則」[3] と定義して絶賛したことは周知のとおりである。その書評の中で、彼女は偉大な芸術とは想像力が生み出すものであり、決して観察された事実を単純に表象することではないというラスキンの考えにも注目している。[4] こうした点に加えて、言語とイメージの関連性という観点から両者の類似性を探ってみると、エリオットがラスキンを受容しながら芸術論を確立していった過程をより具体的に知ることができる。

『アダム・ビード』の語り手は、先のように己の物語の主観性を認めた上で、こんどは物語を書くプロセスと絵画のそれとを比較し、理想的な物語の規範としてのオランダ絵画に言及する。

……物事を実際よりもよく見せようなどとしないで素朴な物語を語ることに私は満足している。虚偽以外は全く何も恐れはしないが、虚偽には、人が最善を尽してもなお恐れるに足る理由がある。虚偽は実にたやすく、真実は極めて困難なのだ。筆はグリュプスを描くときの爽快な腕前を覚えている——爪は長ければ長いほど、翼は大きければ大きいほどよい。しかし、我々が才能だと勘違いしたあの驚くべき腕前は、本物の誇張のないライオンを描きたいと思うときには、我々から失せてしまいがちである。あなた方の言葉をよく吟味してみるとよい。すると、虚偽を語るつもりのない場合でも、たとえ自分自身の感情についてであれ、正確に真実を述べることは極めて難しいこと——正確な真実ではない、何か立派なことを述べるよりもはるかに難しいことに気づくだろう。

高潔な精神を持つ人々が軽蔑する多くのオランダ絵画を私が楽しみとするのも、この稀で貴重な真実の性質のためである。華麗な、あるいは極度に貧困な人生、悲劇的な苦悩に満ちた、あるいは世間を沸かせる行動に満ちた人生よりも、私の仲間のはるかに多くの者たちの運命となった単調で素朴な生活を忠実に描写したこれらの絵に、快い共感の源泉を見出すのだ。私の心はためらうことなく、雲に乗った天使、予言者、巫女、英雄的な戦士から離れて、植木鉢の上に身をかがめている老婆、あるいは一人淋しく食事をしている老婆へと向かってゆく。老婆が食事をしている間、おそらく木の葉にさえぎられて和らいだ昼の光が彼女の室内帽に注がれ、紡ぎ車の端や石の水差し、彼女の生活の大切な必需品である安価で平凡な品々にあたっている……。

（二二二―二二三）

語り手の言うオランダ絵画は十七世紀オランダ絵画を指し、具体例として挙げられた「植木鉢の上に身をかがめている老婆」と「一人淋しく食事をしている老婆」は、それぞれヘラルト・ダウの絵画『花に水をやる窓辺の老女』と『紡ぎ人の感謝の祈り』（図4）に酷似している。[5] エリオット自身もちょうど『アダム・ビード』第二巻（第十七章―二十一章）

図4　ヘラルト・ダウ『紡ぎ人の感謝の祈り』（1645年頃）
Gerard Dou, *Das Tischgebet der Spinnerin.*
Bayerische Staatsgemäldesammlungen, Alte Pinakothek Munich

を執筆していた時期に、サラ・ヘネルへの手紙でダウの絵の魅力に言及しており、[6] 実際に『アダム・ビード』の中では十七世紀オランダ絵画に特徴的なモティーフや光の効果を用いた描写が頻繁に観察される。[7]

ここでは、上記引用文で語り手が言語表現と絵画表現の共通点として、「真実」を正確に表現することの難しさと、「虚偽」に陥る危険性を繰り返し強調していることに注目しよう。彼によれば、その困難と危険性を克服したのが十七世紀オランダ絵画である。ただし、語り手が十七世紀オランダ絵画の「稀で貴重な真実の性質」に言及する時、この言葉が指示する「真実」とは写実性がもたらす迫真の力だけではない。写実的であると同時に、多くの仲間たちの「単調で素朴な生活」が「快い共感の源泉」になり得るという「真実」を表象していることを意味する。つまり、単なる模倣的な表象を超えて「共感」を喚起するとき、換言すれば、観る者／読者の固定観念を打ち破って新たな価値観に目覚めさせる効果を発揮したときにのみ、リアリズムはエリオットにとって真のリアリズムとなるのである。このことは、語り手が上記引用文に先立って写実的な描写に内在する主観性を認め、上記引用文の後で、「全く美しいとは言えないものが愛すべきものであるかもしれない」（二二三）と語り、「人間の感情は大地を潤す力強い川のようで、それは美が訪れるのを待ってはいない——抗し難い力を伴って流れ、美をもたらすのである」（二二四）と述べる点を考え合わせると一層明らかである。客観的には美しいとは言えないものでも、共感によって美しいもの、あるいは少なくとも愛すべきものだと感じさせる力を有するリアリズムである。すでに見た通り、エリオットは評論「ドイツ生活の博物誌」において、言語の「想像力に対する力」の重要性と共に、言語の発展と人間の道徳的成長と、社会的発展との相関関係を論じていた。エリオットにとって、オランダ絵画は人間や社会の現実を模倣的に表象することを超えて、人間と社会に影響を与え、さらには変革してゆく言語と小説の可能性を象徴する視覚的イメージなのである。本書の第一章で考察したように、十七世紀オランダ絵画はまず正確な描写を第一義とする点で、科学と融合した芸術形態としてエリオットの重要な規範になったと思われるが、この『アダム・ビード』において、彼女はその規範についての考えを深め、芸術論を確立している。

さて、エリオットが言語と小説の可能性を象徴するイメージとして十七世紀オランダ絵画を用いたことは、当時のイギリスにおける芸術観とも深い関りがある。語り手はオランダ絵画を「高潔な精神を持つ人々が軽蔑する」（二二三）絵画としているが、イギリスでは十八世紀からオランダ絵画の写実性に対して根強い偏見が存在していた。一七六八年に創設されたロイヤル・アカデミーの初代院長としてイギリス絵画の伝統を確立したジョシュア・レノルズが、絵画を「偉大な画派」と「低級な画派」に分類し、前者を代表するのがイタリア絵画、後者を代表するのがオランダ絵画だとの考えを浸透させたからである。[8] そしてこのレノルズのカテゴリー化に異議申立てを行ったのが、ヴィクトリア朝美学の主導者、ラスキンの『近代画家論』第三巻（以下、特に巻数を示さない場合はこの第三巻を指す）であった。

ラスキンは『近代画家論』で、レノルズの考えを端的に示す次の箇所を『不精者』から引用している。レノルズの言葉はオランダ絵画への批判から始まっている。

もし画家の卓越さがこの種の模倣だけにあるとするなら、絵画はその地位を失い、もはやリベラル・アートでもなく、詩の姉妹芸術でもなくなるに違いない。こうした模倣は単に機械的なもので、それに一番成功するのはいつでも最も愚鈍な知性である。なぜなら天才画家には、知性と無縁の骨折り仕事に身を落とすことなどできないからである。それに、想像力に対する力以外に、絵画が詩との類縁関係を主張できる根拠があるだろうか。この力に天才画家は自己を集中させるのである。こうした意味において彼は自然を研究し、最も狭い意味でいう不自然なるものによって自己の目的に到達する場合がしばしばある……。

イタリア絵画は不変なもの、すなわち普遍的な自然に不動に内在する偉大で普遍的な観念を描き出すことだけに精力を注ぐ。それに反して、オランダ絵画は字義通りの真実と、偶然変更を加えられた自然とも言えるものの細部を緻密、正確に描き出すことに精力を注ぐのである。こうした取るに足らぬ特性に注目することから、オランダ絵画の非常に賞賛される迫真性は生まれるのだが、この種のものは、もし我々がそれを美だと考えるとしても、間違いなく劣った美であり、優れた種類の美に取って代わられるべきものである。なぜなら、一方は他方から離脱することなしには獲得され得ないからである。[9]（傍点は筆者）

レノルズはオランダ絵画の写実性を「機械的な」模倣とみなし、イタリア絵画こそがその「想像力に対する力」によって詩の姉妹芸術だと主張し得ると考え、その力を発揮するためには写実性を犠牲にすることもやむを得ないとした。これに対してラスキンは、レノルズの言葉に彼自身の意図を読みこむことによって、つまりバフチン流に言えば他者の言葉の獲得を通して、反駁を試みる。レノルズがオランダ絵画を非難する言葉、「一番成功するのはいつでも最も愚鈍な知性（the slowest intellect）である」に着眼し、この'the slowest intellect'は「最も愚鈍なもの」（the weakest）の意味であるはずはなく、画家がオランダ絵画の様式で成功するのに必要な「非常に慎重で持続力のある精神の特性」（qualities of mind eminently deliberate and sustained）だと意識的に読み替えるのである。さらに、オランダ絵画をレノルズが「字義通りの真実」や「偶然変更を加えられた自然とも言えるものの細部を緻密、正確に描き出すこと」に注目する「歴史」だとみなし、イタリア絵画を「不変なもの」のみに注意を向ける「詩」だとみなしていると解釈した上で、ラスキンはバイロンの詩を例にとって詩的陳述と歴史的陳述の違いを検証する。すなわち、詩的な陳述は細部描写の省略によってではなく、むしろ付加によって歴史的陳述と区別され、しかも詩的陳述の力は「不変なもの」のみに傾注することにあるのではなく、「特殊で個別なもの」にあることを示し、レノルズのように「不変なもの」だけに傾注するイタリア絵画を詩的だとする理論は矛盾するものだ、とラスキンは批判する。[10] このように厳密なテクスト分析によって論敵の理論の矛盾を露呈させる論法は、エリオットの「福音主義の教え――カミング博士」における論法を想起させるものであり、エリオットが『近代画家論』に強く惹かれた一因でもあるだろう。

このラスキンの著作によってレノルズの理論を読んだエリオットは、レノルズがイタリア絵画の優越性として挙げた「想像力に対する力」が彼の非難するオランダ絵画のみならず、小説言語にも存在すると考えた。そして同時に、レノルズがやはりイタリア絵画の優越性として挙げた「偉大で普遍的な観念」のみを称揚する危険性をも察知したに違いない。『アダム・ビード』の語り手は、読者のレノルズ的な反応、すなわちオランダ絵画は「低級な細部描写」、「下賤な人生の局面」(二二三)を描くものといった非難を予期し、それに抗してオランダ絵画の美を主張する。しかし、レノルズが賞賛する種類の絵画(「天使」や「聖母」を描いた絵画)を否定してはいない。そういった絵が持つ美とは異なるオランダ絵画の美を、レノルズが言うように「劣った美」としてではなく、同等に価値のある美として評価するよう訴えるのである。平凡な人々の存在を無視すれば、「極端な世にのみ通用する高邁な理論を形成することになる」(二二四)点を危惧し、それ故にこそ平凡なものを忠実に描き、しかもその美を観る者/読者に実感させる芸術の意義を主張する。ここにもエリオットのバランス感覚を窺うことができる。

ラスキンの『近代画家論』第三巻が出版されたのが一八五六年初めで、エリオットは二月にはこれを読み、サラ・ヘネルへの手紙において、最近の書物の中で「最もすぐれた記述」を見出せると、この作品に言及している。[11] その後、四月に『近代画家論』の書評を発表、小説執筆を決意した時期の六月に「ドイツ生活の博物誌」を書いた。この頃には『近代画家論』第三巻と第四巻に言及して、ラスキンを「生存する最も優れた作家」だと賞賛している。[12]『近代画家論』の書評、評論「ドイツ生活の博物誌」、そして『アダム・ビード』第十七章と読み進めていくと、エリオットがラスキンとヴィルヘルム・ハインリッヒ・フォン・リールの思想を吸収しつつ自己の芸術論を確立していった過程を手にとるように見る思いがする。書評は『近代画家論』の内容の要約が大半を占めているが、彼女のリアリズム論とラスキンへの傾倒を示す点で重要であり、「ドイツ生活の博物誌」への布石となっている。前者においては主としてラスキンの言葉を用いて表現したものを、後者では自分の言葉に言い換え、リールの著作を実例として、言語と歴史の発展を視野に入れた芸術論を展開したのである。すでに「ドイツ生活の博物誌」において、レノルズがイタリア絵画の卓越性とした「想像力に対する力」を、エリオットが言語の重要な特性として記している点も見逃せない。[13] ラスキンは、芸術の批評家は光学、地質学、植物学、解剖学についてある程度の知識を持ち、全ての優れた芸術家の作品とその時代を熟知し、且つまずまずの形而上学者、そして自然現象の注意深い観察者でなければならないと考えた。[14] 科学と融合した芸術形態としての十七世紀オランダ絵画に自らの小説の規範を見出し、哲学や歴史にも深い関心を抱いていたエリオットがラスキンの著作、とりわけ絵画と詩を比較しながら「芸術の偉大さ」が何であるかを探究した『近代画家論』から多くを学んだことは想像に難くない。

イタリア絵画を「偉大」、オランダ絵画を「低級」に分類するレノルズに異議を唱える点で、エリオットがラスキンと立場を同じくするとすれば、『アダム・ビード』第十七章における芸術論の内容もその展開方法もラスキンに負うところが大きい。『アダム・ビード』の語り手がまず読者の反応を予測した上で、それに反論する形で自説を展開する手法は『近代画家論』に頻繁に観察される手法である。[15] また、語り手が「虚偽は実にたやすく、真実は極めて困難である」(二二二)ことの実例として挙げる怪獣グリュプスも、ラスキンが「虚偽のグロテスク」と「真のグロテスク」を区別するための実例として詳細に論じている。[16]

そして、絵を描くことと書くことの共通性、イメージ創造の重要性とイメージが喚起する道徳的効果を強調する点も『近代画家論』と共有されている。ラスキンは先に見たようにイタリア絵画を詩的だとみなすレノルズの理論の矛盾を指摘した後、さらに「詩とは何であるか」についての探究を進める。ラスキンによれば、詩とは「崇高な感情を引き起こす崇高な理由を想像力によって示唆すること」である。この「崇高な感情」とは「愛、尊敬、賞賛、喜び」や「憎しみ、憤り(あるいは軽蔑)、恐怖、悲しみ」を意味し、これらの感情が多様に組み合わさって、「崇高な理由」によって感じられるとき「詩的な感情」となる。[17]「崇高な理由」によって喚起されることが「詩的な感情」であるための必須条件であり、エリオットの言う「共感」と同様、道徳的色彩の非常に濃いものであることがわかる。

ラスキンはこの「詩的な感情」と「詩」を区別する。例えば、花が咲くのを愛でる気持ちは「詩的な感情」だが、「詩」ではない。「詩」が存在するためにはこれらの感情の根拠が「想像力」によって与えられなければならない。従って、「想像力の助けによって、これらの感情を引き起こすイメージを結集させる力」こそが詩人の力であり、「詩」の力は「想像力の豊かさ」と「連携して最大の効果をもたらすイメージの選択」にかかっている、と彼は主張する。[18] ここで注目したいのは、詩におけるイメージの重要性と、イメージが引き起こす効果が強調されている点である。

続いて、ラスキンは詩の細部描写が「詩的」であるのは「繊細」だからではなく、「感動的な結果」をもたらすからだ、と詩の効果を再び強調した上で、これを根拠に、絵画の分類についての彼自身の結論を導き出す。詩と同様、絵画はそれが表象する細部描写の「種類」によってではなく、その「用い方」、すなわち崇高な感情を喚起する効果を発揮しているか否かによって、「偉大」か「低級」かを決定されるべきだ、と。[19] さらに、彼は絵画と書くこと（話すこと）、そして詩との関係について、「絵を描くことを話すことや書くことと対峙させるのは適切だが、詩に対峙させるのは適切ではない。絵を描くことも話すことも表現手段である。詩は両者を最も崇高な目的のために用いることである」[20] と述べる。このように絵を描くことと書くことの共通性を認識し、それらが創造するイメージが喚起する「崇高な感情」という効果、つまり芸術がもたらす影響力を重視する態度は、先に見たように『アダム・ビード』にも明確に現れている。

さて、エリオットのリアリズムがアイディアリズム（idealism）を否定することなく、むしろそれを含み持つことはこれまでも指摘されてきたが、[21] エリオットのリアリズムは、ラスキンが『近代画家論』で示した「自然主義的アイディアリズム」に最も近いと言えるのではないか。ラスキンは「理想」を「偽りの理想」と「真の理想」に大別し、さらに前者を「宗教的」と「世俗的」理想に分け、後者の「真の理想」を「純粋主義的」、「自然主義的」と「グロテスクな」理想に三分類する。エリオットは書評において、ラスキンの言葉をほとんどそのまま用いて「自然主義的理想」を追求する「自然主義的アイディアリズム」を次のように説明している。

自然主義的アイディアリズムは……それが見る全てのものの弱点、過失、不正を容認し、それらが崇高な全体を形成すべく配置、(調和)させる。その崇高な全体の中では、各部分の不完全さは無害であるばかりか、絶対的に不可欠なものであり、それでなお各部分の美質は余すところなく表現されるのである。[22] (括弧に入れた「調和」(and harmonizes)はラスキンの原文にはあるが、エリオットの書評では省略されている)

ラスキンはこの自然主義的アイディアリズムを「忠実なアイディアリズム」とも言い、これを理想主義的絵画の中で最も重要で高尚なものだとみなしている。[23] 現実をありのままに捉えて人間の弱点や悪をも受け入れ、それらを調和させて形成された「崇高な全体」、不完全さをむしろ不可欠なものとし、善は余すところなく表現するこの「崇高な全体」こそ、エリオットにとっての理想的な小説となる。部分と全体の調和という点では、彼女の小説に対してしばしば用いられる「織物」(web)の比喩を連想させる。[24]「織物」の比喩が有機的構造に重点を置いているとすれば、「崇高な全体」は作家の創作態度と読者に与える効果を含んだ道徳的側面を強調するものだと言えるだろう。

さらに、ラスキンは言語とイメージの関りについて、またイメージをめぐるエリオットの想像力の動きとも言うべきものについて読者が理解を深めるために重要な手がかりを提供してくれる。彼はエドマンド・スペンサーの詩を用いて、イメージの効果を論じる。例えば、「嫉妬」を表現する場合、「非象徴的な言語」や「比喩的言語」では十分に表象できないが、スペンサーは心の中に忍び込んだ蛇という「一つのイメージ」の創造によって、嫉妬がいかなるものかを読者が「十分に感じ、それを見、決して忘れない」よう表象してみせる、という。[25] この修辞装置としてのイメージの有効性を、エリオットは小説において積極的に、巧みに利用する。『牧師生活の諸景』においても情景の絵画的描写が他のイメージと関連し合って、語りのストラテジーとして機能していることを考察したが、後述するように、『アダム・ビード』では多くの絵画的描写が、様々な読みを可能にする、あるいは要求する寓意画の様相を帯び、意味の生成に重要な機能を果たしている。

では、芸術家はいかにイメージを獲得し、創造するのだろうか。「自然主義的アイディアリズム」を実現した作品は「画家あるいは作家が見た何かを率直に語る物語」だとしながら、ラスキンは、偉大な芸術家は実際に描く前に自分が描くものを精神の目によって、あるいは有形の事実として「見る」ことを強調する。想像力の精髄は「心底を見抜くこと」である。従って、想像力に富んだ人間の場合は精神の目で見ることの方が多いが、いずれにせよ、「ヴィジョン」すなわち「場面、人物、あるいは出来事全体」が眼前に浮かび、そのヴィジョンに要求されて、芸術家はそれを「全く変更することなく」絵に描くか、あるいは言語で書き留めるのである。[26] 浮かび出た直観的ヴィジョン（視覚的イメージと言い換えることもできるだろう）を書き留めるという、この芸術家の創造の過程は、まず視覚的イメージから言語へと向かうエリオットの想像力の動きを言い得ているように思われる。

『アダム・ビード』執筆に際して、エリオットはメソジストの説教師だった叔母が、自分の子供を殺害した罪で死刑に処せられる女性をその直前に回心させた経験を物語の核に据えようと決心していた。エリオットはこの作品全体をほとんど訂正することなく書き上げたが、特にヘティの孤独な旅の部分は一気に書き上げて全く訂正しなかったという。[27] 牢獄でヘティとダイナが抱き合う姿――「ダイナが話している間に、ヘティはゆっくりと立ち上がり、一歩前に進み、ダイナの腕に抱かれた。」（四九三）――というイメージに向かって他のイメージが創造され、物語が展開される。また、『フロス河の水車場』は最後の洪水のイメージを念頭におきながら書き進められたし、[28]『スペインのジプシー』（一八六八年）と『ダニエル・デロンダ』はティツィアーノの『受胎告知』にインスピレーションを得て書かれた。[29]『ロモラ』では現在だけでなく未来をも洞察して、そのヴィジョンを絵画に表象する画家、ピエロ・ディ・コジモを創造し、さらに『ミドルマーチ』のローマの廃墟はドロシアの心象風景であるだけでなく、歴史の流れや作品の読みの可能性を象徴する視覚的イメージでもある。[30] エリオットの視覚的イメージの獲得は必ずしもいつも、ラスキンが言うような直観的ものではなかったと思われるが、彼女の想像力はイメージから言語へ、また言語からイメージへと、言語とイメージの間を絶えず往復しながら、イメージとその意味を増殖させ、象徴としての、あるいは修辞装置としての視覚的イメージを創造するのである。

J・ヒリス・ミラーも、エリオットのリアリズムが読者への効果を重視する点に着目した。彼は『アダム・ビード』（第十七章）が示すリアリズム理論を「プロテスタント倫理の言語を色濃く帯びた経済理論」だとみなす。つまり、小説家は物事を自身の心の鏡に忠実に映し出すだけでなく、いわゆる「利子」あるいは「価値」を付加してその映し出された像を写実主義小説という表象形態に「還元する」義務を有するのであり、この過程をミラーは「迂回と還元の経路」と呼ぶ。[31] この「迂回と還元」は、エリオットのイメージに関しても有用な考え方であろう。イメージはそれが引き起こす様々な連想によってその意味を増殖させ、一見読者を物語から遠ざけ、迂回させるようでありながら、読者の内的対話を促し、その思考を発展させることで効果を還元するのである。

さらに、ミラーは、エリオットの理想とする小説言語が比喩によってしか示され得ない、と述べ、語り手が読者に伝える、年老いたアダム・ビードとの比喩に満ちた会話を例に挙げる。[32] そこではまず、アダムによるアーウィン牧師とライド牧師の説教の比較によって物語を書くこと（語ること）の規範が示唆される。アーウィン牧師が「短い道徳的な教訓」（二二七）を与え、それを自ら実行することで人々を導いたのに対して、「観念」や「主義」を詰め込んだライド牧師の説教は教区民に正しい行為をさせたり、隣人を愛させたりすることはできなかったという。つまり、肝要なのは行為を引き起こすという効果なのである。それは自己の宗教観を語るアダムの次のような言葉の中でも強調される。

……宗教は観念とは何か違うものです。人に正しいことをさせるのは、観念ではなくて、感情です。宗教が持つ観念は数学と同じようなものです――人は火の傍にすわってパイプをふかしながら頭の中ですぐに問題を解くことができるかもしれません。しかし、機械や建物を作らねばならんとなると、意志と決意を持って、自分の安楽以外のものを愛さねばならんのです。（二二六）

……私は若いころからかなりはっきりと、宗教は教義や観念ではないとわかっていました。教義というのは感情に名前をつけるようなものです。それでその感情を経験したことがなくても話はできるわけで、ちょうどある道具を見たことがなくても、まして使ったことがなくても、名前さえ知っていればそれについて話せるのと同じことです。（二二七―二二八）

ミラーが指摘するように、このアダムの宗教観を理想的な小説言語の比喩として読むことは可能であろう。

理想的な小説言語は、宗教の教義や数学の抽象的な計算、道具に名前をつけることに対応するものではなく、それらの道具を用いて何かをすること、すなわち「行為の遂行」に対応する言語なのである。[33] ミラーが、写実的な語りは「比喩的な言語」、厳密に言えば他の領域から用語を借用する「混喩」(catachresis) に依存せざるを得ず、こうした言語だけが感情や意志を生み出せる、[34] とまで断言するのは極論だと言わざるを得ないが、エリオットにとっての比喩的言語の重要性を指摘している点で彼の論は興味深い。

上記引用文において、アダムが大工仕事との類似性によって、また、実体を知らずとも語れる宗教の観念との差異によって明らかにしようとする宗教的感情は、実は理想的な言語、ひいては理想的な小説が喚起すべき効果そのものでもある。従って、ここでの宗教的感情は、理想的な言語と小説の両方を表す一種の比喩となっている。『牧師生活の諸景』では、バートン、カテリーナ、およびトライアンを通して、観念と感情の乖離から生じる悲劇が描かれていた。登場人物のみならず読者にとっても観念と感情とが一致する瞬間を創造し、読者を変革することがエリオットの小説の目的である。彼女は『アダム・ビード』の語り手が述べるように、「我々の感情は、その最高の瞬間には表現から沈黙へと移りゆく」(八一) ことを認識していた。それでもなお、否、それだからこそ感情の最高の瞬間を創出し、その瞬間を読者と共有すべく、言語の限界まで語ろうとするのである。様々に駆使される視覚的イメージと比喩は、読者の感覚と思考を最大限に拡大させる試みに他ならない。それは同時にエリオット自身の感覚と思考の拡大でもあったであろう。

2　語る女性たち

『牧師生活の諸景』では、言葉と人格の相関関係から言葉の力、意味の不確定性、言語表現の限界に至るまで、言語の問題がいくつか取り上げられていたが、これらはいずれも『アダム・ビード』において、より明確な形で現れる。それをダイナ、ヘティ、および彼女たちの叔母であるポイザー夫人を通して見てみよう。語り手が言語と物語について意識的であることに加え、この三人の女性たちを通して語ることがテーマ化され、この作品は「語ることについての物語」[35]とも言える。この「語ることについての物語」において、イメージが修辞装置としてどのような機能を果たしているかも考察したい。

メソジストの説教師ダイナは、語ることを社会的に認められた立場にあり、説教、つまり彼女自身が語る物語の創造者である。貧しい人々や放浪者の魂の救済を己の使命だと信じる彼女にとって、説教は神の言葉を伝えることに他ならない。彼女の説教は聖書の様々な箇所からの引用とイメージ、および彼女自身の体験から構成される「誠実な即興」であり、その雄弁さと、「語る人の内的な感情のドラマ」(七六)の魅力によって人々を引きつける。

また、ダイナには人々の心を開かせる術がある。「いつ黙っており、いつ口を開くべきかが、常に自分に示された」(一五八)と彼女自身が言うように、直感的に他者の心に触れる方法を選択できるのである。だから、彼女は夫を失って悲嘆にくれるリズベス・ビードの心も即座に捉えてしまう。

一方、ヘティは自分の心の内を語らないし、語る言葉も持たない。しかし、語る言葉を持たず、語る必要性さえ全く感じていなかったヘティが、そのエゴイズムと無知によって招いた悲劇の中で自分自身の言葉を獲得してゆき、彼女の言葉との格闘が弱者を踏み潰してしまう社会への批判ともなっていることに注目したい。[36]

ヘティにとっては、彼女の「美」が言葉に代わる力である。見る者に、子猫や赤ん坊に対するようなやさしい気持ちを抱かせる美しさであり、容姿の魅力を軽蔑するポイザー夫人でさえ、ヘティの魅力を認めずにはいられない。だが、実際は表面的な無邪気さによって見る者を欺き、支配する美である。ヘティは他者が自分に惹かれていることを意識しつつ、言葉ではなく、眼差しと仕草によって自分の美を行使し、相手の心を征服しようとする。アダムを愛してはいないのに、彼が自分の思いのままになることを喜び、彼に好意を寄せる他の女性に対する優越感を味わう。また、彼女が望んでいるのは他者とのコミュニケーションではなく、贅沢な生活を手に入れるという夢の実現だけである。アーサーでさえその夢を実現させる手段でしかなく、自分がつらい目にあうと直ちに彼に嫌悪感を抱く。従って、彼女は自分から語る必要がないし、語りたいという欲求もなかった。他者に語ることのない秘密の世界に生きることは、むしろ自己の虚栄心と優越感を満足させる術であった。

さて、ダイナの言葉についての認識は、語り手、ひいては作者エリオットに最も近いものと言えるだろう。ダイナは、言葉の力と同時にその限界をも知っている。彼女自身、言葉では十分表現できないもどかしさを感じ、物言えぬ動物も語れないでいる何かを持っていると信じる故に、彼らに対して不思議な同情心を覚えずにはいられない。この動物に対する同情は、実は労働者や貧しい人々に対する想いでもある。彼女にとって、労働者の非情な目は「空を見上げたことのない物言わぬ牡牛」(一三六)の目であるし、アーウィン牧師も農場労働者たちを「羊や馬のようにのろのろと人生を考えている」(一三七)人々だと言う。また、この物言わぬ動物と言えば、沈黙を守るヘティが語り手によって頻繁に子猫にたとえられることも思い起こさずにはいられない。こうした物言えぬ者たちの言葉を引き出すのが、ダイナの使命である。

しかし、ヘティの将来を案じるダイナの想いは、ヘティには容易に通じない。ヘティはダイナの優しさは感じながらも、将来の苦難を予言するダイナの言葉には不安と苛立ちを覚えるだけで、一層心を閉ざしてしまう。ヘティは、自分の望む情報を手に入れるため、そして秘密を隠すためだけに言葉の効果を計算して語る。アダムからアーサーのことを聞き出し、また、叔父夫婦を欺いて地主の跡取りであるアーサーとの情事を隠すために、アダムに好意的な態度を示すのである。そして、アダムに身分の違うアーサーとは絶対に結婚できないと言われたとき、彼女は自分の感情を隠す決意を新たにする。

このようにヘティに沈黙させるものは何か。それは彼女が属する階級の厳格な道徳観と階級意識である。物語の前半ではこれに抵抗して、後半ではまさにこの価値観に支えられて、彼女は沈黙の世界に沈んでゆく。労働を尊び、借地人としての身分をわきまえる叔父夫婦との生活の中で、彼女は己の美によって階級の境界線を越えられると考えるが、正面切って叔父や叔母に反抗したりはしない。反抗によって生じる摩擦や苦痛には耐えられないからである。自分の虚栄心を秘密のうちに満たす、逃避的な形での抵抗である。だが、貧困を怠惰と悪徳の印とみなし、人の情けにすがることを最も恐れる「誇り高い階級」(四一八)のプライドを彼女も持っている。彼女の沈黙がやがて抵抗から恐怖と恥辱を隠すためのものへと変化し、ついには絶望に捕えられたとき、この階級意識から生まれたプライドが彼女を支えると同時に、より深い沈黙と孤独へと追い込んでゆくのである。

ヘティが沈黙を深める過程は、新たな感受性への目覚めと並行する。もはや妊娠を隠すことが不可能になってアーサーの助けを求めて旅に出たときは、不審に思われないよう嘘をつき、人通りのない道を選んで人目を避ける。その一方で、自己憐憫の気持ちが圧倒的に強くはあるが、アダムや叔父夫婦の愛情の大切さに気づき、また、無力な小犬に仲間としての共感を抱く。このように他者に対して心を閉ざそうとする力と、心を開こうとする力という、逆方向の力が彼女の心を大きく引き裂く。しかし、それでも彼女はこの葛藤をはっきりと言語化して分析することはなく、絶望の中でただ家に帰りたいという欲求だけがしだいに膨らんでゆく。

アーサーの所属する市民軍がすでにアイルランドへ出発したことを知って絶望し、自殺しようと考えつつさまよい続けるヘティについて、語り手が次のように語る。

彼女は放浪を続け、絶望が減じて自分に勇気を与えてくれるのを待たねばならなかった。おそらく死がやってくるだろう。その日の疲労にしだいに耐えられなくなってきたからである。しかし、——我々の魂はなんとも奇妙なもので、潜在する欲望によって、まさに我々が恐れる結末へと引きつけられるのだ——ヘティは再びノートンから出発したとき、ストーニーシャー州に向かう北へのまっすぐな道を尋ね、一日中その道を歩み続けた。

(四三五)

ヘティの「潜在する欲求」とは、救いへの欲求であろう。ダイナのもとへ行くという考えを、他の人々に知られて恥辱につながるという理由で否定した直後に、ヘティはダイナの住むストーニーシャー州に向かっている。これまで他者に何かを頼んだり告白することを軽蔑すらして拒絶してきた彼女が、初めて心から他者にすがり、救いを求めたのである。

嬰児殺しで死罪を宣告され、牢獄でダイナと再会したとき、ヘティは再び語ることを拒否して、「暗い深淵」(四九三)に沈みこんでいた。だが、以前の彼女とは違う。プライドを捨て、ダイナに告白し始めたとき、初めてヘティは言葉と格闘する。途切れがちに、しかし必死に自己を語り、罪を認めることで、ようやく彼女は自分自身の言葉を獲得し、自己認識に到達する。彼女の言葉も自己認識も決して十分なものではないが、その告白には彼女の大きな変化が窺える。彼女は赤ん坊を「首にかかった重い荷物」(四九九)のように感じ、衝動的に穴の中に埋めたが完全には果たせず、誰かが助けてくれることを望んでいた。それに、赤ん坊の泣き声が彼女にとりついて、結局彼女を赤ん坊のもとに戻らせたのだった。その時の心境を、彼女は次のように語る。

とても朝が早かったので誰にも会わず、森の中に入っていったの……その場所への道はわかっていたわ……ハシバミの木を背にしたその場所……一歩進むたびに赤ん坊の泣き声が聞こえて……生きていると思ったわ……怖かったのか、嬉しかったのかわからない……自分がどう感じたのかわからないのよ。わかっているのは、森の中にいたことと、泣き声が聞こえたことだけ。赤ん坊がいなくなっているのに気づくまでどう感じたのか、わからないの。赤ん坊をそこに置いたときには、だれかが見つけて死なないよう救ってほしいと思ったわ。だけど、いなくなっていると知ったときには、恐怖で石のようになってしまったわ。動こうなんて全然思わなかったし、力がなくなっていた。逃げ出せないのはわかっていたし、人が私を見たら赤ん坊のことがわかってしまうでしょう。心が石のようになったの。何かを求めたり、手に入れようとすることもできなかった。永遠にそこにいて、何も

変わらないかのように感じたの。でも、みんなが来て私を連れて行ったわ。(五〇〇)

赤ん坊が助かることを願い、赤ん坊の声によってヘティは戻った。赤ん坊が生きていると信じて戻っているときの気持ちを、彼女自身理解できなかった。だが、「怖かったのか、嬉しかったのかわからない」という言葉が、少なくとも喜びらしきものを感じたことを物語る。このヘティの行動と心理は、はっきりと母性本能とは言えないまでも、それに近いもの、また命に対する畏れ、無力な者を捨てたことに対する罪の意識が彼女に芽生えたことを示しており、これらは孤独な旅での試練によって生じた感受性の延長線上にあると考えられる。そして、これらこそ、ヘティの告白が示唆する、彼女の言語化以前の意識ではないだろうか。赤ん坊の姿がないのに気づいて「心が石のようになった」と感じ、「永遠にそこにいて、何も変わらないかのように」思ったのは、彼女がその瞬間と場所に永遠に囚われてしまったことを意味するだろう。苦難の中で生まれた人間らしい感情と罪の意識の故である。このことを裏づけるかのように、全てを告白した後、ヘティは神が赤ん坊の泣き声と森の場所を忘れさせてくれることだけを願う。かつてポイザー夫人に「心が小石のように固い」(二〇二)と言われたヘティだが、自分の心を自ら石のようだと認識できるほどに精神的成長を遂げたのである。

このようなヘティの悲劇は、社会的側面も持っている。レイモンド・ウィリアムズが指摘するように、アーサーがヘティを堕落させ破滅に至らせたことは、彼がアダムを森の管理人に取り立てようとしたことと同様、他人を都合よく利用する精神から生まれたものであり、それは個人の性格の一面であると同時に、特定の社会的、経済的な関係を示す一面でもある。[37] 従って、アーサーとヘティの関係は地主階級による労働者階級の搾取とも読める。ただし、ヘティにはそういった社会的な意識はない。絶望感に打ちのめされてアーサーを呪ったときも、彼女の想いはあくまで個人的な感情である。彼女は自分の快楽と苦悩を基準にしてしか物事を判断できず、同じ罪を犯しても地位ある男性ならばその結果の影響をさほど受けないという、社会の二重基準を社会の矛盾として明確には意識していない。二重基準に対する批判はヘティではなく、アダムによって代弁される（四五四）。ヘティの物語はそのエゴイズム、無知、および社会意識の欠如の故に破滅への道をたどった女性の悲劇であり、それは彼女自身が意識しないレヴェルで社会批判となっている。社会の矛盾をはっきりと意識し、それに抵抗を試みる女性の出現は次作『フロス河の水車場』を待たねばならない。

これまで見てきたように、ダイナは言葉の力によって人々を助け、ヘティは苛酷な試練を通してようやく自分の言葉を獲得した。言葉に関してだけでなく、すでに指摘されてきたように、二人の対照性が作品全体を通してしばしば強調される。その最たる例は、秘密の中で生きるヘティの「自己陶酔する美しさ」と、世の中の苦悩を分かち合いたいと考えるダイナの「開放的な視線」（一八七）である。ヘティは部屋の中で鏡を見つめながら「貴婦人の絵」（一九五）を真似て装身具を身につけ、夢想に浸るのに対して、ダイナは戸外の牧草地を見渡して自分と関りのあった人々に想いをはせる。しかし、二人の対照性に潜む同質性を示唆するイメージが存在する。それは水のイメージである。初めてアーサーに会って間もなくの頃、ヘティは次のように自分の空想の世界に浸りきっていた。

……この数週間、新しい力が彼女に影響を及ぼしていた——漠然とした、大気のようなもので、自ら認めた希望や予想といった形をとらず、心地よい催眠性の効果を生じ、彼女に責任や努力を意識させることなく、一種の夢の中で大地を踏ませたり、仕事に励ませ、全てのものを柔らかい、液体のヴェールを通して見させていた。まるで、煉瓦や石ころでできた固いこの世に住んでいるのではなく、太陽が水中で我々に照らし出すような幸福の世界に住んでいるかのようだった。(一四四)

一方、ダイナは、神を思い、神から与えられる喜びをアーウィン牧師に次のように語る。

大きな影響を受けていないときには、じっと座ってひとりでいることに浸りすぎるのです。神への思いが私の魂にあふれたまま一日中でも座っていられそうです——ちょうど小石がずっとウィロー・ブルックの水に洗われているようにです。それは、思いというものがとても偉大だからではないでしょうか。思いは深い流れのごとく私たちにのしかかっているように感じられます。そして、自分の居場所も、自分の周りのものも全て忘れてしまい、言葉では全く言い表せないので説明ができない思いに没頭するのが私の陥りやすい罪なのです。(一三五)

上記二つの引用文を比較してみよう。ヘティに関する描写は、彼女が自分の心を言語化して認識することなく、ただ感覚的に夢想している様子を示して、「催眠性の効果」、「柔らかい、液体のヴェール」、「太陽が水中で我々に照らし出すような幸福の世界」といった言葉が、彼女の現実世界からの遊離、ひいては現実と夢想の逆転を強調する。特に、「ヴェール」は彼女の秘密の存在も暗示する。彼女は後に「妖精たちが頻繁に出没しそうな森」(一七五)でアーサーとの再会を期待し、「今にも水の世界の不思議な広間に連れていってくれるかもしれない水の神に求愛されているかのように」（一八一）漠然と未来を想像する。ヘティの夢想の世界は、自由奔放で官能的な神々の神話の世界を想起させる水のイメージで描かれている。

それに対して、ダイナは厳格な倫理観に基づくキリスト教世界の水のイメージと結びつく。彼女は神への思いに浸る自己を「水に洗われる小石」にたとえている。ガストン・バシュラールは「詩篇」の次の一節に、潅水の観念が実在《レアリテ》として現れている、と指摘する――「汝はヒソプもて我に潅ぎ給い、かくて我は清められん。汝は我を洗い給い、かくて我は雪よりも白くならん」（五十一章九節）。ヘブライ人の言うヒソプとは彼らが知り得る限りの最も小さな花で、おそらく潅水刷毛として使われた海綿だという。水はその内的な力によって人間の内的存在を浄化し、罪ある魂に雪の白さを再び与え得る、すなわち、肉体的に水を潅がれた者は倫理的に洗われているのだ、とバシュラールは述べる。[38] ダイナが用いる「水に洗われる小石」の比喩はこの潅水を連想させ、彼女が信仰による魂の浄化を体験していることを示唆する。ヘティは欲望が紡ぎ出す夢想の世界に、ダイナはそれとは対照的な、極度に禁欲的な信仰の世界に生きているが、自己の瞑想に没入する点では二人の状態は通底している。ダイナは自分の居場所も、周囲のものも全て忘れて自己の思いに夢中になってしまう。それを自覚している点はヘティと異なるが、ダイナも現実から遊離してしまう危険性を孕んでいるのである。ここで二人と結びつく水のイメージは、それぞれ神話世界とキリスト教世界を連想させながら、両者の異質性と同質性を同時に伝える機能を果たしている。

では、この二人とポイザー夫人を比較してみるとどうだろうか。現実にしっかりと根を下ろしているという点では、ポイザー夫人はダイナやヘティと対照的だが、極端に走りやすい傾向は彼女たちと共通している。全てが輝くほど磨き上げられたホール農場の台所は、ポイザー夫人の実際的な精神と家事能力を象徴すると同時に、彼女の度を越しやすい性質を示唆する。彼女のきれい好きは、例えば、雨の日に靴の泥でわずかに床が汚れても大騒ぎするほどである。また、言葉に関しては、彼女は過信していると言ってよい。「私は何か言いたいと思うときには、たいていの場合それを表す言葉が見つかるのです」（三一五）と公言してはばからず、いったん話し始めると自制心がきかなくなり、紳士階級の人々への敬意すら忘れてしまう。この彼女の言葉に対する自信は、その鋭い洞察力と正義感に裏打ちされてはいる。ヘティの美に隠された道徳的欠陥を最初に見抜くのはポイザー夫人であるし、弱者からの搾取を目論む地主には真っ向から抗議する。アーウィン牧師も彼女の鋭さ、機転、話の独創性を認めずにはいられない。また、彼女はヘティの罪を知ったときには、夫ほど厳しい態度を見せない寛容性も持ち合わせている。だが、彼女の言葉は勢いに乗って度を越してしまうので、夫を亡くしたリズベスを慰めるつもりの言葉は、慰めよりも痛烈な諭しとなり、正義感から発した地主への抗議も、階級制度を基盤とする社会では自らを窮地に追い込む結果になるのである。私たちはポイザー夫人に言葉の力と同時に、言葉が独り歩きしてしまう危険性を見ることができよう。

　このように、『アダム・ビード』ではダイナとヘティ、およびポイザー夫人を通して言葉の力の可能性と限界および危険性、また、言葉と自己認識の密接な関係が示されていることを知る。言語に関してのみならず、その性質においても対照的と言える三人の女性は、実は極端に走る傾向という同質性を有していた。ダイナは極端なまでに自己を抑制して他者のために生きようとし、ヘティは自己の欲望のままに生きようとし、ポイザー夫人は自己の能力を過信する。彼女たちの語り方と生き方が訴えるものは、自己抑制と欲望、自信と謙虚さのバランスの必要性と言えるだろう。

＊

次に、三人の女性たちをめぐる物語において、修辞装置として多様な効果をあげているイメージに注目してみよう。ポイザー夫人とダイナが初めて一緒に登場する場面で、二人は聖書に登場する姉妹、マルタとマリアにたとえられる。

彼女［ポイザー夫人］と姪のダイナとの血縁上の類似には、夫人の表情が鋭く、ダイナの表情は清らかで柔和であるという対照があって、画家にはマルタとマリアの絵を描くのに優れた暗示を与えたかもしれない。（一一八）

この「マルタとマリアの絵」は、血縁関係から生じた外見的な類似性に見出される対照性、つまり二人の性質の違いを示唆するイメージである。聖書でのマルタとマリアについてのエピソードを考えてみよう。イエスを家に迎えたとき、マルタはもてなしのために忙しく働いたが、マリアはイエスの足元に座ってその話に聞き入っていた。マルタがイエスにマリアにもてなしの手伝いをするよう言ってほしいと頼むと、イエスは「必要なことはただ一つだけである。マリアは良い方を選んだ。それを取り上げてはならない」[39]と答えた。マルタのように現実的なポイザー夫人に対して、ダイナはマリアのようにイエスの言葉に耳を傾け、信仰を第一義として生きようとする。引用したイエスの言葉を考えると、「マルタとマリアの絵」のイメージはダイナの信仰と精神性を称揚するものと解釈できる。

しかし、このイメージにやがて他のイメージが、ダイナの信仰と精神性は果たして本当に理想的なものなのかと疑問を投げかける。例えば、先に見た小川の水に洗われる小石のイメージは、ダイナの信仰による魂の浄化を連想させると同時に、ヘティとの同質性、すなわち自己の瞑想に没入して現実から遊離する危険性を示唆していた。

さらに、パロディ化されたダイナのイメージが彼女の極度の自己抑圧に疑問を呈する。ヘティが、装身具を好むことをアダムに咎められたとき、次のようにダイナを真似て変装し、彼と家族の者たちを驚かせる。

そのおてんば娘は叔母の黒いガウンを見つけ出し、ダイナのと同じように見せるために首の回りにきっちりと留め、髪はできるだけ平らにし、ダイナの山高の縁なしのネット・キャップをかぶっていた。このガウンや帽子が思い出させるダイナの青白く謹厳な顔と柔和なとび色の瞳が、ヘティの丸いばら色の頬とあだっぽい黒い瞳に代わっていたので、見る人を驚かせ、笑いを誘った。(二七三―七四)

だが、ポイザー夫人だけはこの突然の出現にひどく動揺し、その意味に私たちの注意を引きつける。ダイナの黒いマントと帽子は、その信仰と極度の自己抑圧の象徴である。ダイナとヘティを無理やり合体させたこの姿は、先に見た欲望と自制とのバランスの重要性を暗示すると共に、幾分アイロニーを交えて今後の二人の変化を予言する。[40] なぜなら、ここでのヘティの変装はダイナ的な価値観への無言の抵抗だが、すでに考察したように、彼女は後に試練を受けて変わることを余儀なくされ、彼女なりにダイナの精神に近づいてゆくからである。一方、ダイナはヘティの不幸を予感しながらそれを防ぐことはできないが、彼女の苦悩をわがものとし、その悲しみをアダムと共有することで、やがて彼への愛に目覚める。そして、自己を抑圧から解き放ち、アダムの妻として生きる人生を選び取る。このように、ヘティとダイナはそれぞれの極端な特質を和らげ、互いの特質を合わせ持つ方向へと変化を遂げる。それは、二人がポイザー夫人を感心させるほどの家事能力を身につけることでも示唆されるように、現実から遊離しがちな存在から、現実に根ざした存在への変化でもある。

「パロディ化されたダイナ」が予言した変化の実現は、牢獄でヘティとダイナがしっかりと抱き合う姿、さらに結婚後のダイナが家の戸口に佇む姿に象徴的に示される。ヘティの処刑が決定された日の夕方、独房の中で二人は初めて心から互いを求め合う。

ダイナが話している間に、ヘティはゆっくりと立ち上がり、一歩前に進み、ダイナの腕に抱かれた。

長い間二人はそのまま立っていた。二人とも再び離れたいという衝動を全く感じなかったからである……。立っているうちに光はしだいに薄れ、ついに二人が藁の上に腰をおろしたときには、二人の顔は区別がはっきりしなくなっていた。（四九三）

ヘティが心を開いたことは、彼女自身だけでなく、ダイナにとっても重大な意味を持つ。ヘティに残された唯一の希望は罪の告白によって魂の救いを得ることという状況で、ダイナは己の力と同時に無力さを感じ、そして、何よりもヘティを救いたいという「姉」（四九三）としての欲求に心を揺さぶられたに違いない。私的な喜びや欲求は「世俗的な幸福」（五二七）として放棄してきた彼女が、このときほど身内としての私的な感情に捕えられたことはないであろう。この体験を最初の契機として彼女は変わってゆくと言えるのではないだろうか。暗闇で区別できないほどになった二人の姿が、それぞれの性質の融合を暗示するイメージとなっている。

そして、物語のエピローグで私たちが目にするのは、質素な黒い服は以前と同じだが、黒い帽子の代わりに白い帽子をかぶり、「いっそう既婚婦人らしくなった姿に応じて、ほんの少しふっくらした」（五八一）やさしい青白い顔のダイナが戸口に佇み、アダムの帰りを待っている姿である。家の戸口に佇む女性は、十七世紀オランダ絵画に特徴的なモティーフであり、[41] それが物語の初めでやはり同じように家の戸口に佇む姿が描かれていた老婆とリズベス（五六、八三）と同様、ダイナが平凡な主婦として生きていることを強調する。ただし、ダイナに象徴されるのは、平凡ではあるが、受動的な生き方ではなく、積極的な意思と選択による生き方である。それは、女性説教師たちの悪影響を知るダイナが、女性に説教を禁じたメソジスト教会の決定に自ら従って「服従の手本」（五八三）を示したことにも現れている。ダイナとアダムの結婚は、これまでたびたび指摘されてきた唐突さと不自然さを完全に否定することはできないが、[42] ダイナが自己抑圧と欲求、自信と謙虚さのバランスを獲得したことの象徴としては理解できよう。

このように「マルタとマリアの絵」（宗教画）から「家の戸口に佇む女性」（十七世紀オランダ絵画）に至る一連のイメージがダイナとヘティ、およびポイザー夫人の性質とその変化を予示、あるいは象徴しながら物語が展開するが、ダイナ自身によるイメージの創造も見逃せない。彼女はヘイスロープで初めて説教をするとき（第二章）、聖書からの引用を駆使して、慈悲深い神と、その神に背を向ける者のイメージを喚起し、人々を信仰心に目覚めさせようとする。神の愛は十字架上のキリストに象徴され、神に背を向ける者は罪深き女性に象徴される。ダイナの説教は、「罪の重荷を負った哀れな女」（六八）が井戸に水を汲みに行ってイエスに出会う話、つまりサマリアの女のエピソード（「ヨハネによる福音書」四章五―三十節）への言及から始まり、十字架上のキリストの苦しみと愛（「ルカによる福音書」二十三章三十四節、「マタイによる福音書」二十七章四十六節）を訴えた後に、虚栄心に満ちたベシー・クラネッジへの厳しい戒めでクライマックスに至る。ダイナはベシーに向かって次のように言い、彼女を激しい恐怖に陥れる。

ああ！　目の見えぬ哀れな子よ！　……かつて神の僕《しもべ》の虚栄の日々に起こったのと同じように、それが起こったらどうなるかを考えてごらんなさい。彼女はレースの帽子のことを考え、それを買うためにお金を全部貯えました。どうしたら清い心と正しい精神が得られるかは全く考えず、他の娘より上等なレースを手に入れることだけを望みました。そしてある日、新しい帽子をかぶって鏡を見ると、茨の冠をかぶって血を流している顔が見えたのです。その顔が今あなたを見つめています……。ああ、そんな愚かなものは剝ぎ取り、人を刺す毒蛇だと思って捨ててしまいなさい。それはあなたを刺しています——あなたの魂を毒しています——あなたを底なしの暗い穴に引きずりこみ、そこであなたは永遠に、永遠に沈んでゆき、光と神からはるか遠く離れてしまうのです。（七五）

このダイナの説教は、彼女の信仰心と言葉の力を示すだけでなく、ヘティの、そして『アダム・ビード』全体の物語を予言する点でも重要である。さらに、ダイナが示した二つのイメージ、十字架上のキリストと「茨の冠をかぶって血を流している顔」のイメージが、この物語の読解に関する重要な問いを提出する。では、誰が十字架上のキリストなのか。「茨の冠をかぶって血を流している顔」が意味するものは何なのか。茨の冠が通常真っ先に連想させるのは、宗教画でも馴染み深い十字架上のキリストである。だが、罪深い女性が自己の姿を映し出す鏡の中に「茨の冠をかぶって血を流している顔」を見るとき、それは彼女の罪を背負って苦悩するキリスト像のみとは断定できないのではないか。物語の進行と共に、十字架、茨、鏡のイメージが増殖してゆく。

十字架、茨、鏡のイメージはしだいに沈黙するヘティと強く結びつき、彼女の心の変化と苦悩を物語る。例えば、語り手は、希望の漂う美しいロームシャー州と似た土地に立つ「大いなる苦悩の姿——十字架の苦悩」（四〇九）に言及して、アダムと婚約した後のヘティの隠された恐怖を示唆する。また、ダイナはヘティが「罪と悲しみの茨の藪」で「血を流し、涙を流しながら救いを求める」（二〇三）姿を想像し、その将来の試練を予想していた。そして、アーサーの助けを求めて孤独な旅に出発したヘティの「赤いマント」（四一〇）を着た姿は、ウィリアム・ワーズワスの「茨」（一七九八年）との連想で、[43] 彼女の苦しみと行く末を暗示する。この「茨」は恋人に捨てられて発狂し、しかもそのとき身ごもっていた赤ん坊を埋めて殺したらしい女性の悲惨な姿を描いた詩である。その女性マーサ・レイは、「池」のほとりの古い茨の傍にある「まるで嬰児の墓のような大きさ」の「苔むした大地の塚」の前で、日夜泣き叫んでいる。赤ん坊は生きて生まれたのか、死産だったのかも明らかでなく、ある者はマーサが赤ん坊を木につるしたと言い、ある者は「池」で溺れさせたと言うが、茨の傍にある塚の下に埋めたと言う点では皆の意見が一致している。この塚の前で悲嘆に暮れる「緋色のマント」[44] を着たマーサのイメージは、何度も池の傍で自殺を考え、逮捕された後も赤ん坊の存在を否定し続けるヘティの姿と重なり合う。

そして、鏡はヘティの心の内奥を映し出す。彼女が寝室でこっそり装身具をつけた自分の姿を鏡に映すとき、それは彼女のナルシスト的な性質を表すだけでなく、同じく自室で鏡を見つめながら思案するアーサーとの類似性も示唆することはこれまでも指摘されてきた。[45] それに加えて、絶望の中で彼女が捜し求める池も、鏡のイメージのヴァリエーションと言えそうだ。自殺を考えるヘティが目指す「暗い池」(四一一)は死の象徴となるが、彼女が池を見つめるとき、それは一種の鏡でもある。なぜなら自殺しようという意志の背後に潜む彼女の真の欲求、つまり何よりも強い生への渇望を映し出すからである。

このように十字架、茨、鏡のイメージがヘティと強く結びつく一方で、ダイナの信仰は人間の必要性に応えるという点でアーウィン牧師に認められる。また、ダイナ自身が物語半ばで、救世主の真の十字架は「この世の罪と悲しみ」(三七四)であり、それこそを人間は神と共有すべきなのだと悟る。つまり、共感による連帯である。従って、最初にダイナによって提示された十字架上のキリストと茨の冠をつけた顔は、二つの点でヘティだと言うことができるだろう。まず一つは、彼女自身が己の罪だけでなく、アーサーの罪をも背負って苦しんだ点であり、もう一つは、彼女の悲劇によって周囲の者たちの「共感の拡張」を引き起こし、彼らの絆を深めたという点である。『牧師生活の諸景』において、バートンが「生贄の小羊」として人々を結束させたのと同じ役割をヘティも果たしている。そして、ダイナの宗教は、トライアン牧師やクリーヴズ牧師の場合と同様、人道主義に基づくものである。こうして、『アダム・ビード』は前作にもまして積極的に、キリスト教の語彙とイメージを人道主義の観点から定義し直すのである。

これまで、語り手が真実を語ることの難しさを自ら認めつつも、理想的な言語と小説の象徴として十七世紀オランダ絵画を掲げ、様々なイメージを修辞装置として用いて「語ることについての物語」を展開する様を見てきた。語り手は言葉の力と共にその限界をも認識しているが、その言語観は総体的にはまだかなり楽観的である。言語の可能性に対する強い期待が、「天才の言葉はそれを促した思想よりも遥かに広い意味を持つ」(四〇〇)ことへの言及や、急速に接近するアダムとダイナの魂についての次のような言葉に表れている。

もしそうだとしたら［恋をしたことがおありなら］、二つの人間の魂をしだいに近づけてゆく些細な言葉やおずおずとした眼差し、ためらいがちな触れ合いを……取るに足らぬものだとは思われないでしょう。……このような些細な言葉や眼差し、触れ合いは人の魂の言葉の一部であり、最も美しい言葉というものは、主として「光」、「音」、「星」、「音楽」のような目立たぬ言葉から成っていると私は信じています。そうした言葉はそれ自体は「木切れ」や「おがくず」同然に見たり聞いたりする価値は大してない言葉であり、ただ言い得ないほどに偉大で美しいものの記号となっているにすぎないのです。（五三七）

「人の魂の言葉」であり、「言い得ないほどに偉大で美しいものの記号」としての言語への憧れと期待を原動力として、物語は生み出されてゆくと言えるだろう。

3　パストラルとしての考察

エリオットは、『アダム・ビード』の構想を「雌牛の息と干草の香りに充ちた、田舎の物語になるでしょう」[46]と出版者ブラックウッドに書き送った。実際この物語における四季の描写は、自然と共存する人々の生活リズムと同時に、人間の想いとは無関係に、無情に進行する時間の存在を読者に実感させずにはおかない。そして、人々の生活や内面の葛藤だけでなく、彼らを包括し、且つ彼らが形成してゆく田園生活のドラマが展開する。農民、職人、地主、牧師たちがそれぞれの階級意識と価値観を維持しながら形成するヘイスロープの地域社会は、階級の侵犯、つまり地主の後継ぎであるアーサーと農場の娘ヘティとの情事が引き起こした悲劇によって一時的に大きく動揺するが、やがてその秩序を回復する。

この作品は、一八五九年の出版以来、そのリアリズム、絵画的視覚性、およびパストラル的要素が人々の関心を引いてきたが、特に同時代の人々はリアリズムと絵画的視覚性を賞賛した。例えば、ブラックウッドは「真の自然描写」を見出し、一八五九年七月の『ベントリーズ・クォータリー・レヴュー』は、「『アダム・ビード』ほど純粋な田舎の生活をきっちりと忠実に描写した作品が我々の文学にあるかどうかわからない」と絶賛した。[47] ほぼ同時期、チャールズ・ディケンズもその真実性と技巧を賞賛する手紙をエリオットに送っている。[48] さらに、一八六六年、ヘンリー・ジェイムズはそれまでの批評家たちほどには作品の真実性を高く評価しなかったが、この作品と絵画との類似性を指摘し、この作品を「感情の動き」よりは「感情の態度」を描くのに成功した「一連の絵」だと考えた。[49]

トマス・カーライルの妻ジェインのように、過去の田舎への懐かしい追想を語って、パストラルに対する伝統的な反応を示した読者もいた。一八五九年二月、彼女は手紙で次のような賛辞をエリオットに送った。

あの本を読むのは、健康のために田舎へ行くのと同じくらい喜ばしいことでした！　スコットランドを訪れながら、長旅の疲れや友人が年老いてしまったのを見る悲しみ、かつては私を知っていた場所がもはや私のことなど覚えていないのを知る悲しみはないのです。その本を読みながら、澄みきった、心地よい音を立てて流れるスコットランドの小川を再び目にしてその音を聞いているのを想像しました。そばに座りたいような、そして息がつまるような南部での長逗留の後では泣きたくなるような小川です。南部ではよどんでいるか濁っている川しかないのですから。[50]

エリオットもジェイン・カーライルが感じたこのような効果、すなわちエリオット自身の言葉を用いるならば「穏やかな思考と幸福な追想」は、自分の意図したものだと応じている。[51]

しかし、この作品をパストラルとして分析した現代の多くの批評家たちは、パストラル的要素を主としてパストラル・ロマンスとの関連で捉え、この作品が標榜するリアリズムに反するものとみなしている。[52] ケニー・マロッタは先行研究を「パストラル」を単純に定義した場合と、寓意的に定義した場合とに分類し、どちらの場合もパストラルをリアリズムとは無縁のものとして捉えている点がこれらの研究の限界である、と論じた。[53] 他方、この作品をパストラル・ノヴェルとみなし、そのパストラル的要素をリアリズムと両立するものだと考える批評家もいる。[54] だが、いずれにせよ、パストラルの定義が異なるために、批評家たちの意見を単純に比較することはできないし、実際、他の多くの用語と同様、文学研究における「パストラル」という語の用法も時代とともに変化してきた。そこで、まず今日におけるパストラルの定義と可能性を明らかにしておく必要があるだろう。

テリー・ギフォードはその著書『パストラル』（一九九九年）において、今日「パストラル」という語の用法が大きく三つに分類できることを示し、古典から現代作品に至るこのジャンルの歴史をたどっているが、その三つの用法とは、第一に、一定のコンヴェンションに基づく伝統的な文学様式としてのパストラルである。これは、何らかの「隠遁と復帰」という基本的な動きを、テクスト内にプロットとして、あるいは田園生活への隠遁が都会の読者／観客にとって重要な洞察を「還元した」という意味で内包する。次に、このような特定の文学様式の技巧を超えて内容の領域に言及するパストラルが、より広義な第二の用法である。それは都会との対照において田舎を描くあらゆる文学作品を含み、通常自然に対する喜びや賞賛を特徴とする。第三のパストラルは、パストラル的ヴィジョンはあまりに単純化され、田舎の生活の現実を理想化したものだとみなす、軽蔑辞としてのパストラルである。従って、ある作品をパストラルとして分析する場合、これら三つの定義の、どの要素を持つパストラルであるかを考慮する必要性をギフォードは指摘する。ただし、彼はこれらの分類を固定的で明確な区別としてではなく、あくまで一般的な分類として提出しており、一つの作品においてこの三つの定義が重複する可能性も示している。[55]

すると、エリオットの『アダム・ビード』は、上記の三つの定義が示す要素を合わせ持つパストラルと言えるだろう。この小説には第一の定義である伝統的な文学様式としてのパストラルの特徴である対立項だけでなく、伝統的なパストラルへの反応だと思われる要素も存在する。また、ヘイスロープの田園生活が詳細に描写され、自然に対する喜びや賞賛にあふれる点では、明らかに第二の定義にあてはまる。ただし、自然の無情さを意識し、単純な自然讃美に懐疑を示す点では、第三の定義と共通する態度を見出せる。

だが、ここでは第一の定義、すなわち伝統的な文学様式としてのパストラルとの関連性を中心に考えたい。小説『アダム・ビード』は、パストラルの伝統の中で、より正確に言えば、その伝統の変遷の中でいかなる位置を占めるのか。パストラルが常套手段とした都会と田舎、人と自然、隠遁と復帰といった対立項の緊張関係がどのように描出されているだろうか。語り手、ひいてはエリオットは作品のテーマおよび読者といかなる関係を築いているか、あるいは築こうとしたのか。物語が読者を誘う過去の田園社会への一時的な隠遁は、現在を探究、あるいは未来を創造する装置として、いかに機能しているだろうか。さらに、パストラルという様式を用いることは、エリオットにとってどのような意味を持っていたのだろうか。

『アダム・ビード』の物語は、この作品が書かれた時点から約六十年遡った一七九九年六月十八日に始まって一八〇一年十一月末に終わり、エピローグが一八〇七年六月末に設定されている。このように比較的近い過去に、ヘイスロープ村が一種のアルカディアとして構築される。物語の冒頭で語り手は、「エジプトの魔法使い」のごとく「鏡の代わりにたった一滴のインク」(四九)で昔の姿を再現すると宣言し、郷愁の念をこめてヘイスロープの風景とそこに生きる人々の姿を描き出してゆく。

第二章において、ヘイスロープの絵画的な全景が、町の人間と覚しい、馬で旅する紳士(後にストニトンの治安判事だと判明する)と、回顧する語り手の二つの視点を通して描写される。最初に、この村が位置するロームシャー州の「起伏に富んだ肥沃な地域」(六二)を隣接する荒涼たるストーニーシャー州との対照において村はずれから一望に収めた後、旅人の馬によるゆっくりとした移動と共に視点も移動して異なる風景が展開する。語り手は現前の風景を記憶の中の風景と重ね合わせる。

今、グリーン近くの彼[旅人]がいる場所からは、この心地よい地方の他の典型的な地形もほとんど全部一望の下に収めることができた。地平線を背景にして、大きな円錐形の丘が高く点在し、この小麦や牧草の地帯を飢えたような激しい風から守るために防備を固めた巨大な丘の観があった。そこは紫色の神秘の帳《とばり》に包まれるほどに遠くはなく、くすんだ緑色の斜面には点々と羊の姿が見られ、その動きは記憶によって見えるだけで、肉眼では識別できない。来る日も来る日も時の推移に迫られながら、自らは何の変化をもって応じることもない――朝の陽射しを浴びても、四月の真昼の翼に乗って訪れる陽光を受けても、また夏の日の実りをもたらす太陽の、別れゆく茜色の夕陽の後でも、相変わらずいかめしく、むっつりした姿のままであった。そのすぐ下手を見ると、枝を垂れた森の線がさらに迫ってきており、明るい牧草地や畝をなしている作物によってところどころ分割されているが、真夏のように葉が一様に濃く生い茂る状態までには至らないで、若い樫の暖かい色合いや、トネリコやシナの木のやさしい緑を見せていた。次に谷間が見える。そこは森がこんもりと茂っており、バルコニーの欄干の間からうすい青色の夏の煙を送り出している、高くそびえる邸をしっかり守ろうと、斜面の平らな場所から滑りおりて、急いで群がっているかのようだった。その邸の正面には、もちろん広々とした庭園と広い鏡のように美しい池があったが、それは牧草地の盛り上がった斜面のために、村の草地からでは旅人には見えなかった。その代わりに旅人に見えたのは、同様に美しい前庭である――水平に射し込む陽の光は、羽のついた草のゆるやかに曲がった茎、背の高い赤いカタバミ、低木の生い茂る生垣を縁取っているドクゼリの白い花の間で透明な金色に光っている。それは、大鎌を研ぐ音が、我々の一層立ち去りがたい視線を牧草地に散らばって咲く花の群に投げかさせる、夏のひとときであった。（六二、傍点は筆者）

ここで旅人の視点は、地平線を背景とする大きな円錐形の丘と牧草地から、枝を垂れた森の線、谷間の森、そして屋敷とその前景へと移動していくが、傍点で示した部分は語り手が「記憶によって」描き出す風景であり、旅人には実際には見えないものである。「肉眼では識別できない」ものを記憶によって補わずにはいられない衝動に、この地を熟知した語り手の愛情に満ちた郷愁の念が強く感じられる。この地での生活から時間的にも、空間的にも遠く隔てられてしまった者の郷愁の念に濃く彩られた情景描写である。そして、大きな丘が厳しい北風に対する「防備を固める」存在として、また谷間の森が屋敷を守る存在として捉えられているのは、語り手の個人的な感情にとどまらず、この地での人々の生活が自然への信頼と調和に基づくものであることを示唆する。自らは全く変化しない羊に訪れる「時の推移」、すなわち、「朝の陽射し」、「四月の真昼の翼に乗って訪れる陽光」、「夏の日の実りをもたらす太陽の、別れゆく茜色の夕陽」の中に、朝、昼、晩という一日と季節の周期的な変化と、その変化が限りなく反復される悠久の時の流れとが同時に示されている。ここで羊は、周期的変化を無限に反復する自然の無変化を象徴していると言えるだろう。その自然の時の流れの中で、旅人と語り手の視点によって、物語の現在と、それを過去のものとして見つめる語り手の現在とが交錯する。

ヘイスロープにおける自然と調和した生活の光景とリズムは、種蒔きや乾し草作り、収穫といった農業との関連で描出される天候や情景描写にも感じられるが、何と言ってもポイザー一家の生活を通して生き生きと伝わってくる。内部の全てが磨きあげられた家屋、作業用の納屋、バター、チーズの製造場のあるホール農場では、乾し草の取り入れ間近の時期、人々はまだ明るいうちに床につき、朝の四時半から一日が始まる。ポイザー夫人は一日の仕事が順調に進むよう、絶えず働く者たちの様子に鋭い視線を投げかけ、時間に厳しい。また、安息日の日曜日に一家が教会に向かう道のりは、いつも子供たちにとっては生垣や畑の中で様々な鳥や動物が繰り広げる「絶え間ないドラマ」(二三七)に胸を躍らせるひとときである。一方、マーティン・ポイザーは仕事の観点から自然を眺め、雨にぬれて湿った乾し草を目にすると安息日でも働きたいという衝動を覚えるが、その信仰心から思いとどまる。乾し草の取り入れ時期にポイザーが繰り返すこの葛藤は、眼前ののんびりとした光景とは対照的な、自然に大きく左右される農業の厳しさを垣間見させる。男たちは絶えず自然の動向に注意を払い、老ポイザーは月の様子によって天候を見定める己の目の確かさを自負するほど、自然を熟知している。自然は農民にとって喜びであると同時に、脅威でもあり、彼らの生活と人格形成に多大な影響を与えずにはおかない。

自然の影響力は農民だけでなく、上流階級の人々にも及んでいる。アーウィン牧師は朝食の時間には「誰の心も塵をかぶっておらず、物の光を映す、澄みきった鏡を与えてくれる」（二一四）と考えている。この牧師の言葉を実証するかのように、アーサーがヘティへの欲望を断ち切るためにアーウィン牧師に告白しようと牧師館に向かうとき、彼の精神は朝のすがすがしさの中で正しい方向に向かう気配を見せる。

……アーサー・ドニソーンは、朝の陽光を浴び、曲がりくねった心地よい小道の間を馬で進みながら、牧師に心を打ち明けようと本気で決意しており、牧草地を通るときに聞こえる大鎌のうねるような音も、この正直な目的のために一層心地よい。乾し草の取り入れのために農夫たちが心配していた天気も、今では落ち着きそうだと知って安心する……この乾し草の収穫についての思いが精神状態に影響し、彼の決意は簡単なことのように思えてくる。（二〇七―〇八）

このような自然の影響力こそ、都会の人間には失われてしまった、信じ難いものであり、語り手は「畑や生垣の間にいると、単純な自然の喜びを打ち消すことは不可能である」（二〇八）と、自然の影響力の大きさを読者に訴える。

自然との共存に他ならぬヘイスロープの生活では、労働が尊ばれる。それはまず、主要登場人物たちがそれぞれの仕事場での姿によって導入され、仕事場自体も詳細な絵画的描写によって呈示されることから明らかである。物語はアダムが村の大工の棟梁、ジョナサン・バージの仕事場で働く様子から始まり、第二章ではグリーン広場で説教をするダイナ、(第三章はセス・ビードが説教を終えたダイナをホール農場に送る途中で、彼女に求婚する場面になっているが)、第四章はアダムが家で仕事をする様子、第五章はアーウィン牧師の牧師館での様子、第六章はホール農場、第七章はバター作りをしているヘティの描写が核となっており、その詳細な情景描写はリアリズムに立脚したものでありながら、寓意性、象徴性も備えている。[56] マイケル・スクワイヤーズは、この労働重視の態度をヴィクトリア朝社会の社会的、経済的発展との関連で捉えて、労働と義務を強調するヴィクトリア朝の価値観の予兆がすでにワーズワスの「義務に寄せるオード」(一八〇七年)に現れている点を指摘し、エリオットは労働を重視することによって伝統的なパストラルを修正、且つその領域を拡大したのだ、と論じている。[57] しかし、文学様式としてのパストラルの伝統との関連で考察するとき、労働は初期のパストラルにおいても核となる要素であったことを思い起こす必要があるだろう。

*

レイモンド・ウィリアムズは、「厳密な意味でのパストラル(牧歌)」が文学様式として成立したのはキリスト紀元前三世紀のヘレニズム世界、つまりテオクリトスの時代であるとしながらも、田園文学の始原は紀元前九世紀のヘシオドスの『仕事と日々』だとみなし、この作品が牧歌に与えた影響を考察している。[58] ヘシオドスの『仕事と日々』は「最も広い意味での農耕の叙事詩」であり、神話的構造と、歴史を五つの時代に区分した当時の歴史観の枠内で農業の実践を描きつつ、倹約と努力、社会正義、隣人愛といった美徳を称揚する。ただし、この五つの時代の最初である黄金時代には「［人間たちは］心に悩みもなく、労苦も悲嘆も知らず」、「あらゆる善きものに恵まれ、／豊沃な耕地はひとりでに、溢れるほどの／豊かな稔《みの》りをもたらし、人は幸せに満ち足りて／心静かに、気の向くにまかせて田畑の世話をしておった」[59]と述べられ、この黄金時代の神話が以後の牧歌に影響を与え続けることになったのである。また、『仕事と日々』が描いた農耕生活が、テオクリトスの『牧歌』（*Idylls*）では主として牧夫の生活に限定され、それが後のパストラル様式のパターンになったが、ウィリアムズが指摘するように、基調を成すのはやはり労働の文脈であり、テオクリトスの牧歌にも、苦しい生活の中で豊穣の喜びを経験する人々の社会意識が表現されている。

テオクリトスから二世紀下った紀元前一世紀、ウェルギリウスは『農耕詩』（*Georgics*）において、農夫の生活を詳細に描写し讃美する中で、豊饒なアルカディアを次のように歌った——「ああ、農夫たちはいたく恵まれ、ただ知るのみ、／己が受ける祝福を。大地は楽々と注ぐ、／その乳房から命の糧を」、「木々も畑も惜しみなく実を結び、／人はそれを穫り入れる……。」[60]このアルカディアの創造によってパストラルに理想化の響きが出現したことは注目すべき変化だが、それはまだ部分的なものであった。ウェルギリウスの『牧歌』（*Eclogues*）には農村定住の喜びと土地の喪失や追い立ての脅威との対比が描かれ、パストラルは依然として四季の労働や田園生活の現実と緊密に結びついていたのである。[61]

このように見てくると、労働を重視し、実際の田舎の労働生活全体との結びつきを維持している点では、『アダム・ビード』は伝統的なパストラルを修正したというよりは、むしろ原初のパストラルへの回帰を示していると言え、それは後で考察するワーズワスの詩「マイケル」にも見られるように、十九世紀パストラルの一つの大きな特徴である。また、ウェルギリウスに見られるような農村定住の喜びと土地の喪失の脅威との対比も、『アダム・ビード』では地主との対立によって借地農としての権利を失うかもしれぬ窮地に陥ったポイザー家の人々の不安に見出すことができる。実際、ギリシア、ラテン語に通じていたエリオットはウェルギリウスを読んでおり、彼の作品は「容易に彼女の心に浮かんだ」ものだ、とG・S・ヘイトは指摘している。[62] 私たちが伝統的なパストラルとの関連を考えるならば、いかなる時代のパストラルの特徴やコンヴェンションを基準にするかが問題になってくる。そこで、文学様式としてのパストラルの変容の歴史を簡単にではあるが、もう少したどっておくことにしたい。

ウィリアムズの言葉を借りれば、十五、十六世紀にパストラルは「貴族的変容」を遂げた。もともと「自然美への強烈な注視の回復」がパストラルの重要な要素だったが、この時期に観察対象としての自然が、働く農民の自然から科学者や旅行者の自然へと変化し、描写的な要素だけが切り離されて「自然詩《ネイチャー・ポエトリー》」の伝統を生み出すに至った。その一方で、パストラルは演劇的かつロマン的なものとなり、牧歌的《パストラル》ロマンスという新しい形式が生まれた。この形式においては対話詩《エクローグ》と自然描写が、理想化されたロマンティックな恋愛世界に吸収され、牧夫や妖精《ニンフ》は貴族の余興の装飾物的存在にすぎない。十六世紀後半に始まった牧歌劇も大貴族の宮廷の創造物であり、そこでの牧夫は理想化された宮廷的変装だった。つまり、パストラルは現実の田園生活から切り離されてしまったのである。この変化の影響があまりに優勢であるため、現代では「パストラル」の意味がその本来の内容や、それを比較的正確に継承している作品からではなく、むしろ貴族的に変質したパストラルの形式から引き出されている、とウィリアムズは指摘しており、[63] これはエリオットの『アダム・ビード』批評に対しても重要な警告となるだろう。

十七、十八世紀を通じて、パストラルは新しい農業資本主義社会への動きの中で極めて「人工的、抽象的な形式」へと内的変容を遂げてゆくが、この時代にはパストラルに関する批評上の論争の基盤として、「詩に歌われているが、もはや真実はなし」[64]という認識が広く浸透し、アレグザンダー・ポープも「牧歌《パストラル》を快適なものにするためにはなんらかの幻想を用いなくてはならない。それには牧夫の暮らしの最良の面だけを描き、その悲惨なところは隠すことだ」[65]とまで言った。

このようにルネサンス時代から「貴族的変容」を遂げ、十八世紀に至るまでにポープの言う「快適な」ものへと変質したパストラルへの連想が、従来の『アダム・ビード』批評に見られる、パストラル的要素をリアリズムと対立するものとする捉え方の根底にあると言えるだろう。だが、ここで特筆すべきは、十八世紀末には、「快適な」パストラルに抵抗するアンチ・パストラル[66]の中にリアリズムの主張が出現したことである。先に引用したポープの言葉を念頭において、次のジョージ・クラッブの『村』(一七八三年)を読んでみよう。

だが、かかる愉しき景色のなかに
仕事に励む、貧しき土着の者あり、
そのむきだしの頭、汗のにじむこめかみに
灼熱の太陽が容赦なく照りつける。
知能乏しく気力に劣る者でさえ
おのが運を嘆きつつも役目をこなす――

なのに私にできようか、現実の不幸を
驕慢な歌で飾り立てるなど。[67]

「愉しき景色」とは対照的に、額に汗して働く労働者の苦しみを知る詩人は、それを「快適な」パストラルのコンヴェンションによって隠蔽してしまうことに抗議し、彼らの真の姿を描くことを訴える。クラッブは同じ詩の別の箇所でも「詩に歌うにも、もはや真《まこと》を悔るなかれ、／村の暮らしは痛苦と見定めよ」、「かかる例えに教えられ、わたしは描く、田舎家を、／詩人としてではなく、あるがままに」[68]と述べており、この「真実」の主張は、『アダム・ビード』第十七章で提唱されるリアリズムの精神につながっている。先に見たように、そこでは語り手が単調で素朴な生活を忠実に描写した十七世紀オランダ絵画を「稀で貴重な真実の性質」（二二三）を備えた芸術として讃美し、自己の小説の規範とする。ただし、エリオットの主張するリアリズムはアイディアリズムを完全に否定するものではなく、むしろアイディアリズムを含み持つことを目指す点で、クラッブのリアリズムとは性質を異にすると言えるだろう。

十八世紀末から十九世紀にかけてのリアリズムを基盤としたアンチ・パストラルの動きは、ワーズワスにも顕著に現れている。「マイケル」（一八〇〇年）はその副題が「牧歌詩」となっており、ワーズワスがパストラルのコンヴェンションを意識していたことが容易に推察できる。牧夫マイケルが次のように描かれる。

グラスミア谷の森に
マイケルという名の羊飼いが住んでいた、

気丈で、手足の強い、老人だった。
若い頃から、おどろくほど
頑健で、頭鋭く、
情熱的で慎ましく、どんなことにも向いていた、
牧羊にかけても人並み以上、
敏捷で、そして油断がなかった。[69]

ギフォードが指摘するように、マイケルが並外れた力と牧羊の技能を持つ者として理想化されているのはコンヴェンションに基づくものと解せるが、全てのことに必要な適性まで備えているというのは、明らかにコンヴェンションを超えている。[70]

また、この詩の冒頭で「自然の力」によって「人間や人の心、人生」について考えるよう導かれた詩人自身の経験が語られるが、マイケルも自然の力を受けて人間的成長を遂げる。彼は「只の空気」を嬉々として吸い、山々は「困難や熟練、あるいは勇気、歓喜や恐怖を伴う／数々のできごと」を彼に印象づけ、彼は自分が喜びを感じながら世話をした「物言わぬ動物たちの思い出」を明確に記憶に留める。つまり、彼は自然との相互作用の中で、苦難に打ち勝つための能力と技術、豊かな感受性といった「名誉ある獲得」を実現したのである。[71] この「名誉ある獲得」(honorable gains) は、マイケルが羊の世話をすることで期待した「利益」でもあり、彼の中では羊への愛情と職業意識が一体となっている。[72] 彼の人生はどこまでも「不断の努力」、「熱烈な努力」の積み重ねであり、彼は甥や息子に裏切られても、死ぬまで羊と土地のために「あらゆ

る労働」を続ける。[73] このようなマイケルの人生と苦悩を極めて写実的に描き出すことで、ワーズワスは「貴族的変容」を遂げたパストラル、すなわち現実の労働生活から切り離されるに至ったパストラルのコンヴェンションを転覆させる牧夫像、ひいては「牧歌詩」の創造に成功したと言えるだろう。

このアンチ・パストラルとしての牧夫マイケルの創造は、『アダム・ビード』におけるアダムの人物創造を想起させずにはおかない。アダムは「職人の血」と「農夫の血」(九三) の流れる人物だが、マイケルと同様、立派な体格と力、仕事の技能に加えて優れた精神と感受性を備え、田舎の無骨者というコンヴェンションを超えている。大工職人であるアダムが木に対する鋭い感受性と強い愛着心、そして職人意識を持ち合わせている点も、愛情をもって羊の世話をしつつ、それがもたらす利益を考えるといった職業意識を持つマイケルとの類似性である。また、アダムもマイケルと同様、自然の影響のもとに人間的成長を遂げる。初秋の陽光が「静かな感化力」(五四六) となってアダムにダイナへの愛情を自覚させ、さらに秋の陽光は、その「温和で心を慰める力」(五七四) によって彼の疑念や不安を払いのけ、二人の愛に対する確信へと導くのである。ワーズワスの詩集がエリオットの長年の愛読書であったこと、「マイケル」の一節が後の『サイラス・マーナー』のエピグラフとされていることを考えると、こうした類似性も決して偶然とは思えない。

ところで、十九世紀のパストラルの特徴として、風俗画との緊密性も見落としてはならないだろう。慎ましく家庭的な情景を描いた風俗画はヴィクトリア朝における「素朴なもの」への讃美の現れであり、一八六〇年頃、その人気を極めるに至った。[74] ギフォードによる「パストラル」の第二の定義、すなわち都会との対比において田舎を描く文学作品という定義に従えば、十九世紀の多くの小説がパストラルと言えるが、シェラフ・ハンターは、これらの小説を伝統的なパストラルを変質させた「牧歌的小説」、すなわちパストラルにおける対比（対立）の構造が新たな意味を帯びたものとみなす。そして、言語芸術ではある特定のパースペクティヴがその作品構造に最も顕著な効果をもたらし、それは絵画における空間の関係に相当するという観点から「牧歌的小説は……動きを示す装置と、静止、あるいは同時性の瞬間を捉える装置を併用しながら進行する。小説の連続性の中で、牧歌的小説は理想的には関係を瞬時に正しく認識できる絵画、すなわち平らなカンヴァスの状態に可能な限り近づく」[75]と論じて、牧歌的小説と風俗画との類似性を実証しており、もちろん、その牧歌的小説にはジョルジュ・サンド、ギャスケル夫人、トマス・ハーディらの作品と共にエリオットの『アダム・ビード』が含まれている。

実際、『アダム・ビード』の冒頭の場面はこれまで考察してきた十九世紀パストラルの特徴、すなわち、労働の重視による原初のパストラルへの回帰、アンチ・パストラルとしてのリアリスティックな人物創造、風俗画との緊密性といった特徴を集約したものと言える。仕事場のアダムが次のように理想化された雰囲気の中で描き出される。

午後の西日が、ドア、窓枠、羽目板にせっせと取り組んでいる、五人の職人の上に暖かく降り注いでいた。開いたドアの外に積んであるテント状の板の山から匂ってくる松材の香りは、向かい側の開いた窓のすぐ傍まで夏の雪のように花を広げているニワトコの香りと混じり合っている。傾く夕陽は、手もとの確かな鉋の前を舞う透明な鉋屑を通して輝き、壁に立てかけてある樫材の羽目板の美しい木目を照らし出していた。この柔らかい鉋屑の山を、もじゃもじゃした灰色の牧羊犬が気持ちよさそうに寝床にし、前足の間に鼻先を突き出して横たわり、時々眉のあたりにしわを寄せ、五人の中で一番背の高い職人の方をちらっと眺めていた。その職人は木製のマントルピースの中央に盾を彫っている。力強いバリトンの歌声はこの職人のもので、鉋や金槌の音を圧して響き渡っていた――

「目覚めよ、わが魂、日の出とともに、
汝の日々の務めを始めよ、
怠惰をふりはらい……」

ここでもっと注意を集中しなくてはならぬ寸法取りのために、この朗々とした歌声は低い口ずさみになったが、やがてまた新たに力を得て、大きく響き渡った――

「汝の言葉は、すべて誠実に、
汝の良心、真昼のごとく澄みわたるべし。」

このような声は幅広い胸からのみ発し得るもので、その幅広い胸は身の丈六フィートばかりの骨太の、筋骨隆々とした男のもの、背はまっすぐ伸び、頭はしっかりと座っていて、自分の細工を少し遠めに見ようと背を起こすとき、彼は休めの姿勢をとっている兵士の姿にも似ていた。肘の上まで袖をまくった腕は、力比べの競技にも優勝しそうなほどである。長くてしなやかな手は指先が広く、細工仕事に適しているように見えた。背が高く、骨組みもがっしりした点では、アダム・ビードはサクソン人であり、その名に反していなかったが、軽い紙製の帽子との対比で際立って見える真黒な髪と、くっきりと浮き出た、よく動く眉の下から放たれる黒い瞳の鋭いまなざしには、ケルト人の血も混じっていることがうかがわれる。顔は大きく荒削りで、休んでいるときにはその表情は陽気で誠実な叡智だけが与えうる美しさをたたえていた。（四九―五〇）

西に傾いた太陽の光が五人の職人が働く全景を照らし出し、それから牧羊犬の視線がその中で一番背の高い職人へと焦点を当てる。灌木の花の香りと混ざり合う松材の香り、樫材の美しい木目、夕陽に照らされた透明な鉋屑。仕事場のドアと窓は開け放たれていて、自然の光と香りが心地よく入り込んでいる。牧羊犬も情景の中に当然のように自分の居場所を占めており、人間と動物と自然が調和して生きている。アダムの響きわたる声、がっちりとした体格、しなやかなしぐさ、容貌についての描写は、彼の強さや優れた技能だけでなく、気高さや「陽気で誠実な叡智」を伝え、彼が口ずさむ歌の詞もその実直な人柄と正義感、義務感の強さを言い表している。ワーズワスのマイケルの場合と同様、アダムについてもその精神を強調し、彼を中心に置くことで、この視覚、嗅覚、聴覚に訴える詳細な情景描写は、労働者の日常生活の一場面であると同時に、労働の神聖さを称える一幅の絵となっている。実際、この物語において労働は一種の宗教とも言えるほど重要視される。アダムにとってはいかなる小さな仕事でも立派に成し遂げることが喜びであり、彼はヘティの裁判の後でさえも、翌日には仕事に戻る。深い絶望の中で、労働に従事し義務を遂行することは、むしろ救いとなるのである。

物語上の機能という観点からすると、上記引用文は宗教にも匹敵する労働崇拝という作品のテーマと共に、言葉というテーマを宗教との関連で導入している。アダムが口ずさむ「汝の言葉は、すべて忠実に、／汝の良心、真昼のごとく澄みわたるべし」という詞は、英国国教会の主教トマス・ケンによる朝の賛美歌であるだけでなく、[76] アダムの人間性と言葉のありようを言い当ててもいるのである。先に三人の女性を通して見たように、『牧師生活の諸景』に続いてこの作品でも、エリオットは言葉を問題とし、聖書の言葉とイメージを自らの人道主義を表現する媒体に変質させる。

さらに、上記引用文はその直後に続くアダムと彼の弟セスとの比較につながって、もう一つの重要なテーマを導入する。語り手は「兄弟の似ている度合いが強いために、かえって二人の姿や顔の表情の著しい違いを際立たせている」(五〇)と述べて、血縁の類似性に潜む異質性について読者の注意を喚起する。この類似性が内包する異質性、あるいは逆に異なるものや対照的なものに潜む類似性や同質性は、人間同士の関係に限らず、パストラルの基本構造を成す対立項を考える際にも重要な問題であり、この物語のテーマともなっている。ダイナとヘティ、およびポイザー夫人をめぐる「語ることについての物語」では、特に対照性に潜む同質性が彼女たちを理解する上で重要なのはすでに考察した通りである。

だが、仕事場のアダムを描いた「絵」に関して最も興味深いのは、この正義感と安定感に満ちたイメージそのものが物語の中で転覆の危機に晒されて大きく動揺し、それが読者のさらなる視点の転換を促す点である。賛美歌の詞のごとく、良心に恥じることなく行動するアダムの義務感と正義感に潜む偏狭さが、例えば、彼の父親に対する過度の厳格さに示され、それはヘティの虚偽と罪に直面して最大の試練を受ける。義務も正義も一様ではあり得ない。どこまで厳格であるべきか、また、どこで寛容さとのバランスをとるべきなのか。その答えの一つとして、物語はアダムがヘティを赦す瞬間を提示する。

次の第二章におけるダイナの説教の場面も、写実的な風俗画であると同時に寓意画でもあり、語り手と馬に乗った旅人の二つの視点から絵画的に描出される。例えば、荷車の上に立ったダイナを見てみよう。

彼女が立って、灰色の目を聴衆に向けたとき、その手袋をはめぬ手に本は持たず、軽く垂れて前で組んでいた。その目に鋭さは全くなく、観察しているというよりも愛を投げかけているようだった。その目は澄みきって、外界の事物に感銘を受けるというより、心が与えようとするもので溢れていることを伝えていた。彼女は傾く夕陽に左手をかざして立っており、葉の生い茂った枝がその光線をさえぎっている。しかし、この落ち着いた光の中で、彼女の顔の柔らかな色は夕暮れの花のように、穏やかながら生き生きとしていた。それは一様に透き通るように白い、小さな楕円形の顔で、頬と顎の線は卵形で、ふっくらとした口は引き締まり、鼻孔は形よく、低くまっすぐな額の上には、うすい赤みを帯びた艶のある髪が左右に分けられ、弧を描くように載っていた。髪は耳の後方にまっすぐかきわけてあり、額の上の一、二インチを残して網状のクエーカー教徒の帽子に被われている。眉は髪と同じ色で、全く水平でくっきりとしている。睫毛は濃い色ではないが、長く豊かである。漠然としたところや未完のまま残されたところが全くなかった。(六七)

この細密なダイナの「肖像画」は、ヴィクトリア女王が非常に気に入って私的な所蔵のために水彩画を依頼したほどであった。[77]「愛の光」を投げかけ、心にあふれる思いを伝えるダイナの目と「穏やかながら生き生きとした」表情は、深い信仰心、優しさ、内に秘めた情熱を感じさせ、はっきりとした顔立ちは意志の強さを暗示する。平生は貧しい工場労働者として働く女性とは思えないほどの気高さと威厳も備えており、アダムがパストラルのコンヴェンションを超えるのと同様、いわゆるメソジストのイメージを打ち破る人物として創造されている。彼女を見つめる語り手の視線が俯瞰的な視線であるのに対して、旅人の視線は都会の読者を代表する視線だと言えるだろう。旅人は、メソジストの説教師についての先入観とダイナに対する第一印象をことごとく捨てざるを得ない。メソジストと言えば恍惚となるタイプと怒りっぽいタイプしか知らなかった旅人は、まずダイナには「自意識が全くない」(六六)のに驚く。また、「自然は彼女を説教師に向くようには創っていない」(六七)という第一印象にもかかわらず、やがて彼女の説教に引きこまれてしまうのである。

だが、先に見た通り、ここに提示されたダイナのイメージもまた動揺と変化を余儀なくされる。物語の最初で絵画的描写によって与えられるアダムとダイナのイメージはいずれも、文学史的には、原初のパストラルへの回帰と同時にパストラルのコンヴェンションの逸脱と発展、さらにはパストラルと風俗画との接近を意味し、読者との関係においては、読者の価値観の動揺を引き起こし、視点の転換を促す媒体として機能するのである。

*

これまでの考察で、『アダム・ビード』が十九世紀パストラルの特徴、すなわち労働重視による原初のパストラルへの回帰、アンチ・パストラルとしてのリアリスティックな人物創造、風俗画との緊密性を備えていることが明らかになったが、アンチ・パストラル的態度は、現実逃避したアーサーとヘティが構築する、一種のパストラル・ロマンスの世界が最終的には否定されることによっても示されていると言えるだろう。[78] では、この十九世紀的パストラルの世界で、語り手は田舎と都会、過去と未来との関係をいかに提示しているだろうか。

例えば、都会人には信じ難いほどの自然と人間の密接な関係、および自然の影響力についてはすでに見たが、宗教も過去と現在、田舎と都会では大きく異なる。語り手はダイナとセスを都会の当世風なタイプのメソジストたちと比較する。季刊の評論誌を読み、しゃれたチャペルで礼拝を行う現代的なタイプに比べると、ダイナやセスは明らかに旧式のタイプである。だが、現在の奇蹟、即座の改宗、夢や幻想による黙示を信じ、聖書の字義にこだわりすぎるといった彼らの偏りと限界を認めながらも、語り手は二人の中に「非常に誤った理論」と「極めて崇高な感情」（八二）の共存を看取する。また、ヘイスロープの教会に集まる農民や職人、およびその家族たちは字が読めず、その意味もよくわからぬまま暗記している「二、三のありがたい言葉」（二四二）が祝福をもたらすものと一途に信じている。確かに、過去の田舎は現在の都会に劣る面を多々持つが、技術革新や進歩の気運一色の都会では失われてしまった精神の純粋さや崇高さなど、読者が学ぶべき教訓がある。語り手は、都会の読者の田舎に対する先入観を打破して読者の価値観に揺さぶりをかけ、その視点の転換を引き起こそうとする。

しかし、語り手は「人の視点をある限界以上に移動させることは、最も自由でおおらかな心の持ち主にとっても不可能である」（二四九）ことも承知している。また、現実には「醜く、愚かで、矛盾した人々」（二二二）を忠実に描写しながら愛すべき存在に変容させること、ラスキンの言葉を借りれば、「全てのものの弱点、過失、不正を容認し、それらが崇高な全体を形成すべく配置して調和させる」[79]にはかなりの困難が伴うことも認めざるを得ない。実は語り手自身、田舎の生活を共感と郷愁をこめて描きながら、一方では違和感を完全には払拭できないでいるのである。例えば、彼は農民の生活を快いものとして受け取るための距離の必要性について、「乾し草作りの人たちのおどけた話は、少し離れたところで聞くに限る。ちょうど牡牛の首にかけてある、あの不恰好な鈴と同じで、近くで聞くとかなり下品に聞こえ、ひどく耳障りになるかもしれない。しかし、離れて聞くと、それは自然の他の楽しい音と混じり合い、とても美しいのである」（二五三）と述べる。また、ポイザー家の一大行事、「収穫の夕食会」の場面では、ヘイスロープの牧歌的性格は芸術家たちが描いたような「全く温和で陽気な、朗らかに歌うようなもの」（五六三）ではない、と言い、農場労働者たちの鈍重な表情、大きな音をたてがつがつと食べる下品な様子、彼らの間に存在する敵意や虚偽について述べるとき、語り手の口調にはユーモアと皮肉が入り交じっている。だが、彼らを暖かい目で見つめるポイザー氏の満足気な様子を通して、この場面は全体としては好ましい一幅の絵に仕上がっている。次のように自分が屋根を葺くように積み上げた稲むらを眺めるケスター・ベールの姿に、この過去の田園生活に対する語り手の態度を重ねることができるだろう。

……もし何かが彼［ケスター］の一番の取柄だとすれば、それはいわゆる屋根葺きだった。それで、上部が円錐形になった稲むらの頂に最後の仕上げをすると、ケスターの家は農場から少し離れたところにあったので、日曜日の朝には一番上等の服を着て乾草積み場まで歩いて行き、適切な距離から自分のいわゆる屋根葺きをじっくり眺めるために小道に立つのだった――いくつもの自分の葺いた屋根然としたものを適当な視点から眺めるために歩き回ったものだった。彼が膝を曲げてお辞儀をするように進んでいくとき……彼は何か異教徒の礼拝を行っていると思われたかもしれない。（五六一―六二、傍点は筆者）

スクワイヤーズとハンターが指摘する通り、このように対象との間に「適切な距離」を置く「適当な視点」はパストラルの重要な要素だが、[80] さらに重要なのは、この視点が危ういバランスの上に成り立っていることではないだろうか。

　このバランスの危うさ、すなわち、語り手のアンビヴァレントな態度は、「昔のゆったりとした時代」（五五七）と現代の余暇を比較する言葉に最もよく現れている。スクワイヤーズはこの部分について、洗練された都会の文明批判に源を発するパストラル世界の創造のために、エリオットが余暇の比較を通して、産業発達前の過去と産業発達後の現在との対照性を明らかにし、「過去への信仰」を示している、と論じるが、[81] 語り手の言葉は過去を全面的に肯定するものではなく、特に後半部分では語り手のアンビヴァレントな感情が露呈している点に留意すべきであろう。まず、語り手は戸外の散歩が余暇であった時代を懐かしみ、蒸気機関の発明は余暇を生み出すどころか「熱中した思いが入り込むための余白」を作り出しただけで、余暇が消滅してしまった現代を嘆いて「今日では怠惰ですら熱中なのだ――娯楽を求めて熱中している。汽車旅行、美術館、定期刊行の文学、それにわくわくする小説に心が傾き、科学の学説や顕微鏡をぞんざいにのぞくことにさえ心が傾いている」（五五七）と語る。それに対して、昔の余暇を擬人化した‘old Leisure’は「胃が丈夫で、よく考える、むしろ頑健な紳士」であり、「穏やかな知覚力を持ち、臆説に犯されていない」（五五七）というあたりまでは、科学に毒されぬ自然体の過去を支持する気持ちが強く感じられるが、それに続く部分はどうであろうか。‘old Leisure’は「物そのものを好み、その原因を知らぬまま満足し」（五五七）、自然に囲まれた田舎の屋敷に住んで、夏には果樹の枝の下に身を置き、日曜日に教会に行きさえすれば救われると信じており、「疑惑や懸念、高邁な抱負にむかつくこともなかった」（五五七―五八）のである。これほどのんきな‘old Leisure’について、語り手は「麗しき昔の余暇よ！ 彼に厳しくし、今日の我々の基準で判断してはならない。エクセター・ホールに行ったこともないし、有名な説教師の話を聞いたわけでもなく、『タイムズ』掲載の論考や『衣裳哲学』を読んだこともないのだから」（五五八）と締めくくる。このように語り手は、昔のゆったりした気分や素朴さ、単純さがもたらす幸福をよしとする一方で、それが科学や宗教的懐疑、論争を知らなかった時代の無知故に可能であったこと、そして無知の時代にはもはや逆戻りできないことも認識しており、実は逆戻りしたいとも思っていないのである。過去は現在を顧みるための装置ではあっても、現在に取って代わるべきものではない。だからこそ郷愁の念がいっそう募るのである。一八三一年に開館し、福音主義そのものとみなされるほどであったロンドンのエクセター・ホール、ニューマンやキーブルらオックスフォード運動推進者たちが国教会改革のために一八三三年から四一年まで『タイムズ』に投稿した論考、神の存在が否定された当時の宗教的危機を訴えたトマス・カーライルの『衣裳哲学』等への言及によって「我々の基準」が示唆されるが、[82] それは宗教的懐疑や論争を知らぬ過去の田舎の人々と当時の都会人との間に存在する、超えられぬ壁を強調するものと言えよう。

では、このように超えられぬ壁が存在する中で、いかに過去は未来を創造する装置となり得るのだろうか。語り手の意図は、アダムを歴史的発展の契機となる人物の典型として描く次のような言葉に窺われる。

彼［アダム］は並の男ではなかった。しかしながら、彼のような男はどの世代の田舎職人の中にもあちこちで育てられる――人並みの欲求と人並みの勤勉さをもった素朴な家庭生活によって培われた愛情の継承と、技量にすぐれた度胸のある労働で鍛え抜かれた能力の継承によってである。彼らは上昇への道を切り開いてゆくが、天才として進むことはめったになく、たいていの場合、目の前の仕事を立派にやりとげる才能と良心を持った、勤勉で実直な男としてである。彼らの生活は、それとわかる影響を住んでいる近隣を越えてまで与えることはないが、一世代か二世代後の人々ならきっと身近に彼らの名前を連想する道路、建物、鉱産物の応用、農業経営の改良や教区の悪習の是正などを見出すだろう。（二五八―五九）

平凡で素朴な人生の中で行われる「愛情の継承」と「能力の継承」が人間の進歩の原動力となる。そして、進歩は天才によってよりも、むしろ「勤勉で実直な男たち」によって推進されるが、その結果が顕在化するのは一世代か二世代後でしかない。ここでの田舎職人についての記述は、エリオットが評論「ドイツ生活の博物誌」でリールの歴史観について語った言葉の具体化に他ならない。彼女は次のように述べていた。

彼［リール］はヨーロッパ社会の中に体現された歴史を見る。そしてその歴史的な要素からそれを切り離そうとするいかなる試みも、単に社会の活力の破壊につながるだけだと確信している。歴史的に発展してきたものは、必然の法則の緩やかな働きによって、歴史的に消滅してゆくだけである。社会が過去から継承した外的条件は、それを構成する人間にとっては、継承した内的条件の表明にすぎない。内的および外的条件は生物体とその生活条件として互いに結びつけられており、その進化とは、両者に一致した漸進的進化がある場合に初めて起こり得るものである。[83]

人間の内的（道徳的）進歩と外的（社会的）進歩が一致したときに初めて真の意味での進歩が実現されるのであり、しかも「漸進的」にしか起こり得ない。このような進歩のありようを過去の歴史の中に認識するときにこそ、過去は現在を顧みると同時に未来を見通し、創造するための装置となり得るのである。個人は、社会の歴史という観点からすれば取るに足らぬほど小さな存在かもしれないが、実は社会の進歩にとって最も重要な力となる存在である。平凡であっても誠実に生きること、過去から謙虚に学ぶことで現在をより良く生きること、そしてそれが未来への貢献であると信じて、性急に報いを求めることなく生きることがいかに大切であるかを、『アダム・ビード』のパストラル世界は訴える。

最後に、エリオットにとってパストラル様式がいかなる意味を持っていたかを考えてみると、第一に、オランダ絵画を小説の規範と考えていたエリオットにとって、風俗画との緊密性を持ち始めていたパストラルは、自己の絵画的描写の力量を存分に発揮し得る様式だったに違いない。第二に、小説家としての新たな挑戦である。D・キャロルは『牧師生活の諸景』の「ギルフィル氏の恋物語」をメロドラマの書き直しと捉え、また、「ジャネットの改悛」を宗教パンフレットの書き直しだとみなしているが、[84]『アダム・ビード』はパストラルという伝統的なジャンルへの積極的反応であり、その発展に寄与しようとする試みだと言える。

第三に、エリオット自身にとってもパストラル様式は自己の過去を問い直す手段として適切だったであろう。彼女が『牧師生活の諸景』で福音主義との葛藤に折り合いをつけたとすれば、『アダム・ビード』では自らの過去、つまり父や叔母を始めとする身近な人々との関り、およびその生活を「適切な距離」を置いた「適当な視点」から描こうとしたのではないか。父と叔母エリザベスに関する思い出や経験からアダムとダイナが生み出されたことは、彼女自身が語っている。[85] エリオットは家族と故郷に強い愛着を感じていたが、前章で述べたように、家族との間に大きな葛藤をも抱えていた。「かの悲劇作家とも言うべき自然は、我々を骨や筋肉で結びつけているかと思うと、さらに微妙な頭脳の組織によって我々を分け離したり、憧憬と反発を混ぜ合わせたりするが、心の琴線によって、我々と衝突する存在にいつも結びつけている」（八三―八四、傍点は筆者）という『アダム・ビード』の語り手の言葉は、エリオット自身の胸中の吐露であろう。彼女の家族への深い愛情にもかかわらず、人並みはずれた知性と感受性故に周囲の者たちから孤立し、大工の孫娘として生まれながら、やがてイギリスを代表する作家になった。ヴァージニア・ウルフの言葉を用いれば、エリオットはイギリスの「社会システム」の「境界を横断してさまよう作家」、[86] いわば境界侵犯者となったのである。類似性に潜む異質性が生み出す「憧憬と反発」こそが、境界侵犯者である彼女が家族と故郷に対して生涯抱き続けた感情ではなかっただろうか。この拮抗する憧憬と反発の源、すなわち彼女自身の原風景を追憶という距離を用いて絵画的な小説世界に昇華させたのが『アダム・ビード』だと言えるのではないか。そして、この原風景を真の意味で内側から描くのが、次作『フロス河の水車場』である。

第三章
『フロス河の水車場』
『ジェイン・エア』との対話

一八四八年六月、『ジェイン・エア』を読んだエリオットは、次のような感想をチャールズ・ブレイに書き送った。

全ての自己犠牲は立派なものですが、人の魂と肉体を腐敗している死体に縛りつける悪魔のような法律よりもいくらか崇高な理由のためであってほしいと思います。けれども確かに興味深い作品です――ただ、登場人物たちがあれほどまでに警察の報告書のヒーローやヒロインのように話さなければいいのですが。[1]

すでに指摘されてきたように、この反応は、ジェイン・エアがロチェスターの妻、バーサの存在を知って彼のもとを去ってしまったことへのエリオットの批判にある。[2] もはや人間らしい関係を全く持てない狂気の妻にロチェスターを縛りつける、おぞましい法律に対する嫌悪と共に、このような法律のために「自己犠牲」を払うことに対する懐疑を示している。また、「警察の報告書」という言葉は、ジェイン、ロチェスター、セント・ジョンらがあまりに自信たっぷりに自己主張することに対する批判ではないだろうか。彼らにも葛藤はあるが、自己主張する際にはその正当性に対する懐疑や揺らぎがほとんど感じられないのである。さらに、この『ジェイン・エア』に対するエリオットの反応は、その後の彼女自身の生き方と創作活動を予言している点でも興味深い。この手紙から六年後の一八五四年に、エリオットは妻アグネスとの結婚生活が事実上破綻しているにもかかわらず、離婚は不可能な状態にあったG・H・ルイスと生活を共にすることを選び取った。ヴィクトリア朝の道徳観から見れば、この選択は言語道断であった。兄からは絶縁を宣告され、友人たちにも背を向けられて社会的追放という制裁を受けたエリオットは、やがて小説家となったとき、その作品において「自己犠牲」の意味を問い続けたのである。

エリオットの作品中最も自伝的色彩の濃い『フロス河の水車場』（一八六〇年）は、『ジェイン・エア』（一八四七年）との比較においてその特質が一層明らかになる。というのも、この作品は小説『ジェイン・エア』との対話、またかつて『ジェイン・エア』を批判したエリオット自身との対話だと言えるからである。第一章で述べたように、シャーロット・ブロンテはエリオットが作家としてスタートしたとき、最も意識した作家であった。そして、二人が作家活動を開始した十九世紀半ばは女性作家の数が急激に増加しつつあった時期だが、作家の性に基づく作品評価という二重基準が厳然と存在し、女性作家は「いかに題材や作風が多様であろうと、男性のペンネームを使って変装しない限り、女性であること自体に批評家からの焦点が当てられた。」[3] 二人は共にこの二重基準を拒否し、女性としてではなく芸術家として評価されることを強く望んだけれども、同時に女性作家であることを意識したのも事実である。彼女たちはヴィクトリア朝の女性として、また女性作家として生きることの意味を、それぞれのヒロインを通して探究した。それ故、ヒロインたち、ジェイン・エアとマギー・タリヴァーには顕著な類似性が見出される。二人は豊かな想像力と情熱を持ち、幼い頃から大の読書好きで、本だけでなく、風景、絵、そして人の心を読み、想像の世界を構築するのである。本章では、「読む」ヒロイン、ジェインとマギーの成長および選択という観点から両作品を比較し、そこにブロンテとエリオットの芸術家としての意識がどのように反映されているかを考察したい。その際、両作品のもう一つの顕著な類似性、すなわち絵画が巧みな修辞装置としての機能を果たしている点にも注目する。[4]

1 「女性読者」構築の歴史

『ジェイン・エア』と『フロス河の水車場』のヒロインが共に熱烈な「女性読者」である点は、当時の社会的、文化的コンテクストの中で捉える必要がある。なぜなら、ケイト・フリントが『女性読者――一八三七―一九一四年』（一九九三年）で示しているように、十九世紀において「女性読者」像は小説や絵画のみならず、新聞や雑誌の記事、医学書や心理学書、女性向けの手引書、自伝、手紙、日記など様々なコンテクストで構築され、しかもその構築の歴史は十六世紀にまで遡れるからである。[5] まず、フリントの研究に依拠しながら、ルネサンス時代からヴィクトリア朝に至るまで「女性読者」がいかに構築されていったかを概観したい。
イギリス文学史において、女性が特定の世俗的な読者として初めて認識されたのは十六世紀後半であった。この時期に恋愛や求愛を描く多くのロマンスが女性向けに書かれるようになったが、すでに十六世紀前半に、ジュアン・ルイ・ヴァイヴズが『キリスト教徒の女性教育』(一五四〇年頃)において、女性に及ぼすロマンスの悪影響について警告を発すると同時に、わずかな知識しか持たない女性の判断力は信頼すべきではなく、女性よりも優れた知識と叡智を備えた男性が女性の読むべきものを決定する権限を有するのだ、と主張していた。[6] 著者は一五二三年にヘンリー八世の最初の妃、キャサリン・オヴ・アラゴンの宮廷の一員としてイギリスにやってきた人物で、主として王女や貴族の若い令嬢たちの教育に関心を抱いていた。ルネサンス時代の女性と読書についてその後に書かれた手引書も、勃興しつつあった中産階級を念頭に置いたという点を除けば、同じ主旨を強調している。女性はロマンス調の軽い読み物に親しみすぎると空想の中で、あるいは現実にも性的に堕落する可能性があり、知的、精神的成長も阻害されるという懸念から、女性の読書(教育)が男性(あるいは両親)に委ねられたのである。しかし、男性による教育は女性の自己認識や自己主張を促して自立的な成長へと導くのがその目的ではなかった。[7]
十七世紀には、若い女性は読書を通して将来の結婚生活にふさわしい趣味や態度を培うとする見方がある一方で、ロマンスを読むことは現実逃避の手段だとして警戒され、十七世紀半ばになると、女性の説教師や予言者に関する議論を通してジェンダーと解釈の権威との関係が盛んに論じられた。十八世紀においても同様な懸念、つまり若い女性は読書によって堕落したり、絶えず刺激を求めるようになるといった考えや、度を越した読書は家庭での役割で有意義に使われるべき時間の浪費になるといった批判が支配的だった。そして、十八世紀後半になると、さらに新たな危惧が加わった。女性が読書に煽動され、従来の家族の役割や女性の地位を不服として抵抗するかもしれないという危惧である。こうした十八世紀の考え方がヴィクトリア朝の女性と読書に対する態度の基盤になった、とフリントは指摘する。[8]「女性読者」をめぐる言説には、あからさまな女性蔑視と、女性の潜在能力に対する恐怖が表れている。男性の教えに従い、適度な読書によって教養を積み、家庭生活での妻、母としての役割を十全に果たすという「望ましい女性読者」像が、男性支配による社会の秩序を維持するための戦略として、ルネサンス時代から十九世紀に至るまで反復、強化されていったのである。

では、女性作家たちはこのような女性読者像を、また女性の読書行為をいかに捉えていたのか。十八世紀末から十九世紀にかけての動向を、メアリ・ウルストンクラフトとジェイン・オースティンの著作から見てみよう。急進的思想家であり、今日ではフェミニストの元祖とみなされているウルストンクラフトは『女性の権利の擁護』（一七九二年）において、女性は男性と同様に理性を有する人間としてまず認められるべきだと訴え、女性の愚かさは適切な教育の欠如に起因しているとして、女性の知性を伸ばす教育が社会の急務だと主張した。彼女の主張の根底には、いわゆる「女らしさ」とは生来のものではなく、社会的、文化的に構築されたものだという認識がある。彼女は不十分な教育が生み出す「女性特有の弱点」の一つに"sentimental"を挙げるが、[9]その一因が小説にあることを次のように述べている。

無知故に自己の感情の奴隷となり、愛情に幸せを求めることだけを教えられた女性たちは、官能に磨きをかけ、その情熱を評価する極めて抽象的な概念を自己のものとするのだが、そのせいで、恥ずべきことに人生の義務を怠り、しばしば最高に洗練された精神を持ちながら実際の堕落行為に堕してしまうのである。

これらは愚かな小説家たちの描く幻想を楽しむ女性たちである。愚かな小説家たちは、人間の性質をほとんど知らずに陳腐な物語を作り上げ、感傷的な用語で長々と俗悪な場面を描き出すのだが、それがまた同様に趣味を堕落させ、日々の義務から心をそらせてしまうのである。（傍点は筆者）[10]

「感傷的な用語」という言葉から、ここでウルストンクラフトの批判の対象となっているのは当時流行した感傷小説だと容易に察しがつく。十八世紀において、'sensibility' が人間の、特に女性の重要な特質とみなされ、文学においても十八世紀半ばには、'sensibility' は洗練された繊細な感情、特に他者の感情や苦しみに敏感に反応する感性を意味する言葉となり、やがてロレンス・スターン、オリヴァー・ゴールドスミス、トマス・グレイ、ウィリアム・クーパーらに代表される「感性の時代」を生み出したが、しだいに感傷主義の傾向が顕著になり、感傷小説が一世を風靡した。[11] 'sentimental' という言葉も元は 'sensibility' と同様「洗練された感情」という肯定的な意味だったのが、しだいに「浅薄な感情への耽溺」を意味するようになったのである。[12] ウルストンクラフトは小説の悪影響として、上記引用文以外にも、女性の言葉遣いに及ぼす影響、例えば会話での強い表現やおおげさな言葉遣いを指摘しており、この『女性の権利の擁護』の序文では「愛らしい女性的な語句」、「言葉の優雅さ」、「エッセイから小説に、小説から通俗的な手紙や会話に入り込んだ美文体」を避けることを宣言している。[13]

このようにウルストンクラフトは小説が女性に与える悪影響を批判するが、小説を完全に否定しているのではない。むしろいかなる読書でも、つまり彼女が批判する類の小説でさえ思考力をわずかでも行使させることで精神を向上させる可能性は認めて、小説を完全に禁じることには異議を唱える。しかし、女性が知性を備え、単なる娯楽のための小説から脱して「理解力を鍛え、想像力を統制する」作品、例えば歴史書などを読むことを強く期待するのである。[14] 彼女は『女性の権利の擁護』の第五章において、ジャン・ジャック・ルソーの『エミール』(一七六二年)からの抜粋を分析しつつ、男女の違いを生得的だとするルソーの主張にことごとく反駁して、理解力に裏打ちされた批判的読みの実践を示している。また、自らも小説を書いていて、『メアリ――フィクション』(一七八八年)の序文ではわざわざ「この小説のヒロインを描くにあたり、著者は普通描かれるような人物とは違う人物を展開させることを試みる。この女性はクラリッサのような女性、またG―夫人やソフィアのような女性でもない」[15] と述べ、サミュエル・リチャードソンの『クラリッサ』(一七四七―四八年)と『チャールズ・グランディィソン卿』(一七五三―五四年)、ルソーの『エミール』の理想化されたヒロインたちを引き合いに出して、男性作家による既存の小説とは異なる新しいヒロイン像の創造を企てる決意を表明している。これをエレン・モアズは「女性作家が文学における女性の発言のための大胆な構造を創出しようとする意図を明確に示した、唯一ではないがごく初期の例」[16] だと指摘する。ウルストンクラフトの大きな関心の一つは 'sensibility' であり、『女性の権利の擁護』でのルソー批判では彼の理論の誤りが 'sensibility' に起因していると結論づけているが、『メアリ』においても、ゲアリ・ケリーが指摘するように、感傷小説の形式とテーマを用いながら、当時の感傷小説および感性の流行に対して巧みにアンチテーゼを提出した。女性が男性と同様に思考力を持ち得ることを示すだけでなく、女性の隷属を生み出す社会的、経済的、法律的要因を明らかにし、さらに結婚は女性にとって牢獄であるとして慣習的なハッピー・エンディングを拒否することで、彼女が偽りの感性、あるいは流行の感性とみなすものを批判しつつ、真の感性は女性にとって自ら学ぶ力となることを訴えたのである。[17]

オースティンもウルストンクラフトと同様、ある種の文学が女性に及ぼす悪影響を認識してそれを批判しながら、小説を擁護する自身の小説を創出した。彼女の場合は独特のユーモアとウィット、アイロニーが光彩を放つ。『ノーサンガー・アビー』(一八一八年)が最初『スーザン』として一七九六年から九八年にかけて書かれ、当時隆盛を極めていたゴシック・ロマンスのパロディであることは周知の通りである。[18] ヒロインのキャサリン・モーランドは、ゴシック・ロマンスに耽溺するあまりその幻影を現実世界の中に求め続け、ティルニー夫人の不幸な結婚、夫ティルニー将軍の妻への虐待、果ては将軍による妻の幽閉と想像をたくましくしてゆくが、ついに幻想から目覚めて、自己の軽薄さを反省する。この作品の第六章でイザベラ・ソープからキャサリンに紹介される七冊の「恐怖小説」、すなわち今日では「ノーサンガー・セット」と呼ばれる実在したゴシック小説が、当時流行した感傷小説の系譜上にある「センティメンタル・ゴシック」と、ドイツ恐怖小説からの翻訳である「テラー・ゴシック」に分類できることを考えると、[19] この作品は感傷小説に対する批判も含んでいると言えるし、『分別と多感』(一八一一年)のメアリアン・ダッシュウッドが読書で培ったロマンチックな感情と幻想の故に失恋という大きな痛手を受けながら、やがて「分別」の重要さを認識するに至る過程も感傷小説への批判として読める。さらに『マンスフィールド・パーク』(一八一四年)では、登場人物の若者たちが家長の不在中に素人芝居を演じることの是非をめぐって対立し、素人芝居の演技(台詞)の中に現実生活における自己の感情を投影して人間関係を混乱させてゆく。これは日常生活に演劇性が侵入すること、特に女性が家庭で演じることをその堕落の誘因として危険視した当時の風潮を反映したもので、芝居の台本に使われたインチボルド夫人の『恋人たちの誓い』は、感傷的なメロドラマである。[20] このようにオースティンは現存するジャンルに次々と挑戦し、ヒロインたちの人間的成長の過程を通して、自己の小説が人間への深い洞察力を読者に与え得る点を訴えている。

『ノーサンガー・アビー』の第五章において、オースティンは語り手を通して最も直截に自己の小説擁護論を展開する。男性作家による歴史書の縮約版や、詩や小説のアンソロジーは高く評価する一方で、女性作家の小説を敵視、あるいは蔑視する当時の風潮について、語り手が次のように述べる。

「私は、小説は読みません。小説にはめったに目を通しませんので、私がしょっちゅう小説を読んでいるなどと思わないで下さい。小説にしてはよくできていますよ。」このようなことがよく聞かれる。「それで何を読んでいるのですか、ミス・——?」「あら、ただの小説なのです!」と若い令嬢は答える。そう言いながら、彼女はわざと関心がなさそうに、あるいは一瞬はずかしそうに、本を伏せる。「これはただの『セシリア』なんです。ほんの『カミラ』なんです。『ベリンダ』なんです。」要するに、精神の最も偉大な力が開示された作品にすぎないのである。人間性についての最も完全な知識、その多様性についての最も巧みな描写、機知とユーモアの生き生きとしたほとばしりが、選び抜かれた最良の言葉で世間に向かって伝えられているにすぎないのである。[21]

女性読者が小説を読むことを恥じねばならないほどの社会的偏見と抑圧に対して、語り手は「ただの」、「…にすぎない」(only)という言葉の反復によってアイロニーを放ちつつ抵抗する。「精神の最も偉大な力」、「人間性についての最も完全な知識」、「最も巧みな描写」、「機知とユーモア」、「選び抜かれた最良の言葉」といった言辞は、『セシリア』(一七八二年)や『カミラ』(一七九六年)の作者ファニー・バーニー、『ベリンダ』（一八〇一年）の作者マライア・エッジワースらを含む、優れた先輩作家たちに対するオースティンの賛辞であると同時に、彼女自身が目指す小説の条件を示したものであり、作家としての強い自負心が窺える。
こうした新しい小説の創造の試みは、どのように継承されていったのだろうか。エレイン・ショウォルターのように、その影響を軽視する批評家もいる。彼女は『女性自身の文学——ブロンテからレッシングまで』（一九七七年）において、女性文学の流れは十八世紀後半に始まるというエレン・モアズの考えに同意しつつも、十八世紀後半と十九世紀の女性作家たちとでは職業意識が違うこと、また「一八四〇年代以前には女性作家の間に連帯感や自己認識がほとんど見られない」ことを理由に、「女性文学の伝統を一八〇〇年以降に生まれた女性たちを対象として論じる」ことを選んだ。[22] ショウォルターは、オースティンおよびウルストンクラフトと、彼女が十九世紀の「女性的な作家」[23] の第一世代として挙げるブロンテ姉妹、ギャスケル夫人、ハリエット・マーティノー、そしてエリオットとの関係について次のように述べる。

……ヴィクトリア朝中期の批評家たちがジェイン・オースティンに敬意を払っているにもかかわらず、（この敬意はヴィクトリア朝の女性作家たちに否定的な影響を与えたのだが）、ギャスケル夫人、ハリエット・マーティノー、ブロンテ姉妹、それに数人の二流作家たちは、オースティンから直接にはわずかな影響しか受けなかったようである。ジョージ・エリオットがオースティンに負っているものでさえ、偉大な伝統という考えによってかなり誇張されてきた。メアリ・ウルストンクラフトの著作は、彼女の生活をめぐるスキャンダルのせいで、ヴィクトリア朝の人々に広くは読まれなかった。[24]

ここでのヴィクトリア中期の批評家たちのオースティンに対する敬意と、それが女性作家たちに与えた否定的な影響についての言及は、一つにはG・H・ルイスが、『ジェイン・エア』を高く評価しながらもシャーロット・ブロンテにオースティンを模範とするよう勧め、それに対してブロンテが激しく反発したことを含意していると思われる。確かに、ブロンテは『高慢と偏見』（一八一三年）を痛烈に批判して、自分の目指す世界がオースティンのそれとは異なると主張した。[25] しかし、『マンスフィールド・パーク』（一八一四年）と『ヴィレット』の類似性を考えると、ルイスのような批評家のオースティン観がブロンテのような作家に与えた影響が「否定的」なものだったとは言い難いし、『マンスフィールド・パーク』と『ジェイン・エア』の類似性が批評家たちの注意を引いてきた点を考えるならば、作品間の「直接的な影響」に限らず、そこに同時発生している現象の意義も認識する必要がある。[26] 後述するように、『ジェイン・エア』にはウルストンクラフトおよびエリオットと共有された思想も見出される。また、実際ブロンテは「本相互の不思議なささやき」に関心を持っていた作家であり、これはマリアン・ノーヴィが指摘するように、間テクスト性への関心とみなすことができるだろう。[27]

ルイスがブロンテとエリオットの読書経験にオースティンおよびジョルジュ・サンドを持ち込んで、少なからぬ影響を与えた事実は興味深い。ブロンテはルイスのオースティン観には反発を示したが、サンドへの賞賛は理解できると彼への手紙で語り、一八五〇年に彼からサンドとバルザックの作品を借りて読んだ。[28] エリオットが一八五二年六月、友人のチャールズ・ブレイ夫妻とサラ・ヘネルにサンドの作品とオースティンの『分別と多感』を送ってくれるよう依頼したのは、当時『ウェストミンスター・レヴュー』の副編集長だったエリオットが、間もなく掲載予定であったルイスの評論「女性作家たち」におけるサンドとオーステインについての論考を読んだからだと推察される。[29] エリオットはオースティンへの敬意をルイスと共有し、作家活動を開始した翌年の一八五七年には、彼と共にオースティンの『マンスフィールド・パーク』や『エマ』（一八一六年）を読んでいる。[30] もともと貪欲な読者であったブロンテとエリオットは、シェイクスピア、スコット、ワーズワスを高く評価する点では同じであったが、[31] 文筆家としてスタートした重要な時期にルイスから共通の読書体験を与えられたのである。

さらにエリオットのウルストンクラフトへの関心について言えば、彼女は一八五五年十月十三日の『リーダー』に評論「マーガレット・フラーとメアリ・ウルストンクラフト」を書いた。[32] この評論でエリオットは、場所と時代を隔てた二人のフェミニスト作家、アメリカのフラーの『十九世紀の女性』（一八四三年）とイギリスのウルストンクラフトの『女性の権利の擁護』（一七九二年）との類似性を指摘し、二人が女性の可能性に熱烈な希望を抱きつつも、女性のあるがままの姿を理解して描いた点を高く評価して、深い共感を示している。特に留意すべきは、ウルストンクラフトもエリオットも自身の知性を強く自覚すると共に女性の知性を重視する立場をとり、女性が自己の知性や教養を伸ばして向上しなければ、結局男性も向上しないと考えた点、さらにフラーと同様、エリオットも、女性の性質について絶対的な定義づけを行うことは愚かだと考えていた点である。

このようにブロンテもエリオットも意欲的、かつ鋭い批評眼を備えた「女性読者」であり、女性読者が社会的、文化的コンテクストにおいていかに構築されてきたか、また構築されつつあるかについても熟知していたに違いない。そして二人が女性読者を自らの小説のテーマとして選んだ十九世紀半ば以降、女性読者はしばしば絵画によって視覚化され、社会に流布したイメージでもあった。例えば、エドワード・ワードの

『ソファにもたれた少女』（一八五四年）、アリス・スクワイヤーの『屋根裏の寝室で読書する若い娘』（一八六一年）、オーガスタス・レオポルド・エッグの『旅する二人』（一八六二年）、ロバート・マーティノーの『最終章』（一八六三年）、トマス・ブルックスの『海の物語』（一八六七年）、ウィリアム・ヘイの『おかしな物語』（一八六八年）等を挙げることができるが、フリントは、十九世紀における女性と読書の文化的表象の主たる二つの可能性を具体化する絵画として、ラファエル前派の代表的画家ダンテ・ゲイブリエル・ロセッティの『聖母マリアの少女時代』（一八四八―四九年）（図5）と『パオロとフランチェスカ・ダ・リミニ』（一八五五年。以下『パオロとフランチェスカ』と略記）（図6）に注目している。[33] 前者は「ラファエル前派兄弟団」結成の翌年の一八四九年、当時はまだほとんど無名だったロセッティが〈P.R.B.〉のイニシャルを署名の後に記して自由展覧会《フリー・エキシビション》に発表した最初の作品であり、これによって彼の才能は広く認められることになった。ちょうどロンドンで現代絵画の売買と展覧会が盛んに行われるようになった時期であった。後者は、すでに多くの芸術家によって取り上げられてきたダンテの『神曲』中最も有名な挿話（地獄編第五歌）をテーマとした作品である。ロセッティに近いところではウィリアム・ブレイクの『神曲』挿絵やウィリアム・ダイスの絵（一八三七年）があるし、一八五四年にロンドンで開催され注目を集めた第一回フランス絵画展では、アリ・シェフェールの『フランチェスカ・ダ・リミニ』（一八三五年）（図7）が展示され、上述のロセッティの作品が製作された一八五五年には、第二回フランス絵画展でJ・A・D・アングルの『パオロとフランチェスカ』（一八一九年）が展示されており、当時のイギリスの人々にとってはかなり馴染み深いテーマであったと言えよう。エリオットはシェフェールの作品に深い感銘を受けている。[34]

ではロセッティの二枚の絵を見てみよう。『聖母マリアの少女時代』は若きマリアが母親から刺繡を習っ

図 5　ダンテ・ゲイブリエル・ロセッティ『聖母マリアの少女時代』(1848–49 年)
Dante Gabriel Rossetti, *The Girlhood of Mary Virgin.*

図6　ダンテ・ゲイブリエル・ロセッティ『パオロとフランチェスカ・ダ・リミニ』(1855年)
Dante Gabriel Rossetti, *Paolo and Francesca da Rimini*.
© Tate, London 2002

図7　アリ・シェフェール『フランチェスカ・ダ・リミニ』(1835年)
Ary Scheffer, *Francesca da Rimini*.
The Wallace Collection, London

ている場面を描いたものだが、聖母マリアを象徴する白い百合の下に重ねられた本の背表紙には、キリスト教の基本徳目である「慈愛」、「信仰」、「希望」、「賢明」、「節制」、「堅忍不抜」の文字がラテン語で記され、さらにこの絵の額縁にはロセッティ自身がこの絵の象徴的意味を歌ったソネットが刻まれており、次のような一節がある。

それら書物は（パウロの説きし
黄金の慈愛を天辺に置き）
魂に満ち溢れる徳目を表す。[35]

つまり、聖母マリアがこれから学ぶ知識ではなく、すでに内に秘めている「知識のコード化」を象徴していると考えられるのである。[36]

一方、『パオロとフランチェスカ』の額縁には、『神曲』の挿話から次のような詩行が刻まれている。

ある日、
楽しみに、ランスロットが
恋のとりこになった物語を読みました。二人だけで、
疑われる心配もなく。読み進むうち、
いくたびか二人の目は合い、頬から

色が失せました。けれど、ただ一つの場面で
堕ちてしまったのです。あの微笑み、
あの求められた微笑みが、恍惚として
深く愛するひとの、口づけを受けたくだりを読んだとき、
永久に私と離れぬあの人は、
うちふるえ、私に口づけをくれました。[37]

ロセッティの絵はこの詩を忠実に視覚化していると言えるだろう。アーサー王物語でランスロット卿が王妃グウィネヴィアへの情熱に囚われてゆくさまを読んでいた恋人たちがその物語と一体化し、己の激しい情熱にのめりこんでいった姿が見事に表現されている。

これら二枚の絵が女性と読書の文化的表象として持つ意味を、フリントは次のように結論づける。『聖母マリアの少女時代』の絵が示すのは、女性は生来持っているとされる価値ある特性に、社会的に是認された知識を積み重ねることによって改善、教育されるという考え方である。一方『パオロとフランチェスカ』の絵は、禁じられたものを読むことは堕落につながるという考え方を具現する。さらに、この二枚の絵は異なる種類の読み方、すなわち敏捷で博学な理想的読者を必要とする読み（この絵の場合は図像学的読み）と、共感との一体化による読みを示唆するのである。[38] だが、この二枚の絵は女性および女性読者についての、また読み方についての対照的、かつ伝統的な考えを象徴するイメージであるだけでなく、それらが錯綜し、転覆される可能性をも示唆しているので一層興味深い。『パオロとフランチェスカ』の中央で恋人たちを見

つめる二人の男性、ダンテとウェルギリウスの間には"O lasso!"（あはれ！）と書かれ、彼らの憂いのこもった眼差しには非難めいたものも読み取れる。しかし、彼らの眼差しが理性を捨てて情熱に身を委ねてしまった恋人たちに対する非難であるとしても、この絵全体の雰囲気は恋人たちへの共感を漂わせており、この絵を共感との一体化による読み、すなわち既成の価値観からの逸脱を批判するものと読むか、肯定するものと読むかは鑑賞者しだいと言える。『神曲』を知る鑑賞者ならば、この思いを一層強くするに違いない。というのも、『神曲』ではダンテ（絵では左側の人物）とウェルギリウスが地獄の第二圏で肉欲の罪人の行きつく果ては激しい呵責であることを目撃するのだが、フランチェスカの告白を聞いたダンテは哀憐の情のあまり意識を失って倒れてしまうのである。

では、ブロンテとエリオットが創造する女性読者、ジェインとマギーはこれらのイメージが提供する読者像および読み方とどのように関るのだろうか。彼女たちの選択と人間的成長を次に見ていこう。

2　ジェイン・エアからマギー・タリヴァーへ——ダブルバインドの苦悩

ジェインとマギーには顕著な共通点が見出される。まず、ジェインがリード家のアウトサイダーであり、またソーンフィールドではロチェスターの属する上流階級には受け入れられぬ家庭教師であるように、マギーは社会的慣習が規定するいわゆる「女らしさ」から逸脱する点においてアウトサイダーである。ジェインと同様、マギーも想像力豊かで情熱的な女性読者であり、本の挿絵やその他の絵に強い興味を抱き、それらをもとに自分で物語を創造する。『ジェイン・エア』においてジェインが読む本やその挿絵、また彼女自身が描く絵が彼女の性質や心理を語る修辞装置として、あるいは物語の展開を予示する装置として機能しているように、『フロス河の水車場』でも、物語の最初の部分で九歳のマギーが強い反応を示す五枚の絵が象徴的、予言的意味を担い、同様な機能を果たしている。だが、エリオットはこのように『ジェイン・エア』と類似した設定、および技法を用いながら、マギーにはジェインとは大きく異なる道をたどらせる。ジェインが物語との一体化を図る読者から脱し、試練を乗り越えて自ら表現する者となって幸福、充足感、勝利感を手に入れるのに対し、マギーは物語と一体化しようとする読みと批判的な読みとの間で葛藤し続ける読者になる。それはなぜだろうか。まず、ジェインの成長の過程を概観し、次に、前述の五枚の絵とそれらに対するマギーの反応を分析することを通して、この問題を解決したい。

『ジェイン・エア』において、語り手ジェインが一人称で語る自身の精神的成長の過程は自伝作家としての資質を獲得してゆく過程でもある。読書行為は彼女の想像力、自己（現実）認識、および人格形成に多大な影響を及ぼし、彼女はやがて読むことから自己表現、つまり絵を描くことと語ることへと転じる。まず物語の冒頭の部分で十歳のジェインが言及する三冊の本、トマス・ビューイックの『英国鳥類物語』（一七九七、一八〇四年）、ゴールドスミスの『ローマ史』（一七六九年）、ジョナサン・スウィフトの『ガリヴァー旅行記』（一七二六年）との関り方は、その内容にひたすら同一化するための読みである。そうした物語世界との関りは彼女の本質、すなわち、過剰なほどに豊かな想像力、内に秘めた激しい情熱、および未知の世界への飽くなき欲求と共に、現実逃避や自己破壊につながる想像力や情熱の危険性を示しているが、幼いジェインに関して特筆すべきは、読書から得た知識や女中のベシーから聞いた物語との同一化によって、虐待される悲劇のヒロインに自己を仕立て上げている点であろう。ジェインは自らを悲劇のヒロインとすることでリード家の人々に対する軽蔑と嫌悪を心の中で増幅させ、自己の殻に閉じこもり、彼らとの溝を深めるのである。

しかし、ローウッド学校でミス・テンプルとヘレン・バーンズという、互いに信頼できる師と友を得たことで一大奮起したジェインは、その努力が認められて絵を習うことを許され、現実から逃避して物語世界に耽溺することよりも現実の世界での表現へ強く向かってゆく。しかし、やがて実際に観察して描写できるもの、つまり既知の入手可能なものには満足できなくなってしまう。ジェインの未知の世界への激しい憧憬が、次のような絵画的モティーフ、すなわち窓辺に立って遠景を見つめる姿によって示される。

私の視線は他の全てのものを越えて、最も遠くはるかに見える青い山嶺に止まった。あれこそ私が越えたいと願っていたものではないか。あの岩と荒野の境界線の内側にあるものは、全て牢獄の敷地、流刑地のように思われた。白い路を目で追っていくと、それはある山の麓のまわりにうねって、二つの山の間の谷に消えていた。それをもっと先まで見たい、とどれほど願ったことか！[39]

ここで読者はジェインの背後から彼女と共に風景を見つめることになる。絵を観る者に背を向けて窓外を眺める人物は、十九世紀ロマン主義風俗画に頻繁に登場するモティーフである。十七世紀から二十世紀までのヨーロッパ絵画で用いられたモティーフだが、十九世紀には景色を眺める者と景色との精神的相互作用を描くことが主たる目的とされた。その代表的な例はカスパール・ダヴィッド・フリードリッヒの『窓辺の女』（一八二二年）（図8）であり、ラファエル前派の画家、ジョン・エヴァレット・ミレイの『マリアーナ』（一八五一年）もこの伝統に属する。[40]

「窓辺からかなたを見つめるジェイン」という絵画的イメージは、彼女が後にソーンフィールドの平穏な生活に満足できなくなったときに再び用いられる。そのとき館の屋上に立ってはるかかなたを見つめるジェインの「限界を超えて見通すことのできる力」への激しい欲求は、「聞いたことはあるが見たことのない」世界、「より多くの実際的体験」、「自分と同じ種類の人間」や「いろいろな性質の人々」（九五）との出会いや交流を獲得することへの渇望に他ならない。ローウッドでの外界と遮断された生活の中で、なぜジェインはこのような渇望を抱くに至ったのか。それは読書を通じて、またかつてジェインを感動させた友人ヘレンのように、自分が読んだ本についてミス・テンプルと語り合うことで視野を広げたからに違いない。すでに見たように、女性が読書を通じて広い視野を身につけ、伝統的な女性の地位や役割に異議を唱えるに至ることこそ、十八世紀後半以降、女性読者に対して社会が抱いた危惧であった。物語に耽溺して一体化する姿勢から脱したジェインの読書の成果

図8　カスパール・ダヴィッド・フリードリッヒ『窓辺の女』（1822年）
Caspar David Friedrich, *Frau am Fenster*.

Staatliche Museen zu Berlin – Preußischer Kulturbesitz, Nationalgalerie
Foto: Jörg P. Anders, 1980

は、まさに社会が危惧した女性読者の誕生であり、それは次のようなジェインの心の叫びによって明確に告げられる。

人間は平穏な生活に満足すべきだ、と言ってもむだである。人間は活動を持たねばならない。活動を見つけられないのなら、作り出したくなる。私よりももっと動きのない生活を運命づけられた人が何百万といる。彼らは自らの運命に無言ながら反逆しているのだ。この地球上の膨大な人生の中に、政治的反逆以外の反逆がどれほど煮えたぎっているか、誰にもわからない。女は非常におとなしいと一般に考えられている。だが、女だって男と同じように感じているのだ。能力を働かせる必要があるのだ。兄弟と同じく力を発揮する場を必要としているのだ。あまりにも厳しい抑制、あまりにも完全な沈滞を強いられれば、男と同じ苦痛を感じるのだ。女はプディングを作り、靴下を編み、ピアノを弾き、バッグの刺繍だけをしていればよい、と言うのは、特権的な地位にある者たちの偏狭さである。女に必要と慣習的に考えられてきた以上のことをやったり、学んだりしようとする女を非難、あるいは嘲笑するのは、心無いわざだ。（九六）

この語りでの現在形の使用が、主人公ジェインと重なり合う語り手ジェイン、および作者ブロンテの姿を彷彿とさせ、この作品中最もフェミニスト的な主張として有名な箇所である。男女を問わず活動を求めて自己の運命に抵抗する人々への共感の根底に存在するのは、女性も男性と同じように感情、知性、向上心を持ち、大きな可能性を秘めているという信念であり、それは先に見たように、ウルストンクラフトやエリオットが主張したことでもあった。ジェイン、ひいてはブロンテが女性の活動領域を限定する慣習の撤廃を訴えるように、エリオットは評論「マーガレット・フラーとメアリ・ウルストンクラフト」において、二人のフェミニストの同様な主張への共感を示している。人が自己の能力を伸ばす可能性と機会は男女平等に認められるべきだという点で、これらの女性作家たちは一致しており、ブロンテはその思想をジェインに体現させ、社会が構築した女性像、女性読者像に真っ向から挑戦したと言えるだろう。

つまり、ジェインが窓辺からかなたを見つめる姿は彼女の未知なる世界への憧憬の象徴であるにとどまらず、社会に抵抗する女性(読者)像の象徴でもあるのだ。これに対して、ジェインが自らの生き方として抵抗を選び取るまでの内なる葛藤は、ローウッドで彼女自身が描いた幻想的な三枚の絵によって示唆される。これらの絵には彼女が幼い頃から抱いていた孤独、死、絶望のイメージが溢れ、閉ざされた運命への抵抗と、それに勝るほどに強い抑圧とのせめぎ合いが無意識のうちに表現されている。この三枚の絵はソーンフィールドでロチェスターとジェインが初めて雇い主と家庭教師として対話を交す場面に現れ、彼女の心理や彼女とロチェスターの類似性を示唆するだけでなく、二人が心理的に急速に接近する場面を引き出すという、物語上の機能も果たしている。第一章で考察したように、ブロンテはこのように絵画に物語上の機能を担わせる技法を『ヴィレット』でも用いている。

さて、ロチェスターとの出会いの後、ジェインは、彼女を自らが構築する物語に組み込もうとするロチェスターによって、また後にはセント・ジョンによる権力と脅威にさらされるが、いずれの場合も最大の危機的瞬間に自己の信念を主張し、それを守り通すことで発言者/表現者としての自己を確立する。そして、妻も屋敷も失って盲目の身となったロチェスターと再会したとき、ジェインはこんどこそ二人の人生という物語を創造する主導権を手中に収めるのである。

*

では、『フロス河の水車場』のマギーはどのような道をたどるのだろうか。前述した九歳のマギーが鋭い反応を示す五枚の絵とは、（1）魔女判定を描いた絵（ダニエル・デフォーの『悪魔の歴史』の挿絵）、（2）ジョン・バニヤンの『天路歴程』における魔王アポリオンの絵、（3）ヤエルがシセラを殺している絵（聖書の挿絵）、（4）「チャールズ・グランディソン卿の衣装をつけた放蕩息子」[41]を描いた続き絵、（5）ユリシーズとナウシカアーの版画である。これらの絵は七巻から成る『フロス河の水車場』の第一巻に今述べた順序で現れ、それによって生み出されるイメージを軸として物語が展開するといっても過言ではない。[42]

最初の二枚の絵はマギーの父親、タリヴァー氏が所有する本の挿絵であり、物語のごく始め（第一巻第三章）に登場する。タリヴァー氏が息子のトムの教育についてライリー氏に相談しながらマギーの聡明さ、つまり彼女が「たいていの大人よりよく読み、理解する」（六六）ことに触れたとき、ライリー氏が彼女に魔女判定の絵の意味を尋ねる。皮肉にも魔女判定の絵が、マギーの聡明さを判定する手段として用いられるのである。マギーは今こそ認められるチャンスとばかり、得意になって次のように説明する。

「ええ、その絵の意味を話してあげるわ。こわい絵でしょう？　でも、わたし、見ないではいられないの。水のなかにいる女は魔女なのよ――魔女だかどうだかためそうと思って、みんなで水のなかに入れたのよ。そして、もし泳げたら魔女だけれど、おぼれたら――ね、死んでしまうでしょう――そうすれば、罪がなくて、魔女ではないの。ただのかわいそうな、ばかなおばあさんということになるの。でも、それがわかっても、もしおぼれてしまえば、ねえ、そうでしょう、なんにもならないじゃないの。だけど、天国に行けば、神様がそのうめあわせ

図9　ダニエル・デフォー
『悪魔の歴史』の挿絵
「魔女を水に突き落とす」
Daniel Defoe, *The History of the Devil* (London: T. Kelly, 1819)

HISTORY OF THE DEVIL
DUCKING A WITCH.

Then Apollyon straddled quite over the whole breadth of the way, and said, "Here will I spill thy soul!"—And with that he threw a flaming dart at his breast; but Christian caught it with his shield.

図10　ジョン・バニヤン
『天路歴程』の挿絵
アポリオンとクリスチャン
John Bunyan, *The Pilgrim's Progress* (London, 1845)

をして下さるだろうと思うわ。それからこのこわい鍛冶屋、ひじをはって、笑って――まあ、なんて醜いんでしょう――彼が何なのかお話しするわね。ほんとうの悪魔なの」（ここでマギーの声は一段と高くなって、力が入ってきた。）「ほんものの鍛冶屋じゃないの。だってね、悪魔は悪い人間の姿に化けて、そこらじゅう歩き回って、人間にいけないことをさせるの。そして悪魔は何よりも悪者に化けることが多いの。だって、ほら、もし悪魔だってことがすぐにわかって、人間にむかってほえたてたりしたら、みんな逃げてってしまって、自分の好きなことを人間にさせることができないでしょう。」（六六―六七）

マギーによれば鍛冶屋に化けた悪魔も一緒に描かれた、この『悪魔の歴史』の挿絵である魔女判定の絵（図9参照）[43]に加えて、彼女はトムが色をつけた『天路歴程』の魔王アポリオンの絵もライリー氏に見せ、「ね、体はすっかり黒いでしょう。目だけ赤いのよ、火のように。だってね、悪魔の体の中はすっかり火なのよ。そしてそれが目から輝くの」（六八）（図10参照）[44]と説明する。W・サリヴァンが指摘するように、こうしたマギーの解釈には豊かな想像力や虚栄心、自信過剰が見て取れるが、[45]ここでは彼女が批判的かつ積極的な読者であることに注目したい。彼女は魔女判定の絵について、魔女の嫌疑をかけられた女性につきつけられる理不尽な要求を指摘するにとどまらず、「神さまがうめあわせをして下さるだろう」と述べる。つまり、本の内容を理解するだけでは満足せず、問いを発し、それに対して自分なりに答えを与えようとするのである。もちろん、そこには彼女自身の願望が反映されていることも見逃せない。

また、聡明さを懸命に示そうとするマギーの試みは、虚栄心や自信過剰の一面であると同時に、愛されたいがために社会的価値観に依存することから生じている。タリヴァー氏は自分の一族の知性が自慢で、トムに特別な教育を受けさせようとしている。幼いマギーは知性が家庭でも社会でも重視されることを知っていても、それが男性の知性に限られていることはまだ十分に理解できないので自分の知性を誇示しようとするのだが、女性の知性はむしろ望ましくないものとする二人の大人は、彼女の説明を喜ばない。この場面では、マギーの性質や本の読み方だけでなく、彼女の家族および社会との関係も示され、情熱的、かつ批判的、積極的な読者であるマギーの、社会が理想とする女性(読者)像から逸脱する故の苦悩というテーマが導入される。知性や教育に関する評価の二重基準に苦しむマギーの姿は、先に見たジェインが経験した苦悩、ひいてはエリオットとブロンテが女性作家であるが故に経験せざるを得なかった苦悩でもあり、エリオットはブロンテと同様、マギーを通して規範的な女性像の構築および性による二重基準への批判と抵抗を目論んでいる。

この目論見を象徴的に示すべく、魔女と悪魔のイメージが全編を通してマギーに付与される。ヨーロッパ中世、近世世界において、夥しい数の魔女が悪魔から超自然力を得た者として処刑されたが、実はその多くは神秘的な直観と医学的な知識によって隣人たちを助けていた農村の貧しい女性たちであった。[46] 彼女たちは、都市のエリートだった司法官や教会改革者から、あるべき秩序を脅かす存在だとみなされたために「魔女」に仕立て上げられたのである。その背景にあるのはキリスト教の伝統に深く根ざした女性蔑視と女性恐怖に他ならず、魔女狩りが大展開したのは十六世紀以降、すなわち先に見たように、ちょうど都市部では上流階級と中流階級の女性たちに、あるべき読者像が最初に押しつけられた時期である。マギーに与えられた魔女のイメージには、彼女個人の歴史をより大きな歴史のうねりの一部として捉える、エリオットの歴史感覚も窺える。マギーは社会規範を逸脱、あるいは脅かす点で、いわば近代社会の「魔女」なのである。[47]

マギーの魔女判定の絵に関する言葉は、彼女自身の運命を予示する点でも極めて重要である。魔女視されて救いの道が閉ざされた女と同様、マギーはダブルバインド（double bind）状況に捕えられ脱出の道を見出せずに苦悩する。後述するように、彼女の欲求と道徳律との葛藤、さらには彼女自身の道徳律と社会の価値観との葛藤によって追い詰められてゆくのである。そして、魔女の嫌疑をかけられながら実は魔女ではない女の溺死は、マギー自身の溺死とパラレルをなしており、批評家たちが指摘してきたように、作品の結末でのマギーの溺死は洪水のイメージ、タリヴァー夫人やプレット夫人の予言的な言葉など、多様な装置によって作品の至るところで暗示される。[48] しかも、命がけでトムの救出に向かう彼女の姿は、大昔に洪水のたびに人々を救ったとされる伝説上の聖人オッグとの連想を呼ぶ。それによって彼女は最終的には魔女から聖女への変容を許されるのだが、この変容は両者が裏表の関係にあることを示すと同時に、魔女という存在が仕立て上げられたものである点を強調する。

また、挿絵の悪魔に対するマギーとタリヴァー氏の反応が、二人の類似性を露呈させる。時代の変化に対応できないタリヴァー氏は、灌漑工事を恐れるあまり灌漑を推進する弁護士ウェイケムに対する被害妄想にとりつかれ、マギーが悪魔は「悪い人間の姿」に化けていると考えているように、彼も弁護士が人間の姿をした悪魔だと信じこんでいる。タリヴァー氏は己の権利だと信じるものを守ろうとして訴訟を起こすが、敗訴する。しかし、それでもなお現実を直視できずにウェイケム家の者たちを恨み、トムに復讐を命じ、失意のうちに亡くなる。このタリヴァー氏の悲劇は、ジェローム・セールが指摘するように、彼の「情熱」と「現実に対する盲目性」に起因しており、[49] マギーの葛藤も初期の段階では父親の悲劇とパラレルをなす。最後まで現実を直視できなかったタリヴァー氏とは対照的に、マギーはしだいに現実を直視して精神的成長を遂げてゆくが、それでも「情熱」は絶えず彼女の葛藤を引き起こす。

さらに、挿絵についてのマギーの解釈から生じる悪魔と魔女とのイメージはことごとく彼女と結びつけられ、後の場面で彼女の心理を示唆したり、情熱故に生じる問題を強調したり、あるいは精神的成長を跡づける。例えば、彼女が家を飛び出してジプシーの所に行ったとき、鍛冶屋と魔王アポリオンが登場する。自分の「優れた知識」(一七〇)によってジプシーたちの女王になれるに違いないと思っていたのに、いざジプシーの居住地に近づくと、「彼女はくぐりの横木の間を這いぬけて、歩き続けた……もっともアポリオンの姿が目の前にちらちらしないわけではなかったが……。もしや皮の前かけをかけた鍛冶屋がひじをはり、歯をむきだして笑いかけはしないだろうかと思うと、目をそらすこともできなかった」(一七〇―七一)のである。やがて鋭い目つきをしたジプシーの老人がアポリオンに、荒れ果てた小屋が魔女の住処に思えてきて、マギーは恐怖と好奇心の間で揺れ動く、といった具合に、悪魔と魔女のイメージを通してユーモラスな雰囲気さえ漂わせながら、幼いマギーの子供らしい想像力に満ちた、しかし思い込みの激しい心の世界が写し出される。現実逃避のために本の世界に没頭したジェインと同様、マギーにとっても二つの世界の境界は非常に曖昧で、それが後に彼女の苦悩と抑え難い反抗心の大きな原因となるのである。

「悪魔」たちはマギーの衝動と反発の象徴でもある。九歳のマギーについては、語り手がその衝動的な行動を聖書の「七つの悪霊」(「ルカによる福音書」十一章二十六節)を連想させる「七つの小さな悪魔たち」(一五五)のしわざとして説明する。女の子らしくないと咎められた上、トムがわざとマギーを無視して従妹のルーシーに親切にしたために、「その日の朝のうちにすでにマギーの魂にのりうつっていた小さい悪魔たちがしばらく留守をした後で一段と力を増して戻ってきた瞬間」(一六一)に、彼女はルーシーを泥の中に突き倒したのである。以前マギーは悪魔を人間に邪悪な行為を強要する外的な存在としてライリー氏に説明したが、ここでは彼女自身が悪魔に捕えられている。だが、この九歳のマギーはまだ「小さな悪魔たち」が自分の内に存在することには気づいておらず、十三歳になったときに初めてそれを認識する。彼女は破産した父親に同情しながらも、愛されたいという欲求が満たされない自己の運命に次のように反発する。

彼女は自分の運命に抵抗し、その寂しさに心は萎えしぼんだ。そしてこうあってほしいと思うところとはあまりに違う父や母に対して――彼女の思うことにも、感じることにも、常に横槍を入れて邪魔をするトムに対して――激しい怒りと憎悪すら感じ、それが溶岩の流れのように流れ出して愛情と良心におおいかぶさってしまい、彼女はともすれば悪魔になりかねない自分に怯えた。(三八〇)

ここでの「溶岩の流れ」は、九歳のマギーが「体中が火」(六八)だと説明した魔王アポリオンを連想させる。悪魔のイメージによってマギーの怒りと憎悪の激しさが示されるだけでなく、悪魔に関する認識の変化を通して、道徳的成長の第一歩である自己認識が明らかにされている。そして、この十三歳のマギーの葛藤に、『ジェイン・エア』のヒロインとの類似と相違が顕著に観察される点に注目したい。

寂しさの余り衰弱する一方で、怒りや憎しみの激発を起こすマギーは、愛への渇望から反逆へと走ったゲイツヘッドでのジェインを想起させる。しかしマギーと違って、ローウッドに移動した後のジェインには、絶えず彼女の心情を理解し、愛してくれる存在が身近にあった。ロチェスターが他の女性と結婚するだろうと考えて苦しんでいるときでさえ、その苦しみを語るジェインの言葉にはその相手の女性以上に彼の優しさを引き出せる自分に対する誇りがにじみ出る。また、テリー・イーグルトンがブロンテの小説の特徴として、「その中心に……血のつながりを持たない人物か、あるいはそれを意識的に断ち切る人物が存在する。血縁のしがらみがないことによって、自己は自由で純然たる前‐社会的原子《アトム》と化す。このような自己は傷つきやすく利用されやすい反面、自由に前進し、階級構造を横断し、人間関係を選び、新たに作り出し、専制的社会関係や父親的温情主義に抗して、ひたすら自己の能力を研鑽することができる」と述べているが、[50]ジェインはまさにその典型だと言えよう。だが、他者に愛され、血縁に束縛されることもなく社会の慣習に真っ向から挑戦して前進を続けるジェインとは対照的に、マギーには家族とそのしがらみがあり、家族が彼女の期待に応えてくれないとき、家族であるが故に愛情と反発の相克が一層激しくなる。エリオットはジェインが免れている問題にマギーを直面させるのである。

そして、十三歳のマギーは物語と一体化しようとする熱烈な読者でもある。上記引用文で述べられた状態に至るまでに、彼女はすでに物語世界への逃避を繰り返している。ジェインの場合と同様、マギーも単に想像力を満足させるためだけでなく、現実を判断する基準や生きるための指針を得ようと本を読むのだが、ジェインとは違って愛への渇望が満たされず、自己表現の手段も持たないマギーは、読書によって空想の世界を膨らませ、それを無理やり現実に当てはめようとして却って現実の苛酷さを思い知らされ、さらに空想の世界にのめりこむパターンを繰り返しながら「現実と本と白昼夢の三つから成る世界」（三六七）を生きている。エリオットはこのように逃避的な読書から脱することのできないマギーの苦悩を、「窓辺からかなたを見つめるジェイン」、すなわち未知の世界への激しい憧憬を抱き、社会に抵抗する女性（読者）像を象徴する絵画的イメージのヴァリエーションを用いて描くことで、二人の対照性を浮き彫りにしているように思われる。

ジェインが窓辺に立ってかなたをまっすぐに見つめたのとは対照的に、マギーは「本を持って窓際にすわると、彼女の目は戸外の日の光をぼんやりと見つめ、やがてその目には涙があふれ、母親が部屋にいないときには勉強がすべてすすり泣きに終わることも一度や二度ではなかった」（三八〇）のであり、「窓枠に頭をもたせて、両手を固く握りしめ、床板を踏みつけて」、満たされぬ思い、すなわち「この地上で最も偉大にして、最も良い何か……に対する、この広やかな、だが希望のない憧れ」（三八一）を必死に押し殺そうとする。観る者を背にして外を眺める姿が十九世紀ロマン主義風俗画に頻出したモティーフであったにせよ、ジェインの窓辺の姿は『ジェイン・エア』で最も印象的な絵画的イメージの一つであり、この作品を読んだエリオットがそれを覚えていなかったとは考え難い。従って、このマギーが窓際に座って外を眺める姿は、修辞装置としての絵画的イメージに興味を持つ二人の作家による偶然の一致というよりは、エリオットがジェインを強く意識しながらマギーを創造したことの証左だと言えるのではないだろうか。

このマギーの窓際の姿は、物語の終盤、スティーヴンと別れた後になお葛藤に苦しむ姿として反復される。


夕闇の中でろうそくもともさず、河の方に向かった窓をあけ放したままで、彼女［マギー］はすわっていた。重苦しい暑さは区別できないほどに彼女の運命の重荷の一部となって彼女にのしかかっていた。彼女は窓際の椅子にすわって窓枠に腕をかけたまま、勢いよく流れてゆく河の面をぼんやり見つめていた――人を咎めぬ悲しみにしおれた美しい面影をなおも見ようともがくのであったが、一つの影が横合いから割り込んできて暗くしてし

まうので、その面影はたちまち消えかくれてしまうように思われた。(六四一)

「美しい面影」とはルーシーであり、それをかき消してしまう「一つの影」はスティーヴンである。最終的な選択をしたはずなのに、それが正しかったと確信したいのに、マギーの心はスティーヴンへの抑えがたい情熱の誘惑に動揺しているのだ。この場面の翌日から天候が急変し、外出できないほどの状態になる。彼女は洪水に巻き込まれるまでの数日間、部屋の中でただ一人「一日中、寂しい部屋にすわって、雲と吹きつける雨に窓は暗く閉ざされたまま」(六四六)、誘惑を断ち切るために闘い続ける。それまで開け放たれていた窓が固く閉ざされたことに象徴されているかのように、マギーは自分の心の内奥だけをみつめ、苦しい格闘の末にようやく、洪水の直前に過去との絆をわがものとし、自分の内に「無私の同情と愛情」(六四八)が湧いてくるのを実感する。新しい愛の情熱よりも過去の絆を選択すること、それは確かに彼女の心からの願いであり、それを成し遂げたことは彼女にとって一つの勝利には違いないが、あまりに過酷な代償を強いるものであった。幾つもの要素が絡み合う中で、人の選択というものがいかに困難なものになり得るかを彼女の苦しみは物語る。そして、ここでも「窓」のイメージを通して再びジェインとの対照性が浮かび上がってくる。社会が構築する女性(読者)像や評価の二重基準を批判するという立場を同じくしながらも、社会に抵抗しつつひたすら前進するジェインに対して、それができないマギーの苦悩の複雑なありようを描くことで、エリオットはブロンテとは、いわば逆の視点を提示していると言えよう。

さらにエリオットは「本=知識=男性世界」という社会通念を明確に示し、その構図から排除されるマギーの苦悩を前景化させながら、彼女の読書に関して、ブロンテが触れていないもう一つの問題を提示する。

語り手がマギーの知識欲は必ずしも純粋なものではなく、その知識によって他者に認められたいという虚栄心が混じっていることを指摘し、知識欲という全体としては肯定されるものに潜むエゴイズムを示唆するのである。ジェインの場合は、例えばローウッド学校でのように、先生に認められたいという思いで必死に勉強することは彼女の原動力として肯定的に捉えられているし、後に他者に絵の才能を認められたときも、彼女はその評価を素直に受け入れ、そこに潜んでいるかもしれぬ虚栄心などは問題とされない。だが、エリオットは必ず物事の二面性を示す視点を導入し、一つの視点の絶対性を疑う意識を喚起するのである。

*

さて、再び幼いマギーの心を捕えた魔女の絵にもどり、彼女に付与された魔女のイメージについて考えてみると、ニナ・アウェルバッハが指摘するように、マギーの乱れた髪や、動物や自然との親和関係といった、伝統的に悪魔信仰を暗示する要素を考慮するならば、魔女のイメージはマギーの本能的な破壊力を強調するものと解釈できるだろう。[51] また、ドロシア・バレットのように、社会的規範から逸脱する点を強調するイメージとして捉えることも可能である。[52] 例えば、十七歳のマギーが粗末な洋服を着ても引き立ち、学校をやめたのに博学な点について、彼女に好意的なルーシーでさえ無邪気な冗談ではあるが、「魔力」(witchery)(四八〇)、「魔法」(witchcraft)、「神秘性」(uncanniness)(四九八)といった言葉を用いてマギーを魔女と結びつけるのである。このように魔女のイメージはマギーの本能的な破壊力や社会的規範からの逸脱を示すものであるが、さらに重要なのは、社会的孤立が元来の破壊力を増殖させ、他者をも巻き込んだ自己破壊へとつながる危険性を象徴している点であろう。

このことは、九歳のマギーを惹きつける三枚目の絵、ヤエルがシセラの額に釘を打ち込んで殺している場面(「士師記」四章七―二十二節)を描いた聖書の挿絵にも象徴されている。マギーはこの絵から「復讐の快感」(七九)を思いつき、激情に駆られたときには屋根裏部屋で密かに木製の人形を痛めつけてその気持ちを静めることを習慣化した。この人形はマギーのこれまでの危機を記念する「三本の釘」を頭に打ち込まれた無残な姿になっており、マギーはグレッグ伯母への怒りをこめて三本目の釘を打ち込んだ直後に、「あまりたくさん釘を打ち込むと、その頭を壁に打ちつけるときにとても痛いだろうと想像できなくなるかもしれないし、怒りがおさまったときに、人形を慰めたり、湿布するまねができなくなるかもしれない。いくらグレッグ伯母さんでも、姪に許しを乞うほどひどく痛めつけられたり、ひどく恥をかかされたらかわいそうだから」(七八―七九)と考えて、以後は釘を打ち込まず、煙突の煉瓦に人形の頭を擦りつけたり打ちつけたりして怒りを紛らすことにしたのだった。このように大嫌いな伯母に対してさえ同情するやさしさを持っていたにもかかわらず、「女の子らしくない」という社会的規範からの逸脱のために絶えず非難され、心理的孤立と抑圧を強いられるマギーは、その苦しみを紛らす術を破壊的な行動に見出したが、それは破壊的なエネルギーを自己に向けることでもある。幼いマギーは人形を痛めつけることで自分を傷つけた相手を攻撃しているると考えているが、実は彼女自身をも痛めつけている。だからこそ、後で慰めることが痛めつけることと同じくらい必要なのである。釘を打ち込むのはやめて人形に与える苦しみと慰めの両方を効果的にすることで、マギーは破壊的なエネルギーに圧倒されるのを無意識のうちに防ぎ、自己の意識のバランスをとっているると言えるのではないか。

＊

次に、九歳のマギーが惹きつけられる四枚目の絵である放蕩息子の続き絵とそのイメージの機能を見てみよう。他の絵と同様、この絵も作品のテーマと構造を明らかにする。マギーはトムのうさぎをうっかり餓死させてしまった直後に放蕩息子の絵を見て、悲しみを忘れてしまうほどこの絵に夢中になるが、それでもやはり心にある悲しみ故に「いつもより深い同情」（八三）を抱かずにはいられない。特に彼女の心を動かすのは、豚飼いとなった放蕩息子が侮辱されている場面の絵、すなわち「半ズボンのボタンははずれ、鬘《かつら》はゆがんで、力抜けのした様子で一本の立木によりかかっている彼［放蕩息子］の目の前で、明らかに異国種と思われる豚どもが、彼を尻目にかけ、穀物の殻をたらふく食べて悦に入っている絵」（八三）である。彼女は放蕩息子がその父親に許されたことを喜ぶが、水車頭ルークの「彼は結局大して役には立たないだろう」（八三）という批判的な言葉に心を痛め、放蕩息子のその後の物語が書かれていないのを残念に思う。この絵に対するマギーの反応、つまり物語の読みは、彼女自身の願望に他ならない。彼女はいつも非難される自分自身をこの侮辱された哀れな放蕩息子の姿に重ね合わせるからこそ同情心が募るのであり、「この人はずいぶん後悔したし、もう決して悪いことはしないでしょうから」（八三）という言葉は、自分自身に言い聞かせている決意と願望なのである。

そして、実際マギー自身がこの小説で繰り返し放蕩息子のイメージと結びつけられる。「悔悛と許しの徳」を教える放蕩息子のエピソード（「ルカによる福音書」十五章十一―三十二節）は、聖書の多くのたとえ話の中で最も頻繁に美術に表現され、十三世紀以来、一連の物語の形で、あるいは独立した形で描かれ続けてきた。放蕩息子が「悔い改めた罪人の擬人像」としてマグダラのマリアやダヴィデ、あるいは使徒ペテロのそばに描かれることもある。[53] マギーが見る放蕩息子は「チャールズ・グランディソン卿の服装」（八三）をしており、グランディソン卿はその名がタイトルとなっているリチャードソンの小説の主人公で、理想的なイギリス紳士、キリスト教徒として描かれている人物である。この外面と内面の不一致に、マギーを放蕩息子と関連づけるエリオットの意図があるのではないか。マギーは'wasteful'でも'lavish'[54]でもないので字義通りの「放蕩児」(a prodigal)ではないが、「悔悛」を繰り返し、「許し」を必要とする点で放蕩息子と結びつく。放蕩息子が「悔い改めた罪人の擬人像」であるとすれば、マギーもまた社会の慣習に違反した罪を悔いる罪人だと言えるだろう。マギーは激しい衝動に押し流されて行動し、悔いて、許しを乞うというパターンを繰り返す。九歳のマギーには悔いる彼女に「許し」、すなわち愛を与えてくれる父親があった。金髪を良しとする慣習的見地に立つ伯母と母親から「黒い髪」を非難されて、衝動的にそれを切ってしまったときも、ジプシーの所に逃げ出したときも、後悔する彼女を父親は何も言わずに暖かく受け入れてくれた。

このようにマギーに付与された「悔い改めた罪人」としての'a prodigal'のイメージは、物語の展開と共に皮肉な様相を増してゆく。先に見たように十三歳のマギーは「現実と本と白昼夢の三つから成る世界」(三六七)を生きていたが、やがてトマス・ア・ケンピスが『キリストに倣いて』で説く自己放棄の教義を知って、それこそが自己の危険な衝動を抑制する手段だとしがみつき、母親が彼女の変化に喜ぶほど従順になる。だが十七歳になったとき、自然の感情に従うべきだと主張する二人の男性、フィリップとスティーヴンの愛情によって、彼女の自己放棄という主義は試練にさらされ、いずれの場合もマギーは後悔し、許しを乞う'a prodigal'となってしまう。フィリップがマギーに秘密で会ってくれるよう頼んだとき、彼女は彼との友情を通して知識を広げ、自己の精神を「その最高の奉仕に一層ふさわしくする」(四二四)ことを願い、また不幸な彼に親切にしたいと思う一方で、彼と会うことは秘密にしなければならない点と、ウェイケム家を仇敵とみなす自分の家族を裏切る点で道義に反すると考え、激しいディレンマに苦悩する。さらに、彼女は自己放棄という主義に背いたなら、際限のない欲求の誘惑に屈することになるのでは、と恐れる。己の願望を無理やり抑圧しようとするマギーに対して、フィリップは「不自然なことをなす力は誰にも与えられていない」（四二八）と言い、自分の心に素直に従うことを促す。ここでマギーは複雑なダブルバインド、つまり異なる規範の板ばさみとなり、どちらの命令、あるいは要求に従っても関係が脅かされる状況に立ち向かわねばならない。互いに否定し合う要求を彼女につきつける存在としては、一方に父親とトム、他方にフィリップがいる。また、彼女自身の欲求と自制心、および良心の相異なる二つの声、つまり家族に忠誠を尽すべきだという声と、人を憎むべきではないという声である。そしてこれらの対立する要求が互いに否定し合うだけでなく、それぞれが異なるレヴェルで正当性を有するが故に、それだけマギーの葛藤は深くなる。なぜなら、精神的に向上し、フィリップにも親切にしたいというマギーの欲求は、決して道徳的に間違ったものではないからだ。彼女の家族への忠誠は、この場合それに従って行動すれば、父親のウェイケムに対する憎悪に従うことになるし、父親がウェイケムを恨むのは間違っていると彼女は考えているので、問題を含んでいる。だがそれでも、彼女は父親を傷つけないために彼に従うことが義務だとも考える。さらに、彼女は自分の感情に従えば、そのレヴェルで自己の情熱に対する抑制力を失うことを恐れている。こうした苦悩や道徳的意図に引き裂かれたまま、トムに発見されるまでフィリップと会い続け、彼女のフィリップとのいかなる関係をも父親への裏切りであり、世間の笑い物だとしか考えられないトムによって、マギーは家族が命じる掟への不服従を悔いる'a prodigal'とされてしまうのである。

　そして、マギーはルーシーの婚約者だと暗黙のうちに公認されているスティーヴンが自分を愛していることを知ったとき、さらに苦しいダブルバインドの状況に陥る。現在の情熱に従うべきか、それとも過去の絆に忠実であるべきか。スティーヴンに対する情熱に従えば、彼女を愛しているフィリップや彼女を信頼しているルーシー、そして社会的規範を守ることを要求するトムを裏切ることになり、一方でスティーヴンへの愛情を捨て去れば、確かに過去の絆を守ることではあるが、それは何よりもスティーヴンを傷つけ、フィリップやルーシーとの絆も全く無傷でいることはできない。フィリップと同様、スティーヴンも愛情の抑圧は「不自然」（五六九）だとして、マギーに自然の感情に従うべきだと主張する。彼女が情熱に流され、駆け落ちをしかけたときも、スティーヴンは「僕たちを惹きつける思いは抑えきれないほど強いのだと証明したのです。この自然の法則が他の全ての法則を打破してしまうのです。それがたとえいかなるものと矛盾しようとも、僕たちにはどうすることもできません」（六〇一）と、同じ主張を繰り返すが、最終的にマギーは過去の絆こそが自己の存在の核であると信じ、過去に対して忠実であるべきとする道徳律に従うことを選択する。彼女は「もし、過去が私たちを束縛しないのなら、どこに義務があるというのでしょうか」（六〇一―〇二）と、スティーヴンの主張する「自然の法則」を斥ける。

こうしてマギーはトムのもとに戻るが、この場合も社会的価値観に基づく道徳的厳格さから、トムは家族の体面を汚したとして彼女に絶縁を言い渡し、彼女の内面の葛藤や意図を理解しようとはしない。ここでマギーは、彼女自身の情熱と義務との内なる葛藤と、自己と社会との衝突という二重の葛藤を経験していることに留意すべきであろう。マギーは自分が義務と信じるものを選択することで一応内面の葛藤に決着をつけたが、彼女の道徳律はトムが体現する社会の価値観と真っ向から衝突する。形として現れた外面的な真実を唯一の正当な主張だとする社会的価値観から言えば、むしろスティーヴンと一夜を過ごした（たとえそれがやむなく船の甲板で過ごしただけにせよ）マギーが彼と結婚し、妻となって帰郷する方が、つまり、彼女が義務と信じるものより情熱に従う選択をした方が社会的には是認されるのである。しかし、スティーヴンと別れて一人で戻ってきたために、マギーは「堕落した女」というレッテルを貼られてしまう。義務と名誉を第一とするトムの主張と、過去に忠実であろうとするマギーの主張はそれぞれ異なるレヴェルでの正当性を持ち、マギーの深い苦しみは、異なる信念から生じる道徳の相対性とも言うべきものに引き起こされた悲劇だと言える。

この道徳の相対性の問題を理解するには、エリオットの評論「『アンティゴネー』とその倫理」(一八五六年)が有用である。彼女はソポクレスの『アンティゴネー』でのヒロインとクレオーンの対立を共に正当な主張の対立とみなし、彼らが自己の信念を貫くために闘っていると同時に、「一つの正義に従うことによって、別の正義に反するという正当な非難に身をさらしているのを意識している」点に注目する。そして、彼らの闘争は「本質的な性向と確立された法との葛藤、それによって人間の外的生活が徐々に、苦しみながら内面の必要性と調和させられてゆく葛藤」を象徴するものだと論じ、[55] この問題の現代性を次のように強調する。

人間がその知性、道徳観念、あるいは愛情の強さ故に、社会が是とする掟と対立するたびに、アンティゴネーとクレオーンの衝突が新たに引き起こされるだろう……。その人間はアンティゴネーのように、その闘いの犠牲となるかもしれないが、それでも決して罪なき殉教者という名声を得ることができないのは、社会、すなわち、彼が抵抗したクレオーンに偽善的な暴君だという汚名をきせられないのと同じである。[56]

個人と社会との相克の悲劇性と現代性について正鵠を射た言葉であり、個人と社会両者の正当性を認めつつ、個人が社会の掟として確立された価値観に抵抗し、それを変革することがいかに困難であるかも示唆している。A・S・バイアットらが指摘するように『フロス河の水車場』のマギーとトムをそれぞれアンティゴネーとクレオーンとみなすことが可能であろう。[57] ただし、ある正義が別の正義に反することを自覚した上での選択を強いられるのはマギーだけである。『フロス河の水車場』でエリオットは、マギー以外にこの道徳の複雑さと微妙さを理解する人物として、ドクター・ケンを創造している。彼はマギーとスティーヴンの結婚が個人的にも、社会的にも最も害が少ないと考えるが、彼女の選択の意味をも理解するのである。

しかしながら結局、マギーは再び'a prodigal'のイメージを負うことになる。彼女は情熱に流されて一時的にせよスティーヴンと逃避したことを後悔し、ルーシー、フィリップ、そしてトムの許しを乞う。また、社会的慣習という観点からも、彼女は掟に違反した罪人であり、聖オッグの人々のゴシップと中傷はマギーを「堕落した女」、「誘惑する女」として構築し、彼女の自立を助けようとするドクター・ケンの善意さえも阻止してしまう。マギーのスティーヴンとの逃避は、彼女が幼い時にジプシーのもとへ逃げ出したこととパラレルをなしているが、かつて彼女を暖かく迎えてくれた父親は今はもういない。死の瞬間まで、彼女の「改悛」に対する「許し」は与えられない。彼女の葛藤が激しく、複雑なものであればあるほど、'a prodigal'のイメージは皮肉な相を帯びてくる。高潔なキリスト教徒、グランディソン卿の服装をした放蕩息子の絵は、真の「堕落した女」ではない「堕落した女」、そして絶えず善を希求しながら'a prodigal'となったマギーの葛藤と苦悩を象徴するイメージと言えるだろう。

こうしたマギーの葛藤の複雑さが、『ジェイン・エア』のヒロインの場合と決定的に異なる点である。ジヨーン・ベネットは、ジェインとマギーの危機的瞬間における選択、すなわちジェインがバーサの存在を知ったときと、マギーがスティーヴンへの情熱に屈服しそうになったときの選択を比較して、ジェインの場合は「正義のルール」が絶対的な基準となっているが、マギーの決断は「感情の結果であり、思考の結果ではない」のでマギーとスティーヴンの議論が堂々巡りになっていると述べ、マギーの自己犠牲によってフィリップとルーシーがそれだけ彼女のことを評価することはあっても、二人に幸福をもたらしたり、彼らの苦しみを大して軽減できるわけではないから、「読者には彼女自身とスティーヴンの幸福を犠牲にすることが価値あることだとは信じ難い」と論じている。[58] 果たしてそうだろうか。ロチェスターのもとを去るというジェインの選択は、妻のある男性と暮らすことは間違っているという、社会的にも認められた正義に基づく単純な二者択一である。一方、マギーの場合はスティーヴン、トム、フィリップ、ルーシーとのそれぞれ異なるレヴェルでの絆が生み出す義務感と感情が錯綜し、恥辱から逃れられなくなってしまう時点までマギーの決断を遅らせた。だが、彼女が最終的に過去の絆を選択したのは「心の中の神聖な声」(六〇四)に従うためであり、その声とはベネットの言うような思考と切り離された感情ではなく、むしろ思考と結びついた感情が発したものではないだろうか。だからこそ、聖オッグの町に戻ったマギーは自分の内に生じる誘惑に再び動揺しながらも、最終的には自己の思考と感情とが一致する瞬間に到達するのである。フィリップおよびスティーヴンとの関係からマギーが陥るダブルバインド状態は、エリオットのヒロインたちが直面する葛藤の中で最も複雑なものの一つである。エリオットはマギーの苦悩を通して、道徳的判断は決して絶対的なものではなく、他者には理論的に「信じ難い」選択としか思えない判断が実は異なるレヴェルでの正当性を持つ場合があり、それを理解するのは極めて困難であること、しかし、それでも人には最善の判断を行う義務と責任があることを訴えているのではないだろうか。その点は、「道徳的判断というものは、個人の運命を形成する特殊な条件を絶えず考慮に入れて抑制され、啓発されるものでない限り、依然として誤りを犯し、無意味なものとなる他はない」（六二八）という語り手の言葉にも窺うことができる。

このようにエリオットは道徳的判断における複数の視点の存在と判断する者の責任の重さを示唆しつつ、さらにこの道徳的判断の問題を言葉の解釈、ひいては小説の解釈の問題へと展開させる。先の引用文に続いて、語り手が次のように述べる。

> 心の広く、感覚の鋭い人は皆、ものごとを公理的に見ようとする人々を本能的に嫌う。なぜなら、人生の玄妙な複雑さは公理によって包括されるものではなく、また、そうした類の公式で我々自身を締めつけるならば、洞察と共感が増すにつれて生じてくる神聖な刺戟やインスピレーションの全てを抑圧してしまうという事実を、早くも見抜くからである。一方、公理を重んじる人々は、道徳的判断をなす場合に、もっぱら一般的な規範を道案内にたてる人々の人気ある代表者であり、こういう人たちは、この道しるべに従ってゆくならば、できあいの、どこにでも通用する方法で正義に到達できるものと考えるのである……。（六二八）

ここでの「ものごとを公理的に見ようとする人々」とは、「一般原理」に、あるいは「格言」に固執する人々であり、その道徳的判断と言葉の解釈の両方に対する態度が批判されている。『フロス河の水車場』では、トムがそうした人々の代表的人物である。先に見たように義務と名誉を第一とする彼の道徳律の正当性は認められているが、ここで明らかなように、彼の柔軟さを欠く態度は厳しく批判されている。現実を直視できないが故に破滅へと至った父親の気持ちを深く思いやるという点ではトムとマギーは同じであるのに、彼はそれがわからないだけでなく、マギーの精神的苦悩や欲求も理解せず、あくまで一般原理に従って彼女を裁いてきた。彼は、言語に関しても全く柔軟性がない。かつてラテン語を習っていたとき、彼は言葉の一つの意味と文法に固執し、例文の意味を深く考えることなく、ただ機械的に暗記しようとした。このような彼は、「公理」にさえ複数の解釈があり得るなどとは夢にも思わないが故に、「公理」の権威を絶対視できるのである。これに対して、マギーは一つの語が持つ意味の複数性に気づき、また、ラテン語のシンタックスは無視して、「見知らぬ文脈から引き抜かれた不可思議な文章」の中に想像力をはばたかせるための「無限の領域」(二一七)を見出した。「ものごとを公理的に見ようとする人々」に対する批判は、道徳的感受性と言語に対する感受性との相関関係を示すと同時に、この二つの資質が小説の解釈のために必須の条件であることを訴えている。

*

さて、九歳のマギーを惹きつけた最後の絵はユリシーズとナウシカアーの版画(図11参照)である。サリヴァンは、ナウシカアーを伝説上の聖人オッグの女性版だとみなし、救済者としてのナウシカアーとマギーの類似性を強調して、この絵が示唆するのは「マギーの最終的な死を悲劇的神話に変質させる」[59]ことだと主張するが、その象徴的意味を強調しすぎているように思われる。なぜなら、ナウシカアーによるユリシーズ救済にはマギーがトムを救済する場合のような悲劇性や自己犠牲は見られないし、この絵にしてもそれほどの深い意味を付与するにはあまりにもさりげなく言及されているからだ。従って、その意味は、むしろこの絵に対する登場人物たちの反応にあるのではないだろうか。

第一に、この絵はプレット伯父が「きれいな聖画」（一五四）だと信じて買ったものだが、ユリシーズとナウシカアーは聖書ではなく、ホメーロスの『オデュッセイア』の登場人物であり、このことはマギーの周囲の者たちの教養のレヴェルを示すだけでなく、読書によって多くの知識を吸収するマギーと彼らとの間のギャップを暗示する。第二に、この絵に対するマギーの反応は他の絵の場合と同じく、彼女の想像的、情熱的な性質、そして社会的慣習に違反する傾向を示す。彼女はこの絵に夢中になったあまりケーキを床に落として踏みつけ、非難を浴びるのである。

第三に、この絵に対するマギーの反応は、プレット伯父の嗅ぎ煙草入れ（オルゴールになっていると思われる）が奏でる音楽に対する反応と並置され、他の絵に対する反応ではむしろ暗示されるに留まっていたテーマ、すなわち、芸術に対する感受性と道徳的資質との相関関係というテーマを導入する。ケーキのことで非難された直後にこの音楽を聞いたとき、音楽はマギーに苦痛を忘れさせるだけでなく、「手をにぎりあわせて、身じろぎもせずに聞きいっている彼女の顔は、輝くばかりに幸福そうであった。その顔を見て、色こそ黒いがこの子もたまには美しく見えることがある、と母親の心も時には慰められた」（一五四）ほどの変化をもたらす。マギーの音楽に対する感受性は彼女の精神的成長の可能性を暗示し、語り手の「この珍しい

図11　ホメーロス『オデュッセイア』の挿絵、ユリシーズとナウシカアー
Homer His Odysses (London, 1665)

一曲を持っていることは、プレット氏の人格が全くのゼロではないことを証拠立てた」（一五四）という言葉も、美的感受性と道徳的資質との相関関係を示唆する。

この美的感受性と道徳的資質の相関関係というテーマは、サリヴァンが論じているように、マギーとフィリップとの関係においてより明確に展開される。[60] フィリップにとって、美と善を愛する心と、愛情を求める心は同一のものであり、人間を成長させる原動力となる。マギーの逃避的で片意地とも言える自己放棄に対して、彼は、彼女への説明し難い、そして変わらぬ彼自身の愛情の力を、偉大な絵画と音楽が人に及ぼす影響にたとえて訴える。

僕たちの性質に最も強い影響を与える力は、それがどんなものであろうと、説明できないように思います……。最も偉大な画家でさえ、あやしいまでに聖なる神の子を描いたのは一度だけです。彼はいかにしてそれを描いたかを語ることはできなかったでしょうし、また僕たちも、なぜそれが神聖なものに感じられるのかを語ることはできません……。ある旋律から僕はなんともいえぬ不思議な感じを受けます――僕はそれを聞くと、しばらくの間、心の持ち方をすっかり変えずにはいられないのです、そして、その影響がずっと続くなら、英雄的行為をなすことができるかもしれません。（四〇〇―〇一）

ここで言及されている「最も偉大な画家」によって描かれた「聖なる神の子」とは、エリオットが「最も崇高な絵画」として生涯愛した、ラファエロの『シクストゥスの聖母』だとされる。彼女は一八五八年にドレスデンでこの絵に深い感銘を受け、「畏敬の念」をもって見つめた。[61] フィリップは芸術と愛情の崇高性と、その道徳的影響について作者を代弁しているのである。物語の終盤、社会的追放に苦悩するマギーに宛てた手紙の中で、彼は再び自らの体験を次のように語る。

あなたは僕の愛情にとっては、ちょうど目に対する光や色、心の耳に対する音楽のようなものです……。僕自身のことに直接関ることよりも、あなたの喜びや悲しみを気遣う中で見出した新しい生活は、不平を唱える反抗的な精神を、強い共感の母胎である、あの自発的な忍耐へと変容させました。(六三四)

フィリップが学んだという「自発的な忍耐」こそ、彼がかつてマギーの片意地で不自然な自己放棄とは異なるとして主張した、真の自己放棄である。

以上、『フロス河の水車場』のマギーが強く惹かれる五枚の絵と彼女の反応とを分析しながら『ジェイン・エア』のジェインと比較し、両者に見られる類似と相違を明らかにしてきた。ブロンテとエリオットは共にヒロインが強い関心を示す絵を修辞装置として巧みに機能させつつ、熱烈な女性読者であるジェインとマギーを描き出している。ロセッティの二枚の絵画に象徴された典型的な女性読者像とは、社会に是認された知識を積み重ねて改善される女性と、禁じられたものを読んで堕落する女性であり、また、これらの絵が象徴する読み方とは、博学な知識を駆使する読みと、物語と一体化する読みであったが、ジェインもマギーもこのような十九世紀イギリス社会が構築した女性読者像と読み方からは大きく逸脱する。二人とも最初は物語との同一化を図って自らの想像の世界にのめりこむが、やがてそれぞれの道を歩むのである。そして、二人が歩む道の相違点にエリオットが『ジェイン・エア』への反応として提起する問題を見出すことができる。ジェインは物語と一体化する読みから脱して自己表現の手段を獲得すると共に、孤児であるが故に家族のしがらみに束縛されることなく、社会の慣習に真っ向から挑戦して前進を続ける。だが、エリオットはマギーを介して家族のしがらみに束縛され、苛酷な現実を読み解く鍵を求めてひたすら読書しながらも得られないヒロインの苦悩を描き出すことで、社会が構築する女性(読者)像や評価の二重基準を批判する立場をブロンテと同じくしながらも、いわば逆の視点を提出している。このことは、特に『ジェイン・エア』の最も印象深い絵画的イメージ、すなわち「窓辺からかなたを見つめるジェイン」のヴァリエーションをマギーに用いることで明確にされており、注目に値する。ジェインの窓辺の姿が未知の世界への憧憬と、社会に抵抗する女性(読者)像を象徴するのに対して、マギーが窓際にすわって外を眺める姿は、解決の方法を見出せない問題に直面して身動きできない苦悩を象徴する。マギーの苦悩は、支配的イデオロギーが構築した「本＝知識＝男性世界」という構図から疎外された女性作家の苦悩でもあり、エリオットはこの点をブロンテ以上に強調していると言えるだろう。

さらにエリオットは、マギーの知識欲に潜むエゴイズムを露呈させ、また彼女に複雑なダブルバインドの状況を経験させることで、そして道徳的判断の問題を言葉の解釈、ひいては小説の解釈の問題として展開させることで、ジェインには生じなかった問題を提示する。このようにジェインが語り、彼女の視点を中心として展開する一人称の語りによる回想形式の小説『ジェイン・エア』に対して、その一つの視点の絶対性を疑い、視点の複数性を提示するエリオットの反応のしかたは、第一章で考察した「ジャネットの改悛」と『ヴィレット』の関係においても見られたものだが、『フロス河の水車場』と『ジェイン・エア』の関係において一層顕在化している。

十八世紀後半からウルストンクラフトやオースティンが提示した新たな小説、新たな女性(読者)像を創造する試みは、確実にブロンテとエリオットに継承されており、先輩作家への反応を通して独自のものを創造していった女性作家たちの発展の一軌跡をここに見ることができる。ヴァージニア・ウルフは『自分だけの部屋』(一九二九年)において、十九世紀の優れた女性作家としてオースティン、シャーロット・ブロンテ、エミリー・ブロンテ、そしてエリオットの四人を挙げると共に、「傑作とは、長い間大勢の人々が共に考えたことの成果」であり、「一つの声の背後には大勢の人々の経験がある」から、ある作品を読む場合には先行作品に連続したものとして読むべきだと主張し、自らそれを実践しているが、その読み方の実践も、「ほとんど助けにならないほど歴史の浅い、不完全な伝統」しか持たなかった、[62] とウルフがみなした初期の女性作家たちから継承されてきたものに他ならないのである。

最後に、エリオットの作品群における『フロス河の水車場』の位置を確認しておこう。マギーが強い関心を示す五枚の絵に見られたように、作品のテーマを導入し、物語の展開を予示する修辞装置として機能する絵の使用法は、エリオットの道徳的問題に対する洞察力の深まりを反映して前作よりも巧みになり、意味の重層性を備えたイメージを生み出している。この技法は後の小説における絵画のさらに複雑な用い方を予期させる。

テーマに関しては、エリオットの基本的な姿勢、すなわち道徳的感受性と言語的感受性、および美的感受性の相関関係が先行作品よりも前景化されていることに注目すべきであろう。この姿勢は以後の作品で一層明確にされる。また、この作品で提示された女性の苦悩、ひいては女性作家の苦悩というテーマは、「本=知識=力=男性世界」という構図をより明確に打ち出した『ロモラ』(一八六三年)以降の作品で繰り返し展開される。例えば、『ロモラ』では知識、とりわけ古典語の知識と弁論術を備えた男性が権力を手中に収め、ロモラは女性であるために学問の世界に入ることを許されない。男性と同等の才能を持つ故の女性芸術家の苦悩は『スペインのジプシー』のフェダルマ、「アームガート」（一八七〇年）のアームガート、『ダニエル・デロンダ』のアルカリシやマイラらに体現されてゆく。アルカリシは彼女の苦しみに共感を示すデロンダに対して「あなたは女じゃない。想像しようと思っても、自分の内に男子の非凡な才能を持っていながら、女子であるための隷従を余儀なくされることがどういうことか、想像できるはずがない」と言い放つ。[63]

そして、ブロンテに対する反応に顕著に観察された、ある一つの視点に絶えず揺さぶりをかけようとする意識、換言すれば視点の複数性を示そうとする意識はエリオットの思考の核を成すものであり、他の作家たちに対する彼女の反応だけではなく、彼女自身の作品間、例えば、次章で考察する「引き上げられたヴェール」と『フロス河の水車場』、「兄ジェイコブ」と『サイラス・マーナー』との関係にも見出される。

第四章
長編小説のはざまに生まれたもの
短編小説におけるエリオットの試み

エリオットの作品の中で二つの短編小説「引き上げられたヴェール」と「兄ジェイコブ」が等閑視されてきた。前者は一八五九年、最初の長編小説『アダム・ビード』（一八五九年）と『フロス河の水車場』（一八六〇年）の間に書かれ、後者は一八六〇年、つまり『フロス河の水車場』の出版後、そして『ロモラ』（一八六三年）の構想中に書かれた。「引き上げられたヴェール」は一八五九年七月に『ブラックウッズ・マガジン』に掲載されたが、出版者ジョン・ブラックウッドはエリオットの名前で載せることを拒否した。「ジョージ・エリオット」がナニートンの銀行家の息子、ジョゼフ・リギンズであるという噂を断ち切るため、彼が書きそうにもないこの作品にエリオットの名前をつけることを提案したルイスに対して、ブラックウッドは「新しい小説のためにとっておくべき名声をむだに費やさない方が良い」と答えたのである。[1] この雑誌は著者名を載せないのが慣例ではあったとはいえ、すでに絶大なる人気を博していたエリオットの名前を載せない編集者は他にはいないだろうと考えながらも敢えてそうしたのは、この作品に対するブラックウッドの評価がいかに低かったかを物語る。また、「兄ジェイコブ」について言えば、一八六〇年のイタリア旅行の際にルイスからルネサンス時代に教会の改革を目指して処刑されたドミニコ修道会のカリスマ的指導者、ジローラモ・サヴォナローラをモデルとする作品を書くことを勧められ、歴史ロマンスに挑戦することを決心して、サヴォナローラに関する膨大な歴史資料の調査を行う中で書かれた短編であり、彼女にとっては馴染み深い、イングランド中部地方がその舞台となっている。[2] エリオットはこの作品について一八六〇年九月二十七日の日記に、イタリアから戻って「菓子屋のデイヴィッド・フォウ氏」という小品として書いたこと、そしてルイスが出版に値する作品だと評価したことを記している。[3] しかし、実際の出版は遅れて、一八六四年に「兄ジェイコブ」と改題され、ジョージ・スミスによって『コーンヒル・マガジン』に掲載された時になる。[4] 後にブラックウッドは挿絵入りの廉価版出版のため、エリオットのそれまでの全小説の版権に対して千ポンド支払うことを一八六六年に申し出たが、この中に二つの短編小説を含めるつもりのないことを明言している。この二編の「痛ましいほどの明るさの欠如」のせいであった。[5]

このような出版事情のせいか、今日に至るまでこれらの作品に対する評価は概して低い。一九八〇年十二月十一日―一九八一年四月二十六日に大英図書館で開催された没後百年記念の展示でも、エリオットの年表に二つの短編小説は記載されていなかったほどである。[6] 十九世紀の科学との関連性で、近年「引き上げられたヴェール」への関心が高まっているとはいえ、[7] エリオットの長編小説と比較したときの短編小説の評価の低さは否定できない。だが、エリオット自身が自分の作品を「連続する精神的段階」に属するものとみなして、執筆順に出版されることを望んだ点を考えると、ベリル・グレイが指摘するように、他の作品との関連で再考する意義を認めることができるだろう。[8] 本章では、二つの短編小説「引き上げられたヴェール」

と「兄ジェイコブ」でエリオットが試みたテーマと技法を他の小説と関連させて考察したい。

1 「引き上げられたヴェール」

「引き上げられたヴェール」の顕著な特徴は、主人公ラティマーが一人称形式で語る回想録であること、そして十九世紀の骨相学、催眠術、蘇生実験との関連性、ゴシック的要素、およびメアリ・シェリーの『フランケンシュタイン』(一八一八年)との類似性にある。ラティマーは少年のときに骨相学的診断を受けた結果、頭脳構造の欠陥を修正すべく、科学教育を受けさせられる。将来の出来事を予見し、人の心を見抜く自己の超能力について、彼自身は「二重意識」(double consciousness)という、十九世紀においては催眠術や動物磁気との連想が強かった用語を用いている。[9] そして、ラティマーが死の直前に書く、一種の遺言書とも言えるこの回想録は、彼がその超能力の故に最後の瞬間まで経験することを余儀なくされた恐怖と苦悩、惨めさに満ちており、従って、逃れることのできない恐怖こそがゴシック小説の主要テーマだとしたM・プラーツの定義に当てはまる。[10] また、ジュネーヴ、ウィーン、プラハという異国の地を舞台に繰り広げられた悲惨な運命の予言と事件、妻の秘められた殺意とその露顕、人体の蘇生実験といった出来事もこの作品をゴシック小説の伝統に結びつける。『フランケンシュタイン』との類似性について、ローズマリー・アシュトンは「引き上げられたヴェール」が人体実験を道徳的懐疑の対象として描いて『フランケンシュタイン』

およびロバート・ルイス・スティーヴンソンの『ジキル博士とハイド氏』(一八八六年)と主題を共有している点、また時期的にもこの短編が両作品の中間で執筆された点を文学史上の興味深い出来事として指摘している。[11] また、サンドラ・M・ギルバートとスーザン・グーバーは、メアリ・ウルストンクラフト、メアリ・シェリーやブロンテ姉妹によって築かれた 'female gothic' の伝統における自分の位置をエリオットが意識していたことの証左として、「引き上げられたヴェール」と『フランケンシュタイン』の舞台や人物設定の類似性に着目し、エリオットがメアリ・シェリーに負っていることを自ら表明している、と主張する。[12]

では、エリオットは『フランケンシュタイン』と類似した設定を用いて何を表現しようとしたのだろうか。それを理解するためにこの両作品を比較してみよう。ギルバートとグーバーは「引き上げられたヴェール」のラティマーと『フランケンシュタイン』の登場人物たちの類似性について次のように述べている。

ラティマーは「物理的エネルギー、元素、電気や磁気の現象についての知識をぎっしり詰め込まれた」、科学的原因の究明を目指す学徒として自己を定義づける点において、ヴィクター・フランケンシュタイン、ウォールトン、そして怪物に似ている。[13] (傍点は筆者)

しかし、科学に対する態度は、ラティマーとヴィクターとではむしろ正反対の立場にある。ここでギルバートたちが自ら引用している「引き上げられたヴェール」からの引用文中の「詰め込まれた」という言葉通り、ラティマーにとって科学的知識は無理やり詰め込まれたものだった。ヴィクターもラティマーも自然の美と荘厳さに対する感受性を持つが、ヴィクターは自然現象の「原因」[14] を解明したいという科学者としての情熱に駆られる。一方、ラティマーは自然と科学について次のように考える。

……私の家庭教師は「無知な人間と区別される立派な人物は、なぜ水が丘のふもとへ流れ下るかを知る人間だ」と断言していたが、私はそのような立派な人物になりたいとは思わなかった。私は流れる水に喜びを感じ、水が小石の間を音を立てながら、明るい緑の水草を洗いながら流れてゆく様を何時間も見つめ、その音に耳を傾けることができた。なぜ水が流れるかを知りたいとは思わなかった。あんなにも美しいことには十分理由があるのだ、と心から信じていた。[15]

ここでラティマーの家庭教師が言うところの「立派な人物」とはヴィクターのような人間だが、ラティマーはそうした人間になることを拒否している。彼はヴィクターと違って、自然の美しさにはそれなりの理由があるとするが、それを究明するのではなく、自然の美しさを存在するままに受け入れようとするのである。ラティマーにとって、科学教育は現実的な利益のみを追求する父親に強いられたものでしかなかった。この作品でヴィクター的な科学的探究心を持っているのは、ラティマーの友人、チャールズ・ムーニエの方である。

ラティマーとムーニエの関係も、ヴィクターとその親友ヘンリー・クラーヴァルとの関係に一見酷似している。例えば、ラティマーたちもヴィクターたちも、アルプスや地方の山々を歩き回って自然への共感を分かち合う。また、ムーニエもクラーヴァルも友の秘密に対して敏感でありながら、告白を無理強いしない思いやりを持つ。だが、この二組の友情は、ヴィクターとクラーヴァルの場合は将来への希望を共有することから育ったのに対して、ラティマーとムーニエの友情は疎外された者同士の孤独感から生まれた点で異なる。

このようにエリオットは当時広く流布していた『フランケンシュタイン』の設定を用いながら、しかし微妙にずらすことで読者をラティマーの心の内奥へと導いてゆく。元来感受性の鋭いラティマーは母親の死後、愛情を渇望しながら得られず、やがて「執拗な透視力」によってまるで「顕微鏡で見るように」(一九)周囲の人々の心を見通し、彼らの表面的な優しさの背後に潜む軽薄さや利己心に絶えず苦しめられるようになる。特に、彼の「病的な意識」(二一)は兄アルフレッドへの憎悪と嫉妬に占められる。

> 私は兄が自分のつまらぬ思いつきや保護者ぶった愛情を押しつけようとすること、バーサ・グラントが兄を熱愛していると信じたうぬぼれや、半ば哀れみながら私を軽蔑していることなどに絶えずいらいらさせられた……。(二一)

ここには、兄に対して自分は「ひ弱で、神経質で、無力な自己」(二〇)でしかないと劣等感を抱くラティマーが、嫉妬の故に兄の態度を「顕微鏡で見るように」正確というよりは、むしろ彼の欠点を実際以上に拡大し、憎しみを深めている様子が窺える。ラティマーは自分の無力さを知るからこそバーサへの想いを自分の内に秘め、そのはけ口のない欲望は兄への憎悪へと転化してゆくのである。

結局、兄の事故死によってラティマーはバーサを獲得するが、結婚した二人の間には憎しみと恐怖だけが存在することになる。バーサはラティマーを意のままに支配できるという思わくがはずれて、自己の無力さを思い知らされ、やがて彼を憎むと同時に恐れて、その恐怖は抵抗へと変わってゆく。だが、二人は互いの心の内を決して口にすることはなく、「礼儀正しい、改変不可能な疎外」（五六）のうちに生きる。憎悪と恐怖がそれぞれの心の中で密かに、際限なく増殖し続ける。七年間の結婚生活をラティマーは「とても惨めだった――憎しみと罪が非常にゆっくりと、おそろしく大きくなっていった」（五二）と述べ、自分の心に巣くった「悪魔への崇拝」（五五）を読者に告白するが、彼の憎しみは言葉少なに、淡々と語られる故に、かえってその冷酷さと執拗さがにじみ出る。このように全く歩み寄ることのできない、疎外された人間同士の、うわべの平静さと沈黙の裏に隠された恐るべき心理――憎悪と恐怖、罪の意識が渦巻く世界を、エリオットは描こうとしたのだと思われる。それはラティマーがバーサの殺意を知った時に一層明らかになる。

ムーニエの人体実験によってアーチャー夫人が一時的に甦り、バーサのラティマーに対する殺意を暴く瞬間は、H・É・ブランションによって『輸血』（一八七九年）というタイトルで絵画化され、パリの現代美術展覧会に出品された。エリオット自身はこの絵を実際には見なかったようだが、友人から聞いてフランス人に典型的な反応として幾分おもしろがっていたようだ。[16] だが、無論この場面の重要性は、フランス人の心を捕えたであろう表面的な衝撃、つまり死んだ人間が蘇生し、しかも生きている人間の悪事が暴露されたこと自体よりももっと深いところにある。ラティマーの反応を見てみよう。

その卑劣な女［アーチャー夫人］の心の琴線は憎悪と復讐に調えられていた。生命力が一瞬その弦をかきならし、再び、永久に去ってしまった。偉大なる神よ！　これが生き返るということなのか…　我々が癒されぬ激しい渇望を抱き、口には出されなかった呪いの言葉を唇にのせて、半ば実行しかけた罪を成し遂げる力を我々の手

足にこめて目覚めるということなのか？（六五）

ラティマーを驚愕させたのは、妻が自分を殺そうとしたことではない。人がいかに執念深い、死をも超える激しい憎悪を抱き得るかということだ。まるで怨念を晴らすためだけに甦ったかのようなアーチャー夫人。その執念に戦慄するラティマーの意識は、「我々の」という語の繰り返しが示すように、バーサの抱く憎しみ、そして彼自身が抱いている憎しみそのものへと移っていっている。「癒されぬ激しい渇望」が「口には出されぬ呪いの言葉」に変わり、さらには「半ば実行しかけた罪」となるのを経験したのは、他ならぬ彼自身であったのだ。憎しみを抱く人間にとって、最も恐れるべきは自分自身であると言えるだろう。ここでもラティマーの意識の中で憎悪の言葉が罪として表現されている点が重要である。ここでのラティマーの思いは、『フランケンシュタイン』に見出されるのと同様な科学に対する道徳的懐疑だと解釈することもできるが、それ以上に、人間の抱き得る憎悪の力とそれに対する罪の意識という問題を提示しているように思われる。ヴィクターが怪物の創造に対して抱く罪の意識と苦悩は何よりも科学に対する懐疑を提示するが、ラティマーの場合は悪魔ともなり得る人間性への恐怖を訴えるのである。

この憎悪と罪の問題は、第一章で考察した『牧師生活の諸景』の「ギルフィル氏の恋物語」におけるカテリーナの憎悪と殺意、および罪の意識と通底するものだが、カテリーナの憎悪は愛情の裏返しであった。しかし、ラティマーとバーサの場合は、愛情とは全く切り離されてしまった憎悪、自己の欲望を挫折させた他者への憎悪である。だが、ラティマーはもともとは自然の美しさに感動する心を持つと同時に、他者の軽薄さや利己心に苦しむ道徳意識も持っていたのではなかったか。彼の変貌は、憎悪のありようの複雑さと、憎悪の圧倒的な力を示している。おそらく彼は、その感受性と道徳意識の故に、「偉大で善なるものへの情熱」（二二）を全く持たないバーサを憎み始めたのであろう。彼は「憎しみと罪」が増大するのを「惨め」だと感じつつも、それを食い止めることはできなかった。つまり、憎むことを罪とする道徳意識を持っているにもかかわらず、否、持っているからこそ憎まずにはいられなかったのだ。彼の憎しみは罪を重ねる自分自身にも向けられたであろう。こうして人間を徐々に雁字搦めにしてゆく憎悪と罪の連鎖を、エリオットは後に『ダニエル・デロンダ』のグウェンドレンを通して詳らかにする。それについては第九章で述べることとし、ここでは、ラティマーとバーサの創造が、人間の憎しみの極限を見極めようとするエリオットの一つの実験的試みであることを指摘しておきたい。

＊

では、ラティマーとバーサの心理はいかに提示されているだろうか。'veil' のイメージと絵画的イメージを考えてみよう。

'veil' にはいくつかの意味が付与されている。透視力を持つはずのラティマーが、バーサに惹かれた第一の理由は唯一彼女の心が見通せなかったからだと言うが、実際は彼女の本性に気がついていた。自然を愛する心をむしろ軽蔑し、善への志向も全くない女性だとわかっていても、なお彼の心を捕えたのは、「あの不思議な肉体の魅力」（二三）である。彼は実際の観察だけでなく、予言的ヴィジョンによっても自分と彼女の将来の姿を見た。それは妻となったバーサが夫である自分を憎んでいる姿であるが、それでも彼はこのヴィジョンの意味を何よりも彼女を獲得できる故に認め、「地獄さえものともしないような激しい喜び」（三〇）を覚えた。過去を振り返って彼自身が認めるように、まさに「目先の欲望に支配された人間の狂気」

（三〇）に達していたのである。その「目先の欲望」とは、第一にバーサに対する肉体的欲望であり、それは自分とは相容れぬもの、自分を否定さえするものに対する抗い難い所有欲でもあった。そして第二に、世間一般の評価基準による能力や男らしさではかなわぬ兄に対して、バーサを獲得することで勝利者となることであった。理性も道徳意識をも凌ぐ激しい欲望に囚われ、真実が見えていてもそれを認めようとせず、自ら真実を覆い隠す'veil'によってラティマーは絶望への道を突き進んでいったのである。

しかし、この真実を覆い隠す'veil'は、ラティマーにとって生きていく上で必要なものでもあった。というのも、バーサの本性と憎悪を思い知った時、ラティマーがかつての愛の錯覚を懐かしみながら述べるように、「私たちの魂を生かしておくためには、呼吸も同然な、あの疑いや期待、努力を持続させねばならず、それには何か隠された、不確かなものが絶対に必要」（四三）だからである。

また、'veil'はラティマーにとって自己を他者から守る手段であるが、その結果彼は自己を孤独の内に深く閉じ込めることになる。少年時代の友人ムーニエに再会した時、ラティマーは悩みを打ち明けたいと思いながらも、「再び別の魂の秘密に踏み込むことの恐ろしさに、理不尽にも自分の魂を隠す帳《とばり》（the shroud of concealment）を一層しっかりと張りめぐらせてしまった」（五八—五九）のである。「経かたびら」をも意味する'shroud'という言葉が示唆するように、かつて孤独感を分かち合い、今も愛情を示してくれる友に対してさえ'veil'を下ろしてしまうことは、ラティマーにとって自ら精神的な「死」を選ぶことに他ならない。

そして、すでに見たように、この物語の最後でバーサの殺意が明らかになった時に、ラティマーが否応なく直視させられるのは、何よりも彼自身の憎悪と罪の意識である。この時'veil'がついに「引き上げられた」わけだが、その'veil'はバーサと彼を隔てていたもの、あるいはバーサの心を覆っていたものというより、彼自身が自分の心を覆っていた、最後の'veil'だと言えるだろう。

このように、'veil'は引き上げられるべきであると同時に、完全に引き上げられてはならないものである。人間にとっての'veil'の必要性は、ヘレン・スモールが指摘するように、ルイスが自ら科学的研究を行いながらも、生命の神秘の'veil'を完全に引き上げようとする科学の探究に対しては懐疑を投げかけ、生命を「最大の神秘の一つ」として捉えた態度と通底し、完璧な知識を理想とすることに対するエリオットの嫌悪と解せる。[17] そして、この'veil'の両義性こそ、人間の心理を徹底的に解剖しようとする一方で、人間の未知の部分に希望と救いを求めたエリオットの葛藤の表れでもあるだろう。

次に、もう一つの注目すべき技法である絵画的イメージを見てみよう。「ルクレチア・ボルジア」とされる、「ジョルジョーネ作の残酷な目をした女性の肖像画」[18]（二一八）が妖しい魅力でラティマーを捕える。


私はその絵の前に長く立っていた。その狡猾で冷酷な顔の恐ろしいほどの迫真性に魅入られ、ついには奇妙な、毒された感覚を覚え、まるで命取りの臭気を長く吸い込んでいながら、その毒気にやっと気づき始めたばかりのようであった。（二一八）

致命的な毒性をもって彼を呪縛する力、それがバーサの力である。美貌と毒殺で有名なルクレチア・ボルジアのこの肖像は、「ダイヤモンドの眼を持つ緑の毒蛇」、「残忍な目をし、緑色の宝石と緑の葉模様を白い舞踏会用ドレスに散りばめ、胸に秘めたあらゆる憎しみを私に向けていた」（二一九）と表現されるバーサのイメージと重なり合って彼女の本性と力を象徴するものとなり、二人の行く末を暗示する。

ここでバーサに与えられている「緑」のイメージにも注目したい。彼女は絶えず「緑」と結びつけられるのである。ラティマーと初めて会った時も緑の帽子をかぶっていたし、結婚式のドレスにも緑の葉模様がある。よく知られているように、緑は緑色の海から生まれた愛の女神アフロディテの色とされ、愛を表すものであるが、「緑の毒蛇」と関連して羨望、嫉妬、毒の象徴でもある。[19] バーサに付与された「緑」は、バーサの本性を語るだけでなく、ラティマーの心に渦巻く愛と嫉妬と毒をも表していると言えるのではないだろうか。先に述べたように、ラティマーのバーサに対する執着心と所有欲は兄に対する嫉妬が大きな要因であった。愛と嫉妬は初めから彼の内で分かち難く結びつき、やがて毒となり、際限なく憎悪と殺意を生み出していった。ラティマーはバーサについて語りながら、実は彼自身について語っているのである。

このように絵そのもの、あるいは絵に対する反応を通して登場人物の資質を表現したり、物語の主題や展開を示唆する手法は、エリオットの得意とするところである。前章で考察した『フロス河の水車場』ではマギーが強く反応する五枚の絵がかなり巧妙に用いられていたが、以後の作品でもこの技法が発展的に用いられることになる。

さて、一八七三年二月、かつて「引き上げられたヴェール」の出版を拒否したブラックウッドは新しいシリーズでそれを出版する許可を求めたが、今度はエリオットがためらい、「私はこの作品に具現され、その痛ましさを正当づける考えを大切に思っています……。この作品には、私が繰り返し述べたいと思うことがたくさんありますが、それらを他の形式で表現することは決してないでしょう」[20] と答えた。このエリオット自身の言葉が示唆するように、この短編には後の小説で述べたいと思う幾つもの考えが含まれているのであろう。それは、この作品と『ダニエル・デロンダ』との深い関連性に窺える。上述したように、憎悪と罪の意識の問題は『ダニエル・デロンダ』で発展させられるが、テーマだけでなく、イメージも再び用いられることになる。ラティマーがジュネーヴ湖に一人でボートを漕ぎ出し、「ルソーがしたように、ボートの中で横になり、ボートの流れるにまかせる」（九）姿は、明らかに『フランケンシュタイン』のヴィクターを意識して書かれており、ラティマーの深い孤独感と自然に対する感受性を強調するイメージである。[21]『ダニエル・デロンダ』でも、デロンダがテムズ河に一人ボートを漕ぎ出して瞑想にふけるのを心の慰めとし、自分の意識と自然との交換性に思いをはせる（二二九）。また、バーサに与えられた「緑の毒蛇」と「狭い部屋」のイメージがグウェンドレンに付与され、その悪魔的な魅力や支配力、偏狭さを示唆する（四〇、四九）。

「引き上げられたヴェール」と『フロス河の水車場』との関連性の意義も見落とせない。というのも、ラティマーが鋭い感受性の故に環境との違和感に苦しみ、愛情を求めながらも得ることのできない挫折感によって悪魔的な復讐心に征服されてゆく過程は、『フロス河の水車場』のマギーとフィリップの経験が到達したかも知れないもう一つの可能性だからである。マギーとフィリップの場合も、その鋭敏な感受性が彼らの疎外感と孤独の苦しみを大きくするが、彼らは最後まで自分の信念に忠実であろうとし、人間に対する信頼を失わない。エリオットはこの短編と長編において、同じような状況下における人物の変化の可能性を、互いに逆の方向から、すなわち人間性に対する悲観的立場と肯定的立場から探っているのである。

さらに、ラティマー、フィリップ、デロンダという系譜から、別の重要な関連性が浮かび上がってくる。エリオットは後期の作品になるにつれて登場人物の芸術的資質と道徳的資質を結びつける傾向が強くなるが、ラティマーとフィリップは芸術的資質を備えているだけでなく、共にその女性性が強調される点でも重要であろう。ラティマーは自分自身について「ひ弱で、神経質で、無力な自己」、「半ば女性的、半ば幽霊のような美しさ」（二〇）だと評し、男性的な兄との対照性を強調する。一方、『フロス河の水車場』のフィリップは足が不自由で病弱なために弱者の立場、つまり社会的な力を認められない当時の女性と同じ立場に留まることを余儀なくされる。そして「女性的な感受性」を持つ彼がマギーの心の葛藤を最もよく理解できる。このような資質が、本書の第九章で詳述するように、『ダニエル・デロンダ』のデロンダやモーデカイに継承され、エリオットの新しい人間像と人間関係の模索へとつながってゆくのである。

2 「兄ジェイコブ」

ベリル・グレイは短編「兄ジェイコブ」を『フロス河の水車場』との関連で考察し、エリオットが深い共感をもって描いた『フロス河の水車場』のマギーと決別するために、彼女とは異なるデイヴィッドという登場人物を創造する必要性があったと分析している。そして、マギーが格闘した無慈悲な力、すなわちその地域の人々の偏狭な精神をおどけて扱うことによって『フロス河の水車場』とその感情的破滅を遠ざけようとしたのだと主張する。また、グレイは「兄ジェイコブ」と『サイラス・マーナー』の関係を重視し、後者が前者に負っていること、そして共通項として「名高き復讐の女神ネメシス」[22]というテーマがあることを指摘する。[23]確かに、「兄ジェイコブ」はアイロニーとユーモアが基調となっているので、エリオットがマギーの悲劇との決別を試みたというグレイの推察は理解できる。だが、「ネメシス」はこの二作品の共通点というより過去と現在、そして未来の連続性を信じるエリオットの全作品の基調となっている考え方だと言えるだろう。また、後の作品との関係を考えるなら、デイヴィッドを発展させたと思われる人物、ティート・メレーマが登場する『ロモラ』との関係も重要であろう。実際、この短編は『ロモラ』の構想中に執筆されたものである。さらに、『ダニエル・デロンダ』と関連する要素がこの作品にも見出される。

そこで、まず「兄ジェイコブ」と『ロモラ』を比較してみると、イギリスとイタリアという舞台の違いはあっても、デイヴィッドとティートは驚くほど似通っている。二人とも肉親の物を盗み、自分の物語を捏造して他者を欺き、肉親を認知することを拒否する。野望達成の目前で挫折するのも同じだ。デイヴィッドの場合、苗字'Faux'がすでにその欺瞞性を示唆している。彼は母親の所持金を盗んでジャマイカに行くが、結局菓子作りの才能しかないことを悟ってイギリスに戻り、エドワード・フリーリーという偽名でグリムワースに菓子屋を開いて、その町の有力者となる。それには、彼が西インド諸島での生活について次々と自分勝手な物語を紡ぎだして人々の気を引き、自分の存在を誇示したことの効果が大きい。さらに彼は出世の仕上げとして名誉ある地位を確保するために、経済的には落ちぶれているが代々の有力者であるポールフリー家の娘ペニーとの結婚を目論むが、そこに彼を追ってきた兄ジェイコブが現れて嘘がばれ、町にいられなくなってしまうのである。

一方、ティートも養父バルダサッレの宝石を奴隷となった彼を救い出すためにではなく、密かに自分の出世のために使い、自分の過去については言葉巧みに嘘で固める。デイヴィッドが娘ペニーを獲得するための第一歩として彼女の両親に取り入ったように、ロモラとの結婚に際してティートは彼女の父親の後継者となるふりをして認められようとする。デイヴィッドにとってペニーの家柄が彼女の美しさ以上に重要だったように、ティートにとってもロモラの家柄が重要なのである。また、デイヴィッドが突然店に現れたジェイコブを兄だと認めるのを拒否したように、ティートもバルダサッレと再会した時に彼を知人としてさえ認めない。そしてティートもスパイ行為によって出世階段をまさに登りつめんとした時に正体がばれ、殺されてしまう。

こうしたプロットの展開における顕著な類似性だけでなく、デイヴィッドとティートの計算高さと臆病さの共存にも注目したい。デイヴィッドは臆病であるが故にジェイコブを恐れ、憎む。道徳心よりも「不愉快」であるか否かで物事を判断し、不愉快なことを避けようとする快楽主義的傾向も二人の共通点である。デイヴィッドは最初母親の所持金を盗んでも母親が訴えないから盗みにはならないと安易に考えていたが、ジェイコブに目撃されたことで盗みは二度とするまいと決心する。「兄の行為に驚かされるような世界では、盗みは財産を作る方法としては不愉快」（一三）であることを思い知らされたからであり、その不愉快さとは、何よりもジェイコブの突然の出現がもたらした身体的不快感なのである。

同様に、ティートもひたすら不愉快なことを避けて自分の快楽を追及する。バルダサッレが奴隷として売られたと知った時、息子としての義務を果たすべきだと感じる一方で、「最大限の快楽を引き出すこと以外に、どのような……生の目的があるというのだろう？　それに、若さあふれる自分の生命は、冬枯れの生命とは比較できないほど多くの快楽を、自分だけでなく、他の人々にも約束しているのではないか」[24]と考えることで、義務の回避を正当化する。第六章で考察するように、『ロモラ』では、この快楽主義がいかに冷酷、かつ攻撃的な力の論理に発展してゆくか、そしてどれほど人間を変えてしまうかが徹底的に探究されることになる。

このように人物創造とプロットの展開に見られる共通点から「兄ジェイコブ」と『ロモラ』の関連性を考えてみると、全ての作品を完成されたものとみなすエリオットの意図に反する見方ではあるだろうけれども、前者は後者の習作としての側面を帯びてくる。また、この二作品の関連性を踏まえた上で「兄ジェイコブ」と『サイラス・マーナー』を比較すると、デイヴィッドとサイラスの対照性がより明確になるだろう。デイヴィッドの物欲とは異なり、サイラスの金貨への執着は愛情への欲求の表れである。

彼［サイラス］はお金のほうでも彼を覚えてくれているような気がして……今では親友となったそれらの貨幣を、どんなことがあっても見も知らぬ貨幣と交換しようとはしなかった。彼はそれらの貨幣を手にとり、数え、ついには、その形や色は彼にとって渇きを癒してくれるものとなった。[25]

友の裏切りによってサイラスは人間に絶望し、人との関りを断絶したが、それでもなお愛への「渇き」は消え去らない。それ故、決して自分を裏切ることのない「もの」に一方的に愛情を注ぐことにより、その欲求を何とか満たしているのである。エリオットは同じような金銭への執着の背後に隠された、対照的な動機や原因を探っているわけで、ここにも絶えず物事の両面、あるいは両極端を考えようとする彼女の姿勢を窺うことができる。

*

では、「兄ジェイコブ」ではどのようなイメージが用いられているだろうか。最も印象的なイメージの一つは、美しい色のドロップであろう。デイヴィッドは盗んだ母親の所持金を穴に隠そうとしているところに突然知恵遅れの兄ジェイコブが現れた時、彼の注意をそらすために「黄色のドロップ」（七）を与える。そのドロップはたちまちジェイコブを魅了する。

彼［ジェイコブ］は試しにドロップを一つ取って、あたかも哲学者であるかのようになめてみた。すると、トリンキュロのワインの味を知ったキャリバンのごとく、ドロップの新しい、複雑な味に有頂天になって、くすくす笑いながら、この突然情け深くなった弟の頭をなで、もっと欲しいと手を出した……。（八）

この経験により、ジェイコブにとってこれまで冷淡な弟だったデイヴィッドは「甘い味のする、一種の盲目的崇拝の対象」（一〇）へと変身する。ジェイコブが母親の金貨に気づくと、デイヴィッドは今度は金貨を埋めるとそれがドロップに変わるというトリックをやってみせてジェイコブをごまかす。ドロップはジェイコブの無邪気さの象徴であると同時に、デイヴィッドの狡猾さと欲望の象徴だと言えるだろう。しかも、ジェイコブは金貨をドロップだと信じて追うわけであるから、二人は同じ物を追っていることになる。ここに、同じ物を求めて無邪気に「甘い味の弟」（一四）を追う知恵遅れの兄と、嫌悪と恐怖におののきながら必死に逃げる狡猾な弟という、アイロニーに満ちた滑稽な構図ができあがるのである。

このドロップのイメージは絵画的イメージへと発展する。デイヴィッドが菓子屋を開店した朝の様子を見てみよう。

よく晴れた朝、新しい店のシャッターが開き、二つの窓に商品が並ぶと、まるで突然市場に虹がかかったかのように輝かしい光と色が放たれた。一方には巻いた肉や霜降り肉の変化に富んだ色合いが明るい緑色の葉で引き立ち、パイの艶やかな薄茶色、ガラスのヴェールに包まれたソースや瓶詰めの果物の鮮やかな色が見られ、全体的にオランダ画家が涙を浮かべるような光景であった。そして、もう一方の窓には、実にたくさんのドロップ、キャンディー、甘いビスケット、アイシングが並んで、ピンク、白、黄色、淡黄色といった柔らかい色合いが主を成していた。それは気難しい人間の目には、ターナーの晩年の様式で描かれた幻想的な風景画と容易に一体化されて映ったかもしれない。グリムワースの子供たちにとって、何とすばらしい光景だったことか！（二〇―二一）

色とりどりのお菓子が光の中でまばゆいばかりに輝く、まるで色のオーケストラのような世界、子供たちの想像力を誘い、心をときめかせる光景である。「オランダ画家」や「ターナー」の絵画との連想は、この情景の美しさを思い浮かべる読者の想像力を刺激するが、同時に、こうした美しさを理解できない者たちへの皮肉もそこには混じっている。というのも、当時、オランダ絵画についてもターナーの絵画についても評価が大きく分かれていたからだ。もちろん、一番批判されているのはデイヴィッドである。この光景自体が彼の野心の象徴であるし、子供たちが美しいお菓子の世界に惹きつけられるほどに、その美しさの背後に隠されたデイヴィッドの貪欲さが浮き彫りになる。彼は子供たちに対してさえ、支払われる金額に正確に見合った分量しか与えないという、徹底した商売を行うのである。

このように、美しいお菓子、とりわけジェイコブが追い求めるドロップは無邪気さや憧れとの連想を生じる一方で、デイヴィッドの狡猾さと貪欲さ、および立身出世への欲望を象徴するものとなっており、しかもデイヴィッドの野望は他ならぬドロップが原因となって挫折する。ドロップのイメージは、追う兄と追われる弟という物語の構図を視覚化し、それが生み出すアイロニーと滑稽さによってこの作品独特の雰囲気をかもしだしつつ、やがてデイヴィッドに下される「名高き復讐の女神ネメシス」(五五)の罰という主題の提示を効果的なものにしていると言えよう。

この作品でのもう一つの顕著なイメージは、「よそ者」のデイヴィッドが保守的かつ排他的な田舎町、グリムワースの伝統を脅かす存在となる過程を描く際に用いられる「堕落」のイメージである。最初の一人がデイヴィッドのお菓子の誘惑に負けたために、デザートは自家製とする、昔ながらの素朴な慣習が失われるという「堕落」が加速度的に進行することになる。ある獣医の妻がミンスパイを焼くのに失敗して、まず一度だけデイヴィッドの店で買う決心をし、次に夫には秘密にしておくことにし、さらにその秘密を友人に打ち明けることで強気になる、という三段階の「堕落の過程」(二四)を経て、この堕落は伝染病のごとく一気に広まってしまう。

伝染は広がっていった。間もなく、グリムワースには「フリーリー[デイヴィッド]の店で買う」のを支持する仲間、あるいは徒党ができた。そして多くの夫たちはしばらくの間この問題について知らないまま、無邪気に(innocently)タルトを二口で飲み込み、それをほめることでまた無邪気に、妻たちの致命的な不誠実さを助長したのだった……。一度「フリーリーの店で買った」妻たちは皆、隣人たちも同じようなことをして堕落しているのに気づくと密かな喜びを感じ、間もなく、わずか二、三の旧式な考えを持つ主婦たちだけが、広がりつつあ

る堕落に抵抗し続けた。（二一四―二一五）

ここでは堕落を示す言葉と 'innocently'（知らないで、無邪気に）という言葉の対照が生み出すアイロニーとユーモアの中で、人間の虚栄心と弱さ、愚かさが揶揄されている。過度に伝統にしがみつくことは偏狭さの現れであるが、伝統を失うことは、単なる習慣の変化にとどまらず、道徳的堕落の引き金になる危険性をも孕むが故に「堕落」とされるのである。

デイヴィッドが「よそ者」であることの意味を考えるとき、彼の侵入がもたらした堕落には、違うレヴェルでの比喩的な意味もこめられているように思われる。彼はグリムワースの人々にとって、西インド諸島そのものと言ってよい。彼が捏造する数々の冒険談は、バイロンやトマス・ムーアの東洋を詠った詩を愛誦し、ロビンソン・クルーソーやトマス・クックに憧れる女性たちの好奇心と想像力を煽り、それによって彼自身も美化され、彼女たちの警戒心が解かれることになる。この両者の関係は、イギリスと植民地の国々との関係として読めるのではないか。当時、イギリス本国に住む者にとって、植民地は経済基盤としては身近なものになりつつあったが、実質的には遠い、未知の世界であった。この未知の世界についての幻想がもたらす悪影響を、グリムワースの堕落は警告している。デイヴィッド自身が巡回文庫で読んだ小説や「インクルとヤリコー」[26]の物語によって西インド諸島に幻想を抱いて出かけ、幻滅して戻ってきた人間であることが、アイロニーを倍加すると言えよう。しかも「インクルとヤリコー」についての彼の解釈は、他民族に対する自己の優越性を信じる傲慢さそのものである。イギリス人の商人インクルがアメリカで自分の命を救ってくれた原住民の娘、ヤリコーをバルバドスで奴隷に売ろうとする物語を読んだ時、デイヴィッドはむしろ原住民に惹かれたインクルに同情し、西インド諸島に行けば白人だというだけで尊敬されて成功できると考えたのだ。グリムワースの女性たちがロビンソン・クルーソーやトマス・クックに憧れる気持ちも、デイヴィッドのこの姿勢に通じるものがある。「人は自分の国で十分認められなかったり、安楽に暮らせなかったりすると、自ずと思いが外国に向くものだ」（三）という語り手の言葉も示唆するように、この物語は、傲慢さが生み出す幻想と、そうした幻想によって安易に他国へ移住することを痛烈に批判している。

「兄ジェイコブ」において、西インド諸島の実際の様子は語られない。しかし、デイヴィッドという人間の野望と挫折、グリムワースの女性たちの憧れと幻想から、その未知の世界がいかに大きな存在感を持っているかがわかる。未知ではあってもその存在を無視することはできない世界とどのように関ってゆくべきか。イギリスの帝国主義の進展と共にこの問題はエリオットにとって次第に切実なものとなり、第九章で考察するように、『ダニエル・デロンダ』および『テオフラストス・サッチの印象』（一八七九年）で正面から取り組まれることになる。『ダニエル・デロンダ』で再び「インクルとヤリコー」が一つの重要なイメージとして用いられるのも偶然ではないだろう。

以上、エリオットの二つの短編小説をメアリ・シェリーの『フランケンシュタイン』、およびエリオットの他の作品との関連において考察してきたが、これらの短編は特異な雰囲気を持ちながらも、決してエリオットの作品群の中で孤立したものではない。いずれも別の長編小説の構想を考案中でありながら、それ以前に書きたかったもの、あるいは衝動的に書かずにはいられなかったものであるだけに、彼女が後の作品で発展させてゆくテーマや技法などが凝縮された形で現れていると言えよう。そして、こうした試みの中にも彼女特有のバランス感覚や、彼女自身の作品間の対話性が顕著に観察されるのである。「兄ジェイコブ」の次に書かれ、完成度の高い作品として評価されている『サイラス・マーナー』も、「兄ジェイコブ」と同様、『ロモラ』を構想中にエリオットの心に「割り込んできた」作品であった。[27] 次章ではこの作品に見出される対話性を探りたい。

第五章
『サイラス・マーナー』
ワーズワスとの対話

『サイラス・マーナー』は『フロス河の水車場』と共に、エリオットの作品中最もワーズワス的であると言われてきた。エリオットは福音主義と葛藤していた頃、二十歳の誕生日に「私自身の感情がこれほど望ましく表現されているものに出会ったことはありません」とワーズワスの作品集についてマライア・ルイスに書き送って以来、一八八〇年に亡くなるまで彼の詩を愛読している。[1] 平凡なものの中に真実と美を見出すことや、自然、幼年時代、および感情の重視など、これまで多くの批評家たちによってワーズワスとエリオットの作品の類似性が論じられてきたが、[2]『サイラス・マーナー』と『フロス河の水車場』については幼年時代への讃美と郷愁の故にワーズワスへの連想が特に強いと言えるだろう。『フロス河の水車場』における幼年時代のマギーとトムの親密な関係と、成長したマギーがそれを自己の存在の核とみなす態度は、後のエリオットの詩「兄と妹」（一八六九年）において再び謳われているが、この詩の次のような部分は幼年時代に育まれた感情が人格形成に果たす役割を強調する点でワーズワスの『序曲』、特に第一巻と第二巻を想起させる。[3]

かくさまよいながら、深遠なる知を授けられ、
なぜ言葉が魂を宿すかを知った、
恐れ、愛、原初の情熱
そこから生まれる衝動が人格を作り出す。[4]

また、『サイラス・マーナー』のエピグラフは、「幼児こそ、老いゆく者にとって、／この世のいかなる授り物にもまさり、／希望と、未来に向かう思いをもたらすもの」[5]というワーズワスの「マイケル」からの引用であり、年老いて授かった息子を生きがいとする羊飼いマイケルと、思いがけずエピーを得たことで人生に希望を見出し、自己回復を達成するサイラス・マーナーの姿が重なり合う。ただし、エリオットは自らが多大な共感を寄せたワーズワスの思想を自己の作品に単に反映させるだけではない。この場合も、ワーズワスおよび彼が書いたテクストとの対話であり、それはエリオットが既存のテクストの提供する設定やイメージなどを利用しながら、そこに自己の意図や意味を付与することで独自のものとしてゆく過程である。

では、エリオットのワーズワスへの共感および彼との対話がこの作品のイメージ創造にいかなる影響を及ぼしているだろうか。その顕著な兆候として、ヴィットマイヤーは『サイラス・マーナー』と『フロス河の水車場』がエリオットの作品中、最も非絵画的だと指摘する。つまり、もともとピクチャレスクの伝統に対する反動から始まったワーズワスの円熟した様式は、「本質的に非絵画的」だからである。[6] このワーズワス

の非絵画的特徴はクリストファー・サルヴェセンによって次のように説明されている。

ワーズワスは常に、風景が持ち得るいかなる絵画的特質よりも、風景の存在そのものと、その影響力の方をはるかに強く意識しており……彼の最も優れた詩では核的風景が詳述されることはない。自然の統一をもたらす力が詩を生み出すと共にそれに統一性を与えるのであり、この力はワーズワスの観察よりは、感情によって伝達される。彼は風景を観察するというよりもむしろ自然に反応するのであり、風景を見るというより、ほとんど感じるのである……。[7]

このように自然の絵画性よりは、自然の「存在」とその「影響力」を感じること、また自然の「統一をもたらす力」を観察よりは「感情」によって伝えることがワーズワスの本質的特徴であるとするならば、それはエリオットの『サイラス・マーナー』においては、自然に関連するイメージに現れていると言えないだろうか。そして、その自然に関連するイメージは修辞装置として、後述する物語構造の基軸である対照性を視覚化する機能も果たしている。

まず、サイラスの心理状態および変化が描写される際に頻出する蜘蛛、昆虫、小川、草木のイメージを見てみよう。ランタン・ヤードで長年親友だと信じていた男の裏切りにあって人間に絶望したサイラスは、ラヴィロウでは一日中「まるで蜘蛛のように、純粋な本能から、内省することなく」（六四）織機に向かってリンネルを織り、金貨を貯めることだけを目的とする機械的な生活を送っている。過去について考えることを憎み、現在に愛情や親交を見出すこともなく、未来に希望を抱くこともない彼の生活を、語り手は次のように描写する。

全ての人の仕事は、休みなく続けられると、このようにそれ自体が目的になり、その人の愛のない人生の空隙をうめてゆくということがよくある。サイラスの手は梭《ひ》をさすことだけで満足し、彼の目は、彼の骨折りのかいあってしだいにできあがってゆく、小さな四角形の布目を見ることで満足した。だが空腹には勝てなかった。サイラスは、ひとりぼっちで三度の食事を用意しなければならず、自分の飲む水を井戸からくんできて、火の上に湯沸しをかけたりもしなければならなかった。こういう身近な刺激は、織機を織ることとともに、彼の生活をますます、何の疑いもなく機械的に続けられる蜘蛛の活動そっくりにしていたのであった。[8]

ここで自ら過去、現在、未来と断絶して仕事そのものを目的化してしまったサイラスに与えられた蜘蛛の比喩は、彼の生活の非人間的、機械的側面を強調すると同時に、彼がまた一個の生物、つまり自然の一部であることからは逃れられないことをも示す。さらに、蜘蛛の比喩は「愛のない人生の空隙」に空しく網をかけて隠そうとするかのごとく織機を動かすサイラスに漂う悲哀感を読者に伝え、読者の同情を喚起するだろう。

また、サイラスの「とびでた近眼の、鳶色の目」(五四)が村人には「昆虫のような目」(一一〇)に見えるのは、単に彼の目の大きさや視力のためではなく、彼が周囲のものに心を閉ざして本当には見ようとしないことを象徴的に示している。実際、金貨を盗まれた直後のサイラスの目には、ドリー・ウィンスロップの「ばら色の頬をした子供の顔」も「ただ二つの黒い点のある、何かぼんやりした丸いもの」(一三八)としか映らない。

このようにサイラスの枯渇した精神状態とその生活が蜘蛛や昆虫の比喩によって表現されるのに対して、小川と草木のイメージによって彼の「メタモルフォーシス」(metamorphosis)(五六)の可能性と実際の変化が示される。例えば、仕事の行き帰りにも全く自然に目を向けることのないサイラスの過去との断絶が、次のように枯渇した小川にたとえられる。

(1) ……彼はかつてのように馴染み深かった薬草を求めて、ずっと続く生垣や小道のわきを歩き回ることはなかった。これらは、もう過ぎ去った日のことであって、今や彼の生活は過去からはすっかり遠のいてしまい、ちょうど小川が、もとの川幅を示す草におおわれた岸からはるかに落ちて小さな糸のような流れとなり、草一つ生えない砂地の中に自ずから溝を作るのと同じ状態であった。(七〇)

この小川のイメージは、サイラスの過去との断絶、および彼の枯渇した精神状態を象徴するが、流動性を失っていない点で、彼の変化の可能性をも示唆している。また、人間への信頼を失う前のサイラスと現在のサイラスとの対照性を視覚化する点でも重要である。エピーへの愛情と献身を通して自己回復を実現してゆくサイラスの物語と、エゴイズムの故に「ネメシス」の報いを受けるゴッドフリー・カスの物語という対照的なダブル・プロットから構成されるこの作品においては、この二人の対照性のみならず、あらゆる点で対照性が強調され、対照性が物語の基軸となっている。ここでの小川のイメージはそうした物語の基軸を視覚化する一例である。

サイラスが金貨を盗まれた直後、この小川に変化の兆しが現れる。善良な神の存在を信じて自分の義務を果たすべきだというドリーの人生観を聞いても、それを「未知のもの」(一四〇)としてしか感じられないサイラスだが、その精神状態は次のような細い流れにたとえられる。

(2) 人間の愛や神の愛に対する信仰の泉は、まだ開かれていなかった。それで、彼の魂は細くなってしまった流れのままで、ただ違うのは、その砂の中の小さな溝はせきとめられ、黒い障害物に向かってやみくもに曲がりくねって流れている様子だった。(一四〇)

引用(1)から引用(2)への変化が、今後のサイラスの変化を予示する。(2)における「人間の愛や神の愛に対する信仰の泉は、まだ開かれていなかった」という言葉が示唆するように、サイラスは人間的な感情や信仰心を完全に失ってしまったわけではなく、それはまだ開かれぬ泉として彼の心の奥深くに沈められており、開かれるのを待っているのである。従って、ここでかろうじて流動している細い流れは、人間に対する不信と絶望という「黒い障害物」にぶつかって感情と思考の流れゆく方向を見失ってはいるが、必死に救いを希求して変化を遂げつつある彼の心の動きに他ならない。

サイラスの心に残っている人間らしい感情は、草木のイメージによってより明確に示される。十二年間「彼の伴侶」であった土甕が壊れたとき、その破片をつなぎ合わせて慈しむサイラスは、「次第に枯れつつあったこの段階においてでさえ……愛情という樹液が全く枯渇してしまっていたわけではなかった」(六九)のである。また、金貨を盗まれたことに気づいたサイラスが村人に助けを求めたとき、それがサイラス自身は気づかぬ成長の兆しとして、やはり草木のイメージによって示される。

我々は外部のものの成長の始まりを意識しないのと同じように、自己の内なる成長の始まりをもほとんど意識しないものである。我々が発芽のほんのわずかな兆候を発見するまでには、すでに樹液の循環がいくどとなく繰り返されているのである。（一〇八）

こうしたイメージは、サイラスの心に起こっていることを「我々」の経験に引きつけることで、サイラス、ひいては人間の生命力と共に、その感情や思考の動きを読者に体感させる。

ロバート・H・ダナムが指摘するように、この樹液を内に循環させている草木、「根をおろした植物」の比喩はワーズワスにとっても非常に重要なものであり、『序曲』に次のような一節がある。[9]

よきときにわが魂は種まかれ、成長した、
美と畏れに等しく育まれつつ、
生まれ落ちた地においても
やがて移し植えられた、あの最愛の谷間においても
深く慈しまれつつ……[10]

このように人間の精神的基盤が形成される幼年時代を重視する姿勢は、ワーズワスの詩「目にすると心がお

どる」（一八〇七年）に最も端的に現れている。[11] そして、興味深いことに、エリオットの最も初期のエッセイでコヴェントリーの『ヘラルド・アンド・オブザーバー』（一八四七年二月五日）に掲載された「子供の叡智」において、彼女はこの詩のテーマについて論じ、実際この詩の「子供は大人の父である」という詩句に言及しているのである。

エリオットがいかにワーズワスを捉えていたかを考察する前に、上述のワーズワスの詩「目にすると心がおどる」を見ておこう。

私の心はおどる
　空に虹がかかるとき、
人生が始まったときも
大人になった今も、
年とってからもそうありたい、
　でなければ死んだほうがよい！
子供は大人の父である
願わくば、一日、一日が
自然への畏敬の念でつながれているように。[12]

幼年時代に培われた「自然に対する畏敬の念」を持ち続けることを切望する詩人の声には、自然から力を得る喜びが溢れている。山内久明氏が述べるように、この詩の七―九行は「子供時代の原体験が意識の深層に蓄積され、後年になって精神的力の源泉となる」という考え方を表現したもので、「幼少時の回想から受ける霊魂不滅の啓示」（一八〇七年。以下、「霊魂不滅の啓示」と略記）の題詞とされている。[13]「霊魂不滅の啓示」の詩において、「あの原初の感情、／影のように捉えがたい記憶」こそが「この世の源泉となる光、／この世の見えるものすべてを統べる光」であり、何ものにも破壊されぬ「真理」として謳いあげられ、[14] ここに子供時代の原体験が後の精神的力の源泉になるという考え方がはっきりと読み取れる。

さて、前述のエリオットのエッセイ「子供の叡智」は、人の精神的力の源泉として子供を重視するワーズワス的態度を表明したものと読めるが、ここではそれにとどまらず、彼女が「子供が父親」であるところの人間にワーズワスがこめた以上の意味を与えようとした点に着目したい。エリオットはこのエッセイの最後の部分で、道徳的、知的な意味で「真の叡智」を持つ「真の賢人」とは「その名称の最も完全で高尚な意味にふさわしい人間――子供が父であるところの人間であり、それはおそらく詩人が考えた以上の意味においてである」と定義づけている。[15] エリオットがここで意図する、ワーズワスが考えた以上の意味とは何か。彼女のエッセイでの展開を見てみよう。

エリオットはまず、「真の叡智」が「直観力がまだゆがめられていない子供時代を特徴づける、あの純粋さと素朴さへの回帰」に存することを述べると共に、[16] 次のように幼年時代の「驚き」、「素朴さ」、「純粋さ」と、成人してからもそれらを有することとの違いを指摘する。

全く、それは差異を伴う類似性である。なぜなら現実世界に対する子供の驚きは目新しさ、子供の無知故の素朴さと純粋さの結果であり、一方、賢人の驚きは神秘を解き明かす知識、彼の道徳律の素朴さと純粋さ、広い経験や懸命に克服された葛藤の結果によるからである。[17]

従って、大人の持つべき素朴さと純粋さとは「道徳律」の素朴さと純粋さに他ならず、エリオットは「知識」や「広い経験」、「葛藤」を経た後になお道徳律の純粋さを維持することがいかに困難であるかを示唆しているのではないだろうか。

　エリオットが子供に学ぶべき資質として特に重視するのは「信頼」と「法への遵奉」であり、これらを人間性のうちで最も気高いものとみなしている。例えば、祖母が禁じるからという理由でスモモを食べない子供に、エリオットはこの二つの資質を見出す。そこには、知識の深化と共に宗教的懐疑に陥り、ついには福音主義を放棄し、自己に忠実であるために、激しい葛藤に苦しみながら父や兄、あるいは社会が与える掟への反逆を選択したエリオットの、失われたものへの憧憬、つまり葛藤や懐疑に脅かされることなく絶対的な信頼をもって掟に服従できることへの強い憧憬が窺える。

　失われたものを取り戻す手段、すなわち厳しい自己統制の過程について、エリオットはさらに次のように述べる。

自己放棄、法への服従、信頼、慈悲、純真さ、正直——これらの資質は私たちが子供の中に見出したときには最大の喜びを覚えるものであり、また、成人した人間には最大の威厳を与えるものである。従って、真の賢人はこれらの感情を子供の中に見出すような、あの清浄無垢で自由に行使できる状態に維持すべく、自己の道徳律を構築するのである……。彼は、自ら課した掟の拘束に服従することに、人間性の最も偉大な面を示すことになるだろうと感じる。だが、彼が目指すのはただ人間の最高の状態であるだけで、決して超人的なものではない。[18]

ここでエリオットは、子供の「清浄無垢」な状態への回帰、つまり「子供を父親とする」ことを、人間が自らに「道徳的掟」を課し、たゆみない努力によって獲得すべき理想的な状態として捉えている。「超人的な」ものではなく、「人間の最高の状態」であるという言葉には、自己のエゴイズムや欲望の呪縛から逃れられぬ人間の性《さが》を認識しながら、なおそれを克服すべく理想に向かおうとする、そして他者にもそれを呼びかけるエリオットの強い意志が感じられる。ワーズワスが幼年時代の原体験の強さと不滅性を強調したのに対し、エリオットは大人から子供への回帰を意志的な行為を通しての道徳的発展として示している。ワーズワスが子供から大人への直感的、感覚的な影響力を強調したのに対して、エリオットは逆に大人から子供に向かう意識的努力に目を向けたと言えるだろう。エリオットはこのように新たな意味を付与することで、「子供は大人の父である」というワーズワスの意図に貫かれた言葉を自己のものとして獲得したのである。

こうしたエリオットの解釈は、『フロス河の水車場』において、幼年時代に培われた愛情と絆を自らの掟として自己放棄を貫こうとするマギーの葛藤に顕著に具現されている。一方、『サイラス・マーナー』では、サイラスがエピーの心を自己の絶対的な掟として彼女を育てる過程で自己改革を行い、自然の中での原体験を回復してゆく様子、あるいはゴッドフリーと結婚したナンシーの内省としても示されている。そしてエリオットはその過程を草木のイメージを巧みに用いることで、ワーズワスへの共感と自己の思想を融合させて表現している。

サイラスの人生を考える場合、彼が友人の背信行為を機に熱烈な信仰を捨て、人間にも絶望してしまったことが注目されがちだが、彼がそれ以前にすでに自然の中での原体験を喪失し始めていたことを見落としてはならないだろう。サイラスにとっての自然の中での原体験は、母と共に薬草を求めて野原を歩き回る喜びであった。しかし、彼はランタン・ヤードでの盲目的な信仰心の故に、母が「大切な遺産」(五七)として彼に伝えた薬草の知識を応用することの正当性に疑いを持ち始めていた。なぜなら、「薬草は祈禱なくしては効験はあり得ないが、祈禱は薬草を用いなくとも効果があり得る」(五七)と信じたからである。そして、彼は薬草を求めて野原を歩く喜びすら「誘惑」(五七)とみなすようになり、人間が自然から得た知恵と共に、自らの原体験をも否定したのである。友人の裏切りは、この傾向を決定的なものにしたにすぎない。従って、サイラスの物語はこの失われた原体験の回復の物語と読むことができる。

では、サイラスはいかに原体験を回復してゆくのか。エピーを引き取った最初の段階では、彼の態度には自己中心的、かつ受動的な面がある。彼はエピーの世話を全て自分でやる決心をするが、それは彼女の愛情を独占したいという自己の欲望に根ざしたものである。また、エピーの命名式を行うのもドリーに子供のためだと言われたからであって、積極的なものではない。だが、サイラスはエピーの心、彼女の喜びを自己の絶対的な掟とすることでエピーの生命力に衝き動かされ、それが彼の殻を破る力となるのである。

この作品において子供は自然そのものだと言ってよい。ゴッドフリーを父と知らずに見つめる幼いエピーの眼差しの穏やかさは、自然を前にして感じるのと同様の「畏怖」(一七五)を彼に感じさせる。また、ドリーは子供を急速に成長する「春先の草みたいなもの」と捉えているし、彼女がエピーのために持ってきた「まるで新しく萌出たばかりの草のような」(一七九)子供服も、子供と自然との連想を強くする。こうした子供（自然）の影響力のもとでサイラスの「メタモルフォーシス」が始まる。

……月日がたつにつれて、サイラスの生活と、これまで近づき得なかった村人の生活との間に、子供が日ごとに新しいつながりを作っていった。何も要求せず、固く扉を閉ざした孤独の中で崇められねばならなかった金貨は、日の光からも隠され、小鳥の歌も耳に入らず、人の声に驚くこともなかった。しかし、それとは違って、エピーは無数の要求と果てしない欲望を持った生き物であり、日の光や、生きている音、生きている動きを求め、愛した……。金貨は彼の心をいつも同じものの周囲をぐるぐるまわらせ、それ以外のものに彼を誘うことがなかった。だが、エピーは、変化と希望とが一緒に結びついたもので、彼の心が先へ先へと進んでゆくのを余儀なくさせ、今までのようにいつも同じ空虚な限界へとひたすら向かおうとすることから遠く引き離し、これからの年月とともにやってくる新しいものの方へと、彼の心を導いていくのであった。そのときが来れば父のサイラスがいかに自分を大切にしてくれたかをエピーが理解することになるだろうと、隣人たちの家族を結びつけている絆や慈しみを思いやって、彼ははやくもその時の幻影を追い求めているのであった。（一八四）

ここでは金貨とエピーの比較によって、以前のサイラスの機械的で単調な、閉塞した生活と、活動と変化に富み、未来の可能性に向かって大きく開かれた現在の生活との対照性が焦点化されている。この比較は、ランタン・ヤードとラヴィロウに象徴される、産業革命がもたらした生産性優先の物質主義的な都市生活と、自然と密接に結びついた伝統的な農村生活との寓意的比較としても解釈可能である。「日の光や、生きている音、生きている動き」を求め、愛するエピーは、まさに原体験の真っ只中にいる。その影響力でサイラスの視線は未来へ向かうようになってはいるが、それはまだ自分の愛情が報いられることへの期待にとどまっている。

しかし、サイラスの変化は時の推移と共に、徐々にではあるが確実に進行してゆく。エピーと自然の中での体験を共有しながらサイラスは再び薬草を探し始め、昔と変わらぬ薬草の形態が思い出を呼び起こす。彼は最初はその思い出から逃げようとするが、エピーの成長と共に心を開いてゆく。

子供の心が知恵づいてゆくにつれて、彼の心には次々と思い出がよみがえってきた。子供の生命の花が開いてゆくにつれて、冷たく狭い牢獄のうちに長い間麻痺していた彼の心もまた開かれて、しだいにはっきりした意識の方に、おののきながら移ってゆくのであった。

As the child's mind was growing into knowledge, his mind was growing into memory: as her life unfolded, his soul, long stupefied in a cold narrow prison, was unfolding too, and trembling gradually into full consciousness. (185)

ここで二人の並行した成長を示すのに用いられている 'growing' と 'unfolded' は、それぞれ草木が生長する、葉やつぼみが開くという意味を持つ言葉である。それが子供に付与された草木のイメージを喚起して、麻痺していたサイラスの心が目覚めてゆく過程を子供と草木の成長に重ね合わせ、彼が原体験の回復を徐々に遂げつつあることを示唆している。子供から大人への成長、そして大人から子供への回帰（原体験の回復）という両方向の人間的発展が草木のイメージを用いて見事に表現されている。

こうして、自然の中での原体験を喪失し、また人間への信頼をも失って「蜘蛛」に成り果てていたサイラスは、エピーの心を自己の掟とすることでその殻を脱し、新たな変身を遂げてゆく。それは最初は受動的な変化であったが、やがては自らの意志によって行う積極的な自己改革となる。例えば、他人とほとんど言葉を交すことのなかった彼が、幼いエピーにはいろいろなことを根気よく説明してやるようになり、彼女のどんな悪戯も罰することなく我慢し、「彼女の悪戯の責」（一八九）を代わりに負う忍耐力を身につけてゆく。また、子供を連れて織り上げた布を持参することは困難であるにもかかわらず、方々の農家を仕事のために訪ねるときにはできるだけエピーも連れて行き、農家の人々の話に耳を傾け、彼もエピーのことを語る。サイラスの積極的な自己改革が今述べたような具体例にとどまらず、さらに拡大されてゆく可能性が、次のような「大切な木を植えかえようとする人」のイメージによって示されている。

サイラスは、今やラヴィロウにおける生活を、エピーを中心として考え始めており……、それはちょうど、新しい土地に大切な木を植えかえようと思っている人が、その秘蔵の苗木を育むための慈雨や日光、その他のあらゆる影響を考え、水分を求めて張り出す根がうまく水を吸うようにしたり、葉や芽が損なわれないようにするために、自分に役立つあらゆる知識を熱心に求めるのと同じ気持ちであった。（一九〇）

サイラスの原体験の回復と自己改革の到達点は、エアロンとの結婚をためらうエピーに語りかける彼の言葉に窺うことができる。結婚によって生じる変化を恐れるエピーに、彼は次のように言う。

だがね、エピー、このことはよく考えておかなくてはならないよ。ものごとはすべて、わしたちが好もうと、好むまいと、必ず変わっていくということだ。ものごとは、いつまでも今のままで、変わらずにいられるものではないのだよ。（二一〇）

この言葉には、以前のようにエピーの愛情を独占しようとする利己的な愛情ではなく、彼女の新たな可能性と幸福を望む深い愛情が表れている。そして、このように変化を受け入れようとするサイラスを支えるのは、善への信仰である。エピーを育てる中で、サイラスは「この世には善いものがある――今ではそういう気がする。そう思うと、世の中には苦しいことや悪いことがあるにもかかわらず、人が知ることができる以上にずっとずっと善いものがあると感じられる」（二〇五）という確信を抱くに至ったのであり、これはドリーが彼に繰り返し訴えつづけてきた宗教観である。かつてドリーはサイラスの金貨が盗まれ、エピーがやってきたことの不可思議を、「それは、言ってみれば、夜と朝、眠りと目覚め、雨と収穫のようなものなんですね――一つのものが行ってしまうと、もう一つのものがやってくるのです。けれど、それがどんなふうに来るのかも、どこから来るのかも私たちにはわかりません」（一七九）と表現した。彼女はいかなることがあろうと神が善であると「固く信じること」（二〇四）こそ人間の務めだと考えている。彼女とサイラスが共に信じる神は、自然、と言い換えてもよいだろう。自然（神）の摂理が善を内包するものと信じ、物事の変化を謙虚に受け入れる姿勢こそ、サイラスの原体験回復および自己改革の到達点である。このことは、ゴッドフリーがエピーを引き取りたいと申し出たときのサイラスの態度にも確認される。サイラスは父親としての自己の権利を主張はするが、最終的にはエピーに選択を委ねる。彼のエピーへの信頼と愛情、そしていかなる変化をも謙虚に受け入れようとする覚悟はもはや揺らぐことはない。

これまで、サイラスの変化とエピーの成長が自然に関連するイメージ、とりわけ草木のイメージを効果的に用いて表象されてゆく様を見てきたが、このイメージはゴッドフリーとナンシーについても用いられている。モリー・ファレンとの秘密の結婚が父親に知れて勘当されることを恐れるあまり、何とか秘密を守ろうと弟の機嫌をとるゴッドフリーは、「土と太陽の恵みで最初に芽生えた土地に立派な幹となった大木が根こぎにされたのと同じようにほとんど無力であった」（七七）。富と地位に恵まれて育った故のひ弱さである。だが、皮肉なことに、実際には彼自身が娘との絆を断絶し、後にこんどは娘から拒絶されるとき、「僕がぐずぐずしている間に、木々はどんどん大きくなってしまった――今ではもう手遅れだ」（二三六）と悔恨の情を抱くことになる。[19] ここでは草木のイメージが、彼とサイラスのたどった運命の対照性、つまり物語構造の基軸を際立たせつつ、アイロニーを増幅させている。

では、ナンシーについては草木のイメージがどのような機能を果たしているのだろう。ゴッドフリーとの結婚で子供に恵まれなかったナンシーは、子供がいないことに対する彼の失望感を理解しながらも、養子をとることには反対した自分の態度が果たして正当だったかと自問する日々を送っている。彼女が養子に反対したのは、養子をもらうことは神の摂理に背くことになると信じるからであった。彼女は全てを「ゴッドフリーが見るように見ようと努め」（二一六）、彼の満ち足りない気持ちを救うために最善を尽したかどうかを自らに問いかける内省を繰り返すが、自分の判断が正しかったという確信は揺るがず、子供に関すること以外にはできる限りの努力をする決意を新たにする。このように自分の信念にあくまで忠実であろうとするナンシーの姿勢がいかに形成され、維持されてきたかが、次のような草のイメージで示される。

この世のあらゆる務めや礼儀について、親に対する子としての態度から夕方の化粧のしかたに至るまで、美しいナンシー・ラメターは二十三歳になるまでにすでに改変を許さぬ小さなしきたりを持っており、厳密にその慣例にあわせて自分のすべての習慣を作ってしまっていたのである。彼女はこのように決めたことをこの上なく慎み深く心のうちに保っていた。それらは彼女の心の中に深く根をおろして、草の伸びるように、静かに成長していたのである。我々も知っている通り、何年か前、ナンシーは姉のプリシラとおそろいの衣装を着るのだと言い張ったことがあるが、それは「姉妹はおそろいの衣装を着るべきだ……」という理由からであった。これはごく卑近な例だが、ナンシーの生活を支配している様式の典型的なものであった。(二一六、傍点は筆者)

ナンシーが結婚前にすでに確立していた「改変を許さぬ小さなしきたり」とは、彼女の幼い頃からのごく限られた経験の中で育まれたもので、限界もあり、また頑固さ、融通性の欠如となって現れることもある。語り手はここでナンシーの生活を統御する様式の典型的な一例として「姉妹はおそろいの衣装を着るべきだ」という彼女の主張を挙げているが、実はこの信念のために、以前パーティーで姉には似合わないドレスを着ることを強要したのだった。だが、このような欠点を内包しながらも、彼女が克己心によって自己の「慣例」をより良いものにしていったことが、深い根をおろしてゆく草のイメージによって示唆されている。先に見たように、この作品において草木は子供および成長、希望と強く結びつくイメージだからである。

ナンシーは自分自身の子供を亡くしたとき、静かにその試練に耐え、授からなかったものを望むことを自らに禁じた。自己の運命を「神の意志」(二一七)として潔く受け入れようとするナンシーの信仰は、神(自然)の善をひたすら信じるドリーとサイラスの信仰と通底するものだが、語り手はナンシーがこの信仰に到達した過程を再び自然の生長のイメージを用いて次のように述べる。

> ナンシーが、狭い社会の因習や十分には理解していない教会での教えの断片、自分のささやかな経験に基づくいかにも娘らしい理屈からつなぎ合わせた自分の宗教上の理論によって、彼女の知識などではとうてい及びもつかない系統だった形での信仰を持っている多くの信心深い人たちの考え方に極めて近く自力で到達できたということは、全く不思議に思われるかもしれない。もし、我々が人間の信仰も、他のあらゆる自然の生長と同じように、法則の囲みを越えてゆくものだということを知らなかったら、不思議に思われるかもしれない。（二一七—二一八、傍点は筆者）

ナンシーは、先に「根をおろしてゆく草」のイメージによって暗示されていたように、子供時代から培われた道徳意識を絶えず内省によって検閲することで、自己の環境的、知的限界を超える信仰にまで高めたのである。「他のあらゆる自然の生長と同じように」という言葉が示すように、ここでは人間の信仰が「自然の生長」のひとつとして、つまり人間が自然の一部としてはっきりと意識されている。ナンシーの道徳的成長に付与された「根をおろしてゆく草」のイメージには、自然の一部としての人間の存在、幼年時代の体験の永続性といったワーズワスの思想へのエリオットの深い共感と共に、彼女自身の思想、すなわち子供のような道徳的純粋さへの回帰をたゆまぬ努力によって獲得すべき理想的状態として捉える哲学もこめられているのである。

*

これまで見てきたように、自然に関連するイメージは登場人物たちの心理や成長、あるいは彼らの関係を示す効果的な修辞装置となっており、物語構造の基軸である対照性を視覚化、あるいは焦点化する機能も果たしている。ここで、最初に提起したワーズワスの「本質的に非絵画的な」様式と『サイラス・マーナー』におけるイメージ創造との関連性という問題に立ち戻りたい。ワーズワスの表現様式の非絵画性とは、自然の絵画性よりも自然の存在とその影響力を感じること、そしてその自然の力を観察によるよりもむしろ感情によって伝えることに重点を置くことにあった。誰もが経験によって知っている身近な自然のイメージ、特に草木の樹液の循環、生長、開花のイメージは、自然の存在を「見る」よりも「体感」させる。エピーとサイラスの成長を見守る読者は、彼らと共にすくすくと生長する木を見つめる喜びや自然の躍動感を感じずにはいられない。さらに、この生長する草木のイメージは全編を通して用いられている光と闇のイメージとも響き合って、自然の存在を絶えず読者に感じさせ、その想像力を刺激しながら、物語の最後に提示されるエピーの庭のイメージへと収斂されてゆくのである。

そして、この作品の自然に関連するイメージは、作品の寓意的様式を前景化する機能を果たしている点でも興味深い。本書の第二章で考察したように、『アダム・ビード』では精緻な絵画的描写が自然のリズムや、登場人物と自然との関り、作品の舞台であるヘイスロープの地誌的特徴などを伝えていた。その絵画的描写は寓意性、象徴性も備えており、写実的様式と寓意的様式の共存と融合がエリオットの作品の大きな特徴であるが、詳細な絵画的描写がヘイスロープの特殊性、個別性を強調して全体としては作品の写実的様式を強く印象づけていると言えるだろう。そして、読者はこのヘイスロープの世界をまるで絵画を眺めるように、「適切な距離」を置いて観察するよう導かれる。これに対して、『サイラス・マーナー』における自然のイメージはその普遍性によって作品の寓意的様式を前景化するのである。この作品もナポレオン戦争や当時の経済状況への言及を始めとして、農村社会の慣習や人々の階級意識など、時代背景をふまえた写実的描写も十分備えてはいるが、自然に関連するイメージによって普遍的な寓意性を強調すると同時に、読者と登場人物との間の時間的、空間的、心理的距離を一気に縮めてしまう。従って、物語の結末で自然に関連するイメージが収斂されてゆくエピーの庭は多くの寓意を内包するイメージとなっている。とはいえ、この庭も詳細に描写されるのではなく、物語の第二部の進行と共に少しずつ蓄積され、読者の想像力によって完成されるべきイメージである。

物語の第二部はサイラスがエピーを育て始めてから十六年が過ぎた秋の日に始まり、エピーはサイラスに庭を造ることを提言する。「花も私たちを見たり、私たちの話している内容が全部わかっているような気がする」(一九八)から庭が欲しい、と言うのである。エピーにとって、庭造りは単に自然を身近に置くことではなく、サイラスとの役割交代、つまりサイラスの「大切な木」(一九〇)として育てられてきた彼女が今度は自らが育てる役割を担うことを意味し、それはエアロンとの結婚という新たな生活への準備である。ドリーに相談し、サイラスも手伝うという共同作業ではあるが、中心になるのはあくまでエピーとエアロンである。エピーはサイラスには力仕事をしないよう約束させ、エアロンに庭の掘り起こしや新しい土を持ってくること、石垣を築くことを委ねる。エピーと共に新たな木々を育てる役割を担うエアロンが庭師であることも興味深い。そして、エピーが望む結婚生活は、彼女が庭に植えたいと願う花に象徴される。例えば、ドリー(従ってその息子であるエアロン)の家にある「ヤエヒナギク」(一九七)や、「良家の人々の庭」、つまりカス家のような庭園にしかない「ラヴェンダー」(一九八)、母が亡くなった場所に繋っている「ハリある。まず、エアロンの家のヤエヒナギクを植えようとすることは、結婚によってサイラスと自分という家族にエアロンの家族が加わって大きな家族、より大きな木になることを望むエピーの期待であろう。Q・D・リーヴィスは、田舎の男性が花嫁のためにラヴェンダーの花壇や生垣を造ることは一つの伝統であり、寝具に香りをつけるのに必要なラヴェンダーを持って来るとエアロンが約束することは慣習に基づく、「情愛のこもった適切な配慮」だと指摘するが、[20] それがエピーの庭に用意されることが重要である。つまり、エピーの新生活の本拠はサイラスと共に住んでいる現在の小屋でなければならないのである。また、ハリエニシダは幼かったエピーの記憶にはない、サイラスの話から聞くだけの母とその死、そしてエピーの母への思いを象徴している。彼女は自分の母が誰であったのか、またなぜ一人寂しく死んでいったのかと疑問を抱かずにはいられないが知る由もない。ハリエニシダと共に、枯れることなく増えてゆくとされるマツユキソウやクロッカスを植えようとすることには、エピーの生への強い願望と、母の存在を自分の生きてゆく未来につなげようとする思いが感じられる。このように、エピーの庭造りの構想はサイラスとの役割交代を行うことで、自己の過去の歴史と現在、そして未来を連結し、発展させてゆこうとする意志に貫かれている。

物語の「結び」において、庭造りの開始からどれほどの時が経ったのかは明確にされないが、ラヴィロウで結婚式を挙げるのに最もふさわしいとされている季節、つまり「古めかしい庭々の大きなライラックやキングサリが、苔むした塀の上に豊かな黄金色や紫色に咲きほこる」(二四一）春にエピーはエアロンと結婚する。結婚式を終えたエピーとエアロン、サイラスとドリーの四人が石小屋に戻ってきたとき、エピーの庭を目にするのが物語の最終場面であり、それは次のように描写される。

エピーは、今では期待していたよりもはるかに大きな庭を持つようになっていた。また、その他のことでも地主のカス氏が費用を出してくれて、前より人数のふえたサイラスの家族に適するように、いろいろな改造が加えられていた。それは、サイラスもエピーも他の新しい家に引っ越すよりはこのストーン・ピットにいたほうがよい、とはっきり言ったからであった。庭には二方に石で垣がめぐらされていたが、正面は透垣になっていて、そこからいろいろな花が、四人が連れ立ってその花の見えるところまで来たとき、彼らの喜びに応ずるかのように歓喜に輝いていた。

「ねえ、お父さん」エピーは言った。「私たちの家はなんてすてきなんでしょう。私たちほど幸せな人はいないと思うわ」(二四三—四四)

この描写は簡潔であるだけに一層読者の想像力をかきたてる。庭がエピーの予想を超える大きさになったのは、エアロンを始めとする多くの人々の支え、特にエピーと同様庭が大好きなナンシーの配慮があったからだと推察される。ナンシーはエピーを引き取りたいと願うゴッドフリーと共にサイラスの小屋を訪れたとき、庭を切望するエピーの気持ちを知ったのだった。ここで言及されているようにゴッドフリーの援助で小屋が改造されていることに加えて、ナンシーが婚礼衣装をエピーに贈ったことも考え合わせると、ナンシーが庭造りに多大な関心を寄せたことは容易に想像できよう。エピー、エアロン、サイラス、ドリーの四人の喜びに応えるかのように歓喜に輝く花には、先に見たようなエピーが望んだ花が含まれているに違いない。従って、この庭はエピーの構想の実現化、厳密に言えば、構想の実現への道が確実に踏み出されたことを象徴するものである。なぜなら、育てる者としての役割をサイラスから引き継いだエピーが、新たな家族を育てることでその役割を果たすのはこれからだからである。大嶋浩氏が指摘するように、ゴッドフリーの屋敷から移植されたであろうラヴェンダーとエピーの母が亡くなった場所に生えていたハリエニシダが一緒に植えられていることは、サイラスとゴッドフリー一家との和解だけでなく、母を偲んできたエピーと実の父親ゴッドフリーとの最終的和解を象徴するものと言える。[21] エピーは母を知り、実の父とも和解することで過去と現在の連続性を一層確実にし、未来への第一歩を踏み出したのだ。その未来にも試練が待ち受けているに違いないが、彼女とエアロンはサイラスとドリーから受け継いだ信仰、すなわち神（自然）の善への信仰を失うことなく、育てる者としての役割を遂行していくだろう。サイラスとエピーにとって人生の一つの季節が終わり、新しい季節が始まったのである。

さて、このエピーの庭はこの他にも解釈が可能である。例えば、J・ユーグロウは、この庭がラヴィロウを特徴づける「良い管理」、つまり浪費や欠乏を免れた管理の見本のようなものだとみなす。おおらかな豊かさに満ちたエピーの計画が、幾何学的模様に整備されたカス家の庭の堅苦しさと注意深く対比され、庭は、自然と文化をめぐる議論の中に位置づけられているのである。[22] さらに、このカス家の幾何学的な庭でナンシーと姉のプリシラが子供のいない寂しさや結婚生活への失望感について話していることを考え合わせると、二つの庭はサイラスとゴッドフリーの人生の対照性、すなわち、それぞれの過去の選択がもたらした豊饒と不毛の対照性を際立たせる。サイラスはエピーを自分の理解を超える力（それを後に彼は神＝自然とみなすようになった）から与えられたものとして受け取り、ゴッドフリーはこの自然の力を拒んだのだった。

また、エピーの庭を囲う石垣はどのような意味を持っているのだろう。この石垣はサイラスが、ロバなどの侵入を防ぐために絶対垣根が必要だと言い、エピーが付近の石を使うことにしてできあがった。つまり、この石垣には大切なものを守ろうとする思いがこめられているのだ。大切なものとはそこに咲く花だけでなく、それに関連する全ての思い出、そして現在と未来の幸福である。だが、一方でこの石垣に守られた庭の明るさは、石垣で囲わなければ守ることができないもの、必死に守らなければ失われてしまうもの、あるいは失われてしまったものへの憧憬とも思えてくる。例えばそれは子供時代の純粋さや自然の中での喜びへの憧憬であろう。この庭と同様、物語の第一章で提示された「気持ちのよい木々のこんもり繁った窪地に抱かれている」(五三)ラヴィロウの村が地理的状況によって守られている点を思い起こすとき、こうした見方への確信が深まるだろう。ラヴィロウが「新しい時代の声にも消されず、多くの古い昔の面影が残っている村」である大きな要因は、「どんな主要道路からも馬でたっぷり一時間はかかり、馬車の角笛も聞こえてこなければ、世間の噂も伝わってこない」(五三)という、その地理的な隔離(保護)だと言える。第二章でもラヴィロウの村は「屏風をたてまわしたような(screening)木々や生垣で、天からさえ隠されている(hidden)ように感じられる、この低い、木の多い地方」(六三)と描写され、'hidden'、'screening'といった語が、この村の守られたイメージを強める。そして、このように守られたラヴィロウおよびエピーの庭とランタン・ヤードの対照性、特に「結び」につながる第二十一章でサイラスとエピーが訪ねたランタン・ヤード(昔のランタン・ヤードは姿を消し、息苦しい工場町と化していた)との対照性を考えるとき、エピーの庭は科学や産業の発達がもたらした社会の激変や価値観の大転換の中で失われつつあるものへの強い憧憬と、それを守ろうとする意志とを象徴するイメージとなってくる。そして、その憧憬と意志は作者エリオットと当時の読者、さらには場所と時代を超えて現代の読者とが共有する思いでもあるだろう。

このように、エピーの庭は細部の蓄積から読者の心の中で完成されるべきイメージであると同時に、異なるレヴェルでの解釈が可能なイメージであり、読者に複数の解釈の可能性を提供しつつ、読者の内に作品との、また読者自身との対話を引き起こす。最も絵画的でないとされる『サイラス・マーナー』において、エリオットは絵画的描写に依存することなく、意味の重層性を備えたイメージの創造に成功した。これは以後の作品において一層複雑化するイメージの先駆けとして重要な意義を持ち、次作『ロモラ』のあふれるほどの絵画的イメージがそれを実証するだろう。

では、最後に『サイラス・マーナー』において、言語がどのようにテーマ化されているかを確認しておこう。注目すべきは、これまで考察したように、ワーズワスの「子供は大人の父である」という言葉にエリオットが付与した意味が、サイラスの原体験の回復と自己改革の過程、およびナンシーの内省に展開されている点である。ワーズワスは幼年時代の原体験の不滅性、および子供から大人への直感的、感覚的な影響力を強調したが、エリオットはそれに共感を抱きつつ、別の視点、すなわち大人から子供への回帰を意志的な行為を通しての道徳的発展として捉える視点を提出するのである。バフチンの言葉を借りれば、「新しいコンテクストと新しい条件のもとでの他者の（正確には半ば他者の）言葉の更なる創造的な敷衍」[23]と言えよう。しかもその際にエリオットはワーズワスの「根をおろした草木」の比喩を登場人物たちの心理や成長、あるいは人間関係を示す効果的なイメージとして機能させている。

また、この作品ではJ・ユーグロウが指摘するように、サイラスとゴッドフリーという二人の父親、つまり育ての親と実の親による娘エピーをめぐっての「権利」の主張を中心とした議論が巧妙に構築されている。エリオットは「権利」を特権ではなく、報いとして与えられるべきもの、必ず義務を伴うものとしているのみならず、「合法的な父親」への批判を、父権制を基盤とするイギリス社会に対する批判へと発展させているのである。[24]

このように一つの詩句や語の定義を自己の意図によって再定義することがエリオットの最初の作品からの延長線上にあることは、本書でのこれまでの考察で明らかだろう。『牧師生活の諸景』と『アダム・ビード』では聖書の語彙やイメージがエリオットの人道主義に基づいて再定義されていたし、『フロス河の水車場』におけるマギーの葛藤は「自己放棄」の新たな定義づけの試みとその難しさを示すものである。『サイラス・マーナー』以降の作品でもこうした試みは、前景化される程度の差こそあれ、たゆみなく続けられる。評論執筆から出発したエリオットは最後の作『テオフラストス・サッチの印象』で再びエッセイ形式に戻るが、第九章で詳述するように、この作品では言葉の意味の微妙な違いやずれを言葉によって厳密に示そうとする試みが顕著であり、言葉の定義についての物語とも言うべき様相を呈している。他者の言葉との対話を繰り返しながらそれを自己のものとして獲得することへの執着は、エリオットが福音主義と格闘していた時期に聖書の語句を自分自身の言葉で書き換えることの意義を認識して以来、生涯捨て去ることのなかった言語への挑戦であり、彼女の全作品の核となっている。次に考察する『ロモラ』では、このような彼女の言語への情熱と、語る者としての葛藤が多様な絵画的イメージと共に展開される。

第六章

『ロモラ』 言語への情熱

一八六二年に『コーンヒル・マガジン』が『ロモラ』の連載を開始した当時、イギリスではルネサンス熱が急激な高まりを見せ、ルネサンスを描くことは一つの文化現象だった。J・B・ブーレンによると、ルネサンス時代の様々な発見や芸術的、哲学的卓越性はヨーロッパにおいて長く認められていたものの、「ルネサンス」がこうした文化そのものを意味する概念として形成されたのは、十八世紀末から十九世紀初めにかけてであり、中世イタリアと近代との間に生み出された芸術を明確に捉えようとする試みからむしろ偶発的に生まれたものだという。[1] 従って十九世紀半ばに至ってもなお「ルネサンス」は「十五世紀」、「十六世紀」といった歴史的用語が意味する時代区分とは異なり、まだ比較的新しく、不安定な、多様な解釈が可能な概念だったのである。イギリスにこの概念が持ちこまれたのは一八四〇年代になってからで、ルネサンス熱が昂じた一八六〇年代でもまだ問題含みの用語であった。一八五〇年代にジョン・ラスキンが『ヴェニスの石』(一八五一―五三年)においてルネサンス建築を論じ、ルネサンスへの関心を喚起していたが、彼の立場は「ルネサンス精神」の特質を「世俗性、矛盾、傲慢、偽善、自己についての無知、そして芸術と豪奢と優れたラテン語の愛好」[2]と捉えて、極めて否定的なものだった。一八六〇年代は、前述のエリオットの『ロモラ』を始めとして、マシュー・アーノルドがオックスフォード大学でルネサンスの文化的、歴史的重要性を講じ、ジョン・アディントン・シモンズがルネサンスの活力を称揚し、さらにウォルター・ペイターが後に『ルネサンス』(一八七三年)に収める芸術論を書いてルネサンス観を形成していったのである。また、絵画の世界では、ダンテ・ゲイブリエル・ロセッティやエドワード・バーン=ジョーンズらがルネサンス、特にヴェネツィア派の画家たちにインスピレーションを求めた。こうしたルネサンスに関する著作をブーレンは歴史的に構築された「神話」、すなわち「歴史家が過去についての説明的な物語を創造するために秩序づけたシニフィアンの集積」だとみなし、「秩序づけの過程」が歴史的主題に意味と価値を付与する上で極めて重要であること、しかもこの「秩序づけの過程」は主題そのものだけでなく、歴史家の個人的な状況および同時代文化の中での位置によっても決定されることを指摘する。そしてラスキンからペイターに至る神話の展開は、ルネサンスに対して否定的なラスキンの神話が様々な反応を引き起こし、ついにはルネサンスを西洋の歴史上無類の業績を産出した時代だとするアーノルドやペイターらによって逆転される歴史である、と論じる。[3]

では、こうした神話群の中で『ロモラ』はいかに位置づけられるのだろうか。また、エリオットの個人的な状況は、この作品世界の構築にどのような影響を及ぼしているのだろうか。ブーレンは、『ロモラ』をエリオットが共感を抱いていたオーギュスト・コントの提唱した歴史システムを具現する歴史的神話として論じているので、[4]ここでは別の角度から、つまりエリオットの言語に対する強い関心がこの作品世界の「秩序づけ」を決定する重要な要素となっている点に注目して考察したい。序章で見たように、すでに評論「ドイツ生活の博物誌」で、言語の発展と人間の道徳的成長および社会的発展の相関関係への確信を言明していたエリオットにとって、言語は歴史を考える上で欠かすことのできないものであった。

*

『ロモラ』には言語とイメージが氾濫している。登場人物の学者は古典語の研究と写本や遺物の収集に熱狂し、政治家はラテン語やギリシア語の知識を誇示しながら学者と熱烈な古代讃美を競う一方で、巧みな弁論術を自己の存亡をかけた闘いの武器とする。一介の床屋ですら客である学者の意見を聞きかじって、自分の店は「人々の思想の最良の部分」[5]が得られる「機知と学識の集まる場所」(七九―八〇)だと自慢し、自らも好んで引用句を口にする。また、宗教家は言葉の力を駆使して予言的な'vision'を描き出し、人々の心を掌握する。画家もその予言的な絵によって、様々に解釈可能なイメージを生み出してゆく。このような世界で言語はまさに知と権力の象徴であり、人々は言語との、あるいは言語を通しての激しい闘いを繰り広げる。その闘いをこの物語のヒロインであるロモラとその夫ティート、彼らの父親バルドとバルダサッレ、およびドミニコ会修道士で聖マルコ修道院長のサヴォナローラを通して見てみよう。

『ロモラ』の物語は、コロンブスが新世界への船出をひかえ、学問の庇護者ロレンツォ・デ・メディチが亡くなった一四九二年春のフィレンツェに始まる。古典語への情熱が多くの人々の心を捕えていた時代にあって、いわば時代の情熱に取りつかれた男たち、バルドとバルダサッレから見ていこう。彼らの物語は、情熱の挫折が引き起こす悲劇だと言ってよいだろう。彼らは後世に足跡を残そうと野望に燃え、ギリシア語解読と遺物収集に人生を賭けたが挫折、それぞれ視力と記憶を失ってしまった。自己の能力に対する過信、知と権力への渇望、および息子（後継者）への過剰な期待という点で、二人はよく似ている。

ロモラの父バルドは、学者の方が詩の読解力において詩人自身よりも神に近いと自負し、彼にとっては研究対象である「偉大な死者たち」こそ共に生きるべき存在であって、生きた人間は「ただの亡霊——真の感情と知性を奪われた影」（九六）にすぎない。己の挫折は視力の衰えと、助手として育てた息子ディーノの裏切り、つまり彼が修道士になってしまったことに原因があるとして強い被害者意識に囚われており、この被害者意識と、自己のプライドを守ろうとする防衛本能が、他者への辛辣な批判と身近な者への心無い仕打ちとなって現れる。学問の世界が「公然の盗みの組織」となり、自分より能力の劣る者が追従によって地位と名声を得たことを激しく非難する一方で、自分にも「世間の記憶に残る権利がある」（一〇二）と、世俗的成功への固執を捨て去ることができない。また、ディーノが家を出て以来、実際に研究の助手を務めてきたロモラに対して「前人未踏の知識の道を歩む者が持たねばならぬ変わらぬ情熱と不屈の忍耐は、女のか弱い力にそぐわぬものであるし、それ以上に女の精神のうわついた性癖になじまぬものだ」（九七）と言って彼女を深く傷つけるが、一向に気づかないのだ。このような彼からは、学問に対する純粋な情熱や喜びはもはや微塵も感じられない。他者に対する優越感を満たし、社会的な成功という形の保証を得るために、形骸化した知識にしがみついているだけである。自分の魂の傷痕にのみ心を奪われ、自分が批判する者たちと実は同一線上にあるという自己矛盾にも気づかず、娘の愛情すら男性社会の因襲的な考えによって傷つけてしまう。このような彼に欠けているのは、文字を解読するための視力以上に、自己を直視し、人間にとって大切なものを見極める心の目だ。テクストに延々と注釈を書き加える報われぬ作業の中で失意と苦渋を深め、他ならぬ彼自身が後の『ミドルマーチ』のカソーボンのように、「亡霊——真の感情と知性を奪われた影」に近づいてゆく。その様は、言語（学問）への情熱が視野の拡大や精神の伸びやかさではなく、心の盲目へと成り果てた人間が、絶望という闇の中で必死にもがく惨めさに満ちている。

バルドと同様、バルダサッレにとっても自己の知力と学識は絶対的な価値を持ち、彼のアイデンティティそのものだと言ってよい。それ故、記憶の喪失はすなわちアイデンティティの喪失であり、息子ティートだけがその回復への頼みの綱だった。記憶を喪失したときの状況を、彼はロモラに次のように語る。

何も覚えていない。ただ最後に陽を浴びて石ころの間にすわっていた。他はいっさい闇だった。それからゆっくりと、徐々に何か他のこと、実現しそうもない何かを待ちこがれる気持ちを感じた。それが何であるかはわからなかったが。そして海上の船にいたときに、自分が待ちこがれているものが何であるかわかり始めた。息子の帰りを待っていたのだ――自分の考えをそっくり取り戻したかったのだ。というのも、私はその外に締め出されていたからだ。（五三一―三二）

闇に覆われた精神の中でかろうじて生き残っているたった一つの記憶、弱々しい心の奥底から初めはぼんやりと、だがしだいに募ってゆく唯一つの希望、それがティートだった。バルダサッレはかつてティートを哀れな境遇から救い出し、息子として、自己の知識を始め持てるもの全てを継承させるべく育てた。従って、ティートとの再会は「自分の考え」と、父親としての権威を回復することによる自己のアイデンティティ回復をも意味していたのである。しかし、ティートは父の宝石を横領しただけでなく、落ちぶれた父を父だと認めることさえも拒否するのだ。これは、息子による父親の権威の否定であり、両者の力関係の逆転、さらには、息子による父親の知識の横領を意味する。唯一の希望であったこの息子の裏切りは、父親の愛情を一瞬にして憎悪へと変えてしまう。無力な父は息子への復讐を決意する。だが、それは単に父親から息子への復讐ではない。ティートはかつて「類稀な知識に満ち、緻密な思考に忙しく、いつでも色々な話ができる頭脳」(三三五)の持ち主であったバルダサッレにそっくりな人物に成長し、今や国家権力の間近に位置する人物である。従って、ティートとの闘いは、バルダサッレにとって、自らは摑みそこなった権力、また現在の彼のような弱者を容赦なく排除する社会への復讐であるとも言えよう。

こうして復讐の権化と化したバルダサッレの闘いは、現実にはまず、記憶の喪失に絶えず脅かされる自己を克服するための闘い、換言すれば、言語との闘いに他ならず、彼の思考は言語とイメージの間をさまよい、もがく。「理解できない黒い記号」に成り果てた不気味なギリシア文字が並ぶ「白いページ」(三四二)を食い入るように、しかし空しく見つめる彼。その姿は、記号の中にかつての自分を読み取ろうとしながら、逆に精神の空白をつきつけられて感じる途方もない喪失感と無力感を象徴している。また、息子に拒絶されてもなお、息子にすがりついて生きてゆく父親の象徴でもある。なぜなら、彼は喪失感と無力感に押し潰されそうになりながら、その苦しみが全て、記憶を失ったという不幸さえも息子に起因しているかのごとく、憎悪を深めてゆくからである。愛情という希望を復讐という希望にすりかえることで、彼の生は何とか持ちこたえるのだ。

ここでバルダサッレが見つめている本は、かつて精通していたパウサニアスの『ギリシア案内記』である。これはローマ帝政期の二世紀後半、自由のために命を賭けて戦い滅びていった古代ギリシア人に敬愛の念を抱くパウサニアスが、ローマの支配下で真の自由を失っていたギリシア人同胞に、「古代ギリシア再発見」と「民族の自覚」を促すべく著したものであり、中世においては埋もれていたが、ルネサンス時代のイタリアで再発見され、以後は古代ギリシア研究のあらゆる分野の貴重な基礎資料として現代に至るまでその価値を増大させていった。[6] つまり、バルダサッレはルネサンス時代の潮流の先端を行き、しかもローマ帝政期とルネサンス時代、さらには十九世紀にも共通する精神、すなわち、古き良き時代に己の生き方の規範を見出そうとした時代精神を体現する人物だったのである。希望が大きかっただけに、挫折がもたらした喪失感と無力感は計り知れない。だからこそ、後に不可解な「黒い記号」が突如再び「一つの世界を呼び出す魔法の符号」(四〇五)として甦ったとき、彼は一転して自己の存在を世界全ての「支配者」(四〇六)として捉えずにはいられないのだ。かつて碑銘のギリシア語解読に情熱を傾け、権力獲得を目指した彼本来の姿に戻ったのである。「言語＝知＝権力」という図式が、次のような彼の意識の中に看取される。

その都市は……今や自分の目的に従わせることのできる素材となっていた……、彼は再び都市を知る人間、その洞察力が豊かな経験によって指示される人間、いっさいの事物を言語によって把握する強烈な喜びを感じる人間になっていた。名前！ イメージ！ ——彼の心は、莫大な遺産を相続する者のように、休むことなくその富の中を駆けめぐっていた。(四〇六、傍点は筆者)

リチャード・ジェンキンズは、この引用文の傍点部分がホメーロスの『オデュッセイア』の冒頭部分、「あの男の話をしてくれ、詩の女神よ、術策に富み、トロイアの尊《とうと》い城市を／攻め陥してから、ずいぶん諸方を彷徨《さまよ》って来た男のことを。／彼は数多くの国人の町々をたずね、その気質も識り分けた」への間接的な言及であり、エリオットがバルダサッレをオデュッセウスになぞらえることで彼に威厳を与えると共に、彼の復讐が迅速に実行されるだろうという読者の期待感(結局その期待感は裏切られるが)を喚起している、と述べている。[7] 傍点部分だけで『オデュッセイア』と結びつけるのはやや強引ではあるが、バルダサッレがかつて学者だったときは『オデュッセイア』に精通していたに違いないこと、また生命の危険を冒して碑銘や古代文明の遺物の発見の旅を続けたことを考え合わせるとこの連想は可能であろう。すると、単に読者の期待を喚起するにとどまらず、もっと積極的な作者エリオットの意図、すなわち「逆立ちの構図」[8] とも言うべきものが見えてくる。島に閉じ込められたオデュッセウスの場合には息子が探しに来るが、バルダサッレは息子に救出されることを切望しながら見捨てられてしまった。そして今、一時的に記憶を回復したバルダサッレは、無意識のうちに自己をオデュッセウスに重ね合わせて力を実感し、精神を高揚させていると思われる。だから、このとき「いっさいの事物を言語によって把握する強烈な喜び」に浸る中で、彼の心に最も鮮明に浮かび上がるイメージの一つは、オデュッセウスに重ね合わせた己の姿であろう。そしてもう一つは、最初に思い出したパウサニアスの『ギリシア案内記』の物語が生み出すイメージ、つまり「時が不正な者に正義を思い知らせた」(四〇五)象徴として裏切り者のアリストクラテスが石攻めにあったように、ティートが社会的恥辱の中で破滅する姿だったに違いない。だが、この彼が抱くイメージは、間もなくティートとの対決のチャンスが訪れたとき、他ならぬ「ホメーロスの一節」(四二四)を思い出せないがために崩れ去り、イメージと現実の落差が彼の苦悩の大きさを示唆する。「逆立ちの構図」の反復によってバルダサッレの物語の悲劇性が強調されるのである。エリオットは自身が精通していたギリシアの古典、とりわけ愛読した『オデュッセイア』の連想を巧みに用いて物語を展開させている。[9]

ここでバルダサッレとティートの闘いも、言葉による闘いとして展開する点に注目しよう。部分的に記憶を取り戻したバルダサッレがティートの裏切りと虚偽を暴くべくルチェッライ庭園での集会に乗り込んだとき、ティートは彼を狂気のせいで自分の父親だと勘違いをしているジャコポ・ディ・ノラだと言って拒絶する。スーザン・M・ベルナルドが指摘するように、この「名前のつけ直し」(renaming)は、父との関係露呈につながるその名前を隠そうとするティートにとって、暴力的な断絶のための武器として機能する。[10] そしてバルダサッレが言葉で試されることになり、彼のアイデンティティと正当性を証明するために、ティートがルチェッライに売った彼の指輪に彫り込まれたホメーロスの詩句を示すことを要求されるが、バルダサッレはそれを思い出せず、無法な危険人物として投獄される。復讐を遂げるオデュッセウスになるはずだったバルダサッレの方が「不正な者」にされ、再び父の権威が転覆されてしまったのである。

結局小説の終盤でバルダサッレの復讐は偶然のなりゆきで果たされるわけだが、二人はバルダサッレがティートの衣服をつかんで彼の顔を半分隠すように覆い被さり、決して離すことができないほど一体化した姿で発見される。この姿は何を意味しているのだろうか。一つには、愛情から復讐(憎悪)へとすりかえられた、生を維持する力が、復讐を遂げたことで消滅してしまったことを意味するだろう。だが、もっと重要なのは、バルダサッレにとって、ティート殺害は単なる復讐ではなく、自己の知識の全てを書き込んだテクストである人間を抹消するという点で、また、自己の能力を継承し、それによって社会的権力を獲得するという、かつての自分の理想を実現した人間を殺すという点で、いわば自分自身を殺すことであったということだ。愛する者に裏切られ、復讐によって罰を下すことが、実は己を殺すことに他ならない。残された力をふりしぼって自分自身を殺した男の物語の悲劇性が、二人の最後の姿に象徴されているように思われる。

バルドとバルダサッレの物語が言語への情熱を権力へと転化することに失敗した者の悲劇であるとすれば、次に考察するティートとサヴォナローラの物語は、言語の力によって一旦は権力を手中に収めた者の悲劇だと言えよう。

ティートの場合は、エリオットの作品に典型的な「ネメシス」のパターンにおさまる。彼は「最大量の快楽を得ること」(一六七)が全ての生の目的だと信じる快楽主義者であり、養父バルダサッレの宝石をフィレンツェ共和国書記官長に売って面識を得たのを足がかりに、ギリシア、ラテン、フランス語の知識と弁論術を駆使して出世の階段を一気に駆け上がり、書記官となる。「どんなものであれ、人々が喜ぶ言葉で彼らの耳をくすぐる能力」(三八三)が彼の最大の武器である。それによって多くの人々を巧みに欺き、政界の熾烈な派閥闘争の中で権力を増大させてゆくが、ついにスパイであることが見破られて追われ、バルダサッレに絞殺されてしまう。しかし、ティートにも苦しみがなかったわけではない。バルダサッレに対する息子としての義務を放棄した瞬間から、彼は自分の内に恐怖を抱え込んだ。その恐怖は思いのままに増え続ける権力と名声、富に比例して膨れ上がり、さらなる虚偽と裏切りへと彼を駆り立てたのである。ただし、彼の恐怖は最後まで「復讐の女神への畏れ」(一六八)ではなく、快楽が奪われること、恥辱や侮りを受けること、肉体的苦痛に対する恐怖でしかない。

このティートの物語は、彼自身が作り上げたテクストが破綻する物語とも読める。「隠し立ての才」(一六六)にたけた彼は、事実を半分隠して自分の好みのままに現実を解釈し、自身のテクストを作り上げることを習性とする。このことは、彼がロモラとの婚約に際して二人をモデルにした「バッコスとアリアドネーの勝利」(二四四)の絵を描くよう画家のピエロ・ディ・コジモに依頼したとき、オウィディウスの『変身譚』

のテクストとは異なる構図を自ら考案したことに象徴的に示されている。その構図とは、この絵を自身の結婚生活の象徴とするために、『変身譚』第三巻に描かれたバッコス、つまり海上の船で奴隷にされそうになったときに神性を発揮して勝利者となるバッコスの横に、「オウィディウスの物語にはない」（二四四）アリアドネーを配するというものである。それは、ヴィットマイヤーが指摘するように、自分は海賊の難から逃れながら、奴隷にされた父を見捨てたティートの過去を暗示してアイロニーを生み出している。[11] しかし、この構図から生まれるアイロニーは、このように局部的なものにはとどまらないだろう。ここではまるで既存のテクストから簡単に新しい物語を創るかのように、己の過去を恣意的に読み替え、書き換えて、都合のよい「人生」というテクストを創出していこうとする彼の生きる姿勢そのものの象徴としてこの構図を捉えたい。

　こうしたティートの姿勢は、彼が最初に見たピエロによる三つの仮面の絵、ネッロによれば「みんながそれぞれ別の解釈をする」この絵を、「信仰も哲学も必要としない黄金時代」、あるいは「エピクロスの賢明な哲学」（七九）を象徴するものと解釈したことにすでに窺える。この解釈は彼の快楽主義を最も端的に表している。だが、彼の快楽主義は、例えば父を見捨てたときのように、単に不快な義務を回避するという消極的なものにとどまってはいない。合理性と結びついて力の論理を形成し、恣意的なテクストの生成を反復する中で、積極的な、攻撃性すら持つ快楽主義へと強化されてゆくのである。それは個人的レヴェルでは妻のロモラに彼自身が望む役割を強要するときに、また社会的レヴェルではやがて彼が政治的策謀を一種のゲームとみなして駆け引きを行うときに存分に発揮される。彼は全ての派閥から利益を得るという「唯一の合理的な道」（四七九）を選択するが、合理性を最優先する過程で、人間的な感情や信念は「幼稚な衝動、あるいは怪しい迷霧」として排除し、「弱さだけが軽蔑される。いかなる種類のものであれ、力は免責を伴うのだ」（五六一）という、自己正当化を含んだ力の論理を確立するのである。バルダサッレの復讐を察知したとき、ティートは護身用の鎖帷子を身につけてロモラを震えあがらせるが、その鎖帷子は彼が内に秘めた恐怖を象徴すると同時に、人間的感情を排除した彼自身の冷酷な力の論理を象徴していると言えるだろう。しかし皮肉にも、彼がこの力の論理に基づいて描き出した「人生」というテクストはまさにその合理性の故に、つまり自己の感情のみならず、他者の感情（憎悪）までも合理性によって排除できると考えたことによって破綻する。自分に悪意を抱くスパイに利益の分け前をやれば、その憎悪をかわせるに違いないという読みが間違っていたのである。それは、言葉で他者を操る自己の能力を過信した結果でもあった。このティートのテクストの破綻は、バルダサッレの物語と共に、人間の感情がいかに知性や合理性を裏切るかを物語る。それ故に、このとき「バッコスとアリアドネーの勝利」の絵は最大のアイロニーを帯びてくる。

では、サヴォナローラの場合はどうだろうか。厳格な戒律に従って生き、教会の不正と腐敗を弾劾していた彼だが、やがてその崇高な信仰心に世俗的な野心が忍び込み、両者のせめぎ合いから生じる自己乖離に陥る。民衆への説教によってカリスマ性を発揮し、政治的影響力も増大させるが、やがてローマ法王から破門され、ついには反逆者かつ異端者として処刑される過程の中で、彼はこの自己乖離を自覚せざるを得なくなり、激しい葛藤に懊悩するのである。詩人が半ば情熱にかられ、半ば読者を喜ばせるために「詩的な嘘」をつくように、説教者サヴォナローラも「内に情熱をたぎらせ、外には喜ばせるべき聴衆を持っている」（四七二）と、マキアヴェリが評するとき、サヴォナローラが抱える問題は実は全ての語る者／書く者が直面する誘惑との葛藤でもあることが示唆される。彼の説教は聴衆に対する支配力を維持したいという欲望の故に、虚偽性に蝕まれていったのである。作品中で描写される説教（第二十一章、二十四章、五十二章、六十二章）、公証人に記録された処刑前の告白および獄中の手記の中に、彼の精神の軌跡をたどることができ、ロモラによる彼の告白の解読がこの作品のクライマックスとなる。尋問と拷問によって引き出された告白は、公証人によって改竄、修正されている。この改竄されたテクストに、サヴォナローラの真の精神の表出を読み取ることはできるのか。予言的力を備えた聖職者から異端者へと転落した人物をどう捉えるべきか。それは読者に投げかけられた問いでもある。

ロモラがサヴォナローラの告白を読み解くとき、彼女はまず彼の支持者と敵対者の声に耳を傾け、他の評者の立場と人間性を識別し、かつ客観的事実および自己の経験、観察と照合しながら告白について熟考する。「それほど熱烈な党人ではないサヴォナローラの味方」（六六一）、ローマの宮廷に対する「精神的反乱」を心に抱く「まじめな人々」、「ふつうの道義心と公共精神を持つ人々」（六六二）は概して死刑を不当な処置だとみなす。一方、「洞察力を持つ人々」は「公的な職業の誘惑によって、真実を語ることの厳格さをゆがめてしまった人間」を一切の法的手続きを省略して極刑に処することに怒りを感じながらも、法王の措置は「危険な反逆者」（六六二）に対して自衛のために必要な措置であると考えている。だが、ロモラはいずれにも同意できない。というのも、彼女がサヴォナローラに帰依していた時期の観察から、彼の予言的主張の撤回が単に拷問から逃れるための発作的な行動ではないと感じる一方で、彼の崇高性を信じたいという抑えがたい欲求があるからである。次のように理性と感情が錯綜する思考の中で、ロモラの信仰に近い確信が獲得されてゆく。

つい最近、至高の動機の体現者であった人に対する彼女［ロモラ］の信頼の喪失に加えて、病害を引き起こす風のように彼女を襲った利己的な不満についての生々しい記憶は、その反動として多くの人々が経験する、絶望のどん底から噴出する一種の信仰を生み出していた。彼女の魂をいっさいの善に対して不毛にしてしまった、否定的な不信の思いが物の道理に基づいているなんてあり得ない、と今の彼女は語れた。かつて修道院長［サヴォナローラ］の言葉の中で息づき、彼女の心に新たな生命を灯したものが生きた精神ではなく、中身のある善でもなかったということはあり得ないことだ、と言えた。彼の内にどんな偽りが潜んでいたにせよ、それは転落であって、目的ではなかった。彼がもがきながら次第にはまっていった罠であって、成功によって促された企みではなかった。（六六三、傍点は筆者）

ここでロモラは自分の経験を振り返って、その意味の再確認を行っている。彼女の思考の流れをたどってみよう。「利己的な不満」とは、彼女の名づけ親を含むメディチ派の要人たちの処刑を「地上における神の国の大義」（五七七）のためにやむを得ないとして黙認したサヴォナローラへの信頼を失ったときに、彼女が自己の出奔と死への願望を正当化した不満、つまり自分の悲しみと孤独に救いが与えられないことに対する不満である。「病害を引き起こす風のように」という言葉が、この利己的な不満と「否定的な不信の思い」のために善への志向を失ってしまったロモラの心の風景と、彼女が小舟でたどりついた、疫病に襲われた村を重ね合わせる。その見知らぬ村で、彼女は結婚、国家、宗教上の戒律といった人為的な絆から解放され、「まわりの生活を共有したいという強烈な衝動」（六五〇）のみにつき動かされて疫病に苦しむ人々を癒しながら、彼女自身の心をも癒したのだった。この記憶がそれ以前のサヴォナローラとの出会いへと彼女を引き戻す。なぜなら、彼こそが家族という小さな枠組みを超える他者との連帯感を最初に教えてくれた人物だからである。ティートが父バルドの写本や収集品を無断で売却したのを知ってロモラが最初に出奔を試みたとき、サヴォナローラは結婚の誓約、すなわち「人間と人間を結びつける信頼の根底に横たわる最も単純な掟——口にした言葉に対する忠実さ」(四三一)を破ることの罪を説き、フィレンツェの人々の悲しみを軽減するために生きるべく彼女を導いた。そのとき彼は、彼女にとって確かに「至高の動機の体現者」だったのであり、彼女の内に「新たな生命」を燃え立たせたのだ。それを否定することは不可能だ、と彼女は確信する。「あり得ない」という言葉の繰り返しに、肯定的な意味を必死に読み取ろうとする気持ちがにじみ出ている。このように、サヴォナローラをいかに解釈するかはロモラ自身の過去の経験をいかに解釈するかということでもあり、彼女は自己と彼との関係、つまり彼が彼女に及ぼした影響力の崇高性を判断の基準に定め、彼の「偽り」が意図的なものではなく、「転落」であったことを告白のテクストに読み取ろうとする。これは敬意と共感に基づく肯定的な読みの実践だと言えるだろう。しかもそれは多様な視点を考慮した上で選び取った彼女自身の視点であり、彼女自身による意味の創出である。

ロモラの解釈は続いて次のような過程をたどる。明らかに捏造された部分を除けば、告白のテクストの大部分は信憑性があると判断し、そして「公証人の中傷的な言辞を削除しなくても」、サヴォナローラは「彼自身の栄光を実際に求めはしたけれども、それを至高の目的、すなわち、人々の精神的安寧のために苦闘することによって求めた人間」(六六四)としてテクストに輝き出ている、と確信する。彼の崇高な精神は改竄や修正によってかき消されたりはしないのである。さらに、彼女はテクストには書かれていない部分、すなわち虚偽の預言をした罪を認める告白の後に彼を襲ったに違いない苦悩を想像し、「最も完全なものを愛し求めてきたにもかかわらず、それ自身の転落を目にする魂にしかわからない悲しみの深さ」(六六五)への共感を強くする。このように自分自身の経験から得た確信と共感に基づいて解釈する姿勢は、ロモラが見知らぬ村からフィレンツェに戻る決心をしたときにその萌芽を見ることができるが、この告白のテクストの解読を通して確固たるものとして内在化されたと言えるのではないだろうか。それは、ロモラがこれまで自己を抑圧して従おうとしてきた父バルド、夫ティート、精神の師サヴォナローラたちの与える人生の意味と解釈の強制力を脱して、自らが新たな意味を生み出してゆく主体的な読みを確立したことをも意味するだろう。そしてロモラのこの姿勢こそが、人間の犯した過ちの中に善への志向性を、また、過去の悲劇から未来への希望を読み取るための必須条件として提出されているのである。

これまで見てきたように、『ロモラ』はバルド、バルダサッレ、ティートおよびサヴォナローラを通して言語への情熱が引き起こした悲劇を描き出し、ロモラを通して過去の悲劇を未来への希望につなげる可能性を提示している。言語をめぐる挫折と破滅は、自らが紡ぎ出した言葉、あるいはテクストに裏切られ、からめとられる危険性を警告するが、その危険性は逆説的に新たな意味の創出という言語の可能性を示唆するものでもある。言語は『ロモラ』以前の作品でも探究されてきたテーマだが、『ロモラ』において一挙に前景化された。政治、宗教、芸術のみならず、言語の点でも一大変革期だったルネサンス期、つまり古典語への情熱が華々しく「再生」すると共に、言語的国家主義が起こり、海外進出によって言語の地平を広げつつあったこの時代に、[12] エリオットは言語と知、および権力の関係を探る恰好の舞台を見出したに違いない。それはルネサンス時代の問題であると同時に、十九世紀の、そしてエリオット自身の問題でもあった。第一章で考察したように、エリオットは福音主義に傾倒しつつも葛藤を抱えていた若い頃、他者に認められたいという自己の「野心」に深い罪の意識を抱き、その一方で、聖書の精読を通して言語に対する意識に目覚め、言葉こそ「発見」をもたらし、自己の精神を鍛える場だと考えた。そして、やがて作家として、読者を、ひいては社会を変革する言葉の力を信じ、それを行使することを自らの使命とした。『ロモラ』が描き出す言語への情熱に潜む知と権力への渇望、およびそこから生じた悲劇、とりわけサヴォナローラの自己乖離に、エリオット自身の言語への情熱と、作家として自己のありようを厳しく自問する姿を透視することができる。また、彼女の言語と不可分のイメージの創造について言えば、『オデュッセイア』の逆立ちの構図や「バッコスとアリアドネー」の物語の破綻など、多義性を内包し、読者の解釈を刺激するイメージの創造は後期の小説でのより複雑なイメージの発展を予期させる。

では、このエリオットのルネサンス神話は一八六〇年代の神話群の中でいかに位置づけられるべきだろうか。ロモラを通して過去の悲劇を未来への希望につなげる可能性を提示する点で、エリオットが構築した神話は明らかにラスキンよりはアーノルドやペイターに向かう方向性を示しているが、彼女は「再生の種となるものを見出した」[13]というブーレンの主張は楽観的すぎるように思われる。「見出した」というよりは「見出すことを期待した」と言う方が妥当であろう。サヴォナローラの告白の解読における、個人の共感に基づくロモラの読み方は未来への重要な鍵であるけれども、解釈そのものは絶対的なものとしては提示されていないからである。また、物語の結末でテッサとその子供を引き取って自己を家長とする家族を形成したロモラの姿は、これまで指摘されてきたように、女性の自立を示すものとも考えられるが、慣習的な家庭性を称揚する構図とも読める。[14] さらに、正義は「我々の外に事実として存在するのではなく、我々の内に大いなる憧れとして存在する」(六三九)という語り手の言葉も、楽観的な見方を許さない。『ロモラ』が示すのは、「物事の混合状態」が「救いのない混乱の印ではなく、苦闘する秩序の証」（五六〇）であることを見出そうと格闘しながら、希望と悲観との間で揺れ動く思いだと言えるのではないだろうか。

第七章
『急進主義者フィーリクス・ホルト』
ディケンズとの対話

一八六三年に『ロモラ』の連載を終えた頃、エリオットはイギリスにおける最も成功した作家としてディケンズに並ぶ地位を確立するに至ったが、彼らは小説家として互いの才能を早くから高く評価し合っていた。一八五八年にエリオットの処女作『牧師生活の諸景』が出版された時、それが女性の手によるものであることをいち早く見抜いたのは他ならぬディケンズであった。[1] 一方、エリオットはそれに先立つ一八五六年、『ウェストミンスター・レヴュー』に掲載された評論「ドイツ生活の博物誌」において、次のようにディケンズを偉大な芸術家として賞賛すると同時に、彼の心理描写にもっと迫真性があれば、と惜しんだ。

都会の人々の外面的な特徴を見事に表現する才能に恵まれた、偉大な作家がいる。もし、人々の心理的特性、つまり人生観や感情をも、その言葉や身ぶりを描くときのような迫真性をもって描くことができるならば、彼の作品は芸術が社会的共感の覚醒のためになし得る前例のない貢献をするだろう。[2]

そして、実際にエリオットはディケンズから多くのテーマと技法を借用、吸収し、さらに書き直しとも言うべき作業を行ったのであり、それはディケンズの『荒涼館』(一八五三年)とエリオットの『急進主義者フィーリクス・ホルト』(一八六六年。以下『フィーリクス・ホルト』と略記)に最も顕著に現れていると言えるだろう。出自、相続、法曹界の腐敗、「結婚のコードに反した女性」の悲劇というテーマのみならず、物語のテーマと展開を視覚化する技法としての絵画的描写にも見出される類似点と相違点は、両作家の特質を照射し合う。本章では、ジェンダーと階級の問題がいかに提示されているか、という観点からこの二作品の対話性を探りたい。ジェロウム・メッキアーはエリオットが社会の漸進的進化を信奉する楽観的な歴史観から、『荒涼館』の反進化論的な社会批判をことごとく書き換えたというかなり強引な論を展開しているが、[3] 果たしてエリオットは楽観的だったのか。

「他者」としての女性/労働者階級

ここで考えようとするジェンダーと階級は、女性の表象において切り離せない問題である。リンダ・ニードが指摘するように、ジェンダーを考察することは「階級と国家の形成を包含する力を歴史的に分析すること」でもあるのだ。[4] ヴィクトリア朝の慣習的な意味体系では、女性が男性に対する他者性によって定義されたように、労働者階級は中産階級に対する「他者」として、すなわち「道徳と体面に関する中産階級のコードの優越性を確立する差異」を構成する「犯罪性を持つ、危険な」存在として表象された。[5] このような意味体系の中で、十九世紀半ばに急増したいわゆる「転落の女」(the fallen woman)は女性として、かつ労働者階級の象徴として、男性／中産階級が支配する社会の中心から追放される存在であった。そして、「結婚のコードに反した女性」は当時その多くが「転落の女」に成り果てたことを考えれば、彼女たちは限りなく「転落の女」に近い存在だったと言える。ディケンズとエリオットは結婚のコードに反した女性の悲劇を通して、彼女たちが実は社会構造を揺るがすほどの脅威となり得ることを示し、イデオロギーによって構築されたジェンダーと階級の孕む危うさを露呈させる物語を書いた。

「結婚のコードに反した女性」の二つの物語

『荒涼館』のデッドロック夫人は結婚前の私通（fornication）によってエスタ・サマソンを生み、『フィーリクス・ホルト』のトランサム夫人は弁護士ジャーミンとの姦通（adultery）によってハロルド・トランサムを出産した。ヴィクトリア朝における結婚のコードに反したこの二人の女性はその罪を隠して生きねばならず、彼女たちの激しい懊悩が美しい肖像画との対比によって描き出されてゆく。チェスニー・ウォールドの大暖炉の上に掲げられたデッドロック夫人の肖像画は、上流社会に君臨する彼女の美しさと地位の象徴であると同時に、罪悪感と恐怖におののく自己を隠すための仮面の象徴でもある。[6] 己の特権に酔いしれる傲慢なレスター卿が体現する上流社会は、時代の進展に逆行する退廃的な雰囲気を漂わせる。その中で夫人は、「死ぬほど退屈な」[7] ふりをして自分の感情をひたすら隠すのである。夫人の肖像画が「魔力のように」（二一〇）ガッピーを捕えて彼女の秘密に気づかせたように、彼に対面した夫人は肖像画さながらの不動の姿勢と沈黙の中に動揺を隠し、凝視によって彼を威圧する。「きわめて冷やかに」見つめられたガッピーは、

「夫人が本当に何を考えているのか、皆目見当がつかないと悟るばかりでなく、一瞬ごとに自分が、言わば、夫人からますます遠ざけられていくことに気づく」(五三四)のである。弁護士タルキングホーンが「ある貴婦人」の物語として彼女の過去をレスター卿たちの前で話したときも、彼女は「身動き一つしない」(六五〇)し、タルキングホーンの部屋で「二枚の絵のように見つめ合う」(六五三)。だが、このように不動の姿勢と沈黙によって他者を退け、過去を隠蔽しようとする夫人の戦略はタルキングホーンには通用せず、彼の方も沈黙をもって夫人に挑む。[8] ついに夫人を脅迫するとき、彼はいつ沈黙を破るか、すなわち、いつレスター卿に彼女の秘密を暴露するかを留保することで沈黙を限りない脅威とし、じりじりと彼女を追い詰めてゆく。夫人を溺愛するレスター卿の感情と家名を守ることを口実に、彼は夫人に沈黙を続行して屋敷に留まることを約束させるが、その真意は実は別のところにある。それが次のように語り手によって示唆される。

夫人の美貌、彼女をとりまくすべての威光と光彩も、彼[タルキングホーン]の目指している目的に一層烈しい興味を与え、一層決意を固く(inflexible)させるだけなのかもしれない。彼が残忍酷薄であろうとなかろうと、自分の任務と決めたことをあくまでやり通そう(immovable)がやめようが、権勢欲に夢中になっていようがいまいが、生涯を通じて様々な秘密を調べてきた自分の地盤に、何一つ隠されたことを残しておくまいと決心しようがしまいが、栄誉赫々たる人々の末座でその遠い光に浴しながらも、心の中で彼らを軽蔑しているかどうかは別にして……とにかく夫人としては、この古ぼけた弁護士から二つの目を注がれるよりも、むしろ社交界の面々から一万の疑い深い警戒の目を向けられるほうがよいかもしれないのだ……。(四五九)

レスター卿への忠誠心を装うタルキングホーンではあるが、彼を偏執狂的な秘密狩りに駆り立てているのは、激しい権力欲、女性蔑視、上流階級への憎悪に他ならない。[9] 従って、彼とデッドロック夫人の闘いは男女間の闘いであると同時に階級間の闘争だと言えるだろう。夫人を破滅させれば、権力の座に安住するレスター卿、ひいては上流階級に揺さぶりをかけることにもなり、タルキングホーンは二重、三重に己の欲望を満たすことができるのである。その欲望達成までの時間を最大限に楽しみ、なおかつレスター卿からは利益を搾り取ろうと目論んでいる。'inflexible'、'immovable' といった言葉は、歪んだ情熱を原動力とするタルキングホーンの執念深さと冷酷さを示す点で最も彼にふさわしい形容詞となる。

このようなタルキングホーンの攻撃に、デッドロック夫人は自己の存在を抹消することで対抗する。彼女のやり方は一見消極的な逃避に思われる。彼女が失踪し、その追跡が開始されたとき、一人の女の影が「この哀しい憂き世に唯一人、雪に叩かれ、風に打たれ、すべての同胞から追放されたかのように」(八六四)荒野をさまよう。やがて、夫人はアイデンティティを消し去るために衣装を交換した煉瓦職人の妻、ジェニーとして貧民墓地で息絶え、発見される(九一五)。こうして肖像画に描かれた高慢な准男爵夫人から煉瓦職人の妻との一体化へと転落した夫人の物語は、妻の不倫とその悲惨な結末を描いたオーガスタス・L・エッグの三枚連作の物語絵、『過去と現在』(一八五八年)を先取りするような絵画的描写によって描き出されている。だが、夫人の転落と死はエッグの絵が示すような、なす術を持たない弱者の破滅とは違い、彼女が自らの意志で選び取ったものである。しかも、彼女が死に場所として選んだのはかつての恋人で、娘の父親であるホードンが埋葬された無縁墓地だった。

デッドロック夫人はエスタに母であることを告白したとき、死によって、否、死によってすら償えない罪の重さと、最後まで一人でその罪と罰を背負う覚悟を語った。夫人のこれほどまでに深い罪の意識はどこから生まれていたのか。夫人がエスタに知ってほしいと願う本当の姿は「胸の中でただ一つ感じられる愛と真実を殺している」（五八二）女の姿であった。この愛と真実とは娘エスタへの愛、換言すれば、ホードンへの想いであり、夫人の深い罪の意識は彼への情熱が決して過去のものではなく、今なお彼女の内に燃えさかっていたことを物語るのではないだろうか。不動の姿勢でじっと見つめていた暖炉の火（四五七、四六〇）もそれを暗示している。この意味で彼女はレスター卿を裏切り続ける「姦通を犯す女」(adulteress) だったのである。夫人の自己抹殺はレスター卿の名誉を守ることがその理由の一つになってはいるが、それ以上に「愛と真実」を貫くことにある。ホードンがつい最近まで生きていたこと、そしてエスタも生きていることを知ったときに、夫人は「姦通を犯す女」として愛を貫き、その罪と罰を引き受けて死ぬ決意をしたに違いない。

姦通は、トニー・タナーが論じるように、結婚という契約を基盤として成り立つ社会における違犯行為である。ブルジョワ社会において、結婚は「全てを包摂し、組織づけ、含有する契約」、すなわち、「社会がその作用や手続きの全てを構造化するための、意識的無意識的なあらゆるモデルを表すもの」としての「システム」を維持する構造である。[10] 従って、姦通によって既婚の女性が社会的に決定された「妻」というカテゴリーを逸脱するとき、それは社会契約の暫定性を暴露するだけでなく、社会の構造そのものを瓦解させる脅威となる。階級間の境界線が抹殺されれば「社会の水門が押し流され、奔流が万物の連帯の機構を破砕する」（六四八）と、レスター卿は危惧していたが、皮肉にも、それは彼の最も身近なところから引き起こされたのである。階級の境界線などものともしない男女の愛と、子供を失った母親同士の階級を超えた共感が、労働者階級の一女性として息絶えたデッドロック夫人の姿に象徴されている。そして、社会的、政治的な実権を奪われている女性の秘めたエネルギーが時に思いもかけぬほどの破壊力となり得ることが、『荒涼館』では病に倒れたレスター卿に象徴されるデッドロック家の衰退によって、また『フィーリクス・ホルト』ではジャーミンとハロルドの野望の挫折によって示される。

ところで、ブルジョワ小説における姦通という問題の扱い方を、タナーは旧約聖書的な方法と新約聖書的な方法、すなわち「法を維持するように働く厳格さ」と、「姦通という違犯行為に走った者に対する理解にあふれた同情」に基づく二種類の方法に分類する。[11] これに従えば、『荒涼館』は旧約聖書的な方法を用いていると言える。ただし、先に見たように、デッドロック夫人の場合は誰よりも彼女自身が律法的厳格さを自己に適用しており、ディケンズは旧約聖書的な方法で物語を構築しながら、読者の同情を喚起している。それに対して、エリオットの『フィーリクス・ホルト』は新約聖書的な方法を示す。夫に代わって所領の管理や訴訟事件に対処せねばならなかった、孤独なトランサム夫人の心に弁護士ジャーミンが入り込み、エスタ・ライアンの実の父親からトランサム・コートの相続権を奪う共犯者となっただけでなく、夫人から財産をも横領した過程が明らかになるのである。

このトランサム夫人の物語は、デッドロック夫人の物語と同様、肖像画と絵画的描写を巧みに用いながら描き出されるが、[12] 相違点としては、上述のエリオット自身のディケンズ批判を裏づけるかのように、トランサム夫人の心理描写に重点がおかれている。また、彼女たちの苦悩にも相違があることに気づくべきであろう。

つまり、トランサム夫人の苦悩は罪の意識以上に、「女の領域」に閉じ込められた女性の憤りと絶望であり、それ故に慣習的なジェンダー規範に対する明確な批判ともなっている。トランサム・コートの居間にかかる夫人の若き日の肖像画はかつて彼女が抱いた希望を象徴し、鏡に映る現在の「長く陽光にさらされて色あせ、ひからびて白くなった像」[13]との対照において皮肉な色合いを帯びる。息子ハロルドのために所領を守り、彼の愛を勝ち得ることに希望を託した夫人は、今や「母性よりもずっと大きな自我」（一九八）をもてあます老女である。ハロルドはジェンダー規範を徹底的に現実の生活に適用する男性であり、女には判断力も行動力もないと考えている。所領管理という、夫人にとっての唯一の社会的活動を取り上げながら、彼女の苦悩を思いやることもない。彼にとっては母親さえも「男」に従属すべき「女」というカテゴリーに属するものにすぎないからである。男女の関係は結局支配関係でしかない。そう悟った夫人はハロルドとエスタ・ライアンの将来を召使のデナーに、次のように予見して語る。

あの子［ハロルド］は女に自分を好きにならせ、そして恐れさせるのよ。デナー、あなたはこんな気持ちを経験したことがないでしょう。女の愛は必ず凍りついて恐れへと変化してしまうのよ。全てが欲しいのに、何一つ確実なものはないのだから。あのお嬢さん［エスタ］はすばらしい気質の持ち主よ――情熱、誇り、機知があふれるほどあるわ。男はああいう女性を捕えるのが好きなものなの。はみに嚙みつき、地面を蹴る元気な馬を好むようにね。そんな馬を支配するほうが大きな勝利感を味わえますもの。女が意志を持ったところで、一体何の役に立つでしょう。自分の意志を貫こうとしてもできないし、それに愛されなくなってしまうのよ。女をお創りになったとき、神様は残酷だったわ。（四八八）

ここで夫人はエスタと自分を重ね合わせて、「御される馬」のように意志をねじ伏せられ、愛の喪失を恐れながら生きてきた彼女自身のやり場のない怒りと敗北感を告白している。この馬のイメージは、『荒涼館』において、ボブ・ステイブルズ（Stables＝厩舎）がデッドロック夫人を馬になぞらえて「全群の中で最も毛なみの手入れのよい女」（四四八）と評したことを想起させ、「主体」である「男」の視線に眺められる「客体」としての「女」、「男に支配される女」という図式を浮き彫りにするが、第九章で考察するように、後の『ダニエル・デロンダ』で作品の核を成すイメージへと発展する。

さて、トランサム夫人はこのように「男に支配される女」の苦悩と悲哀に打ちのめされながら、その一方で庶民の台頭や貧民の不満をおさえつけて現存する階級制度を維持すべきだと考えている。慣習的なジェンダー規範に抵抗する一方で、階級に関する慣習的な考え方に囚われて、その自己矛盾に気づくこともないのだ。なぜなら彼女の受けた教育はごく表面的なもので、彼女は世の中の出来事を含め、全てを自分の女としての苦悶を中心としてしか見ることができないからである。この無知で偏狭な精神のトランサム夫人を通して、エリオットは一八三二年の第一次選挙法改正直後のイギリス社会における女性の地位と労働者階級の状況との類似性を示唆し、ジェンダーと階級の問題を結びつける。女性／労働者階級は男性／支配階級に搾取される無力な存在であり、無知の故に自分の未来を展望できず、その苦しみを増大させているのである。ここに、政治活動への参加よりは教育こそが急務だとしたエリオットの参政権拡大とフェミニズムに対する基本的な姿勢を窺うことができる。

二人のエスタの物語

破壊的なエネルギーを持つ「結婚のコードに反した女性」の物語を通して、「結婚」という契約に集約される社会システムの暫定性と瓦解性を露呈させる一方で、ディケンズとエリオットは二人のエスタを通して女性の可能性と希望を示そうとしている。旧約聖書においてモーデカイと共に迫害される同胞を救ったエスタと同じ名前が二つの小説のヒロインに与えられていることもその表れであろう。

『荒涼館』のエスタ・サマソンは、幼少時に伯母から出生に関る罪の意識を植えつけられた。その罪の意識を払拭するために、彼女は「勤勉、満足、親切」(三九)を己の義務とし、いわゆる「理想の女性」になることで社会システムの中に生きる場所を確保しようとする。女性の美徳として最も高く評価された「母性」をもって周囲の者たちの母親役を果たし、彼らの愛情と信頼を得るが、自分自身の感情は抑圧してしまう。ジャーンディスからの求婚を承諾するのも「あの方を幸福にすることこそ、感謝の万分の一を示すことなのだ」(六九二)という義務感からであり、ウッドコートへの気持ちは押し殺す。最終的にウッドコートと結婚するのはジャーンディスがエスタの本心を見抜いて取り決めた結果である。結婚後のエスタは、自分に対する人々の敬意と愛情は全て夫の美徳の故だと、幸福そうに語る。

このようにエスタ・サマソンが完璧に「理想的な女性」像におさまるように見えること、そして彼女にとって最も重要であるはずのウッドコートへの想いと葛藤が語られないことが、エリオットには物足りない点ではなかっただろうか。『フィーリクス・ホルト』のエスタ・ライアンの物語は、彼女がフィーリクス・ホルトの影響のもとに遂げてゆく「内的革命」(五九一)の克明な記録である。

エスタ・ライアンは非国教徒牧師の娘として育ちながらも上流社会に憧れる、虚栄心の強い女性だったが、労働者として生きようとするフィーリクスとの関りの中で愛情を軸として主体的に行動することを学んでゆく。ハロルドとは違って女性に知性を期待するフィーリクスの影響は、エスタが盲目的に社会の慣習に従うことから脱却する助けともなる。それは例えば、ハロルドが彼女を肖像画に描かれた女性にたとえて賞賛しようとするときの反応に表れる。彼女は「自分の意志を持たないかのごとく」(四九八)決められたポーズをとる肖像画のモデルと同一視されることに抵抗するのである。

ハロルドの出生の秘密が暴露された夜、トランサム夫人とエスタはそれぞれの部屋の窓辺に立って戸外を見つめる。ここでも、本書の第三章で考察した『フロス河の水車場』と『ジェイン・エア』で使用されていた「窓」のモティーフが用いられている点に注目しよう。[14] 同じ森と川筋を見つめながら、夫人はそこに己の罪深い単調な過去しか見出せない。しかし、エスタは「灰色の空が見たくなって窓のブラインドを引き上げた。おぼろ月夜で、永遠に流れ続ける川筋と、黒い樹木が上下に風に揺れているのが見えた。この世界の広がりに自分の思考を助けてもらいたかったのだ」と、「世界の広がり」(五九〇)を感じとろうとする。エスタにとって、夫人の肖像画はもはや彼女が憧れた貴婦人の生活の象徴ではなく、「将来を予見できず、欺かれた者の輝きを放ちつつ微笑む」(五八六)状況を示すものとしか思えない。そして、エスタ自身はフィーリクスが彼女に望んだ「最良の自己を失わないために未来を思い描く力」(三六六)を獲得しつつあるのを感じる。この時すでに彼女はトランサム家の相続人としての権利を放棄する決心をしていると言ってよい。

このようなフィーリクスとエスタの関係、そして彼と労働者たちの関係が、女性と労働者階級の進むべき方向を指し示す。エスタに広い視野を持つことを教えたように、フィーリクスは労働者たちに正しい判断と信念に基づく世論を形成することこそ、選挙権獲得よりも重要なのだと訴える。このフィーリクスの主張には、これまでたびたび指摘されてきたように、直接的な政治活動よりも教育の重要性を訴えるエリオットの立場が最も明確に打ち出されている。

では、エリオットは女性と労働者階級の発展、ひいては社会の進歩の可能性についてどれほどの確信を抱いていたのか。フィーリクスは坑夫たちに子供の教育の必要性を訴えても理解されないし、選挙運動員による坑夫たちへの供応を阻止することもできない。さらに、暴動を防ごうとして逆に誤って警官を殺してしまう。物語の結末で、語り手は小説の舞台であるトレビィ・マグナがその後改善されたかについても、またその地を去ったフィーリクスの活動についても口を閉ざす。これら一連の出来事が示唆するように、エリオットは歴史の発展的連続性を信じようとする一方で、それがいかに困難であるかも実感していたのであり、決して楽観的ではなかった。その上で変革の可能性を信じることに賭けたのである。

「結婚のコードに反した女性」の物語で見たように、イデオロギーによって割り当てられた役割からの逸脱は、社会の基盤そのものに対する脅威となる。だからこそ社会の本質的な変革はやはり割り当てられた役割の逸脱からしか起こり得ない。二人の作家はそう考えていたのではないだろうか。ディケンズは、イデオロギーの内部に「理想の女性」としての位置を占めるエスタ・サマソンの社会的アイデンティティの曖昧さを示す瞬間をいくつか創り出している。例えば、母親との対面の場面では、母と子の役割の逆転が観察される。己の罪と愛を告白し、エスタの前にひれ伏したデッドロック夫人に対してエスタは「自然の愛情」（五七九）を訴え、まるで彼女の方が母親であるかのように、赦すことを己の義務として受け入れるのである。また、エスタが病気から回復して初めてエイダと再会する場面では、パトリシア・インガムが指摘するように、二人は互いにとっての恋人、母親、子供であると言ってよい。[15]

そんなことをするつもりはなかったのですが、私は二階の自分の部屋へ駆けあがって隠れてしまいました。階段を上りながら「エスタ、可愛い人、どこにいるの……?」と叫ぶ愛しい人の声が聞こえたときも、まだそこで震えていました。

彼女は部屋に駆け込み、また外へ走り出ようとしたときに、私の姿を見つけました。ああ、私の天使! 昔のままの、愛と親しみと慈しみにあふれた表情でした。それ以外のものは何も、ええ、何も、何もその表情に浮かんでいませんでした。

ああ、私は何と幸福だったことでしょう! 私が床の上にすわりこむと、やさしく美しいエイダも床の上にすわり、傷跡の残る私の顔を自分の美しい頬におしあて、涙とキスを浴びせながら、私を赤ん坊のように揺り動かし、思いつく限りのやさしい名前で私を呼びながら、その誠実な胸に私を抱きしめてくれたのです。(五八八)

このように深い愛情と共感のもとでジェンダーの境界が曖昧になり、イデオロギーに構築された役割の転換や逸脱が起こることがイデオロギーの内部からの変革の道となるのである。

エリオットもエスタ・ライアンとフィーリクスの関係の中に同様の現象を描いている。フィーリクスが投獄されたとき、エスタは彼を崇拝するあまり初めは同情することすらためらう状態で、その心境を語り手が聖書におけるマグダラのマリアのエピソード(「ルカによる福音書」七章三十六—三十八節)への言及を用いて次のように述べる。「疲れきった足を癒してさしあげようと、せっかく編み上げた髪を解き、大切な香油を手に持って待っていたというのに、にべもなく追い払われるのはエスタにとってつらいことだった」(四六九)。だが、フィーリクスとの間にこれほどの隔たりを感じていたエスタがやがて主体的に、しかも適切な判断力をもって行動し始める。二人が愛を確かめ合うきっかけを作るのも、法廷でフィーリクスの弁護をする決意をして実行するのも、結婚を先に決断するのもエスタである。それに対してフィーリクスの方は、エスタにトランサム・コートの相続権があることを知ってからは彼女がハロルドと結婚するに違いないと決めつけて、むしろ受動的な状態に陥る。二人の間では無意識のうちにいわゆる男性的役割と女性的役割が逆転するのである。エリオットが女性の特質とみなした「感化力」とは、このように規範的なジェンダー区分を逸脱し得る関係を引き起こす力であったに違いない。共に知性を備え、「最良の自己を見失わないために未来を思い描く力」(三六六)を持つ人間同士の関係において初めて可能な感化力であり、当時女性向けの教訓書を何冊も著したエリス夫人が主張したような感化力とは大きく異なる。なぜなら、エリス夫人は女性が男性よりも知的に劣ることを自明とした上で、女性の感化力は自己を完全に無にして男性に服従するなかで生まれるものだと訴え、ジェンダー区分の強化を図ったからだ。[16]

ところで、現代のフェミニズム、否、近年領域横断的に構築主義と呼ばれる人文、社会科学上のパラダイムにおいては、生物学的な男女の性差を意味する「セックス」と文化的構築物とされる「ジェンダー」という二分法そのものが疑問に付され、身体的差異がいかに巧妙に二項対立的かつ非対称的な性的差異としてカテゴリー化され、「ジェンダー」が構築されるかが議論の主軸となっている。ポスト構造主義のジェンダー論の理論家、ジョーン・W・スコットは、ジェンダーに「身体的差異に意味を付与する知」という定義を与え、さらにジュディス・バトラーは「ジェンダーは生得のセックス(法的観念)に文化が意味を書き込んだものだと考えるべきではない。ジェンダーは、それによってセックスそのものが確立されていく生産装置のことである」と主張して「セックスはつねに、すでにジェンダーである」と定式化した。[17] こうした前提のもとに、両者は一見改変不可能に思われる性差についての知を相対化し、さらには変革していく可能性を模索するのである。もう少しバトラーの主張に耳を傾けてみよう。彼女はジェンダーを、そこから多様な行為が導き出される安定したアイデンティティではなく、むしろ「反復行為」によって社会的に構築されていくアイデンティティだとし、ジェンダー構築における行為遂行性《パフォーマティヴィティ》に力点を置く。そして、このパフォーマティヴな反復行為の中に、現体制を強化する力と同時にそれに抵抗し、転換し得る可能性を見出すのである。ここで意味される反復行為のうち最も重要なものは、言語による実践であり、バトラーは「行為体」がいかに反復するか、すなわち、反復しつつ、その反復を可能にしているジェンダー規範をいかに置換していくかが私たちの課題であるとする。[18] エリオットについてもこの観点からその言説実践の意義を考えることが重要であろう。

そのために、作家エリオットの位置を確認しておこう。彼女はいかなる位置から誰に向かって書いたのか。資本主義の発展につれて公的領域と私的領域とに男女が分断され、さらにはドメスティックな女とそうでない女とに女の分断も推し進められた十九世紀において、女性作家がめざましい進出を遂げたとはいえ出版市場もやはり男性社会であり、女性作家は原稿料の不平等、出版拒否、二重基準による評価など様々な差別に直面した。そうした状況下、エリオットはG・H・ルイスを通して出版者ブラックウッドに処女作の原稿を渡して出版にこぎつけ、男性名のペンネームを用いて可能な限り、すなわちリギンズの件が深刻な問題となるまで女性であることもメアリ・アン・エヴァンズであることも隠し続けて、ディケンズのような例外はあったが、実際広く男性作家だと信じられていた。そして『アダム・ビード』出版後にアイデンティティを明らかにした後も、敢えて男性名のペンネームを使い続けた。つまり、エリオットは言語によるジェンダーの構築性を武器として文学市場に参入し、その地位を確立したのである。

キャサリン・A・ジャッドは、エリオットにとって男性名のペンネームの使用は単に婚姻外の関係によって社会的に追放された自己を隠す手段だったのではなく、自作を「女性作家による愚かな小説」と同類とみなされることを回避するためにも、男性作家と同様に道徳的、社会的権威を有することを主張するためにも、さらには「男性的な公的自己」を構築することによって「女性的でドメスティックなものの権威」の優越性を示すためにも必要であった、と論じる。「男性的な公的自己」が構築され、公的な消費の領域に持ち出されたのは「私的で女性化された創造的な領域」においてであるから、男性名のペンネームを用いる女性作家は、私的領域の方が起源である点で公的領域よりも卓越していることを含意する、というのがその理由である。[19] 果たしてエリオットが「女性的なもの／私的領域」の優越性までをも主張しようとしたかどうかについては議論の余地があるが、少なくとも「女性的なもの／私的領域」が「男性的なもの／公的領域」に劣らず重要な意味を持つことを示しているのは本書のこれまでの考察で明らかであろう。ここで確認しておきたいのは、エリオットの言語による実践そのものが何よりもジェンダーの構築性を認識したものであると同時に、ジェンダー規範の逸脱であったことだ。しかも、作家としての地位を確立し、アイデンティティを明かしてからのエリオットは、こんどは女性作家を評価する際の基準とされるという点でもジェンダー規範の構築に深く関ったのである。

では、エリオットは誰に向かって書いたのか。一八六〇年、彼女は友人への手紙で当時の流行作家ダイナ・マライア・マロック（後のクレイク夫人）のライバルとみなされることに憤慨し、マロックを「純真で単純な読者だけに読まれ、高い教養を持つ人々には決して読まれない小説家」と評して一線を画した。[20] また、一八六九年のハリエット・ビーチャー・ストウへの手紙では、作家の影響力について「小数の人たちに影響を与え、その人たちがそれぞれまた別の少数の人に影響を与えるということはあるかもしれませんが、どんなに優れた本でもいかに広くゆきわたったとしても、大多数の人々に対して適切かつ直接に語ることはありません」と述べている。[21] ここでの「少数の人たち」とは「鑑識眼のある人たち」であり、エリオットが自己の最も重要な読者として想定したのは知性と教養を備えた男女であった。[22]

エリオットが、男女の生物学的性差、本質的な差異の重要性を認める立場をとりながらも、「女」に絶対的な定義を与えてしまうことの愚かさに気づいていたことは第三章で述べたが、彼女はジェンダーの構築性をも認識してそれを武器とし、自らジェンダー規範を逸脱しつつ、ジェンダー規範の構築にも重要な役割を担った。だからこそ、自作でジェンダー規範の転換の可能性を提示する点においては特に慎重だったのではないだろうか。『フィーリクス・ホルト』では、トランサム夫人の物語を通してジェンダーの構築性、「結婚」という契約に集約される社会システムの暫定性と瓦解性を露呈させ、フィーリクスとエスタの関係にジェンダー規範からの逸脱を描いて、ジェンダー規範の転換の可能性を示している。だが同時に、エスタについて「聖女にも天使にもなりたいと思うことのない、極めて女らしいタイプの女性」であり、結婚に自身の「完全な充実」（五五一）を見出す女性である点も強調している。エリオットは、一見ジェンダー規範にのっとった男女関係の反復の中で、例えば「感化力」に見たように、意味をずらしていくことで新たな意味を生み出すのである。その意味のずらし方は彼女の保守性を強調するもののように見えるけれども、実は煽動的なプロット展開によって一般大衆に悪影響を及ぼすことを避け、かつ教養ある読者の意識改革を第一に目指すエリオットのストラテジーでもあったのだ。

先行作品と比較すると、こうしたエリオットの意図とエスタ・ライアンにかけられた期待がよりよく理解できる。『アダム・ビード』のダイナは説教師としては積極的に行動しながらも、アダムとの関係においては非常に受動的であったし、『ロモラ』のヒロイン、ロモラは父、夫、師である三人の男性たちの影響力から脱し、彼らのいない場でようやく主体性を確立した。それに比べると、エスタは愛する男性との関係において自ら積極的に行動し、社会的に構築されたジェンダーの境界線をわずかながらも曖昧にする点で『ミドルマーチ』のドロシア、『ダニエル・デロンダ』のモーデカイやデロンダの系譜への発展を予期させる。しかも、フィーリクスとの結婚はエスタにとって、社会的に上昇する権利を自ら放棄して労働者階級に入っていくことを意味し、彼女はジェンダーと階級という二重の境界を越えるのである。結婚が近代社会の「全てを包摂し、組織づけ、含有する契約」であることを思い起こすとき、結婚における人間関係の変革は社会基盤そのものの変革に他ならず、「根源的」という意味で最も'radical'だと言えよう。

本章で考察したように『荒涼館』と『フィーリクス・ホルト』の間に見出される対話性は、エリオットのディケンズに対する評価と反応だけでなく、一見全く対照的な特徴を備えた二人の共通点をも示している。『フィーリクス・ホルト』は従来指摘されてきたように、傑作とは言い難い。だが、後の大作『ミドルマーチ』と『ダニエル・デロンダ』での大胆な試みの萌芽が現れているところに、この作品の重要な意義があると言えるだろう。第一に、ジェンダーと階級の問題を関連づけながら女性と労働者階級の進むべき方向を示唆するというように、歴史の連続性に確信を抱いていたエリオットの視点が過去を重視することから未来を見通すことへと移行する転換期となっている。第二に、イデオロギーが構築したジェンダーと階級の危うさを露呈させると同時に、ジェンダーと階級両方の境界を越えるエスタ・ライアンというヒロインに、社会の本質的な変革の可能性を見出そうとしている。これらが後に世界的視野に立って行われる人類の未来についての予言と、新しい人間像の提示へと発展してゆくのだ。エリオットは作家として最も苦悩した一八六〇年代に、当時人気を二分していた先輩作家ディケンズから多くのことを吸収しつつ自分の書くべき小説の可能性を模索し、その方向性を確かに摑んでいたのである。

第八章
『ミドルマーチ』 境界を越えて

エリオットの作品を論じるのに先立って、十九世紀では「見ること」が社会構造の根幹を成し、まるで強迫観念のように「見ること」について実に様々な探究と実践が行われた点を考察しておきたい。

ミシェル・フーコーは『監獄の誕生』（一九七五年）で、イギリスの功利主義思想家ジェレミイ・ベンサムが十八世紀末に考案した「パノプティコン（一望監視施設）」を近代社会の管理システムを象徴する建築学的形象とみなして監視社会の形成過程を論じ、その基盤を成す「眼差し＝権力＝知」という図式を明らかにした。[1] パノプティコン（panopticon）の‘pan’はギリシア語の‘pâs’（全ての）の中性形‘pân’に由来し、‘opticon’は‘optikós’（眼の）の中性形‘optikón’に由来する言葉で、「全てを見通す眼」という意味である。[2] この監視施設では、その特異な構造上、監視人側からしか囚人を見ることができない。それ故、囚人は実際に監視されているかどうかを確認できないまま監視されているという意識を内面化し、自発的な服従へと至るのだ。パノプティコンが象徴するのは、「見る者」が「見られる者」に対して権力を持ち、少数の者が多数の者を監視、支配できる社会構造である。フーコーによれば、「権力」(power)とはあらゆる社会現象に内在する「無数の力関係」を意味し、[3]従ってパノプティコンに象徴される「眼差し＝権力＝知」の図式も様々な形式をとりつつ、あらゆる社会現象に観察され得るのである。

このようなフーコーの理論の重要性を踏まえつつ、J・クレーリーは『観察者の技術——十九世紀のヴィジョンとモダニティ』(一九九〇年)で、科学、哲学、絵画の観点から十九世紀ヨーロッパにおける視覚とその歴史的構築を論じ、視覚に関する認識の重大な転換に注目する。十七、十八世紀にはカメラ・オブスクーラが「真実の場」、あるいは「真実の呈示」、「真実を見るべく位置づけられた観察者」の同意語とみなされ、視覚の客観性に対する確信が浸透していたが、十九世紀になるとその確信は揺らぎ始めた。視覚の主観性が科学的に証明され、広く認識された。そして、こうした認識がやがてモダニズムへとつながっていったのである。すでに一八二〇、三〇年代に「新しい種類の観察者」が生み出され、一八五〇年代までにはラスキンがこの新しい観察者の能力を次のように定義していた。

> 絵画を描く技術的能力の全ては、視点の無垢な状態の回復にかかっている。すなわち、平面に塗られた色を見るときに、それが何を意味するのかを意識することなく、ありのままに捉える子供のような知覚、ちょうど盲目の人が突然視力を与えられたときに見るであろうように見る知覚を回復することに左右される。[4]

この「視点の無垢な状態」こそが意味から解放された眼、すなわち歴史的コードやコンヴェンションから解放された、「純化された主観的なヴィジョンの可能性」を示している、とクレーリーは論じ、これを「視覚のモダニズム」への動きとみなす。[5] 彼は芸術と科学の領域の緊密性にも着目する。例えば、十九世紀美学の主導者、ラスキンが『絵画の原理』(一八五七年)で「人が自分の周りの世界で見るものは全て、多様な明暗を持つ種々の色彩の配合としてのみ眼に映る」と説いたように、ドイツの科学者ヘルマン・フォン・ヘルムホルツもまた「知覚の事実」において、「我々の眼は、全て見るものを、視野内の彩色された表面の集合体として見るのであり、それが視覚的直観の形式である」と論じたのである。[6]

K・フリントの『ヴィクトリア朝の人々と視覚的想像力』(二〇〇〇年)も、フーコーの理論の重要性を認識するところから出発する。一九八〇年代半ば以降、ヴィクトリア朝文化の解釈を試みる批評家たちの多くがフーコーに倣い、何かを可視化することは単にそれを理解することではなく支配することになるという過程を、当時の感覚的、言語的実践そのものの内に確認してきた。これを踏まえて、フリントは十九世紀の科学、文学、美術批評の言説を縦横に横断しながら、「見る」行為における個人の主観性と眼の生理機能、および文化的慣習の相互作用が時代の進展と共に強く認識され、探究された点を明らかにしている。[7]

こうした研究からは、エリオットと彼女の生涯のパートナー、**G・H・ルイス**の先進性と共に、ルイスが十九世紀の文化形成に果たした役割と、エリオットに及ぼした彼の影響の重要性に改めて気づかされる。というのも、「見ること」そのものが権力と結びつき、社会の関心を支配していた時代に、エリオットは芸術的、科学的、言語的、道徳的見地から「見ること」を徹底的に追求し、それを作品のテーマとしたからである。彼女自身、「全てを見通す眼」をひたすら求め続けた人だと言えるだろう。彼女にとって「見ること」は世界や人間の心理を観察し、解釈することであり、また言語(テクスト)を解釈し、言語で表現することでもある。そして、その実践を支え発展させたのは、彼女が可能な限りの時間と体験、思索を共有したルイスとの対話であった。

まず哲学、芸術、科学という、異なる領域の境界を越えて活動したルイスの著作の意義と、それが『ミドルマーチ』に及ぼした影響について考察しながら、エリオットの先進性を示したい。次に、この作品における絵画的イメージの創造がエリオットの言語観と深く結びつき、表現媒体を異にする芸術ジャンルの境界を越えようとする衝動につき動かされていた点を明らかにしたい。

1　G・H・ルイスとの対話

今日ルイスの名が最もよく知られているのは、何と言ってもジョージ・エリオットという作家の誕生を促し、その作品出版に関する交渉その他を一手に引き受け、自信喪失に苦悩する彼女を支え続けた人物としてであるが、実は彼自身も非常に多才の人だった。彼の活動の軌跡を明らかにすることは、とりもなおさずエリオットの知的世界の広がりを知ることになる。

ルイスは小説や演劇を書いただけでなく、役者としても演じ、急進的な週刊誌の創立者、編集者、執筆者としても活躍した。一八五〇年にはソーントン・ハントと共に週刊誌『リーダー』を創刊し、オーギュスト・コントから借用した「秩序と進歩」という言葉をモットーとする趣意書を自ら執筆して、この週刊誌が言論の自由を保証し、異なる意見に対して寛容である点を強く訴えた。[8]『エディンバラ・レヴュー』やエリオットが副編集者を務めた『ウェストミンスター・レヴュー』にも評論を書き、一八六〇年代には『コーンヒル・マガジン』や『ポール・モール・ガゼット』の編集顧問を務めている。また『フォートナイトリー・レヴュー』の創刊にも中心的立案者として関り、編集者として当時様々な分野の第一線で活躍していた著作家たち、例えばアンソニー・トロロウプ、ジョージ・メレディス、ロバート・リットン、フレデリック・ハリソン、T・H・ハックスレー（生物学者）、フィリップ・ハマートン（美術評論家）やその他、若い世代の哲学者や生理学者たちとも広く文通したし、リー・ハントを始めとするロンドンの知的、芸術的自由人たち、カーライル、ディケンズとそのアマチュア劇団やサッカレー、ハーバート・スペンサーとも親交があった。一八四〇年代から一八七九年に亡くなるまで、彼は常に時代の知の最前線を見据えながら、主として哲学、文学、科学（生物学、生理学、心理学）について実に五百以上もの評論を書いている。[9]

　現在、彼の著作はほとんどが絶版で入手困難だが、主要な評論を『多才なヴィクトリア朝の人——ジョージ・ヘンリー・ルイスの評論選集』（一九九二年）として編集したR・アシュトンは、彼が生前も死後もその類稀な多才の故に賞賛され、軽蔑されもしたことを指摘し、あれほど多才かつ多作でなければ彼の作品は今日もっとよく知られていただろうと述べている。実際、文学評論に関して言えば、ルイスのオースティン、サッカレー、ブロンテ姉妹、ディケンズ、アーノルド論は、ヴィクトリア朝の独創的な評論としてそれぞれの作家の『批評の遺産《クリティカル・ヘリテイジ》』に収録されているし、[10] 彼の評論がシャーロット・ブロンテやエリオットに与えた影響については、本書の第三章でも触れた。また、アシュトンが『G・H・ルイスの生涯』（一九九一年）の序文で彼について「非常におもしろく読める文学、哲学、科学についての多くの作品の著者」と述べているのは、文学、哲学、科学の大衆化に彼が貢献した功績を言い当てているのみならず、長年に渡って独学で行った科学的研究の集大成である『生命と精神の諸問題』（一八七四―七九年）が当時の専門家からは十分に評価されなかった事実と、それに対する彼自身とエリオットの無念の思いを今想起させずにはおかない。[11]しかし、今日では『生命と精神の諸問題』について「ヴィクトリア朝後期に行われた精神の本質についての科学的な思索として唯一、かつ最も重要なもの」というピーター・A・デールの言葉が示すように、ルイスの功績への再評価もいくらかは行われている。[12]こうした彼の業績をエリオットとの関連性、特に『ミドルマーチ』との関りを考慮しながら見てみよう。

科学と哲学、宗教

ルイスが精力的に展開した多彩な活動に一貫して流れているのは、科学への飽くなき探究心である。彼は哲学にも文学にも科学的手法を適用することを提唱し、自らも生物学、生理学、心理学の研究を進めた。最初の代表的著作は、ギリシアの哲学者タレスから十九世紀哲学者オーギュスト・コントまでの哲学史を論じた『伝記的哲学史』（一八四五―四六年）で、その目的はコントの実証哲学を普及させることであったが、彼がコントの思想に共鳴したのも、それが科学的手法に基づく哲学だったからだ。ルイスのこの著作は広く読まれて第五版まで版を重ねた。第三版（一八六七年）でタイトルを『哲学の歴史――タレスからコントまで』（以下、『哲学の歴史』と略記）と変更し、第四版（一八七一年）の緒言でルイス自身が述べているように、版を重ねるごとに修正が加えられ、特に第四版では大幅な書き換えも行われた。

この第四版の序論で示されている神学、科学、哲学の位置づけが、ルイスの立場を明確に表している。彼は神学、科学、哲学を「精神を支配する三分野」とみなした上で、神学は「感情」の領域を扱い、科学と哲学は「探究」の領域を扱うものとして区別し、さらにそれぞれの任務を次のように定義づける。神学が「宗教的概念の体系化」、科学は「現象の秩序に関する知識の体系化」、哲学は「科学によって与えられた概念の体系化」を行う。端的に言えば、科学は「知識」を与え、哲学は「主義」を与える。ルイスによれば、哲学の歴史は「哲学が神学から解放され、科学への変換を通して最終的に構築される物語」に他ならず、ついに科学の進歩が哲学に客観的手法の採用を余儀なくさせたのが現在の段階、すなわち実証哲学なのである。そこでは哲学は宗教と科学の調和をもたらすものとして位置づけられる。[13] このように神学から切り離され、科学と結びつけられた点で、実証哲学はルイス自身、そしてエリオットを始め、神への信仰を失って新たな精神的拠所を模索していたヴィクトリア朝の人々に対して強い吸引力を持ち得たのであろう。

では、『哲学の歴史』の成功とは具体的にどれほどのものであり、ルイスの影響力はいかなるものであったのか。浅薄だと批判する専門家もいたが、一八四六年にルイスが「私の本は熟練工や女性たちにまで読まれているだけでなく、オックスフォードやケンブリッジでも読まれています」とコントへの手紙に書いたように、[14] この著作は幅広い読者層に受容され、実際最初の一年間だけでも一万部売れた。第二版（一八五七年）出版の際には特別な廉価版が要望されたことからも、大衆に愛読されたことがわかる。また、ハーバート・スペンサーは初版を読んで初めて哲学思想の歴史を知り、心理学に興味を持ったことを後の自伝で告白しているし、ハリエット・マーティノーも同じく初版によってコントに興味を持ち、コントの著作を翻訳する決意をしたのである。[15]

一八五二年から五三年にかけても、ルイスは『リーダー』にコントの『実証哲学講義』（一八三〇―四二年。以下『実証哲学』と略記）を解説した評論を連載し、その中で彼の「利他主義」（altruisme）という語を英語に導入した。[16] 折しも最新の思想として進化論と実証哲学が盛んに論じられ、W・M・W・コールとH・マーティノーが『実証哲学』の翻訳と抄訳を行っていたときでもあり、ルイスの連載評論は大きな影響力を持ったとされる。[17] しかも、ちょうどエリオットが彼と親密になった時期でもあった。エリオットのコントに対する強い共感は『ロモラ』に最も顕著に表れており、それは第六章で言及したJ・B・ブーレンを始め多くの批評家によって指摘されてきたが、彼女のコントに関する理解と共感にルイスの影響がいかに大きかったか容易に推察できよう。また、この評論で紹介された「利他主義」はエリオットの全作品の基調だが、後述するように、『ミドルマーチ』において先行作品を上回るスケールで描かれている。ルイスは一八六六年にも『フォートナイトリー・レヴュー』でコントについて論じているが、この評論は『哲学の歴史』第四版での記述と重複する部分が多い。[18]

このようにルイスが『哲学の歴史』を出発点として、コントの思想を大衆化し、かつ知識層にも多大な影響を及ぼしたことは、今日もっと評価されるべき点であろう。彼は、時代の最新の思想を一部の専門家に占有させるのではなく、広く大衆に開かれたものとすることで、文化の形成に重要な一翼を担ったのである。確かに、大学教育を受けることなく独学で行った研究は、絶えず「権威」からの厳しい批判を受けた。また、『哲学の歴史』の独創性と意義は初版にあり、版を重ねる度に加えられた修正は、むしろこの著作を純粋に大衆的でもなく、真に学術的でもない中途半端なものにしてしまったという見方もある。[19] しかし、決して現状に満足することなく研究を深め、自説の修正を重ね、権威に対して果敢に挑戦し続けた彼の情熱と生きざまこそ、時代の動向を洞察し、新たな時代を創造してゆくための原動力であったのだ。彼との対話がエリオットにとって思索と刺戟の源となり得た理由もここにあるだろう。

コントの思想の普及にルイスは多大な貢献をしたが、全面的にコントを支持していたわけではない。エリオットの『ミドルマーチ』第一巻と同じ年に出版された『哲学の歴史』第四版で、彼は実証哲学が科学の歴史的発展と客観的手法を重視する点、人間の進歩の要因を知的発展だとする点には特に賛意を表明するが、コントの後年の作、『実証政治学体系——人類教を創設するための社会学概論』(一八五一—五四年。以下『実証政治学』と略記)については、哲学を宗教に変換させる試みとして、つまりコントが高位聖職者の立場をとって描き出したユートピアだとして批判的である。ルイスはあくまで経験によって実証され得るもののみに限定する経験主義的、客観的手法を主張する立場から、『実証政治学』を主義であるよりは仮説だとみなし、「多少の真実を含み、事実を連結する暫定的な様式として有用な仮説」を提供するユートピアとしては認めつつも、主観的な手法に依存した時期尚早な体系化だと批判するのである。また、『実証政治学』においては、国家とは作られるものではなく発展するものだという「発展の法則」が軽視されている点に不満を示す。[20] さらに、ルイスは宗教を次のように定義づけて、実証哲学が真の宗教となり得ているかどうか問いかける。

あらゆる宗教は、その存続のためには二つのことをなさねばならない。すなわち、知性を満足させ、感情を統御せねばならないのである。知性を満足させるためには、宗教は我々の生活が依存する外的秩序を理解し、理解することでそれを修正し得るほどに世界や社会について説明を与えなければならない。感情を統御するためには、宗教は我々がその道徳的生活を構成する内的秩序を理解し、理解することでそれに自らを適合させ得るほどに人間について説明を与えなければならない。現在、実証哲学がこれらの要求にどれほど応えるかは議論されるべき問題である。実証哲学がそれらの問題に応えると主張しているのは、注目に値する。[21]

ここで示された宗教の使命が果たされれば、人は理想的な精神の状態、すなわち「知性」(「理解」)と「感情」の一致に到達することができる。そしてこの「知性」と「感情」の一致こそ、第一章で考察したように、最初の作品『牧師生活の諸景』からエリオットが問い続け、『ミドルマーチ』ではドロシアに体現させているテーマである。

『牧師生活の諸景』ではバートン、カテリーナ、トライアンが思考と感情の分裂や葛藤に苦しみ、傷ついていた。だが、『ミドルマーチ』ではドロシアの道徳的成長の過程が、「理解」と「感情」を一致させてゆく過程として描き出される。ウィル・ラディスローが詩人の魂を「知識が瞬時にして感情に変わり、感情はまた一瞬のうちに知識の新しい器官となるような魂」[22]と定義づけるとき、ドロシアは自分自身がこの「感情に変わる知識(理解)」(二五六)を経験しつつあると言う。その理由はラディスローに対しては語られないが、その理由とは彼女がカソーボンの仕事の限界を知って以来、彼に対して同情が深まるのを感じていることである。ドロシアはこれ以後も幾つかの試練を乗り越えることで「感情に変わる理解」を獲得してゆく。ラディスローとロザモンドを恋人同士だと誤解して嫉妬と怒りに駆られたときも、ロザモンドとリドゲイトに対する同情が「獲得された知識」のように、「一つの力」(八四六)となってドロシアを正しい行為へと導くのである。

これまで見てきたように、ルイスの『哲学の歴史』がエリオットとの関連で興味深いのは、実証哲学を科学に基礎を置くものとして位置づけたこと、経験主義的、科学的手法を重視すること、人類の発展の法則を信じ、特に「知性」の発展が不可欠だと認識していること、そして宗教の任務を「知性」(「理解」)と「感情」の一致をもたらすことだと捉えている点である。ルイスには知識の体系化、理論化への志向が非常に強く、多くの経験と思想を彼と共有したエリオットは、彼の理論化に貢献したのみならず、自らも小説で実験すべき思想や理論を彼と共に形成していったと言えるだろう。ただし、ルイスが個々の事例の観察から、科学的手法に基づく理論化を目指したのに対し、エリオットは単に思想や理論を提示するのではなく、個々の事例の多様性とその発展の可能性を探りつつ、「知性」と「感情」の一致が登場人物のみならず読者にも引き起こされる場としての小説の創造を試みるのだ。ルイスへの共鳴と反動が彼女の小説の奥深さを生み出していると言ってもよい。

ルイスがコントの『実証政治学』に対して批判的であったのに対して、エリオットは『実証哲学』よりもむしろ『実証政治学』に深い関心を抱いていた点も興味深い。彼女は『ロモラ』を出版後の一八六三年十月と十二月に『実証政治学』を読んでいることを友人への手紙で述べており、一八六七年にはルイスと共に読んでいる。[23] 彼女のノートブックには『実証政治学』からの引用が『フィーリクス・ホルト』のためになされたし、『実証政治学』の英訳が出版され、エリオットが『ダニエル・デロンダ』を執筆中であった一八七五年以降は主として英訳からの引用が頻繁に行われている。[24] ノートブックに「愛情の啓発的な影響に関してはこのページ全体を見よ」というエリオットのメモが記されている『実証政治学』第二巻一七三ページの記述は、「愛情の眼差しを通して見るのでなければ、家族の最良の性質を公平に判断することはできない」ことと、家庭生活こそ最も貴重な知識、すなわち人間の性質についての知識を与える場であることを論じた箇所であり、ウィリアム・ベイカーによれば、コントが科学的な議論から最も距離を置いた部分の一つである。[25] コントの思想は真の宗教になり得るかという、ルイスが『哲学の歴史』において投げかけた問いを、エリオットは両者との対話を通して、また彼女自身の小説を通して探究し続けたのであり、そこには科学と、科学では証明も説明もしきれないものとの間でバランスをとるべく格闘するエリオットの姿が窺える。

科学と文学、絵画

さて、ルイスは哲学だけでなく、文学にも科学的な手法を適用しようとした。一八六五年五月から十一月に六回に渡って『フォートナイトリー・レヴュー』に掲載された「文学で成功するための原則」では、「全ての文学は心理的法則に基づいており、あらゆる時代の全ての人に当てはまる原則を含んでいる」と述べ、その原則を明らかにすることを試みた。[26] この文学論は一八八五年にアメリカで最初に再版されてカリフォルニア大学で教科書として採用され、一八九八年にロンドンで再版されたが、一九六九年版に序文を書いたジェフリー・ティロットソンは、文学の法則を記述しようとしたルイスの野心は完全には果たされていないけれども、十九世紀半ばの評論の中で「ルイスの評論ほど才気煥発で考えの深いものはない」と断言している。[27] 従って、ルイスの文学論は文学理論がいまだ未熟であった十九世紀半ばにおいて、最も注目すべき大胆な試みであったと言えるだろう。特に、この連載の第三回目は「芸術におけるヴィジョンについて」と題して、「芸術家は自分が表現しようとするものをはっきりと見る」[28] という原則について論じたものであり、エリオットのイメージ創造についての解釈、否、エリオットとの共同作業で形成された理論だと言える点でその意義は大きい。

この「芸術におけるヴィジョンについて」において、ルイスはまず哲学的（＝科学的）創造と芸術的創造の過程の相違点を明らかにした上で、両者の根本的な類似性を論じる。そこでは哲学と科学とは互換可能な語として用いられている。彼によれば、科学が知性に訴え、その目的が教示であるのに対して、芸術は感情に訴え、喜びを目的とするという明白な相違点があるが、両者において論理と想像力が重要な機能を果たしているという根本的な類似性がある。想像力は哲学と芸術に共通する知的な過程であり、想像力が「見えないものを見えるようにする」のである。想像力とは、端的に言えば「イメージを創造する力」に他ならず、芸術作品（例えば、フラ・アンジェリコの『聖母子』やティツィアーノの『聖母被昇天』）は、そのイメージが鑑賞者の感情に訴える力によって独創性を獲得するのである。[29] このように「見ること」とイメージ創造の重要性を訴え、文学作品を書くことと絵画を描くこととの共通性を重視する点で、また、「イメージ」を実際に目に見えるものだけに限定するのではなく精神の目で捉えたものをも含む点で、この理論は第二章で考察した『アダム・ビード』でのエリオットの芸術論の理論化を推し進めたものとして、彼女の貢献も大きいと思われる。実際、ルイスはこの文学論でエリオットの名を直接挙げてはいないものの、「非常に想像力に富んだ著述家」によって書かれた例として、詩人エドワード・ヤングに関する彼女の評論の一節を引用している。[30]

さらに、このルイスの文学論は次の二点において、十七世紀のオランダ絵画を規範として「普通の人々」への共感を強調した『アダム・ビード』での芸術論を『ミドルマーチ』へ近づける。第一点は、詩人の精神を「すぐれて感情豊かな精神、絶えず感情と共に働く知性」として、[31] 先に見た『ミドルマーチ』での「知識が瞬時にして感情に変わり、感情はまた一瞬のうちに知識の新しい器官となるような魂」（二五六）と同様な定義を与え、知性と感情の一致を人間の精神の理想としていることだ。第二に、「アイディアリズムの真の意味」を「現実から離脱したもの、あるいは現実に反するものを見ることではなく、最も気高く感動的な形態の現実を見ること」とし、「創造的な精神が看取した現実を見事に表現したもの」だと定義づけている点である。[32] こうして、十七世紀オランダ絵画という規範にはおさまりきらない『ミドルマーチ』のテーマと題材の広がり、とりわけドロシア像の創造に見出される理想化の傾向を擁護する文学論となっているのである。

『アダム・ビード』での芸術論は、十七世紀オランダ絵画を小説の規範とし、ラスキンが『近代画家論』で展開した絵画論との共通点を有していた。ラスキンは詩との比較によって絵画を論じていたが、『アダム・ビード』の語り手と同様、ルイスは「文学で成功するための原則」を語りながら、すぐれて独創的な芸術作品の例として絵画を挙げている。ラスキンが文学との比較によって絵画論を形成したのに対して、エリオットとルイスは絵画との比較を通して文学論を形成していったのであり、ここに文学と絵画が相互作用のうちにそれぞれのジャンルの理論化を進めていった十九世紀の文化現象の重要な側面を見ることができる。

科学と美術批評

哲学と文学に科学的手法を適用することでその理論化を図りつつ、ルイスはやがて自己の研究の重点を科学そのものへと移行させていった。その契機となったのは、ハーバート・スペンサーの影響と彼自身の『ゲーテの生涯と作品』の執筆である。ルイスはカーライルのドイツ文学、特にゲーテへの傾倒に影響され、一八三八年にカーライルの紹介状を持ってベルリンに赴き、本格的にドイツ文化の研究を開始した。一八四三年三月の『ブリティッシュ・アンド・フォーリン・レヴュー』にゲーテに関する評論を書いたが、エリオットと共に生活を始めた一八五四年から五五年にかけてワイマールとベルリンで行った調査と執筆が『ゲーテの生涯と作品』に結実した。当時、ドイツにおいてもゲーテの伝記はまだ書かれておらず、この野心作の執筆に際して、二人の共同作業とも言えるほどにルイスはエリオットと議論を重ね、エリオットはゲーテの作品からの引用の翻訳も手伝った。[33] 当然のことながら、二人のゲーテ論も酷似している。『ヴィルヘルム・マイスター』が不道徳な作品だと非難されていた点について、ルイスがゲーテの寛容性とリアリズムを指摘すると共に、この作品が「深く健全な道徳的意味」を内包することを主張してゲーテを擁護したように、エリオットも同じ論旨の評論「『ヴィルヘルム・マイスター』の道徳性」を『ゲーテの生涯と作品』出版の三か月前に『リーダー』に発表した。[34]

だが、それ以上に注目したいのは、ルイスがゲーテの科学者としての業績の意義をいちはやく洞察し、この『ゲーテの生涯と作品』によってその思想を広く知らしめるのに貢献したことと、エリオットもその思想に精通していた点である。当時、文豪ゲーテの科学的業績はアマチュアの域を出ないものとして軽視される傾向にあったが、ルイスはゲーテを「優れた科学的能力と最高の詩才が完全に融合した唯一の例」であり、コントとも通じる「実証主義の思想家」だと考えた。[35] ルイスはゲーテの中に自分自身の理想を見出したに違いない。彼はゲーテの科学的発見がその専門領域でいかに位置づけられるべきかについて熱弁をふるった。[36]

本章の最初に述べたように、十九世紀は視覚についての認識に大変革が起こった時代であった。J・クレーリーが「新しい種類の観察者」、すなわち「純化された主観的ヴィジョンの可能性」を秘めた観察者の形成時期だとみなす一八二〇年代から一八四〇年代にかけて、視覚の生理機能について数多くの実験が行われ、眼の錯覚が簡単に生じることが証明されただけでなく、万華鏡や静止パノラマ、マルチメディア・ジオラマ、回転のぞき絵、ストロボスコープ等の装置や玩具が次々と発明された。こうした動向の中でゲーテが視覚に関する自身の先駆的研究について書いた『色彩論』(一八一〇年)の英訳が一八三〇年代に出版され、この著作に対するイギリスの一般読者の興味を喚起したのが、一八五五年に出版されたルイスの『ゲーテの生涯と作品』だったのである。[37]

ただし、ルイスはゲーテの植物学と解剖学における業績の方を高く評価し、『色彩論』における光学の研究については生理学の領域での高い評価を認めつつもむしろ批判的で、その批判は当時の専門家の見方を反映していたことをつけ加えておく必要があるだろう。だがそれでも、ルイスがニュートンの光学理論と比較しながらゲーテの『色彩論』を詳細に論じた意義は大きい。なぜなら、『色彩論』は毀誉褒貶を引き起こしたが、それが主観的視覚のモデルによって輪郭を示した生理光学はやがて一八六〇年代にドイツの生理学者ヘルムホルツによって完成され、今日では『色彩論』にこそゲーテの精神と科学的業績が存するとみなされているだけでなく、ゲーテのいわゆる自然科学が世界中で注目され、専門の科学者による再評価も行われているからである。[38] 『色彩論』が十九世紀を通して何度も版を重ねたように、ルイスの『ゲーテの生涯と作品』も出版と同時にドイツとイギリスの双方で好評を博し、一八六四年に第二版、一八七三年には『ゲーテの伝記』とした縮小版、一八七五年に修正を施した完全版の第三版が出版された。[39] 「見ること」ついての新しい思想の普及と人々の啓発にルイスが果たした役割の重要性を忘れてはならないだろう。

『ゲーテの生涯と作品』の出版後、ルイスが動物の生態研究のためにエリオットと共に各地を訪れ、その研究に関った体験がエリオットの鋭い観察力と描写力に磨きをかけたこと、そしてその過程で十七世紀オランダ絵画が科学と融合した芸術形態として重要な規範となったことは第一章で論じたが、ルイス自身の研究はいかなる軌跡をたどったのだろうか。

一八五〇年代後半から一八六〇年にかけて行った調査研究の成果は、まず『ブラックウッズ・マガジン』や『コーンヒル・マガジン』に発表された後、『イルフラクーム、テンビー、シリー諸島、ジャージー島の海辺での研究』（一八五八年）、『日常生活の生理学』（一八五九—六〇年。以下、『生理学』と略記）、『動物の生活の研究』（一八六二年）として出版された。これらの著作には独創的な発見はないものの、当時のイギリス、フランス、ドイツの第一線の生理学者たちによる著作から貪欲に知識を吸収したルイスが自ら行った調査と実験に基づくものであり、学会発表でもかなりの評価を得た。また、『生理学』のロシア語訳（一八六一年）を読んだ若きパヴロフがその明確な経験主義的手法に感銘を受け、後に彼の条件反射に関する理論の発展に影響を与えた著作として言及したことからも、[40] かなりの専門的水準に達していたことが推察できよう。マーク・ウォーマルドはこれらの著作および『生命と精神の諸問題』を「個人の物語、逸話、現存する科学文献についての博学な考察と独自の研究を結びつけたものだ」と評価し、特にルイスが顕微鏡観察から得た証拠と雄弁な語りによって社会的、科学的権威に挑戦した点に注目すると共に、顕微鏡観察が『ミドルマーチ』の語り手、リドゲイト、フェアブラザーの関係の中にいかにテーマ化されたかを分析している。[41]

次に、一八六〇年以降のルイスに目を向けよう。エリオットとの関連で特筆すべきは、第一に、客観主義を強く主張する立場から主観主義を主張する立場に転じたこと、第二に、言語を人間の知覚、道徳性、発展にとって最も重要な要素として位置づけるに至ったことである。この二つの点はいずれもエリオットの小説で、とりわけ『ミドルマーチ』と『ダニエル・デロンダ』の顕著な特徴になってくる。

ルイスの客観主義から主観主義への転換は一八六〇年代初めであり、それにはヘルムホルツの影響が大きかったとされる。[42] ヘルムホルツは、徹底した経験主義的手法によって、知覚、とりわけ視覚の生理学的なメカニズムの解明に功績をあげた生理学者だが、知覚における心理的要因を明らかにした点で、今日では十九世紀最大の心理学者としても高く評価されている。彼はその代表的著作『生理光学』で、次のように述べている。

外界の物体を知覚することは、本質的に観念の性質を帯び、観念そのものは常に私たちの心的エネルギーの活動であるが故に、知覚もまた心的エネルギーの結果に他ならない。よって、厳密に言えば、知覚の理論は当然、心理学の領域に属するのである。[43]

ルイスはこの著作の第一部が最初に出版された一八五六年からそれを読み始めていたらしく、完全版が出版された翌年の一八六八年にはヘルムホルツ自身を訪ねるほど傾倒していた。[44] その影響が早くも『生理学』の次のような一節に窺える。

同じ窓から同じ風景を眺めている二人の人物のうち、一人は言いようのない悲しみに襲われ、死の平安を切望し、もう一人は自分の心が安らぎと満足に満たされるのを感じるだろう。前者の意識の背景は憂鬱なものだから、その中に風景によって喚起された感情が溶け込んだのである。もう一人の人物の意識の背景は幸福なもので、そこでは感覚は陽光に照らされた湖のさざなみのように戯れるからである。それぞれの人物の感情の度合いは、その通常の意識の状態によって決定される。純然たる感情表出の場合を除いては、我々は皆、論理によるのと同様この通常の意識の状態によってある結論に向かって決定づけられる。[45]

このように「見る」行為における心理的要因を重視する考え方は、科学以外の領域にも波及していった。例えば、K・フリントは一八六〇年代に専門化しつつあった美術批評への影響を指摘する。当時の卓越した美術批評家フィリップ・ハマートンは、一八六三年の『コーンヒル・マガジン』に掲載した「美術批評」で美術批評家の義務と役割を論じ、絵画鑑賞における知識、教育、および社会的に容認される審美眼の獲得に重点を置いたが、一八六六年の『美術ジャーナル』では「見る」行為そのものに関心を向けて、「芸術的視覚と通常の視覚がいかに異なるか」を論じ、美術批評家が「芸術的に見る」ことを学ぶ必要性を説いた。[46] その中で彼が「見る」行為の個人差を述べる次のような言葉に、先に見たルイスの思想の影響を見出すことができる。

二人の人間が決して同じ虹を見たためしがないのは、視覚に関する事実で、容易に証明される。二人の人間がいかなるものにも決して同じ様相を見たことはないというのは、ほぼ同様に簡単に証明される美学的事実である。人々が見るものは、能力、経験、教育が非常に複雑に絡んだ条件によってあらかじめ決定されている。[47]

さらにここで指摘したいのは、エリオットがこうした現象を『ミドルマーチ』で描き出し、「見ること」の問題を前景化していることだ。まず、『ミドルマーチ』の有名な顕微鏡のレンズの比喩と「姿見」(pier-glass)のたとえ話を確認しておこう。語り手は次のように述べる。

一滴の水を顕微鏡にあてて見ても、私たちの下す解釈はいたってお粗末なものであろう。と言うのは、度の弱いレンズであったら、がつがつ、むさぼり食って飽くことを知らぬある生物の口へ、他の小さな生物が、まるで税金として支払われる生きた小銭のように進んで飛び込んでゆくところが見えるように思われる。ところが、これが強度のレンズであると、極めて微細な毛髪状のものが、犠牲者の小さな生物を巻き込む渦巻きとなっていて、これを飲み込む生物は、ただ税関に座って待っていることを明かすのである。(八三)

「弱いレンズ」を通して見た場合には主体的に動いているように見えるものが、「強いレンズ」通した場合、実はあるメカニズムに受動的に従っているだけだと判明する。つまり、レンズの強度が違えば隠された原因や動機が明らかになるだけでなく、視点の逆転すら起こり得るのである。だが、「弱いレンズ」を用いるか、「強いレンズ」を用いるかは見る者の能力、意志、経験に深く関っており、この顕微鏡のレンズは視点の複数性と主観性、および視覚(解釈)の不確実性を強調する比喩となっている。

次に姿見のたとえ話では、視覚と自我との関係に焦点が当てられる。

姿見、もしくは磨きをかけた鋼の延板の表面を召使に磨かせると、一面に極めて細かなかき傷が無数につくものである。今、その前に火のついたろうそくを、光の中心になるように置くとどうなるだろう。なんと、表面のかき傷は全てこの小さな太陽の周りに、みごとな同心円を幾重にも描いて並ぶのである。かき傷は表面に万遍なくゆきわたっているのに、いかにもろうそくの光を中心にして配置されているような錯覚を起こさせるのは、例のろうそくの光のなす業であって、その光が表面を照らす際に光学的に排他的選択を行っていることは明らかである。この現象は一種のたとえ話になる。かき傷は事件であり、ろうそくは今ここにいない誰かの——例えば、ヴィンシー嬢の利己心としよう。（二九七）

ここでは姿見の表面に生じる光の現象を通して、見る者がいかに自己を世界の中心に据え、己の欲望に従って世界を構築、あるいは再構築するかが示されている。J・H・ミラーが指摘するように、「見ること」は「欲望や必要性に動機づけられた利己的な自己から生じた光の放射」であり、見る行為は「見えるものを支配しようとする意志の無意識的な主張」でもある。[48]

このように科学的比喩を用いて「見ること」の主観性と不確実性を示しつつ、『ミドルマーチ』はさらに「見ること」の社会的問題を追求する。この小説が美的感受性の喚起と洗練をドロシアの人間的成長の重要な側面とすることで、一八六〇年代から七〇年代にかけての美術鑑賞、美術批評をめぐる論議に一石を投じている点に着目しよう。ドロシアの美術に対する違和感と無知は、『ミドルマーチ』の舞台である一八二九年当時のイギリス全般の美術についての無知と教育の欠如を表すものとして描き出され、彼女がローマでラディスローから美学的教育を受けて美術への理解を深める過程と、彼女の道徳的成長の過程とが並行して進行する。美術鑑賞に関してドロシアとラディスローが交す会話は、一八六〇年代から七〇年代のイギリスで絵画を「見ること」をめぐって起こった文化的、社会的現象への問いかけに他ならないのである。
ドロシアはピューリタン的な考え方から人生との関連でしか芸術を見ることができない。従って、伯父ブルック氏の美術収集品、例えば古典時代の裸体像やコレッジョ派の絵画も人生との関りが何ら見出せないために、彼女には「痛ましいほどに不可解な」(九九)ものでしかない。一八二〇年代末のイギリス、ちょうどドロシアが新婚旅行でローマに旅立った頃のイギリスとヨーロッパ大陸、ローマとの隔たりを、語り手が次のように述べる。

当時は世間一般が善悪については今日よりも無知であり、その点で四十年の開きがあった。大陸を旅行する人で、キリスト教美術についての十分な知識を頭に、あるいはポケットに用意して行く者はきわめて稀であった。当時のイギリスきっての優れた批評家でさえ、昇天した聖母の墓に花が咲き乱れているのを、画家の気まぐれな空想による装飾用の花瓶と間違えたものである。恋愛と知識とをもって無知の退屈な空白を満たす助けをしたロマン主義も、まだそのパン種を時代に浸透させてはいなかったし、全ての人の食物に入り込んだわけでもなかった。ロマン主義はそれでもなお、当時ローマに来ていた長髪のドイツの画家たちの内部に、まぎれもなく、生気にあふれた熱狂となって醱酵しつつあった。そして彼らのそばで絵画にいそしんだり、無為に過ごしたりしていた他国からの若者たちが、時折、この拡大しつつある運動に巻き込まれた。(二一九)

ここで述べられた「当時のイギリスきっての優れた批評家」とはウィリアム・ハズリットであり、彼はその著書『フランスとイタリア紀行』(一八二六年)で、ヴァチカン美術館にあるラファエロの『聖母戴冠』の図像、すなわちマリアの復活を象徴する百合とバラについて誤った解釈を記述したのだった。[49] また、「長髪のドイツの画家たち」とは、ヨハン・フリードリッヒ・オヴァベックを中心として一八〇九年にウィーンで結成され、一八一〇年にローマに移動した「ナザレ派」と呼ばれたグループへの言及である。[50] ここでは間接的な言及を通してではあるが、芸術活動のみならず美術についての知識と教育の分野でもヨーロッパ大陸から大きく遅れをとり、「無知の退屈な空白」として停滞していた当時のイギリスの状況がかなり忠実に映し出されている。こうしたイギリス一般の無知が、ドロシアを始めとするミドルマーチの人々の芸術に対する態度の原因なのである。例えば、ネッド・プリムデイルは陳腐な贈答用装飾本（Keepsake）を「文学的にも、美術的にも第一級のもの」（三〇二）だと信じ、ラーチャー夫人は「肌もあらわな人物を描いた高価な絵」（六四九）について、その題材が聖書からのものだと知るまでは不安に感じる。また、美術史に通じているとされる競売人ボースロップ・トランブルは、人々の感性ではなく、虚栄心に訴えることで、グイード・レーニ（イタリアバロックの画家）の作とされる絵（六四九）に注意を引きつけることに成功する。

上記引用文の冒頭で言及された「四十年の開き」は『ミドルマーチ』の舞台である一八二九年と、この小説が発表された一八七一年という二つの年代の差を強く意識したものだとわかるが、『ミドルマーチ』発表当時の読者は、キリスト教美術について、ヴィットマイヤーが指摘するように、例えばジェイムソン夫人の『美術に表象された聖母伝』（一八五二年）によってハズリットよりもはるかに多くの知識をすでに得ていたと考えられる。[51] 先に述べたように、イギリスでは一八六〇年代から美術批評が専門化しつつあり、それは絵画の専門的、文化的意味を知りたいという大衆の欲求に応えたものでもあった。しかし、ドロシアの物語はこの美術鑑賞における知識の是非について問いかける。

ドロシアがローマでラディスローと交す会話は、彼女にとって言わば芸術についての教育である。彼女はローマの巨大な廃墟や彫刻像に激しい衝撃を受けるほどの感受性を持ちながらも、必要な知識を欠く故に、また多くの人間が生活の苦しみを抱えて芸術から締め出されている現実を思うが故に、芸術に心を開こうとしない。ラディスローはこのようなドロシアの態度を「同情の狂信的行為」（二五二）として批判するが、知識に依存して芸術を評価、鑑賞する態度もまた彼の批判の対象である。彼はキリスト教美術の革新者とされるアドルフ・ナウマンの象徴的な絵画の「意味の過剰」を批判するだけでなく、彼自身が象徴においてナウマンの絵より抜きん出るため、戦車に乗ったタンバレインを描くことで「世界史の壮大な行進」（二四五）を象徴させる絵を制作するのだと語って、過度の象徴主義を風刺する。[52]

では、芸術に対する望ましい態度とはいかなるものか。芸術を言語にたとえ、絵画鑑賞についてドロシアに語るラディスローの言葉にそれを窺うことができる。

……芸術を感得するためには、自分の力で学ばねばならないことがたくさんあります……。美術は、多くの気取った技巧的な文体を持つ古い言語です。そういう文体を知ることから得られる主な喜びは、時には、単にそういうものを知っているという意識にすぎないのです。僕はこのローマで、あらゆる種類の芸術を実に楽しんでいます。しかし、もし僕のその楽しみの内容をばらばらに分解してみることができるなら、それはたくさんの異なった糸から成り立っていることがわかるでしょう。だから下手でも自分で少し描いてみるのも意味があると思うのです、そうすれば、どうしてそれができたかがわかるでしょうから。（二三八—三九）

絵画の表現様式や描く技術そのものについての知識は必要でもあり、喜びをもたらしもするが、絶対視すべきものではない。重要なのは、絵画を鑑賞する喜びが多様な要素から成り立っていることを認識し、芸術を様々なレヴェルで楽しめる柔軟性のある態度を持つことなのである。鑑賞のしかたは限定できないし、すべきではないことも示唆されている。

ドロシアは、ナウマンのアトリエで彼とラディスローの説明によって「素朴な田園風景を背景にして、不可解な天蓋の下の玉座にすわる聖母像」や「建物の雛型を手に持っている聖者」などの宗教画の意味を理解するが、[53]「絵というものは、謎として読み解かねばならないものではなく、美しいものだと思いたい」（二四六）と訴える。このドロシアの言葉にも知識偏重への抵抗が表れている。

だが、イギリスへ戻った後は、ドロシアとラディスローが再び芸術について語ることはない。これは何を意味するのか。この点について、ケリー・マクスウィーニーはドロシアの精神的、感情的成熟はローマで始まったにもかかわらず、イギリスに戻った後は「芸術という言語」を学ぶという主題が放棄され、彼女の「美学的発達」はローマで終わった、と述べ、[54]一方、ジョゼフ・ウィーゼンファースはドロシアがローマで学んだ「芸術という言語」を「人生のより広範囲な経験」と同化させ、その道徳的経験と共に彼女の芸術論、すなわちリアリズムが成熟する、と主張する。[55]筆者は後者に近い立場をとる。なぜなら、ローマの巨大な廃墟や天井画、彫刻像は、彼女に一生忘れ得ぬほどの衝撃を与えたからである。その衝撃がいかなるものであったかを見てみよう。

生きて血の通っているもの全てが敬虔とはほど遠い迷信に堕している、このむさくるしい現在の只中に置かれた廃墟とバシリカ会堂、そして宮殿と巨大な彫刻像。色褪せたとはいえ今なお強烈な巨人的生命が、壁画や天井画の中で、凝視したり、もみあったりしている。長い列をなして立ち並ぶ白い大理石像の目は、異質な世界の単調な光をとどめているかに見える。忘却と堕落の息吹きの現れとごちゃまぜになった、官能的であると共に精神的でもある、野心に満ちた理想のこの巨大な廃墟は、最初は電撃のように彼女を襲ったが、やがて、その強い印象は、感情の流れをせきとめる混乱した思想を飽食したときに生じるような苦痛を与えた。色褪せたものも、絢爛たるものも、彼女の若い感覚を虜にし、彼女がそのことを考えていないときでも、記憶の中に根を下ろして、その後の年月を通してつきまとう不思議な連想の源になった。人間の気分には、まどろみの中で見る幻灯の映像のように、次々に現れる心象を伴うことが多い。孤独の思いに気がめいるとき、ドロシアが一生を通じて見続けたのは、聖ペテロ寺院の広大なたたずまいや、巨大な青銅の天蓋であり、頭上のモザイクの壁面の預言者や説教者たちの物腰や衣服に示された激しい意志であった……。（二一五―二一六）

「敬虔」とはほど遠い堕落した「現在」にあって、「異質な世界」の光を放つ過去の遺産は不気味なほどの現実性を帯びてドロシアの感覚を捉える。彼女はこれまで観念的、理想的見地からしか意識することのなかった人類の歴史と文化的遺産の持つ力を全身で受けとめ、理解をはるかに超えた重圧感に圧倒される。ラスキンが『ヴェニスの石』で主張したように、絵画や彫刻と同様、建築もまたそれを建てた人間の質を表すものである。[56] 廃墟や寺院、壁画、天井画に表現された人間の強烈な生命力、意志、その苦闘にドロシアは自分とは異質なものだけでなく、同質なものをも本能的に感じ取ったのではないだろうか。というのも、廃墟が具現する「官能的であると共に精神的でもある、野心に満ちた理想」は、ドロシアを一個の芸術品とみなすナウマンがいみじくも彼女の本質を言い当てた「一種のキリスト教的アンティゴネー――精神的熱情に抑制された感覚の力」（二二二）という言葉を想起させずにはおかない。つまり、廃墟はドロシアの心の奥深い部分で彼女と通ずるものがあるのだが、それは共感だとは認識できないほどに強烈な衝撃として知覚されたのだ。この衝撃は、カソーボンとの結婚に己の理想の実現を託したドロシアの幻想が早くも崩れ始め、内なる情熱と精神的抑圧とのせめぎ合いを自覚し始めているからこそ感じたものとも言えるだろう。この時点で、ドロシア自身は意識していないが、彼女にとって芸術は人生と緊密に結びついている。しかも、このローマで目にしたものは、彼女の一生を通じての「不思議な連想の源」となり、孤独感と切り離せない「心象」となったのである。先に見たようにドロシアは試練を経て「知識」と「感情」の一致を実現させてゆくが、その過程でこのローマ体験は大きな影響力となったに違いない。カソーボンとの結婚生活はまさに孤独の中での自己との闘いであったからだ。従って、ウィーゼンファースが主張するようにドロシアがリアリズムだけを要求しているとは断定し難いが、少なくともローマを離れた後もドロシアの芸術に対する感性と道徳的感性が並行して磨かれていったと推察できるし、イギリスに戻ってからの芸術についての沈黙は、むしろドロシアの孤独な闘いを強調していると言えるのではないか。第三章でも見たように、芸術的感性と道徳的資質との相関関係はエリオットの思想の核を成すものである。

このようにドロシアがローマで衝撃を受け、ラディスローとの交わりを通して彼女の芸術的感性が道徳的感性と共に洗練されてゆく物語は、先に触れた美術評論家ハマートンへのエリオットの共感を表明したものであると同時に、一八六〇年代から七〇年代にかけての美術鑑賞をめぐる社会現象への警告だと言えよう。ハマートンはルイスと接触のあった人物であり、彼の「美術批評」が掲載された『コーンヒル・マガジン』

（一八六三年第八号）はルイスが編集顧問を務め、しかもちょうどエリオットの『ロモラ』の最終回が掲載された号でもあるので、エリオットはこの評論を読んでいたと考えてまず間違いはないだろう。ハマートンはこの評論で美術批評家の義務と役割の十一か条を提示しているが、それらのうちで芸術理論や絵画の技法に関する知識の必要性、柔軟性などについては、『ミドルマーチ』でのラディスローの主張と重なる。また、ハマートンは知識の豊かさと共感の大きさを強調するが、最も重視するのは共感である。例えば、歴史画や詩のイラストを理解するための知識の必要性を論じながらも、絵画の「最も崇高な力」については「魂」が「唯一の審判者」だと述べ、絵画は「人間的感情の表現」であるが故に、批評家にとって「共感する能力を拡大すること」が第一義だとする。[57] 彼の言葉は知識よりも感性を主張するドロシアの言葉、さらにはエリオット自身が芸術家の使命とした「共感の拡張」と響き合う。

ハマートンは「美術批評」で理想的な美術批評家／鑑賞者像を提示し、三年後の一八六六年の評論では、人が見るものはその能力や経験、教育によってあらかじめ決定されることを認識した上で、「芸術的に見ること」を学ぶ必要性を論じたわけだが、一八六〇年代初めにすでに絵画鑑賞が一つの流行となり、社会的地位の象徴でもあったことを、次のように皮肉をこめて述べている。

> 毎日何千人もの人間がこの世に生まれているが、彼らの将来の社会的地位は彼らに絵画を鑑賞するふりをすることを要求するだろう。この気取りはうわべだけの見せかけとなり、男らしさを堕落させ、誠実さを損ない、ついには人格に致命的な害を与えるだろうか、それとも本当の意見への十分な権利を素朴に主張していることになるのだろうか？[58]

続く一八七〇年代、八〇年代にかけては展覧会での絵画鑑賞は一種の社交となり、人々は絵画の新しい見方や理解のしかたよりも、むしろ自分たちが属する、あるいは属したいと考える社会集団の一員であることを確認するための情報源として美術評論を求める傾向が強くなっていった。つまり、自分の目で見て判断することよりも、他者と知識や意見を共有することの方が重視されるようになったのである。[59]

変化したのは一般の絵画鑑賞者だけではない。画家や批評家たちの間でも芸術のあり方をめぐって対立が起こった。[60] 十九世紀前半のイギリスでは芸術の機能を教化だとする考え方が支配的であり、道徳的美学(moral aesthetics)の最大の擁護者、ラスキンが芸術は時代の道徳性、思考、および感情を判断する最良の基準だと主張して多大な影響力を誇ったが、一八七〇年代初めには、ロバート・ブキャナンが官能主義の浸透を嘆ずるほどに状況は変化し、A・C・スウィンバーンやダンテ・ゲイブリエル・ロセッティらによって、芸術の自律性を主張する芸術至上主義の声が高まりつつあった。一八七八年にジェイムズ・A・マクニール・ホイッスラーが起こした、いわゆる「ホイッスラー対ラスキン裁判」は、道徳的美学に対する芸術至上主義の抵抗を示す典型的な事件である。エリオットは『ミドルマーチ』を発表した一八七〇年代初めにすでにこのような動向を察知し、ドロシアの物語を通して、知識と美的、道徳的感性が分断され、芸術から道徳的側面が切り落とされてしまうことへの警鐘を発したのだ。

言語論的転回

科学的研究に全力を傾注していったルイスの重要な変化の第二点として、言語を人間にとって最も重要なものとして位置づけるに至ったことを挙げたが、まさにこの点において、彼とエリオットは二十一世紀の私たちに最も接近していたのだと言っても過言ではない。それは彼の最後の著作『生命と精神の諸問題』ではっきりと確認できる。この変化をP・デールは一八七〇年代半ばに起こった「言語論的転回」(linguistic turn)と評し、K・フリントは「見ること」における生理的要因、心理的要因に言語という新たな要因をつけ加えたことにルイスの独創性を見出している。[61]

「言語論的転回」とは通例、ウィトゲンシュタインの影響のもとに、「意識が言語に先行する」という意識分析から、「言語が意識を構成する」という言説分析への転換を果たした哲学的な思潮を指す用語である。二十世紀初めにフェルディナン・ド・ソシュールによって、言語は人為的、恣意的な差異の体系であることと、意味の生成を通じて現実を構成する実践そのものであること、社会的、外在的なものであることが提示され、それが後にこの「言語論的転回」と呼ばれる人文、社会科学上のパラダイム転換につながったとされるが、[62]その萌芽とも言える言語観が早くも『生命と精神の諸問題』に現れているのである。

『生命と精神の諸問題』の第五巻で、ルイスは人間の意識には三つの段階、すなわち「感情の論理」、「イメージの論理」、「記号の論理」が存在するとし、言語が関る「記号の論理」を最も高度な段階だと位置づける。[63]これらの用語はコントからの借用だが、コントが用いた意味とは全く異なる意味で使われている、とルイスは註で断っており、[64]彼にとってはまさしくコントの意図に貫かれた言葉をわがものとし、コントを超えんとする試みである。ルイスによる「論理」(logic)は「過程」(process)を意味し、いわゆる論理的思考の過程のみならず、精神作用のあらゆる様式に共通する「神経要素の調整、あるいは配置」を指す。その過程で重要なのは結合と連続性で、ある一つの精神状態がそれに続く精神状態を決定するということである。例えば、意識の原初的段階である「感情の論理」では、「ある精神状態（感情）が別の感覚と結びつけられ（推論）、その結果が知覚と呼ばれる判断となる。」「感覚、知覚、本能的欲望、情緒」が「意志作用、本能的思考や行動、理性的な行為」を決定づける法則、それが「感情の論理」である。[65]

次の段階が「イメージの論理」で、これは一方で「感情の論理」と結びつき、他方では「記号の論理」と緊密に結びつく中間的段階とされる。「感情の論理」の決定因子である感覚が客観的な刺激によって直に引き起こされるのに対して、イメージは主観的な刺激によって間接的に引き起こされる「回復された感覚」だが、最初に経験した感覚の単なるコピーではなく、「もっと豊かで正確な表象」となる。イメージから想像力が生まれ、想像力が様々なイメージを生み出しながら思考する過程が「イメージの論理」である。[66]

そして、意識の最も高度な段階とされる「記号の論理」とは、「観念化」、すなわち「概念の形成および言語記号による一連の感情の結合」[67]（傍点は筆者）であり、P・デールが指摘するように、ここに確かにルイスによる「言語論的転回」を窺うことができる。

だが、これだけではない。彼は言語という記号の恣意性と社会性も次のように認識していた。

> 「犬」という言葉、あるいはその名前「ベン」「ピンチャー」「フラート」もまた知覚を呼び起こすかもしれない記号である……。しかし、この記号は人為的な記号であり、感覚、すなわち感覚器官の生理的活動の産物ではなく、その活動を間接的に決定する社会的影響力の産物なのだ……。［「犬」という］言葉は、全てのイメージと感覚の代用として機能する恣意的な記号である。[68]

この恣意的、社会的な言語記号によって人間は自らの意識を構築してゆく。言語記号は抽象化と一般化という作用によって物を観念的に構築し、それを発展させることを可能にするが、それは言語によってのみ、人間によってのみ成し得る。従って、言語によって思考する力こそ、「人間を動物から区別し、ある民族（国民）に他の民族（国民）に対する優越性を与える」のであり、言語の「感情と行動に対する影響は計り知れない」のである。言語の力が人間を「唯一の道徳的な動物」とし、社会をも向上させる。なぜなら言語の社会との関係は神経系の身体との関係と同じで、言語は社会の機能を高める「結合媒体」として人と人、部族と部族、国民と国民を結びつけるからである。[69] こう結論づけて、ルイスは言語に潜在する力と発展の可能性に人類の進歩の望みを託したのだった。

> 思想の発展は言語の発展の異なる側面にすぎない。確かに、文化の歴史を見れば、我々は記号の力が及ぶ範囲とその潜在力についてまだ初歩的な理解しかできていないと確信するだろう。知的に考察すれば、感覚に対するイメージの大いなる優越性はその結合と置換の柔軟性である。イメージに対する観念の優越性はその一般性である。一つの言葉は限りなく拡大する経験をたった一つの点に凝縮する……。新しい記号の発明は文明の発展の一歩である。[70]

これがルイスの、そしてエリオットの到達点である。彼らは早くも一八五六年に言語と人間の成長、および社会の発展との相関関係を確信していたが、長年にわたる弛みない研究と思索の果てについに新たな知の地平を拓きつつあったのだ。

ルイスは一八六七年初めから生理心理学の研究を開始し、一八七四年から七九年にかけて五巻の『生命と精神の諸問題』が出版されたが、第四巻と第五巻は死後出版で、エリオットがその編集にあたった。[71] 第五巻の最後の言語に関する結論部分はルイスの死のわずか三週間前に書かれたものである。この『生命と精神の諸問題』の研究と執筆の時期は、エリオット自身の作品で言えば、詩劇『スペインのジプシー』、『ミドルマーチ』、『ダニエル・デロンダ』、最晩年の作『テオフラストス・サッチの印象』の執筆、出版の時期と重なる。従って、これらの作品において言語と人間の未来に力点が置かれているのも当然と言えよう。

以上、ルイスの著作とエリオットの関係を探ってきたが、それは彼女の作品の時代性と先進性、および二人が十九世紀イギリスの文化の担い手として果たした役割を確認することでもあった。ルイスは常に最新の知識を吸収しながら、哲学、文学、科学の境界を横断して研究を続け、客観主義の立場から主観主義の立場へと移行し、「見ること」における生理的、心理的要因、および言語の相互作用を論じ、最終的には言語による意識の構築を第一義として、人類の進歩を言語の発展の可能性に託した。エリオットは彼と共に知識を吸収し、彼との知的相互作用を通して同様の変化を遂げた。エリオットの客観主義から主観主義への移行は、『牧師生活の諸景』や『アダム・ビード』など前期の小説の語り手が、視覚の客観性を象徴するカメラ・オブスクーラや十七世紀オランダ絵画との連想によって「真実を見るべく位置づけられた観察者」としての立場をとるのに対して、『ミドルマーチ』の語り手は顕微鏡のレンズや姿見の比喩によって視覚の主観性を繰り返し強調するという相違点にはっきりと感じられる。ただし、語り手の、ひいてはエリオットの読者に対する力はこうした主観性の強調によってもいささかも揺らぐことはない。フーコー流に言うならば、視点の複数性を提示する力、誰よりも多くを見通す力を示すことで、読者に対する「権力」を維持するのである。このようにルイスとエリオットの著作には緊密な相関関係が見出されるが、エリオットはルイスが提示する理論に全面的に同意しているのでもなく、それを単に具現化したのでもない。むしろエリオットの作品はルイス自身、そして彼の著作との絶え間ない対話だと言うべきであろう。こうしてルイスと共に哲学、科学、文学の領域の境界を越えて思索を続けたエリオットは、表現媒体の異なる芸術のジャンル、特に小説と絵画の境界線にも多大な関心を向けた。それについては次に考察したい。

2　絵画的イメージ

『ミドルマーチ』において、登場人物のラディスローはドロシアをモデルにして絵を描こうとするナウマンに、視覚芸術に対する言語芸術の優位性を次のように主張する。

女性の肖像画とは何だ？　結局、君の絵だって塑像だってくだらないものだ。そんなものは概念を高めるどころか、混乱させたり、鈍くしたりする。言語の方が手段として優れている……。言語の方がもっと豊かなイメージを与えるし、そのイメージは漠然としているからなおさらよいのだ。結局、本当のものを見るのは心の目だ。絵は不完全なまま、しつこく肉眼に訴える。そのことを僕は、特に女性を描いた絵について感じるね。女とは、まるで彩られた外面だけのものとでも言うようじゃないか。動作や声の調子を知らなくてはだめだ。息づかいその

　ものまでがそれぞれ違っている。女たちは時々刻々に変化するのだ。例えば、たった今君が見た女性だが、一体君はあの人の声をどう描くつもりだ、どうだね？　ところが、あの人の声は、君が見たあの人の外観のどれよりも神々しいのだ。（二二二）

このラディスローの言葉は、ナウマンが描く象徴的な絵の「意味の過剰」（二四五）に対する批判と、彼がドロシアを描こうとするので嫉妬のために、やや誇張された絵画への攻撃になっているが、絵画と小説（詩）の特性を言い当てている点で、レッシングが『ラオコーン』で示した芸術理論に対するエリオットの支持を示す根拠とされてきた主張である。[72] レッシングが、瞬間を捉える空間的芸術（絵画や彫刻）よりも、過程を表象する時間的芸術（詩）の方が広い表現領域を有するとし、ラオコーンの声は詩人ウェルギリウスには表現し得るが、彫刻家にはできないことを強調したように、ラディスローは絵画では人物の声や変化を描写できないと主張して、言語表現の優位性を断言する。エリオットは一八五六年に『ウェストミンスター・レヴュー』に掲載した評論でも、レッシングの「詩と造形美術の表現方法に関する見事な識別」を高く評価し、ラオコーンの声の表現についても言及している。[73] 従って、批評家たちは上記のラディスローの言葉に、絵画に対して小説の優位性を主張するエリオットの姿勢を読み取ってきた。ところが、この作品と『ダニエル・デロンダ』において、エリオットはジャンル間の境界線の確立を提唱したレッシングとはむしろ逆の衝動につき動かされているように思われる。そこでは以前にもまして「絵画性《ピクトリアリズム》」が重要な機能を果たし、しかも、それはエリオットの言語に対する認識の変化から生じていると言えないだろうか。

　本書の序章および第一章で述べたように、エリオットは人が経験に基づいて言葉から連想するイメージがその思考の基盤であり、さらなる思考を発展させるか、あるいは限定すると考えていた。小説執筆を決意し、動物の生態研究を体験していた頃の言語観は、言葉によって全てを表現できるという、かなり楽観的なものであった。意味の不確定性こそが実は「歴史的言語」の不便さであると同時に、言語の重要な力、例えば「想像力に対する力」を生み出すものだと認識しながらも、科学的言語の持つ明晰さにも魅了され、全てを言葉で表現したいという強い欲求を感じていた。「イルフラクームの回想」に、名づけるという行為を通して「曖昧さ」と「不正確さ」を逃れ、物の概念を確実に把握すると同時に、その物を他の物から区別する「記号」を獲得できる、と記したほどである。[74] それ故、彼女の小説では、言語による明確なイメージを喚起するものとして、絵画的描写や比喩としての絵画が不可欠になったのである。

しかし、これまでの考察から明らかなように、エリオットの小説では作品を追うごとに言語の問題が前景化され、言語の意味の不確定性と言語表現の限界への認識が深まっている。『ミドルマーチ』では言語表現の不確実性が中心的テーマの一つだと言ってよい。言葉はそれを用いる者の主観や状況によって意味が歪曲されることすらあり得る。例えば、ドロシアを近隣の人々は"clever"だと評するが、語り手は皮肉をこめて「より明確な語彙を持つ人は、利口とは、人格と切り離して、単にものごとを知り、行う能力であると解しているのだから、そういう人たちから見れば、この言葉は正確にドロシアの真相を伝えることにはならないのだ」(一一二)と注釈を加える。というのも、ドロシアの知識欲は他者に対する共感に根ざしているからだ。また、「ミドルマーチの語法」に従えば、"candid"は知人への不満を本人自身に告げること、"the love of truth"(七九八)は、夫の不祥事を知らずに幸福でいる妻に真実を告げて抗議することになる。ドロシアとカソーボン、ロザモンドとリドゲイトは対話を成立させ得ないが故に、それぞれの結婚は悲劇に終わってしまう。[75] カソーボンの研究に関心を抱くドロシアの言葉は、己の研究の無益さが露呈するのを恐れる彼には脅威としか受け取れない。また、経済上の理由から節約の必要性を説くリドゲイトの言葉は、彼の心情を全く理解しないロザモンドには冷酷な仕打ちとしか理解されず、リドゲイトはこのような妻の強情さを恐れ、それ以上に愛情を失うのを恐れるが故に語る言葉を失い、互いの間の溝が広がってゆくのである。このような世界にあっては、絵画的イメージも言語の意味を明確にするものとしてではなく、むしろ言語の意味の不確定性、多義性を示すものとして機能し始める。

語り手はドロシアが自分の期待するものをカソーボンの中に見て彼を理想化する点を、「記号は小さくて、測定することのできるものである。しかし、その解釈は無限である」(四七)と述べるが、この言葉は読者のみならず、語り手自身にさえも向けられている。いかなる視点も主観的、自己中心的であることから免れ得ないが故に、解釈の可能性は拡大し、比喩を確定して読むことは危険でもある。すなわち、我々の思考は「比喩によって混乱」(一一二)しかねないのだ。作品中の絵画的イメージもこうした比喩に他ならない。以下、比喩、タブロー、風景(画)の三点からこの絵画的イメージについて分析してみよう。

まず、比喩について考察すると、ドロシアは絵画に描かれた幾人かの聖女にたとえられる。第一章の冒頭で、語り手が「聖処女マリア」(二九)との比較によって彼女の気品と美しさを次のように述べた。

その手や手首のかたちは本当に美しいので、イタリアの画家たちが想像した聖処女マリアの装いのように、古風で質素な袖でも着こなせた。またその横顔は、背の高さや身のこなしと相俟って、簡素な衣装のためにひときわ品位を増すように思われた。これを田舎風な流行の衣装と並べてみると、あたかも今日この頃の新聞記事の中に

聖書のすぐれた一句、あるいは、昔の詩人の佳句が引用されているのを見たときのような感銘を受けた。（二九）

ヒロインの外観や人間性を絵画にたとえて理想化するのは、例えば『アダム・ビード』のダイナや『ロモラ』のロモラにも見られるように、エリオットの常套手段である。

しかし、聖女のイメージは理想化とは逆の意味も帯びてくる。自己の感情を抑圧してあくまでもカソーボンを正当化するドロシアは、「塔の窓から澄んだ空に見いっている聖女バルバラ」（二一四）さながらに落ち着き、新婚旅行先のローマでは「聖女クララ」（二四九）として画家ナウマンの絵のモデルとなる。ところが、カソーボンの死後は「聖女カタリナのモデル」（五七九）のような受動的な生活に耐えられなくなってしまう。歴史的視点から言えば、彼女はヴィクトリア朝のいわゆる女性の領域に閉じこめられた存在であった。絵として描かれ、見られる女性、額縁の中に閉じこめられた一連の聖女のイメージは、ドロシアを理想化すると同時に、彼女が主体的に生きるためには突き崩さねばならない像でもある。ここに比喩の 'double change' が起こる。

こうした一連の聖女のイメージについて、**W・J・ハーヴィ**は「モック・ヒロイック（mock-heroic）に似た装置」だと論じ、ヴィットマイヤーは、エリオットがキリスト教徒のヒロインとしてのドロシアを理想化する複数の肖像画を呈示しながらも、それら全てに疑問を投げかけることで登場人物の理想化に対する自己の懐疑的な態度を示している、と述べる。[76] だが、聖徒伝やキリスト教美術の図像についての知識を持つ読者ならば、例えば、当時かなり流布し、エリオットも精通していたジェイムソン夫人の『聖なる伝説芸術』（一八四八年）を知る読者ならば、聖女のイメージとドロシアの関係は一見したよりもはるかに複雑であることに気づくだろう。聖女のイメージはドロシアの性質を表現するために非常に注意深く選ばれているだけでなく、理想化とモック・ヒロイックの微妙なバランスの上に構築され、物語の展開とも深く関っているからである。

ここでは、特に聖女バルバラと聖女カタリナのイメージに注目したい。ジェイムソン夫人によれば、この二人の聖女は「女性の知性、ヒロイズム、純潔、堅忍不抜、信仰の人格化」としてキリスト教美術で最も人

図12　パルマ・イル・ヴェッキオ『聖女バルバラ』（1522–23年）
Palma il Vecchio, *Santa Barbara*.
Photo Alinari

気のある主題であり、夫人は彼女たちを描いた絵画を単なる絵としてではなく、「美しい寓意」として詳細に論じている。[77]

ドロシアがたとえられているのはパルマ・イル・ヴェッキオの『聖女バルバラ』（図12）であるらしいとこれまで指摘されてきたが、[78] この絵についてジェイムソン夫人は「威厳のある態度で立ち、神霊を感じたまなざしで見上げている」と述べ、聖女バルバラの絵画の中で最も美しい作品としている。[79] エリオット自身、一八六〇年のイタリア旅行の際にこの絵に感動し、この絵を「類稀な英雄的な女性の表象」とみなして、聖女バルバラの表情に「敬虔な信念にあふれる精神」を読み取った。彼女は一八六四年にもこの絵を見に行っている。[80] 確かに、この絵はドロシアの気品や落ち着き、「思想のより高い奥義を伝授されること」（一一二）への期待などを理想化して表象するイメージだと言えるだろう。この絵では聖女バルバラの背景に塔が描かれているのに、『ミドルマーチ』では「塔の窓から澄んだ空に見いっている聖女バルバラ」とされている点に関して、バーナード・リチャーズはエリオットの記憶が不正確だったのだろうと指摘しているが、[81] この違いはむしろジェイムソン夫人が述べる聖女バルバラの伝説とその絵画における図像をエリオットが理解していたからこそ生じたのではないだろうか。エリオットは『ロモラ』を構想中であった一八六一年八月十五日の日記にジェイムソン夫人の『聖なる伝説芸術』を読み始めたことを書きとめ、八月三十一日の日記にはこの著作から数人の聖人の伝説を書き写したことを記しており、事実ノートブックには聖女バルバラと聖女カタリナに関する部分が抜粋されている。[82]

聖女バルバラの伝説では、美しい娘、バルバラの父親は異教徒の貴族で、求婚者を退けるために彼女を塔に閉じ込めた。

高潔なバルバラは、一人で研究と瞑想に没頭した。塔の上から天の星とその運行を瞑想した。彼女の熟考の結論は、自分の両親が崇拝する木彫りや石像は真の神であるはずがない——彼女が日夜思いをめぐらせている不思議な現象を創造し得たはずがない、ということであった。[83]（傍点は筆者）

こうして塔の上から天の星を眺めつつ、異教の信仰は偽りだという結論に達したバルバラは、アレクサンドリアでキリスト教を説く高名な僧に密かに手紙を書き、彼の弟子が医師に扮して塔に入り、彼女に洗礼を施した。父親が塔の中に建設中だった浴室に窓が二つしか作られていないのを知って、バルバラは父親の不在中に職人に三つ目の窓を作るように命じる。帰宅した父親に、彼女は「お父様、三つの窓を通して魂は光を受けることをおわかりください。三つの窓とは、父なる神、神の子キリスト、聖霊であり、この三者は一体のものなのです」[84]（傍点は筆者）と説いて彼を激昂させ、天使の助けで塔から逃れるが、結局羊飼いの裏切りで発見され、殺されてしまう。

　このように、聖女バルバラの伝説において、塔は彼女が閉じ込められ、研究と瞑想に没頭した場

図13　ジェイムソン夫人『聖なる伝説芸術』より
「聖女バルバラの即位」
Mrs Jameson, *Sacred and Legendary Art*, 9th ed. (1848; London, Longmans, 1883)

所として、窓は「魂が光を受ける」ための手段として重要な意味を持つ。ジェイムソン夫人が示しているように、キリスト教美術において聖女バルバラは塔を背景に、あるいは塔を手に持っている姿が描かれることが多く（図13）、また、ジェイムソン夫人は触れていないが、現代の美術史家ジェイムズ・ホールによれば、聖女バルバラがささげ持つ塔には通常三つの窓がついているという。[85] これに鑑みれば、『ミドルマーチ』でドロシアが「塔の窓から澄んだ空に見いっている聖女バルバラ」にたとえられるとき、その閉じ込められたバルバラのイメージは、ドロシアが「自己の生活と主義を驚嘆すべき過去にしっかりと結びつけ、知識の最も遠い源に照らして自己の行動を律することのできるような理論」（一一二）を求めて知識欲に燃える姿を美しく示すと同時に、その知識はカソーボンから与えられると盲目的に信じており、結婚以外に社会に貢献する道を見出せないでいる点で、精神的、社会的に閉じ込められた状態であることを強調する。従って、この理想化と皮肉な見方とは拮抗している。実際、ドロシアがカソーボンと共に暮らすロウィック邸は、「窓が小さく、陰気な感じがする……緑がかった石造りの建物」（九八）であり、まさにドロシアを閉じ込める塔だと言えよう。

また、聖女バルバラが塔の窓から眺める姿は、十九世紀絵画における「窓」のモティーフを意識したものだとも考えられるのではないだろうか。本書の第三章で『ジェイン・エア』と『フロス河の水車場』の「窓」のモティーフがヒロインの葛藤を示す重要なイメージであること、第七章では『フィーリクス・ホルト』で窓辺にたたずむトランサム夫人とエスタの姿が二人の対照性を際立たせていることを考察したが、後述するように『ミドルマーチ』でもドロシアがしばしば窓から眺める風景が彼女の精神的成長の指標となっており、窓から空を見上げる聖女バルバラのイメージは、カソーボンと結婚する前のドロシアの自己認識の指標としてその一環に組み込まれているのである。

さらに、キリスト教美術の図像という点から聖女バルバラと聖女カタリナの関係を考えると、ドロシアの物語解読の一つのヒントが与えられそうである。ジェイムソン夫人によれば、聖女カタリナと聖女バルバラは一緒に描かれることが多く、彼女たちは中世にキリスト教世界を二分した二つの力を表象しているという。つまり、聖女カタリナは神学者(「神学の知識、研究、隠遁」の守護者)であり、聖女バルバラは騎士や兵士(「堅忍不抜と行動力のある勇気」の守護者)である。換言すれば、前者は「瞑想的な生活」、後者は「活動的な生活」を表象するのである。[86] 従って、『ミドルマーチ』の初め頃に聖女バルバラにたとえられたドロシアが、物語の後半で「聖女カタリナのモデル」のような生活を拒否するとき、それは高邁な思想に憧れる「瞑想的な生活」から脱して「活動的な生活」を選び取ろうとする決意であり、このとき彼女は皮肉な意味ではなく聖女バルバラと結びつけられると言えるだろう。この観点からすると、ドロシアのラディスローとの結婚はたとえ社会的な活動の場を提供するものではないにせよ、まぎれもなく「活動的な生活」であり、物語の最後に語り手が語る「この世界の善が増大するのは、一部は歴史的に記録をとどめない行為による」(八九六)という言葉が積極的な意味を帯びてくる。前章で考察したエスタとフィーリクスの関係に示されていたのと同様、これも慣習的なジェンダー規範を置換してゆく試みとしての意味のずらしに他ならない。

このように、ドロシアがたとえられた聖女のイメージは、読者が聖女の伝説や図像についての知識を持てばそれだけ複雑な修辞装置として機能するものになっている。先に見たように『ミドルマーチ』は美術鑑賞における知識偏重には懐疑的だが、知識を持つ者には豊かな連想によって思索の領域を拡大できる物語として構築されているのである。

では次に、象徴的なタブローとして作品全体の構造とテーマを視覚化すると思われるヴァチカン美術館の場面を見てみよう。ラディスローが遠くの山を眺めているが、ナウマンに促されて「横たわれるアリアドネー」（二一九）像の前に立つドロシアを見つめる。

……生きている、花の盛りの若い女性であった。アリアドネーと並べても遜色のないからだを、クエーカー教徒のような灰色の服に包んでいる。長いマントを首のところで留めて腕の後ろに垂らしている。手袋をはめていない美しい手が頬杖をついている……。彼女は大理石像を見てはいない、おそらく考えてもいないのだろう。大きな目は、ひとすじ床に落ちた日の光に注がれていた。（二二〇、傍点は筆者）

この場面についてのウィーゼンファースの指摘によると、ドロシアはアリアドネー像に重なり、頬杖をつくポーズは、この第十九章のエピグラフに示された悲嘆にくれるエンリケ一世（『神曲』煉獄編第七歌）にも共通するもので、ドロシアを不当な仕打ちの犠牲者として定義づける。つまり、彼女がアリアドネーに相当し、彼女をこの場に置き去りにしたカソーボンがテーセウス、やがて彼女を救うラディスローがバッコスにあたる物語の展開を予示するタブローである。[87] だが、このタブローの意味はこれにとどまるのだろうか。後にロザモンドが「舞台の上の美しいアリアドネー」（三三四）にたとえられるとき、ここでのタブローは二人の女性の対照性を焦点化し、ロザモンドのように慣習的なジェンダー規範に符合する教養と美を備えた女性の虚栄心や演技性への批判となる。また、上記引用文でラディスローの外界に向けられた視線とは対照的な、目の前の床を見つめるドロシアの視線は、結婚生活に失望して己の殻に閉じこもる彼女の精神状態を示唆する。もちろん二人の視線の方向の違いは、彼らが置かれた社会的状況の違いをも象徴している。さらに、彼女を一個の芸術品とみなすナウマンがこの場面で与える「一種のキリスト教的アンティゴネー――精神的熱情に抑制された感覚の力」(二二一)という定義は、禁欲的なピューリタン精神と本能的な感覚、理性と情熱とのせめぎ合いといった彼女の葛藤の一面を言い当てているだけではない。エリオットにとってアンティゴネーの運命は個人と社会の相克が引き起こす悲劇の象徴であり、彼女はそれを繰り返しヒロインたちに具体化する。本書の第三章では『フロス河の水車場』のマギーとトムの対立がアンティゴネーとクレオーンの対立として、すなわち「本質的な性向と確立された法との葛藤、それによって人間の外的生活が徐々に、苦しみながら内面の必要性と調和させられてゆく葛藤」[88]の象徴として描き出されていることを考察した。ドロシアのように高邁な思想を抱き、「熱烈な行動」(五八四)を渇望しながらも、精神的レヴェル、個人生活のレヴェル、および社会生活のレヴェルで社会的束縛を受け、いわゆる公的な領域には活動の場を見出せない人生も、ある意味ではそうした悲劇の一つだと言えるだろう。ただし、それを主体的かつ行動的な生き方に転換する可能性をこの物語は提示しようとするのだ。

エリオットはこのように一つのイメージに相反する意味を与え、一つのタブローに可能な限りの意味をこめる。では、風景と登場人物の関係はどのようなものだろうか。最初に挙げるべきは、十九世紀絵画の「窓」のモティーフを用いて描き出される風景であろう。これまでに指摘されてきたように、ドロシアがしばしばロウィック邸の部屋の窓から眺める風景が彼女の自己認識の指標となる。屋敷の門まで続く並木とその向こうの道、さらに広がる牧場という風景は、窓枠が額縁の役割を果たす一種の風景画と言えるが、ドロシアの自己認識が深まるにつれて、彼女の視界が広がり、読者は彼女の背後から彼女の目に入る風景を一緒に見ることになる。荻野昌利氏は、ドロシアの視線が結婚前は窓外の風景よりも部屋の調度品に向けられていたのが、自己認識の発達につれて窓外に向けられ、視界の広がりと共に彼女の視力が「道徳意識の媒体となり、それを伝達する能力を賦与され」、閉鎖状況も解消されてゆく過程に注目する。[89] また、ヴィットマイヤーは、ドロシアの見つめる風景の変化が「絶望から無関心を経て肯定へと至る過程」を成し、それがカーライルの『衣裳哲学』で描かれた「永遠の否定から無関心の只中を経て永遠の肯定に……至る過程」におおよそ一致する点を指摘する。[90] ここでは、こうしたドロシアの精神的成長を映し出す一連の風景(画)に、先に考察した「塔の窓から澄んだ空に見いっている聖女バルバラ」のイメージを加えると共に、ドロシアの自己認識がこれまでのヒロインたちとは異なっている点を指摘したい。

ドロシアの自己認識のクライマックスとなる第八〇章の窓辺の場面を見てみよう。彼女はラディスローとロザモンドの親密な様子を目撃して彼に対する信頼が裏切られたと信じこみ、嫉妬と怒りの嵐の中で苦悩の一夜を過ごすが、「完全なる正義」（八四六）を求める彼女に、窓外に広がる早朝の光景が啓示をもたらす。

……朝の光が部屋に射しこもうとしていた。彼女はカーテンをあけて、通用門の外に見える道の一部と、その向こうに続く牧場に目を向けた。道には荷物を背負った男と、赤ん坊を抱いた女がいる。牧場には何か動くものが見える――犬を連れた羊飼いかもしれない。はるかかなたに弧を描く空には真珠色の光がただよっている。この世界の大きな広がりが、そして朝目覚めて労働に出かけ、困難に耐えて生きてゆく様々な人のあることが感じられた。彼女もまた、自ずから脈打つ生命の一部であって、単なる傍観者として贅沢な住まいからこれを眺める

ことも、利己的な不平不満で目をおおうこともできなかった。（八四六）

ここではるか彼方を見つめるドロシアの心は、これまでにないほど他者に対して開かれている。「世界の大きな広がり」を実感すると同時に、自分もまた多くの人々と共にその広大な世界の一部を成す小さな存在であることを認識し、さらに「労働」と「忍耐」という人間に共通の経験以外は何ら個人的関係のない人々への連帯感に衝き動かされ、「自ずから脈打つ生命」への参加を渇望するのである。ドロシアの心を占めているのは、利己的な感情を超えた他者への共感に基づく利他主義だが、この他者との関係が個人的つながりや感情を超えたものである点で、先行作品とは大きく異なっていると言えよう。

例えば『フロス河の水車場』でマギーにスティーヴンとの駆け落ちから戻らせたのは、過去に対して忠実であるべきだとする道徳律であり、マギーは過去の絆、すなわち彼女が幼いときから親しい関係を築いてきた人々との絆こそが自己の存在の核であると認識していた。また、『ロモラ』では、ロモラの精神的成長の過程にコントが提唱する歴史的発展の三段階を具現させて人類の発展の可能性を示そうとする試みがなされているとはいえ、ロモラ自身の思考の中心にあるのはやはり身近な者たちとの絆である。彼女がペストに襲われた村で聖母のごとく人々を救済した後、最終的にフィレンツェに戻るのは夫、ティートに対する義務感からに他ならないし、彼の死後テッサと二人の子供をひきとって育てるのは、彼らを慈しみ彼らに愛されることが「過去の全ての悲しみから生まれた甘美な帰結」（六五六）となることへの期待からである。ロモラの視線はマギーの場合と同様、絶えず「馴染み深いものの記憶」（六五二）に注がれている。公的な人物サヴォナローラの転落を解釈するときでさえ、ロモラは彼との個人的な関係を基軸として、自らが意味を創出してゆく主体的な読みを確立したのだった。『フィーリクス・ホルト』では、エスタのトランサム夫人とハロルドへの共感が『ミドルマーチ』でのリドゲイトとロザモンドに対するドロシアの共感に近いものだが、エスタの覚醒のクライマックスは二人の男性の一人を選ぶ瞬間だと言ってよい。彼女はジェンダーと階級という二つの境界を越える決断を下すけれども、それは彼女自身が労働者階級の人々に共感を抱いているからというよりも、フィーリクスへの愛情故の選択である。

ジェンダーと階級の境界を越える点では、ドロシアはエスタと同じである。ドロシアも自らの決断で自分より低い階級の男性との結婚を選択する。しかし、ドロシアはすでにその時点で、家族や個人的な愛情という枠組みを超えた広い意味での利他主義に到達しているのである。もちろん他のヒロインたちと同様、ドロシアにとっても過去の経験は重要な意味を持つ。カソーボンとの結婚で苦悩したからこそ、彼女は結婚生活の危機に瀕したリドゲイトとロザモンドを助けたいと強く願うのだ。だが、彼女の場合は過去の個人的経験が、広大な世界における人間としての連帯感につながってゆく点が他のヒロインたちとは異なる。身近な者たちと形成する共同体を基軸とする視点と人間全体を視野に入れる視点の両方を備え、それらをつなぐ柔軟な思考を持つことに、社会的規範によって限定されたドロシアの活動領域を拡大させる可能性が示されているのではないだろうか。家庭を基盤とする生活はたとえ物理的には狭い領域であっても、広い視野を持った柔軟な思考を持ち得ればそれ自体が意識空間の拡大であり、それによって身近な者に影響を与えることは、他者を通して己の生きる領域を限りなく拡張してゆくことに他ならない。家庭を人間にとって最も重要な場と位置づけたコントの思想をエリオットがわざわざノートブックに記したこと、また彼女が自身の小説の影響を少数の者から少数の者へと波及していくものと捉えていたことを思い起こしたい。ドロシアはボヘミアン的だったラディスローを社会運動家へと変容させ、周囲の者に「限りなく広くゆきわたる」（八九六）影響を与えることによって生きる場を拡大し、世界の改善に確かに貢献したのだと言えよう。

さて、これまで見てきたように登場人物が「窓」から眺める風景、あるいはその登場人物と風景との相互作用を通して登場人物の内面の変化を描き出す技法は、読者の共感を誘うのに非常に効果的なものであろう。読者は、ドロシアの精神的成長と共に広がってゆく心の風景画を共有し、彼女との心的距離を縮めてゆく。また、シャーロット・ブロンテの『ジェイン・エア』で、寄宿学校の生活に満足できなくなり、自由を渇望するジェインの視線が「はるか彼方の山頂」（七四）までまっすぐにのびてゆくとき、読者の視線はごく自然に彼女の視線に重なり、共感が生まれる。これは、ウォルター・ペイターが「さながら目に浮かぶ象徴」と名づけ、「見えざる徳性と一致する外的イメジャリ」と説明して用いた技法とも通底する。[91]

ところが、エリオットの語り手は登場人物に対する読者の共感を誘いながら、同時に両者の間に距離を置こうとするかのようである。結婚生活に挫折感を抱くドロシアが「冷たく色彩のない、狭く限られた景色」を「精神の牢獄」（三〇七）と見るとき、語り手は厳しい道徳的視点から、彼女の挫折感に潜むエゴイズムのみならず、他力本願的態度と思いやりの不足を示唆して次のように語るからである。

結婚は価値ある、必要欠くべかざる仕事へと導いてくれるはずだったのに、いまだに上流婦人の重苦しい自由から解き放ってはくれない。心ゆくまでやさしくいたわる喜びを繰り返し思い返して、つれづれを慰めることさえなかったのだ。（三〇七）

従って、ドロシアがカソーボンの冷たい拒絶にうちのめされ、怒りのあまり自分が窓の外の景色にも、強い西日の中にいることにも気づかぬとき、語り手は「もしそうしていることが不快であったら、それもまた彼女の心の不幸の一部ではなかっただろうか」(四六三)と語るのである。

窓辺の場面は多くのヴァリエーションを生む。カソーボンのいつもの散歩道であるイチイの並木道は、ドロシアが初めてロウィック邸を訪れたときに客間の窓から目にした寂しい風景である。死に怯えながら、自分の研究の行く末だけを案じる「強烈な利己的感情」(四六〇)に囚われたカソーボンの悲劇的な姿が、次のようにこの黒ずんだイチイの並木道の風景の中に描かれ、まだ不幸を知らぬリドゲイトの視線がそこに投げかけられる。

リドゲイトがイチイの並木道に足を踏み入れたとき、カソーボン氏がいつもの癖で手を背に組み、前かがみの姿勢でゆっくり歩いていくのが見えた。美しい午後であった。丈高いシナの木の落葉が、黒ずんだ常緑樹のイチイの並木に音もなく散りかかり、光と影がともに並んでまどろんでいた。聞こえるのはミヤマガラスの鳴き声だけで、聞きなれた人には子守歌とも聞こえたし、あるいは、あの最後の厳かな子守歌である挽歌とも聞こえた。リドゲイトは壮年期の活力を感じているだけに、彼の足ならすぐに追いつけそうな前方を行く人物が振り返ってこちらに近づいてきたとき、時ならぬ老いのきざしがこれまでになくはっきりと見えるのにいささか憐憫の情を感じた……。(四五九)

この場面は生と死、若さと老い、希望と絶望の対照性の中で、まずカソーボンに対する読者の同情を喚起し、続いてアイロニーを生み出す。ここでのリドゲイトのカソーボンに対する同情は、自信と活力のみなぎる者が老いゆく者の不安と絶望を本当には理解することなく抱く哀れみの情である。「光」と「影」が並んでまどろむ光景の中で、リドゲイトが光、カソーボンが影として二人の対照性が浮かび上がる。そして、上記引用文の直後に、研究のために死期を知ろうとするカソーボンの話を聞きながら、リドゲイトは、無益な学識を軽蔑する故に、同情しながらもいくぶん面白がる。だが実はこのとき、リドゲイトは後の自分自身を見つめているのだ。リドゲイトの診断によって迫りつつある死を実感したカソーボンの姿は次のように描かれる。「手を背に組んで頭を垂れた黒いうしろ姿が歩み続ける並木道には、黒ずんだイチイの木々が物言わぬ相手となって、ともに深いもの思いに沈んでいた。そして、そこここの枝から洩れる日の光をかすめ過ぎる、小鳥や落葉の小さな影は、悲しみの場をはばかるかのように、音もなく、ひそやかであった」(四六一)。これは後にリドゲイトが結婚と研究の両方において挫折し、絶望の中で死に向かって進んでゆくときの姿と重なり合い、アイロニーを生じさせる。

また、バルストロウドは、「あかりのついた窓から暗い外を見るとき、外の草木の代わりに、自分が背を向けている部屋の中のものが目の前に現れる」(六六三)ような執拗さで迫ってくる、葬り去ったはずの過去に苦しめられる。こうしたイメージのヴァリエーションは人物たちを結びつけ、新たな解釈の可能性を生み出してゆく。語り手は、登場人物の心理を象徴するイメージを次々と描き出しながら必ずそこに複数の視点の存在を示唆し、読者が無条件にそのイメージを受け入れることを阻む。こうしてエリオットは読者に登場人物と語り手に対する視点の調整を促すのである。

瞬間を捉える空間的芸術である絵画と同様、絵画的イメージを創造するとき、作家は小説の時間を止めざるを得ない。しかし、逆に言えば、言葉ならばすべて書き連ねなければならない多数の意味、時には矛盾する意味をも、その絵画的イメージにこめることが可能になり、意味の重層性を備えたイメージは読者の想像力を刺激し、多くの連想によって思索の世界を拡大してゆける。言語表現が不確実なものであるからこそ、エリオットは言葉を重ね、さらに多くの絵画的イメージを創造するのだ。彼女はその絵画的比喩やタブロー、風景描写によって、多義的解釈が存在すること、完全な解釈はあり得ぬことを繰り返し読者に体験させる。この点において、彼女に多大な影響を与えたジョン・ラスキンとは決定的に異なると言えるだろう。なぜなら、ラスキンは絵画を「正しく」読めばその意味を特定できると考えたからである。[92] ただし、エリオットが複数の解釈の可能性を示すことは、読者に解釈を回避させることにはならない。読者が目指すべきは、エゴイズムから脱却し、自己の意識と他者への共感を最大限に拡張した上で己が最良と信じ得る解釈に到達することである。そのためには様々な視点が交錯する中で、読者は自分の視点、解釈を選びとってゆかねばならず、物語の展開と共にそれらは当然変化してゆくはずだ。エリオットはその場面としての瞬間をいわば最大限に空間化するのである。[93] そして、相互依存の意識に目覚めて変化するミドルマーチという小社会に起こる "the double change of self and beholder"（一一二）が作品世界ばかりでなく、読者にも引き起こされることが期待されている。

第九章

『ダニエル・デロンダ』 未来への希望

前章で考察したように、エリオットはG・H・ルイスと共に哲学、科学、芸術に関して領域横断的に思索を続けながら十九世紀イギリスの文化の担い手として重要な役割を果たし、ついには言語論的転回とも言える極めて現代的な地点にまで到達した。最後の長編小説『ダニエル・デロンダ』は、彼女がそれまでに培った思想と技法を結集させて、人類の未来への希望を描き出そうとしたものだとさえ言えるだろう。本章では、この作品において最も顕著なイメージの一つである馬のイメージに着目することにより、慣習的なジェンダー規範を超える試みとして新しい人間像と人間関係が提示されている点を明らかにし、次に、言語と社会の関りという観点からこの作品を考察することで、エリオットがいかに言語に希望を託しつつ苦闘したかを探りたい。そのために、彼女の詩や詩劇、そして最晩年の作『テオフラストス・サッチの印象』との関連性についても考えてみる。

1　新しい人間像――二枚の馬の絵をめぐって

『ダニエル・デロンダ』のヒロイン、グウェンドレン・ハーレスは自らの「人生を支配する力」[1]を確信する女性として登場する。彼女は乗馬を愛し、その乗馬姿の美しさを意識する。彼女とグランドコートの関係は終始馬のイメージを通して描写され、支配と服従によるヒエラルキーが明らかになる。

十九世紀において、馬のイメージは多くの相反する意味を付与されていた。家畜でありながら富裕と地位を示し、人間の野性を示す一方で、『ガリヴァー旅行記』のフウイヌム（Houyhnhnm）の伝統において知性と人間性の象徴だった。抑圧されたセクシュアリティ、道徳的立場、本能、情熱を示す記号ともなった。[2]『ダニエル・デロンダ』解読の新しい視点として、このような状況の中で馬と女性を強く結びつけた二枚の絵に注目したい。フランスの女性画家ローザ・ボヌールの『ホース・フェア』（一八五三―五五年）とイギリスの代表的動物画家エドウィン・ランドシアの『馴らされたじゃじゃ馬』（一八六一年）である。[3]

ボヌールの絵画『ホース・フェア』は一八五五年に画家自身と共にイギリスに渡ったが、それはあらゆる階級の人々の注目を集めた一つの社会現象とも言えるものであった。『ホース・フェア』は七月から九月までロンドンでの第二回フランス絵画展に出品され、観客はまず、女性が非常に「男性的な」絵を描いただけでなく、絵画の鑑定家や収集家と作品について論じる能力も持っていることに驚いた。しかも画家自身が女性に対する社会的拘束を“being in harness”と感じる、男装を好む女性であった。[4]すでにフランスで注目の人となっていたボヌールは、「有名、且つ驚異的な訪問者」、「第一級の絵画という評判に値する……唯一の女性」[5]と評され、さらに『スペクテイター』がランドシアを凌ぐとまで評価したため、彼女のロンドン滞在をめぐって論議が激化した。九月にはヴィクトリア女王が自ら所望してこの『ホース・フェア』をバッキンガム宮殿に運ばせて鑑賞、賞賛し、その後は翌年の四月までリヴァプール、グラスゴー、マンチェスターと、労働者階級の人口が多い土地で展示され、その名声を浸透させた。一八五六年八月にボヌールが再び訪英し、ロンドン、およびバーミンガム（当時『ホース・フェア』の展覧会が行われていた）を訪れてその人気に拍車をかけ、さらに一八五七年には版画によって広く普及しただけでなく、アメリカでも大反響を呼んだ。原画はアメリカ人の所有となったが、縮小版がナショナル・ギャラリーに寄贈され、一八六五年からイギリスの人々に親しまれた。[6] 十九世紀末までにはこの絵の版画がイギリスとアメリカ中の学校の教室にかけられるほどの人気だったという。このように大衆の間に広く浸透した『ホース・フェア』は、『ダニエル・デロンダ』が書かれた頃にはイギリスで最も有名な動物画であり、ボヌールの人気も最高潮に達していた。エリオット自身、早くも一八五七年に友人への手紙でボヌールの絵に対する共感を「何という力強さ！このようにこそ女性は自らの権利を主張すべきです」と表現している。[7]

では、『ホース・フェア』を吟味しよう（図14、15）。緑陰を背景に馬の群れとその動きを統御しようとしている男たちをリアリズムに基づく力強いタッチで描いた絵の中央に、ボヌール自身だとされる馬上の人物が位置する。[8] 男装し、顔は帽子の陰に半分隠れているが、こちらを見つめるまなざしと鼻から口にかけての線によって女性だとわかる。男性のものとされる領域を主題とする絵の中央に女性を位置づけること、そして視線をそらすことなく相手を見つめる女性を描くことによって、この絵はコンヴェンションを逸脱している。視覚的、文化的に構築された「男性性」と「女性性」に対するボヌールの挑戦だと言えるだろう。ただし、半分隠された顔が象徴するように、そこには抵抗と妥協が混ざり合っており、このアンビヴァレント

図14　ローザ・ボヌール『ホース・フェア』(1853-55年)
Rosa Bonheur, *The Horse Fair*.
The Metropolitan Museum of Art, Gift of Cornelius Vanderbilt, 1887. (87.25)

図15　ローザ・ボヌール
『ホース・フェア』細部
Rosa Bonheur, *The Horse Fair*, detail.
The Metropolitan Museum of Art, Gift of Cornelius Vanderbilt, 1887. (87.25)

図16　エドウィン・ランドシア『馴らされたじゃじゃ馬』(1861年) (註9参照)
Edwin Landseer, *Taming the Shrew*.

な態度が『ダニエル・デロンダ』のヒロインの生き方に通じる。

もう一枚の絵、『馴らされたじゃじゃ馬』は一八六一年のロイヤル・アカデミーの展覧会で最も人気を博し、ランドシアの傑作として高く評価されると同時に論議を呼んだ絵である（図16）。[9] 厩の寝藁の上におとなしく横たわっている栗毛の馬が若い女性に信頼のこもった目を向け、女性の方は全く安心しきった様子で、優美に馬のわき腹に体をもたせかけている。絵の中の夢想する女性、馬、犬という、一見コンヴェンションに従った作品に思われるが、当時の人々はそこに示唆された価値観の転覆を敏感に感じ取っていた。例えば、一八六一年五月四日の『タイムズ』は次のような批評を掲載した。

その婦人は、馬のつややかな横腹に身をもたせかけ、女性の覇権を意識して微笑み、彼女をずたずたに裂くこともできる馬のあごを、小さな手の甲で陽気に軽くたたいている。馬を夫だとして読んでみるがよい、すると、この絵は男女双方に対して抵抗を挑発するものとなる。凡人ならば使い物にならないと拒絶してしまう題材を、天才ならばどんな話に変えられるかを、この絵は示している。[10]

この批評家は、リンダ・ニードが指摘するように、『馴らされたじゃじゃ馬』が呈示するイメージを慣習的なジェンダー区分とその力関係の逆転を象徴するものとして解釈している。ニードは特にこの絵に描かれた女性が当時有名だった高級売春婦、キャサリン・ウォルターズの肖像だと考えられたために、この絵が当時絵画の評価の最も重要な基準であった 'propriety' を逸脱するものとして論議を呼んだ点に着目する。キャサリン・ウォルターズはハイド・パークで騎乗する優美な女性というイメージで広く知られていたのである。

従って、この絵は高級売春婦の肖像画として読まれた点では、従来の肖像画の機能、すなわちモデルとなる人物の社会的地位、物質的成功、および純潔を証明して上流、中流階級のアイデンティティを産出するメカニズムとしての機能の崩壊を意味する。[11] さらに、この絵は馬を雄とみなすか、あるいは雌とみなすかという点でも解釈が分かれた。しかし、馬の優しいまなざしと女性の大胆さを考えると、馬が雄であれ雌であれ、男性が女性を支配するという慣習的な図式におさまらない新しい男女関係、あるいは女性同士の関係の可能性すら示唆するものと読めるだろう。

ボヌールの絵のリアリズムと緊張感に比べると、ランドシアの絵は空想的、理想主義的な雰囲気を漂わせている。だが、この二枚の絵は新しい人間像と人間関係への志向を共有しており、それが『ダニエル・デロンダ』にも見出されることを指摘したい。

グウェンドレンの物語は、極端に言えば、美しいが御しがたい馬が次第に調教されてゆく過程にたとえることができ、慣習的なジェンダー規範と密接に連動する支配／服従の力関係を前景化する。気の強さと活発さ故に「競走馬」（五四、一三四）と表現された彼女は、結婚というゴールをめざす、まさに競走馬である。母親が財産をなくしたために、このゴールが突然現実のものとなる。家庭教師になることを嫌悪し、女優になる才能もないと思い知ったグウェンドレンには他の選択肢など存在しない。グランドコートとの結婚を考えるとき、彼女は四輪馬車に乗って馬を御する自分の姿を想像するが、実際に支配されるのは彼女だったというアイロニーがある。

グランドコートは、彼の内縁の妻、リディア・グラシャーの存在を知ったグウェンドレンが一度は彼との結婚を避けようとしたことに気づきながらも、結婚を承諾させることで次のような勝利感を味わう。

ともかくあの娘［グウェンドレン］はこの俺を受け入れる羽目になってしまったのだ。曲馬のために調教される馬のように膝をつくことを余儀なくされたのだ……。彼は、自分を支配したがるような女、また彼以外の男が相手なら支配できたであろう女を征服しようと考えていたのだった。（三六五、傍点は筆者）

サディスト的な欲望を抱く彼は、簡単に征服できる弱者ではなく、力のある者の意志や希望を挫折させることに喜びを見出すのであり、「曲馬のために調教される馬」という比喩は、彼がグウェンドレンの心理を見抜いた上で残酷なほど冷静に思いのまま服従させてゆくという支配関係を的確に表現している。また、「他の男性」が相手ならば支配者になれたはずのグウェンドレンを屈服させることで、彼女に対する支配欲だけでなく、他の男性たちに対する優越感をも満足させようとしており、このグランドコートの態度に、男女間のヒエラルキーのみならず、男性社会における権力闘争の心理も映し出される。

一方、グウェンドレンは「別の人が手綱を持つ馬車に乗り込むのを承諾したようなもの」（三七三）だと、自分が支配される側にまわることを予感する。それは一つには、経済力も社会的力も持たない女の弱みからである。そして、それ以上に、リディアとその子供たちが享受すべき権利を奪い取ってしまうことへの罪悪感から、彼女はグランドコートに対して支配権を持ち得ないと感じるのである。正義や善を行おうとする積極性はないけれども、不正や卑劣な行為を激しく憎む道徳心が彼女にはある。しかし、それでも家庭教師に身を落とすことを回避するために、つまり自分の人生に対する支配権だけは確保するために結婚する。「引き上げられたヴェール」のラティマーと同様、グウェンドレンも恐ろしい結果を予感しながら目先の欲望に負けたのであり、その結果、憎悪と罪の連鎖にからめとられる。結婚後、グウェンドレンの罪の意識とは無関係に、「彼女が乗り込んだ馬車を引く馬たちは全速力で駆けてゆくのであった」(三八一)。かつて「支配権と富の象徴」(三四九)として彼女を魅了した馬は、今や呪われた結婚生活の象徴に化して、激しい憎悪と屈辱感を抱きながらも、彼女はグランドコート夫人という強いられた、その実自分で選んだ役割を夫が命じるままに「曲馬の馬」のごとく演じるしかない。彼女にとって自分の弱みや苦しみを他者に悟られることは自ら敗北を認めることに他ならないからだ。

このようなグランドコートとグウェンドレンの支配/服従関係について、ジュディス・ミッチェルは、前者は過度の支配欲のために、後者は女性が支配をしようとすることを善しとしないイデオロギーの暗黙の了解に反するために作品において非難されている、と論じる。[12] だが、問題はもっと深いところにあった。語り手がグウェンドレンについて示唆するように、「支配欲自体が一種の服従」(一三九)なのである。二人とも最終的には己の支配欲に征服され、その犠牲になったと言えるだろう。このことは次の絞殺のイメージによって視覚化されている。リディアが呪いの手紙と一緒に送ったダイヤモンドに、グウェンドレンは「身の毛のよだつような言葉が蛇のようにまとわりつき、とぐろを巻いている」(四八〇)のを感じ、それを身につけるようグランドコートに言われた時には、「彼のあの白い手が……自分の首に巻きついて、のどを絞めるぞと脅かすこともできるのだ」(四八一)と恐怖感を抱く。自身の良心に背き、欲望に屈服した結果の恐怖である。このイメージは、彼女が結婚式の日に「これまでは自分がしっかり握ってきたあの手綱が、今や自分の首にかけられている」(四〇一—〇二)と感じたことと関連して、御される馬のイメージにつながる。

さらにイデオロギーとの関係で考えると、グウェンドレンの悲劇は、彼女が一見家父長制イデオロギーに抵抗しているようでありながら、実はそれを内面化してしまっていることに原因がある。彼女の自信は、他者に賞賛される自分の美しさに対する自信から生まれている。女性の美に価値（＝力）を与えると同時に競走馬同様の所有物とみなす男性のまなざしを彼女は自らのものとし、自己を見つめているのである。それは自分をひときわ美しくみせると考える乗馬服を着ると大胆になり、「恐ろしいものに会う時の心の支え」（三七四）だと感じることにも表れている。乗馬は、当時公に行われるほとんど全てのスポーツが男性に限られていた中で例外的に女性にも許されたスポーツであり、若い女性が抑圧的な社会のイデオロギーから逃れることのできた社交生活の一領域であったから、この点では、グウェンドレンが乗馬によって、あるいは乗馬服を着ることで力を感じるのも、家父長制のイデオロギーの拘束から一時的に解放されるためと言えるだろう。だが、グウェンドレンにとっての力である美は、そのイデオロギーが付与する力と分かち難く結びついており、自己の美を意識する瞬間、換言すれば、見られる存在としての自己を意識する瞬間、彼女はイデオロギーの拘束から解放された領域からイデオロギーの拘束へと自ら舞い戻ってしまうのである。ただし、この美という力の不確実性を彼女は直感している。なぜなら、美とは彼女にとって「外的な証言」（二九四）を最も必要とするものだからであり、その証言を他者から得ることができないときは彼女自身が証言者とならねばならない。女優になれる可能性についてクレスマーに相談するため一人で待つ間、彼女は鏡に映る姿を見つめながら自らに美しいと言い聞かせ、気持ちを奮い立たせようとする。しかし、彼女には『フロス河の水車場』のマギーように男性に占有された知識への欲求も、『ミドルマーチ』のドロシアのような社会に貢献したいという願望もない。デロンダの母、アルカリシのように芸術的才能も自己表現の欲求もない。漠然とした野望だけしか持ち得ぬグウェンドレンには、女性をまなざしの対象として客体化する男性が作り上げたイデオロギーを暗黙裡に受け入れ、美という不確実な力にすがる以外に術が全くなかったのである。デロンダに救いを求める時、グウェンドレンは初めて美という力を排除したところで彼と関ろうとする。彼に自分の意図を誤解されないようにと、黒いベールで顔以外の部分を隠して「外見を無視」(六七一)するのだが、このこと自体が逆に、いかに彼女が美の力に囚われているかを示している。

しかし、それでもイデオロギーがグウェンドレンを完全に支配することは不可能だった。イデオロギーによって定義され支配されながら、なお完全には捉えられない存在としての女性を、作者は初めて狩猟を経験した時のグウェンドレンによって象徴しているように思われる。彼女は動物的な刺激を満喫しながら、自分が「馬と犬が一体化したもの」となり「ケンタウロス的力」(一〇二)を得たように感じた。これこそが彼女の生命力となる根源的なエネルギーであり、その悪魔的な魅力の源でもあるのだ。

作品全体を流れる馬のイメージは、人間の支配欲を象徴すると同時に、イデオロギーによって構築されたジェンダー規範がいかに力関係を生み出し、それを維持し、強化してゆくかに私たちの注意を喚起する。支配/服従関係はあらゆる人間関係に多様に存在するのである。男女間だけでなく、父と娘という親子関係にも支配は存在する。マイラの父は彼女を「女」という一個の商品として利用し、高く売りつけることしか考えなかった。アルカリシは父親に「ユダヤの女」になることを強いられ、それから逃れるために自分の方が支配できる夫との結婚を選んだのだったが、死を前にしてなお父親の権力に怯える女性である。彼女は次のように自己について語りながら、愛情でさえも支配関係に他ならないと主張する。

私は人を愛せる女ではありません。それが本当のところです。愛するということは一つの才能です——私にはそれが欠けているのです。他の人たちは私を愛してくれました——そして私は愛される役を演じました。私は愛が男や女から作り出すものをよく知っています。それは服従です。……私はどんな男にも自分から服従したいと思ったことはありません。男たちの方が服従してきたのです。（七三〇）

愛する能力に欠ける点、男性への服従を拒否し、逆に男性を支配する点において、アルカリシはジェンダー規範から大きく逸脱する女性であり、その生き方は何よりもジェンダーと権力関係のありようの多様性と複雑さを物語る。グウェンドレンの場合は、デロンダとの関係においてアルカリシの場合とは逆の形、つまり彼女自身が切望する形で愛情による「服従」が実現されてゆく。デロンダを知るまでは自分が支配者となることしか考えなかったグウェンドレンだが、彼を「自分より優れた人間」（四六八）だとみなし、彼の「自分に対する力」（五〇四）を感じながら、ひたすらその導きを求めるのである。

このように支配／服従から免れ得ない人間関係と、国家間の関係がやはり馬のイメージによって重ね合わされ、個人の歴史と国家および世界の歴史までが結びつけられる。グランドコートはグウェンドレンに求婚する日、「美しい黒毛のヤリコー」（三四〇）に乗ってやってきた。この馬の名前は、バルバドスで原住民の美しい娘ヤリコーに助けられたイギリス人男性インクルが結局は彼女を奴隷に売ろうとする物語に由来し、スーザン・メイヤーが指摘するように、ここでグウェンドレンは迫害される民族との連想すら呼ぶ。[13] これによって一組の夫婦がユダヤ民族とイギリス帝国主義を表す記号となり得る可能性が示唆される。

では、家父長制イデオロギーに支配された社会の変革の可能性を『ダニエル・デロンダ』はどのように提示しているだろうか。新しい人間像の可能性が「女性性」と「男性性」を合わせ持つデロンダに示される。

［デロンダは］女性的と呼ばれがちな情愛によって動かされる性質で、そのために日常の些細な事柄では従順であったが、他方、まさに男性的と言うべき、ある断固とした判断と独自の意見を持っていた。（三六七）

このように「男性性」と「女性性」が共存する「精神的均衡」（三六七）こそが、人間にとって理想的な状態なのである。

モーデカイについてもその女性的な情愛、特に母性が強調される。彼は「母親のようなしぐさ」（五三五）で子供に接する。また、自己の精神がデロンダの中で永遠性を得ることを渇望するモーデカイの表情は、わが子を見つめる瀕死の母親の「母性特有の自己転移」（五五三）を示す喜びの表情にたとえられる。さらに、この男性同士の関係が、母親と息子の関係にたとえられていることも興味深い。最も女性的とされる母性でさえ女性特有のものではなく、男性も持ち得ることが主張されている。デロンダとモーデカイは恋人同士のイメージも与えられる。「引き上げられたヴェール」のラティマーや『フロス河の水車場』のフィリップに示されていた男性に内在する女性性が、ここに至って最も積極的かつ肯定的に提示され、イデオロギーが強制するジェンダー規範を超える人間性と人間関係への志向が明確に打ち出されている。

男性性と女性性の共存を理想とする考え方は「エリオット論」を書いたヴァージニア・ウルフが『自分自身の部屋』において述べている、創造力における両性具有性（androgyny）に発展するものだと言えるだろう。[14] ウルフは肉体に二つの性があるのと同様、精神にも二つの性があると述べ、その「二つの力」の理想的な関係を次のように説明する。

人間の正常で安らかな状態は、二つの力が精神的に協力し合いながら、調和を保って共存しているときです。男性であっても、頭脳の女性的な部分はなおも作用しているのに違いありません。また、女性も彼女の内部の男性的な部分と交わっているに違いありません。コールリッジが、偉大な精神は両性具有であると言ったとき、おそらく彼はこうしたことを意味していたのでしょう。このように二つの部分が融合するときこそ、精神は十分に豊かになり、その全機能を発揮するのです。きっと純粋に男性的な精神は、純粋に女性的な精神が創造し得ないのと同様、創造することができないだろう、と私は考えました。[15]

精神の男性的な力と女性的な力が「融合」した時に初めて、創造が生まれる。エリオットの小説において両性具有性を示す登場人物、フィリップやデロンダが芸術的資質を備えた人物であることも偶然ではないだろう。

ただし、人間性の理想として均衡のとれた両性具有性を提示することは、エリオットにとって、他の人間性のありようを否定することではない。馬のイメージを通して示されているように、人間性のありようは慣習的なジェンダー規範では定義できないほど多様であるにもかかわらず、ジェンダー規範と密接に連動して支配／服従関係があらゆる人間関係に多様かつ複雑に存在する。この現実を描き出すことで『ダニエル・デロンダ』はジェンダー規範が孕む危険性のみならず、多様な人間性のありようを容認する必要性を示唆している。デロンダの両性具有性は、このことを象徴する点でも重要なのである。

これまで見てきたように、グウェンドレンがグランドコートによって曲芸を強いられる馬として、ボヌールの『ホース・フェア』が持つリアリズムを基調に描かれているのに対して、彼女とデロンダの関係は多分にアイディアリズムを含み、馬と女性の信頼関係を示すランドシアの絵『馴らされたじゃじゃ馬』を思わせる。この絵で男性とも女性ともなり得る記号である馬が、女性性を有するデロンダと重なる。グウェンドレンはデロンダに絶対的信頼をよせ、彼の方もその信頼に応えようとする。しかも、二人の関係において極度に抑圧されているセクシュアリティが、やはり馬との連想によって暗示されている。

作品冒頭の賭博の場面から、デロンダがグウェンドレンの悪魔的な魅力に強烈に惹きつけられたのは明らかだが、彼は最初彼女を恋愛遊戯への誘惑者として警戒することで、そしてその警戒心を解いてからはマイラとの絆を意識することで、グウェンドレンに対するセクシュアリティを抑圧する。マイラがグウェンドレンのデロンダに対する執心を「彼の徳への感謝に満ちた信頼」と考えるのは、デロンダがグウェンドレンについてマイラに語るときには必ず「この上なくよそよそしい態度」(八八〇)をとったことに一因があり、この彼の態度に窺える自意識も、その抑圧されたセクシュアリティを露呈する。

グウェンドレンもまた無意識のうちに己のセクシュアリティを抑圧する。

グウェンドレンには、デロンダに対して媚びる気持ちなど微塵もなかった。彼女にとって彼は男性たちの中で特別な存在であった。彼女の讃美者ではなく、彼女より優れた人間として、彼女に強烈な印象を与えたからである。何か神秘的な方法で、彼は彼女の良心の一部となりつつあった。ちょうど男性がある女性の性質に対して尊敬の念を抱くとき、彼女がその男性の新しい良心となることがあるように。(四六八)

ここではグウェンドレンのデロンダに対する想いの精神性が強調されているが、それは紛れもなく女性としての愛情である。彼女の想いと同様のものとして男性からの女性に対する想いも挙げられていることからもそれがわかる。「尊敬の念」を通して相手を「自己の良心の一部」とする関係こそ、望ましい男女の関係としてこの小説が提示しているものであろう。だが、グウェンドレン自身はこれまで男女間の愛情を「媚態」としてしか捉えていなかったために、デロンダを「自分より優れた人間」だとして「自己の良心の一部」のように感じる気持ちを、男女間の愛情を超えたものだと信じこんでいる。だから、彼女のデロンダに対する気持ちに気づいたグランドコートが体面を汚すことのないよう警告する言葉に不当な非難だと屈辱を感じ、また、プライドを捨ててデロンダに裸の魂を見せても彼が誤解することはないと確信できるのである。このようにグウェンドレン自身が意識しないほどに抑圧されたセクシュアリティが、「救いを求める、傷ついた動物」(四九五)のようにデロンダにすがる彼女のまなざしに感じられる。

　ここでとりあげた二枚の絵と『ダニエル・デロンダ』は、流動的な意味を持つ記号としての馬のイメージを通して、イデオロギーが規定するジェンダー区分とその力関係のありかたに疑問を投げかけ、新しい人間像と人間関係を提示しようとしている。フェミニスト運動が本格化した十九世紀後半における絵画と小説の緊密な関係を示す一例と言えるだろう。エリオットと絵画との関係では、十七世紀オランダ絵画や肖像画、歴史画に批評家たちの関心が向けられてきたが、彼女は上述したように同時代の動物画ともテーマを共有していたのである。ここにも時代の動向を鋭敏に感じとり、それを自作に反映させるエリオットの特性を窺うことができる。そして、デロンダの両性具有性は、両性の関係における相互補完性を強調することでそれぞれの性の自由と機能を限定したフォイエルバッハやコントよりも二十世紀の思想にエリオットが近づいていたことを示している。[16]

2　言語と社会——'the balance of separateness and communication' を求めて

すでに繰り返し述べてきたように、エリオットは早くから言語と人間の成長、および社会の発展との相関関係を確信していた。社会の発展はその構成員である人間同士の相互影響のみならず個人と社会との相互作用なくしてはあり得ないという、「有機体論」を基盤とした彼女の歴史観はよく知られるところだが、この観点から人類の進歩の可能性を探るとき、彼女が重要な因子とみなしたのが言語であった。創作を通して、また領域横断的な研究によって言語の重要性への確信を深め、ついには、言語が人間の意識を構築し、言語にこそ人間の未来がかかっているという結論に到達したことは前章で見た通りである。『ダニエル・デロンダ』はちょうどこうした結論に至りつつあったときに書かれた作品であり、言語について可能な限りの考察と実験を行おうとする作者の意気込みが充溢している。

この小説では、登場人物たちの言葉の使用法、言葉に対する態度を通して彼らの心理や社会的権力、他者との関係が鮮やかに描き出される。ある者たちは言葉の巧みな操作によって心理的駆け引きを行う。自己の思いを言葉によって相手に伝えることのできない苦しみを味わう者もいる。語り手は言葉の不確定性、多義性を繰り返し主張する一方で、多くの言葉の定義づけを試みる。言葉をめぐる言説は個人と社会（一つの国家）という枠を超えて、世界的視野に立った人間のあり方、国家（民族）の共存へと私たちの思考を導いてゆく。そこで、まず権力との緊密性、意味の不確実性といった言語の問題がいかに提示されているかを確認した上で、この作品が描く未来への展望と課題、言語に託された希望を明らかにしたい。その際、十七世紀末から十九世紀に至るヨーロッパ言語思想史、およびエリオットがG・H・ルイスと共に形成していった言語観との関連性、そしてエリオット自身の詩「見えざる聖歌隊に加わらせ給え」、詩劇『スペインのジプシー』、最後の作『テオフラストス・サッチの印象』との関連性も視野に入れたい。[17] それによって、『ダニエル・デロンダ』の成立過程とエリオットがこの作品で描こうとしたものが、確かな輪郭をもって浮かび上がってくるだろう。

言葉と権力

まず、登場人物たちの言葉の特徴と言葉に対する態度を見てみよう。『ダニエル・デロンダ』において、言語と社会的権力の結びつきはグランドコートに最も顕著に現れている。彼が人を判断する基準は紳士であるか否か、つまり階級だけである（四七五）。このように強い階級意識を持つ彼は言葉の力を熟知しており、礼儀作法にかなったやり方で冷静に権力を行使する。

結婚前にグランドコートとグウェンドレンが交す数回の会話は、まず相手に本心を言わせて屈服させようとする駆け引きに他ならない。拒絶される可能性を排除するために周到に言葉を選び、話題を結婚に向けようとするグランドコートに対して、グウェンドレンはそれをはぐらかすことで主導権を握ろうとする。グランドコートの言葉は「簡潔で、話し手が周囲から重要視されている場合は、必ず座談の名手という印象を与える類のもの」（一六八）で、彼の地位と財産に惹かれるグウェンドレンは彼の洗練された言葉から彼を「忠誠の権化」だと錯覚し、「愛の幻覚」（三四七）すら抱いてしまう。言語を統制する力を持つことは他者に対する力を手に入れることを意味し、それによって人は社会における自分の地位を築く。グランドコートはグウェンドレンに対してその力を存分に発揮するのである。彼の内縁の妻、リディアの存在を知って一度は彼から逃げ出したグウェンドレンに結婚を承諾させた瞬間、彼は支配権を獲得する。なぜなら、彼女にとって、良心の声を封じて利益を選び取ったことは、彼に対する発言権を自ら放棄したことに他ならないからだ。結婚後、自尊心からリディアのことはもちろん、己の本心を決して口にできないグウェンドレンに対して、彼の言葉は「親指を締め上げる責め具のような力と、拷問台の冷酷さ」（七四五）をもって彼女を絶望へと追い詰めてゆく。グウェンドレンに男子が生まれない場合はリディアの息子に財産のほとんどを相続させることを記した遺言書を、ラッシュを介してわざわざグウェンドレンに見せるのも夫の権力を誇示するための戦略である。彼の言葉は、グウェンドレンと同様彼から逃げ出せないリディアに対しても「拷問用の親指締めや鉄の靴」（三九二）として機能していた。グランドコートにとって言葉はまさに権力を行使するための手段、しかもサディスト的な欲望を満足させるためにうってつけの手続きなのである。

このように言葉の権力の権化とも言えるグランドコートは、いわば弱者を抑圧する社会の力を連想させ、さらにはイギリス帝国の権力をも想起させるかもしれない。例えば、次のように彼はイギリス国家と結びつけられるのである。彼が多用する冷淡な否定表現は、第三者には慎みを好むイギリス人の「国民的趣向の極端な例」（四六七）だと解釈可能であることが示唆される。また、ジェノヴァでグランドコートとグウェンドレンはその傲慢さ、青白さ、無表情のために「相変わらず風変わりなイギリス人」（七四五）の典型とみなされる。しかも、それは歴史的事実と符合する点がある。一八六五年十月、イギリス植民地ジャマイカにおいて、エア総督が原住民の反乱を弾圧するという事件が起こり、その弾圧の残虐さをめぐって世論が沸騰したが、[18]『ダニエル・デロンダ』でも一八六五年十一月、グランドコートがジャマイカの黒人について

「洗礼を受けた、野蛮なキャリバンの類」（三七六）と言い放ち、人種差別的嫌悪をあらわにする。このグランドコートの定義に見られる独善的な自信は、「植民地支配における独断的な力の言語的相関物」であり、他の定義の可能性を排除することで支配階級の自信は維持されている、とサリー・シャトルワースは指摘する。[19] 実際、彼はグウェンドレンに対する残酷さにおいて上述のエア総督に匹敵することが、語り手によって次のように示唆される。

彼は自分の言葉の威力を知っていた。この険しい横顔をした、労働を知らぬ白い手をした男がどこか厄介な植民地を統治すべく派遣されたとしたら、同時代人の間に名声を博したかもしれない。（六五五）

グランドコートがその権力と残酷さによって社会、ひいては帝国主義と結びつけられているとすれば、グウェンドレンもまた帝国主義との連想を生むべく描き出されている。結婚前の彼女は、己の欲望を遂げようとする凄まじいエネルギーと他者の恐怖をかきたてる力によって「家庭での絶対的な支配権」（domestic empire）（七一）を握っていた。一人でいるときには自己の無力さを感じ恐怖感に襲われることがあっても、周囲に他者がいると必ず「絶対的な支配権を勝ち取る可能性」（the possibility of winning empire）（九五）を確信できたし、グランドコートの求婚によって「自身の人生に対する一種の支配権」（a sort of empire over her own life）（三三七）を取り戻せると考えた。国家規模の帝国主義は、まず一人一人の人間の中で胚胎されるのだ。しかし、結局グウェンドレンは結婚によって新たな帝国を手に入れようとしながら、逆に迫害される民族の立場に追いやられてしまったのである。先に一連の馬のイメージを通してグランドコートとグウェンドレンの支配／服従関係を考察した際にも、「美しい黒毛のヤリコー」（三四〇）に乗ってやってきたグランドコートの求婚をグヴェンドレンが受け入れる場面で、彼女が迫害される民族との連想を呼ぶ点を見た。

だが、絶対的な支配権を握ったかに見えたグランドコートも、自己の力に対する過信、とりわけ自己の言葉に対する独善的な自信の故に、破滅への道をたどることになるのだと言える。彼は自分が決定する意味の存在しか認めず、他者によって他の意味が付与され得るとは想像だにしない。彼にとって、グヴェンドレンの沈黙は彼の専制支配に対する抵抗を意味したとしても、彼に対する個人的な嫌悪感、ましてや道徳意識から生まれる嫌悪感を意味することなどあり得ないのである。なぜなら、妻を含めた他者とのつながりは全て力関係としてしか考えられないほど、感受性が完全に麻痺してしまっているからである。ジェノヴァで思いがけずデロンダと再会した時、喜びを隠しきれないグヴェンドレンをグランドコートは次のように観察する。

　グランドコートはグヴェンドレンの中に、犬が示すような期待を見て取ったが、全てを正確に理解したわけではなく、後には未知の感情の世界が置きざりにされていた。（七四二）

彼には表面的な記号を認識することはできても、その背後に存在する複数の意味には思いが及ばない。つまりグヴェンドレンの心の中で複雑に交錯する夫に対する恐怖、夫に殺意を抱く自分自身に対する恐怖、罪悪感、そして救いへの希求などの全ては彼にとって「未知の感情の世界」でしかない。地中海で溺死する前に、グランドコートはすでに精神的死を遂げていたのだ。いわば言葉の権力の権化である彼の破滅への過程は、さらに比喩的に読めば、一つの帝国を支配した帝国がその精神的退廃によって自滅へと至る過程だと言えるだろう。このように『ダニエル・デロンダ』はグランドコートとグウェンドレンの関係に国家間の関係を重ね合わせ、個人の歴史と世界の歴史とを結びつけつつ、他民族の迫害と搾取の上に自国の利益拡大を目論む帝国主義を告発している。

言葉の不確実性

グウェンドレンも結婚前はグランドコートに似た言語観を持っていた。巧みに言葉を操ることを得意とし、言葉に対する疑念というものが全くなかった。人生を自分の力で支配できると信じていた彼女にとって、言葉はその将来像を表現するのに「決して広すぎることもなければ、曖昧すぎることもなかった」(六九)。しかし、結婚によって他人の権利を奪い取ったという罪の意識が深まるにつれて、彼女はそういった気持ちを表現すべく格闘し始める。デロンダに全ての真実を話すことで救いを見出そうとするが、その言葉も見失いがちである。彼女が内に抱える葛藤を伝えるには、言葉は不十分な手段でしかなかったのだ。彼女の自己認識の過程とは言語の不十分さ、ないしは不確実性を認識する過程だとも言える。

グウェンドレンに絶対的な善の象徴として崇拝されるデロンダに関しても、言語認識の過程が成長の軌跡となっていることは重要であろう。少年時代、上流階級という環境に満足し、ヒューゴー卿を完璧な人物だと信じるデロンダは、ヒューゴー卿の書く全ての本を「愛情にあふれた信仰で神聖化」し、「完璧な正しさ」

（二一一）を備えた規範とみなしていた。だが、やがてものごとの本質を見極める必要性に目覚めたとき、叔父の書いたものと叔父自身、また自分が属する社会を客観的かつ批判的に判断できるようになったのである。

グウェンドレンとデロンダが二人だけで交す重要な会話が少なくとも作品中四回ある。『ミドルマーチ』においてドロシアとラディスローが芸術について語り合うことで人間的成長を遂げたように、グウェンドレンとデロンダも言葉の壁に驚愕し、逡巡と葛藤を繰り返しつつ相互影響のもとで自己認識を深めてゆく。最初の会話の機会に、グウェンドレンはデロンダが質屋から取り戻してくれたネックレスを身につけることで彼への信頼を表現する。次回の対話では、デロンダに訴えたいという衝動と軽蔑されるのを恐れる臆病さの狭間で、彼女は「適切な言葉」（六七二）を模索し、やっとのことで次のような言葉を口にする。

でも、このままいけばもっと悪くなってしまいます。私は悪くなりたくないのです。あなたが望んでいらっしゃるような女になりたいのです……。他人を憎むことで、自分が悪意のある人間になってしまうような気がします……。何もかもが恐ろしいのです。邪悪な人間になっていくのが怖いのです。どうしたらいいのか教えてください。（六七二）

この言葉の背後には、自己との葛藤から絶え間なく生まれる幻想と恐怖にずっと怯えてきた彼女の苦しみが隠されている。

彼［グランドコート］など死ねばいいのに、とどれほど願っても、彼の暴君的な支配力は生き続ける力であるように思われた。彼の死によってのみ解放されると考えることは、そのような解放は決して来ないと考えることと同じであった……。彼の死という考えは長くは続かなかった。それは夢の中での変化のように、そんな考えを抱いた報いとして、彼の指で首を絞められて殺されるのではないかという恐怖に変わった。(六六八―六九)

グウェンドレンの罪の意識は、もはや他人の権利を奪ったという単純なものではなくなっており、ここには結婚以来彼女の心を占めてきた葛藤が究極的な形に変化しつつある過程が見出される。つまり、夫の絶対的な圧制によってもたらされた屈辱と絶望が憎悪を引き起こし、それが堕落してゆく自己に対する罪の意識を倍加して、さらにその罪の意識が憎悪をかきたてるという悪循環により、殺意へと変容する過程である。「引き上げられたヴェール」のラティマーと同じく、グウェンドレンも憎悪と罪の連鎖にからめとられ、苦しんでいる。そして、それを言葉でうまく表現することができない。先に引用したデロンダへの言葉が示すように、彼女は救いの光が全く見えない闇の中で堕落への確信と恐怖が強まってゆくのを、「悪くなる」(get worse)、「邪悪な」(wicked)、「恐ろしい」(afraid) といった言葉の繰り返しによってかろうじて訴えることができただけだ。この時、デロンダもまた言葉の無力さに直面して「難破の危機にさらされた船……をただ見つめているときと同じように、言葉は何の救いにもならない」(六七二―七三) と考えるが、彼はグランドコートと違い、グウェンドレンの暗示的な言葉の背後に潜む意味の重大さを察知するが故に、安易な言葉で彼女の苦悩の歴史を冒瀆することを恐れるのである。その結果、多くの言葉を彼自身の内に閉じ込めざるを得ない(六七三)。

グランドコートの死後、三度目の会話では、グウェンドレンを救いたいと願うデロンダの誠実な言葉がかえって二人の精神的な距離を広げ、語ることを困難にする事態が起こる。そうした中で彼女はついに「私は心の中で彼［グランドコート］を殺したのです」と告白するが、「言葉では表現できない記憶の重さ」（七六〇）に圧倒されて沈黙に沈み込んでしまい、ここでもデロンダは言葉をめぐる問題をつきつけられる。すなわち「罪」という言葉は果たしてグウェンドレンに対してどれだけ適用可能なのか、という問題である。なぜなら、「罪を犯した」という言葉には「事実よりも悪い数々の解釈がなされる可能性」（七六一）があり、言葉は常に現実と乖離する危険性を孕んでいるからだ。グウェンドレンの「殺意」は一体どれほど現実の行動を引き起こす効果を持っていたのか。自らを「罪を犯した女」（七五九）とするグウェンドレンの告白には良心の呵責からくる誇張が含まれてはいないか。この問題は、デロンダをディレンマに陥れる。グウェンドレンの罪の意識に加重してその苦しみを大きくすることは避けたいのに、一方では彼女の苦悩を軽んじるような慰めの言葉も言えないからだ。彼は再び沈黙せざるを得ない。

だが、デロンダがこのように言葉の背後に隠された話し手の心情や意味の多層性を察知し、さらに言語の不確実性を認識するからこそ、逆説的に彼の言葉は他者に対してその意識を変革するほどの力を持ち得るのである。グランドコートの死後、デロンダが罪の意識に苛まれるグウェンドレンに、最悪の不幸から救われたと考えて、それを人生のための準備とするようにと諭すとき、その言葉は「新しい生命の始まりのように思われる力」（八四〇）で彼女を根底から揺さぶって改心への欲求とエネルギーを生じさせ、しかも後々まで彼女にとって絶望に抗する力となる。デロンダの言葉はその最大の力、すなわち他者に己の魂を注ぎ込む力を発揮したと言えるだろう。それは実は彼自身がモーデカイの言葉によって経験したことでもあった。

デロンダの言葉は、グウェンドレンと最後に言葉を交す場面で、彼女の意識にさらなる大変革を引き起こす。デロンダに従って生きてゆくという、自分に残された唯一の希望までも無残に絶たれたとき、彼女は初めて、世界の中での自分と向き合うのだ。ユダヤ民族のために人生を捧げると告げられること、それはグウェンドレンにとって、まさに「人類の広大な運命がまるで地震のように個人の生活に侵入してくる恐ろしい瞬間」（八七五）であり、彼女は自己のありようを直視せざるを得ない。

……彼女は生まれて初めて、広大で不思議な動きが押し寄せてくるのを感じ、自分自身の世界での覇権から初めてひきずりおろされ、自己の水平線の広がりなど、共にうねっている存在の動きでは波の一寄せでしかない、と気づき始めた。（八七六）

グウェンドレンは、グランドコートとの結婚生活での苦悩と後悔、罪の意識、そしてひたすらデロンダの導きに従いたいという願いの中でさえ、なお「自分自身の世界での覇権」、つまり自己の幻想が作り上げた帝国での支配権に無意識のうちにしがみついていたのだ。しかし、それがここにおいてついに突き崩され、彼女は見知らぬ巨大な世界の営み、歴史のうねりの中では自己の存在などいかに取るに足らぬ、無力なものであるかを否応なく認識させられるのである。

一方、デロンダはと言えば、グウェンドレンと自分の考えとの落差、すなわち、個人的な視野しか持てない彼女と、世界的な視野に立つ自分との隔たりをまるで「国語の違い」（八七三）のように感じ、自分の言葉の力に不安を抱く。また、彼は彼女の苦しみを理解できるからこそ、自分の慰めの言葉が持つ残酷さに嫌悪を覚えずにはいられない。しかし、こうしたデロンダの自己の言葉に対する不安にもかかわらず、彼の言葉はグウェンドレンに対して彼の予想をはるかに超える力を持ち得たと言ってよい。グランドコートがその典型だが、「ジャネットの改悛」のデンプスター、『ロモラ』のティートやサヴォナローラのように、自己の言語が持つ力を過信した者はエリオットの小説では必ず破滅へと至る。それに対して、グウェンドレンとデロンダの場合のように、人が言語の不確実性を認識し、それが引き起こす他者との隔たりを経験しつつ、しかしその克服のために格闘する中で、言葉は初めて精神の相互作用を引き起こす媒体となり、人を変革する力を獲得するのである。

エリオットとヨーロッパ言語思想

今まで見てきたように、言語はそれを用いる人の資質や階級と不可分の関係にある。エリオットはほとんど全ての登場人物の言語的特徴を提示することで、『ダニエル・デロンダ』のすみずみにまで言語と人間、あるいは言語と社会との緊密性を浸透させている。

グランドコートが極端な形で表象するイギリス上流社会と帝国主義の影は、万事におおらかな準男爵ヒューゴー卿にさえ見出される。彼は他人の意見や欠点に対して寛大ではあるが、その反面時々無責任な言葉を発する。グウェンドレンをめぐるグランドコートとデロンダを比較して、「血統に関係なく最も優れた馬が勝つものだ」（二〇一）とデロンダを励まそうとするが、彼自身が準男爵という地位の特権を享受しているからこそ血統を軽んじる言葉を口にできるのである。彼の明確な階級意識と権力意識、俗物根性はその言語観に顕著に表れている。世俗的な成功を得る手段としてしか学識を評価せず、むしろ趣味を身につけ、英語を洗練させる程度のギリシア語の教養を重視する。選挙法改正によってもイギリスの階級社会が大きく変化することはあり得ないと確信しており、そんな彼が言葉について考えることと言えば、言葉で表現される内容ではなくて会話の優雅さといった単なる形式である。彼には新しいもの、未知のものを表現するための言葉を創造する必要は全くないのだ。この停滞する精神がイギリス社会の閉塞的状況そのものだとも言えるだろう。これに反して、グウェンドレンとデロンダが体験したのはこれまで知らなかった自分、新しい発見を表現するための言葉を模索することである。自分にも相手にも誠実であろうとすればするほど、言葉で表現することの不可能性、解釈することの難しさ、あるいは言葉の重大さの前に二人とも沈黙せざるを得なかった。

この沈黙を引き起こす言語の問題はエリオット自身も抱えている問題ではなかったか。語り手は言葉の多義性、解釈の不確定性を繰り返し指摘して、「全ての意味は……解釈の方法しだいである」(八八)、「書かれた言葉も人の表情も、その重要な意味は主にそれを眺める側の印象しだいであることが多い」(二一六)、「解釈に対する防護策はない」(三二三)と語る。つまり、言語は伝達手段としては不十分なものでしかない。これは実は、すでに十七世紀末にジョン・ロックが『人間悟性論』(一六九〇年)において言語の本質的な不完全性として提示した問題である。[20] ロックは、人間の全ての知識は観念から構成され、言語はそれが表す観念の恣意的な記号であり、観念を他者に伝えるための伝達手段だと考えた。彼によれば、意味表示は個人が恣意的に、自由意志に基づいて行う私的な行為であるので、言葉を発するという行為は観念の伝達手段としては不完全なものなのである。ロックは次のように述べる。

……全ての人間には、言葉に自分の好きな観念を表現させる侵しがたい自由があり、従って、誰も、他の人が自分の使う言葉と同じ言葉を使うとき、その人の心に自分の持つ観念と同じ観念を持たせる権力は持たないのである。[21]

この不完全性から生じる言語の混乱が政治的、科学的、倫理的、宗教的、哲学的混乱の主要な原因となる、とロックは考えた。エリオットの生きた十九世紀イギリスはロックに対して非常に批判的な時代だったが、G・H・ルイスは『哲学の歴史』においてロックを擁護し、彼の著作を研究する必要性を説いたことは興味深い。[22]『ダニエル・デロンダ』に示される言語観はロック以降、十九世紀にかけてヨーロッパで形成された言語理論を反映している面があるように思われる。

　では、言語の不完全性を指摘したロックの思想はどのような変遷をたどったのだろうか。十八世紀半、コンディヤックはロックが示した言語による意志伝達の問題を言語起源論によって解決しようとした。コンディヤックがロックと一線を画するのは、言語を使うことによってのみ人間は自らの精神作用を意思によって統御できると考えた点である。思考は言語による創造的な行為であり、それ故言語の発達は人間精神が進歩するための鍵となるのである。彼は、言語は精神を映す鏡であるという従来の考え方とは逆に、言語が思考方法に影響を与えるという考え方も示唆し、このように言語と精神との相互依存関係に力点を置くコンディヤックの言語論が十八世紀後半において支配的になった。

　続く十八世紀末から十九世紀初頭のイギリスでは、ホーン・トゥックの言語論が最も大きな影響力を持った。トゥックはロックと同様、言語の混乱こそが社会的混乱の主因であると信じ、それは言語についての人間の理解に欠陥があるためだと考えた。ほとんどの者が自分の使う言葉の真の意味を理解していないため、それに乗じて権威者たちは長い間言語や言語の概念を統制し、その統制を通じて人間の精神をも統御してきたのである。こうした統制に終止符を打つことが、トゥックの言語研究の目的であった。

そして、一八三六年、ヨーロッパの言語思想史上最も重要な文献の一つとされるW・フォン・フンボルトの『人間の言語構造の多様性と人類の精神的発展に及ぼすその影響について』[23]が出版された。それは先のコンディヤックの思想に基礎を置く民族主義的言語論であった。言語は民族特有の内的エネルギーを表現する創造的行為に他ならず、民族精神の特性がその言語を決定すると同時に、言語がその民族の思考様式を決定する、という考え方である。従って、民族の精神的特性は言語に最も端的に現れるとされ、言語と民族（個人）と歴史が次のように関連づけられる。「言語と知的な素質とは常時相互に影響し合っているものであって、分離することはできないし、歴史的運命といっても、その関連性が直ちにすべての細部にわたり完全に我々に見通しがつくものでない以上、民族や個人の内面的な本質と無関係であるとは言いきれ［な］い。」[24]

このようにヨーロッパの言語思想史は伝達手段としての言語の不完全性を認識することから、言語を創造的活動として捉え、言語と精神の相互作用を重視する方向へと展開していった。特に、言語を未完成な創造的活動とみなし、言語と民族特有の精神性との緊密な関係とその相互作用を唱えたフンボルトの思想は『ダニエル・デロンダ』のモーデカイを想起させる。「拡大され、延長された自己」（五三〇）を求め続ける彼は、自作のヘブライ語の詩を幼いジェイコブに暗唱させる訓練をするが、それを「一つの印刷」（五三三）だと考え、将来自分の言葉が影響力を持つことを次のように期待する。「いつの日か私の言葉が彼を導くかもしれない。私の言葉の意味が突如として彼にひらめくかもしれない。それは民族についても同じことだ——ずっと後になってからひらめくのだ」（五三三）。幼いジェイコブは子供が初めて言語を習得する時のように言葉の意味を全く理解することなく音声を模倣するだけだが、その音声の力によって、つまりモーデカイの情熱が暗唱する語句に与えた力によって彼の心は引きつけられる。しかも、モーデカイの詩は中世のトレドの詩人ユダ・ハ-レヴィを模範にして、過去と未来の融合という構想をうたったものである。これはまさに言語の継承を通して民族精神を継承する試みだと言えよう。

継承

社会とは「体現された歴史」[25]とみなすエリオットにとって、「継承」は最も重要な問題の一つである。人は過去から何を継承し、さらに未来へと何を継承してゆくべきか。十七世紀オランダ絵画を規範として「普通の人々」を描くことを宣言した『アダム・ビード』では、アダムが歴史の発展の契機となる人物の典型として提示されていた。アダムのような人間を通して行われる、平凡な生活の中で培われた「愛情の継承」と労働によって鍛えられた「能力の継承」（二五八）が人間の進歩の原動力となるのである。このような考え方は『ロモラ』では物語の最後でティートの息子リッロに自己の経験を語って聞かせるロモラの姿にも象徴的に示されているが、先に見たように、『ダニエル・デロンダ』では未来への継承、特に民族精神の継承に焦点が当てられている。エリオットの前期の小説が過去の重要性を主に個人的な人間関係のレヴェルで探っているのに対して、後期の小説は、未来への展望を民族（国家）と文化のレヴェルで示そうとしていると言える。この視点の移動と拡大が、すでに一八六〇年代に執筆された詩「見えざる聖歌隊に加わらせ給え」(以下、「見えざる聖歌隊」と略記)と詩劇『スペインのジプシー』において、実験的に試みられていることを指摘したい。従来、エリオットの詩は小説に比べてはるかに劣るとみなされ、今日これらの作品が論じられることは極めて少ないが、『ダニエル・デロンダ』創作への過程を示す点ではその重要性を看過できない。

「見えざる聖歌隊」は一八六七年八月に執筆されたが、出版されたのは一八七四年で、『ユバルの伝説・他詩集』の中の一篇として収められた。この詩集の原稿を出版者ジョン・ブラックウッドに送ったときの手紙で、エリオットが「私が強い関心を抱き、できる限り普及させたいと願っている思想を表現しています」[26]と述べていることからも、詩の技法はともかく、「思想」の点での詩の意義を明らかにする必要があるだろう。この詩は宗教詩に近いもので、実際 'Positivist hymn' として讃美歌集にも採用された。[27] そのラテン語のエピグラフが愛娘の記憶をいかに永続させるかを案ずるキケロの手紙の一節、「私は己の短い一生よりも、私がこの世に存在しなくなる、これからの長い年月に関心を抱いている」[28]から取られていることからも明らかなように、この詩は、いかに生命の永遠性が獲得されるかをうたう。その第一連を引用してみよう。

ああ我を、不滅の死者たちの
見えざる聖歌隊に加わらせ給え、
己が善へと導いた人々の心によみがえり、
寛容へとかきたてられた衝動に、
敢然たる正しき行為の中に生き、

自己充足の卑しき目的を斥け、
星のごとく闇を貫き
人間を探遠の探究へと
穏やかに駆りたてる、崇高な思想の中に生きるべく。

O may I join the choir invisible
Of those immortal dead who live again
In minds made better by their presence: live
In pulses stirred to generosity,
In deeds of daring rectitude, in scorn
For miserable aims that end with self,
In thoughts sublime that pierce the night like stars,
And with their mild persistence urge man's search
To vaster issues.[29]

死者が生きている者たちの記憶の中で、記憶の持ち主に「寛容」、「敢然たる正しき行為」、「深遠の探究」、「崇高な思想」へと向かわせることで、つまりエゴイズムからの脱却を促す道徳的影響を及ぼすことで、死者は生者と共に生き、永遠の生命を得るのである。[30]

続く第二連では「見えざる聖歌隊」の機能が、「発展しゆく人間の生命をいよいよ強く／統治する美しい秩序として息づきながら／世の不滅の音楽となること」[31] と詠われ、マーサ・S・ヴォゲラーが指摘するように、人間の「道徳的進化」への信念が表明される。[32] そして最後の第三連は、「見えざる聖歌隊」に加わることを切に願い、決意する詩人の祈りである。

あのいとも清らかな至福に我を至らせ給え、苦悩する他の魂にとって
力を湛えた聖杯と我をならせ給え、
気高き情熱をかきたて、純粋なる愛を我に育ませ給え
無慈悲とは無縁の笑みを生む力を我に与え給え——
広げられた善という、心地よい存在となり、
ますます勢いを増す広がりのなかに我をあらせ給え。
我は見えざる聖歌隊に加わらん、
その調べは人類の喜びであるがゆえに。

May I reach
That purest heaven, be to other souls
The cup of strength in some great agony,
Enkindle generous ardour, feed pure love,
Beget the smiles that have no cruelty—
Be the sweet presence of a good diffused,

And in diffusion ever more intense.
So shall I join the choir invisible
Whose music is the gladness of the world.[33]

詩人は「聖歌隊」、「聖杯」といったキリスト教の言葉とイメージを用いながらも、人間の死後の生命をあくまで人間同士の関係、すなわち死者と生者、記憶される人間と記憶する人間の関係として描き出し、そこに生命の永遠性と未来への継承への希望を託している。「発展しゆく人間の生命」という言葉には人間の道徳的進化への期待がこめられ、「広げられた善」、「ますます勢いを増す広がり」という言葉には人間の相互影響によって善が増大してゆくことと、善を通して自己が「広がってゆく」ことへの確信が示されており、それはこの詩の数年後に書かれた『ミドルマーチ』のフィナーレで語り手が述べる「ドロシアの周囲の者たちへの影響は予想できぬほど広がってゆくものであった（incalculably diffusive）。なぜなら、この世の善は一部には歴史に記録をとどめない行為によるからである」（八九六）という言葉に、さらには『ダニエル・デロンダ』でモーデカイが希求する「拡大され、延長された自己」（五三〇）という概念につながっている。そして、「見えざる聖歌隊」の一員となることを熱望する詩人の言葉は、何よりも自己の作品を通して人々の記憶の中で生き続けることを切望してやまないエリオット自身の心の叫びであろう。しかも、それは彼女を再び二十世紀の作家、ヴァージニア・ウルフへと結びつける点でもある。

ウルフは、『ダロウェイ夫人』（一九二五年）と『燈台へ』（一九二七年）において「人の心に記憶されて生きのびる」ことをクラリッサ・ダロウェイとラムジー夫人の「生命の形而上学」として提示している。[34]

『ダロウェイ夫人』の最初の部分で、ボンド街に出かけたクラリッサは死後の可能性について次のように考える。

……このロンドンの通りに、ものごとの消長に、ここそこに、なんとかわたしは生き続け、ピーターも生き続けるのだ。互いの中に生きるのだ。わたしは確かにブァトンの邸の木々の一部なのだし、あの家や……会ったことのない人たちの一部なのだから。わたしが一番よく知っている人たちの間に、もやのように広がり、自分が見た木々がもやを持ち上げるように、これらの人たちの、いわば枝々の上に持ち上げられるのだが、自分ははるか遠くまで広がってゆくのだから（と信じることで慰めにならないかしら）[35]（傍点は筆者）

ここでロンドンの通りや家の木々、家、さらには「会ったことのない人々」の一部だと自己を認識するクラリッサの感覚は、エリオットの作品における道徳的観点が前景化されていない点を除けば、第八章で考察したように、『ミドルマーチ』で窓外の景色を眺めるドロシアが、自己を広大な世界の一部、すなわち「あの自ずから脈打つ生命の一部」（八四六）として認識し、個人的な関係を何ら持たない人々との連帯感を抱くときの感覚と通底するだろう。また、クラリッサが自分は「（はるか遠くまで）広がってゆく (spread)」と感じる感覚は、「見えざる聖歌隊」における、詩人の「広げられた善」(a good diffused) という自己認識に近いものである。このクラリッサの形而上学は、作品の終盤で今度は語り手によって次のように繰り返される。

……クラリッサは（彼女のあらゆる懐疑にもかかわらず）次のように信じた。つまり、われわれという幻影、外に現れた部分は、他の部分、広く広がっている見えない部分と比べると、たいそう瞬間的なもので、見えないものは生きのびて、死後もあれこれの人に結びついて甦り、特定の場所を訪れることさえあるかもしれないということを。（傍点は筆者）[36]

先に引用したボンド街での場面と比較すると、ここでは、滅びゆく「幻影」、すなわち肉体とは異なって、[37]他者の記憶の中で生きのび、甦る自己の存在が再び「広がりゆく」ものとして捉えられ、また新たに「目には見えない」（unseen）ものとして表現されており、エリオットの「見えざる聖歌隊」でも、他者の記憶の中で生きのびる永遠の生命が 'invisible' と表現されていることを想起させる。ただし、上記引用文では「かもしれない」という言葉によってクラリッサの想いが確信にまでは至っていないことが示唆されるが、ウルフの次作、『燈台へ』のラムジイ夫人は「あの人たちの心に織りこまれているから、彼らが生きる限り、自分も織りこまれて生きのびる」[38]と確信し、喜びを覚えるのである。

*

次に、詩劇『スペインのジプシー』と『ダニエル・デロンダ』の関連性から、「継承」というテーマを考察しよう。よく知られるように、『スペインのジプシー』はエリオットが一八六四年五月にヴェニスで見たティツィアーノの絵画、『受胎告知』に着想を得た作品であり、その着想を彼女は次のように記している。

人生における重大な出来事である結婚を自分が明日に控えていて、女性の通常の運命にまさに加わらんとしていると信じている、若き希望に満ちた乙女が、突然、平凡な女性の運命とは大きく異なる経験を伴う偉大なる運命を生きるべく選ばれている、と告げられた。彼女は一時的な気まぐれによってではなく、先祖から継承された諸条件の結果として選ばれているのである。彼女はそれに従う。（傍点は筆者）[39]

この言葉どおり、『スペインのジプシー』のヒロイン、フェダルマはスペインの公爵、ドン・シルヴァとの結婚を翌日に控えたとき、突然姿を現した父親ザルカからジプシーの族長の娘であることを知らされ、「流浪の民の天使」[40]となり、囚われの身である父親に代わって彼らを新しい土地、アフリカへ導くよう命じられる。エリオットはこの作品を一八六四年六月に劇として書き始めていたが難航し、体調を崩したために、一八六五年二月にルイスが執筆を中断させた。[41]その後間もなく彼女は『フィーリクス・ホルト』を書き始め、それを一八六六年に出版、その後に『スペインのジプシー』を今度は詩劇として書き始めて一八六八年五月に出版した。このように着想から出版まで四年もの歳月を要した『スペインのジプシー』は、『ダニエル・デロンダ』の創作過程を示す点で非常に興味深い作品である。

まず両作品の類似点を見ていこう。第一に、男女という性の違いはあるが、フェダルマもデロンダも迫害される民族の指導者としての使命を突然命じられる。フェダルマ自身が述べるように、ジプシーは「ムーア人やユダヤ人以上に締め出され、軽蔑されている民族」（二九九）である。第二に、使命に目覚める前には自己の置かれた状況に不満を覚える点でも、二人の人物造形には類似性が見出される。デロンダが自分の出自に想像をめぐらせながら目標のない倦怠感に襲われるように、フェダルマも自分の幸福を認めながらも、時折ぜいたくな暮らしの中に「閉じ込められている」（二七四）と感じるのである。

シルヴァが家宝(「久しく受け継がれてきた栄誉の/尊いしるし」(二七二))を彼女に贈り、宝石で彼女を飾り立てようとするとき、それは『ジェイン・エア』でロチェスターが結婚を承諾したジェインを宝石や衣装で飾り立てようとする場面や、『ダニエル・デロンダ』ではグランドコートがリディアに返還させたダイヤモンドのネックレスをグウェンドレンに身につけるよう命じる場面を想起させる。男性の所有欲や結婚によって女性が主体性を奪われてしまう危険性を、宝石が象徴する場面である。ジェインはロチェスターに真っ向から抵抗するが、フェダルマはシルヴァが去った後に、密かに自己の抑圧された心を宝石に向かって吐露する。

このルビーたち、公爵夫人の私を迎えてくれる。なんという輝き!
閉じ込められた魂が、私の魂のように打ち震えている。
かつては愛し、野心を抱き、尊大であったのだろう、
それとも、広がりのある人生を夢見ているだけなのか、
激しさに胸をうずかせ、水晶のような輝きで満ちた
壁を打ち破り、より広い空間を栄光でみなぎらせたいと
切ない願いを夢見ているだけなのか。哀れな、哀れな宝石よ!
私たちは牢獄の中で辛抱強く、
愛することに己の空間を見つけねばならない。どうか、私を愛しておくれ。
共に喜ぼう。そして、金《ゴールド》よ——

（彼女は金のネックレスを手に取る）
不思議なネックレスよ――お前も私を愛し、
魔よけとなって、守ってくれるだろうか、
私を傷つけるまなざしから。

These rubies greet me Duchess. How they glow!
Their prisoned souls are throbbing like my own.
Perchance they loved once, were ambitious, proud;
Or do they only dream of wider life,
Ache from intenseness, yearn to burst the wall
Compact of crystal splendour, and to flood
Some wider space with glory? Poor, poor gems!
We must be patient in our prison-house,
And find our space in loving. Pray you, love me.
Let us be glad together. And you, gold—
(*She takes up the gold necklace.*)
You wondrous necklace—will you love me too,
And be my amulet to keep me safe
From eyes that hurt? (280)

フェダルマの「閉じ込められた魂」は、ルビーに対して同じく閉じ込められた存在としての共感を抱きつつ、「栄光」と「広がりのある人生」を熱望している。ルビーは古来「悲しみを払いのけ、欲望を抑制し、毒に屈せず、疫病に対する予防剤であり、邪悪な考えを防いだ」として「幸運の象徴」とみなされてきたが、[42] ここではそれがシルヴァとの幸福を予言するものというよりは、閉じ込められた存在として捉えられ、アイロニーを生み出している。また、ルビーはその色からだけでなく、「血石」(blood-stone) として止血に用いられたことからも「血」との連想が強く、[43] この「血」のイメージによって「血縁」、「民族の絆」という作品のテーマが象徴的に提示されていると言えよう。フェダルマがルビーに語りかけた後に心惹かれる金のネックレスは、実は彼女の父親のものであった。上記引用部分に続いて、フェダルマは金のネックレスが「死に絶えた過去からのメッセージ」(二八〇) を語るかのように感じ、この場面はフェダルマの広い世界への憧憬と、民族の絆というテーマを象徴的に示しつつ、彼女の父親の登場を予示するものとなっている。

では、『スペインのジプシー』と『ダニエル・デロンダ』の相違点はいかなる意味を持っているのだろうか。『ダニエル・デロンダ』では、デロンダの個人的な愛情の成就としての結婚と、ユダヤ民族の指導者としての任務は何ら矛盾を生じないが、『スペインのジプシー』では両者の衝突が悲劇を引き起こす。フェダルマは父親から民族の指導者としての任務を命じられたとき、結婚してから己の出自を明かし、公爵シルヴァの助力を得て同胞を助けようと考えるが、父親は結婚を断念するよう要求する。個人的な愛情よりも、「先祖から継承された諸条件」が要請する義務が優先されねばならないという理由からである。結局、フェダルマは民族に対する義務を選択する。一方、シルヴァは彼女と逆の選択をする。個人の愛情の方を選び、自分の家、民族、宗教をも捨ててフェダルマの一族になることを誓うのだ。しかし、ジプシーの一族がムーア人と組んでスペイン人を殺戮したことを知ると彼女の父親を殺してしまい、やがてその罪を悔いて、再びスペイン人の騎士としての権利を得るためにローマへ巡礼の旅に出ることを決意する。つまり、最終的に彼も自己の民族と宗教に戻ってゆくのである。従って、この作品はトマス・ピニーが指摘するように、個人的な「体験としての過去」よりも「遺伝的諸条件の総計としての過去」を志向するものとして読めるが、[44]両者を完全に分断してしまうのではなく、前者を後者に内包させ、かつ未来へ継承しようとする強い意志に貫かれている点に注目すべきであろう。

この作品の最後でフェダルマがシルヴァと別れてアフリカへ旅立つ場面は、一見悲劇的、悲観的色彩に濃く彩られている。フェダルマは次のように未来を思い描く。「灼熱の、疲れ果てた長い日々が／やがて父の希望を焼きつくすだろう／その希望を彼女は植えつけ、ただ枯れゆくのを見なければならない――枯れて死んでしまうのを」（四四二）。しかし、このような絶望感の中でも決して死に絶えることのない未来への意志が随所に感じられる。例えば、フェダルマを待ち受ける運命は、「幾世代をも暗闇に包みこむ／希望の死、否／不滅の思想の誕生」（四四四）だと述べられ、希望はたとえ挫折しても、「不滅の思想」によって再生され、継承されてゆくことが暗示される。また、「偉大なる未来は父と共に死んだのです／決して甦ることはありません、機が熟し、／追放されたズィンカリの／救済を決意した、別の勇士が現れるまで」（四四八）というフェダルマの言葉にも絶望と同時に、未来への期待が確かに感じられる。だからこそ、彼女は自己を「族長の灰を抱く葬儀の壷」にすぎないとしながらも、父親の意志を次の勇士に継承するための役割を果たす者として、「己が死ぬまで歩み続ける／ただ一つの道を照らす、澄んだ、強烈な光を／見る者」（四四九）

と定義づけるのである。
さらに、フェダルマは自分自身とシルヴァの過去と未来について次のように語る。

私たちの婚礼は
愛よりも気高い義務に
互いに忠実であろうとする決意です。
私たちの熱烈な若い愛――その息吹は幸福でした！
されどより広大な生の土壌に育ったために、
その根は引き裂かれてしまったのです。私たちは抵抗しました――
広大な生命が私たちを征服しました。それでも私たちは結ばれているのです、
それぞれ、相手の魂の、深い力を感じながら
生きてゆくからです。

Our marriage rite
Is our resolve that we will each be true
To high allegiance, higher than our love.
Our dear young love—its breath was happiness!
But it had grown upon a larger life
Which tore its roots asunder. We rebelled—

The larger life subdued us. Yet we are wed;
For we shall carry each the pressure deep
Of the other's soul. (451)

ここには、「広大な生命」に対して挑んだ戦いの敗北を潔く認め、個人的な愛情よりも「気高い義務」を選択した者の静かな、誇りに満ちた決意が語られている。「結婚」という言葉の意味のずらしが行われている点に注目したい。フェダルマとシルヴァにとって自分の民族への忠誠に生きることは、二度と会うことなく別々に生きてゆかねばならない運命を意味するが、フェダルマはその選択を別離としてではなく、同じ決意をした者同士の「婚礼」として捉えているのである。離れていても互いに「相手の魂の深い力」を感じながら生きていく故に「結ばれている」という言葉は、互いの記憶の中で生き続けることへの確信から生まれたものであり、通常の「結婚」の意味をずらすことで、彼女は悲しみを希望に転じ、シルヴァと共に生きた「体験としての過去」を「遺伝的諸条件の総計としての過去」に内包させつつ未来に継承してゆこうとするのである。後述するように、『ダニエル・デロンダ』でもモーデカイが志を同じくするデロンダとの関係を「魂の結婚」（八二〇）と定義するが、それだけでなく、「結婚」はキーワードとして多くの意味を付与されている。

このように見てくると、『スペインのジプシー』の結末には、その悲劇的要素にもかかわらず、『ダニエル・デロンダ』と通底する未来への強い意志が脈打っていることがわかる。すると、デロンダの場合には個人的な愛情と民族への義務との葛藤が経験されないことは何を意味するのか。それは次に考察するように、個人と社会の葛藤を超えたところで、民族の融合という人類の未来についてより明確な展望を示そうとするエリオットの意図の表れではないだろうか。一八六〇年代に書いた詩「見えざる聖歌隊」と詩劇『スペインのジプシー』において、他者の記憶の中で獲得される生命の永遠性、個人のレヴェルを超えた民族への義務、未来への継承といった思想を確固たるものとした後に、エリオットは最後の長編小説『ダニエル・デロンダ』でそれらを同時代のイギリス社会の中に具現させることで、人類の未来を象徴的に示そうとしている。

新たな可能性を求めて

これまで批評家たちによってたびたび指摘されてきたように、エリオットは旧態依然としたイギリス社会に代わる理想的社会の一つの可能性としてユダヤ人社会を提示しており、[45] それはモーデカイとデロンダが志した過去から未来への民族精神の継承を中核とする社会である。モーデカイの思想においては'nation'、'nationality'がキーワードだが、'nation'は「国民」、「民族」、「国民国家」といった意味の重層性を持つ概念であり、それは近代の産物であった。[46]

ヨーロッパでは十八世紀末から十九世紀にかけて誕生したナショナリズムによって、「国民国家」(Nation-State)が規範的な主権の単位となり、第一次世界大戦までに「国民国家」が次々と創設された。『ダニエル・デロンダ』が発表された頃は、ちょうど「国民国家」の形成や、国家としての領土内の住民を国民として形成することが重要な政治的論点となっていた時期である。[47] 国民意識の創出が政治、経済と密接に結びついていた状況について、ある歴史学者は次のように説明する。

十九世紀ヨーロッパの国家にとっては、国民からの税収や兵役によって、国家財政と軍隊とが維持され、また、国民の労働に基づいて国民経済が支えられ、それが国富の源泉になる、と考えられていただけにいっそう、国民をいかに政治的に、また社会的に統合できるかが大きな問題となった。この時期にはじまる国民国家形成は、それぞれの国における産業資本主義の発展と並行していた。たとえ原料や製品市場を求めて海外に展開することがあったとしても、国境線で仕切られた自国内の産業基盤に基づく経済が、国民経済の名のもとに最重視される。[48]

エリオットが『ダニエル・デロンダ』で民族意識の重要性を訴えるのは、一つにはこのように経済的、政治的理由からのみ国民や国家意識が叫ばれ、実質的には他国、他民族の迫害や搾取となる帝国主義への厳しい批判からであっただろう。それは先に考察した馬のイメージによっても示唆されていた。だが、単なる批判にとどまらず、エリオットは人類の未来を民族の融合だと見定めた上で、個人および民族（国家）のあり方を示そうとしているように思われる。

こうした展望を体現する登場人物には、デロンダとモーデカイだけでなく、ドイツ、スラヴ、ユダヤの混血の音楽家であるクレスマーがいる。彼はプライドが高く、激しやすいという欠点はあるが、その芸術に対する真摯な態度、音楽を通じてのアロウポイント嬢との共感、グウェンドレンに対する思いやりなどに窺えるように、優れた道徳的資質を備えた芸術家として、つまり理想的な芸術家として造形されている。[49] 彼は自らを「さまよえるユダヤ人」（二八四）と称して、アウトサイダーとしての立場を自認しているが、民族の融合を目指す世界主義思想の信奉者である。彼が意味する民族の融合とは、芸術の普遍性、文化の普遍性を通して実現されるものであろう。だから彼は、理想主義を欠くイギリスの政治に我慢がならず、「遠く離れた民族同士の相互関係は市場の必要性によって決定されている」（二八三）と、経済的理由を最優先させた民族（国家）間の関係のあり方を厳しく批判する。

では、望ましい関係とはいかなるものか。それは「人類の力と豊かさは、独立とコミュニケーションのバランス（the balance of separateness and communication）に依る」（七九一）というデロンダの祖父の言葉に集約されるだろう。この言葉が、誰よりもユダヤ性を守り、継承しようとした人物から発せられていることは示唆的である。単なる分離主義の限界がすでに洞察されている。このバランス感覚は個人同士、個人と社会、さらには国家の関係における必須条件として提出されており、その一つの実践がモーデカイに見られる。

芸術の普遍性が有する力を信じるクレスマーは、理想主義的な観点から民族の融合を肯定しているが、モーデカイは逆に民族融合に抵抗することの必要性を訴える。民族の融合という世界的動向の中で民族意識は滅びゆく運命にある、という友人の言葉に対して、モーデカイはその流れに抗するべきだと主張し、民族のあるべき姿を次のように述べる。

ある民族の生命は生長する。それは喜びにあっても悲しみにあっても、思考においても行動においても固く結ばれてはいるが、拡大されてゆくものだ。他の民族の思想を吸収してわがものとし、それを新しい富として世界に

還元するのだ。それは、諸民族という大きな統一体の中にあって一つの力となり、器官となる。（五八五）

ここでは一つの民族（国家）は「大きな統一体」の「器官」、すなわち統一体の一部でありながら独立した有機体として捉えられ、その相互作用が重視されている。民族の融合が避けられないからこそ、その融合をより良いものにするために相互作用の質が問われるのである。諸民族の統一体の中でそれぞれの民族が自らの独立と他民族とのコミュニケーションを図りながら発展するには、モーデカイが主張するように、ある方向に進む力（思想）に対して拮抗する力（思想）を敢えて提示し、実践してゆくことが重要な推進力となる。このモーデカイの姿勢に、エリオットの最大の特徴であるバランス感覚を窺うことができる。クレスマーの思想が文化の普遍性に力点を置くものであるとすれば、モーデカイのそれは文化の個別性に力点を置いていると言えよう。[50] エリオットは、この二人を配置することで、普遍性と個別性という文化の重要な二つの面を的確に示しながら、個別文化という「器官」の単なる総和以上の「大きな統一体」が人類の共有する普遍文化として生まれる可能性を、期待をこめて描き出しているのだ。

このような人類の未来像を予測しつつ'the balance of separateness and communication'を訴える姿勢は、エリオットの最晩年の作『テオフラストス・サッチの印象』（以下、『テオフラストス』と略記）においてさらに明確になる。テオフラストスは、この作品の最終章「現代のヘップ！ヘップ！ヘップ！」でイギリス人のユダヤ人に対する偏見について論じるが、その偏見の原因は二つの民族の類似性を無視することにあると分析する。なぜなら、歴史が示すように、ユダヤ人は'separateness'の故に非難されるが、それは民族意識の維持に必要な「精神のプライド、強い抵抗の源泉」[51]の故に他ならず、その民族としての誇りこそが実はイギリス人自身の特性であるからだ。テオフラストスは、こうした認識によってイギリス人がユダヤ人に対する偏見を捨て去ることを期待する。そして、彼は人類の未来を予見しながら、'nationality' の意義を次のように強調する。

世界の動きによってもたらされた国家の悪に抗するとき、多くの場合、さらなる国家（国民）としての卓越性を追求すること、すなわち、より卓越した国民を育成すること以上に希望を与えるもの、あるいは方策となるものはない。民族は遅かれ早かれ融合する方向に向かっている。この趨勢を阻止することは不可能である。我々にできることといえば、民族の融合が、国民の精神言語である国家の伝統や慣習をあまりに急速に消し去って社会の道徳的通念を堕落させるのを阻むために、融合の速度を減じることだけである……。このように不可避な融合への動きを減速して導くことは、あらゆる努力を払うに値する。そして、この意味においてこそ、現代のように国民性（Nationalities）という考え方を主張することが価値を持つのである。（一六〇）

ここには、当時声高に叫ばれた国民意識の創出への積極的な関与が見られる。ただし、'Nationalities' の定義づけを通して、政治的、経済的理由から称揚されるナショナリズムに抵抗するという形によってである。「さらなる国家としての卓越性」の追求は、「卓越した国民」を育成することでなければならない。この個人と国家の相互依存関係は、エリオットが早くも評論「ドイツ生活の博物誌」で主張し、最初の小説から繰り返し具現させてきた個人と社会の相互依存関係について視野を拡大させたものであり、個人と社会（一つの国家）という枠を超えて、世界的な視野に立った人間のあり方、民族の融合、ひいては人類の発展を捉えている。その認識の上で「国民性」を維持すること、つまり'separateness'を守ることの重要性を訴えるのである。ここでは『ダニエル・デロンダ』以上に'separateness'が強調され、しかもそれが民族融合という世界の趨勢がもたらす「悪」を阻むための手段として捉えられており、民族の融合に対して非常に懐疑的な態度が明確に打ち出されている。先に引用したモーデカイの言葉には理想主義的な響きがあったのに対して、テオフラストスの言葉は苦渋に満ちている。その理由は、民族の融合が経済的理由によって加速度的に進行していることだ。イギリス人を含めた多くの民族が利益獲得のために世界中に進出して混ざり合う現象をテオフラストスが嘆じるのは、そうした融合によって、民族がその過去の歴史において培ってきた精神性を、ひいてはアイデンティティまでをも喪失してしまうことを危惧するからである。この民族の融合に対する懐疑的な態度は、『ダニエル・デロンダ』から『テオフラストス』に至る過程での、エリオットの一つの変化として認識する必要があるだろう。

＊

ところで、『ダニエル・デロンダ』がユダヤ人社会を理想的な社会の一つの可能性として提示していることについて、R・アシュトンは次のような疑問を投げかける。なぜ肯定できる未来を見出すためにイギリス社会に背を向けなければならないのか。内側からの改革はあり得ないのか、と。[52] しかし、エリオットはむしろ内側からの改革を目指していると言えるのではないだろうか。なぜなら、ユダヤ人とイギリス人の特質の類似性を洞察するエリオットにとって、理想的なユダヤ人社会を提示することは、イギリス人の特性を生かす社会への変革を意味するからである。また、エリオットは先に見たようなモーデカイの言語の継承を自ら実践することによって、まさしく人間の内的改革を引き起こそうとしているからだ。

その試みの一つが、言葉の意味を拡大、発展させることである。言語の不完全性を認識するが故の、新たな可能性の追求だと言えよう。例えば、語り手は「拡張」(extension)(七七二)を例に挙げ、多くの実例に言及しながら、この言葉がものごとを測るのに不完全な手段であることを述べるとき、人間が経験する内的変化の程度の広がりについては、その革新的変化からほとんど無に等しい変化に至るまでの落差を強調する(七七一)。それによって、言葉の意味を定義することの難しさだけでなく、弾力性とも言うべき言葉の意味の広がりに着目するのである。デロンダが「罪」という言葉の定義に苦しんだことはすでに見たが、その経験は彼の人間的成長の契機となっていた。エリオットは言葉の意味の不確実性をむしろ意味の弾力性として肯定的に捉えなおし、それを読者に認識させることで読者の感受性を豊かにしようとしているのではないか。だから、多くの言葉の定義づけを行うのである。

もう一つの例として「結婚」という言葉について考えてみよう。「結婚」はグウェンドレンにとっては自由への道を約束するはずのものだったが、現実には彼女は夫に支配されてしまった。グウェンドレンの「結婚」とは異なる意味を持つ例として、デロンダとマイラ、クレスマーとアロウポイント嬢の結婚が提示されている。また、モーデカイは妹のマイラに自分たちの運命について「悲しみと栄光とは、ちょうど煙と炎のように混じり合っている。我々子供は親から善を継承しているからこそ、悪を感じ取ることができるのだ。これらは我々にとって、分かち難く結びついている。ちょうど我々の父が母と結婚によって結びついているように」(八一二)と語り、「結婚」を悲しみと栄光の分かち難い結びつきを表現する比喩として用いている。さらに、彼はデロンダとの関係を「魂の結婚」(八二〇)と定義する。このモーデカイによる結婚の比喩は、語り手によってタルムードを編纂したラビの言葉、「全能なる神は、様々な結婚を整えるのに忙しくしておられる」とのつながりが示唆され、後者の「結婚」の意味は「この世の善と悪を生じるあの宇宙の驚くべき様々な結合」（八一二）だとされる。このように個人的なものから宇宙に至るまでの様々な現象に「結婚」という言葉を用いることによって、エリオットはこの言葉の意味を進化させようとしており、それは読者に視点の多様性に気づかせ、読者の視点の移動と拡大を促す試みでもあるのだ。

こうした言語の意味の拡大と発展を通して行う啓蒙は、『テオフラストス』においてより積極的かつ厳密に実践されることになる。この最後の作品は近年ようやく見直しが始まった。『ダニエル・デロンダ』の完成後、エリオットはすでに自己の最良の作品は生み出されたと確信するが故に、もはや新たな作品を「価値あるように」完成させるのは無理ではないかとためらいながらも、心惹かれる「多くの主題」と「大きく広がる展望」を表現せずにはいられなかった。[53] この作品は小説ではなく、テオフラストスというギリシア哲学者から名前をとったと思われる作家（売れない作家）による、いわばエッセイ・ノヴェルである。[54] 評論執筆から出発したエリオットは、最後に再びエッセイ形式に戻ったのだ。テオフラストスは自己について、また彼が出会った様々な人間について語りながら、文学、科学、政治、道徳、文化、言語など多岐にわたって緻密な論を展開するが、『ダニエル・デロンダ』以上に言語へのこだわりが徹底的である。そして、これらの多様な主題は、テオフラストスのイギリス文化に属する作家としての芸術観と、道徳意識によって結びつけられているのである。彼は絶えず著述家の読者に対する義務と影響力の重大さを考慮しながら、イギリス文化の特質とその未来を明らかにしようとする。言語と文化、未来への展望が中心的テーマである点で、この作品は『ダニエル・デロンダ』の続編とみなすことができる。

『ダニエル・デロンダ』において言語と人間、あるいは言語と社会の結びつきがすみずみにまで浸透していることを先に考察したが、『テオフラストス』でも同じ現象が観察される。また、『ダニエル・デロンダ』の語り手と同様、テオフラストスも読者の言語に対する認識を深めることで、道徳的啓発を試みる。例えば、日常会話で頻出する言葉がいかに不用意に、しかも不適切に用いられているかを次々と暴露しつつ、彼自身の厳格な道徳意識に基づいた定義づけを行うのである。

第六章の「たかが気質」は、次のように'temper'という語の意味と用法の分析で始まる。

> 気質（temper）とは何であろうか。その第一義、すなわち、複数の資質が混ざり合っている割合と様態という意味は、一般的な会話ではたいてい無視されているが、それでもこの言葉は、特定の美徳や悪徳と考えられるものとは区別される、人間の心の通常の状態、もしくは一般的な性向を意味することが多い。心的評価が下がるとは思わずに人々が悪しき過去の記憶を告白するように、我々も、ある人物が短気な人（a bad temper）だとはっきりと言われながらも、高潔な気質の持ち主として賞賛されるのを耳にする。その人物が過ちを犯したり、何らかの点で体面を危うくしたとき、彼の人格（character）ではなく、気質が非難され、残忍で粗暴な気分にならなければ、彼は親切そのものだ、と理解されるのである。（五六、傍点は筆者）

この引用文に続いて、「気高い人格」（六一）は「短気」とは共存し得ないという考えを導入し、テオフラストスは「気高い人格と呼ばれるに値するには、安心して当てにできること、その資質が完璧にではなくとも、習慣的に従われる主義や規律の形をとることが最も重要である」（六一）と主張する。こうした定義づけによって「気高い人格」の基準を引き上げ、同時に読者の言語意識と道徳意識を高めることがねらいである。なぜなら、言語に対する感受性の欠如は「言語の堕落」（一二九）、すなわち道徳的堕落につながるからだ。

テオフラストスにとって、そしてエリオットにとって最も重要な言葉 'morality' と 'morals' が第十六章の「道徳的詐欺師たち」で取り上げられ、その誤用（だとテオフラストスがみなすもの）が厳しく批判される。最初の対象は、社会的権威と経済力に物を言わせて貧しい人々から搾取していた鉱山所有者、ガヴィアル・マントラップ（Gavial Mantrap）（文字通りの意味は 'gavial' = ガンジスワニ、'mantrap' = 領内侵入者を捕えるための人捕り罠）を、家庭的であり、仲間内で慈悲深いという理由で「全く道徳的な人間」だとみなすという誤用である。テオフラストスは、マントラップの家庭や仲間内での徳についての評判が「騙りの装置の有力な部品」（一三〇）、つまりこの場合は言語の騙りによる道徳的騙りのための効果的な装置として機能した点を批判する。「マントラップ」という名前にすでにその道徳的騙りが示唆されている。偏った視点に基づく言葉の誤用は、誤用する本人だけでなく、それを隠れ蓑とする人間、さらにはその誤用を誤用と知らずに受け入れる人間をも道徳的に堕落させる、極めて有害な装置となり得るのである。

テオフラストスはさらに政治史や文学の著作においても同様な騙りが行われていることを糾弾した後に、'morals' を次のように定義づける。

……我々の習慣的な会話で、道徳（morals）という言葉に、あらゆる人間関係において最も豊かな知識と共感から生じる行為としての、最大限の意味を持たせよう。それは、ものごとの依存関係についてのより完全な認識、および物理的事実と精神的事実の双方に対するより繊細な感受性を通して、絶えず修正され、豊かにされてゆく

意味である……。（一三五）

この定義には、作者エリオットの信念と言語への期待が最も直截に表現されている。人間同士の相互依存関係についての知識と共感から生まれる行為、それは彼女にとって評論、小説、詩を書くことに他ならなかった。そして、自ら言葉の意味を修正、発展させてゆくことで読者の道徳的成長ひいては社会の発展に貢献し、自身も成長することを願ったのである。

ここで、G・H・ルイスの『生命と精神の諸問題』の第五巻に示されていた言語観をもう一度思い起こしたい。それは次のようなものであった。言語という恣意的、社会的な記号によって人間は自らの意識を構築してゆく。言語によって思考する力こそが、「人間を動物から区別し、ある民族（国民）に他の民族（国民）に対する優越性を与える」のであり、言語の「感情と行動に対する影響は計り知れず」、言語のみが人間を「唯一の道徳的な動物」とし、それによって社会が向上する。従って言語にこそ人間の進歩の可能性が存在し、「新しい記号の創造は文明の進歩の一歩」に他ならないのである。[55] エリオットがルイスと共に形成したこの言語観が、ほとんどそのままの形で『テオフラストス』に現れていると言えよう。テオフラストスが厳密な定義づけを繰り返し行うとき、読者は言葉の意味の広がりと共に、言語が意識を構築してゆく過程を自らの内に実感せずにはいられない。テオフラストスの辛辣なアイロニーとパロディーは、学問や科学の進歩にもかかわらず向上しない人間性に対するエリオットの苦渋を示しているが、それでも彼女は最後まで、「新しい記号の創造」、換言すれば、言語の新たなる意味の創出への努力を続けたのである。それは彼女にとって、作家としての責務を果たすことに他ならなかった。

以上見てきたように、『ダニエル・デロンダ』において言語と社会的権力の緊密な関係、および言語の不確実性を提示するエリオットの言語観は、十七世紀末から十九世紀にかけてヨーロッパで形成された言語論を色濃く反映している。恣意的な記号である故に観念の伝達手段としては不完全である、とロックが指摘した言語の問題は、言語のみを媒介として読者と関る作家、エリオットにとって重大な問題であった。言語思想史が言語の不完全性を認識した後に、言語活動を創造的活動とみなし、精神と言語の相互作用を重視する方向へと展開していったように、エリオットも言葉の意味の不確実性を意味の弾力性として肯定的に捉えなおしていった。このヨーロッパ言語思想との関りは、『生命と精神の諸問題』での結論の背景としても意義深い。

また、エリオットは言語への認識を深めながら、視点の移動と拡大も行った。「見えざる聖歌隊」や『スペインのジプシー』において、他者の記憶の中で獲得される生命の永遠性、個人のレヴェルを超えた民族への義務、未来への継承といった思想を確固たるものとし、それを『ダニエル・デロンダ』では同時代のイギリス社会の中に具現させることで、世界的視野から捉えた人類の未来を象徴的に示そうとしたのだった。民族の融合という、むしろ危惧すべき未来、しかし回避することのできない未来へ向かって生きる最善の手段として提示されたのは、'separateness and communication' という、エリオットのバランス感覚そのものであった。

終章
エリオットの現代性

本書では、エリオットの作品における言語とイメージの関り、およびその対話性を探ってきた。ここで意味する対話性とは、序章で述べたように、言語の本質は対話性にあり、それは絶えず変化、発展してゆくものとするバフチンの思想に基づいている。これまでの考察を振り返ってエリオットのたどった道を再確認し、最後に彼女の作品が主張し得る現代性について考えてみたい。

第一章で見たように、エリオットは十代の終わりから二十代の初めにかけて、福音主義との激しい葛藤を経験した。やがてその信仰を放棄するに至る苦しみの中で、言葉は発見の場であると同時に、自らの精神を鍛える場であることを認識し、聖書の厳密な読解と書き換えを通して、バフチンが言うところの「他者の言葉の選択的獲得」[1]の作業を自らに課し、さらに友人への手紙という手段を用いて自己を発信したのである。彼女の手紙や日記は、書くことによる自己表現への抑え難い欲求と実践に満ちている。

こうして形成されたエリオットの言語意識は、『牧師生活の諸景』で早くも言葉の力、言語の意味の不確定性、言語表現の限界といった本質的な問題の提出、および語りのストラテジーとしての絵画的イメージの創造につながった。ただし、この頃の言語観はまだかなり楽観的なものであった。彼女のイメージ創造の根幹を成す絵画的描写には、十七世紀オランダ絵画との緊密性が明らかだが、G・H・ルイスと共に動物の生態研究に携わった時期に書かれた三つの回想の精緻な自然描写に、小説の習作とも言える側面が見出されることは非常に興味深い。彼女にとって、十七世紀オランダ絵画は科学と融合した芸術形態として重要な規範だったのだとうなずける。また、エリオットが作家としてスタートしたときに最も意識していた同時代作家、シャーロット・ブロンテの『ヴィレット』への反応とも言える点を、ナサニエル・カーリアの版画『女性の人生と年齢──揺りかごから墓場まで女の一生の諸段階』やルーベンスの『キモンとイーピゲネイア』を用いて考えてみた。すると、二人の作家の特質が浮かび上がってくる。

従って、この最初の作『牧師生活の諸景』については、エリオットの言語意識とそのイメージ創造との密接な関係、および対話性という、彼女の世界のダイナミズムを生み出す重要な三要素を示している作品として位置づけた。

第二章の『アダム・ビード』では、その第十七章において、理想的な芸術として言及される絵がヘラルト・ダウの『紡ぎ人の祈り』を始めとする十七世紀オランダ絵画であることを確認した上で、ジョン・ラスキン、特に彼の『近代画家論』第三巻の影響のもとにエリオットの芸術論が形成され、イメージの創造の理論化が行われた点を論じた。ラスキンが文学との比較によって絵画論を形成したのに対して、エリオットは絵画との比較を通して文学論を形成してゆく。そこに、文学と絵画が相互作用のうちにそれぞれのジャンルの理論化を進めていった十九世紀の文化現象の重要な側面を見ることができる。

また、『アダム・ビード』では女性登場人物たちを通して「語ること」がテーマ化され、言葉と自己認識の密接な関係が明らかにされるが、その際、彼女たちの性質と変化を語る修辞装置として、宗教画や十七世紀オランダ絵画からのイメージが巧みに用いられていた。前作にもまして積極的に、聖書の語彙やイメージが人道主義の観点から再定義されている点も大きな特徴である。さらにもう一つ、パストラルというジャンルへの挑戦を通して、エリオットは彼女自身の過去を問い直しており、この作品は、彼女の心の原風景を絵画的な小説世界へと追憶という距離を用いて昇華させたものとも言える。

このように『アダム・ビード』では、イメージの創造の理論化、「語ること」のテーマ化、新たな様式への挑戦という点で、エリオットの小説家としての飛躍をはっきりと跡づけることができる。

第三章では『フロス河の水車場』と『ジェイン・エア』の両ヒロインが共に熱烈な読者であることに注目して、再びシャーロット・ブロンテとの対話性を取り上げた。ルネサンス時代まで遡れる「女性読者」構築の歴史に、また、十九世紀に流布していた女性読者のイメージに、二人の作家はいかに関ったのか。『ジェイン・エア』で用いられた絵画的イメージ（十九世紀ロマン主義絵画に頻繁に見られた「窓」のモティーフによる、窓辺に佇む女性）のヴァリエーションが、エリオットの意識を顕在化させていた。つまり、ブロンテが社会に真っ向から抵抗する女性読者像によって、フェミニスト的視点を率直に提示するのに対し、エリオットはいわば彼女とは逆の視点を示すことで、一つの視点の絶対性を疑い、それに揺さぶりをかけようとするのである。女性の苦悩についての洞察やフェミニスト的視点を共有しながらも、それを表現することには大きな違いを見せる二人の作家の特質は、その作品構造とも深く関っている。

また、『フロス河の水車場』のヒロイン、マギーが道徳の相対性とも言うべきものに心を引き裂かれ、もがき苦しみながら最良と信じる選択をした結果として、過酷な代償を余儀なくされるその姿に、エリオットの洞察力と道徳意識の深まりが見て取れる。それは、マギーが鋭く反応する五枚の絵の用い方に窺えるように、絵画を修辞装置として巧みに使用する技法の発展へとつながっており、言語に対する感受性と道徳的感受性の相関関係も先行作品と同様強調されていた。

第四章で考察した二つの短編小説「引き上げられたヴェール」と「兄ジェイコブ」はこれまで等閑視される傾向にあったが、エリオットの他の作品との関連性という点から光を当ててみると、そこにはエリオットの後の小説で核となる思想が凝縮した形で表現されているのがわかった。つまり、ある一つの考えが胚胎された後に、それがどのように発展してゆくかを知るための恰好の材料であり、彼女特有のバランス感覚、および彼女自身の作品間の対話性が顕著に観察された。この二つの短編には、その直後の作品との対話性のみならず、実に十五年以上も隔てた『ダニエル・デロンダ』との対話性も見出されるのである。

そして第五章では、従来最もワーズワス的だとみなされてきた『サイラス・マーナー』について、この作品のエピグラフとされている「子供は大人の父である」というワーズワスの詩句をエリオットがいかに自己の言葉として獲得し、それを作品に具現しているか、という観点から新しい解釈を試みた。彼女が長年愛読したワーズワスの詩句に新たな意味を付与したことは、バフチンの言葉を借りれば、「新しいコンテクストと新しい条件のもとでの他者の（正確には半ば他者の）言葉の更なる創造的な敷衍」[2]と言えよう。こうしたエリオットのワーズワスとの対話性が自然のイメージを通して具現化され、そのイメージは作品の寓意的様式を前景化する機能を果たしている点でも興味深く、彼女は『アダム・ビード』に代表されるような、作品の写実的様式を印象づける絵画的イメージとは異なるイメージの創造を開拓したのである。

第六章で取り上げた『ロモラ』は、一八六〇年代のイギリスにおけるルネサンス熱が生み出した、一連のルネサンス神話の一つとして位置づけられるが、この作品において言語の問題が一挙に前景化され、言語の問題が小説のテーマとして重要性を増していることが考察された。この作品で描き出された言語への情熱に潜む知と権力への渇望、およびそこから生じた悲劇、とりわけサヴォナローラの自己乖離に、エリオット自身の言語への情熱と、作家として自己のありようを厳しく自問する姿が透視される。また、彼女の言語と不可分であるイメージの創造については、バルダサッレの物語の悲劇性を高める『オデュッセイア』の逆立ちの構図や、ティートが創出した「バッコスとアリアドネー」の物語の破綻など、多義性を内包し、読者の解釈を刺激するイメージの創造が、後期の小説でのより複雑なイメージの発展を予期させる。

続く第七章では、『フィーリクス・ホルト』とディケンズの『荒涼館』との対話性を探ることで、エリオットがテーマのみならず、肖像画や絵画的描写を修辞装置として用いる技法の面でも多くのことをディケンズから吸収しつつ、自分の書くべき小説の可能性を模索していたことが明らかになった。ディケンズとエリオットは共に「結婚のコードに反した女性」の物語を通して「結婚」という契約に集約される社会システムの暫定性と瓦解性を露呈させるが、エリオット自身のディケンズ批判を裏づけるかのように、『フィーリクス・ホルト』ではトランサム夫人の心理描写に重点が置かれ、二人の女性の苦悩にも相違が見出された。また、両作家は同じ名前のヒロイン、エスタの社会的アイデンティティが曖昧になる瞬間を創り出すことで、女性の可能性と希望を示そうとした。

エリオットの作品群における『フィーリクス・ホルト』の意義は、二つの点で後の大作『ミドルマーチ』と『ダニエル・デロンダ』への方向性を示していることにある。一つは、歴史の連続性を信じるエリオットの視点が過去を重視することから未来を見通すことへと移行する転換期となっている点、もう一つは、ジェンダーと階級の両方の境界を越えるエスタ・ライアンに、慣習的なジェンダー規範を転換してゆく可能性を見出そうとしている点であり、一見保守的に思われるフィーリクスとエスタの関係が実は'radical'であることを見落としてはならない。

ここまでの考察で、エリオットがシャーロット・ブロンテ、ワーズワス、ディケンズら、他の作家たちとの対話を通して洞察力と言語意識を深め、修辞装置としてのイメージの創造も多様化させていった過程を知ることができたが、一番の影響力は何と言ってもG・H・ルイスであった。第八章では、哲学、芸術、科学について領域横断的に研究した彼の著作の意義と、それが『ミドルマーチ』に与えた影響について考察し、次に、この作品における絵画的イメージの創造について論じた。

ルイスは十九世紀のイギリスにコントとゲーテの思想を普及することに大きく貢献したが、彼の著作は今日、一部の研究者を除いてはほとんど読まれることがないであろう。だが、それをエリオットとの対話性という観点から読み直してみると、彼がイギリス文化の形成において、とりわけエリオットにとっていかに重要な存在であったかが、予想以上に鮮やかに浮かび上がってきた。ルイス自身、および彼の著作との対話は、エリオットにとって常に思索の源泉であり、刺戟であった。本書では特に次の三点に焦点を当てた。（1）ルイスが連載評論「文学で成功するための原則」で確立した文学論は、十七世紀オランダ絵画を規範とした『アダム・ビード』での芸術論の理論化を推し進めたものであり、十七世紀オランダ絵画という規範にはおさまりきらない『ミドルマーチ』のテーマと題材の広がりを擁護する文学論となっている。（2）エリオットはルイスと共に客観主義から主観主義への移行を果たし、それは『ミドルマーチ』における「見ること」の追求に如実に現れている。(3)ルイスの『生命と精神の諸問題』には、二人が到達した言語論的転回、および言語に託した希望が理論として提出され、それが『ダニエル・デロンダ』と『テオフラストス・サッチの印象』の基盤ともなっている。

『ミドルマーチ』は、絵画的イメージの技法が頂点に達した作品とも言え、そこでは、絵画的イメージが言語の意味を明確にするものというよりは、むしろ言語の意味の不確定性、多義性を示すものとして機能している。特に、パルマ・イル・ヴェッキオの絵画『聖女バルバラ』を想起させる聖女のイメージは、ヒロインの精神的成長の指標として用いられる一連の「窓」のイメージの一環と捉えることができるだけでなく、聖女バルバラの伝説とキリスト教美術の図像との関連で、ドロシアの生き方を解釈する上でも鍵となっている点を明らかにした。ドロシア像に示された可能性も、『フィーリクス・ホルト』で顕在化した、ジェンダー規範を置換してゆくための意味のずらしとして捉えることができ、それは第九章で考察する『ダニエル・デロンダ』において、さらに積極性を帯びることになる。

『ダニエル・デロンダ』では、作品全体を一貫して流れる馬のイメージが、支配/服従関係そのものを浮き彫りにするだけでなく、慣習的なジェンダー規範がいかにそうした力関係を生み出し、維持し、強化してゆくかを前景化する。馬のイメージは、流動的な意味を有する記号として当時の社会に広く流布していた。それを用いて、イデオロギーによって構築された「女」のありかたに疑問を投げかけ、新しい人間像と人間関係を提示している点で、この作品はフランスの女流画家、ローザ・ボヌールの『ホース・フェア』とイギリスの代表的動物画家ランドシアの『馴らされたじゃじゃ馬』にも通じ、これら三作品が十九世紀後半における小説と絵画の緊密な関係を示す一例であることを論じた。また、人間のありようの理想を両性具有に求めた点では、二十世紀の作家、ヴァージニア・ウルフにつながっていく。

エリオットがルイスと共に最終的に到達した言語観を理解した後では、『ダニエル・デロンダ』における言語への著しい傾斜はむしろ当然のことと思えるが、それがいかに作品に表現されているかを探ることが、第九章でのもう一つの目論みであった。そこで、言語と社会という観点からこの作品を分析し、さらにヨーロッパ言語思想史との関連性、エリオットの詩「見えざる聖歌隊に加わらせ給え」、詩劇『スペインのジプシー』および最後の作『テオフラストス・サッチの印象』との関連性を考察することで、エリオットの言語思想の発展、および彼女が生涯の最後に直面していた問題を明らかにすると共に、埋もれた状態にある作品の有する意義にも光をあてることができた。詩において明らかになったように、永遠の生命への切実な願いも、エリオットはウルフと共有していた。

こうして、エリオットの作品をほぼ創作順に考察することによって、彼女自身がまさに望んだように、その「連続する精神的段階」[3]をたどることができたと思う。言語意識に目覚め、言語と人間、および言語と社会の発展の相関関係を信じたエリオットは、かなり楽観的な言語観から出発し、やがて言語の不確実性への認識を深めていったが、それでもなお人を変革し得る言語の力とその可能性を信じ、言葉の新たな意味の創出に人類の発展の希望を託した。それは限りなく言語に魅せられた者の軌跡だと言えよう。その「精神的段階」で注目すべき点は、科学と芸術の領域を越え、あるいは芸術のジャンルの境界をも越えて常に最新の知を求め、様々な人物や思想、自己との間に果たされた対話性である。その対話の中で、エリオットは絶えず一つの視点の絶対性を疑い、複数の視点を意識しつつ、バランスをとろうとした。このバランス感覚こそが彼女の独自性であり、彼女が生み出す虚構の力学の中核をなすものと言えるのではないだろうか。

また、彼女は、過去を見つめることから未来を見通すことへと視点を転じ、小さな共同体のレヴェルから世界的レヴェルへと視野を拡大していった。『ミドルマーチ』で、リドゲイトは「全ての研究には心臓収縮と心臓弛緩があるべきだ」と考え、「人間の精神は人間総体としての視野と、顕微鏡の対物レンズの視野との間に、絶えず広がったり、縮まったりしていなければならない」（六九〇）と信じていたが、彼自身は挫折してしまった。だが、作者のエリオットは様々なレヴェルで「弛緩」と「収縮」を繰り返し得る、強靭で柔軟な精神を獲得していったのである。

この精神的発展と比例して、修辞装置としてのイメージ創造の技法も巧妙さを加えていった。自然のイメージから、特定の絵画への言及や絵画的な描写によって生み出されるイメージ、社会に流布したイメージに至るまで、数え切れないほどのイメージが彼女の作品世界で駆使される。ある一つのイメージはそれ自体として、あるいは他の多くのイメージとも響き合いながら、読者が思考をめぐらせる空間を創り出すと言えるだろう。語り手による夥しい見解や注釈にさらされる中で、イメージが創り出す空間は、読者の方が想像の翼を思いきり広げて漂い、次々と生起する対話を深めることのできる空間であり、実はそれこそが、エリオットの意図だったに違いない。作品に溢れるイメージは、意味の重層性を備え、多様な解釈の可能性を秘めている。従って、エリオットの作品を読むことは、私たちが彼女の経験した多くの対話を感じ、自己の内に新たな対話を生み出してゆくことに他ならない。それは興味と刺戟に満ちた対話となる。

そうした対話の最も興味深いものの一つは、次のように問うことから始まるだろう。エリオットは、今ここに生きる私たちにとっていかなる意味を持ち得るのか、と。なぜなら、私たちは彼女が生涯をかけてたどり着き、そこから予見した世界に生きているだけでなく、まさに彼女が抱えていた問題に直面しているからである。二十世紀における言語論的転回の後、言語は、私たちの意識を、現実そのものを構築してゆくものとして、現在人文科学の領域で最も注目され、研究されている。エリオットが言語の発展、すなわち言葉の新たな意味の創出に人間の進歩の可能性を託したことの重みが、今ほど強く感じられたことはないだろう。

また、エリオットが予言し、危惧した「民族の融合」も、ある意味では彼女の予想をはるかに超えて進行したと言える。もちろん、主権の単位としての国家や国境は確固たるものとして存在するが、かつての植民地宗主国と植民地の文化はもはや完全に分離させることは不可能なほどに相互浸透しているし、経済の国際化によって引き起こされたグローバリゼーションは世界中の生活文化の変化につながった。物理的には全く移動しなくても、瞬時にして世界中の映像と情報を手にすることができる今、文化の接触と変容は個々人の内部で確実に進み、文化の独自性に対する脅威とさえ感じられつつある。その一方で、文化の衝突が引き起こす悲惨な戦争は絶えることがなく、超大国によって正義の名のもとに繰り広げられる政治戦略は、かつての帝国主義を彷彿とさせる。私たちは文化の相互依存の必然性と同時に、多様な文化の共存の必要性、およびその難しさを痛切に感じながら、新しい道を模索することを迫られているのである。このような私たちに、エリオットの作品は多くの示唆を与えてくれる。

百年以上も前に、彼女は文化の普遍性と個別性をすでに認識し、世界を一つの「大きな統一体」と捉え、民族をその「器官」とみなしていた。しかし、そのような他者との共存がいかに困難であるかも熟知していたのであり、特に最後の作では、民族の融合へと向かう時代の潮流に対する強い抵抗と、半ば強迫観念的な言葉の定義づけの実践に、彼女の苛立ちと苦渋と希望とが強く交錯している。エリオットの作品は、十九世紀にイングランド中部の地方に生まれた一人の女性が、やがてロンドンでその類稀なる知性を発揮し、「知」

と「情」の一致を真摯に追求して生き抜いた人生の証であり、私たちはそこに個人の歴史と社会（国家）の歴史、近代と現代の歴史の連続性と重なり合いを実感する。そして、彼女が人々の記憶の中で様々な相貌を見せながら、生き続けるであろうことを確信する。

註

序章　エリオット研究史と本書の位置づけ

1　本名はMary Anne Evansだが、彼女は一八三七年の姉の結婚を機にその綴りをMary Annに変え、さらに一八五一年以降はMarianと署名するようになった。「ジョージ・エリオット」というペンネームは一八五七年二月四日、ウィリアム・ブラックウッドに宛てた手紙で初めて用いられ、『牧師生活の諸景』（一八五八年）の出版で公にされた。本書では便宜上、エリオットという呼び方で通す。名前の使用に関しては内田能嗣『ジョージ・エリオットの前期の小説――モラリティを求めて』（一九八九年、大阪、創元社、一九九一年）一二、一八―一九；Gordon S. Haight, *A Biography* (1968; Harmondsworth, Penguin, 1986) 79–80; Timothy Hands, *A George Eliot Chronology* (London: Macmillan, 1989) 52を参照。

2　細江逸記『ヂョーヂ・エリオットの作品に用ひられたる英國地方言の研究』（泰文堂、一九三五年）；Reva Stump, *Movement and Vision in George Eliot's Novels* (Seattle: U of Washington P, 1959; Karen B. Mann, *The Language That Makes George Eliot's Fiction* (Baltimore and London: John Hopkins UP, 1983).

3　Sally Shuttleworth, *George Eliot and Nineteenth-Century Science: The Make-Believe of a Beginning* (1984; Cambridge: Cambridge UP, 1986) 163–69, 181–97.

4　David Lodge, *After Bakhtin: Essays on Fiction and Criticism* (London and New York: Routledge, 1990) 45–56.

5　レンサレアー・W・リー、森田義之、篠塚二三男訳「詩は絵のごとく」中森吉宗編『絵画と文学――絵は詩のごとく――』（中央大学出版部、一九八四年）一九四、二九五（注4）、二九八（注15）を参照。

6　文学と絵画の比較研究の方法に関してこれまで指摘されてきた問題についてはRene Wellek and Austin Warren, *The Theory of Literature: A Seminal Study of the Nature and Function of Literature in All Its Contexts* (1949; Harmondsworth: Penguin, 1993) 125–35.

7　David Wilkieについては Martin Meisel, *Realizations: Narrative, Pictorial, and Theatrical Arts in Nineteenth-Century England* (Princeton: Princeton UP, 1983) 59, 143–44を参照。

8　Anonymous, *Saturday Review*, V, 29 May 1858. Stuart Hutchinson ed., *George Eliot: Critical Assessments*, vol. 1 (Mountfield: Helm Information, 1996) 65.

9 Mario Praz, *The Hero in Eclipse in Victorian Fiction*, trans. Angus Davidson (London: Oxford UP, 1956) 1-29, 319-83. 引用は 3, 383.

10 William J. Hyde, "George Eliot and the Climate of Realism," *PMLA* 72 (1957) 147-64; Darrell Mansell, Jr., "Ruskin and George Eliot's 'Realism'," *Criticism* 7 (1965) 203-16.

11 ピエロ・ディ・コジモは十五世紀イタリアに実在した画家だが、ハーレイが論じているのはエリオットが『ロモラ』（一八六三年）で創造した人物である。Edward T. Hurley, "Piero di Cosimo: An Alternate Analogy for George Eliot's Realism," *VN* 31 (1967): 54-56.

12 William J. Sullivan, "George Eliot and the Fine Arts," diss., U of Wisconsin, 1970; Norma Jean Davis, "Pictorialism in George Eliot's Art," diss., U of Northwestern, 1972; Bernard Richards, "The Use of the Visual Arts in the Nineteenth-Century Novel," diss., Oxford U, 1972.

13 例えば、Peter Conrad, *The Victorian Treasure House* (London: Collins, 1973) 39-40, 80-82; John Bayley, "The Pastoral of Intellect," *Critical Essays on George Eliot*, ed. Barbara Hardy (London: Routledge, 1970) 200-04.

14 デイヴィスとヴィットマイヤーによる「絵画的《ピクトリアル》」の定義は、Jean H. Hagstrum, *The Sister Arts: The Tradition of Literary Pictorialism and English Poetry from Dryden to Gray* (1958; Chicago and London: U of Chicago P, 1987) xiii-xxii に基づくものである。

15 Hugh Witemeyer, *George Eliot and the Visual Arts* (New Haven and London: Yale UP, 1979). この研究書は現在絶版になっているが http://www.victorianweb.org/authors/eliot/artov.html に電子化されており、所収の図版も全て見ることができる。

16 Lodge, *After Bakhtin* 47-48.

17 Virginia Woolf, "George Eliot," *TLS* 20 Nov. 1919: 657-58. ウルフが『ミドルマーチ』について述べた有名な言葉、「大人のために書かれた数少ないイギリス小説の一つ」は、この一九一九年の評論にはなく、この評論が一九二五年に『普通読者』に収録された際に書き加えられている。Virginia Woolf, *The Common Reader: First Series* (1925; London: Hogarth, 1957) 213. F. R. Leavis, *The Great Tradition: George Eliot, Henry James, Joseph Conrad* (1948; Harmondsworth: Penguin, 1986); Joan Bennett, *George Eliot: Her Mind and Her Art* (1948; Cambridge: Cambridge UP, 1978).

18 Barbara Hardy, *The Novels of George Eliot: A Study in Form* (1959; London: Athlone, 1981); W. J. Harvey, *The Art of George Eliot* (London: Chatto, 1961); Bernard J. Paris, *Experiments in Life: George Eliot's Quest for Values* (Detroit: Wayne State UP, 1965).

19 例えば、Frederick Karl, *George Eliot: A Biography* (London: Harper, 1995); Rosemary Ashton, *George Eliot: A Life* (London: Hamish Hamilton, 1996); Kathryn Hughes, *George Eliot: The Last Victorian* (London: Fourth Estate, 1998); Margaret Harris and Judith Johnston, eds., *The Journals of George Eliot* (Cambridge: Cambridge UP, 1998).

20 ジェラルド・プリンス『物語論辞典』遠藤健一訳（松柏社、一九九一年）九三。

21 エリオットの小説と音楽との関係を論じたのは、Beryl Gray, *George Eliot and Music* (London: Macmillan, 1989)、演劇に関しては

Nina Auerbach, *Romantic Imprisonment: Women and Other Glorified Outcasts* (New York, Columbia UP, 1986) 258–67; Joseph Litvak, *Caught in the Act: Theatricality in the Nineteenth-Century English Novel* (Berkeley and Los Angeles: U of California P, 1992).

22 Meisel 3, 59–60.

23 Michael Cohen, *Sisters: Relation and Rescue in Nineteenth-Century British Novels and Paintings* (London and Toronto: Associated UP, 1995) 9, 162–71.

24 Murray Roston, *Victorian Context: Literature and the Visual Arts* (Houndmills and London: Macmillan, 1996) 114–29. フランスでの出来事とエリオットの執筆の同時性を強調しているが、エリオットの評論や小説の出版時期について誤りがある（一一四、一一八、一二三）。

25 Alison Byerly, *Realism, Representation and the Arts in Nineteenth-Century Literature*, Cambridge Studies in Nineteenth-Century Literature and Culture 12 (Cambridge: Cambridge UP, 1997) 9, 106–07.

26 Mikhail Bakhtin, "Discourse in the Novel." *The Dialogic Imagination: Four Essays by M. M. Bakhtin*, ed. Michael Holquist, trans. Caryl Emerson and Michael Holquist (1981; Austin: U of Texas P, 1992) 271–72.

27 Bakhtin, *Dialogic* 279, 276.

28 Bakhtin, *Dialogic* 283, 280.

29 Mikhail Bakhtin, *Problems of Dostoevsky's Poetics*, ed. and trans. Caryl Emerson (Manchester: Manchester UP, 1984) 196.

30 Lodge, *After Bakhtin* 86.

31 ジェニファー・ユーグロウはこの評論において言語が始終言及される問題であることは認めているが、エリオットが政治的科学者の抽象概念と格闘していることを指摘するのみである。また、福永信哲氏はこの評論の歴史的言語に関する部分について、人間を本質的に非合理な存在とみなすリールへのエリオットの共感、および彼女の命への敬虔を尊ぶ態度を言語に例をとって敷衍したものだ、と指摘しているが、それ以上は踏み込んでいない。Jennifer Uglow, *George Eliot*, Virago/Pantheon Pioneers Ser. (New York: Pantheon, 1987) 62；福永信哲『絆と断絶——ジョージ・エリオットとイングランドの伝統』（京都、松籟社、一九九五年）五七。

32 George Eliot, *Selected Essays, Poems and Other Writings*, eds. A. S. Byatt and Nicholas Warren (Harmondsworth: Penguin, 1990) 107. 以下 *Selected Essays* と略記し、ページ数を記す。

33 *Selected Essays* 107.

34 *Selected Essays* 128.

35 *Selected Essays* 128.

36 *Selected Essays* 110.

37 *Selected Essays* 128.

38 Margaret Harris and Judith Johnston, eds., *The Journals of George Eliot* (Cambridge: Cambridge UP, 1998) 272. 以下 *Journals* と略記し、ページ数を記す。

39 詳細は Alison Booth, *Greatness Engendered: George Eliot and Virginia Woolf,* Reading Women Writing Ser. (Ithaca and London: Cornell UP, 1992) 58–59.

40 Cheryl Walker, "Feminist Literary Criticism and the Author." *Critical Inquiry* 16 (1990) 560; Booth 59.

第一章 『牧師生活の諸景』についての三つの視点 言語意識、絵画的描写、対話性

1 時代設定はギルフィルの若い頃の物語以外は明確な記述がないため、次のような記述から推測した。「バートン」は「二十五年前」、「ギルフィル」は「三十年前」、「ジャネット」が「あれから四半世紀以上がたった」という表現で示されているので、これらの物語が執筆された一八五六年と一八五七年を基準にして計算した。ただし、バートンについては『ピクウィック・ペーパーズ』、新救貧法、オックスフォード運動への言及を考慮すると矛盾が生じるが、作品冒頭の「二十五年前」の方を取り上げた。異なる解釈については、David Lodge, note, *Scenes of Clerical Life*, by George Eliot (Harmondsworth: Penguin, 1985) 413; Thomas A. Noble, *George Eliot's* Scenes of Clerical Life, Yale Studies in English 159 (New Haven and London: Yale UP, 1965) 167 を参照のこと。George Eliot, *Scenes of Clerical Life* (1857; Harmondsworth: Penguin, 1998) 7, 25, 31, 79, 91, 191, 202. 以下、この作品からの引用文は末尾にページ数を記す。

2 以下、福音主義に関しては Marianne Thormählen, *The Brontës and Religion* (Cambridge: Cambridge UP, 1999) 15 を参考にした。

3 エリオットの伝記的事実に関しては主として Kathryn Hughes, *George Eliot: The Last Victorian* (1998; London: Fourth Estate, 1999)と Gordon S. Haight, *George Eliot: A Biography* (1968; Harmondsworth: Penguin, 1986) に負う。

4 François D'Albert-Durade はスイスの画家で、一八四九年、エリオットが父親の死後まもなくジュネーヴに行った時に彼の家に五ヶ月滞在したのをきっかけに知り合い、生涯を通じて交友関係にあった。『アダム・ビード』、『フロス河の水車場』、『サイラス・マーナー』、『ロモラ』、『牧師生活の諸景』のフランス語への翻訳者でもある（フランス語訳はこの順序で出版された）。John Rignall, ed., *Oxford Reader's Companion to George Eliot* (Oxford: Oxford UP, 2000) 75–76.

5 Gordon S. Haight, ed., *The George Eliot Letters*, vol. III (New Haven: Yale UP; London: Oxford UP, 1954–78) 231. 以下 *Letters* と略記し、巻数とページ数を記す。

6 Noble 158–60.

7 *Selected Essays* 66.

8 Ludwig Feuerbach, *The Essence of Christianity*, trans. George Eliot, Great Books in Philosophy Ser. (1841; Amherst: Prometheus, 1989) 14; Valerie A. Dodd, *George Eliot: An Intellectual Life* (Houndmills and London: Macmillan, 1990) 181-90.

9 Dodd 116-17.

10 Basil Willey, *Nineteenth Century Studies: Coleridge to Matthew Arnold* (1949; London: Chatto, 1964) 204-05.

11 *Selected Essays* 43.

12 *Letters*, III, 230; Hughes 28-52. エリオットの音楽に対するアンビヴァレントな態度については、*Letters*, I, 13.

13 *Letters*, I, 21-23.

14 Haight, *Biography* 23.

15 *Letters*, I, 19.

16 *Letters*, I, 25, 29.

17 *Letters*, I, 31-32. 聖書からの引用は「コリントの信徒への手紙二」五章十四―十五節、「コリントの信徒への手紙一」一章三十節 (*Letters*, I, 32nn7-8)。

18 *Letters*, I, 34.

19 Hughes 53.

20 以下、ブレイとヘネルの信仰および著書、キャラに関してはHughes 64-67に拠る。

21 ブレイの言葉に拠る。Haight, *Biography* 39.

22 *Letters*, I, 120-21.

23 *Letters*, I, 128.

24 *Letters*, I, 101, 103, 106, 121n9.

25 *Letters*, I, 51.

26 *Letters*, I, 107-08.

27 Hughes 102.

28 *Letters*, I, 106, 108.

29 Bakhtin, *Dialogic* 341.

30 *Letters*, I, 25n6.

31 *Letters*, I, 25

32 この点に注目する批評家は Hughes 74, 76.
33 A. S. Byatt and Nicholas Warren, note, *Selected Essays, Poems and Other Writings*, by George Eliot (Harmondsworth: Penguin, 1990) 477.
34 *Selected Essays* 49, 57, 66-67.
35 *Selected Essays* 49.
36 *Selected Essays* 55-56.
37 *Selected Essays* 43, 53.
38 "Apocryphal," *The Oxford English Dictionary*, 2nd ed., 1989. 以下 *OED* と略記する。
39 David Carroll, *George Eliot and the Conflict of Interpretations: A Reading of the Novels* (Cambridge: Cambridge UP, 1992) 44, 46.
40 Carroll, *Conflict* 46-47.
41 Carroll, *Conflict* 46.
42 Carroll, *Conflict* 64.
43 Uglow 94.
44 Svetlana Alpers, *The Art of Describing: Dutch Art in the Seventeenth Century* (1983; Chicago: U of Chicago P, 1984) 18; Henry James, "In Holland." *Transatlantic Sketches*, 4th ed. (Boston: Houghton, 1868) 382-83, qtd. in Alpers 26.
45 エリオットの日記の見出しは "Tuesday, September 22" となっているが、火曜日は二十三日であり、二十二日のための見出しは別にあるので（"Monday"）、実際の執筆が開始されたのは二十三日だろう、とヘイトは推測している。*Letters*, II, 407n3; *Journals* 63.
46 *Letters*, II, 269.
47 *Journals* 289.
48 *Letters*, I, 29.
49 Harris and Johnston, *Journals* 53; *Journals* 59-70.
50 註45を参照のこと。
51 この時点ではタイトルは決まっておらず、日記には "I have begun my third story—the title not yet decided on." と記されている。*Journals* 68.
52 日付はヘイトの推測による。*Letters*, II, 367.
53 Harris and Johnston, *Journals* 259.
54 *Journals* 266.

55 *Journals* 272.

56 *Journals* 272.

57 エリオットは一八五四年五月十九日にもチャールズ・ブレイへの手紙で、ウィリアム・ホルマン・ハントの『世の光』を賞賛している。ヴィットマイヤーは、この「ハント」がバーバラ・ボディションの師であったウィリアム・ヘンリー・ハントである可能性も指摘する。*Selected Essays* 108; *Letters*, II, 156; Witemeyer 135.

58 *Journals* 264-65.

59 *Journals* 265.

60 *Journals* 265.

61 一八五六年五月八日の日記。*Journals* 59-60.

62 *Journals* 262. ハリスとジョンストンによれば、エリオットが記したチャタトンの詩からの引用は部分的に間違っており、正しくは "Thou seest this maestrie" である（*Journlas* 262n1）。

63 *Selected Essays* 140, 148, 156, 164.

64 *Letters*, II, 214.

65 *Journals* 68, 69.

66 *Journals* 277.

67 *Journals* 277.

68 *Journals* 278.

69 *Journals* 280.

70 *Journals* 281.

71 Alpers 27-33.

72 Alpers 28, 29.

73 Jonathan Crary, *Techniques of the Observer: On Vision and Modernity in the Nineteenth Century* (1990; Cambridge, Mass.: MIT P, 1998) 25-66. 引用は 29, 32.

74 *Selected Essays* 110.

75 Witemeyer 108.

76 従来『牧師生活の諸景』の語り手は男性とみなされており、筆者もこの立場に立つ。

77 Josephine McDonagh, *George Eliot*, Writers and Their Work Ser. (Plymouth: Northcote, 1997) 19.

78 「ギルフィル」においても、カテリーナのセクシュアリティが“Caterina felt an electric thrill, and was motionless for one long moment....” (102) と表現されている。

79 Daniel P. Deneau, “Imagery in the *Scenes of Clerical Life*,” *VN* 30: (1965) 20; Hardy, *Novels* 189-90.

80 John Locke, *An Essay concerning Human Understanding* (Oxford: Clarendon, 1975) 162-63.

81 ニコラウス・ペヴスナー『ラスキンとヴィオレ・ル・デュク——ゴシック建築評価における英国性とフランス性』鈴木博之訳（一九六九年、中央公論美術出版、一九九〇年）二八、長谷川尭「建築におけるゴシック・リヴァイヴァル」『女王陛下の時代』松村昌家(他)編、英国文化の世紀3（研究社、一九九六年）一七七–九九。

82 George Eliot, *Daniel Deronda* (1876; Harmondsworth: Penguin, 1987) 761. D・キャロルは、カテリーナが自分の願望が実現されたことによって挫折することに注目しているが、罪の意識には触れていない。Carroll, *Conflict* 53-54.

83 「マタイによる福音書」五章二十七節。

84 Deneau 20.

85 Deneau 19.

86 赤、白、青色の連想についてはアト・ド・フリース『イメージ・シンボル事典』山下主一郎主幹、荒このみ(他)訳（大修館、一九八四年）を参照。

87 シャーロット・ブロンテが一八四七年から一八五〇年にかけてルイスに書いた八通の手紙については、Franklin Gary, “Charlotte Brontë and George Henry Lewes.” *PMLA* 51 (1936): 518-42 が詳細な分析を行っている。*Letters*, I, 268.

88 *Letters*, II, 87, 93; *Journals* 68.

89 *Letters*, II, 429, 506.

90 Felicia Gordon, *A Preface to the Brontës*, Preface Books Ser. (1989; London and New York: Longman, 1992) 161-68.

91 ゴードンはこの絵を“Currer (sic) & Ives, *Stages of a Woman's Life from the Cradle to the Grave* (1850)”として論じており、現在はこのタイトルでハーヴァード大学にネガフィルムが保存されている。本書では、版画製作者 Nathaniel Currier によって一八五〇年に出版された当時のタイトル“The Life & Age of Woman: Stages of Woman's Life from the Cradle to the Grave”を用いている。この版画は、一八五七年以降に James Ives がカーリアのパートナーとなって工房名が Currier & Ives と変更された後に再版された。この情報はカーリア&アイヴズの版画を扱っている The Philadelphia Printshop Ltd. の Ms Jane Mebus から得て、http://www.philaprintshop.com/currhist.html; http://www.ahpcs.org; Frederic A. Conningham, *Currier & Ives Prints: An Illustrated Checklist*, new, updated ed. (New York: Crown, 1983) 159 で確認した。

92 竹村和子『フェミニズム』思考のフロンティア（岩波書店、二〇〇〇年）一一。

93 Charlotte Brontë, *Villette* (1853; Harmondsworth: Penguin, 1985) 275-76. 以下、この作品からの引用文は末尾にページ数を記す。

94 David Lodge, *The Art of Fiction* (1991-92; Harmondsworth: Penguin, 1992) 54-55.

95 Gordon 162-63.

96 青柳正規（他）編『西洋美術館』（小学館、一九九九年）六五六―五七。

97 Gordon 165.

98 以下、ルーベンスについては、青柳（他）六五二、六五六、および Harold Osborne, ed., *The Oxford Companion to Art* (1970; Oxford: Clarendon, 1990) 1022 を参照。

99 一八四二年二月から十一月までは妹エミリと一緒に、一八四三年一月から一八四四年一月までは単身で滞在した。青山誠子『ブロンテ姉妹』（清水書院、一九九四年）二三〇。

100 "Victorian reticence" の例として指摘されるミリーの「病気」（流産）についての詳細は、Barbro Almqvist Norbelie, "*Oppressive Narrowness*": *A Study of the Female Community in George Eliot's Early Writings* (Stockholm: Almqvist & Wiksell International, 1992) 64-65 を参照。

101 Steven Marcus, *Representations: Essays on Literature and Society* (New York: Random, 1974) 211-12.

102 Norbelie 64, 65.

103 Booth 27-28.

104 *Selected Essays* 37.

105 *Letters*, IV, 467-68.

106 十九世紀における女性と狂気、および『ヴィレット』については Elaine Showalter, *The Female Malady: Women, Madness, and English Culture, 1830-1980* (1985; Harmondsworth: Penguin, 1987) 51-57, 61, 69-71.

107 詳細は Hughes 69-73.

108 *Letters*, II, 86.

109 この点に注目する批評家は、例えば Penny Boumelha, *Charlotte Brontë*, Key Women Writers Ser. (New York and London: Harvester, 1990) 116; Carol Bock, *Charlotte Brontë and the Storyteller's Audience* (Iowa: U of Iowa P, 1992) 140.

110 Virginia Woolf, *The Common Reader: Second Series* (1932; London: Hogarth, 1953) 227-28. George Meredith の第一作に対してウルフが書いた言葉である。出典と引用文の訳は坂本公延『とざされた対話――V・ウルフの文学とその周辺』（桜楓社、一九六九年）一〇に負う。

111 *Letters*, III, 267.

第二章 『アダム・ビード』 芸術論の確立

1 George Eliot, *Adam Bede* (1859; Harmondsworth: Penguin, 1986) 221. 以下、この作品からの引用文は末尾にページ数を記す。

2 ラスキンの影響として、忠実な描写の方を強調するのは Gordon S. Haight, "George Eliot's Theory of Fiction," *VN* 10 (1956): 2; 主観性を強調するのは Mansell, Jr. 203-16.

3 *Selected Essays* 368.

4 *Selected Essays* 372.

5 Witemeyer 108, 217n14.

6 *Letters*, II, 453, 504.

7 詳細は Witemeyer 109; John Goode, "Adam Bede." Hardy, *Critical Essays* 22.

8 John Ruskin, *Modern Painters*, vol. 3. *The Works of John Ruskin*, eds. E. T. Cook and Alexander Wedderburn, vol. 5 (London: George Allen, 1904) 19.

9 Sir Joshua Reynolds, from *The Idler*, ed. Dr Johnson, no.79, (Saturday, 20 Oct. 1759), qtd. in Ruskin, *Works*, vol. 5, 21, 24.

10 Ruskin, *Works*, vol. 5, 23-27.

11 *Letters*, II, 228.

12 *Letters*, II, 255.

13 *Selected Essays* 128.

14 *Selected Essays* 367.

15 例えば、Ruskin, *Works*, vol. 5, 118, 141, 169, 171, 173-74, 176, 181, 192.

16 Ruskin, *Works*, vol. 5, 140-47. Mansell, Jr. 206.

17 Ruskin, *Works*, vol. 5, 28.

18 Ruskin, *Works*, vol. 5, 29-30.

19 Ruskin, *Works*, vol. 5, 30-31.

20 Ruskin, *Works*, vol. 5, 31.

21 U. C. Knoepflmacher, *Religious Humanism and the Victorian Novel: George Eliot, Walter Pater, and Samuel Butler* (Princeton: Princeton UP, 1965) 27-62; Richards 227.

22 *Selected Essays* 374. ラスキンからの引用は Ruskin, *Works*, vol. 5, 111.

23 Ruskin, *Works*, vol. 5, 113, 111.

24 『ミドルマーチ』の第十五章で、語り手は "I at least have so much to do in unravelling certain human lots, and seeing how they were woven and interwoven, that all the light I can command must be concentrated on this particular web...." と述べる。George Eliot, *Middlemarch: A Study of Provincial Life* (1871-72; Harmondsworth: Penguin, 1985) 170.

25 Ruskin, *Works*, vol. 5, 132, 133. ラスキンが引用しているのは Edmund Spenser, *Fairie Queen*, Book I, Canto iv, lines 30-31.

26 Ruskin, *Works*, vol. 5, 114, 146.

27 *Letters*, II, 504.

28 Gordon S. Haight, introduction, *The Mill on the Floss*, by George Eliot (Boston: Houghton, 1961) x.

29 エリオットは一八六四年のイタリア旅行の際に、ヴェネツィアでこの絵を見た。J. W. Cross, ed., *George Eliot's Life as Related in Her Letters and Journals*, vol. 3 (Edinburgh and London: Blackwood, 1885) 42; Timothy Hands, *A George Eliot Chronology* (Houndmills and London: Macmillan, 1989) 89; Witemeyer 13.

30 ローマの廃墟の情景についての詳細な分析は、Jim Reilly, *Shadowtime: History and Representation in Hardy, Conrad and George Eliot* (London and New York: Routledge, 1993) 45-51; 平井雅子「『ミドルマーチ』と読みへの挑戦——廃墟の影」海老根宏、内田能嗣共編著『ジョージ・エリオットの時空——小説の再評価』（北星堂、二〇〇〇年）二一五—二一六。

31 J. Hillis Miller, *The Ethics of Reading: Kant, de Man, Eliot, Trollope, James and Benjamin* (New York: Columbia UP, 1987) 62-64.

32 Miller, *Ethics* 72-73.

33 Miller, *Ethics* 73.

34 Miller, *Ethics* 73.

35 Valentine Cunningham, introduction, *Adam Bede*, by George Eliot (1996; Oxford and New York: Oxford UP, 1998) vii から借用。

36 ダイナとヘティを通して提示される「語ること」について筆者と異なる解釈をしている批評家は、植松みどり「『アダム・ビード』における秘密の分身——ヘティ・ソレルとダイナ・モリス」海老根、内田 七二—七六。

37 Raymond Williams, *The Country and the City* (Oxford and New York: Oxford UP, 1973) 167.

38 ガストン・バシュラール『水と夢——物質の想像力についての試論』小浜俊郎、桜木康行訳（一九六九年、国文社、一九八九年）二〇八。

39 「ルカによる福音書」十章四十二節。

40 このパロディ化されたダイナの姿を予言的なものとみなす批評家は Carroll, *Conflict* 89. 一方、ダイナとヘティの対照性を強調する姿として解釈する批評家は Mary Ellen Doyle, *The Sympathetic Response: George Eliot's Fictional Rhetoric* (London: Associated UP, 1981)

36.

41 Witemeyer 109.

42 ダイナとアダムの結婚という物語の結末について不満を示す批評家は，例えば J. S. Diekhoff, "The Happy Ending of *Adam Bede*," *ELH* 3 (1936): 221-27; V. S. Pritchett, *The Living Novel* (London: Chatto, 1946) 83-84; Ian Gregor and Brian Nicholas, *The Moral and the Story* (London: Faber, 1962) 26-29. 一方，肯定的に捉えているのは Henry Auster, *Local Habitations: Regionalism in the Early Novels of George Eliot* (Cambridge, Mass.: Harvard UP, 1970) 134.

43 "The Thorn" とヘティの物語の類似性に注目する批評家は，U. C. Knoepflmacher, *George Eliot's Early Novels: The Limits of Realism* (Berkeley and Los Angeles: U of California P, 1968) 95; Jay Clayton, *Romantic Vision and the Novel* (Cambridge: Cambridge UP, 1987) 152-56.

44 William Wordsworth, "The Thorn." *William Wordsworth*, ed. Stephen Gill, Oxford Authors Ser. (1984; Oxford and New York: Oxford UP, 1989) lines 57, 52, 49, 214-220, 179.　以下，本書におけるワーズワスの詩の引用（『序曲』を除く）はこの詩集により，タイトルと行数を示す。

45 例えば Gregor and Nicholas 22.

46 *Letters*, II, 387.

47 *Letters*, III, 6; Anne Mozley, unsigned review, *Bentley's Quarterly Review* (Jul. 1859).　Carroll, *Critical Heritage*, 86-103.

48 *Letters*, III, 115.

49 *The Atlantic Monthly*, 18 Oct. 1866.　*A Century of George Eliot Criticism*, ed. Gordon. S. Haight (Boston: Houghton, 1965) 43-54.

50 *Letters*, III, 17-18.

51 まだ作家エリオットのアイデンティティを公表していなかったので，エリオットはブラックウッドにこのことをジェイン・カーライルに伝えてくれるよう頼んでいる。*Letters*, III, 24.

52 例えば，R. A. Foakes, "*Adam Bede* Reconsidered," *English* 12 (1958-59): 174-75; Gregor and Nicholas 29.

53 Kenny Marotta, "*Adam Bede* as a Pastoral," *Genre* 9 (1976): 59-60.　彼の言うパストラルの単純な定義とは，隠遁と復帰，*locus amoenus* といった伝統的な要素を含むものとしてのパストラルであり，寓意的な定義とは，William Empson の「複雑なものを単純なもので示す」という定義に基づくものである。エンプソンの定義については，William Empson, *Some Versions of Pastoral* (1935; London: Chatto, 1950) 23 を参照。

54 例えば，Auster 116; Michael Squires, *The Pastoral Novel: Studies in George Eliot, Thomas Hardy, and D. H. Lawrence* (Charlottesville: U of Virginia P, 1974) 53-85.

55 Terry Gifford, *Pastoral*, The New Critical Idiom Ser. (London and New York: Routledge, 1999) 1-2, 146.

56 情景描写の様々な機能に注目する批評家は Auster 101-34.

57 Squires 70–72. スクワイヤーズも指摘する通り、エリオットはワーズワスの「義務へのオード」四一―四八行を『ミドルマーチ』第八十章のエピグラフに用いている。

58 以下、パストラルの変遷の歴史に関しては Williams 13-34 に拠る。

59 ヘーシオドス『仕事と日』松平千秋訳（岩波書店、一九八六年）一一三、一一六―一一九行。

60 Virgil, *Georgics*, trans. T. F. Royds (1907; London: Dent; New York: Dutton, 1965) II, lines 545-47, 598-99.

61 例えば、Virgil, *Eclogues*, trans. T. F. Royds (1907; London: Dent; New York: Dutton, 1965) I, lines 60-93; Williams 16-17.

62 Haight, *Biography* 195. エリオットは生涯を通してギリシア語を読んだが、ラテン語の知識はさらに広範囲にわたる、とヘイトは述べ、彼女が親しんでいた作家としてウェルギリウスと共に、キケロ、ペルシウス、リウィウス、タキトゥスらを挙げている。エリオットはウェルギリウスの『アイネーイス』について、早くも一八四二年九月に、楽しんでいるということをサラ・ヘネルへの手紙で述べているし、彼の作品からの引用、あるいは彼への言及が他の手紙にも見られる。また、一八七九年八月十一日付のエドワード・バーン＝ジョーンズへの手紙での『牧歌』(*Eclogues*) への言及も、彼女がウェルギリウスの作品に通じていたことを示す。*Letters*, I, 147, 164, 240, 260; III, 413; VII, 192; John Clark Pratt and Victor A. Neufeldt, eds., *George Eliot's* Middlemarch *Notebooks: A Transcription* (Berkely, Los Angeles and London: U of California P, 1979); Vernon Rendall, "George Eliot and the Classics." Haight, *Century* 221.

63 Williams 20–21.

64 Williams 19.

65 Pope: Twickenham Edition, vol. I; 27, qtd. in Williams 19.

66 Gifford 3.

67 George Crabbe, *The Village*, Blackie's School Classics (1873; London: Blackie, 1879) bk. I, lines 40-47.

68 Crabbe, bk. I, 1-2, 53-54.

69 William Wordsworth, "Michael" 40-47.

70 Gifford 7.

71 Wordsworth, "Michael" 28-33, 62-79.

72 小川二郎『ウィリアム・ワーヅワス鑑賞』（一九六〇年、南雲堂、一九七九年）一九三。

73 Wordsworth, "Michael" 97, 124, 467.

74 Shelagh Hunter, *Victorian Idyllic Fiction: Pastoral Strategies* (London: Macmillan, 1984) 8.

75 Hunter 5–8.

76 Stephen Gill, note, *Adam Bede* by George Eliot (1859; Harmondsworth: Penguin, 1986) 593.

77 Witemeyer 51.　Edward H. Corbould が *Dinah Morris Preaching on Hayslope Green* と題して描いた絵であり、Witemeyer に所収。

78 語り手は森の中でヘティと抱き合うアーサーを「アルカディアの羊飼い」（一八二）にたとえる。ヘティとアーサーの物語を、二人がアルカディアから重い教訓を学んで回帰するパストラルとして解釈する批評家は、Squires 64.

79 Ruskin, *Works*, vol. 5, 111.

80 Squires 80–81; Hunter 121.　スクワイヤーズも第五十三章の「収穫の夕食会」における語り手のアンビヴァレントな態度を指摘するが、このアンビヴァレントな態度よりはバランスのとれた全体の構図の方に重点を置いている点で筆者と異なる。

81 Squires 55.

82 Gill, note, *Adam Bede*, by Eliot, 607; 阿波保喬、註、『アダム・ビード』ジョージ・エリオット著（一九七九年、開文社、一九八八年）四九九。

83 *Selected Essays* 127.

84 Carroll, *Conflict* 56–57.

85 *Letters*, II, 502–03.

86 Woolf, "George Eliot," *TLS* 20 Nov. 1919: 657–58.　この評論でウルフはエリオットが大工の孫娘であること、彼女の父親が立身して中流階級の仲間入りをしたこと、さらに『フロス河の水車場』での中流階級や上流社会の描写はエリオットにとって「本領外」であることなどに強い関心を示している。このウルフのエリオットに対する態度に注目する批評家は Cunningham, introduction, *Adam Bede*, by Eliot, ix–x.

第三章　『フロス河の水車場』　『ジェイン・エア』との対話

1 *Letters*, I, 268.

2 Bennett 121.

3 Elaine Showalter, *A Literature of Their Own: From Charlotte Brontë to Doris Lessing* (1977; London: Virago, 1991) 73.

4 ブロンテとエリオットを比較した批評家に Pauline Nestor, *Female Friendships and Communities: Charlotte Brontë, George Eliot, Elizabeth Gaskell* (Oxford: Clarendon, 1985) や Barbara Prentice, *The Brontë Sisters and George Eliot: A Unity of Difference* (London: Macmillan, 1988) がいるが、前者は女性間の友情に、後者はテーマや文体の共通点に焦点を当てている。

5 Kate Flint, *The Woman Reader: 1837–1914* (Oxford: Clarendon, 1993) 4, 17–43.

6 Juan Luis Vives, *The Instruction of a Christian Woman*, trans. Richard Hyrde (c. 1540). Rpt. in *Vives and the Renascence Education of Women*, ed. Foster Watson (1912) 61, qtd. in Flint, *Woman* 22–23.

7 Flint, *Woman* 22–24.

8 Flint, *Woman* 24–25.

9 Mary Wollstonecraft, *A Vindication of the Rights of Women*, Great Books in Philosophy Paperback Ser. (Buffalo: Prometheus, 1989) 195.

10 Wollstonecraft, *Vindication* 196.

11 "Sensibility," *OED; Gary* Kelly, introduction, *Mary and The Wrongs of Woman*, by Mary Wollstonecraft (Oxford: Oxford UP, 1976) ix-x; 石幡直樹「メアリ・ウルストンクラフトの分別と多感」『英文學研究』第七十七巻第一号（二〇〇〇年）二一―二三。ケリーは、ルソーによって'sensibility'が人間の本質的な特徴であることが明確にされたこと、またルソー以来、'sensibility'が女性の弱点でもあり、誉れでもあるとみなされたことを指摘する（ix）。

12 "Sentimental," *OED*.

13 Wollstonecraft, *Vindication* 198, 11–12.

14 Wollstonecraft, *Vindication* 196.

15 Mary Wollstonecraft, *Mary: A Fiction* (Oxford: Oxford UP, 1976) advertisement.

16 Ellen Moers, *Literary Women* (1976; London: The Women's Press, 1986) 122–23.

17 Gary Kelly, *Revolutionary Feminism: The Mind and Career of Mary Wollstonecraft* (London: Macmillan, 1992) 43–47.

18 『ノーサンガー・アビー』の原稿は一八〇三年に出版業者クロスビーに売り渡されながら出版されず、一八〇九年に彼から原稿を返され、オースティンの死後ようやく出版された。Christopher Gillie, *A Preface to Jane Austen*, Preface Books Ser., revised ed. (1985; London and New York: Longman, 1994) 3–5.

　また、ゴシック・ロマンスのパロディとしての詳細な分析は、田中淑子「戦慄を求めて――ゴシック小説の変容」『イギリス近代小説の誕生――十八世紀とジェイン・オースティン』MINERVA英米文学ライブラリー①、都留信夫編著（ミネルヴァ書房、一九九五年）一―五五。同書に所収の久守和子「戯画化された感性崇拝――センティメンタル・ノヴェルとの訣別」は、感傷小説に対する批判として『分別と多感』を分析している（二二二―二二八）。

19 モンターギュ・サマーズの指摘による。都留 二二。

20 芝居を危険視する風潮を代表する著述家に、規範教本の一つ、*An Enquiry into the Duties of the Female Sex* (1797) を著した

Thomas Gisborne や、*Strictures on the Modern System of Female Education*（1799）の著者 Hannah More がいる。Litvak 6-8.『恋人たちの誓い』は August von Kotzebue 作の *Das Kind der Liebe (Child of Love)* からの翻案で、イギリスでは一七九八年に初演。Tony Tanner, note, *Mansfield Park*, by Jane Austen (1814; Harmondsworth: Penguin, 1987) 460.

21 Jane Austen, *Northanger Abbey* (1818; Harmondsworth: Penguin, 1995) 34.

22 Showalter, *Literature* 10, 18–19.

23 Showalter, *Literature* 19.

24 Showalter, *Literature* 18.

25 ルイスとブロンテの関係については Gary 518–42; Rosemary Ashton, introduction, *Versatile Victorian: Selected Writings of George Henry Lewes* (London: Bristol Classical, 1992) 16–21. アシュトンは二人の関係を、作家が批評家を尊敬し、感謝している関係だとみなす。

ルイスは『ジェイン・エア』の書評を含んだ "Recent Novels: French and English" (*Fraser's Magazine* (Dec. 1847)) において、ヘンリー・フィールディングとオースティンを「我々の言語における最も偉大な小説家」だと述べ、オースティンがマコーリーによって "a prose Shakespeare" だと呼ばれたことに言及している。George Henry Lewes, *Versatile Victorian: Selected Writings of George Henry Lewes*, ed. Rosemary Ashton (London: Bristol Classical, 1992) 82.

26 ブロンテはルイスからオースティンを勧められてから初めて『高慢と偏見』を読んだことが、彼女のルイスへの手紙（一八四八年一月十二日付）に書かれている。また、彼女は『エマ』に対する批判をW・S・ウィリアムズへの手紙に記している（一八五〇年四月十二日付）。T. J. Wise and J. A. Symington, eds., *The Brontës: Their Lives, Friendships, and Correspondence*, vol. 2 (Oxford: Blackwell, 1932) 179; vol. 3, 99.

ブロンテが『マンスフィールド・パーク』を読んだという証拠はないが、この作品のヒロイン、ファニー・プライスと『ヴィレット』のヒロイン、ルーシー・スノウの状況設定には様々な点で類似性が見出され、ルーシーはファニーを言わばブロンテ的実験によって創造しなおしたような人物となっている。詳細は拙論「『マンスフィールド・パーク』と『ヴィレット』における演劇性」『英語英米文学研究』（広島女学院大学）第六号（一九九七年）六五―八八。また、『マンスフィールド・パーク』と『ジェイン・エア』の類似性に注目する批評家は Mark Kinkead-Weekes, "This Old Maid: Jane Austen Replies to Charlotte Brontë and D. H. Lawrence," *NCF* 30 (1975): 408; Litvak 27–73.

27 ブロンテは一八五〇年九月十八日、出版者ジョージ・スミスへの手紙で次のように述べている。

You should be very thankful that books cannot talk to each other as well as to their reader....

Still I like the notion of a mystic whispering amongst the lettered leaves, and perhaps at night, when London is asleep and

Cornhill desert, when all your clerks and men are away, and the warehouse is shut up, such a whispering may be heard—by those who have ears to hear.

Wise and Symington, *Brontës*, vol. 3, 159-60; Marianne Novy, *Engaging with Shakespeare: Responses of George Eliot and Other Women Novelists* (Athens: U of Georgia P, 1994) 32.

28 一八四八年一月十二日付のブロンテからルイスへの手紙を参照。Wise and Symington, *Brontës*, vol. 2, 180. ルイスから本を借りたことについては、Ashton, introduction, *Versatile*, by Lewes, 17.

29 *Letters*, II, 31. ヘイトによれば、女性作家を論じたルイスの評論は *Westminster Review* 58 (Jul. 1852): 129-141 に掲載された (31n1)。

30 *Journals* 65, 69; *Letters*, II, 326-27.

31 一八三四年七月四日、十八歳のブロンテが友人エレン・ナッシーに送った手紙を参照。Wise and Symington, *Brontës*, vol. 1, 122.

32 *Selected Essays* 332-38.

33 Flint, *Woman* 18. ここで挙げた絵はいずれも Flint, *Woman* に所収。

34 谷田博幸『ロセッティ——ラファエル前派を超えて』（平凡社、一九九三年）三八—四〇、一四二—四三；Jeremy Maas, *Gambart: Prince of the Victorian Art World* (London: Barrie, 1975) 51, 63, 71; *Letters*, II, 155.

35 Qtd. in Flint, *Woman* 17.

36 Flint, *Woman* 17.

37 *The Vision; or Hell, Purgatory, and Paradise, of Dante Alighieri*, trans. Revd. Henry Francis Cary, new ed. (1850) 28-29, qtd. in Flint, *Woman* 18.

38 Flint, *Woman* 18-19.

39 Charlotte Brontë, *Jane Eyre: An Autobiography* (1847; New York and London: Norton, 1987) 74. 以下、この作品からの引用文は末尾にページ数を記す。

40 Witemeyer 155. 絵画と文学における「窓」のモティーフを詳細に論じているのは、荻野昌利『暗黒への旅立ち——西洋近代自我とその図像 一七五〇—一九二〇』南山大学学術叢書（名古屋、名古屋大学出版会、一九八七年）一三三—三七、一四〇—四四。

41 George Eliot, *The Mill on the Floss* (1860; Harmondsworth: Penguin, 1986) 83. 以下、この作品からの引用文は末尾にページ数を記す。

42 W・サリヴァンも九歳のマギーが関心を示す絵の意味と物語上の機能について論じているが、彼は魔女判定の絵とそれに含まれている鍛冶屋を別々の絵として捉えている。また放蕩息子の絵には言及しても分析は行っておらず、ヤエルがシセラを殺す絵については触れていない。(Sullivan 94-102.) 本書は魔女と悪魔の絵を重視する点はサリヴァンと同じだが、放蕩息子の絵とヤエルの絵を重視する点で異なる。放蕩息子の絵は続き絵となっているが、本書では便宜上これを一枚と数え、五枚の絵について論じる。

43 A・S・バイアットが指摘するように、『悪魔の歴史』の一八一九年版（T. Kelly 出版）の挿絵はマギーの説明にかなり一致する。
44 A. S. Byatt, note, *The Mill on the Floss*, by George Eliot (1860; Harmondsworth: Penguin, 1986) 671.
45 *The Pilgrim's Progress*, eds. G. Godwin and L. Pocock (London, 1844) にもマギーの説明に似た魔王アポリオンの挿絵がある。
46 Sullivan 96.
47 魔女に関する歴史については、池上俊一『魔女と聖女――ヨーロッパ中・近世の女たち』（一九九二年、講談社、一九九九年）七―五六を参照。
48 社会的規範から逸脱する点を強調するイメージとして魔女を捉えているのは、Dorothea Barrett, *Vocation and Desire: George Eliot's Heroines* (London: Routledge, 1989) 57.
49 洪水のイメージについては、Haight, introduction, *The Mill on the Floss*, by Eliot, xx. タリヴァー夫人とプレット夫人の予言的な言葉については、Praz 367; Hardy, *Novels* 169 を参照。
50 Jerome Thale, "The Sociology of Dodsons and Tullivers." *George Eliot:* The Mill on the Floss *and* Silas Marner, ed. R. P. Draper, Casebook Ser. (1977; Houndmills: Macmillan, 1990) 131, 134.
51 Terry Eagleton, *Myths of Power: A Marxist Study of the Brontës*, 2nd ed. (1975; London: Macmillan, 1988) 26.
52 Nina Auerbach, "The Power of Hunger: Demonism and Maggie Tulliver," *NCF* 30 (1975): 150–71.
53 Barrett 57.
54 James Hall, *Hall's Dictionary of Subjects and Symbols in Art*, revised ed. (London: Murry, 1979) 253. ホールによれば、一連の物語には、放蕩息子が財産をもらう、家を出る、商売女と宿屋で遊興、無一文になって宿屋から追い出される、豚飼いになる、そして帰宅といった情景が含まれる。
55 "Prodigal," *Etymological Dictionary of the English Language*, 1910 ed.
56 George Eliot, "The *Antigone* and Its Moral." *Selected Essays* 365.
57 *Selected Essays* 366.
58 Byatt, introduction, *The Mill on the Floss*, by Eliot, 37; David Molstad, "*The Mill on the Floss* and *Antigone*," *PMLA* 85 (1970):527–31.
59 Bennett 122–30.
60 Sullivan 101.
61 Sullivan 119–45.
62 *Journals* 325; *Letters*, II, 471–72; Byatt, note, *The Mill on the Floss*, by Eliot, 681.

62 Virginia Woolf, *A Room of One's Own* (1929; London: Grafton, 1977) 72, 87, 83.

63 Eliot, *Daniel Deronda* 694.

第四章　長編小説のはざまに生まれたもの　短編小説におけるエリオットの試み

1 *Letters*, III, 83, 112n6.　ジョゼフ・リギンズをめぐる問題についての詳細は Hughes 292–94, 301–04.

2 Hughes 336.

3 *Journals* 86.

4 Rosemary Ashton, *George Eliot: A Life* (London: Hamish Hamilton, 1996) 245.

5 *Letters*, IV, 322; Ashton, *Eliot: A Life* 288.

6 Rignall 232.

7 例えば、Helen Small, introduction, *The Lifted Veil, Brother Jacob*, by George Eliot (Oxford: Oxford UP, 1999) xvi–xxvi; Jane Wood, "Scientific Rationality and Fanciful Fiction: Gendered Discourse in *The Lifted Veil*." *Women's Writing* 3 (1996): 161–76; Kate Flint, "Blood, Bodies, and *The Lifted Veil*." *NCL* 51 (1997): 455–73.

8 *Letters*, III, 382–83; Beryl Gray, afterward, *Brother Jacob*, by George Eliot (London: Virago, 1989) 65.

9 Small, introduction, *The Lifted Veil, Brother Jacob*, by Eliot, xviii.

10 Mario Praz, introduction, *Three Gothic Novels*, ed. by Peter Fairclough (Harmondsworth: Penguin, 1974) 20, qtd. in Maurice Hindle, *Mary Shelley:* Frankenstein; or, The Modern Prometheus, Penguin Critical Studies (Harmondsworth: Penguin, 1994) 17.

11 Ashton, *Eliot: A Life* 219.

12 Sandra M. Gilbert and Susan Gubar, *The Madwoman in the Attic: The Women Writer and the Nineteenth-Century Literary Imagination* (1979; New Haven: Yale UP, 1984) 455–57.

13 Gilbert and Guber 455.

14 Mary Shelley, *Fankenstein; or, The Modern Prometheus* (1818; Harmondsworth: Penguin, 1992) 36.　以下、この作品からの引用文は末尾にページ数を記す。

15 George Eliot, *The Lifted Veil* (Harmondsworth: Penguin, 1985) 7–8.　以下、この作品からの引用文は末尾にページ数を記す。

16 H. É. Blanchon, *La Transfusion du sang* とエリオットの反応についての詳細は、Small, introduction, *The Lifted Veil, Brother Jacob*, by Eliot, ix–x.　絵も所収 (vii)。*Letters*, VII, 163, 165.

17 Small, introduction, *The Lifted Veil, Brother Jacob*, by Eliot, xxiii–xxvi.

18 スモールは，この絵はGiorgioneによるものではなく，Lorenzo Lottoの“A Lady with a Drawing of Lucretia”（ロンドンのナショナル・ギャラリー所蔵）だと指摘している。Small, note, *The Lifted Veil, Brother Jacob*, by Eliot, 93.

19 フリース 二九七–九八。

20 *Letters*, V, 379, 380.

21 『フランケンシュタイン』においてヴィクターの同様な姿が描かれているのは Shelley, *Frankenstein* 88, 145.

22 George Eliot, *Brother Jacob* (London: Virago, 1989) 55. 以下，この作品からの引用文は末尾にページ数を記す。

23 Beryl Gray, afterward, *Brother Jacob*, by George Eliot (London: Virago, 1989) 64–67.

24 George Eliot, *Romola* (1863; Harmondsworth: Penguin, 1986) 167.

25 George Eliot, *Silas Marner: The Weaver of Raveloe* (1861; Harmondsworth: Penguin, 1985) 68.

26 この物語の内容とそのヴァージョンについては Beryl Gray, afterward, *Brother Jacob*, by Eliot, 69–71.

27 *Journals* 87.

第五章 『サイラス・マーナー』 ワーズワスとの対話

1 *Letters*, I, 34. 詳細は Stephen Gill, *Wordsworth and the Victorians* (Oxford: Clarendon, 1998) 145–46を参照。

2 平凡なものの中に真実と美を見出すのは，本書ですでに論じた十七世紀オランダ絵画との共通点でもある。エリオットとワーズワスの作品の類似性を論じた批評家は，例えば Clayton 140–59; Gill 145–67.

3 Ashton, *Eliot: A Life* 301.

4 George Eliot, “Brother and Sister,” V, 1–4. *Collected Poems*, ed. Lucien Jenkins (London: Skoob, 1989) 86.

5 Wordsworth, “Michael,” 154–55. エリオットはシェイクスピアに次いでワーズワスの詩句を最も多くエピグラフに用いた。David Leon Higden, “George Eliot and the Art of Epigraph,” *NCF* 25 (1970): 127–49; Gill 147.

6 ただし，ヴィットマイヤーも指摘するように，カス家の居間（第三章，十七章），ナンシー・ラメターの導入部分（第十一章），教会から出てくる人々の描写（第十六章）など絵画的な場面もいくらかは見られる。Witemeyer 138–40.

7 Christopher Salvesen, *The Landscape of Memory: A Study of Wordsworth's Poetry* (London: Arnold, 1965) 69.

8 George Eliot, *Silas Marner: The Weaver of Raveloe* (1861; Harmondsworth: Penguin, 1985) 64–65. 以下，この作品からの引用文は末尾にページ数を記す。

9 Robert H. Dunham, "*Silas Marner* and the Wordsworthian Child." Hutchinson, *Critical Assessments*, vol. 3, 198.

10 William Wordsworth, *The Prelude* (1805 ed.) I, 305–09. *The Prelude: 1799, 1805, 1850*, ed., Jonathan Wordsworth, M. H. Abrams, and Stephen Gill (New York and London: Norton, 1979).

11 Hutchinson, *Critical Assessments*, vol. 3, 198.

12 William Wordsworth, "My heart leaps up when I behold," 1–9.

13 山内久明、註、『対訳ワーズワス詩集』山内久明編、イギリス詩人選（3）（岩波書店、一九九八年）一〇四―〇五。

14 William Wordsworth, "Ode: Intimations of Immortality from Recollections of Early Childhood," 151–55, 158–63. この詩は最初 "Ode" として一八〇七年に出版されたが、一八一五年からこのタイトルになり、"My heart leaps up when I behold" がエピグラフとされた。Stephen Gill, note, *William Wordsworth* (Oxford and New York: Oxford UP) 713–14.

15 Thomas Pinney, ed., *Essays of George Eliot* (London: Routledge, 1963) 20, 21. 以下 *Essays* と略記する。

16 *Essays* 20.

17 *Essays* 20.

18 *Essays* 20–21.

19 Hutchinson, *Critical Assessments*, vol. 3, 200.

20 Q. D. Leavis, note, *Silas Marner: The Weaver of Raveloe*, by George Eliot (1861; Harmondsworth: Penguin, 1985) 263.

21 大嶋浩「『サイラス・マーナー』論——人生の諸段階」海老根、内田 一五〇。大嶋氏もサイラスの庭に注目しているが、この庭をドリーが助言を与え、サイラスとエピーとエアロンが協力し合ってできたものとして捉え、エピーの主体性を特には重視していない点、および、庭を完成された楽園のイメージで捉えている点で筆者とは異なる。また大嶋氏は、ラヴィロウの村とサイラスの庭がSouthey的なユートピア世界のヴィジョンを高める機能を果たすものという解釈も提出している。大嶋浩「*Silas Marner* 論——Southey的ユートピアとGeorge Eliot の二重意識」『ジョージ・エリオット研究』創刊号（一九九九年）二五―二六。

22 Uglow 152.

23 Bakhtin, *Dialogic* 347.

24 Uglow 153–57.

第六章　『ロモラ』　言語への情熱

1 以下、「ルネサンス」をめぐる十九世紀の状況については J. B. Bullen, *The Myth of the Renaissance in Nineteenth-Century Writing*

(Oxford: Clarendon, 1994) 1, 10, 239-72に拠る。

2 John Ruskin, *Modern Painters*, vol. 4. *Works*, vol. 6, 449. 引用はラスキンがRobert Browningの詩、"The Bishop Orders His Tomb in St. Praxed's Church."に共感して述べた言葉である。

3 Bullen 4, 11-12. ブーレンの神話の定義は、ロラン・バルトの神話と歴史的言説の関係についての考えに基づくものである。

4 Bullen 208-38.

5 George Eliot, *Romola* (1863; Harmondsworth: Penguin, 1986) 79. 以下、この作品からの引用文は末尾にページ数を記す。

6 馬場恵二、解説、『ギリシア案内記』(上)(パウサニアス著、馬場恵二訳)(岩波書店、一九九一年)二九三—三〇三を参照。

7 Richard Jenkyns, *The Victorians and Ancient Greece* (Cambridge, Mass.: Harvard UP, 1980) 121.

8 ジェイムズ・ジョイスが『オデュッセイア』を『ユリシーズ』の「創作の海図」としながら「逆立ちの構図」を創出していると論じる、坂本公延『創作の海図——不確実性の時代と文学』(研究社、一九七六年)五七から借用。

9 『オデュッセイア』がエリオットの愛読書であったことについては、Felicia Bonaparte, *The Triptych and the Cross: The Central Myths of George Eliot's Poetic Imagination* (New York: New York UP, 1979) 21を参照。ボナパルトはロモラに『オデュッセイア』の連想を見ている。

10 Susan M. Bernardo, "From Romola to *Romola:* The Complex Act of Naming." *From Author to Text: Re-reading George Eliot's* Romola, eds. Caroline Levine and Mark W. Turner (Aldershot: Ashgate, 1998) 93-94.

11 Witemeyer 57-58.

12 Roy Harris and Talbot J. Tayler, *Landmarks in Linguistic Thought, I: The Western Tradition from Socrates to Saussure*, 2nd ed. (1989; London: Routledge, 1997) xviii.

13 Bullen 238.

14 こうした結末に見出されるアンビヴァレンスに注目する批評家は、例えばShona Elizabeth Simpson, "Mapping *Romola:* Physical Space, Women's Place." Levine and Turner 63-64.

第七章 『急進主義者フィーリクス・ホルト』 ディケンズとの対話

1 *Letters*, II, 423-24.

2 *Selected Essays* 111.

3 Jerome Meckier, *Hidden Rivalries in Victorian Fiction: Dickens, Realism, and Revaluation* (Lexington: UP of Kentucky, 1987) 1-26.

4 Lynda Nead, *Myths of Sexuality: Representation of Women in Victorian Britain* (Oxford: Blackwell, 1988) 8.
5 Nead 76.
6 デッドロック夫人の肖像画の修辞的機能に注目する批評家は、西條隆雄『ディケンズの文学――小説と社会』(英宝社、一九九八年)一八七―二二七。
7 Charles Dickens, *Bleak House* (1853; Harmondsworth: Penguin, 1996) 182. 以下、この作品からの引用文は末尾にページ数を記す。
8 Patricia Ingham, *Dickens, Women, and Language* (New York: Harvester, 1992) 102.
9 西條 二二四―二五。
10 Tony Tanner, *Adultery in the Novel: Contract and Transgression* (Baltimore: John Hopkins UP, 1979) 15.
11 Tanner 14.
12 『フィーリクス・ホルト』における肖像画や絵画的描写に注目する批評家は、Peter Coveney, introduction, *Felix Holt, the Radical*, by George Eliot (1866; Harmondsworth: Penguin, 1988) 47-49.
13 George Eliot, *Felix Holt, the Radical* (1866; Harmondsworth: Penguin, 1988) 485. 以下、この作品からの引用文は末尾にページ数を記す。
14 荻野氏もエスタが啓示を受ける場面としてこの場面に注目するが、エスタとトランサム夫人との対照性を示す点には言及していない。荻野『暗黒への旅立ち』二四六―四七。
15 Ingham 127-28.
16 エリス夫人の「感化力」については、Sarah Stickney Ellis, *The Daughters of England: Their Position in Society, Character, and Responsibilities* (London: Fisher, 1845) 161 を参照。
17 Joan Wallach Scott, *Gender and the Politics of History*, revised ed. (New York: Columbia UP, 1999) 2; Judith Butler, *Gender Trouble: Feminism and the Subversion of Identity* (1990; New York and London: Routledge, 1999) 10-11.
18 Butler 179-90.
19 Catherine A. Judd, "Male Pseudonyms and Female Authority," *Literature in the Marketplace: Nineteenth-Century British Publishing and Reading Practices*, eds. John O. Jordan and Robert L. Patten, Cambridge Studies in Nineteenth-Century Literature and Culture 5 (Cambridge: Cambridge UP, 1995) 253, 258.
20 *Letters*, III, 302.
21 *Letters*, V, 30-31.
22 *Letters*, V, 30. この点に注目する批評家は Nicola Diane Thompson, "Responding to the Woman Questions: Rereading Noncanonical

Victorian Women Novelists." *Victorian Women Writers and the Woman Question*, ed. Nicola Diane Thompson, Cambridge Studies in Nineteenth-Century Literature and Culture 21 (Cambridge: Cambridge UP, 1999) 9.

第八章　『ミドルマーチ』　境界を越えて

1　ミシェル・フーコー『監獄の誕生――監視と処罰』田村俶訳（一九七七年、新潮社、一九七八年）一九八―二二八。
2　桜井哲夫『フーコー――知と権力』現代思想の冒険者たち26（講談社、一九九六年）二四五。
3　ミシェル・フーコー『性の歴史I――知への意志』渡辺守章訳（一九八六年、新潮社、一九九七年）一一九。
4　Ruskin, "The Elements of Drawing." *Works*, vol. 15, 27n.
5　Crary 94–96.
6　Ruskin, *Works*, vol. 15, 27; Hermann von Helmholtz, "The Facts in Perception," *Popular Scientific Lectures* (London, 1885) 86, qtd. in Crary 95.
7　Flint, *Victorians* 1–8.
8　Rosemary Ashton, *G. H. Lewes: A Life* (Oxford: Clarendon, 1991) 86–87. ルイスの伝記的事実については、本書に拠るところが大きい。
9　Gordon S. Haight, preface, *Letters*, VIII, viii–ix; Ashton, *Lewes* vi; Ashton, introduction, *Versatile*, by Lewes, 1.
10　Ashton, introduction, *Versatile*, by Lewes, 2.　例えば、B. C. Southam, ed., *Jane Austen: The Critical Heritage*, vol. 1 (1968; London and New York: Routledge 1995) で、サザムは "Lewes' superiority to his fellow-critics is not in doubt." と述べている (29)。
11　Ashton, *Lewes* vii, 267–68.
12　Peter Allen Dale, *In Pursuit of a Scientific Culture: Science, Art, and Society in the Victorian Age* (Madison and London: U of Wisconsin P, 1989) 102.
13　G. H. Lewes, *History of Philosophy*, 4th ed., vol. 1 (London: Longmans, 1871) xvii–xviii, xx–xxii.
14　Auguste Comte, *Correspondance générale et confessions*, ed. Paulo E. Berrêdo Carneiro and Pierre Arnaud, vol. 4 (Paris, 1973–) 20, 225, qtd. in Ashton, *Lewes* 49.
15　Ashton, *Lewes* 49–50.
16　Ashton, introduction, *Versatile*, by Lewes, 1. この評論を拡大したものが一八五三年に *Comte's Philosophy of the Sciences: Being an Exposition of the Principles of the* Cours de philosophie positive として出版された。
17　Haight, "George Eliot and Her Correspondents," *Letters*, I, xliv–xlv.

18 この評論は *Fortnightly Review* 3 (Jan. 1866) に掲載されたもので、Lewes, *Versatile* 244-68 に収録されている。Lewes, *History*, 4th ed., vol. 2, 654-689 に重複する記述が見られる。

19 Ashton, *Lewes* 50.

20 Lewes, *History*, 4th ed., vol. 2, 681, 683, 714, 736-37.

21 Lewes, *History*, 4th ed., vol. 2, 739-40.

22 George Eliot, *Middlemarch: A Study of Provincial Life* (1871-72; Harmondsworth: Penguin, 1985) 256. 以下、この作品からの引用文は末尾にページ数を記す。

23 *Letters*, IV, 111, 119, 331.

24 Joseph Wiesenfarth, note, *George Eliot: A Writer's Notebook 1854-1879 and Uncollected Writings* (Charlottesville: UP of Virginia, 1981) 201; William Baker, ed., *Some George Eliot Notebooks: An Edition of the Carl H. Pforzheimer Library's George Eliot Holograph Notebooks, Mss 707, 708, 709, 710, 711*, Salzburg Studies in English Literature 46, vol. 1 (Salzburg: Universitat Salzburg, 1976) 74, 327. ベイカーによれば、エリオットが用いた『実証政治学』の英訳は Auguste Comte, *System of Positive Polity, or Treatise on Sociology, Instituting the Religion of Humanity*, trans. J. H. Bridges, F. Harrison, E. Beesly and H. Congreve (1875-77) である (74)。

25 Baker, *Notebooks*, vol. 1, 176, 76-77.

26 Ashton, introduction, *Versatile*, by Lewes, 7-8. 引用文は G. H. Lewes, "The Principle of Success in Literature," No. I, *Fortnightly Review* (May 1865) I, 86-87.

27 Ashton, introduction, *Versatile*, by Lewes, 8. 引用文は Geoffrey Tillotson, preface, *The Principles of Success in Literature*, by George Henry Lewes (London, 1969) ii.

28 Lewes, *Versatile* 243. この評論が最初に掲載されたのは *Forgnightly Review* 15 (Jul. 1865) である。

29 Lewes, *Versatile* 226, 229, 231.

30 Lewes, *Versatile* 232; Ashton, note, *Versatile*, by Lewes, 331.

31 Lewes, *Versatile* 227.

32 Lewes, *Versatile* 241.

ルイスは一八五八年に書いた評論 "Realism in Art: Recent German Fiction" で "Realism is ... the basis of all Art, and its antithesis is not Idealism, but *Falsism*." (*Westminster Review* (Oct. 1858) qtd. in Ashton, *Lewes* 191) と述べていたが、この「芸術におけるヴィジョン」ほどアイディアリズムを肯定するのに積極的ではなく、オランダ絵画的リアリズムを重視していた。

33 Ashton, introduction, *Versatile*, by Lewes, 4.

34 George Henry Lewes, *The Life and Works of Goethe* (1908; London: Dent; New York: Dutton, 1965) 55, 414-16; *Selected Essays* 307-10.

35 George Henry Lewes, "Goethe as a Man of Science," *Westminster Review* ns 2 (1852): 479, 485.

36 Lewes, *Goethe* 336-377.

37 Susan R. Horton, "Were They Having Fun Yet?: Victorian Optical Gadgetry, Modernist Selves." *Victorian Literature and the Victorian Visual Imagination*, eds. Christ and Jordan, 3-5.

38 ゲーテに関する評価についてはCrary 85-86; 木村直司、訳注、あとがき『色彩論』（筑摩書房、二〇〇一年）四三八、五〇六。

39 Ashton, introduction, *Versatile*, by Lewes, 5; Ashton, *Lewes*, 268.

40 Ashton, introduction, *Versatile*, by Lewes, 3; Ashton, *Lewes* 192-94.

41 Mark Wormald, "Microscopy and Semiotic in *Middlemarch*," *NCL* (1996): 513, 521.

42 Dale, *Pursuit* 102-04.

43 Hermann von Helmholtz, *Treatise on Physiological Optics* (Translated from the Third German Edition), ed. James. P. C. Southall, vol. 3 (New York: Dover Publication, 1962) 1.

44 Dale, *Pursuit* 104.

45 George Henry Lewes, *The Physiology of Common Life*, vol. 2 (Edinburgh and London: Blackwood, 1859) 68.

46 Flint 178-83; Philip G. Hamerton, "Liber Memorialis," *Art Journal* 28 (1866): 1.

47 Hamerton, "Liber Memorialis" 1.

48 J. Hillis Miller, "Optic and Semiotic in *Middlemarch*." *The Worlds of Victorian Fiction*, ed. Jerome H. Buckley, Harvard English Studies 6 (Cambridge, Mass. and London: Harvard UP, 1975) 138.

49 W. J. Harvey, note, *Middlemarch*, by George Eliot (1871-72; Harmondsworth: Penguin, 1985) 902; Witemeyer 84-85.

50 Witemeyer 80, 85; Keith Andrews, *The Nazarenes: A Brotherhood of German Painters in Rome* (Oxford: Clarendon, 1964).

51 Witemeyer 85.

52 この人物はナザレ派の代表的な二人の画家、Johann Friedrich Overbeck (1789-1869) とJosef von Fuhrich (1800-76) をモデルにしている、とヴィットマイヤーは指摘し、ナウマンの絵について詳細に分析している。Witemeyer 79-87.

53 ジョゼフ・ウィーゼンファースはこれらの絵が、エリオットが精通し、ノートブックにも引用しているAnna Brownell Jamesonの*Sacred and Legendary Art*に所収の"Half-Length Enthroned Madonna between Saint Margaret and Saint Dorothea"と"Saint Barbara Enthroned"であることを指摘しているが、筆者が入手した同書の第九版（London: Longmans, 1883）では後者のみ確認できた（vol. 2,

494)。Joseph Wiesenfarth, "*Middlemarch*: The Language of Art," *PMLA* 97 (1982): 368, 377n.

　また、ヴィットマイヤーはこの場面でのナウマンの機能のみに注目し、彼がロマン主義運動の教育的機能を劇的に表現している、と指摘する。Witemeyer 85.

54 Kerry McSweeney, *Middlemarch*, Unwin Critical Library (London and Boston: Allen, 1984) 32.

55 Wiesenfarth, "*Middlemarch*" 370.

56 John Ruskin, *The Stones of Venice*, vol. 2. *Works*, vol. 10, 213.

57 Philip G. Hamerton, "Art Criticism," *Cornhill Magazine* 8 (1863) 336, 340, 341, 343.

58 Hamerton, "Art Criticism" 334.

59 Flint, *Victorians* 169, 189, 196.

60 以下、本パラグラフにおける記述は、Jerome Hamilton Buckley, *The Victorian Temper: A Study in Literary Culture* (1951; Cambridge, Mass.: Harvard UP, 1981) 143-84 に拠る。

61 Dale, *Pursuit* 116; Flint, *Victorians* 256-67.

62 上野千鶴子「構築主義とは何か——あとがきに代えて」上野千鶴子編『構築主義とは何か』(勁草書房、二〇〇一年)三〇〇—〇一。上野千鶴子「はしがき」上野 i。

63 George Henry Lewes, *Problems of Life and Mind*, vol. 5 (London: Trübner, 1879) 223-500. 便宜上「シリーズ」ではなく、巻数で言及する。この著作は五巻から成り、第一巻、第二巻(一八七四—七五年)が First Series (副題は *The Foundation of a Creed*)、第三巻(一八七七年)が Second Series (副題は *The Physical Basis of Mind*)、第四巻、第五巻(一八七九年)が Third Series である。第四巻、第五巻は扱っている問題がタイトルページに次のように記されている。第四巻——"Problem the first: The study of psychology: Its object, scope, and method"、第五巻——"Problem the second: Mind as a function of the organism; Problem the third: The sphere of sense and logic of feeling; Problem the fourth: The sphere of intellect and logic of signs."

64 Lewes, *Problems*, vol. 5, 239.

65 Lewes, *Problems*, vol. 5, 224, 227.

66 Lewes, *Problems*, vol. 5, 227, 451, 457.

67 Lewes, *Problems*, vol. 5, 484.

68 Lewes, *Problems*, vol. 5, 467.

69 Lewes, *Problems*, vol. 5, 467, 485, 494, 495.

70 Lewes, *Problems*, vol. 5, 495-96.

71 詳細は K. K. Collins, "G. H. Lewes Revised: George Eliot and the Moral Sense," *VS* 32 (1977-78): 465-92.

72 この立場からエリオットが小説の絵画に対する優位性を主張しているとみなす批評家は、例えば Sullivan 70-71; Witemeyer 40-43.

73 George Eliot, "Belles Lettres," *Westminster Review* 66 (Oct. 1856). *A Writer's Notebook* 284. レッシングのエリオットに対する影響については Wiesenfarth, note, *A Writer's Notebook,* by Eliot 143-44.

74 *Selected Essays* 228-29.

75 この観点から『ミドルマーチ』を論じているのは Robert Kiely, "The Limits of Dialogue in *Middlemarch.*" Jerome Buckley, *Worlds* 103-23.

76 Harvey, *Art* 193-95; Witemeyer 86.

77 Mrs Jameson, *Sacred and Legendary Art*, 9th ed., vol. 2 (1848; London: Longmans, 1883) 465-66.

78 Praz, *Hero* 358; Richards 160; Witemeyer 87.

79 Jameson, *Sacred*, vol. 2, 495.

80 Cross, *Life*, vol. 2, 244; Richards 160; *Journals* 365, 374.

81 Richards 160.

82 *Journals* 100, 101; Eliot, *A Writer's Notebook* 63, 183, 185.

83 Jameson, *Sacred*, vol. 2, 492.

84 Jameson, *Sacred*, vol. 2, 493. この聖女バルバラの窓についての言葉もエリオットのノートブックに書き写されている。Eliot, *A Writer's Notebook* 63.

85 Jameson, *Sacred*, vol. 2, 494-98; Hall 41.

86 Jameson, *Sacred*, vol. 2, 496.

87 Wiesenfarth, "*Middlemarch*" 372.

88 *Selected Essays* 365.

89 荻野『暗黒への旅立ち』二四二—四六。

90 Witemeyer 152-55.

91 Walter Pater, *Marius the Epicurean: His Sensations and Ideas*, vol. 1 (1885; London: Macmillan, 1907) 34.

92 Ruskin, *Works*, vol. 12, 334.

93 『ダニエル・デロンダ』の語り手が "[A] moment is room wide enough for the loyal and mean desire...." と、瞬間を空間的に捉えているのは興味深い。Eliot, *Daniel Deronda* 72.

第九章『ダニエル・デロンダ』未来への希望

1 George Eliot, *Daniel Deronda* (1876; Harmondsworth: Penguin, 1987) 69. 以下、この作品からの引用文は末尾にページ数を記す。

2 Whitney Chadwick, "The Fine Art of Gentling: Horses, Women and Rosa Bonheur in Victorian England." *The Body Imaged: The Human Form and Visual Culture since the Renaissance*, eds. Kathleen Adler and Marcia Pointon (Cambridge: Cambridge UP, 1993) 91.

3 以下、これらの絵に関しては Gabriel P. Weisberg, "Rosa Bonheur's Reception in England and America: The Popularization of a Legend and the Celebration of a Myth." *Rosa Bonheur: All Nature's Children* (New York: Dahesh Museum, 1998) 1-22; Chadwick 89-107; James M. Saslow, "Disagreeably Hidden: Construction and Constriction of the Lesbian Body in Rosa Bonheur's *Horse Fair*." *The Expanding Discourse: Feminism and Art History*, eds. Norma Broude and Mary D. Garrard (Boulder and Oxford: Westview, 1992) 187-205; Gretchen van Slyke, introduction, *Rosa Bonheur: The Artist's (Auto)biography*, by Anna Klumpke (Ann Arbor: U of Michigan P, 1997) xii を参照した。

4 Saslow. Broude and Garrard 190-95.

5 ラファエル前派の代表的画家、ダンテ・ゲイブリエル・ロセッティの弟で美術評論家の William Rossetti の言葉である。*Crayon*, 22 August 1855, 118, qtd. in Weisberg. *Rosa Bonheur* 7-8.

6 『ホース・フェア』の縮小版（一八五五年）は、ボヌール自身が仕上げをして署名をしたが、彼女の長年の友人、Nathalie Micas によって描き始められたものである。この縮小版から Thomas Landseer による版画が製作された (http://www.nationalgallery.org.uk)。ナショナル・ギャラリーの文書係、Mr. Matti Watton によれば、この絵は一八五九年に Jacob Bell によって寄贈されたが、実際に届いたのは一八六五年五月で、六月から展示された。一八七六年まではサウス・ケンジントン美術館に隣接する建物（ナショナル・ギャラリーの分館として使用されていた）、一九〇三―一〇年、一九一二―五六年にはテイト・ギャラリーで展示されたが、それ以外はトラファルガー広場のナショナル・ギャラリーで展示され、現在に至っている。

7 *Letters*, II, 377.

8 この絵の解釈は、主として Saslow に負う。

9 この絵に対する賞賛は例えば、"Exhibition of the Royal Academy," *Art Journal* 23 (1861): 167; "Royal Academy," *Athenaeum* 4 May 1861: 599.

　これらの批評からわかるように原画は『馴らされたじゃじゃ馬』（*The Shrew Tamed*）として出品されており、本書ではこの原画のタイトルを用いる。一九九四年にロンドンの Sotheby's で競売にかけられた後の消息は不明である(コートールド美術研究所、ウィット図書館の司書、Ms. Barbara Thompson から得た情報に拠る)。現在は、ロイヤル・コレクションが版画を所蔵している。

10 *The Times* 4 May 1861: 599.

11 Nead 60-62.

12 Judith Mitchell, *The Stone and the Scorpion: The Female Subject of Desire in the Novels of Charlotte Brontë, George Eliot, and Thomas Hardy* (Westport: Greenwood, 1994) 147.

13 Susan Meyer, *Imperialism at Home: Race and Victorian Women's Fiction*, Reading Women Writing Ser. (Ithaca and London: Cornell UP, 1996) 163-64. メイヤーによれば、この物語は一七一一年 Steele によって *Spectator* に掲載されてから何度も書き直され、その後 George Colman によってミュージカルコメディにされて人気を博した。

　本書の第四章で考察したように、この物語は「兄ジェイコブ」においても、デイヴィッドの精神の偏狭さを露呈させるのに用いられている。

14 エリオットの両性具有性に注目する批評家は Carolyn G. Heilbrun, *Toward a Recognition of Androgyny* (New York and London: Norton, 1982) 82-86; Carol A. Martin, "George Eliot: Feminist Critic," *VN* 65 (1984): 22-25. ただし、前者はエリオット自身の両性具有性を認め、『ミドルマーチ』のドロシアとリドゲイトの物語にエリオットの両性具有に関する探究が最も顕著であると論じるが、『ダニエル・デロンダ』に関しては両性具有性のテーマが放棄されているとみなしている(八三、八五)。また、後者は主としてエリオットの評論に両性具有性に関するヴィジョンを探り、ウルフとの共通性を指摘しているが、『ダニエル・デロンダ』には言及していない。

15 Woolf, *Room* 106.

16 フォイエルバッハとコントの思想が男女の性の自由と機能を限定したものとみなす立場は、ジュヌヴィーエーヴ・フレス、「使命から運命へ——性差の哲学史」、G・デュビィ、M・ペロー監修、杉村和子、志賀亮一監訳、『女の歴史Ⅳ——十九世紀Ⅰ』(藤原書店、一九九六年)一〇六—一一〇を参照。

17 言語と社会的力の関係、およびエリオットの言語観に注目する点で筆者は Sally Shuttleworth, *George Eliot and Nineteenth-Century Science: The Make-Believe of a Beginning* (1984; Cambridge: Cambridge UP, 1986)(175-200) と同じ立場に立つが、シャトルワースはエリオットと十九世紀科学、特に有機体論との関係に重点を置いている。

18 Barbara Hardy, note, *Daniel Deronda*, by George Eliot (1876; Harmondsworth: Penguin, 1987) 893.

19 Shuttleworth 182.

20 以下、言語思想史に関しては Roy Harris and Talbot J. Taylor, *Landmarks in Linguistic Thought I: The Western Tradition from Socrates to Saussure*, Routledge History of Linguistic Thought Ser., 2nd ed. (1989; London: Routledge, 1997) 126-95 を参考にした。

21 John Locke, *An Essay concerning Human Understanding* (Oxford: Clarendon, 1975) 408.

22 Hans Aarsleff, *From Locke to Saussure: Essays on the Study of Language and Intellectual History* (Minneapolis: U of Minnesota P, 1982) 120–45; Lewes, *History*, 4th ed., vol. 2, 242–71.

23 W. von Humboldt, *Über die Verschiedenheit des menschlichen Sprachbaues und ihren Einfluss auf die geistige Entwickelung des Menchengeschlechts (On the diversity of human language-structure and its influence on the mental development of mankind).* 邦訳はW・フォン・フンボルト『言語と精神——ガヴィ語研究序説』亀山健吉訳（法政大学出版局、一九八四年）。

24 フンボルト 三二九。

25 *Selected Essays* 127.

26 *Letters*, VI, 26.

27 Martha S. Vogeler, "The Choir Invisible: The Poetics of Humanist Piety." *George Eliot: A Centenary Tribute*, eds. Gordon S. Haight and Rosemary T. VanArsdel (London and Basingstoke: Macmillan, 1982) 78–79.

28 Cicero, *Letters to Atticus*, trans. E. O. Winstedt, Loeb's Classical Library, vol. 3 (Cambridge: Harvard UP, 1961) 35, letter XII, part 18, qtd. in Vogeler, "Choir Invisible." Haight and VanArsdel 64–65.

29 George Eliot, "O May I Join the Choir Invisible," lines 1–9. *Collected Poems*, ed. Lucien Jenkins (London: Skoob, 1989) 49.

30 この点に注目する批評家は Vogeler. Haight and VanArsdel 67; Lucien Jenkins, introduction, *Collected Poems*, by George Eliot (London: Skoob, 1989) 8.

31 Eliot, "O May I Join the Choir Invisible," 10–13.

32 Vogeler. Haight and VanArsdel 68.

33 Eliot, "O May I Join the Choir Invisible," 37–45.

34 坂本公延『ヴァージニア・ウルフ——小説の秘密』（研究社、一九七八年）一二三、一四二。

35 Virginia Woolf, *Mrs Dalloway* (1925; London and Glasgow: Grafton, 1987) 10.

36 Woolf, *Mrs Dalloway* 135–36.

37 坂本『小説の秘密』一二三。

38 Virginia Woolf, *To the Lighthouse* (1927; London and Glasgow: Grafton, 1987) 105.

39 Cross, *Life*, vol. 3, 42.

40 George Eliot, *The Spanish Gypsy. Collected Poems*, ed. Jenkins 302. 以下、この作品からの引用は末尾にページ数を記す。

41 『スペインのジプシー』執筆から出版までの経緯については、*Journals* 120; Wiesenfarth, introduction, *A Writer's Notebook* xxviii–xxix を参照。

42 Jean Chevalier and Alain Gheerbrant, *A Dictionary of Symbols*, trans. John Buchanan-Brown (Oxford: Blackwell, 1994) 815.

43 Chevalier and Gheerbrant, *A Dictionary of Symbols* 815.

44 Thomas Pinney, "The Authority of the Past in George Eliot's Novels." *NCF* 21 (1966): 131–47. Rpt. in *George Eliot: A Collection of Critical Essays*, ed. George R. Creeger, Twentieth Century Views Ser. (Englewood Cliffs, N. J.: Prentice-Hall) 51.

45 例えば、Ashton, *Eliot: A Life* 347.

46 'nation'という概念、および「国民国家」の形成については、大澤真幸「ネーションとエスニシティ」。井上俊(他)編『民族・国家・エスニシティ』岩波講座、現代社会学24（一九九六年、岩波書店、二〇〇〇年）二七、福井憲彦「国民国家の形成」。井上(他) 八九を参照。

47 井上(他) 二七、八七—八八を参照。

48 井上(他) 一〇一。

49 W・サリヴァンは、エリオットの作品中クレスマーが最も理想的な芸術家像であるとし、デロンダとの類似性も指摘している。Sullivan 300–06.

50 文化の普遍性と個別性については、平野健一郎『国際文化論』（東京大学出版会、二〇〇〇年）八—一〇を参照。

51 George Eliot, *Impressions of Theophrastus Such* (London: Pickering, 1994) 152. 以下、この作品からの引用文は末尾にページ数を記す。

52 Ashton, *Eliot: A Life* 347.

53 一八七七年十二月三十一日付の日記を参照。*Journals* 148.

54 ヴァージニア・ウルフは『歳月』（*The Years*）（一九三七年）の構想を『パージター家の人々』（*The Pargiters*）という「エッセイ・ノヴェル」（Essay-Novel）に求めたが、草稿の段階でこの構想を消し去った。ウルフもこのエッセイ・ノヴェルを考えた時期に作家としての凋落を感じていたことは興味深い。Virginia Woolf, *A Writer's Diary: Being Extracts from the Diary of Virginia Woolf*, ed. Leonard Woolf (London: Hogarth, 1954) 189. 坂本『小説の秘密』二四〇。

55 Lewes, *Problems*, vol. 5, 485, 494, 495, 496.

終章　エリオットの現代性

1 Bakhtin, *Dialogic* 341.

2 Bakhtin, *Dialogic* 347.

3 *Letters*, III, 383.

あとがき

ジョージ・エリオットとの対話を始めたのは、十年余り前のことである。最初に出会った作品は『ダニエル・デロンダ』で、人間の内奥を余すところなく読者に突きつけてくる迫力に圧倒されてしまった。偶然にも、彼女は私が取り組みたいと考えていた「小説と絵画」というテーマの点からも、非常に興味深い作家であった。作品の随所に感じられる絵画への執着、ジャンルの境界を越えようとする衝動、それらは一体どこからくるのか。作品世界の創造にどのような意味をもたらしているのか。このような思いを抱いて読み続けることで、この本が生まれた。

本書は、二〇〇一年、広島大学大学院文学研究科に学位請求論文として提出した「ジョージ・エリオット研究――言語・イメージ・対話」に加筆、修正を施したものである。論文の審査をしてくださった先生方――主査である植木研介先生をはじめ、田中逸郎先生、田中久男先生、松本陽正先生に、心から御礼申し上げたい。先生方からいただいた多くの有益なご批評、ご教示は、本書を成すにあたり重要な手引きとなった。植木先生には、大学院入学以来、指導教官として長きにわたりご教授いただいただけでなく、ディケンズの魅力をたっぷり味わわせていただいた。そして、厳しく暖かくご指導くださった河合迪男先生、湯浅信之先生、坂本公延先生、ジョン・スペンス先生、ウォーレン・リーモン先生にも深く御礼申し上げたい。先生方のご指導のもとでオースティンやウルフらの小説や多くの英詩を精読し、作品を厳密に読むとはどういうことかを知ることができ、エリオットに対する見方も広げていくことができた。

また、大学院入学前に参加していた読書会でご指導いただいたジョージ・ヒューズ先生と、共に学んだ先生方にも心より感謝したい。大学卒業から大学院入学までの数年間は、私にとって、本当にやりたいことは何かを探し求めた時期であった。仕事の面白さを感じながらも、燃焼しきれない自分を抱え、何かを学びたいという欲求が大きくふくらんでいた。現在のように社会人を対象とした夜間開講の大学院がなかった当時、広島大学に在職しておられたヒューズ先生の研究室で毎週金曜日の夕方に行われた読書会は、本当に貴重な学びの場であった。ヒューズ先生の格調高い British English にうっとりしながら、文学がいかに人の心と人生を豊かにしてくれるものかを実感した。どんなに忙しくても休むことなく読書会に駆けつけられたメンバーの先生方の熱意と活力にいつも励まされながら、いくつかの作品を読み終えた頃、私は大学院を受験する決心をしていた。共に学んだ先生方の中に、最初に英語を学ぶ面白さを教えてくださった栗田玲子先生がおられる。また、読書会を始められたのは植木先生の御父様、植木松太郎先生であった。不思議なご縁を思わずにはいられない。そして、私が小説と絵画の関係に強い興味を抱いたのは、ヒューズ先生の奥様、クレア・ヒューズ先生がこの読書会で講義をしてくださったときであることも忘れがたい。絵画にこめられた様々な意味、文学と絵画の関連性をわかりやすく説明された講義で受けた感銘が、私の研究の方向性を決定づけたといえる。クレア・ヒューズ先生にも深く御礼申し上げたい。今でも研究に行き詰まったり、読む喜びを見失いそうになったりするとき、私の思いはいつもあの活気と喜びに満ちた読書会へと戻っていく。

大学院の博士課程後期に進学した年に念願のイギリス留学を果たすことができ、オックスフォード大学でDr. Kate Flint の刺激的な講義、Dr. Bernard Richards と Dr. Delia da Sousa Correa の内容の濃い、丁寧なテュートリアルを受ける機会に恵まれた。ほとんどの資料が揃っているボードリアン図書館で、新しい発見に心躍らせながら課題と格闘した日々がとても懐かしく思い出される。友人たちに支えられて、苦しくも楽しい、充実した一年間を過ごすことができた。

大学院修了後、最初に勤務した広島女学院大学でも、現在の勤務校である県立広島女子大学でも恵まれた環境で研究を続けることができ、同僚の先生方及び職員の方々、また学生の皆さんからいろいろな教えや刺戟を受けた。広島大学を定年退官後に広島女学院大学の教授となられた坂本公延先生には、少しずつ書き続けるようにいつも励ましていただいた。先生の励ましのおかげで、目標に向かって進むことができたと思う。両大学図書館の司書の方々にも大変お世話になった。本書をまとめる段階で、掲載する絵画や版権取得に関してProf. Hugh Witemeyer、Dr. James M. Saslow、Dr. Whitney Chadwick、Ms. Jane Mebus、コートールド美術研究所、ロイヤル・アカデミー、ナショナル・ギャラリーの方々は親切に、しかも迅速に貴重な情報を与えてくださった。全てのお名前を挙げることはできないが、様々な形で助けてくださった方々のご厚意を本当に有難く思っている。本書の出版に際して、多大な労をおとりいただいた南雲堂の南雲一範社長と原信雄編集長にも厚く御礼申し上げたい。私の希望を入れていただくために、ずいぶんお手数をおかけした。

さらに、本書は平成十三年度福原賞（福原記念英米文学研究助成基金、出版部門）を受賞するという幸運に恵まれた。選考委員会の先生方、そして福原麟太郎先生とご遺族の方に心からの感謝を申し上げたい。

原稿を読み返すたびに未熟さを痛感し、手放しがたい思いが強くなる一方であるが、ささやかな成果として送り出し、新たな出発をしたいと思う。最後に、多くの友と家族への深い感謝を記しておきたい。

天野　みゆき

二〇〇三年八月

初出一覧

本書の多くの部分は今までに発表した以下の論文を基にしているが、英語を日本語に直したものや、かなりの改変を加えたものもある。拙論の転載をご許可くださった北星堂書店と研究社出版株式会社に御礼申し上げる。

第一章　2　「ジョージ・エリオットと十七世紀オランダ絵画」『広島女子大学国際文化学部紀要』第八号（二〇〇〇年）二一—三七。

第三章　2　"George Eliot's Use of Pictures in *The Mill on the Floss*" *Phoenix* 39（広島大学大学院生英文学会、一九九一年）六五—八四。

第四章　「二つの短編小説におけるジョージ・エリオットの試み——「引き上げられたヴェール」と「兄ジェイコブ」」『広島女学院大学論集』第四八集（一九九八年）八九—一〇二。

第六章　「『ロモラ』——言語への情熱」『広島女子大学国際文化学部紀要』第九号（二〇〇一年）六五—七四。

第七章　「『急進主義者フィーリクス・ホルト』——エリオットはいかに『荒涼館』を書き直したか」海老根宏、内田能嗣共編著『ジョージ・エリオットの時空』（北星堂、二〇〇〇年）二〇三—一一。

第八章　2　「G・エリオットの絵画的イメージ——'The Double Change of Self and Beholder' in *Middlemarch*」『英語青年』第一四三巻第七号（研究社、一九九七年十月）一八—二〇。

第九章　1　「『ダニエル・デロンダ』における新しい人間像——二枚の馬の絵をめぐって」『英語青年』第一四四巻第九号（研究社、一九九八年十二月）二〇—二二。

2　「『ダニエル・デロンダ』における言語と社会についての一考察——'the balance of separateness and communication' を求めて」『英語英文學研究』第四三巻（広島大学英文学会、一九九九年）四三—五五。

ジョージ・エリオット年譜

西暦年	月	年齢	エリオットの生涯と主要作品／絵画関係	歴史的、文学的背景
一八一九	十一月		二十二日、ジョージ・エリオット（本名メアリ・アン・エヴァンズ）、イングランド中部ウォリックシャー州のアーベリー、サウス・ファームに生まれる。父は地主ニューゲイト家の地所差配人、ロバート・エヴァンズ、母はクリスティアナ。姉クリスティアナ（一八一四年生）、兄アイザック（一八一六生）に次ぐ子供であった。父ロバートには先妻との間に一男一女がいたが、彼らはエリオットが生まれたときにはすでに寄宿学校に入っており、ほとんどなじみがなかった。	ジョン・ラスキン生まれる 未来のヴィクトリア女王生まれる
一八二〇	三月		チルヴァーズ・コトン教区にあるグリフ・ハウスに移る。	
一八二四		五歳	三歳頃から兄アイザックと共に近くの私塾に通い、彼を熱烈に慕っていたが、彼はコヴェントリーの男子学校へ、エリオットは姉クリスティアナが入っていたアトルバラの寄宿学校に送られる（一八二七年まで）。孤独な学校生活であり、後年アイザックとの幼年時代の思い出を詩「兄と妹」にうたう。	『ウェストミンスター・レヴュー』創刊
一八二六	五月	六歳	十八日、両親と初めてダービーシャー州とスタッフォードシャー州を旅行。	
一八二七		七歳	人から借りていたウォルター・スコットの『ウェイヴァリー』を読み終えることができなかったため、自分でその続きを書き始める。	
一八二八		八歳	ナニートンのウォリントン夫人の寄宿学校に入学し、そこの教師で福音主義者のマライア・ルイスから多大な影響を受けて、聖書を熱心に読む。ナニートンにおける福音主義の伝道と人々の覚醒を身近に見て、それが後年「ジャネットの改悛」執筆のヒントとなる。	

一八二九				カトリック教徒解放令 ロンドンに新型警察制度導入
一八三〇				コント『実証哲学講義』(—四二)
一八三二		十二歳	コヴェントリーのフランクリン姉妹の学校に進学。フランス語や作文の力を飛躍的に伸ばすと共に、シェイクスピア、ミルトンを始めとしてイギリス文学に親しむ。	第一次選挙法改正の成立
一八三三	十二月	十三歳	二十一日、選挙中にナニートンで起こった二日間にわたる暴動を目撃。それが後に『急進主義者フィーリクス・ホルト』の執筆に影響を与える。	オックスフォード運動始まる イギリス帝国内奴隷制廃止 工場法制定
一八三四	三月	十四歳	スクール・ノートブックにエッセイや「エドワード・ネヴィル」の物語を書き始める。	カーライル『衣裳哲学』(—三四) 新救貧法制定
一八三五	十一月	十五歳	福音主義に強く傾倒し始める。	シュトラウス『イエス伝』(—三六)
	十二月	十六歳	母の健康がすぐれず、学校をやめて家に戻る。	
一八三六	二月		三日、母クリスティアナの死。母に代わって父の世話をするようになる。	
一八三七	五月	十七歳	姉クリスティアナ結婚。姉に代わってエヴァンズ家の家事を務める。しだいに禁欲的傾向を強めてゆく。	ヴィクトリア女王即位、ヴィクトリア朝始まる カーライル『フランス革命』
一八三八		十八歳	宗教書を中心に多くの本を読む。教養ある女性として近隣で評判になり、マライア・ニューゲイトから、アーベリー・ホールの図書室を使うことを許される。	ロンドン、バーミンガム間に鉄道開通 チャーティスト運動(—四八) チャールズ・ヘネル『キリスト教の起源に関する研究』
	八月		兄アイザックと共にロンドンへ一週間の旅行をするが、過度の禁欲主義のため演劇鑑賞を拒否する。	
一八三九		十九歳	メソジストの叔母エリザベス・エヴァンズがグリフ・ハウスを訪れる。彼女から後に『アダム・ビード』の着想源となる話を聞く。	

			イタリア語を習い始める。自作の詩をマライア・ルイスに送る。	
	十一月		父、学校時代の友人ジェシー・バークレイと共に初めて鉄道でロンドンへ旅行。	
		二十歳	二十二日、ワーズワスへの深い共感をマライア・ルイスに告白する。	
一八四〇	一月		自作の詩が『クリスチャン・オブザーバー』に掲載され、初めて公表した作品となる。	ヴィクトリア女王、アルバート殿下と結婚
				一ペニー郵便制度制定
	三月		ドイツ語を習い始める	
一八四一	三月	二十一歳	父と共にコヴェントリーのフォルズヒルに移る。	フォイエルバッハ『キリスト教の本質』
	四月		父と共にトリニティ教会に通い始める。	
	六月		兄アイザックの結婚。	
	十一月		チャールズ・ブレイ、キャロライン夫妻と知り合い、それがエリオットの宗教観の変化を決定づける。	
一八四二	一月	二十二歳	二日、教会に行くことを拒否し、キリスト教の正統的な教義を放棄する態度を初めて他者に示す。	
	四月		三十日、教会に行くことを条件づきで承諾し、父と和解する。	
	七月		サラ・ヘネルと知り合い、親しくなる。	
一八四三	七月	二十三歳	ブレイ夫妻、ヘネル兄妹、ルファ・ブラバント（後のチャールズ・ヘネル夫人）と共にウェールズへ三週間の旅行。	ラスキン『近代画家論』第一巻
	十一月〜十二月	二十四歳	ブラバント博士の家（ウィルトシャー州）に滞在するが、彼との親密さが夫人の感情を害し、滞在打ち切りを余儀なくされる。	
一八四四	一月		ルファ・ヘネル（ブラバント）が行っていたシュトラウス著『イエス伝』の翻訳を完成させることを引き受ける。	
一八四五	四月	二十五歳	十七日、ハリエット・マーティノーに初めて会い、好感を抱く。	
	十月		ブレイ夫妻と共にスコットランドへ旅行する。	
一八四六	六月	二十六歳	十五日、シュトラウス著『イエス伝』の翻訳が匿名で、チャップマンにより出版される。	穀物法廃止
				ラスキン『近代画家論』第二巻

	十月		クウィネとミシュレについての評論がコヴェントリーの『ヘラルド』に掲載される。	
	十二月	二十七歳	四日、「変わり者のノートからの詩と散文」をコヴェントリーの『ヘラルド』に連載開始。	
一八四七	九月〜十月		父の療養のためにワイト島へ行く。	シャーロット・ブロンテ『ジェイン・エア』
	十月		十三日、サミュエル・リチャードソンの『チャールズ・グランディソン卿』を熱心に読み、その道徳性に強く共感。	エミリー・ブロンテ『嵐が丘』 アン・ブロンテ『アグネス・グレイ』 サッカレー『虚栄の市』
一八四八	三月	二十八歳	八日、フランスでの革命についてジョン・シブレに手紙を書く。イギリスではフランスのような革命は望ましくないと考える。	公衆衛生法制定 「ラファエル前派兄弟団」結成 ジェイムソン夫人『聖なる伝説芸術』
	四月		父の健康がすぐれず、心配する。やがて自分の健康もかえりみず看病する。	ギャスケル夫人『メアリ・バートン』
	六月		十一日、『ジェイン・エア』に対する興味と不満をブレイへの手紙で述べる。	
	七月		十三日、ブレイ夫妻の紹介でラルフ・ウォルドー・エマソンに会い、感銘を受ける。	
一八四九	三月	二十九歳	十日、スピノザ著『神学政治論』の翻訳を始める（この翻訳は所在不明）。	ディケンズ『デイヴィッド・コパーフィールド』（—五〇）
	五月		三十一日、父ロバートの死。	C・ブロンテ『シャーリー』
	六月〜		十二日からブレイ夫妻と共にフランス、イタリア、スイスを旅行し、七月から翌年三月まで一人でジュネーヴに残る。十月から画家、F・ダルベール＝デュラードの家に滞在。彼は後にエリオットの肖像画を描き、『アダム・ビード』、『フロス河の水車場』等をフランス語に翻訳する。	
	十二月	三十歳	健康上の理由から、スピノザの翻訳を中断。	
一八五〇	三月		帰国。	ワーズワス『序曲』
	十月		ジョン・チャップマンから依頼され、『ウェストミンスター・レヴュー』（以下、*WR*と略記）のためにウィリアム・マッカイ著『知性の進歩』についての書評を書くことにする。	ジェイムソン夫人『修道会訓令の伝説』

	十一月		十八日、マッカイについての書評を送り、文筆業で生きる決心をする。	
一八五一	一月	三十一歳	ロンドンに出て、チャップマン家に下宿するが、チャップマン夫人と彼の愛人エリザベス・ティリィの嫉妬をかう。	ロンドンで第一回万国博覧会開催
	三月		傷心のうちにコヴェントリーに戻る。	ラスキン『ヴェニスの石』第一巻
	八月		チャップマン、サラ・ヘネルと共に万国博覧会を見に行く。	コント『実証政治学体系——人類教を創設するための社会学概論』(—五四)
	九月		五月に***WR***を買い取ったチャップマンに頼まれて、副編集長としてチャップマン家に戻る。	ギャスケル夫人『クランフォード』
			以後三十年間、ナショナル・ギャラリーや大英博物館、その他の美術館をたびたび訪れ、特にロイヤル・アカデミー展や水彩画家協会展、フランス絵画展は毎年楽しみにしていた。多くの画家のアトリエや私蔵のコレクションにも招待された。	
	十月		ハーバート・スペンサーと親しくなり、彼を通してジョージ・ヘンリー・ルイスと知り合う。	
一八五二	一月	三十二歳	***WR***新シリーズの第一号が出る。カーライル著『ジョン・スターリングの生涯』の書評を掲載。	ディケンズ『荒涼館』(—五三) ハリエット・ビーチャー・ストウ『アンクル・トムの小屋』
	四月～		スペンサーと親しく交際をして婚約の噂もたつが、愛情は拒絶され、友人としての関係を育んでゆく。	
	五月		ジョン・エヴァレット・ミレイの『聖バルトロメオの日のユグノー教徒』に深い感銘を受ける。(ロイヤル・アカデミー展)	
	六月		ベシー・パークスと親しくなり、彼女を通してバーバラ・リー・スミス(後のボディション)と知り合う。	
	七月		ラファエル前派に強い関心を示す。	

一八五三	十月	三十三歳	チャップマン家を出て、ハイド・パーク、ケンブリッジ街に住む。ルイスとの親密な関係が始まる。	C・ブロンテ『ヴィレット』 ギャスケル夫人『ルース』 サッカレー『ニューカム家の人々』 ラスキン『ヴェニスの石』第二巻、第三巻
	十二月	三十四歳	***WR***の編集から退く。	
一八五四	二月		知人宅でジェイムソン夫人と食事を共にし、楽しいひと時を過ごす。	クリミア戦争（―五六） バーバラ・リー・スミス『イギリスにおける女性に関する法律の摘要書』 ギャスケル夫人『北と南』 ディケンズ『ハード・タイムズ』 コヴェントリー・パットモア『家庭の天使』（―六三）
	三月		バーバラ・リー・スミス自身の申し出により、彼女の絵を借りる。以後、親交を深める。 十五日、アリ・シェフェールの『フランチェスカ・ダ・リミニ』の版画に惹かれる。（ポール・モール・ギャラリーでの第二回フランス絵画展）。	
	五月		十九日、ウィリアム・ホルマン・ハントの『世の光』を賞賛すると共に、ラスキンのラファエル前派擁護に共感。	
	七月		フォイエルバッハ著『キリスト教の本質』の翻訳が実名で出版される。 二十日、ルイスと共にドイツへ旅立つ。アントワープ、ブリュッセル等を経由して八月二日、ワイマールに到着、十一月まで滞在。 アントワープでルーベンスの『聖母被昇天』、『キリスト昇架』、『キリスト降架』を見て感銘を受け、ルーベンスはエリオットの心を捕えた最初の偉大な画家となった。	
	十月		「フランスの女性――マダム・ド・サブレ」を***WR***に掲載。	
	十一月		ベルリンに移動。『ゲーテの生涯と作品』に取り組むルイスを助ける。 八日、スピノザ著『倫理学』の翻訳を始める。	

			新旧博物館で、エジプト美術、北方古美術、フランドル絵画、ドイツ現代絵画を見る。有名なナザレ派画家であり、デュッセルドルフ・アカデミーの院長ヴィルヘルム・フォン・シャドウに会う。ドイツ現代絵画について「ベルリンの回想」に記す。ティツィアーノの『娘』、コレッジォのユーピテルとイーオーの絵が強く心に残る。	
一八五五	三月	三十五歳	イギリスに戻り、しばらくは一人でドーヴァーに滞在するが、四月からロンドンでルイスの妻として暮らし始める。『リーダー』や***WR***のために精力的に評論を執筆する。	フランスの画家ローザ・ボヌールが『ホース・フェア』と共に渡英、話題を呼ぶ ディケンズ『リトル・ドリット』（―五七）
	七月		「ヴィルヘルム・マイスターの道徳性」を『リーダー』に掲載。	
	十月		「マーガレット・フラーとメアリ・ウルストンクラフト」を『リーダー』に掲載。「福音主義の教え――カミング博士」を***WR***に掲載。ルイスの『ゲーテの生涯と作品』出版。リッチモンドのパーク・ショットに移り、ここに一八五九年二月まで住む。	
一八五六	二月	三十六歳	スピノザ著『倫理学』の翻訳を完了するが、出版されないままに終わる。	既婚女性の財産法改正の請願書が議会に提出される ラスキン『近代画家論』第三巻、第四巻
	三月		「『アンティゴネー』とその倫理」を『リーダー』に掲載。	
	四月		ジョン・ラスキン著『近代画家論』第三巻についての評論を***WR***に掲載。	
	五月		八日、ルイスの動物生態研究のため、イルフラクームへ出発。	
	六月		二十六日から八月九日まで、ルイスの研究のため、テンビーを訪れる。この滞在中に「エイモス・バートン師の悲運」の構想を思いつく。	
	七月		「ドイツ生活の博物誌」を***WR***に掲載。	
	九月		二十三日、リッチモンドで「バートン」を書き始める。	
	十月		「女性作家による愚かな小説」を***WR***に掲載。	
	十一月		六日、ルイスが「バートン」の原稿を出版者ブラックウッドに送り、牧師に関する物語のシリーズにすることを提案。	

一八五七	一月	三十七歳	「バートン」の連載開始（『ブラックウッズ・エディンバラ・マガジン』（以下、『ブラックウッズ・マガジン』と略記））。「世俗性と超俗性――詩人ヤング」を*WR*に掲載。	C・ブロンテ『教授』 ギャスケル夫人『シャーロット・ブロンテの生涯』 E・B・ブラウニング『オーロラ・リー』
	二月		「ジョージ・エリオット」というペンネームを使い始める。	
	三月		「ギルフィル氏の恋物語」の連載開始（『ブラックウッズ・マガジン』）。十五日、ルイスの研究のため、シリー諸島へ出発（二十六日から五月十一日まで滞在）。	
	五月		十一日にジャージー島へ出発（十五日から七月二十四日まで滞在）。五月二十六日、兄アイザックにルイスとのことを手紙で知らせる。合法的な結婚でないことを知ったアイザックは事務弁護士を介して絶縁を言い渡す。	
	七月		「ジャネットの改悛」連載開始（『ブラックウッズ・マガジン』）。	
	八月		ローザ・ボヌールの『ピレネーを越えるブリカイロ』、『高地の住民』を見に行って強く共感する。	
	十月		二十二日、『アダム・ビード』を書き始める。	
一八五八	一月	三十八歳	『牧師生活の諸景』出版。	『イギリス女性ジャーナル』創刊
	二月		二十八日、ブラックウッドに「ジョージ・エリオット」のアイデンティティを明かす。	
	四月		七日に二度目のドイツ旅行に出発し、九月二日帰国。 ミュンヘンでアルテ・ピナコテーク、ノイエ・ピナコテーク、グリプトテークを訪れ、アルブレヒト・デューラーに関心を抱き、ルーベンスの作品も熱心に見る。フランドル絵画（ヤコブ・ヨルダンス、ヤン・ファン・エイクなど）に親しみ、この経験が『アダム・ビード』第十七章へとつながる。	

年	月	年齢	事項	一般事項
	七月		ザルツブルグ、ウィーン、プラハを経由してドレスデンへ行く。この経験が後に「引き上げられたヴェール」、『ダニエル・デロンダ』で生かされる。 ウィーンで、リヒテンシュタイン・コレクションを二度訪れる。ジョルジョーネの『ルクレッチア・ボルジア』、ヴァン・ダイクの肖像画、ルーベンスの作品を見る。ドレスデンではラファエロの『シクストゥスの聖母』に感動し、生涯を通して最も愛した絵となる（『フロス河の水車場』で言及）。ティツィアーノの『貢ぎの金』（『ダニエル・デロンダ』で言及）、ホルバインの聖母、コレッジョやムリーリョの作品、フランドル、オランダ絵画（テニールスやヘラルト・ダウ）に感銘を受ける。	
一八五九	二月	三十九歳	『アダム・ビード』出版、好評を博する。 ウォンズワース、サウスフィールズのホリー・ロッジに移る。 実証哲学者リチャード・コングリーヴ夫妻と知り合い、生涯にわたって親交を結ぶ。	チャールズ・ダーウィン『種の起源』
	三月		十五日、姉クリスティアナの死。	
	四月〜		『牧師生活の諸景』と『アダム・ビード』の作者はナニートンの銀行家の息子、ジョゼフ・リギンズであるとする風説に悩まされる（十一月頃まで）。	
	五月〜六月		バーバラ・ボディション、ブレイ夫妻、サラ・ヘネルに自分が「ジョージ・エリオット」であることを打ち明ける。 六月三十日、以後アイデンティティを隠さない決心をする。	
	七月		「引き上げられたヴェール」が『ブラックウッズ・マガジン』に掲載される。	
	十一月		十日、ディケンズを夕食に招待。十四日、ディケンズから『オール・ザ・イヤー・ラウンド』に小説を書くよう勧められるが、十八日に辞退する。	

一八六〇	三月	四十歳	二十一日、『フロス河の水車場』を書き終える。 二十四日、パリ経由でイタリアへ向かう。ローマ、ナポリ、ポンペイ、フィレンツェ、ヴェネツィア等を訪れ七月一日帰国。 五月、ルイスからサヴォナローラを題材にした歴史ロマンスの執筆を勧められ、直ちに資料の収集にとりかかる。 各地の博物館、美術館、教会を精力的に訪れる。ローマで、ミケランジェロの『モーゼ像』、プッサン、グイードらの絵画を見る。ナザレ派画家ヨハン・フリードリッヒ・オヴァベック（『ミドルマーチ』のナウマンのモデル）のアトリエを訪ね、絵よりも画家自身に興味を抱く。聖ペテロ寺院、ヴァチカン美術館を訪れる。フィレンツェでは、フラ・アンジェリコのフレスコ画（聖マルコ修道院）、レオナルド・ダ・ヴィンチの自画像やティツィアーノの『ウルビノのヴィーナス』（ウフィツィ美術館）、ラファエロの『大公の聖母子』、『小椅子の聖母』（ピッティ宮殿）に感銘を受ける。ヴェネツィアでは、ティツィアーノとティントレットの作品を数多く見る。パルマ・イル・ヴェッキオの『聖女バルバラ』に感動する（後に『ミドルマーチ』での重要なイメージとなる）。「一八六〇年イタリア回想」がこのとき鑑賞した絵画についての克明な記録となっている。	ラスキン『近代画家論』第五巻 ディケンズ『大いなる遺産』（—六一）
	四月		『フロス河の水車場』出版。	
	八月		「兄ジェイコブ」を書く。	
	九月		三十日、『サイラス・マーナー』を書き始める。	
	十二月		ブランドフォード・スクエアに移る。	
一八六一	四月	四十一歳	『サイラス・マーナー』出版。 十九日、サヴォナローラに関する調査のためにイタリア（フィレンツェ）に出発。トマス・トロロウプと『ロモラ』について話し合い、彼と共に修道院を訪れて、六月十四日帰国。	イギリスの代表的動物画家、エドウィン・ランドシアの『馴らされたじゃじゃ馬』がロイヤル・アカデミー展に出展され、論議を呼ぶ
	十月		七日、『ロモラ』を書き始めるが、難航する。	

年	月	年齢	事項	関連事項
一八六二	五月	四十二歳	十九日、ジョージ・スミスと、『ロモラ』を『コーンヒル・マガジン』に連載する契約を結ぶ。	
			二十日、『ロモラ』の挿絵を担当するフレデリック・レイトンの絵を見に行く（ロイヤル・アカデミー展）。	
			二十二日、レイトンに会う。	
	七月		『ロモラ』の連載開始。	
一八六三	六月	四十三歳	九日、『ロモラ』を書き終える。	
	七月		『ロモラ』出版。	
	八月		『ロモラ』の連載終了。	
	十月		十七日、ルイスの次男、ソーントンが南アフリカのナタールへ出発。	
	十一月		五日、リージェント・パークのプライオリイ邸に移る。	
一八六四	四月	四十四歳	四日、レイトンのアトリエに絵を見に行く。	ディケンズ『互いの友』（—六五）
			九日、サウス・ケンジントン美術館にマルレディの絵を見に行く。	
	五月		四日、ルイス、フレデリック・バートン（一八五八年にミュンヘンで知り合ったイギリス人画家で、後のナショナル・ギャラリー館長）と共に、パリ経由でイタリアへ出発、ミラノ、ヴェネツィアを訪れ、六月二十日帰国。	
			パリでルーヴル美術館を訪れる。ヴェネツィアで、ティツィアーノの『殉教者ペテロ』と『受胎告知』に強く惹かれる。彼はエリオットとルイスにとって最高の画家であり、『受胎告知』は『スペインのジプシー』と『ダニエル・デロンダ』の着想源となる。ジョヴァンニ・ベッリーニ、ティントレット、ヴェロネーゼにも注目する。再びパルマ・イル・ヴェッキオの『聖女バルバラ』を見に行っただけで	

			なく、他の画家たちが描いた聖女バルバラや聖女カタリナも見る。	
	六月		『スペインのジプシー』を劇として書き始める。	
	七月		「兄ジェイコブ」が『コーンヒル・マガジン』に掲載される。 十二日、ウィリアム・ホルマン・ハントが製作中の『エジプトの残照』を見に行く。	
一八六五	二月	四十五歳	二十一日、ルイスがエリオットの体調を考慮して『スペインのジプシー』の執筆を中断させる。	ラスキン『胡麻と百合』
	三月〜五月		『ポール・モール・ガゼット』と『フォートナイトリー・レヴュー』に寄稿。 三月二十九日、『急進主義者フィーリクス・ホルト』を書き始める。	
	八月		十日から九月七日までノルマンディーとブルターニュへ旅行。 美しい自然と教会に興味を抱いた旅だったが、パリでは、ルーヴルでお気に入りの絵を、リュクサンブール宮殿では新しい絵を見る。	
一八六六	六月	四十六歳	七日から八月二日までオランダ、ベルギー、ドイツへ旅行。 『フィーリクス・ホルト』をブラックウッドから出版、好評を博する。	女性の参政権を求める請願書が議会に提出される エミリー・デイヴィス『女性の高等教育』
	八月		三十日、再び『スペインのジプシー』にとりかかり、スペインについての研究を開始。	
	九月		九日、ルイスの三男、ハーバートが南アフリカへ出発。	
	十二月	四十七歳	二十七日から翌年三月十六日までルイスの健康のため、フランス、スペインを旅行。	
一八六七	七月		二十九日、ドイツ旅行へ出発、思い出の地ドレスデン、ベルリンを再訪し、十月一日帰国。	第二次選挙法改正の成立

	八月		詩「見えざる聖歌隊に加わらせ給え」を書く。	
	十一月		十九日、エミリー・デイヴィスと女性のための大学（ガートン・コレッジ）設立について話し合う。	
	十二月		二十七日、ルイスが『生命と精神の諸問題』のための研究にドイツへ出発し、翌年一月八日帰国。	
一八六八	一月	四十八歳	「フィーリクス・ホルトによる労働者への演説」を『ブラックウッズ・マガジン』に掲載。	
	二月		エドワード・バーン＝ジョーンズ夫妻と知り合い、以後友情を深めてゆく。	
	三月		四日、ガートン・コレッジ設立のために寄付をする。	
	四月		十八日、ウィリアム・ホルマン・ハントの『イザベラとめぼうき鉢』を見に行く。	
	五月		『スペインのジプシー』出版。 二十六日から七月二十三日まで、ドイツとスイスを旅行。	
	九月		十四日、リーズの美術展で、デイヴィッド・コックスの風景画、ジョージ・フレデリック・ワッツの肖像画を見る。	
	十一月		十四日、ダーウィンの訪問。	
一八六九	一月	四十九歳	『ミドルマーチ』の構想にとりかかる。	ガートン・コレッジ開学 J・S・ミル『女性の隷従』
	二月		二十六日、バーバラ・ボディションと共にミケランジェロの『埋葬』を見に行く。	
	三月		三日、四回目のイタリア旅行（ピサ、ナポリ、フィレンツェ、ローマ）に出発し、五月五日帰国。ローマでジョン・ウォルター・クロスに初めて会う。	

	五月		七日、ハリエット・ビーチャー・ストウと文通を始める。 八日、ソーントン・ルイスが結核のため南アフリカから帰国。 九日、ヘンリー・ジェイムズの初めての訪問。	
	七月		三十一日、ソネット「兄と妹」を書き終わる。	
	十月		詩「ユバルの伝説」を書き始める。 十九日、ソーントン・ルイスの死。	
一八七〇	一月	五十歳	九日、ダンテ・ゲイブリエル・ロセッティを昼食に招待。 十三日、ルイスと共にロセッティの絵（パンドラ、ベアトリーチェ、カサンドラ他）を見に行く。	初等教育法制定 第一次既婚女性財産法制定
	二月		ウィリアム・モリスから署名入りの『地上の楽園』をもらう。十一日、ワッツのアトリエに行く。	
	三月		六日、ディケンズの最後の訪問。 十四日から五月六日まで、ドイツとオーストリア（ベルリン、ウィーン）へ旅行。	
	五月		詩「ユバルの伝説」を『マクミランズ・マガジン』に掲載。 八日、D・G・ロセッティの詩に共感。	
	六月		十五日から八月一日まで、東海岸地方で休暇を過ごす。	
	九月		詩「アームガート」を書き終える。	
	十一月		「ミス・ブルック」（後に『ミドルマーチ』に発展）を書き始める。	
一八七一	一月	五十一歳	八日、ツルゲーネフの最初の訪問。	
	五月		一日から八月三十一日まで、サリー州のショターミルに住む。	
	十二月	五十二歳	『ミドルマーチ』第一巻出版（第六巻までは隔月刊行）。アメリカでも『ハーパーズ・ウィークリー』に掲載される。	
一八七二	五月		二十三日、サリー州のレッドヒルに三ヶ月滞在し、ロンドンでの多忙な生活を逃れて仕事をする。	トマス・ハーディ『緑の木陰』

	九月		この頃からクロス家と親しく交際するようになる。十八日、ドイツのバートホンブルクに出発、シュトゥットガルト、カールスルーエも訪れ、十月三十一日帰国。カジノで見た賭博の場面が『ダニエル・デロンダ』の着想源となる。	
	十一月		七日、ベスナルグリーン博物館のハーフォード・ギャラリーを訪れる。	
	十二月	五十三歳	『ミドルマーチ』の最終巻（第八巻）出版。 十三日、エディス・シムコックスに初めて会う。	
一八七三	一月		『ミドルマーチ』がこれまでにないほど高く評価されていることを幸せに思う。	ウォルター・ペイター『ルネサンス』
	三月		十三日、バーン＝ジョーンズの絵を見に行く。二十日、彼の絵を賞賛する手紙を書く。	
	六月		『デロンダ』の準備のためにユダヤ主義についての研究を深める。 二十四日から八月二十三日まで、フランスとドイツで休暇を過ごす。	
	十月		三日、「心の娘」となるエルマ・スチュアートと初めて会う。	
	十一月		ルイスの『生命と精神の諸問題』第一巻出版。	
一八七四	一月～二月	五十四歳	「ダニエル・デロンダに向けてのスケッチ」を書く。 二月一日、初めて腎臓結石による発作に見舞われる。以後死ぬまでこの発作に苦しむことになる。	
	五月		『ユバルの伝説・他詩集』、『ミドルマーチ』（一巻本）出版。	
	六月		二日から九月二十五日まで、サリー州のレッドヒルに滞在して、『デロンダ』をかなり書き進める。	
	十月		三日から十九日まで、パリとブリュッセルで休暇を過ごす。	
	十二月	五十五歳	『デロンダ』執筆のため、フレデリック・ハリソンに法律に関して助言を求める。以後、しばしば相談する。	

一八七五	二月		ルイスの『生命と精神の諸問題』第二巻出版。	ヘンリー・ジェイムズ『ロデリック・ハリソン』
	六月		十七日から九月二十三日まで、ハーフォードシャー州のリックマンズワースに移って、『デロンダ』の第二巻、第三巻を執筆。	
	七月		ルイスの三男、ハーバートが南アフリカで亡くなったことを知らされる。	
	九月		二十四日から十月九日まで、ウェールズで休暇を過ごす。	
一八七六	一月		フレデリック・ウォーカー展を見に行く。	
	二月		『ダニエル・デロンダ』第一巻出版。以後毎月一巻ずつ出版し、第八巻で完結。『ミドルマーチ』以上の売れ行きをみせる。	
	六月		十日から九月一日まで、フランスとスイスを旅行。	
	十二月		六日、クロスが見つけてくれた、サリー州、ウィットリーの家を買う。	
一八七七	四月		ルイスの『生命と精神の諸問題』第三巻出版。	ヴィクトリア女王、「インド女帝」宣言 ジェイムズ『アメリカ人』
	五月		四日、ミレイの絵を見に行く。 十四日、ワグナー夫人をバーン＝ジョーンズのアトリエに連れてゆく。	
	六月		四日から十月二十九日まで、ウィットリーで過ごす。	
	十月		『ダニエル・デロンダ』の一巻本出版。アメリカでも好調な売れ行きを示す。	
一八七八	一月	五十八歳	キャビネット版刊行開始（最初の作品は『ロモラ』）。	ホイッスラー対ラスキン裁判
	六月		ウィットリーで過ごす（十一月十四日まで）。	
	十一月		二十一日、『テオフラストス・サッチの印象』の原稿をブラックウッドに送る。 三十日、ルイスの死。	
	十二月		九日、クロスの母、アンナの死。	
一八七九		五十九歳	親しい友人にも会わず、ルイスの遺稿『生命と精神の諸問題』第四巻、第五巻の編集に没頭する。	ジェイムズ『デイジー・ミラー』

	二月		二十三日、ルイスの死後初めてクロスの訪問を受ける。
	五月		『テオフラストス・サッチの印象』、『生命と精神の諸問題』第四巻出版。
	九月		クロスと共に度々読書をする。
	十二月	六十歳	ケンブリッジ大学に、ジョージ・ヘンリー・ルイス奨学金制度設立。
			『生命と精神の諸問題』第五巻出版。
			クロスと共にしばしばナショナル・ギャラリー、その他の展覧会に行く。
一八八〇	五月		六日、クロスと結婚。フランス、イタリア、ドイツへ新婚旅行（七月二十六日帰国）。十七日、兄アイザックが二十三年間の沈黙を破って結婚を祝う手紙をよこす。二十六日、兄への変わらぬ愛情を語る手紙を書く。
	十二月	六十一歳	三日、チェィンウォークの新居に移る。二十二日、死亡。二十九日、ハイゲイト墓地に埋葬される。

索　引

I　人名，作品（著作）名，地名

＊ 主なものをアイウエオ順で列記した．作品（著作）名はその作家（画家），著者がとり上げられている場合は，作家（著者）名に併記し，作品の登場人物名はその作品に併記した．

＊ **ゴチック数字**は，図版収録ページを示す．

ア行

アウェルバッハ　Nina Auerbach　191
アシュトン　Rosemary Ashton　210-11, 299, 396
アーノルド　Matthew Arnold　259
アリアドネー　Ariadne　268, 338
アルパース　Svetlana Alpers　53
アングル　J. A. D. Ingres　170
アンジェリコ　Fra Angelico　307
　『聖母子』 *A Madonna and Child* 307
アンティゴネー　Antigone　197-98, 321, 339
イーグルトン　Terry Eagleton　188
イルフラクーム　Ilfracombe　56-61
イルメナウ　Ilmenau　56
インガム　Patricia Ingham　287-88
「インクルとヤリコー」 "Inkle and Yarico"　228-29, 358
インチボルド夫人　Mrs Inchbald　165
ウィーゼンファース　Joseph Wiesenfarth　319, 321, 338
ヴィットマイヤー　Hugh Witemeyer　13, 15, 17, 232-33, 268, 332, 340
ウィトゲンシュタイン　Ludwig Wittgenstein　324
ウィリー　Basil Willey　28
ウィリアムズ　Raymond Williams　118, 138-41
ウィルキー　David Wilkie　10
『ウェストミンスター・レヴュー』 *Westminster Review*　54, 76, 168, 276, 299, 309, 329
ヴェッキオ　Palma il Vecchio　334
　『聖女バルバラ』 *Santa Barbara*　**333**, 334
ウェルギリウス　Virgil　139
ウォーカー　Cheryl Walker　24
ヴォゲラー　Martha S. Vogeler　380
ウォートン　John Jane Smith Wharton　94
　『イギリスの女性に関する法律の解説』 *An Exposition of the Laws Relating to the Women of England*　94
ウォーマルド　Mark Wormald　311
ウォリントン夫人　Mrs Wallington　26
ウォルターズ　Catherine Walters　352
ウルストンクラフト　Mary Wollstonecraft　92-93, 162-65, 167, 169, 179, 206
　『女性の権利の擁護』 *A Vindication of the Rights of Women*　162-64
　『メアリ——フィクション』 *Mary, A*

Fiction　164-65
ウルフ　Virginia Woolf　14, 96, 156, 206, 381-83, 410
　『自分だけの部屋』 *A Room of One's Own*　206, 359-60
　『ダロウェイ夫人』 *Mrs Dalloway*　381-83
　『燈台へ』 *To the Lighthouse*　381, 383
エア総督　Governor Eyre　365-66
エヴァンズ，アイザック　Isaac Evans　37, 93
エヴァンズ，エリザベス　Elizabeth Evans　30
エヴァンズ，メアリ・アン　Mary Anne Evans　290, 415n1
　→　エリオット
エッグ　Augustus Leopold Egg　170
　『過去と現在』 *Past and Present*　280
　『旅する二人』 *The Travelling Companions*　170
エッジワース　Maria Edgeworth　167
『エディンバラ・レヴュー』 *Edinburgh Review*　298
エリオット　George Eliot
　→　エヴァンズ，メアリ・アン
　『アダム・ビード』 *Adam Bede*　7-8, 15, 250, 257, 293, 307-08, 327, 332, 377, 404-05
　　アーサー　137, 377
　　アダム　144-48
　　ダイナ　109, 113-15, 119-27, 129-30, 148-50, 293, 332
　　ヘティ　109, 113-29
　　ポイザー夫人　114, 121-24
　「兄ジェイコブ」 "Brother Jacob" 208-09, 221-30, 406
　　デイヴィッド　222-29
　「兄と妹」 "Brother and Sister"　231-32
「アームガート」 "Armgart"　207
「『アンティゴネー』とその倫理」 "The *Antigone* and Its Moral" 197-98
「イルフラクームの回想」 "Recollections of Ilfracombe"　23, 57-61, 63, 330
「『ヴィルヘルム・マイスター』の道徳性」 "The Morality *of Wilhelm Meister*"　309
「エイモス・バートン師の悲運」 "The Sad Fortunes of the Reverend Amos Barton　25, 38-46, 54-55, 57, 65-69, 72, 86-87
　バートン　43-46, 47-48, 66-69
　ミリー　67-69, 86-87, 95
『急進主義者フィーリクス・ホルト』 *Felix Holt, the Radical*　74-75, 276-94, 305, 336, 342, 407-08
　エスタ　285-86, 288-89, 293-94, 342
　トランサム夫人　278, 282-84, 286
　フィーリクス　285-89
「ギルフィル氏の恋物語」 "Mr Gilfil's Love-Story"　25, 46-49, 55, 57, 65, 69-75, 215
　カテリーナ　46-49, 69-75, 91, 215
　ギルフィル　47, 71
　クリーヴズ　42-43
　クリストファ卿　69-70
　ワイブラウ　47-49, 69
「子供の叡智」 "The Wisdom of the Child"　238-41
『サイラス・マーナー』 *Silas Marner: The Weaver of Raveloe*　8, 221, 224, 231-257
　エアロン　251-54
　エピー　242-47, 251-56
　ゴッドフリー　247, 256
　サイラス　232, 233-37, 241-47, 241, 249, 251-57
　ドリー　242-43, 246

ナンシー　241, 247-49
「ジャージー島の回想」 "Recollections of Jersey"　57, 61-63
「ジャネットの改悛」 "Janet's Repentance"　25, 27, 49-52, 65, 72, 75-76, 88-92, 373
ジャネット　49-51, 72, 89-92, 95
デンプスター　75-76, 373
トライアン　49-52, 72
『ジョージ・エリオットの日記』 *The Journals of George Eliot*　56
「女性作家による愚かな小説」 "Silly Novels by Lady Novelists"　54-55, 57, 94, 291
「シリー諸島の回想」 "Recollections of the Scilly Isles"　57, 61-63
『スペインのジプシー』 *The Spanish Gypsy*　110, 207, 327, 378, 383-91, 410
フェダルマ　384-90
「世俗性と超俗性――詩人ヤング」 "Worldliness and Other-Worldliness: The Poet Young"　54-55
『ダニエル・デロンダ』 *Daniel Deronda*　9, 12, 71-72, 207, 216, 219-21, 229, 284, 293, 305, 312, 327, 329, 347-402, 406, 409-10
アルカリシ　207, 356, 357-58
グウェンドレン　71-72, 353-58, 361-62, 364-73
グランドコート　353-54, 364-68, 385
クレスマー　12, 392-93
デロンダ　220-21, 293, 358-59, 360-62, 368-73
ヒューゴー卿　373-74
モーデカイ　293, 359, 376-77, 381, 392, 393-94, 396
『テオフラストス・サッチの印象』 *Impressions of Theophrastus Such*　257, 327, 394-96, 398-401, 410
「ドイツ生活の博物誌」 "The Natural History of German Life"　19-22, 51, 54, 56, 59, 64, 101, 105, 155, 260, 276, 395
「引き上げられたヴェール」 "The Lifted Veil"　71-72, 208-21, 354, 370, 406
バーサ　213-19
ラティマー　210-21, 354, 359, 370
「福音主義の教え――カミング博士」 "Evangelical Teaching: Dr Cumming:"　26-28, 38-41
「フランスの女性――マダム・ド・サブレ」 "Woman in France: Madame de Sablē"　88
『フロス河の水車場』 *The Mill on the Floss*　12, 158-207, 220-22, 257, 336, 339, 341, 356, 405-06
ドクター・ケン　198
トム　198, 231, 339
フィリップ　12, 220-21, 359, 360
マギー　181-205, 220-22, 231, 241, 339, 341, 356, 405-06
『牧師生活の諸景』 *Scenes of Clerical Life*　25-96, 257, 304, 327, 403-04
→ 「エイモス・バートン師の悲運」
「ギルフィル氏の恋物語」
「ジャネットの改悛」
「マーガレット・フラーとメアリ・ウルストンクラフト」 "Margaret Fuller and Mary Wollstonecraft"　169, 180
「見えざる聖歌隊に加わらせ給え」 "O May I Join the Choir Invisible"　378-83, 402
『ミドルマーチ』 *Middlemarch*　9, 14, 16, 293, 295-346, 356, 369, 381, 382, 408-09
カソーボン　261, 330-31, 338, 344-45

ドロシア　293, 304, 315-22, 330-44, 356, 381, 382
ナウマン　318, 319, 321, 328-29, 332
ラディスロー　304, 315, 318-19, 328-29, 338
リドゲイト　330-31, 344-45
ロザモンド　330-31, 338
『ユバルの伝説・他詩集』 *The Legend of Jubal and Other Poems* 378
『ロモラ』 *Romola* 206-07, 222-24, 258-75, 293, 305, 332, 341-42, 373, 377, 407
サヴォナローラ　269-74, 373
ティート　222-24, 262-63, 265, 266-69, 373
バルダサッレ　262-66
ピエロ・ディ・コジモ　11, 110, 267, 268
ロモラ　270-74, 293, 332, 341-42, 377
エリス夫人　Mrs Sarah Stickney Ellis 79, 289
オヴァベック　Johann Friedrich Overbeck 317
オウィディウス　Ovid 267
『変身譚』 *Metamorphoses* 267-68
荻野昌利　340
大嶋浩　254
オースティン　Jane Austen 14, 16, 76, 165-69, 206, 299
『エマ』 *Emma* 16, 169
『高慢と偏見』 *Pride and Prejudice* 168
『ノーサンガー・アビー』 *Northanger Abbey* 165-67
『分別と多感』 *Sense and Sensibility* 165, 168
『マンスフィールド・パーク』 *Mansfield Park* 165, 168-69

カ行

カーライル，ジェイン　Jane Carlyle 131-32
カーライル，トマス　Thomas Carlyle 32, 299, 309
『衣裳哲学』 *Sartor Resartus* 153-54, 340
カーリア　Nathaniel Currier 77
『女性の人生と年齢——揺籃から墓場まで女の一生の諸段階』 *The Life & Age of Woman: Stages of Woman's Life from the Cradle to the Grave* 77, **78**, 79-80, 404, 422n91
キケロ　Cicero 378
ギフォード　Terry Gifford 132-33, 143
ギャスケル夫人　Mrs Gaskell 55, 145, 167
キャロル　David Carroll 42, 44, 156
ギルバート　Sandra M. Gilbert 211
クーパー　William Cowper 163
グーバー　Susan Gubar 211
クラッブ　George Crabbe 141-42
『村』 *The Village* 141-42
クリステヴァ　Julia Kristeva 15, 19
クールベ　Gustave Courbet 16
グレイ，トマス　Thomas Gray 163
グレイ，ベリル　Beryl Gray 209, 221
クレイク夫人　Mrs G. L. Craik 292
→　マロック
クレオーン　Creon 197-98, 339
クレーリー　Jonathan Crary 64, 296-97, 310
ゲーテ　Johann Wolfgang von Goethe 32, 309-11, 408
『ヴィルヘルム・マイスター』 *Wilhelm Meister* 309
『色彩論』 *The Theory of Colors* 310
ケリー　Gary Kelly 164

ケンピス　Thomas à Kempis　194
『キリストに倣いて』 *The Imitation of Christ*　194
コヴェントリー　Coventry　26
コーエン　Michael Cohen　15-16
ゴードン　Felicia Gordon　77, 79, 82, 83
コール　Wathen Mark Wilks Call　302
ゴールドスミス　Oliver Goldsmith　163, 176
『ローマ史』 *History of Rome*　176
コールリッジ　Samuel Taylor Coleridge　360
コンディヤック　E. B. de Condillac　375
コント　Auguste Comte　14, 27, 259, 298, 300-06, 324, 342, 362, 408
『実証政治学体系――人類教を創設するための社会学概論』 *Systèm de politique positive, ou traité de sociologie instituant la religion de l'humanité*　303, 305-06
『実証哲学講義』 *Cours de philosophie positive*　302, 303
『コーンヒル・マガジン』 *Cornhill Magazine*　209, 258, 299, 311, 313, 321-22
コンラッド　Joseph Conrad　14

サ行

『サタデー・レヴュー』 *Saturday Review*　10
サッカレー　William Makepeace Thackeray　11, 12, 16, 299
サリヴァン　William J. Sullivan　11-12, 17, 183, 201, 203
サルヴェセン　Christopher Salvesen　233
サンド　George Sand　145, 168
シェイクスピア　William Shakespeare　29, 32, 169
ジェイムズ　Henry James　11, 13, 14, 53, 131
ジェイムソン夫人　Mrs Jameson　317
『聖なる伝説芸術』 *Sacred and Legendary Art*　332-36
『美術に表象された聖母伝』 *Legends of the Madonna as Represented in the Fine Arts*　317
シェフェール　Ary Scheffer　170
『フランチェスカ・ダ・リミニ』 *Francesca da Rimini*　170, **172**
シェリー　Mary Shelley　210
『フランケンシュタイン』 *Frankenstein; or, The Modern Prometheus*　210-12, 215, 220
ジェンキンズ　Richard Jenkyns　264-65
シモンズ　John Addington Symonds　259
ジャージー島　Jersey　56, 76
ジャッド　Catherine A. Judd　291
シャトルワース　Sally Shuttleworth　9, 366
ショウォルター　Elaine Showalter　167
『女性自身の文学』 *A Literature of Their Own*　167
シラー　Friedrich von Schiller　32
シリー諸島　the Scilly Isles　56
スウィフト　Jonathan Swift　176
『ガリヴァー旅行記』 *Gulliver's Travels*　176
スウィンバーン　A. C. Swinburne　323
スクワイヤー　Alice Squire　170
『屋根裏の寝室で読書する若い娘』 *Young Girl Reading in an Attic Bedroom*　170
スクワイヤーズ　Michael Squires　138, 152
スコット，ウォルター　Walter Scott

29, 169
スコット，ジョーン　Joan W. Scott 289
スターン　Laurence Sterne 163
スタンプ　Reva Stump 8
ストウ　Harriet Beecher Stowe 292
『スペクテイター』 *Spectator* 348
スペンサー　Herbert Spencer 56, 299, 301, 308
スミス　George Smith 209
スモール　Helen Small 218
スモーレット　Tobias Smollett 11
聖書　31, 34-36, 39-40, 42, 71, 123
「エステル記」 82
「士師記」 192
「詩篇」 121
「出エジプト記」 44
「マタイによる福音書」 35, 126
「ヨハネによる福音書」 126
「ルカによる福音書」 126, 186, 193, 288
聖女カタリナ　St. Catherine 332, 333-34, 337-38
聖女バルバラ　St. Barbara 332, 333-38
セール　Jerome Thale 185
ソシュール　Ferdinand de Saussure 324

タ行

ダイス　William Dyce 170
『タイムズ』 *The Times* 10, 352
ダウ　Gerard Dou 100-01, 404
『紡ぎ人の感謝の祈り』 *Das Tischgebet der Spinnerin* **100**
『花に水をやる窓辺の老女』 *Alte Frau am Fenster, Blumen begiessend* 100
ダーウィン　Charles Darwin 61
『種の起源』 *On the Origin of Species* 61
タナー　Tony Tanner 281, 282
ターナー　J. M. W. Turner 226
ダナム　Robert H. Dunham 237
ダルベール＝デュラード　François D'Albert-Durade 26
ダンテ　Dante Alighieri 170
『神曲』 *La Divina Commedia* 170, 173-75, 338
チャタトン　Thomas Chatterton 61
チルヴァーズ・コトン　Chilvers Coton 26
デイヴィス，エミリー　Emily Davis 93
デイヴィス，ノーマ　Norma Jean Davis 11-12, 13
ディケンズ　Charles Dickens 8, 11, 12, 16, 55, 131, 276-77, 287, 293-94, 299
『荒涼館』 *Bleak House* 277, 278-82, 284-88
『リトル・ドリット』 *Little Dorrit* 16
ティツィアーノ　Titian 11
『受胎告知』 *Annunciation* 110, 383
『聖母被昇天』 *Assumption* 307
ティロットソン　Jeoffrey Tillotson 306
デノウ　Daniel P. Deneau 72
デフォー　Daniel Defoe 181
『悪魔の歴史』 *The History of the Devil* 181-83, **182**
デール　Peter Allen Dale 300, 324, 325
テンビー　Tenby 56
トゥック　Horne Tooke 375-76
トロロウプ　Anthony Trollope 11, 299

ナ行

ナニートン　Nuneaton 26
ニード　Lynda Nead 277, 352-53
ノーヴィ　Marianne Novy 168
ノーブル　Thomas A. Noble 26
ノーベライ　Barbro Almqvist Norbelie 86-87

ハ行

バイアット　A. S. Byatt　198
バイアリー　Alison Byerly　16
ハーヴィ　W. J. Harvey　14, 332
パウサニアス　Pausanias　263
『ギリシア案内記』　263-64, 265
パークス　Bessie Rayner Parkes　93
バシュラール　Gaston Bachelard　121
ハズリット　William Hazlitt　316-17
『フランスとイタリア紀行』 *Notes of a Journey through France and Italy*　316-17
バッコス　Bacchus　268
ハーディ，トマス　Thomas Hardy　12, 16, 145
ハーディ，バーバラ　Barbara Hardy　14
バトラー　Judith Butler　289-90
『ジェンダー・トラブル』 *Gender Trouble*　289-90
バーニー　Fanny Burney　166
バニヤン　John Bunyan　181
『天路歴程』 *The Pilgrim's Progress*　**182**, 183
バフチン　Mikhail Bakhtin　9, 17-19, 36, 403, 406
パブロフ　Ivan Petrovich Pavlov　311
ハマートン　Phillip Gilbert Hamerton　299, 313, 321-22
パリス　Bernard J. Paris　14
ハリソン　Frederic Harrison　299
バルト　Roland Barthes　15, 23
ハーレイ　Edward T. Hurley　11
バレット　Dorothea Barrett　191
バーン＝ジョーンズ　Edward Burne-Jones　259
ハンター　Shelagh Hunter　144-45, 152
ハント　William Holman Hunt　59
『雇われ羊飼い』 *The Hireling Shepherd*　59
『美術ジャーナル』 *Art Journal*　313
ピニー　Thomas Pinney　388
ビューイック　Thomas Bewick　176
『英国鳥類物語』 *A History of British Birds*　176
ヒューズ　Kathryn Hughes　35
フィールディング　Henry Fielding　11
フォイエルバッハ　Ludwig Feuerbach　27, 362
『キリスト教の本質』 *The Essence of Christianity*　27
『フォートナイトリー・レヴュー』 *Fortnightly Review*　299, 302, 306
ブキャナン　Robert Buchanan　323
フーコー　Michel Foucault　295-97
ブース　Alison Booth　24, 87-88
フラー　Margaret Fuller　93
『十九世紀の女性』 *Woman in the Nineteenth Century*　169
プラーツ　Mario Praz　10-11, 210
『ブラックウッズ・エディンバラ・マガジン』 *Blackwood's Edinburgh Magazine*　10, 56, 208, 311
ブラックウッド　John Blackwood　96, 130, 131, 208-09, 219, 290, 378
フランクリン（Franklin）姉妹　26
ブランション　H. É. Blanchon　214
『輸血』 *La Transfusion du sang*　214
『ブリティッシュ・アンド・フォーリン・レヴュー』 *British and Foreign Review*　309
フリードリッヒ　Caspar David Friedrich　178
『窓辺の女』 *Frau am Fenster*　**178**
フリント　Kate Flint　160-62, 170, 174, 297, 313, 324
プルースト　Marcel Proust　11
ブルックス　Thomas Brooks　170
『海の物語』 *Tales of the Sea*　170
ブレイ，キャロライン Caroline [Cara]

Bray　32-33
ブレイ，チャールズ　Charles Bray　32-33, 158, 168
ブレイク　William Blake　170
ブーレン　J. B. Bullen　258-59, 302
ブロンテ，シャーロット　Charlotte Brontë　16, 76, 167-69, 184, 190, 206, 404, 405
『ヴィレット』　*Villette*　76-86, 94-95, 404
ルーシー　77-86, 91-92
『教授』　*The Professor*　76
『ジェイン・エア』　*Jane Eyre*　76-77, 158-60, 175-80, 336, 343, 385, 405
ジェイン　175-80, 187-89, 199, 343
ブロンテ姉妹　167, 211, 299
フンボルト　W. von Humboldt　376
『人間の言語構造の多様性と人類の精神的発展に及ぼすその影響について』　376, 455n23
ヘイ　William Hay　170
『おかしな物語』　*A Funny Story*　170
ベイカー　William Baker　306
ペイター　Walter Pater　259, 343
ヘイデン　Jan van der Heyden　63-64
ヘイト　Gordon S. Haight　29, 140
ヘシオドス　Hesiod　138
『仕事と日々』　138-39
ベネット　Joan Bennett　14, 198-99
ヘネル，サラ　Sara Hennell　35, 101, 105, 168
ヘネル，チャールズ　Charles Christian Hennell　32-33
『キリスト教の起源に関する研究』　*An Inquiry concerning the Origin of Christianity*　32-33
『ヘラルド・アンド・オブザーバー』　*Herald and Observer*　238
ベルナルド　Susan M. Bernardo　266
ヘルムホルツ　Hermann von Helmholtz　297, 310, 312
『生理光学』　*Treatise on Physiological Optics*　312
ベンサム　Jeremy Bentham　295
『ベントリーズ・クォータリー・レヴュー』　*Bentley's Quarterly Review*　131
ホイッスラー　James Abbott McNeill Whistler　323
ホガース　William Hogarth　11
細江逸記　8
ホッベマ　Meindert Hobbema　53
『嵐になりそうな風景』　*A Stormy Landscape*　53, **54**
ボディション　Barbara Leigh Smith Bodichon　93
『イギリスにおける女性に関する法律の摘要書』　*A Brief Summary of the Laws in England concerning Women*　93
ボヌール　Rosa Bonheur　348-49, 352, 353
『ホース・フェア』　*The Horse Fair*　348-49, **350**, 352, 360, 409, 443n6
ポープ　Alexander Pope　141
ホメーロス　Homer　264, 266
『オデュッセイア』　*Odyssey*　**202**, 264-66, 274, 407
ホラティウス　Horatius　9
『詩論』　9
ホール　James Hall　336
『ポール・モール・ガゼット』　*Pall Mall Gazette*　299

マ行

マーカス　Steven Marcus　86
マクスウィーニー　Kerry McSweeney　319
マクドナ　Josephine McDonagh　66
マーティノー，ハリエット　Harriet Martineau　167, 301-02

マーティノー，ロバート　Robert Martineau　170
『最終章』 *The Last Chapter*　170
マロック　Dinah Maria Mulock　291-92 → クレイク夫人
マロッタ　Kenny Marotta　132
マン　Karen B. Mann　8-9
マンセル・ジュニア　Darrell Mansell, Jr.　11
ミッチェル　Judith Mitchell　355
ミラー　J. Hillis Miller　110-12, 315
ミレイ　John Everett Millais　178
『マリアーナ』 *Mariana*　178
メイゼル　Martin Meisel　15
メイヤー　Susan Meyer　358
メッキアー　Jerome Meckier　277
メレディス　George Meredith　299
モアズ　Ellen Moers　164, 167

ヤ行

ヤリコー　Yarico　228-29, 358
ユーグロウ　Jennifer Uglow　52, 254, 256-57

ラ行

ラスキン　John Ruskin　11, 58, 70, 98-99, 102-10, 258-59, 296-97, 308, 320, 346, 404
『ヴェニスの石』 *Stones of Venice*　70, 258-59, 320
『絵画の原理』 *The Elements of Drawing*　297
『近代画家論』 *Modern Painters*　102-09, 308, 404
ラファエロ　Raphael　203, 316
『シクストゥスの聖母』 *Sistine Madonna*　203
『聖母戴冠』 *The Coronation of the Virgin*　316-17
ランドシア　Edwin Landseer　348
『馴らされたじゃじゃ馬』 *The Shrew Tamed*　348, **351**, 352-53, 361, 409, 443n9
リーヴィス　F. R. Leavis　14
リギンズ　Joseph Liggins　208, 290
『リーダー』 *Leader*　169, 298, 301-02, 309
リチャーズ　Bernard Richards　12, 17, 334
リチャードソン　Samuel Richardson　164
リール　Wilhelm Heinrich von Riehl　19, 105, 155
ルイス，ジョージ・ヘンリー　George Henry Lewes　23, 55, 56, 76-77, 290, 297-328, 347, 408-09
『イルフラクーム，テンビー，シリー諸島，ジャージー島の海辺での研究』 *Sea-Side Studies at Ilfracombe, Tenby, the Scilly Isles, and Jersey*　311
「海辺での研究」 "Sea-Side Studies"　56
「芸術におけるヴィジョンについて」 "Of Vision in Art"　306-08
『ゲーテの生涯と作品』 *The Life and Works of Goethe*　56, 308-10
「女性作家たち」 "The Lady Novelists"　168-69
『生命と精神の諸問題』 *Problems of Life and Mind*　300, 311, 324-37, 401-02
『哲学の歴史――タレスからコントまで』 *The History of Philosophy: From Thales to Comte*　300-06, 375
『伝記的哲学史』 *A Biographical History of Philosophy*　300
『動物の生活の研究』 *Studies in Animal Life*　311
『日常生活の生理学』 *The Physiology of Common Life*　311, 312-13

「文学で成功するための原則」 "The Principles of Success in Literature" 306-08
ルイス，マライア Maria Lewis 26, 29-35, 231
ルソー Jean-Jacques Rousseau 164, 220
『エミール』 *Émile* 164
ルーベンス Peter Paul Rubens 82-84
『奇跡的な漁獲』 *Miraculous Draught* 83
『キモンとイーピゲネイア』 *Cimon und Efigenia* **82**
『聖母被昇天』 *Assumption* 83
レッシング Gotthold Ephraim Lessing 329
『ラオコーン』 *Laocoön* 329
レノルズ Joshua Reynolds 63-64, 73, 102-05
ロストン Murray Roston 16
ロセッティ Dante Gabriel Rossetti 170, 259, 323
『聖母マリアの少女時代』 *The Girlhood of Mary Virgin* 170, **171**, 172-74
『パオロとフランチェスカ・ダ・リミニ』 *Paolo and Francesca da Rimini* 170, **172**, 173-75
ロック John Locke 33, 64, 68, 402
『人間悟性論』 *An Essay concerning Human Understanding* 374-75
ロッジ David Lodge 9, 18-19, 81-82
ロレンス D. H. Lawrence 14

ワ行

ワージング Worthing 56
ワーズワス William Wordsworth 169, 231-33, 250, 406
「茨」 "The Thorn" 128
「義務に寄せるオード」 "Ode to Duty" 138
『序曲』 *The Prelude* 231, 237
「マイケル」 "Michael" 142-44, 232
「目にすると心がおどる」 "My heart leaps up when I behold" 237-39
「幼少時の回想から受ける霊魂不滅の啓示」 "Ode: Intimations of Immortality from Recollections of Early Childhood" 239
ワード Edward Ward 169
『ソファーにもたれた少女』 *Girl Reclining on a Sofa* 170

II 事項

ア行

アイディアリズム 11, 107-08, 308
アンチ・パストラル 141-44, 150
異言語混交 heteroglossia 18
意味のずらし 292, 390
意味の創出 272-73, 401, 410, 412
意味の弾力性 397, 402
イメージ
〈悪魔〉 185-87
〈茨〉 127-28
〈ヴェール〉 216-18
〈馬〉 348-62
〈鏡〉 127-29
〈空間〉 67
〈建築物，部屋〉 64-76
〈自然〉 235-251
〈十字架〉 127-29
〈聖女〉 332-38
〈堕落〉 227-28
〈ドロップ〉 224-27
〈庭〉 251-56

カ行

サ行

タ行

ナ行

ハ行

マ行

ヤ行

ラ行

参考文献

＊　引用文の訳出に際して，邦訳のある場合は参考にさせていただいた．

＊　日本語の文献については，特に出版地を明記していない場合は東京であることを示す．

I　ジョージ・エリオット

(1) 作品

小説

Adam Bede. Ed. Stephen Gill. 1859; Harmondsworth: Penguin, 1986. 『アダム・ビード』阿波保喬訳．開文社，1979．

Adam Bede. Ed. Valentine Cunningham. 1996; Oxford and New York: Oxford UP, 1998.

Brother Jacob. 1878; London: Virago, 1989.

Daniel Deronda. Ed. Barbara Hardy. 1876; Harmondsworth: Penguin, 1987. 『ダニエル・デロンダ』4巻．竹之内明子訳．大阪：日本教育研究センター，1987–88．

Daniel Deronda. Ed. Graham Handley. Oxford: Clarendon, 1984.

Felix Holt, the Radical. Ed. Peter Coveney. 1866; Harmondsworth: Penguin, 1988. 『急進主義者フィーリクス・ホルト』（上）（下）冨田成子訳．大阪：日本教育研究センター，1991–94．

Felix Holt, the Radical. Ed. Fred C. Thomson. Oxford: Clarendon, 1980.

Impressions of Theophrastus Such. Ed. Nancy Henry. Pickering Women's Classics Ser. London: William Pickering, 1994.

The Lifted Veil. 1878; Harmondsworth: Penguin; London: Virago, 1985.

The Lifted Veil, The Brother Jacob. Ed. Helen Small. Oxford: Oxford UP, 1999.

Middlemarch: A Study of Provincial Life. Ed. W. J. Harvey. 1871–72; Harmondsworth: Penguin, 1985. 『ミドルマーチ』工藤好美，淀川郁子訳．4巻．講談社文芸文庫，1998．

Middlemarch: A Study of Provincial Life. Ed. David Carroll. 1986; Oxford: Clarendon, 1992.

The Mill on the Floss. Ed. A. S. Byatt. 1860; Harmondsworth: Penguin, 1986.

『フロス河の水車場』工藤好美，淀川郁子訳．世界文学大系 85『ジョージ・エリオット』1965；筑摩書房，1968．
The Mill on the Floss. Ed. Gordon S. Haight. Boston: Houghton, 1961.
Romola. Ed. Andrew Sanders. 1863; Harmondsworth: Penguin, 1986.
『ロモラ』工藤昭雄訳．世界文学全集 40．集英社，1981．
Scenes of Clerical Life. Ed. Jennifer Gribble. 1857; Harmondsworth: Penguin, 1998. 『牧師館物語』浅野萬里子訳．京都：あぽろん社，1994．
Scenes of Clerical Life. Ed. David Lodge. 1857; Harmondsworth: Penguin, 1985.
Silas Marner: The Weaver of Raveloe. Ed. Q. D. Leavis. 1861; Harmondsworth: Penguin, 1985. 『サイラス・マーナー』土井治訳．1988；岩波文庫，1995．

詩

Collected Poems. Ed. Lucien Jenkins. London: Skoob, 1989.

評論

Byatt, A. S., and Nicholas Wallen, eds. *Selected Essays, Poems and Other Writings.* Harmondsworth: Penguin, 1990.
Pinney, Thomas, ed. *Essays of George Eliot.* London: Routledge, 1963.

翻訳

The Essence of Christianity. By Ludwig Feuerbach. Great Books in Philosophy Ser. Amherst: Prometheus, 1989.

(2) 手紙，日記，ノートブック

Baker, William, ed. *Some George Eliot Notebooks: An Edition of the Carl H. Pforzheimer Library's George Eliot Holograph Notebooks, Mss 707, 708, 709, 710, 711.* 4 vols. Salzburg Studies in English Literature 46. Salzburg: Universität Salzburg, 1976.
Cross, J. W., arr. and ed. *George Eliot's Life as Related in Her Letters and Journals.* 3 vols. Edinburgh and London: Blackwood, 1885.
Haight, Gordon S., ed. *The George Eliot Letters.* 9 vols. New Haven: Yale UP; London: Oxford UP, 1954–78.
Harris, Margaret, and Judith Johnston, eds. *The Journals of George Eliot.* Cambridge: Cambridge UP, 1998.
Irwin, Jane, ed. *George Eliot's* Daniel Deronda *Notebooks.* Cambridge: Cambridge UP, 1996.
Pratt, Clark, and Victor A. Neufeldt, eds. *George Eliot's* Middlemarch *Notebooks: A Transcription.* Berkeley, Los Angeles and London: U of California P, 1979.

Wiesenfarth, Joseph, ed. *George Eliot: A Writer's Notebook, 1854–1879 and Uncollected Writings.* 1981; Charlottesville: UP of Virginia, 1984.

(3) 伝記，年譜，その他

Ashton, Rosemary. *George Eliot: A Life.* London: Hamish Hamilton, 1996.

Baker, William, ed. *The Libraries of George Eliot and George Henry Lewes.* ELS Monograph Ser. 24. University of Victoria, 1981.

Haight, Gordon S. *George Eliot: A Biography.* 1968; Harmondsworth, Penguin, 1986.

Hands, Timothy. *A George Eliot Chronology.* Houndmills and London: Macmillan, 1989.

Hughes, Kathryn. *George Eliot: The Last Victorian.* 1998; London: Fourth Estate, 1999.

Karl, Frederick. *George Eliot: A Biography.* London: Harper, 1995.

(4) 書誌

Beaty, Jerome. "George Eliot." *The English Novel: Select Bibliographical Guides.* Ed. A. E. Dyson. Oxford: Oxford UP, 1974.

Handley, Graham. *George Eliot: A Guide through the Critical Maze.* State of the Art Ser. Bristol: Bristol, 1990.

Levine, George. *An Annotated Critical Bibliography of George Eliot.* Brighton: Harvester, 1988.

(5) 研究書，論文
［タイトルにエリオットの名前，あるいは作品名が含まれているもの］

Alley, Henry. *The Quest for Anonymity: The Novels of George Eliot.* Newark: U of Delware P; London: Associated UP, 1997.

天野みゆき「『ロモラ』にみるジョージ・エリオットの歴史観とその揺れ」 *Phoenix* 38（広島大学文学研究科大学院生英文学会，1992）：48–63.

Ashton, Rosemary. *George Eliot.* Oxford and New York: Oxford UP, 1983. 『ジョージ・エリオット』前田絢子訳．雄松堂，1988.

Auerbach, Nina. "The Power of Hunger: Demonism and Maggie Tulliver." *NCF* 30 (1975): 150–71.

Auster, Henry. *Local Habitations: Regionalism in the Early Novels of George Eliot.* Cambridge, Mass.: Harvard UP, 1970.

鮎沢乗光『イギリス小説の読み方――オースティン，ブロンテ姉妹，エリオット，ハーディ，フォースター』南雲堂，1988.

Barrett, Dorothea. *Vocation and Desire: George Eliot's Heroines.* London and New York: Routledge, 1989.

Beaty, Jerome. Middlemarch *from Notebook to Novel: A Study of George Eliot's Creative Method.* Urbana: U of Illinois P, 1960.

Beer, Gillian. *Darwin's Plots: Evolutionary Narrative in Darwin, George Eliot and Nineteenth-Century Fiction.* London: Routledge, 1983.

——. *George Eliot.* Key Women Writers Ser. Bloomington: Indiana UP, 1986.

Bennett, Joan. *George Eliot: Her Mind and Her Art.* 1948; Cambridge: Cambridge UP, 1978.

Bernardo, Susan M. "From Romola to *Romola*: The Complex Act of Naming." Levine and Turner 89–102.

Blind, Mathilde. *George Eliot.* Eminent Women Ser. London: Allen, 1883.

Bodenheimer, Rosemarie. *The Real Life of Mary Ann Evans: George Eliot, Her Letters and Fiction.* Ithaca and London: Cornell UP, 1994.

Bonaparte, Felicia. *The Triptych and the Cross: The Central Myths of George Eliot's Poetic Imagination.* New York: New York UP, 1979.

Booth, Alison. *Greatness Engendered: George Eliot and Virginia Woolf.* Reading Women Writing Ser. Ithaca and London: Cornell UP, 1992.

Carroll, David. *George Eliot and the Conflict of Interpretations: A Reading of the Novels.* Cambridge: Cambridge UP, 1992.

——, ed. *George Eliot: The Critical Heritage.* London: Routledge, 1971.

Collins, K. K. "G. H. Lewes Revised: George Eliot and the Moral Sense." *VS* 32 (1977–78): 465–92.

Dale, Peter. "Symbolic Representation and the Means of Revolution in *Daniel Deronda.*" *VN* 59 (1981): 25–30.

Davis, Norma Jean. "Pictorialism in George Eliot's Art." Diss. U of Northwestern, 1972.

Deneau, Daniel P. "Imagery in the *Scenes of Clerical Life.*" *VN* 30 (1965): 18–22.

Denith, Simon. *George Eliot.* Brighton: Harvester, 1986.

Diekhoff, J. S. "The Happy Ending of *Adam Bede.*" *ELH* 3 (1936): 221–27.

Dodd, Valerie A. *George Eliot: An Intellectual Life.* Houndmills and London: Macmillan, 1990.

Doyle, Mary Ellen. *The Sympathetic Response: George Eliot's Fictional Rhetoric.* London: Associated UP, 1981.

Dunham, Robert, H. "*Silas Marner* and the Wordsworthian Child." Hutchinson, *Critical Assessments*, Vol. 3, 197–207.

海老根宏，内田能嗣共編著『ジョージ・エリオットの時空――小説の再評価』北星堂，2000.

Foakes, R. A. "*Adam Bede* Reconsidered." *English* 12 (1858–59): 173–76.

冨士川和男『ジョージ・エリオット文学の倫理性』大盛堂，1977.

藤田清次『ジョージ・エリオットの小説――分析と再評価』1975；北星堂，1977.

福永信哲『絆と断絶――ジョージ・エリオットとイングランドの伝統』京都：松籟社，1995.

――.「『サイラス・マーナー』――寓意のなかに見る作家の精神遍歴」海老根，内田 135–44.

古谷専三『ジョージ・エリオット論考』千城，1976.

Goode, John. "Adam Bede." Hardy, *Critical Essays* 19–41.

Gray, Beryl. *George Eliot and Music.* London: Macmillan, 1989.

Haight, Gordon S., ed. *A Century of George Eliot Criticism.* Boston: Houghton, 1965.

――. "George Eliot's Theory of Fiction." *VN* 10 (1956): 1–3.

Haight, Gordon S. and Rosemary T. VanArsdel, eds. *George Eliot: A Centenary Tribute.* London and Basingstoke: Macmillan, 1982.

Hardy, Barbara, ed. *Critical Essays on George Eliot.* London: Routledge, 1970.

――. *The Novels of George Eliot: A Study in Form.* 1959; London: Athlone, 1981.

Harvey, W. J. *The Art of George Eliot.* London: Chatto, 1961.

――. "Idea and Image in the Novels of George Eliot." Hardy, *Critical Essays* 151–98.

Higden, David Leon. "George Eliot and the Art of Epigraph." *NCF* 25 (1970): 127–49.

Hirai, Masako. *Sisters in Literature: Female Sexuality in* Antigone, Middlemarch, Howards End *and* Women in Love. Houndmills and London: Macmillan, 1998.

細江逸記『ヂョーヂ・エリオットの作品に用ひられたる英國地方言の研究』泰文堂，1935.

Hurley, Edward T. "Piero di Cosimo: An Alternate Analogy for George Eliot's Realism." *VN* 31 (1967): 54–56.

Hutchinson, Stuart, ed. *George Eliot: Critical Assessments.* 4 vols. Mountfield: Helm Information, 1996.

Hyde, William J. "George Eliot and the Climate of Realism." *PMLA* 72 (1957): 147–64.

川本静子『G. エリオット——他者との絆を求めて』冬樹社，1980.

Kiely, Robert. "The Limits of Dialogue in *Middlemarch*." Jerome H. Buckley, *The Worlds of Victorian Fiction* 103–23.

Knoepflmacher, U. C. *George Eliot's Early Novels: The Limits of Realism*. Berkeley and Los Angeles: U of California P, 1968.

——. *Religious Humanism and the Victorian Novel: George Eliot, Walter Pater, and Samuel Butler*. Princeton: Princeton UP, 1965.

Laski, Marghanita. *George Eliot and Her World*. Thames and Hudson Literary Lives. 1973; London: Thames, 1987.

Leavis, F. R. *The Great Tradition: George Eliot, Henry James, Joseph Conrad*. 1948; Harmondsworth: Penguin, 1986.

Levine, Caroline, and Mark W. Turner, eds. *From Author to Text: Re-reading George Eliot's* Romola. Aldershot: Ashgate, 1998.

Mann, Karen B. *The Language That Makes George Eliot's Fiction*. Baltimore and London: John Hopkins UP, 1983.

Mansell, Jr., Darrell. "Ruskin and George Eliot's 'Realism'." *Criticism 7* (1965): 203–16.

Marotta, Kenny. "*Adam Bede* as a Pastoral." *Genre* 9 (1976): 59–72.

Martin, Carol A. "George Eliot: Feminist Critic." *VN* 65 (1984): 22–25.

McDonagh, Josephine. *George Eliot*. Writers and Their Work Ser. Plymouth: Northcote, 1997.

McSweeney, Kerry. *Middlemarch*. Unwin Critical Library. London and Boston: Allen, 1984.

Miller, J. Hillis. *The Ethics of Reading: Kant, de Man, Eliot, Trollope, James and Benjamin*. New York: Columbia UP, 1987.

——. "Optic and Semiotic in *Middlemarch*." Jerome H. Buckley, *The Worlds of Victorian Fiction* 125–45.

Mitchell, Judith. *The Stone and the Scorpion: The Female Subject of Desire in the Novels of Charlotte Brontë, George Eliot, and Thomas Hardy*. Westport: Greenwood, 1994.

Molstad, David. "*The Mill on the Floss* and *Antigone*." *PMLA* 85 (1970): 527–31.

Muggleston, Linda. "'Grammatical Fair Ones': Women, Men and Attitudes to Language in the Novels of George Eliot." *RES* ns 46 (1995): 11–25.

Myers, W. F. T. "Politics and Personality in *Felix Holt*." *Renaissance and*

Modern Studies 10 (1966): 5–33.

Nestor, Pauline. *Female Friendships and Communities: Charlotte Brontë, George Eliot, Elizabeth Gaskell.* Oxford: Clarendon, 1985.

Noble, Thomas A. *George Eliot's* Scenes of Clerical Life. Yale Studies in English 159. New Haven and London: Yale UP, 1965.

Norbelie, Barbro Almqvist. *"Oppressive Narrowness": A Study of the Female Community in George Eliot's Early Writings.* Stockholm: Almqvist and Wiksell International, 1992.

Novy, Marianne. *Engaging with Shakespeare: Responses of George Eliot and Other Women Novelists.* Athens: U of Georgia P, 1994.

大嶋浩「*Silas Marner* 論：Southey 的ユートピアと George Eliot の二重意識」『ジョージ・エリオット研究』(日本ジョージ・エリオット協会) 創刊号 (1999)：19–33.

——.「『サイラス・マーナー』論：人生の諸段階」海老根，内田 145–53.

Paris, Bernard J. *Experiments in Life: George Eliot's Quest for Values.* Detroit: Wayne State UP, 1965.

Paxton, Nancy L. *George Eliot and Herbert Spencer: Feminism, Evolutionism and the Reconstruction of Gender.* Princeton: Princeton UP, 1991.

Pinion, F. B. *A George Eliot Companion: Literary Achievement and Modern Significance.* Companion Ser. London: Macmillan, 1981.

Pinney, Thomas. "The Authority of the Past in George Eliot's Novels." *NCF* 21 (1966): 131–47. Rpt. in *George Eliot: A Collection of Critical Essays.* Ed. George R. Creeger. Twentieth Century Views Ser. Englewood Cliffs, N. J.: Prentice-Hall, 1970. 37–54.

——. "George Eliot's Reading of Wordsworth: the Record." *VN* 24 (1963): 20–22.

Prentice, Barbara. *The Brontë Sisters and George Eliot: A Unity of Difference.* London: Macmillan, 1988.

Reily, Jim. *Shadowtime: History and Representation in Hardy, Conrad and George Eliot.* London and New York: Routledge, 1993.

Rendall, Vernon. "George Eliot and the Classics." Haight, *Century* 215–26.

Rignall, John, ed. *Oxford Reader's Companion to George Eliot.* Oxford: Oxford UP, 2000.

Ronald, Ann. "George Eliot's Florentine Museum." *Papers on Language and Literature* 13 (1977): 260–69.

Scott, James P. "George Eliot, Positivism, and the Social Vision of *Middlemarch.*" *VS* 16 (1972): 59–76.

Shuttleworth, Sally. *George Eliot and Nineteenth-Century Science: The Make-Believe of a Beginning.* 1984; Cambridge: Cambridge UP, 1986.

Simpson, Shona Elizabeth. "Mapping *Romola*: Physical Space, Women's Place." Levine and Turner 53–66.

Squires, Michael. *The Pastoral Novel: Studies in George Eliot, Thomas Hardy, and D. H. Lawrence.* Charlottesville: UP of Virginia, 1974.

Stump, Reva. *Movement and Vision in George Eliot's Novels.* Seattle: U of Washington, 1959.

Sullivan, William J. "George Eliot and the Fine Arts." Diss. U of Wisconsin, 1970.

Thale, Jerome. "The Sociology of Dodsons and Tullivers." *George Eliot*: The Mill on the Floss *and* Silas Marner. Ed. R. P. Draper. Casebook Ser. 1977; Houndmills: Macmillan, 1990.

内田能嗣『ジョージ・エリオットの前期の小説——モラリティを求めて』1989；大阪：創元社，1991.

Uglow, Jennifer. *George Eliot.* Virago/Pantheon Pioneers Ser. New York: Pantheon, 1987.

和知誠之助『ジョージ・エリオットの小説』1966；南雲堂，1988.

Wiesenfarth, Joseph. "*Middlemarch*: The Language of Art." *PMLA* 97 (1982): 363–77.

Witemeyer, Hugh. *George Eliot and the Visual Arts.* New Haven and London: Yale UP, 1979.

Wormald, Mark. "Microscopy and Semiotic in *Middlemarch*." *NCL* 50 (1996): 501–24.

山本節子『ジョージ・エリオット』旺史社，1998.

II　一次資料［I－(1)(2)以外のもの］

Austen, Jane. *Emma.* Ed. Fiona Stafford. 1816; Harmondsworth: Penguin, 1996.

——. *Mansfield Park.* Ed. Tony Tanner. 1814; Harmondsworth: Penguin, 1987.

——. *Northanger Abbey.* Ed. Marilyn Butler. 1818; Harmondsworth: Penguin, 1995. 『ノーサンガー・アベイ』中尾真理訳．キネマ旬報社，1997.

——. *Sense and Sensibility.* Eds. James Kinsley and Claire Lamont. 1970; Oxford: Oxford UP, 1987.

Brontë, Charlotte. *Jane Eyre: An Autobiography.* 1847; New York and London: Norton, 1987. 『ジェイン・エア』小池滋訳．みすず書房，1995.

——. *Villette.* Ed. Mark Lilly. 1853; Harmondsworth: Penguin, 1985.

『ヴィレット』青山誠子訳．みすず書房，1995．
Bunyan, John. *The Pilgrim's Progress.* Ed. and illust. Bagster. London, 1845.
——. *The Pilgrim's Progress.* Eds. G. Godwin and L. Pocock. London, 1844.
カルヴィーノ，イタロ『カルヴィーノの文学講義』米川良夫訳．朝日新聞社，1999．
Crabbe, George. *The Village.* Blackie's School Classics. 1873; London: Blackie, 1879.
ダンテ『神曲』地獄篇，煉獄篇．寿岳文章訳．集英社，1987．
Defoe, Daniel. *The History of the Devil.* London: T. Kelly, 1819.
Dickens, Charles. *Bleak House.* Ed. Nicola Bradbury. 1853; Harmondsworth: Penguin, 1996. 『荒涼館』青木雄造，小池滋訳．世界文学大系 29．筑摩書房，1969．
Ellis, Sarah Stickney. *The Daughters of England: Their Position in Society, Character, and Responsibilities.* London: Fisher, 1845.
——. *The Women of England, Their Social Duties and Domestic Habits.* London: Fisher, 1839.
"Exhibition of the Royal Academy." *Art Journal* 23 (1861): 161–72.
"Exhibition of the Royal Academy." *The Times* 4 May 1861: 12.
ゲーテ，ヨハン・ヴォルフガング・フォン『色彩論』木村直司訳．ちくま学芸文庫，2001．
Hamerton, Philip Gilbert. "Art Criticism." *Cornhill Magazine* 8 (1863): 334–343.
——. "Liber Memorialis." *Art Journal* 28 (1866): 1–4.
Helmholtz, Hermann von. *Treatise on Physiological Optics* (Translated from the Third German Edition). Ed. James P. C. Southall. Vol. 3. New York: Dover, 1962.
ヘーシオドス『仕事と日』松平千秋訳．岩波文庫，1986．
Homer. *Homer His Odysses.* Trans. J. Ogilby. London, 1665.
Jameson, Mrs. *Sacred and Legendary Art.* 9th ed. 2 vols. 1848; London: Longmans, 1883.
Lewes, George Henry. *Comte's Philosophy of the Sciences: Being an Exposition of the Principles of the* Cours de philosophie positive *of Auguste Comte.* London: Bell, 1897.
——. "Goethe as a Man of Science." *Westminster Review* ns 2 (1852): 479–506.
——. *The History of Philosophy: From Thales to Comte.* 4th ed. 2 vols. London: Longmans, 1871.
——. *The Life and Works of Goethe.* 1908; London: Dent; New York: Dutton, 1965.

——. *The Physiology of Common Life.* Vol. 2. Edinburgh and London: Blackwood, 1859-60.

——. *The Principles of Success in Literature.* Ed. T. Sharper Knowlson. London: Scott, 1898.

——. *Problems of Life and Mind.* 5 vols. London: Trübner, 1874-79.

——. *The Story of Goethe.* Boston: Houghton, 1873.

——. *Versatile Victorian: Selected Writings of George Henry Lewes.* Ed. Rosemary Ashton. London: Bristol Classical, 1992.

Locke, John. *An Essay concerning Human Understanding.* Ed. Peter H. Nidditch. Oxford: Clarendon, 1975.

Pater, Walter. *Marius the Epicurean: His Sensations and Ideas.* vol. 1. 1885; London: Macmillan, 1907.

パウサニアス『ギリシア案内記』(上) 馬場恵二訳. 岩波文庫, 1991.

"Royal Academy." *Athenaeum* 4 May 1861: 599-601.

Ruskin, John. *Modern Painters.* Ed. and abridged. David Barrie. 1987; London: Deutsch, 1989.

——. *The Works of John Ruskin.* Eds. E. T. Cook and Alexander Wedderburn. 39 vols. London: Allen, 1903-12.

Shelley, Mary. *Frankenstein; or, The Modern Prometheus.* Ed. Maurice Hindle. 1818; Harmondsworth: Penguin, 1992.

Virgil. *Eclogues and Georgics.* Trans. T. F. Royds. 1907; London: Dent; New York: Dutton, 1965.

Wise, T. J., and J. A. Symington, eds. *The Brontës: Their Lives, Friendships and Correspondence.* 4 vols. Oxford: Blackwell, 1932.

Wollstonecraft, Mary. *Mary and The Wrongs of Woman.* Ed. Gary Kelly. Oxford: Oxford UP, 1976.

——. *A Vindication of the Rights of Women.* Great Books in Philosophy Paperback Ser. Buffalo: Prometheus, 1989.

Woolf, Virginia. *The Common Reader.* 2 vols. London: Hogarth, 1953.

——. "George Eliot." *TLS* 20 Nov. 1919: 657-58.

——. *Mrs Dalloway.* 1925; London and Glasgow: Grafton, 1987.

——. *A Room of One's Own.* 1929; London: Grafton, 1977.

『自分だけの部屋』川本静子訳. 1988; みすず書房, 1995.

——. *To the Lighthouse.* 1927; London and Glasgow: Grafton, 1987.

『燈台へ』伊吹知勢訳. みすず書房, 1976.

——. *A Writer's Diary: Being Extracts from the Diary of Virginia Woolf*. Ed. Leonard Woolf. London: Hogarth, 1954.

Wordsworth, William. *The Prelude 1799, 1805, 1850: Authoritative Texts, Context and Reception, Recent Critical Essays.* Eds. Jonathan Wordsworth, M. H. Abrams, and Stephen Gill. New York and London: Norton, 1979.

——. *William Wordsworth.* Ed. Stephen Gill. Oxford Authors Ser. 1984; Oxford: Oxford UP, 1989.

——.『対訳ワーズワス詩集』山内久明編．イギリス詩人選（3）．岩波文庫，1998．

III　二次資料［I－(3)(4)(5)以外のもの］

Abrams, M. H. *The Mirror and Lamp: Romantic Theory and the Critical Tradition.* 1953; London: Oxford UP, 1958.

赤羽研三『言葉と意味を考える』2巻．夏目書房，1998．

Alpers, Svetlana. *The Art of Describing: Dutch Art in the Seventeenth Century.* 1983; Chicago: U of Chicago P, 1984. 『描写の芸術——十七世紀オランダ絵画』幸福輝訳．ありな書房，1995．

天野みゆき「『マンスフィールド・パーク』と『ヴィレット』における演劇性」『英語英米文学研究』（広島女学院大学）6（1997）：65-88．

青山誠子『ブロンテ姉妹』清水書院，1994．

Andrews, Keith. *The Nazarenes: A Brotherhood of German Painters in Rome.* Oxford: Clarendon, 1964.

Ashton, Rosemary. *G. H. Lewes: A Life.* Oxford: Clarendon, 1991.

Auerbach, Nina. *Romantic Imprisonment: Women and Other Glorified Outcasts.* New York: Columbia UP, 1986.

バシュラール，ガストン『水と夢——物質の想像力についての試論』小浜俊郎，桜木泰行訳．1969；国文社，1989．

Bakhtin, Mikhail. "Discourse in the Novel." *The Dialogic Imagination: Four Essays by M. M. Bakhtin.* Ed. Michael Holquist. Trans. Caryl Emerson and Michael Holquist. 1981; Austin: U of Texas P, 1992. 『小説の言葉』伊東一郎訳．1996；平凡社ライブラリー，1998．

——. *Problems of Dostoevsky's Poetics.* Ed. and trans. Caryl Emerson. Manchester: Manchester UP, 1984. 『ドストエフスキーの詩学』望月哲男，鈴木淳一訳．1995；ちくま学芸文庫，1998．

ベイトソン，G．『精神の生態学』（上）佐伯泰樹(他)訳．思索社，1986．

Bayley, John. "The Pastoral of Intellect." Hardy, *Critical Essays on George Eliot* 199-214.

ベルポリーティ，マルコ『カルヴィーノの眼』多木陽介訳．青土社，1999．

Berg, Maggie. *Jane Eyre: Portrait of a Life.* Twayne's Masterwork Studies. Boston: Twayne, 1987.

Bernbaum, Ernest. *Guide through the Romantic Movement.* New York: Roland, 1949.

Bock, Carol. *Charlotte Brontë and the Storyteller's Audience.* Iowa: U of Iowa P, 1992.

Booth, Wayne C. *The Rhetoric of Fiction.* 2nd ed. Chicago: U of Chicago P, 1983.

Boumelha, Penny. *Charlotte Brontë.* Key Women Writers Ser. New York and London: Harvester, 1990.

Buckley, Hamilton. *The Victorian Temper: A Study in Literary Culture.* 1951; Cambridge, Mass.: Harvard UP, 1981.

Buckley, Jerome H., ed. *The Worlds of Victorian Fiction.* Harvard English Studies 6. Cambridge, Mass.: Harvard UP, 1975.

Bullen, J. B. *The Myth of the Renaissance in Nineteenth-Century Writing.* Oxford: Clarendon, 1994.

Butler, Judith. *Gender Trouble: Feminism and the Subversion of Identity.* 1990; New York and London: Routledge, 1999. 『ジェンダー・トラブル』竹村和子訳. 1999; 青土社, 2001.

Byerly, Alison. *Realism, Representation, and the Arts in Nineteenth-Century Literature.* Cambridge Studies in Nineteenth-Century Literature and Culture 12. Cambridge: Cambridge UP, 1997.

Chadwick, Whitney. "The Fine Art of Gentling: Horses, Women and Rosa Bonheur in Victorian England." *The Body Imaged: The Human Form and Visual Culture since the Renaissance.* Eds. Kathleen Adler and Marcia Pointon. Cambridge: Cambridge UP, 1993. 89–107.

Chatman, Seymour. *Story and Discourse: Narrative Structure in Fiction and Film.* 1978; Ithaca: Cornell UP, 1988.

Christ, Carol T., and John O. Jordan, eds. *Victorian Literature and the Victorian Visual Imagination.* Berkeley and Los Angeles: U of California P, 1995.

Clayton, Jay. *Romantic Vision and the Novel.* Cambridge: Cambridge UP, 1987.

Cohen, Michael. *Sisters: Relation and Rescue in Nineteenth-Century British Novels and Paintings.* London and Toronto: Associated UP, 1995.

Conningham, Frederic A. *Currier & Ives Prints: An Illustrated Check List.* New, updated ed. New York: Crown, 1983.

Conrad, Peter. *The Victorian Treasure House.* London: Collins, 1973.

Crary, Jonathan. *Techniques of the Observer: On Vision and Modernity in the*

Nineteenth Century. 1990; Cambridge, Mass.: MIT P, 1998.
Dale, Peter Allen. *In Pursuit of a Scientific Culture: Science, Art, and Society in the Victorian Age*. Science and Literature Ser. Madison: U of Wisconsin P, 1989.
デュビィ，G.，M．ペロー(他).『「女の歴史」への誘い』杉村和子(他)訳．藤原書店編集部編集．藤原書店，1994．
Eagleton, Terry. *Myths of Power: A Marxist Study of the Brontës*. 2nd ed. 1975; London: Macmillan, 1988. 『テリー・イーグルトンのブロンテ三姉妹』大橋洋一訳．1990；晶水社，1991．
江河徹編著『〈身体〉のイメージ――イギリス文学からの試み』ミネルヴァ書房，1991．
Empson, William. *Some Versions of Pastoral*. 1935; London: Chatto, 1950.
Flint, Kate. *The Victorians and the Visual Imagination*. Cambridge: Cambridge UP, 2000.
——. *The Woman Reader: 1837–1914*. Oxford: Clarendon, 1993.
フーコー，ミシェル『監獄の誕生――監視と処罰』田村俶訳．1977；新潮社，1978．
——.『性の歴史 I ―― 知への意志』渡辺守章訳．新潮社，1997．
フレス，ジュブヴィーエーヴ「使命から運命へ――性差の哲学史」『女の歴史IV ―― 十九世紀 1』G．デュビィ，M．ペロー監修．杉村和子，志賀亮一監訳．藤原書店，1996．
福井憲彦「国民国家の形成」井上(他) 87–102．
Gary, Franklin. "Charlotte Brontë and George Henry Lewes." *PMLA* 51 (1936): 518–42.
Gifford, Terry. *Pastoral*. The New Critical Idiom Ser. London and New York: Routledge, 1999.
Gilbert, Sandra M., and Susan Gubar. *The Madwoman in the Attic; The Women Writers and the Nineteenth-Century Literary Imagination*. 1979; New Haven: Yale UP, 1984.
Gill, Stephen. *Wordsworth and the Victorians*. Oxford: Clarendon, 1998.
Gillie, Christopher. *A Preface to Jane Austen*. Preface Books Ser. Revised ed. 1985; London and New York: Longman, 1994.
Gordon, Felicia. *A Preface to the Brontës*. Preface Books Ser. 1989; London and New York: Longman, 1992.
Gregor, Ian, and Brian Nicholas. *The Moral and the Story*. London: Faber, 1962.
Hagstrum, Jean H. *The Sister Arts: The Tradition of Literary Pictorialism and English Poetry from Dryden to Gray*. 1958; Chicago and London: U of

Chicago P, 1987.

Harris, Roy, and Talbot J. Taylor. *Landmarks in Linguistic Thought I: The Western Tradition from Socrates to Saussure.* 2nd ed. Routledge History of Linguistic Thought Ser. 1989; London and New York: Routledge, 1997.
『言語論のランドマーク』斎藤伸治，滝沢直宏訳．大修館書店，1997．

長谷川尭「建築におけるゴシック・リヴァイヴァル」『女王陛下の時代』松村昌家編．英国文化の世紀 3．研究社，1996．

Heilbrun, Carolyn G. *Toward a Recognition of Androgyny.* New York and London: Norton, 1982.

Hindle, Maurice. *Mary Shelley*: Frankenstein; or, the Modern Prometheus. Penguin Critical Studies. Harmondsworth: Penguin, 1994.

平野健一郎『国際文化論』東京大学出版会，2000．

Hunter, Shelagh. *Victorian Idyllic Fiction: Pastoral Strategies.* London: Macmillan, 1984.

池上俊一『魔女と聖女——ヨーロッパ中・近世の女たち』1992；講談社現代新書，1999．

Ingham, Patricia. *Dickens, Women and Language.* New York and London: Harvester, 1992.

井上俊(他)編『民族・国家・エスニシティ』岩波講座，現代社会学 24．1996；岩波書店，2000．

石幡直樹「メアリ・ウルストンクラフトの分別と多感」『英文學研究』第 77 巻第 1 号 (2000): 15–28.

Jenkyns, Richard. *The Victorians and Ancient Greece.* Cambridge, Mass.: Harvard UP, 1980.

Judd, Catherine A. "Male Pseudonyms and Female Authority." *Literature in the Marketplace: Nineteenth-Century British Publishing and Reading Practices.* Eds. John O. Jordan and Robert L. Patten. Cambridge Studies in Nineteenth-Century Literature and Culture 5. Cambridge: Cambridge UP, 1995. 250–68.

Kelly, Gary. *Revolutionary Feminism: The Mind and Career of Mary Wollstonecraft.* London: Macmillan, 1992.

Kinkead-Weekes, Mark. "This Old Maid: Jane Austen Replies to Charlotte Brontë and D. H. Lawrence." *NCF* 30 (1975): 399–419.

Klumpke, Anna. *Rosa Bonheur: The Artist's (Auto)biography.* Ann Arbor: U of Michigan P, 1997.

Kristeva, Julia. "Word, Dialogue, and Novel." *Desire in Language: A Semiotic Approach to Literature and Art.* Ed. Leon S. Roudies. Trans. Thomas Gora, et al. 1981; Oxford: Blackwell, 1993.

リー，レンサレアー W.「詩は絵のごとく」森田義之，篠塚二三男訳．『絵画と文学――絵は詩のごとく』中森義宗編．中央大学出版局，1984．193-283．

Litvak, Joseph. *Caught in the Act: Theatricality in the Nineteenth-Century English Novel.* Berkeley and Los Angeles: U of California P, 1992.

Lodge, David. *After Bakhtin: Essays on Fiction and Criticism.* London and New York: Routledge, 1990. 『バフチン以後――〈ポリフォニー〉としての小説』伊藤誓訳．法政大学出版局，1992．

――. *The Art of Fiction.* 1991-92; Harmondsworth: Penguin, 1992. 『小説の技巧』柴田元幸，斎藤兆史訳．白水社，1997．

Maas, Jeremy. *Gambart: Prince of the Victorian Art World.* London: Barrie, 1975.

Marcus, Steven. *Representations: Essays on Literature and Society.* New York: Random, 1974.

松村昌家『ヴィクトリア朝の文学と絵画』世界思想社，1993．

Meckier, Jerome. *Hidden Rivalries in Victorian Fiction: Dickens, Realism, and Revaluation.* Lexington: UP of Kentucky, 1987.

Meisel, Martin. *Realizations: Narrative, Pictorial, and Theatrical Arts in Nineteenth-Century England.* Princeton: Princeton UP, 1983.

Meyer, Susan. *Imperialism at Home: Race and Victorian Women's Fiction.* Reading Women Writing Ser. Ithaca and London: Cornell UP, 1996.

Miller, J. Hillis. *Illustration.* London: Reaktion, 1992.

Mitchell, W. J. T. *Iconology: Image, Text, Ideology.* 1986; Chicago and London: U of Chicago P, 1987.

Moers, Ellen. *Literary Women.* 1976; London: The Women's Press, 1986.

Nead, Lynda. *Myths of Sexuality: Representations of Women in Victorian Britain.* Oxford: Blackwell, 1988.

西川直子『クリステヴァ――ポリロゴス』現代思想の冒険者たち 30．講談社，1999．

小川二郎『ウィリアム・ワーヅワス鑑賞』1960；南雲堂，1979．

荻野昌利『暗黒への旅立ち――西洋近代自我とその図像 1750-1920』南山大学学術叢書．名古屋：名古屋大学出版会，1987．

――．「J. M. ホイッスラーの芸術論――『上品な敵の作り方』」『ヴィクトリア朝――文学・文化・歴史』松村昌家教授古稀記念論文集刊行会．英宝社，1999．233-47．

大澤真幸「ネーションとエスニシティ」井上(他) 27-66．

ペヴスナー，ニコラウス『ラスキンとヴィオレ・ル・デュク――ゴシック建築評価における英国性とフランス性』鈴木博之訳．1969；中央公論美術出版，

1990.
Praz, Mario. *The Hero in Eclipse in Victorian Fiction.* Trans. Angus Davidson. London: Oxford UP, 1956.
Pritchett, V. S. *The Living Novel.* London: Chatto, 1946.
Reynolds, Kimberley, and Nicola Humble. *Victorian Heroines: Representations of Femininity in Nineteenth-Century Literature and Art.* New York: New York UP, 1993.
Richards, Bernard. "The Use of the Visual Arts in the Nineteenth-Century Novel." Diss. Oxford U, 1972.
Roston, Murray. *Victorian Context: Literature and the Visual Arts.* Houndmills and London: Macmillan, 1996.
西條隆雄『ディケンズの文学——小説と社会』英宝社，1998.
坂本公延『創作の海図——不確実性の時代と文学』研究社，1976.
——.『とざされた対話——V. ウルフの文学とその周辺』桜楓社，1969.
——.『ヴァージニア・ウルフ——小説の秘密』研究社，1978.
桜井哲夫『フーコー —— 知と権力』現代思想の冒険者たち 26. 講談社，1996.
Salvesen, Christopher. *The Landscape of Memory: A Study of Wordsworth's Poetry.* London: Arnold, 1965.
Saslow, James M. "Disagreeably Hidden: Construction and Constriction of the Lesbian Body in Rosa Bonheur's *Horse Fair.*" *The Expanding Discourse: Feminism and Art History.* Eds. Norma Broude and Mary D. Garrard. New York: Harper, 1992. 187-205.
Scott, Joan Wallach. *Gender and the Politics of History.* Revised ed. New York: Columbia UP, 1999. 『ジェンダーと歴史学』荻野美穂訳. 1992; 平凡社，1995.
Showalter, Elaine. *The Female Malady: Women, Madness, and English Culture, 1830-1980.* 1985; Harmondsworth: Penguin, 1987.
——. *A Literature of Their Own: From Charlotte Brontë to Doris Lessing.* 1977; London: Virago, 1991. 『女性自身の文学——ブロンテからレッシングまで』川本静子(他)訳. みすず書房，1993.
——, ed. *The New Feminist Criticism: Essays on Women, Literature and Theory.* 1985; Virago, 1989.
Southam, B. C., ed. *Jane Austen: The Critical Heritage.* vol. 1. 1968; London and New York: Routledge, 1995.
スタイナー，ジョージ『アンティゴネーの変貌』海老根宏，山本史郎訳. みすず書房，1989.
高山宏『目の中の劇場——アリス狩り＊＊』1985; 青土社，1995.

竹村和子『フェミニズム』思考のフロンティア．岩波書店，2000.
谷田博幸『ロセッティ――ラファエル前派を超えて』平凡社，1993.
Tanner, Tony. *Adultery in the Novel: Contract and Transgression.* Baltimore: John Hopkins UP, 1979.
Thompson, Nicola Diane. "Responding to the Woman Questions: Rereading Noncanonical Victorian Women Novelists." *Victorian Women Writers and the Woman Question.* Ed. Nicola Diane Thompson. Cambridge Studies in Nineteenth-Century Literature and Culture 21. Cambridge: Cambridge UP, 1999. 1-23.
Thormählen, Marianne. *The Brontës and Religion.* Cambridge: Cambridge UP, 1999.
都留信夫編著『イギリス近代小説の誕生――十八世紀とジェイン・オースティン』MINERVA 英米文学ライブラリー① ミネルヴァ書房，1995.
内田能嗣編『ヴィクトリア朝の小説――女性と結婚』英宝社，1999.
上野千鶴子編『構築主義とは何か』勁草書房，2001.
Vice, Sue. *Introducing Bakhtin.* Manchester and New York: Manchester UP, 1997.
Vogeler, Martha S. "The Choir Invisible: The Poetics of Humanist Piety." Haight and VanArsdel, *George Eliot: A Centenary Tribute* 64-81.
Walker, Cheryl. "Feminist Literary Criticism and the Author." *Critical Inquiry* 16 (1990): 551-71.
Weil, Kari. *Androgyny and the Denial of Difference.* Charlottesville and London: UP of Virginia, 1992.
Weisberg, Gabriel P. "Rosa Bonheur's Reception in England and America: The Popularization of a Legend and the Celebration of a Myth." *Rosa Bonheur: All Nature's Children.* New York: Dahesh Museum, 1998. 1-22.
Wellek, Rene, and Austin Warren. *The Theory of Literature: A Seminal Study of the Nature and Function of Literature in All Its Contexts.* 1949; Harmondsworth: Penguin, 1993.
Willey, Basil. *Nineteenth Century Studies: Coleridge to Matthew Arnold.* London: Chatto, 1949.
Williams, Raymond. *The Country and the City.* Oxford and New York: Oxford UP, 1973. 『田舎と都会』山本和平(他)訳．晶文社，1985.
ウィルスン，サイモン『テイト・ギャラリー』(an illustrated companion，日本語版) 湊典子(他)訳．ミュージアム図書，1996.
山川鴻三『イギリス小説とヨーロッパ絵画』研究社，1987.

IV　辞書，その他

青柳正規(他)編『西洋美術館』小学館，1999.

Ferguson, George. *Signs & Symbols in Christian Art.* 1954; London, Oxford and New York: Oxford UP, 1961.

Hall, James. *Hall's Dictionary of Subjects and Symbols in Art.* Revised ed. London: Murry, 1979. 『西洋美術解読事典——絵画，彫刻における主題と象徴』高階秀爾監修，高橋達史(他)訳．1988；河出書房新社，1992.

Osborne, Harold, ed. *The Oxford Companion to Art.* 1970; Oxford: Clarendon, 1990.

プリンス，ジェラルド『物語論辞典』遠藤健一訳．松柏社，1991.

定松正(他)編『イギリス文学地名事典』研究社，1992.

Simpson, J. A., and E. S. C. Weiner, eds. *The Oxford English Dictionary.* 2nd ed. 20 vols.

Skeat, W. W. *Etymological Dictionary of the English Language.* 4th ed. Oxford: Clarendon, 1910.

フリース，アト・ド『イメージ・シンボル事典』大修館，1984.

『聖書』(新共同訳) 日本聖書協会，1988 年.

(2003 年 8 月 1 日現在)

http://www.ahpcs.org

http://www.nationalgallery.org.uk

http://www.philaprintshop.com/currhist.html

http://www.victorianweb.org/authors/eliot/artov.html

著者について

天野みゆき（あまの　みゆき）
早稲田大学第一文学部卒業、広島大学大学院文学研究科博士課程後期単位修得退学。博士（文学）。広島女学院大学を経て、現在、県立広島女子大学助教授。

ジョージ・エリオットと言語・イメージ・対話
二〇〇四年三月十日　第一刷発行

著者　天野みゆき
発行者　南雲一範
装幀者　岡孝治
発行所　株式会社南雲堂
東京都新宿区山吹町三六一　郵便番号一六二-〇八〇一
電話東京｛（〇三）三二六八-二三八四（営業部）（〇三）三二六八-二三八七（編集部）
振替口座　〇〇一六〇-〇-四六八六三
ファクシミリ（〇三）三二六〇-五四二五
印刷所　壮光舎
製本所　長山製本所

ISBN4-523-29287-6 C3098